JAN BURKE

Grabesstille

Buch

Der Serienmörder Nick Parrish malträtiert seine Opfer bis zur Unkenntlichkeit; seine Vorliebe sind dunkelhaarige Frauen. Wie durch ein Wunder gelang es der Polizei, ihn zu verhaften, und er hat sogar den Mord an Julia Sayre gestanden, deren Leichnam nie gefunden wurde. Julias Tochter Gilian hatte sich vier Jahre zuvor mit einem Hilferuf an die Reporterin Irene Kelly gewandt, und so verfolgt Irene den Prozess mit großem Interesse. Nun erklärt sich Parrish überraschend auf Anraten seines Anwalts bereit, eine Sicherheitstruppe zu der Leiche zu führen. Als Gegenleistung fordert er lebenslänglich statt Todesstrafe. Polizisten, Forensiker und Spürhunde werden ins Niemandsland der Sierra Nevada geführt – an einen Ort, der nur zu Fuß erreichbar ist. Irene sollte eigentlich nur als Journalistin dabei sein, doch schnell stellt sie entsetzt fest, dass Parrishs ganze Aufmerksamkeit nur ihr gilt. Als die Sondereinheit um die vermeintliche Grabesstelle steht, passiert das Unfassbare: Eine Bombe explodiert, bei dem bis auf Irene und Ben Sheridan, der Forensiker, niemand überlebt. Wie durch ein Wunder läßt Parrish Irene am Leben und verschwindet spurlos. Doch er bleibt mit Irene in Kontakt: All seine nächsten Opfer tragen Nachrichten für Irene an sich, und sie weiß, dass er irgendwo auf sie wartet – und dass er einen Komplizen haben muss, der in ihrer Nähe ist und ihn über Irene informiert. Sie hat nur eine Chance: herauszufinden, wer Parrishs Verbündeter ist. Denn nur so kann sie schneller handeln als ihre Feinde …

Autorin

Jan Burke, Gewinnerin u.a. des Edgar Award, lebt mit ihrem Mann in Seal Beach, Kalifornien. Ihre Irene-Kelly-Reihe ist international überaus erfolgreich.

Von Jan Burke außerdem im Goldmann Verlag lieferbar:

Ihr wahres Gesicht. Roman (5487/44018)
Teuflisches Spiel. Roman (44859)

Jan Burke

Grabesstille

Roman

Aus dem Amerikanischen von
Ariane Böckler

GOLDMANN

Die Originalausgabe erschien 1999 unter dem Titel
»Bones« bei Simon & Schuster, New York.

Der Auszug »Parzival« wurde folgender Ausgabe
entnommen: Wolfram von Eschenbach: Parzival, aus dem
Mittelhochdeutschen übersetzt und herausgegeben von
Wolfgang Spiewok, © Sammlung Dieterich
Verlagsgesellschaft mbH, Leipzig 1977,1992.

Der Goldmann Verlag ist ein Unternehmen der
Verlagsgruppe Random House GmbH

1. Auflage
Neuveröffentlichung November 2003

Dieses Werk wurde vermittelt
durch die Literarische Agentur
Thomas Schlück GmbH, 30827 Garbsen
Umschlaggestaltung: Design Team München
Umschlagfoto: Photonica/Rank
Satz: deutsch-türkischer fotosatz, Berlin
Druck: Elsnerdruck, Berlin
Krimi 5505
JE · Herstellung: Max Widmaier
Made in Germany
ISBN 3-442-05505-9
www.goldmann-verlag.de

Gewidmet Judy Myers Suchey, Paul Sledzik
und der Fakultät für forensische Anthropologie des AFIP
für ihre engagierte Arbeit
und dafür, dass sie mich gelehrt haben,
mehr als Knochen zu sehen,
und in Erinnerung an Düsternis

Das Burgtor fand er weit geöffnet, und hindurch führte eine breite Spur von Pferdehufen. Nun zögerte er nicht länger und ritt in schnellem Trab auf die Zugbrücke. Da zog ein verborgener Knappe am Seil, sodass das hochschnellende Brückenende das Pferd fast zu Fall gebracht hätte. Parzival wandte sich um. Nun hätte er sich gern danach erkundigt, was es mit dieser Burg auf sich hatte. Der Knappe aber rief ihm zu: »Ihr seid nicht einmal wert, dass Euch die Sonne bescheint! Zieht ab, Ihr beschränkter Dummkopf! Hättet Ihr doch Euern Schnabel aufgetan und den Burgherrn gefragt! Ruhm und Ehre habt Ihr verspielt!«

Als Parzival mit lauter Stimme Aufklärung forderte, erhielt er keine Antwort.

Wolfram von Eschenbach, *Parzival*

Er bezahlte das Buch in bar, genau wie er es bei all den anderen Büchern zu diesem Thema gemacht hatte. Er sprach mit niemandem und tat nichts, was bei einem Angestellten oder Kunden einen nachhaltigen Eindruck von ihm hinterlassen hätte.

Es waren viele Kunden im Laden, als er seinen Einkauf tätigte; er wählte stets Zeiten, in denen in den Buchhandlungen mit Sicherheit viel Betrieb sein würde.

Doch selbst bei einem leeren Laden hätte er sich kaum Gedanken machen müssen. Wenn er beschloss, seine Macht zu verbergen, war er ein unscheinbarer Mann in einer Welt voller Menschen, die ihn selten besser beschreiben konnten als die Person, die sie jeden Morgen im Spiegel sahen.

Oh, vielleicht konnten sie auch enge Freunde beschreiben, ihre Kinder und Ehegatten und die Kollegen, mit denen sie Tag für Tag zusammenarbeiteten. Zur Not auch noch die Nachbarn. Aber keine stillen Unbekannten aus der Buchhandlung. Keinen Unbekannten, der noch nie zuvor da gewesen war und nie wieder kommen würde.

Es löste leise Erregung in ihm aus, diese Bücher zu kaufen, und er wusste, dass sich manche Männer so fühlten, wenn sie Pornos kauften. Als er es auf dem Nachhauseweg in der Tüte auf dem Beifahrersitz liegen sah, wusste er, dass ihn die Thematik des Buches erregen würde. Nicht so sehr wie das reale Erlebnis – nichts erregte ihn je so sehr wie das Reale.

Das hier handelte von Dahmer.

Wir haben nicht den gleichen Geschmack, dachte er und

musste einen kleinen Anfall von Heiterkeit über seinen Witz unterdrücken.

Wenn er das Buch einmal und noch einmal durchgelesen hatte, würde er es zu den anderen Büchern über seine Glaubensgenossen stellen. Bücher über Bianchi, Speck und Bundy; über Vorgänger – Mors, Lucas und Pomeroy – und noch andere; Bücher über Mörder und ihr Denken, über Mörder und ihre Opfer, über Mörder und die, die sie jagten.

Zuerst hatte er die Bücher gelesen, weil er den Trieb begreifen wollte, den Drang, von dem er aufgefressen zu werden fürchtete. Doch jetzt war es nur noch eine Art Unterhaltung. Mittlerweile, Jahre nachdem er mit dem Aufbau seiner kleinen Bibliothek begonnen hatte, wusste er, dass er alles verstanden hatte, was es zu verstehen gab: Er wusste, dass nur ein Mann von seiner Begabung den Erfordernissen seines Verlangens gewachsen war.

Es mangelte ihm weder an Wagemut noch an Kreativität. Jeder neue Aspekt, jede Steigerung des Erlebnisses bestätigte nur, was er bereits wusste: Er war einzigartig in der Geschichte.

Bei diesem Gedanken empfand er leise Traurigkeit darüber, dass er nicht gefasst werden würde, denn er wusste, dass ihm dieser eine zusätzliche Nervenkitzel entginge – der einzige, der ihm fehlte. Die Anerkennung.

Weithin bekannt zu sein war ein starker Reiz. Er träumte davon, malte es sich fast ebenso intensiv aus wie die Morde.

Warum mordete er?

Alle würden es wissen wollen.

Warum mordete er?

Alle würden fragen.

Und er würde sprechen – ruhig und mit Nachdruck –, und alle würden die Antwort hören.

1

VIER JAHRE SPÄTER
Montag Nachmittag, 15. Mai

Das Gefühl, beobachtet zu werden, hatte mich auf dieser Reise fast permanent begleitet, und nun spürte ich es wieder. Ich versuchte es zu ignorieren und mich auf das Taschenbuch zu konzentrieren, das ich las, doch meine Bemühungen scheiterten. Ich hob den Blick von der Seite und sah auf den Gefangenen drei Reihen weiter vorn, wobei ich damit rechnete, dass er mich erneut anstarrte. Er schlief. Wie er das beim lauten Dröhnen der Flugzeugpropeller fertig brachte, wird mir ewig ein Rätsel bleiben. Wie Nicholas Parrish überhaupt schlafen konnte, war mir ein Rätsel – doch ich vermute, das ist einer der Vorzüge, wenn man absolut gewissenlos ist.

Wenn es also nicht Parrish war, der mich beäugte, wer war es dann?

Ich sah mich in der Kabine um. Die meisten Männer – auch die, die keine Soziopathen waren – schliefen. Zwei von Parrishs Wächtern waren wach, sahen aber nicht zu mir her. Die anderen beiden machten ein Nickerchen. Ich sah mich nach hinten um. Ben Sheridan, einer der forensischen Anthropologen, schaute aus dem Fenster. David Niles, der zweite, saß auf der anderen Seite des Gangs und las. Und da, neben ihm, war der Starrer.

Er starrte mich eigentlich nicht direkt an, sondern studierte mich vielmehr, fand ich. Ohne jede Feindseligkeit. Ja, von der gesamten, nur aus Männern bestehenden Gruppe, die mit mir in dem kleinen Flugzeug saß, war er sogar der Einzige, der nichts gegen meine Anwesenheit einzuwenden hatte. Während die meisten anderen mich schnitten, hatte er mich auf der Stelle ins Herz geschlossen. Das Gefühl beruhte auf Gegenseitigkeit. Er war gut aussehend, intelligent und durchtrainiert. Aber andererseits konnte ihn nichts mehr begeistern, als ein Stück verwesendes Fleisch aufzuspüren.

Er war ein Leichenhund.

Bingle – benannt nach seiner Gewohnheit, stets mitzusummen, wenn er seinen Betreuer singen hörte – war ein drei Jahre alter, schwarz-gelbbraun gefleckter, fast reinrassiger deutscher Schäferhund, darauf trainiert, menschliche Gebeine zu finden.

Genau darum ging es nämlich bei dieser Expedition in die Berge: menschliche Gebeine zu finden. Und zwar ganz spezielle.

Ich blickte in Bingles dunkelbraune Augen, doch in Gedanken war ich bereits bei einem blauäugigen Mädchen namens Gillian Sayre; Gillian, die die letzten vier Jahre mit Warten darauf verbracht hatte, dass irgendjemand das fand, was von ihrer Mutter noch übrig sein mochte.

Vor vier Jahren. An einem warmen Sommertag, dem Tag, nachdem ihre Mutter nicht nach Hause gekommen war, wartete Gillian vor dem Gebäude, in dem der *Express* seinen Sitz hat. Ich war mit ein paar Kollegen unterwegs zum Mittagessen. Ich sah sie sofort. Sie war groß und mager, ihre Haare kurz geschnitten und auberginenfarben getönt. Ihr Gesicht war blass. Geschminkt war sie mit dunkelbraunem Lippenstift und dick aufgetragenem Lidschatten, der das fast farblose Blau ihrer Augen noch betonte. Ihre Wimpern und Brauen waren dicht und schwarz gefärbt, und ihre linke Braue war von einem kleinen Silberring durchbohrt. Sieben oder acht gepiercte Ohrringe zogen sich die Kurven beider Ohrmuscheln entlang. An den bleichen, schlanken Fingern trug sie Silberringe in verschiedenen Breiten und Mustern. Ihre Fingernägel waren kurz, aber schwarz lackiert. Ihre Kleider waren zerknittert und die Schuhe klobig.

»Ist jemand von Ihnen Reporter?«, rief sie zu uns herüber.

Da er sich eine solche Gelegenheit nie entgehen lässt, zeigte mein Freund Stuart Angert auf mich und sagte: »Nur die Dame hier. Wir anderen haben ihr gerade ein Interview gegeben, aber jetzt hat sie Zeit, um mit Ihnen zu sprechen.«

Die anderen lachten, und mir lagen schon die Worte »Rufen Sie an und machen Sie einen Termin aus« auf der Zunge, doch irgendetwas an ihr ließ mich zögern. Sie hatte Stuarts Witz durchaus kapiert, und ich sah ihr an, dass sie bereits mit einer Enttäuschung rechnete. Überhaupt machte sie den Eindruck, als sei sie es gewohnt, enttäuscht zu werden.

»Geht ihr schon vor«, sagte ich zu den anderen. »Ich komme dann nach.«

Ich ließ eine weitere Runde Spott und ein paar halbherzige Proteste über mich ergehen, doch bald stand ich alleine mit ihr da.

»Mein Name ist Irene Kelly«, sagte ich. »Was kann ich für Sie tun?«

»Sie wollen nicht nach meiner Mutter suchen«, antwortete sie.

»Wer?«

»Die Polizei. Sie glauben, sie sei davongelaufen. Ist sie aber nicht.«

»Seit wann ist sie weg?«

»Seit gestern Nachmittag um drei – jedenfalls habe ich sie da zum letzten Mal gesehen.« Sie wandte den Blick ab und fügte dann hinzu: »Sie ist in einen Laden gegangen. Dort hat man sie gesehen.«

Ich nahm an, einem Mädchen gegenüberzustehen, das sich damit abfinden muss, dass seine Mutter in Sachen Familienleben das Handtuch geworfen hat. Doch als ich sie weiterreden ließ, war ich mir da nicht mehr so sicher.

Julia Sayre war vierzig Jahre alt, und an dem Abend, an dem sie nicht nach Hause kam, hatte Gillians Vater, Giles Sayre, seine Frau um kurz vor vier angerufen, um ihr mitzuteilen, dass er zwei begehrte Karten fürs Sinfonieorchester ergattert hatte – an diesem Abend sollte das Debüt des neuen Dirigenten stattfinden. Nachdem sie ihr jüngeres Kind, den neunjährigen Jason, in Gillians Obhut gegeben hatte, verließ Julia eilig das Haus und fuhr mit ihrem Mercedes zu einem Einkaufszentrum, das keine zehn Kilometer von ihrer wohlhabenden Wohngegend entfernt lag, um einen Unterrock zu kaufen.

Seitdem war sie nicht mehr gesehen worden.

Als er an diesem Abend nach Hause kam und feststellte, dass seine Frau nicht wieder erschienen war, bereitete es Giles mehr Kopfzerbrechen, womöglich zu spät ins Konzert zu kommen, als sich zu fragen, wo seine Frau geblieben war. Mit der Zeit machte er sich dann aber doch Sorgen und fuhr zum Einkaufszentrum. Er suchte die Wagenreihen auf dem Parkplatz vor ihrem Lieblingsgeschäft Nordstrom ab, konnte ihre blaue Limousine aber nirgends entdecken. Er betrat den Laden, und nachdem er einige Mitarbeiterinnen der Wäscheabteilung befragt hatte, fand er heraus, dass sie tatsächlich ein paar Stunden vorher da gewesen war – gegen vier Uhr.

Als Giles Sayre seine Frau als vermisst meldete, schenkten die Polizisten dem Fall genau jene Aufmerksamkeit, die sie dem fünfstündigen Verschwinden eines Erwachsenen meist schenken, nämlich so gut wie gar keine. Auch sie suchten auf dem Parkplatz des Einkaufszentrums nach Julia Sayres Wagen. Giles hätte ihnen sagen können, dass er nicht da war – er hatte bereits zweimal nachgesehen.

»Manchmal, Gillian –«, begann ich, doch sie fiel mir ins Wort.

»Versuchen Sie bloß nicht, mir irgend so einen Scheiß zu erzählen, dass sie davongelaufen ist und mit einem anderen als meinem Vater in die Kiste steigt«, erklärte sie. »Meine Leute sind superdicke miteinander, glücklich verheiratet und so weiter. Ich meine, es wird einem direkt übel, wenn man sie zusammen sieht.«

»Ja, aber –«

»Fragen Sie, wen Sie wollen. Fragen Sie unsere Nachbarn. Sie werden Ihnen sagen, dass Julia Sayre nur mit einem einzigen Menschen in ihrem Leben Schwierigkeiten hat.«

»Mit Ihnen.«

Sie wirkte erstaunt über meine Annahme, doch dann zuckte sie mit den Achseln. Sie verschränkte die Arme, lehnte sich an die Hauswand und sagte: »Ja.«

»Weshalb?«

Sie zuckte erneut mit den Achseln. »Sie sehen nicht aus wie ein kleines Engelchen, das nie aus der Reihe tanzt. Haben Sie sich als Teenager denn nie mit Ihrer Mutter gestritten?«

Ich schüttelte den Kopf. »Nein, meine Mutter ist gestorben, als ich zwölf war. Bevor ich ins Teenageralter kam. Ich habe immer die Mädchen beneidet –« Ich verstummte. »Na ja, das spielt keine Rolle.«

Sie schwieg.

»Wenn sie länger gelebt hätte«, sagte ich, »hätten wir uns wahrscheinlich auch gestritten. Ich habe alles Mögliche angestellt, schon bevor ich ein Teenager war.«

Sie begann einen ihrer Fingernägel zu mustern. Ich überlegte gerade, wie anders meine Erinnerung an meine Mutter ausgefallen wäre, wenn sie fünf Jahre länger gelebt hätte, als Gillian fragte: »Wissen Sie noch, was Sie als Letztes zu ihr gesagt haben?«

»Ja.«

Sie wartete darauf, dass ich mehr sagte. Als ich das nicht tat, sah sie mit zusammengekniffenen Augenbrauen beiseite. »Das Letzte, was ich zu meiner Mutter gesagt habe, war: ›Ich wünschte, du wärst tot.‹«

»Gillian –«

»Sie wollte, dass ich auf Jason aufpasse. Sie wollte, dass ich alles absage und tue, was sie will, damit sie in dieses dämliche Konzert gehen kann. Ich war sauer. Mein Freund war sauer, als ich ihm gesagt habe, dass wir uns nicht treffen können. Dann habe ich sie angebrüllt. Und das habe ich zu ihr gesagt.«

»Vielleicht fehlt ihr gar nichts«, sagte ich. »Manchmal fühlt sich jemand einfach überlastet und muss eine Weile aus allem raus.«

»Nicht meine Mom.«

»Ich sage ja nur, dass sie noch keine vierundzwanzig Stunden weg ist. Nehmen Sie nicht gleich an, dass sie –« Ich unterbrach mich gerade noch rechtzeitig. »Nehmen Sie nicht gleich an, dass ihr etwas zugestoßen ist.«

»Dann müssen Sie mir helfen, sie zu finden«, erklärte sie. »Niemand sonst nimmt mich ernst. Die sind alle genau wie Ihre Freunde.« Sie nickte in die Richtung, in die Stuart und die anderen verschwunden waren. »Bilden sich ein, ich sei noch ein Kind – ein Kind, auf das man nicht zu hören braucht.«

Ich zog mein Notizbuch heraus und sagte: »Sie wissen, dass es nicht von mir abhängt, ob die Geschichte in der Zeitung erscheint, ja?«

Sie lächelte.

Nachdem ich meinen Chefredakteur dazu überredet hatte, mich der Geschichte nachgehen zu lassen, fuhr ich zu den Sayres, deren großes, zweistöckiges Haus in einer ruhigen Sackgasse lag. Giles öffnete die Tür, nachdem er einen kläffenden Pekinesen aufgesammelt hatte. Er reichte den sich windenden Hund an Gillian weiter, die ihn nach oben brachte. Jason, so erklärte er mir, war zu seiner Großmutter gebracht worden.

Als ich Giles Sayre zum ersten Mal gegenüberstand, fürchtete ich, es könne ihm missfallen, dass Gillian in einer Angelegenheit, die sich als peinliche Familiengeschichte entpuppen könnte, eine Reporterin um Hilfe gebeten hatte. Doch Giles war voll des Lobs für seine Tochter und sagte, er hätte selbst darauf kommen sollen, den *Express* heranzuziehen.

»Was soll ich nur machen, wenn Julia etwas zugestoßen ist?«, fragte er beklommen.

Wie Gillian war er groß und mager und hatte blassblaue Augen, doch seine Haare waren von einem wesentlich natürlicheren Farbton, einem dunklen Kastanienbraun. Er hatte nicht geschlafen, und seine Augen waren von Tränen gerötet, die ihm auch jetzt leicht kamen und die er nicht zu verbergen suchte.

Er beeilte sich, mir ein paar neue Fotografien seiner Frau zu zeigen. Ihre Haare waren dunkelbraun und ihre großen Augen dunkelblau. Eine attraktive, beherrschte Frau, die selbst auf den spontansten Schnappschüssen perfekt zurechtgemacht zu sein schien. Gillian ähnelte ihr weniger als ihrem Vater, aber auf einem Gruppenbild sah ich, dass Jason Merkmale von beiden hatte – von ihr die dunklen Haare und die aristokratischen Gesichtszüge und von ihm die blassblauen Augen.

»Welches davon ist das neueste?«, fragte ich.

Giles wählte eine Aufnahme aus, die bei einer Jugend-Sportveranstaltung gemacht worden war.

»Darf ich das behalten? Ich kann versuchen, es Ihnen wiederzubeschaffen, aber versprechen kann ich es nicht.«

»Nein, schon in Ordnung, ich habe das Negativ.«

Dieses Maß an Kooperation hielt den ganzen Tag lang an. Er begegnete meiner Einmischung mit einer Art Erleichterung und war ängstlich bemüht, alles Menschenmögliche zu tun, um mir bei meinem Artikel zu helfen. Der Nutzen war beiderseitig – ich gab ihm Gelegenheit, aktiv zu werden, und steuerte einen Teil seiner Energie, die er bisher damit vergeudet hatte, auf und ab zu gehen und sich hilflos zu fühlen. Seine Hilfe machte mir die Arbeit wesentlich leichter. Mir kam in den Sinn, dass sein Bestreben, die Sache publik zu machen, etwas war, was man bei einem Mann, der fürchten muss, betrogen worden zu sein, wohl kaum erwartet hätte.

Also sprach ich mit Nachbarn und Freunden von Julia Sayre sowie mit anderen Verwandten. Je mehr ich über sie erfuhr, desto mehr war ich geneigt, ihrer Tochter zu glauben: Es war unwahrscheinlich, dass Julia Sayre aus eigenem Antrieb verschwunden war. Julia schien recht zufrieden mit ihrem Leben zu sein, ja, sie war offenbar mit fast allem zufrieden außer mit ihrer Beziehung zu ihrer Tochter. Die verbreitete Meinung zu diesem Thema war, dass Gillians Flegeljahre bald zu Ende gehen mussten – sämtlichen Bekannten zufolge war davon niemand überzeugter als Julia.

Wenn sie eine außereheliche Affäre gehabt hatte, dann war Mrs. Sayre mit äußerster Diskretion vorgegangen. Ich hatte die Möglichkeit, dass sie Giles Sayre eines anderen Mannes wegen verlassen hatte, noch nicht ganz ausgeschlossen, aber es war nicht mehr meine Lieblingstheorie.

Ich bat Gillian, mir noch einmal zu schildern, was ihre Mutter angehabt hatte. Einen Rock und eine Jacke aus schwarzer Seide, sagte sie. Eine weiße Seidenbluse, ein Paar schwarze Lederpumps und eine kleine schwarze Lederhandtasche. Ihr einziger Schmuck waren eine schlichte goldene Halskette, ein Paar Brillantohrringe und ihr Ehering gewesen.

»Eigentlich war es gar nicht der Ehering«, erklärte Giles. »An unserem fünfzehnten Hochzeitstag haben wir uns neue Ringe machen lassen.« Er hielt seinen in die Höhe. »Ihrer ist aus Gold wie dieser hier und mit drei Rubinen besetzt.«

Er fuhr mit mir zu dem Einkaufszentrum, wo sie zuletzt gesehen worden war. Mit seiner Hilfe brachte ich den Geschäftsführer von Nordstrom dazu, den Zeitpunkt von Julias Einkauf nachzusehen. Julia hatte um 16 Uhr 18 am vorigen Nachmittag mit einer MasterCard einen schwarzen Unterrock bezahlt. Wir dankten dem Geschäftsführer und gingen. Giles rief von seinem Handy aus beim Servicetelefon von MasterCard an, während wir im Einkaufszentrum von einem Laden zum anderen gingen und einer Verkäuferin nach der anderen ein Foto von Julia zeigten. Doch keine hatte am Tag zuvor diese Frau gesehen. Schließlich bekam Giles von der Mitarbeiterin des MasterCard-Kundenservice seine Auskunft und bat sie, diese mir gegenüber zu wiederholen. Sie bestätigte, dass Julia Sayre die Kreditkarte nach dem Einkauf bei Nordstrom nicht mehr benutzt hatte.

Als Julia Sayres Mercedes auf einem der oberen Decks im Flughafen-Parkhaus von Las Piernas entdeckt wurde, glaubten die beiden Polizisten, die ihn fanden, dass die Frau doch den Entschluss gefasst hatte, aus ihrer Ehe auszubrechen. Doch dann machten die Kriminalbeamten, die dorthin gerufen wurden, eine Entdeckung – eine Entdeckung, die meinen Chefredakteur, der überglücklich war, dass wir die Konkurrenz bei dieser Story abgehängt hatten, zu höchstem Lob über meinen journalistischen Instinkt veranlasste, während sie bei mir Magenkrämpfe auslöste.

Im Handschuhfach lag Julia Sayres linker Daumen.

2

Vor vier Wochen, als die Geschichte über Kara Lane ans Licht kam, hatte ich eigentlich mit einem erneuten Anruf von Gillian gerechnet, in dem sie mich aufforderte, »der Sache nachzugehen«. In den Jahren nach Julias Verschwinden hatte ich stets von Gillian gehört, wenn im *Express* über bestimmte Ereignisse berichtet wurde. Wurde eine unbekannte Tote gefunden, bat mich Gillian mit ruhiger Stimme, in Erfahrung zu bringen, ob die unidentifizierte Leiche ihre Mutter sein könnte, wobei sie es nie versäumte, genaue Angaben über Größe, Haar- und Augenfarbe, Kleidung und Schmuck ihrer Mutter hinzuzufügen. War das Opfer eine blauäugige Brünette? Trug die Tote einen Goldring mit drei Rubinen?

Wenn ein Mann verhaftet wurde, der eine Frau umgebracht hatte, wollte sie, dass ich ihn befragte und herauszufinden versuchte, ob er auch ihre Mutter auf dem Gewissen hatte. Wurde in einem anderen Bundesstaat ein mutmaßlicher Serienmörder festgenommen, erwartete sie, dass ich ergründete, ob er je in Las Piernas gewesen war.

Zwischendurch hörte ich eine Weile bei der Zeitung auf und

arbeitete für eine Werbeagentur. Gillian fand mich und rief mich dort an – O'Connor, mein alter Mentor beim *Express*, hatte eine Schwäche für Vermisstenfälle und verriet ihr, wo sie mich erreichen konnte. Als ich ihr empfahl, O'Connor zu bitten, einer dieser Geschichten nachzugehen, zitierte sie ihn mit der Aussage, dass es mir gut tun würde, mich daran zu erinnern, wie es war, einen richtigen Beruf zu haben.

Ich hätte mich ihrem Wunsch natürlich verweigern können, doch selbst aus der Distanz betrachtet, hatte ich mich im Lauf der Jahre zu intensiv ins Unglück der Familie Sayre verwickeln lassen.

Giles sah ich selten und ausschließlich in seinem Büro; offenbar arbeitete er bis in den späten Abend, um sich von seinem Kummer abzulenken. Seine Mutter zog zu ihnen ins Haus, um sich um die Kinder zu kümmern. Zwei Monate nach Julias Verschwinden gestand mir Giles, dass er nicht wusste, ob er einen Gedenkgottesdienst für sie abhalten lassen sollte. »Ich weiß nicht einmal, was erforderlich ist, um sie für tot erklären zu lassen«, sagte er. »Meine Mutter meint, ich soll warten, sonst würden die Leute denken, ich sei froh, sie los zu sein. Glauben Sie, dass das irgendwer denken würde?«

Ich erklärte ihm, dass er tun solle, was er für das Wohl seiner Familie für richtig hielt, und auf andere Leute pfeifen solle. Es war ein Rat, den er vermutlich nicht annehmen würde – die Meinung anderer schien ihm ungemein wichtig zu sein.

Jason bekam sowohl zu Hause als auch in der Schule regelmäßig Ärger. Seine Großmutter vertraute mir an, dass seine Noten nachgelassen hatten, er keinen Sport mehr trieb und zu einem Einzelgänger geworden war, der zu seinen früheren Freunden kaum noch Kontakt hatte.

Nur Gillian schien ihr gewohntes Leben weiterzuführen. Sie machte ihrer Großmutter genauso viel Kummer wie früher ihrer Mutter. Sie ging ohne Abschluss von der High School ab, zog aus und mietete sich allein eine kleine Wohnung, die sie finanzierte, indem sie in einer Boutique in der Allen Street – von meinem Freund Stuart Angert Pseudokünstlergasse genannt – arbeitete. Daneben brachte sie vier Jahre damit zu, Polizei und Presse ruhig und hartnäckig daran zu erinnern, dass jemand die Suche nach ihrer vermissten Mutter fortsetzen sollte, und ihr entschlossener Stoizismus hielt uns beschämt dazu an, das Wenige zu tun, was in unserer Macht stand.

An dem Tag, als der Fall Kara Lane zum ersten Mal Schlagzeilen machte, wartete Gillian vor dem Wrigley Building, der Heimstatt des *Express*, auf mich. Sie kam mir genauso vor wie damals, als ich sie kennen gelernt hatte: Ganz egal, wie hoch die Wahrscheinlichkeit war, enttäuscht zu werden, Gillian weigerte sich schlichtweg, eine Niederlage einzugestehen. Das berührte mich mehr als Tränen oder hysterische Anfälle. Nichts an ihrer Art veränderte sich; sie war oft barsch, aber nie schwach. Ihre Aufmachung – Kleidung, Frisur und Make-up – mochte ein bisschen extrem sein, doch ihre Gefühle, wie auch immer sie aussehen mochten, stellte sie nicht zur Schau.

Also führte ich Telefonate und verfolgte Hinweise. Nie kam irgendetwas dabei heraus. Bis Kara Lane verschwand.

Mittlerweile durfte ich nicht mehr über Kriminalfälle schreiben – eine Folge meiner Ehe mit Frank Harriman, einem Fahnder vom Morddezernat. Aber meine Ehe ist die Querelen, die sie mir beim *Express* und Frank bei der Polizei verursacht, mehr als wert.

Zufälligerweise gehörte Frank dem Team an, das den Fall Lane untersuchte. Ich erfuhr Einzelheiten darüber, die ich dem Kriminalreporter des Blattes nicht erzählen konnte – und Gillian erst recht nicht. Doch schon bald wurden all diese Einzelheiten allgemein bekannt.

Kara Lane war dreiundvierzig, hatte dunkle Haare und blaue Augen, war geschieden und hatte zwei Töchter im Teenager-Alter. Sie war eines Abends gegen acht Lebensmittel einkaufen gegangen, und als sie um elf noch nicht wieder zurück war, begannen ihre Töchter sich Sorgen zu machen. Da sie zum Autofahren zu jung waren, baten sie einen Nachbarn um Hilfe. Nachdem sie die Parkplätze sämtlicher Geschäfte in der Umgebung abgeklappert hatten, rief der Nachbar um Mitternacht Karas Exmann an. Nach erneuter Suche in den Läden verständigte der Exmann die Polizei. Früh am nächsten Morgen kam die Suche ernsthaft in Gang.

Mehrere Faktoren veranlassten die Polizei, sich schneller auf die Suche nach ihr zu machen als damals nach Julia Sayre: Kara war zuckerkrank und brauchte jeden Tag ihre Insulinspritzen – und sie hatte ihre Medikamente nicht bei sich; sie hatte ihre Töchter noch nie über Nacht allein gelassen; und bei der morgendlichen Dienstbesprechung war Detective Frank Harriman aufgefallen, dass Kara Lane, was Körpergröße, Alter, Figur und Haarfarbe anging, Julia Sayre ähnelte – einer Frau, deren Tochter seine Frau, die Reporterin, immer wieder bedrängte. Er schlug seinem Partner Pete Baird vor, sich mal im Flughafen-Parkhaus von Las Piernas umzusehen.

Kara Lanes bejahrter VW-Bus stand genau am selben Fleck, wo vor vier Jahren Julia Sayres Mercedes abgestellt worden war. Nicht lange, nachdem die beiden ihre Entdeckung gemeldet hatten, wurde der Bus sorgfältig durchsucht. Karas linker Ringfinger fand sich im Handschuhfach.

Daraufhin rief die Polizei Dr. David Niles zu Hilfe, einen forensischen Anthropologen und Besitzer zweier Hunde, die auf Suchen und Bergen sowie auf Leichenfunde trainiert waren, und bat ihn, mit den Tieren zum Flughafen zu kommen. Die Ergebnisse waren erstaunlich – so erstaunlich, dass ich, als mir Frank und Pete am Abend davon erzählten, fast sicher war, sie würden übertreiben.

»Einer seiner Hunde – Bingle – ist unglaublich schlau«, erzählte Pete. »Er kann alles finden. Also, im Vergleich zu ihm wirken deine Köter geradezu zurückgeblieben, Irene.«

»Jetzt aber mal halblang –«, begann ich und sah hinüber zu

Deke, überwiegend schwarzer Labrador, und Dunk, überwiegend Schäferhund, die beide in der Nähe lagen und schliefen.

»Unsere Hunde sind auch schlau«, warf Frank ein, der einen Streit vermeiden wollte, »aber Bingle ist – na ja, du müsstest ihn erleben, um es zu glauben. Und er ist umfassend ausgebildet –«

»Vergiss Bool nicht«, ergänzte Pete. »Seinen Bluthund. Er arbeitet nämlich mit zwei Hunden. Wenn der eine das Zeichen gibt, dass er etwas gefunden hat, holt er den anderen zur Bestätigung dazu.«

»Bingle hat sogar schon unter Wasser Leichen gefunden«, sagte Frank.

»Wie geht denn das?«, fragte ich. »Steckt ihr ihn in einen kleinen Taucheranzug?«

»Sehr witzig«, sagte Pete.

»Der Hund kann es«, antwortete Frank. »Es ist nicht so unvorstellbar, wie es klingt. Die Bakterien in einer verwesenden Leiche verursachen den Ausstoß von Gasen. Der Geruch steigt durchs Wasser nach oben, und der Hund nimmt ihn wahr, wenn er an der Oberfläche angekommen ist. Man kann mit Bingle im Boot hinausfahren und einen See absuchen, und er gibt Laut, wenn er unten eine Leiche riecht.«

»Okay«, sagte ich, »das klingt einleuchtend. Aber –«

»Hör dir einfach mal an, was passiert ist«, sagte Pete.

Der Hauptteil der Geschichte bestand darin, dass Bingle eine Gruppe Männer in einem schnellen Zickzackkurs aus dem Parkhaus hinaus und über das Flughafengelände führte. Dann steuerte er einen Flugzeughangar an.

»Er ist komplett ausgerastet«, berichtete Pete und machte mit den Händen hektische Paddelbewegungen.

»Wie ein Wilder hat er an einer der Rückwände gekratzt«, ergänzte Frank.

Die Polizei brauchte eine Zeit lang, um einen Durchsuchungsbefehl zu erwirken und den Besitzer des Gebäudes ausfindig zu machen, doch schließlich bekamen sie Zugang. Zuerst schien alles in Ordnung zu sein. Der Hangar war von einem gewissen Nicholas Parrish gemietet worden, einem ruhigen Mann, wie der Besitzer sagte, einem Mann, der seine Miete rechtzeitig zahlte und nie irgendwelchen Ärger machte. Ein Flugzeugmechaniker. Die Polizei überprüfte Parrishs Namen im Computer: Gegen ihn lag kein Haftbefehl vor, ja, er hatte überhaupt keinen Eintrag im Strafregister.

David Niles holte Bool herbei und ließ den Bluthund an einem Kleidungsstück von Kara Lane schnuppern. Bool, der dieses »Vorwittern« brauchte, um eine Spur aufzunehmen, verfolgte einen fast identischen Weg wie vor ihm Bingle.

Frank schlug vor, ein Team der Spurensicherung zu holen, um den Hangar mit Luminol zu testen, einer Chemikalie, die auch kleinste Blutspuren nachweist, doch die Skeptiker in der Gruppe fingen bereits zu murren an, vor allem Reed Collins und Vince Adams, die Fahnder, die im Fall Lane ermittelten.

»Collins hatte begonnen, über das Verschwenden wertvoller Zeit zu meckern, und sein Partner hatte gerade etwas von einem fruchtlosen Unterfangen gesagt«, berichtete Pete, »als Bingle auf einmal den Kopf hob und zu singen anfing.« Pete gab einen einzelnen hohen Ton von sich, der unsere beiden Hunde veranlasste, aufzustehen und die Köpfe schief zu legen. »David hat ein anderes Kommando gegeben, und der Hund ist wieder losgerannt.«

Diesmal raste der Hund über den Asphalt auf ein Feld hinter der nächst gelegenen Startbahn zu. Als er stehen blieb, tänzelte und hüpfte er herum, scharrte hektisch in der Erde und sang erneut – Handlungen, die Pete, der während seiner Schilderung richtig mitging, darstellerisch zum Besten gab. Wirklich eine Leistung.

David ging weiter, an die Stelle, wo Bingle Laut gegeben hatte, und rief nach hinten: »Ich glaube, er hat sie gefunden.«

Die anderen folgten sofort. Sie sahen das flache Grab, die frisch aufgeworfene Erde und einen Damenschuh, der aus etwas

Glänzendem, Grünem hervorsah: Plastikfolie. Frank hängte sich ans Funkgerät und wies die Beamten im Hangar an, das Gelände abzusperren, ein Team der Spurensicherung anzufordern und einen Fahndungsaufruf nach Nicholas Parrish herauszugeben.

»Die ganze Zeit, während er ins Funkgerät spricht, gehe ich immer näher ran«, fuhr Pete fort, »und sehe, wonach der Hund gegraben, was er entdeckt hat. Es war ihre Hand – du weißt schon, die Linke, die mit dem fehlenden Finger.«

Ich sah Frank an. »Gillian Sayre ruft bestimmt –«

»Du darfst ihr noch nichts sagen«, betonte er. »Niemandem. Kein Wort davon. Noch nicht.«

Doch am nächsten Morgen erschien der Fall Kara Lane auf den Titelseiten, und Gillian stand vor dem Zeitungsgebäude und sah noch ein bisschen beklommener drein als sonst. Als ich fast bei ihr angelangt war, hielt sie mir ein zerknittertes Exemplar des *Express* entgegen und zeigte auf das Foto von Parrish. »Das ist der Mann, der meine Mutter verschleppt hat.«

»Es sieht ganz danach aus, als hätten die beiden Fälle vieles gemeinsam«, stimmte ich ihr zu.

»Nein. Ich meine, ich weiß, dass er es war. Er hat in unserer Straße gewohnt – vor langer Zeit.«

»Was? Vor wie langer Zeit?«

»Bevor meine Mom verschwunden ist.«

»Haben Sie das der Polizei erzählt?«

Sie schüttelte den Kopf. Es wunderte mich nicht. Jeglicher Glaube, den sie einst an die Polizei gehabt haben mochte, hatte Schaden genommen, als die Polizei von Las Piernas die Suche nach ihrer Mutter aufschob, und war restlos zerstört worden, als sie sie nicht gefunden hatte. Gillian und mich verband eine Abneigung gegen Bob Thompson, den Fahnder des Morddezernats der Polizei von Las Piernas, der den Fall ihrer Mutter bearbeitet hatte. Ein- oder zweimal hatte sie mit anderen Mordfahndern gesprochen, als eine unbekannte Tote gefunden worden war, doch normalerweise verließ sie sich darauf, dass ich für sie den Kontakt zur Polizei knüpfte.

»Ich dachte, Sie könnten es vielleicht Ihrem Mann sagen«, schlug sie jetzt vor.

»Ja, sicher«, sagte ich, während mir immer noch ganz flau war. »Hat Parrish allein dort gelebt?«

»Nein. Ich glaube, das Haus hat seiner Schwester gehört.«

»Ist Ihnen je aufgefallen, dass sich dort etwas Seltsames abgespielt hätte?«

»Nein, eigentlich nicht. Es waren ruhige Leute. Sie ist weggezogen – ich weiß nicht mehr genau, wann. Ich habe keine Ahnung, wo sie jetzt wohnt. Sie war nicht nett.«

»War er nett?«

Sie zuckte mit den Achseln. »Er war nicht besonders gesprächig. Ich schätze, er war zu allen ganz freundlich – Sie wissen schon, er hat gelächelt und gewinkt. Aber er hat immer meine Mom angestarrt.«

Jetzt, wo ich mich an den Armlehnen meines Sitzes festhielt, während das Flugzeug durch die unruhige Luft über der südlichen Sierra Nevada ruckelte, sah ich zu, wie der Mörder nicht weit weg von mir erwachte. Ich konnte mir ohne weiteres ausmalen, wie Nicholas Parrish seiner Beute nachstellte, wie er Julia Sayre anstarrte, wenn sie das Haus verließ, um Besorgungen zu machen, oder wenn sie im Garten arbeitete oder vom Einkaufen nach Hause kam. Wie er sie anstarrte, während sie sich in völliger Sicherheit wähnte.

Wie er sie anstarrte – auf ganz ähnliche Art wie jetzt mich.

3

MONTAG NACHMITTAG, 15. MAI

Bergland der südlichen Sierra Nevada

Nach einer holprigen Landung auf einer unebenen provisorischen Landebahn mussten wir warten, bis wir alle aussteigen durften. Bob Thompson sprach einen der Wachmänner mit »Earl« an und murmelte ihm einen Befehl zu. Earl war der Erste, der ausstieg. Kurz darauf kehrte er zurück, sagte »alles klar« und machte sich mit den anderen drei Wachen daran, Parrish aus dem Flugzeug zu bringen. Der Nächste war Thompson, gefolgt von einem stillen jungen Mann, der anscheinend sein Assistent war – aber nicht sein Partner. Thompson und Phil Newly, Parrishs Anwalt, waren die einzigen Mitglieder der Gruppe, die ich vor diesem Tag schon gesehen hatte. Vor ein paar Jahren hatte ich über verschiedene Kriminalfälle berichtet und war Newly dabei im Gerichtsgebäude begegnet.

Thompson und ich kannten einander schon fast zehn Jahre. Die Verachtung beruhte auf Gegenseitigkeit und war massiv.

Vermutlich machte mich das zur Vorzugskandidatin im Rennen darum, die Feindseligkeit der anderen Passagiere auf sich zu ziehen. Parrish siegte mit einer Länge Abstand, gefolgt von Newly. Ich als Pressevertreterin landete weit abgeschlagen auf dem dritten Platz.

Newly und Bill »Flash« Burden, ein Tatortfotograf der Polizei von Las Piernas, trotteten hinter den Wachen drein. Dann kam der Pilot in die Kabine zurück und stellte sich in den Gang. »Sie anderen warten hier, bis Parrish untergebracht ist«, erklärte er und verließ das Flugzeug wieder. Minuten verstrichen.

»Weißt du, wer vom Forest Service uns abholt?«, hörte ich David Niles fragen.

»J. C.«, antwortete Ben Sheridan. »Und Andy kommt mit ihm rauf.«

»Was für ein Andy?«, fragte ich.

Sheridan beäugte mich kalt und wandte sich dann stirnrunzelnd zum Fenster. Nach kurzem Schweigen sagte David Niles: »Andy Stewart, ein Botaniker, der manchmal mit uns zusammenarbeitet.«

»Danke, Dr. Niles.«

»Nennen Sie mich David.«

Sheridan seufzte laut. Dies schien David geradezu zu amüsieren, doch er sagte weiter nichts zu mir. Ich wusste, dass wir an der Landebahn zwei Personen treffen würden; zwei Männer, die von woanders eingeflogen wurden, aber Thompson hatte lediglich gesagt, sie seien »Teil von Sheridans Team«.

»Okay, Leute«, rief Earl. Ich stand auf, bedeutete aber David, Bingle, der seit der Landung unruhig war, vorausgehen zu lassen. »Danke«, sagte er und folgte dem Hund. Und so blieb ich mit Ben Sheridan zurück, der immer noch grimmig dreinschaute, während er aus dem Fenster blickte.

»Hören Sie«, begann ich. »Ich möchte nicht –«

»Ich lasse Sie hier nicht allein, damit Sie im Flugzeug herumschnüffeln können«, unterbrach er mich. »Gehen Sie raus.«

Ich spürte, wie die Wut in mir aufwallte, beherrschte mich und verließ das Flugzeug, ohne noch ein Wort an ihn zu richten.

Am Fuß der Gangway reckte ich mich und betrachtete die vor mir liegende Aussicht. Wir befanden uns auf einer langen Wiese, fast in der Mitte eines schmalen Tals, das bereits im Schatten lag und abkühlte. Der Geruch von Kiefern aus den nahen Wäldern mischte sich mit dem Duft später Frühlingsblumen auf der Wiese sowie mit Gras und Erde. Als ich den schmalen, gemähten Streifen sah, auf dem wir gelandet waren, empfand ich neuen Respekt vor dem Piloten.

Hier sollte ein Basislager aufgeschlagen werden.

Nachdem er sich erleichtert hatte, begann Bingle wild über die Wiese zu tollen, wobei er weniger lief als hopste und immer wieder stehen blieb, um seinen Trainer zu animieren, mit ihm zu spielen. Doch David, Sheridan und alle anderen, die nicht mit der Bewachung Parrishs betraut waren, begannen Ausrüstungsgegenstände aus dem Flugzeug zu laden. Ich sammelte meine Sachen zusammen und schickte mich dann an, den anderen zu helfen. Ich hatte erst wenige Schritte getan, als eine Stimme hinter mir fragte: »Sind Sie die Reporterin?«

Ich wandte mich um und stand vor einem mageren, goldblonden jungen Mann, der mich anlächelte. Ich schätzte ihn auf Mitte zwanzig. Sein Haar war kurz und borstig. Er war braungebrannt und hatte die Art von Wadenmuskulatur, die man nur bekommt, indem man die Füße über lange Strecken bewegt, entweder beim Radfahren, Laufen oder Wandern. Er trug einen kurz geschnittenen Bart und einen Ohrring im rechten Ohr.

»Ja«, sagte ich, stellte meinen Rucksack ab und streckte die Hand aus. »Irene Kelly.«

»Andy Stewart«, sagte er und drückte mir fest die Hand. »Ich bin der Botaniker des Teams. J. C. und ich sind mittags hier angekommen. Wir sind schon fertig. Kann ich Ihnen bei irgendwas helfen?«

»Ich komme zurecht, aber es sieht ganz danach aus, als hätte Dr. Sheridan noch einige Sachen da drin.«

Er schnappte sich eine zweite Segeltuchtasche und plauderte weiter mit mir, indem er mir erzählte, dass sie ein Hubschrauber des Forest Service vorhin hergebracht hätte.

»Entschuldigen Sie die Frage, aber warum wird bei dieser Suche ein Botaniker gebraucht?«

»Tja, jedes Mal wenn jemand wie Mr. Parrish ein Loch gräbt, anschließend etwas, das letztlich wie ein Riesenhaufen Dünger wirkt, hineinwirft und es wieder zuschüttet, lässt die Natur dies nicht unbemerkt geschehen. Die Pflanzen, die er ausgegraben hat, und die Neuen, die dort zu sprießen beginnen, das umgebende Erdreich – er hat eine Störung des bestehenden Systems verursacht. Wenn er genug Berufserfahrung hat, kann ein

Botaniker lernen, die Anzeichen für eine solche Störung zu erkennen.«

»Sie werden also dafür bezahlt, dass Sie nach Veränderungen in der Pflanzenwelt Ausschau halten?«

Sein Gesicht verzog sich zu einem Grinsen. »Bezahlt? Nein, bezahlt wird keiner von uns. Ben, David und ich machen diese forensischen Arbeiten freiwillig. Ich promoviere gerade in Biologie; Ben und David unterrichten an der anthropologischen Fakultät. David kommt außerdem für Bingles Training und Ausrüstung auf. Nicht einmal J. C. bekommt es extra bezahlt, dass er mitarbeitet, obwohl er auf der Gehaltsliste des Forest Service steht, solange er hier ist.« Er machte eine kurze Pause. »Ich hoffe, es macht Ihnen nichts aus, wenn ich Ihnen die Frage stelle, die Sie mir gestellt haben: Was macht denn eine Reporterin hier?«

»Gute Frage. Es gibt jede Menge Leute, hier und zu Hause, die Ihnen gern erklären würden, dass ich hier überhaupt nichts verloren habe.« Ich hielt inne und versuchte die Erinnerung an den Streit zu verdrängen, den ich vor meiner Abreise mit Frank gehabt hatte.

»Ich will nicht, dass du mit ihm da oben bist, ganz egal, wie viele Wachen auf ihn aufpassen.«

»Ich will auch nicht mit ihm da oben sein, aber ich kann mich von dieser Geschichte nicht lossagen, Frank.«

»Lehn den Auftrag ab. Verdammt noch mal, Irene, diese Amputationen haben vor dem Tod stattgefunden. Weißt du, was das heißt?«

»Hör auf«, sagte ich.

»Es heißt«, fuhr er rücksichtslos fort, »dass diese Frauen noch am Leben waren, als er begann, sie zu verstümmeln, Irene. Am Leben.«

»Aber Sie sind trotzdem hier«, sagte Andy.

»Ja. Ich kenne die Familie von Julia Sayre –«, begann ich.

»Ist Sayre das Opfer, zu dem er uns führen will?«

»Ja.«

Ich bin hier, um die letzten Funken ihrer Hoffnung auszulöschen, dachte ich. Diese kleine, unsinnige Bürde der Hoffnung, die sie im Hinterkopf quälen musste wie ein Stein im Schuh.

Meine Jahre als Reporterin hatten mich gelehrt, dass Familien sich verbissen an den kleinsten Fetzen Hoffnung klammerten, der zu finden war, an jede Möglichkeit, die sie sich ausmalen konnten. Wenn ihr Sohn in einem Flugzeug gesessen hatte, das abgestürzt war, dann fragten sie sich, ob er vielleicht den Flug verpasst oder sein Ticket einem Freund gegeben hatte.

Die Sayres machten sich bestimmt auch solche Hoffnungen, das wusste ich, auch wenn Gillian mir nie davon erzählen würde.

Parrishs Erklärung musste derartige Fantasien nahezu vernichtet haben. Was musste das für ein Schlag für Gillian gewesen sein. Trotzdem fragten sich die Sayres sicher, ob Parrish bluffte oder sich in der Identität seines Opfers getäuscht hatte.

Und so blieb nun nur noch das, diese endgültige Identifizierung. Wir würden die sterblichen Überreste von Julia Sayre ausgraben und die zerstörte Hoffnung ihrer Familie an ihrer Statt zurücklassen.

»Nett von Ihnen, dass Sie sich der Familie zuliebe so viel Mühe machen«, sagte Andy und riss mich aus meinen Gedanken.

»Nein, ist es nicht«, widersprach ich. »Ich bin hier, weil mein Chef darauf bestanden hat, und ich war nicht gerade begeistert von diesem Auftrag. Ich bin zum Spielball polizeilicher Taktik geworden. Die Polizei von Las Piernas hat neulich eine schwere Schlappe einstecken müssen –«

»Als sie versucht haben, Fehler in einer Untersuchung der Kommission für innere Angelegenheiten zu vertuschen«, sagte er und nickte. »Aber einer der Reporter des *Express* hat davon erfahren und sie in doppelt so schlechtem Licht erscheinen lassen.«

»Ja. Und um der Öffentlichkeit zu beweisen, dass sie prima

Arbeit leisten und alles einwandfrei ist, haben die hohen Tiere beschlossen, eine Lokalreporterin über einen Fahndungserfolg berichten zu lassen – die Lösung eines alten Falls, der in der Zeitung groß herausgestellt worden war. Der *Express* hat sie ohnehin bereits bedrängt, mich mitkommen zu lassen. Ich hätte mir nie träumen lassen, dass sie ja sagen würden, sonst hätte ich versucht, diesen Plan zu vereiteln, bevor er so weit gediehen war.«

»Ich hätte gedacht, das sei der Traum jedes Reporters.«

»Ich mag die Berge nicht besonders.«

»Sie mögen die Berge nicht?«, sagte er entsetzt. Das war in seinen Augen eindeutig ein Sakrileg.

Ich schluckte schwer. »Früher habe ich sie geliebt. Aber – ich hatte einmal ein schlimmes Erlebnis in den Bergen.«

»Beim Trekking?«

»Nein. In einer Hütte.« Mein Mund war trocken. Ich merkte, wie meine Zunge langsam wurde und über das simple, kleine Wort *Hütte* stolperte.

Andy schien es nicht aufzufallen. »Aber Sie waren schon mal wandern«, sagte er verwirrt.

»Ja. Haben mich meine Sachen verraten?«

»Mhm. Die sind nicht typisch für Neulinge – nicht wie diese schwachsinnige Ausrüstung, die der Anwalt dabei hat. Die meisten Ihrer Sachen sind gebraucht – zum Beispiel Ihre Stiefel. Der Anwalt hat nagelneue Stiefel, und ich wette mit Ihnen, dass er in null Komma nichts Blasen kriegt. Sie haben zwar ein paar neue Sachen, aber nicht nur zum Angeben.«

»Es ist schon lange her, dass ich meine Wanderausrüstung benutzt habe.« Ich wollte nicht daran denken, warum.

»Dann trennen Sie es von Ihrem Erlebnis in der Hütte«, verlangte er mit der lockeren Logik der Jugend.

Bevor ich antworten konnte, rief eine tiefe Stimme von der anderen Seite der Wiese: »Ihr Botaniker bringt Ms. Kelly aus der Ruhe.«

Parrish.

Ich merkte, wie aufgrund der plötzlichen Aufmerksamkeit, die von fast allen anderen – außer seinen Wachen, von denen eine Parrish anwies, den Mund zu halten – auf mich einstürmte, mein Gesicht rot anlief.

»Tue ich das?«, fragte mich Andy.

»Nein. Nein, tun Sie nicht. Durch Sie fühle ich mich hier gleich wesentlich wohler.«

Er grinste erneut.

In gewissem Sinne hatte ich ihm die Wahrheit gesagt. Wenigstens redete er mit mir und war freundlicher als die anderen. Vielleicht hatte er ja Recht, was das Trekking anging. Vielleicht würden meine Ängste nicht in gleicher Weise angefacht werden, wie es vermutlich der Fall wäre, wenn ich mit dem Auto in die Berge führe und in einer Hütte wohnte.

»Früher kannte ich mich ganz gut mit Wildblumen aus«, sagte ich und versuchte, meine Gedanken von Hütten, Handschuhfächern und Nicholas Parrish wegzusteuern. »Vielleicht können Sie mir mit den Namen von einigen Arten hier auf der Wiese auf die Sprünge helfen?«

4

Montag Nachmittag, 15. Mai

Bergland der südlichen Sierra Nevada

Schließlich verschoben wir unsere Botanikstunde. Es gab einfach zu viel zu tun, wenn wir vor Einbruch der Dunkelheit das Lager fertig haben wollten.

Ich stellte mein Zelt auf und legte meinen Rucksack hinein. Dann sah ich mich um, ob irgendjemand anders Hilfe brauchte. Ich sah Earl, den Wachmann, dessen Namen ich aufgeschnappt hatte, irgendwelche Pillen einnehmen. Ich schätzte ihn auf Ende vierzig; sein Partner war vermutlich etwas älter.

»Geht's Ihnen gut?«, fragte ich.

»Mir?«, fragte er zurück und steckte die Pillen rasch ein. »Oh, mir fehlt nichts.« Auf meinen fragenden Blick hin fügte er hinzu: »Ich hab bloß gerade 'ne Ohrenentzündung hinter mir. Wenn gewisse Personen davon wüssten, hätten sie mich von dieser Unternehmung fern gehalten.«

»Ich sag's nicht weiter.«

Er grinste. »Vor allem nicht Thompson.«

»Klar. Es merkt ja wohl jeder, dass wir alles andere als gut Freund miteinander sind.«

»Lady, Thompson ist mit *niemandem* gut Freund.« Er streckte die Hand aus. »Ich heiße übrigens Earl Allen. Mir ist aufgefallen, dass Detective Oberarrogant es versäumt hat, Sie dem Fußvolk vorzustellen.«

»Freut mich, Sie kennen zu lernen, Earl. Ich bin Irene.«

»Ach, wir kennen Sie alle. Sie sind Harrimans Frau.«

»Ja.«

»Frank ist ein guter Mann. Wenn Ihnen irgendeiner von diesen Komikern Ärger macht, sagen Sie mir Bescheid.«

»Danke.«

»Hey, Earl!«, rief einer der anderen Polizisten. Er war der stämmigste von allen und schien auch der älteste zu sein.

»Mein Partner Duke Fenly«, sagte Earl und wandte sich zum Gehen. »Anscheinend braucht er jemanden, der ihm mit dem Zelt hilft.«

»Duke und Earl? Das soll wohl ein Witz sein?«

»Nee – wir sind richtige Aristokraten«, erwiderte Earl über die Schulter. »Deshalb haben sie uns ja zu diesen ganzen Rittern von der traurigen Gestalt abkommandiert.«

Selbst mit Earls Hilfe taten sich die beiden schwer, ihr großes Zelt aufzustellen, und so beschloss ich, mit anzupacken. Während wir an der Arbeit waren, zeigte mir Earl Merrick und Manton, zwei andere Wachleute, und einen Polizisten namens Jim Houghton, der gerade Thompsons Zelt aufbaute.

»Der ist aber jung für einen Detective«, sagte ich.

Earl schnaubte. »Er ist kein Detective. Er ist Streifenpolizist, genau wie wir. Thompson hat momentan keinen richtigen Partner.«

»Warum nicht?«, wollte ich wissen.

»Ganz unter uns? Weil es kein Mensch aushält, mit diesem Sack zusammenzuarbeiten. Also wurde der arme Houghton dazu abgestellt, Thompsons *Assistent* zu spielen.«

»Sein Lakai«, knurrte Duke. »Aber Houghton hat gute Nerven – der lässt sich nicht aus der Ruhe bringen. Er packt das schon.«

Wir hatten das Zelt gerade an seinem Gestänge aufgerichtet, als Thompson auf einmal von einer Diskussion mit Newly aufblickte, zu uns rübersah und brüllte: »Was zum Teufel treibt ihr da, Männer?«

Unsere Hände erstarrten. Earl sah nach hinten, als könne er es nicht fassen, dass Thompson ihn anschrie.

»Was gibt's denn für Probleme, Detective Thompson?«, fragte Duke in eisigem Tonfall.

»Schaffen Sie die verdammte Reporterin da raus!«, fauchte Thompson. »Ich will nicht, dass sie irgendetwas anfasst, was der Polizei von Las Piernas gehört!«

»Och, Bob«, witzelte Earl, »das wird aber brutal hart für Harriman, wenn sie wieder nach Hause kommt.«

Die anderen Polizisten – sogar Houghton – lachten, was nicht dazu beitrug, dass sich Thompson beruhigte. »Das ist sein Problem. Hier oben habe ich das Sagen. Kapiert?«

Duke und Earl sahen nicht restlos überzeugt aus, aber ich beschloss, mich nicht auf einen Streit einzulassen. Ich war versucht, einfach die Hände vom Zelt zu nehmen und es einstürzen zu lassen, doch ich bemerkte erneut, wie mich Nick Parrish beobachtete. Ich schaute weg und suchte nach einem Verbündeten. Andy trug gerade einen Wanigan – eine Kiste mit Kochutensilien – in Richtung Kochstelle. Ich wollte ihn schon um

Hilfe bitten, doch bevor ich ihn ansprechen konnte, kam Ben Sheridan herübergeschlendert und nahm mir die Strebe ab, die ich umklammert hielt. »Gehen Sie schon«, sagte er.

Mein kleines Zelt stand am Rand der Lichtung, auf der windabgewandten Seite einiger Bäume. Ich musterte kurz den Himmel und beschloss daraufhin, den Regenschutz anzubringen. Dann wartete ich einen Moment ab, in dem nicht einmal Nick Parrish zu mir hersah, und schob mich rückwärts in die Öffnung des Kuppelzelts. Ich hielt das Gesicht stets zur Öffnung gewandt, während ich meine Sachen verstaute, ein mitunter heikles Unterfangen, aber ich musste den dunkler werdenden Himmel sehen und die kühle Luft spüren. Ich wehrte mich gegen die Vorstellung, mich in diesem beengten Raum aufzuhalten. Schließlich zog ich eine weitere Schicht Kleidungsstücke über und trat wieder hinaus. Dann holte ich meinen kleinen Gaskocher hervor und machte ihn betriebsbereit.

Phil Newly sah mich und kam herübergeeilt. Als ich seinen verkrampften, ruckartigen Gang beobachtete, kam mir die Idee, dass dieser Ausflug in den Wald ihm Entspannung bringen könnte, doch rasch brachte ich meine Gedanken wieder auf Realitätskurs – das hier war schließlich kein Urlaub oder ein erholsamer Wanderausflug, sondern wir waren unterwegs, um Nick Parrishs grausiges Werk auszugraben.

Und hier stand nun sein Verteidiger und blickte auf mich herab. Gezielt charismatisch. Newly hatte braunes Haar, gemeißelte Gesichtszüge und eindringliche dunkle Augen, von denen es hieß, dass sie einen Zeugen der Anklage lange bevor er mit dem Kreuzverhör begann aus der Fassung bringen konnten. Doch in seiner funkelnagelneuen Designer-Trekkingkluft sah er durch und durch wie ein Tourist aus. Völlig harmlos.

»Irene«, schalt er, »Sie wollen uns doch beim Abendessen nicht Ihrer Gesellschaft berauben, oder?«

»Berauben ist wohl kaum das Wort, das die gegnerische Fraktion verwenden würde.« Man hatte mir erklärt, dass ich meine eigene Verpflegung mitbringen müsse, obwohl die anderen auf Kosten der Polizei von Las Piernas verköstigt wurden. Newly hatte für den ersten Abend unter freiem Himmel Steaks erstanden.

»Mein Gott«, sagte er, »wenn ich den geballten Widerwillen ertragen kann, den die anderen für meine Branche zum Ausdruck bringen, schaffen Sie das auch. Kommen Sie und setzen Sie sich zu uns.«

»Danke für die Einladung, Phil, aber wenn ich die Sachen nicht esse, die ich jetzt zubereiten möchte, muss ich sie morgen auf dem Rücken mitschleppen. Außerdem habe ich keine Lust, Nick Parrish dabei zuzusehen, wie er Steaks verdrückt.«

»Ich glaube, Earl wird meinem Klienten ein Mortadella-Sandwich kredenzen.«

Ich schmunzelte. »Und Sie haben nicht dagegen protestiert?«

»Kaum.« Er zögerte einen Moment, bevor er hinzufügte: »Ich muss meine Klienten nicht mögen, Irene. Ich muss ihnen lediglich die bestmögliche Verteidigung zukommen lassen, die ich ihnen bieten kann.«

»Aber Parrish lag anscheinend gar nicht viel an einer Verteidigung, oder?«

»Ich war gegen diesen Handel.«

»Es lag eine stichhaltige Anklage gegen ihn vor.«

»Irene, bitte –«

»Okay, okay, mir ist nicht völlig unbekannt, was aus einer stichhaltigen Anklage werden kann, nachdem Sie sich darüber hergemacht haben.«

Er lachte. »Das fasse ich als Kompliment auf. Und jetzt sagen Sie bitte, dass Sie sich zu uns setzen.«

»Tut mir Leid, Phil. Die Journalistin in mir sagt zwar, dass ich eine bessere Geschichte schreibe, wenn ich ein Kameradschaftsgefühl entwickle und so, aber ich habe den Verdacht, dass wir in den nächsten zwei, drei Tagen noch genug Gelegenheit haben werden, uns gegenseitig über die Füße zu stolpern.«

»Na gut, ich bedränge Sie nicht. Aber bleiben Sie nicht den ganzen Abend weg, sonst macht es noch den Eindruck, als würden Sie schmollen.«

»Da haben Sie Recht«, gab ich zu und empfand leise Enttäuschung bei dem Gedanken, dass ich meine Handschuhe wieder schnüren und erneut in den Ring steigen musste. »Dann bis später.«

Während ich mir überlegte, ob sich in den Jahren, in denen ich auf Trekking verzichtet hatte, irgendein Aspekt davon entscheidender verbessert hatte als die gefriergetrockneten Mahlzeiten, räumte ich alles auf und gesellte mich zu der Gruppe, die sich um ein kleines Lagerfeuer versammelt hatte. Earl und Duke hatten Parrish in sein Zelt geführt und hielten dort Wache. Aber einer der anderen Polizisten, Manton, war nett zu mir, und ebenso Flash Burden, der Fotograf. Mit zwei Ausnahmen – Bob Thompson und Ben Sheridan – zeigte sich nach dem Essen kaum mehr jemand feindselig.

Kurz nachdem ich gekommen war, erklärte Thompson, dass er nun schlafen ginge. »Ich würde empfehlen, dass die anderen das Gleiche tun.« Doch die anderen ignorierten ihn.

Manton bemerkte meine beklommenen Blicke zu dem Zelt, in das Parrish gebracht worden war, und sagte: »Keine Sorge, wir lassen ihn nicht aus den Augen. Ihnen passiert nichts.«

»Danke«, sagte ich, konnte aber die Vorstellung nicht abschütteln, dass Parrish hellwach dalag und auf jedes Wort, jeden Laut außerhalb seines Zelts lauschte.

Ein durchdringendes Geräusch ließ mich zu Ben Sheridan hinüberblicken, der Zweige in immer kleinere Stücke zerbrach. Ich war nicht die Einzige, der es schwer fiel, sich in der freien Natur zu entspannen.

Doch schon bald lenkten mich die anderen ab, indem sie mich auf den Arm nahmen, weil ich mir die Steaks hatte entgehen lassen.

»Es ist schneller gegangen, die Steaks zu braten, als unser alter Dave hier gebraucht hat, um das Futter für seinen Hund herzurichten«, erklärte Merrick und begann zu schildern, wie aufwändig David Bingles Futter zubereitet hatte.

»Hey, ich muss gut für Bingle sorgen«, wehrte sich David. *»¿Estás bien, Bingle?«* Bingle, der zwischen ihm und Ben saß, beugte sich herüber und küsste David aufs Ohr.

»Herrgott«, sagte Manton, »Sie lassen sich von diesem Hund küssen, nachdem er an allen möglichen Leichen geleckt hat?«

»Bingle, er verleumdet dich!«, sagte David in einem Ton, der den Hund zum Bellen veranlasste. »Bingle küsst nur Lebende. Aber natürlich könnte ihn jemand mit einem Atem wie Ihrem aus dem Konzept bringen, Manton, also küsst er Sie vielleicht nicht.«

»Was ist das für ein Zeug, das Sie ihm zu fressen geben?«, wollte Flash Burden wissen.

»Ach, das ist meine geheime Mixtur im Superhelden-Training.«

»Auf jeden Fall ergibt sich aus den Anfangsbuchstaben ein interessantes Wort«, bemerkte Andy.

»Treten Sie nur nicht rein wie jetzt gerade in meine Pointe«, erwiderte David, allerdings ohne jeden Groll.

Bingle lag mit den Ohren nach vorn ruhig da und musterte David. David, so fiel mir auf, betrachtete Bingle auch reichlich oft.

Andy erkundigte sich nach Bool, und David erklärte, dass er sich bei der Suche nach Kara Lane eine Pfote verletzt hatte. »Wenn Bool sich darauf konzentriert, einen Geruch zu finden, passt er nicht so genau auf, wohin er tritt. Er wird wieder gesund, aber für eine Suche wie die hier ist er momentan nicht in Form. Ich habe einen Freund, der Bluthunde trainiert und auf Bool aufpasst, solange ich hier bin.«

»Der Schäferhund hier muss der Klügere der beiden sein«, meinte Manton.

David lächelte. »Bingle ist auf jeden Fall ein hoch gebildeter Hund. Er beherrscht sogar zwei Sprachen. *»¿Correcto, Bingle?«* Bingle setzte sich wieder auf und stieß ein einzelnes, durchdringendes Bellen aus. »Und neben seinem Training als Leichenhund hat er auch eine Stimmausbildung genossen.«

»Eine Stimmausbildung?«, fragte Manton.

»Cántame, Bingle«, sagte David und stimmte »Home on the Range« an. Bingle summte in perfekter Tonlage den Refrain mit. Ich hätte schwören können, dass wir allesamt den Hund den Text singen hörten. Keiner konnte sich das Lachen verkneifen. Fast keiner.

»Es reicht, David«, sagte Ben in schneidendem Ton.

Schweigen.

Alle rutschten ein bisschen unbehaglich hin und her, außer David und Bingle. Hund und Mann sahen Ben an, während Bingle verwirrt den Kopf zur Seite legte.

»Ach, das abschreckende Wort«, sagte David sanft und ohne jeden Anflug von Ärger. Leise begann er Bingle zu loben.

Ben stand auf und ging davon.

5

DIENSTAG, 16. MAI, 2 UHR 25

Bergland der südlichen Sierra Nevada

Nichts hält einen wirkungsvoller wach, als darüber zu sinnieren, in welchem Zustand man am nächsten Tag sein wird, wenn man nicht bald einschläft. Aus den meisten anderen Zelten vernahm ich leises Schnarchen, garniert mit zweifachem Sägen aus dem Zelt, wo Bingle an David geschmiegt schlummerte. Anfangs hörte ich die regelmäßigen Schritte von Manton und Merrick, später die von Duke und Earl.

Meine Klaustrophobie setzte ein. Da ich es im Zelt nicht mehr aushielt, saß ich schon bald in seiner geöffneten Klappe, betrachtete die Sterne, lauschte auf die Insekten und fragte mich, was für Tiere die anderen Geräusche machten, die ich hörte – gelegentliches Rascheln und Knacken. Unsere Lebensmittel waren in Bärensäcken hoch oben aufgehängt worden, in sicherer Entfernung hundert Meter weit weg vom Lager, doch ich war mir nicht so sicher, ob wir nicht Gegenstand bärischer Beobachtung waren.

Ich dachte viel über Frank nach – überlegte, ob er auch wach lag und ob ihn der Funkspruch des Piloten, dass wir gut angekommen waren, erreicht hatte. Ich dachte an meinen Cousin Travis, der bei uns wohnte. Und ich dachte an meine Hunde und meine Katze.

Ich rang schwer darum, meine Gedanken von einem ganz bestimmten Aufenthalt in den Bergen fern zu halten, als ich in einem kleinen Raum einer Hütte festsaß, die Gefangene reichlich brutaler Gastgeber. Die Albträume, die die Ereignisse dort ausgelöst hatten, hatten mittlerweile nachgelassen, doch ich wusste, was sie wieder lebendig machen konnte – beengte Räume, Stress, eine neue Umgebung.

Denk an was anderes.

Ich dachte an Gillian Sayre. Ich dachte an ihre Mutter. Ich blieb wach.

Ich überlegte, ob ich den alten Erinnerungen an meine Gefangenschaft freien Lauf lassen, ob ich einfach ungehemmt an sie denken sollte – in Gottes Namen über sie nachgrübeln, falls das die Spannung löste –, als urplötzlich Helligkeit auf mein Gesicht fiel. Eine Taschenlampe, die rasch gesenkt wurde. Sowohl der Weg des Lichtstrahls als auch das Geräusch von Schritten machten deutlich, dass jemand auf mich zukam. Als derjenige näher kam, sah ich, dass es Ben Sheridan war. Ich stand auf, als er bei mir anlangte.

»Warum sind Sie wach?«, flüsterte er, und sein Atem wurde in der kalten Luft ganz weiß. »Es ist drei Uhr morgens.«

»Ich warte nur auf die beste Gelegenheit, all Ihre Sachen zu durchsuchen und alles anzufassen, was der Polizei von Las Piernas gehört«, erwiderte ich flüsternd.

Er schwieg einen Moment und wiederholte dann: »Warum sind Sie wach?«

»Störe ich Sie?«

»Nein.«

»Na gut, und warum sind *Sie* wach?«

»Schhh. Nicht so laut. Sie wecken die anderen.«

Ich wartete.

»Ich habe schon geschlafen«, erklärte er.

»Aber nicht lang«, sagte ich.

»Sie haben überhaupt nicht geschlafen.«

»Ben, wenn Sie geschlafen haben, woher wollen Sie dann wissen, dass ich nicht geschlafen habe?«

Er machte Anstalten, wieder davonzugehen.

»Ich habe Probleme mit beengten Räumen«, sagte ich.

Er blieb stehen und sagte dann: »Klaustrophobie? Das Zelt macht Ihnen Schwierigkeiten?«

»Ja.«

»Schlafen Sie draußen.«

»Es ist nicht nur das.« Aber ich brachte es nicht über mich, mehr zu sagen.

Da wurden wir unterbrochen. Bingle hatte uns gehört. Er kam aus Davids Zelt und schüttelte sich, als hätte er gerade ein Bad genommen. Um die Ohren herum standen ihm Fellbüschel vom Kopf ab, wodurch er völlig verschlafen aussah. Die Wirkung war ausgesprochen witzig.

Schon bald kam David hinter ihm aus dem Zelt. Bevor ich mich entschuldigen konnte, flüsterte David schläfrig: »Hi, Ben. Brauchst du Bingle?«

»Sie braucht ihn«, antwortete Ben.

»Was?«, fragte ich verblüfft.

»Okay«, sagte David und wandte sich an Bingle. *»Duerme con ella«*, befahl er auf Spanisch und zeigte auf mich. Schlaf bei ihr. Gutmütig kam Bingle angetrottet und ließ sich neben mir fallen.

»Moment mal –«

»Halten Sie ihn warm, dann fehlt ihm nichts«, sagte David und verschwand wieder in seinem Zelt.

Reichlich genervt sah ich zu Ben auf.

»Er weckt Sie, wenn Sie einen Albtraum haben«, erklärte Ben und wandte sich zum Gehen.

»Wer hat denn etwas von Albträumen gesagt?«, fragte ich.

Er warf einen Blick über die Schulter und sagte: »Niemand.« Er blieb nicht stehen.

Bingle sah mich erwartungsvoll an.

Ich seufzte und schlüpfte in meinen Schlafsack. Bingle inspizierte kurz das Zeltinnere und legte sich dann neben mich. Ein Weilchen rutschte er ruhelos herum, bis er eine Stellung gefunden zu haben schien, die ihm behagte, und zwar indem er seinen Kopf auf meine Schulter legte.

»Bequem?«, fragte ich.

Er schnaubte.

Ich vergrub eine Hand in seinem dicken Fell und merkte, dass ich schmunzelte. Bald darauf war ich eingeschlafen.

Ich wachte kurz auf, als mich Bingle am nächsten Morgen verließ, schlief aber noch ein bisschen weiter, bis die Geräusche des zu neuem Leben erwachenden Lagers zu intensiv wurden.

Kurz nach dem Frühstück verließen wir das Basislager. Nur der Pilot blieb mit den schwersten Ausrüstungsgegenständen zurück. Parrish behauptete, dass Julia Sayre mindestens einen Tagesmarsch von der Landebahn entfernt begraben lag. Mit aufgeladenen Rucksäcken begannen wir unseren Weg in den Wald.

Wir kamen langsam voran. Der Wegweisung eines Mannes zu folgen, der Handschellen trug und schwer bewacht wurde – und vielleicht seine letzten Tage außerhalb eines Gefängnisses genoss –, war nur zum Teil der Grund für unser schleppendes Tempo.

Ben und David hatten neben den üblichen Campingartikeln einige spezielle Ausrüstungsgegenstände bei sich und trugen eine schwere Last.

Die Gruppe war groß, und die Erfahrenheit ihrer Mitglieder schwankte zwischen Anfängern und Experten. Ich schätze, ich lag irgendwo in der Mitte. Ich war schon oft gewandert, auch mit Gepäck, allerdings nicht in jüngster Zeit. J. C., der Ranger, war zweifellos der geübteste Wanderer, dicht gefolgt von Andy. Flash, Houghton, David und Ben fielen dagegen geringfügig ab, waren aber sichtlich alle gewohnt, sich in der Natur zu bewegen. Bob Thompson und Phil Newly waren die offenkundigen Neulinge. Duke war der älteste der Wachmänner – er hatte mir ein Foto seines jüngsten Enkels gezeigt, und eine Geschichte aus seiner Schulzeit ließ mich vermuten, dass er Anfang fünfzig war. Er war in besserer Form als Merrick oder Manton, die beide erst Anfang dreißig waren. Earl, der sich altersmäßig irgendwo dazwischen befand, lag auch in puncto Fitness im Mittelfeld.

Flash Burden strotzte vor Energie und Tatendrang. Voller Begeisterung machte er Fotos von Wildblumen und zog Andy zu Rate, bevor er deren Namen in sein Foto-Notizbuch eintrug. Andy korrigierte ihn nur ein- oder zweimal. Bald waren sie in munteres Geplauder über Orte vertieft, an denen sie Wandern oder Klettern gewesen waren.

Es war schwer, Parrishs Erfahrung im Gelände einzuschätzen. Ich hatte allerdings den Verdacht, dass er zumindest in diesem Wald zu Hause war. Vielleicht auch in anderen Wäldern. So trug er zum Beispiel seine eigenen Stiefel, die von guter Machart und häufig benutzt worden waren. Und er brach nicht wie Phil Newly in Panik aus, als eine Indigoschlange über den Weg huschte.

Auch Bingle ließ sich von der Natur nicht aus der Ruhe bringen. Er jagte weder Eichhörnchen noch andere Kleintiere, selbst wenn er sie zweifelsfrei bemerkt hatte. Meistens hielt er sich nahe bei David und benahm sich abwechselnd hoheitsvoll und drollig.

Manchmal trottete er auch neben Ben her. Von David erfuhr ich, dass es einen guten Grund für Bingles Anhänglichkeit an Ben gab: In den letzten Monaten hatte Ben in Davids Haus gelebt. Obwohl David keine Einzelheiten preisgeben wollte, hatte sich Ben offenbar von seiner Freundin getrennt, war ausgezogen und wollte bis Semesterende bei David bleiben. »Dann will er sich etwas Eigenes suchen, obwohl ich ihm gesagt habe, dass er gern länger bleiben kann. Die Hunde und ich haben ihn gern um uns.«

»Sehen Sie es mir nach, wenn ich das nur mit Mühe nachvollziehen kann«, sagte ich.

Er lächelte und meinte: »Na gut, Ben hat bei dieser Unternehmung noch auf niemanden einen besonders guten Eindruck gemacht. Er ist momentan nicht ganz auf der Höhe.«

»Weshalb?«, wollte ich wissen.

»Ach, aus allen möglichen Gründen«, antwortete er ausweichend und ging weiter.

Zu Mittag machten wir in einer kleinen Lichtung Rast, wo wir uns nicht so weit verteilen konnten wie zuvor. Nick Parrish nutzte die Gelegenheit, um mich erneut anzustarren. Bingle, der sich vielleicht daran erinnerte, wer das Zelt mit ihm geteilt hatte, störte sich daran und stand stocksteif und knurrend vor ihm.

»*Tranquilo, mi centinela*«, sagte David leise, und der Hund gehorchte.

»Was haben Sie zu ihm gesagt?«, fragte Parrish.

David gab ihm keine Antwort.

»Sie scheinen einen Beschützer zu haben, Ms. Kelly«, sagte Parrish. »Jedenfalls im Moment.«

»Lassen Sie sie in Ruhe, Parrish«, sagte Earl.

»Aber Ms. Kelly muss mich doch interviewen, oder?«

Es blieb mir erspart, antworten zu müssen, da das letzte

Gruppenmitglied in die Lichtung gehumpelt kam. Phil Newly ging unsicher auf einen großen, flachen Felsen zu und setzte sich mit einem Seufzer darauf. Zweifellos quälten ihn seine neuen Stiefel. Die letzten fünfhundert Meter war er gegangen wie über heiße Scherben.

Ich suchte in meinem Rucksack nach dem Blasenpflaster, das ich bei mir hatte, als Ben Sheridan zu ihm ging und sagte: »Ziehen Sie die Stiefel aus.«

Newly wurde rot und sagte: »Wie bitte?«

»Ziehen Sie die Stiefel aus! Sie haben bestimmt Blasen. Sie hätten sich schon unterwegs melden sollen.«

»Ich lasse sie lieber an, vielen Dank«, entgegnete Newly mit so viel Würde, wie er aufbringen konnte.

»Fallen Sie uns nicht noch mehr zur Last, indem Sie störrisch werden«, wandte Ben ein. »Sie gefährden die gesamte Tour, wenn Sie Ihre Füße zu Schaden kommen lassen. Oder ist das vielleicht sogar Ihre Absicht?«

»Jetzt hören Sie mal –«

»Ignorieren Sie seine Manieren, Phil«, sagte ich. »Er hat Recht mit den Blasen. Die sind gefährlich, wenn sie sich entzünden.«

Doch er war nicht zum Einlenken bereit, sondern zog stattdessen einen Empfänger für Globale Positionsbestimmung hervor und begann ihn einzustellen und abzulesen. Ohne seinen Ärger zu verbergen, marschierte Ben davon.

»Haben Sie schon mal einen dieser tragbaren GPS-Empfänger benutzt?«, fragte mich Newly.

»Nein«, antwortete ich. »Ich komme gut mit einem Kompass, einem Höhenmesser und einer Landkarte zurecht.« Und mit ein bisschen Unterstützung von J. C., fügte ich im Stillen hinzu. Seine Vertrautheit mit der Gegend hatte mir mehr als einmal geholfen, Merkmale des Geländes zu identifizieren.

»Es sind ziemlich erstaunliche kleine Dinger.«

Er reichte mir den Empfänger und nahm sich ein paar Minuten Zeit, um mir zu zeigen, wie er funktionierte. Als auf der Anzeige ein Längen- und ein Breitengrad angegeben wurde, sagte er: »Natürlich funktioniert er nicht in engen Tälern oder dichten Wäldern oder an anderen Orten, wo er nur mit Mühe die Signale der Satelliten auffangen kann. Mir ist aufgefallen, dass Detective Thompson auch so einen benutzt.«

Ich gab ihm den Empfänger zurück. Er steckte ihn ein, machte Anstalten aufzustehen und fluchte. »Entschuldigen Sie«, sagte er und setzte sich wieder.

»Wollen Sie mich nicht mal einen Blick auf die Blasen werfen lassen? Wenn sie nicht allzu schlimm sind, hilft dieses Blasenpflaster.«

Doch als er die Stiefel abstreifte, war klar, dass bereits massiver Schaden entstanden war. Ich hatte im Lauf der Jahre immer wieder Erste-Hilfe-Kurse besucht, doch ich war erleichtert, als J. C., der wesentlich besser ausgebildet und erfahrener war, herüberkam und versuchte, sein Möglichstes für Newly zu tun.

Wir zogen weiter. Newly ging langsam, gab aber nicht auf. Als wir eine Stunde später Halt machten, um uns zu orientieren, zögerte er nicht, Stiefel und Socken wieder auszuziehen. Ich sah, wie sich neue Blasen bildeten. Ich war gerade dabei, ein paar frische Stücke Blasenpflaster für ihn zuzuschneiden, als wir Parrish rufen hörten: »Ich will meinen Anwalt sprechen. Unter vier Augen.«

»Für wie bescheuert halten Sie uns eigentlich?«, fragte Duke. »Sie können nicht einfach mit Ihrem Anwalt in den Wald abzwitschern.«

Phil Newly seufzte und stellte sich unter schmerzlichem Zucken auf die bloßen Füße. »Ich rede dort drüben mit ihm, wo uns alle gut sehen können. Umstellen Sie uns, wenn Sie wollen, aber lassen Sie uns ein wenig Raum zum Reden.« Als Duke skeptisch dreinschaute, fügte er hinzu: »Ich bin völlig außerstande, mit irgendjemandem ›in den Wald abzuzwitschern‹, Officer.«

Duke sah zu Bob Thompson hinüber, welcher nickte. »Aber

ich will, dass sie umstellt werden«, erklärte Thompson. »Und niemand sonst darf in ihre Nähe. Ms. Kelly, halten Sie sich verdammt noch mal von Mr. Newly fern.«

Niemand musste mich dazu überreden, zu Parrish auf Distanz zu gehen, der mich angrinste. »Ach«, sagte er mit fingierter Enttäuschung. »Dabei hatte ich so darauf gehofft, sie würde auch mit meinen Füßen spielen.«

Das brachte ihm einen heftigen Stoß von Earl ein.

Während er darauf achtete, dass keiner der Wachmänner zu weit entfernt von Parrish stand, sagte Bob Thompson: »Sie werden eben flüstern müssen, Newly.«

Parrish sah auf Newlys nackte Füße hinab. »Sie sind zu langsam, Anwalt«, sagte er, ohne die Stimme zu senken.

»Dagegen kann ich jetzt auch nichts machen«, erwiderte Newly. »Was wollen Sie denn?«

»Schneller vorankommen«, sagte Parrish und trat mit einem seiner schweren Stiefel fest auf Newlys nackten linken Fuß.

Newly stieß einen Schmerzensschrei aus, und Bingle begann zu bellen, doch die Wachmänner waren bereits zur Stelle, warfen Parrish auf den felsigen Boden und hielten ihn fest. Mit gezogener Waffe gab ihnen Houghton aus nächster Nähe Deckung. Earl lag über Parrish gebeugt und drückte dessen Gesicht auf die Erde, sodass sich Parrishs selbstzufriedenes Grinsen verzerrte.

J. C. eilte zu Newly, der aussah, als fiele er gleich in Ohnmacht. Der Ranger untersuchte den Fuß kurz und sagte: »Ich glaube, er hat sich ein paar Knochen gebrochen. Es schwillt schnell an.«

Erneut öffnete er sein Erste-Hilfe-Set und legte eine Instant-Kältepackung auf den Fuß. Schon bald wurde klar, dass Newly nicht nur außerstande war weiterzugehen, sondern auch, dass er seinen linken Stiefel nicht mehr anziehen konnte.

Dies führte zu einer erhitzten Debatte darüber, ob man das ganze Unterfangen an Ort und Stelle abbrechen sollte.

Thompson vertrat am massivsten den Standpunkt, den Rückweg anzutreten. Die anderen wiesen darauf hin, wie viel

Zeit und Geld man bereits investiert hätte. »Wenn wir ihn ohne seinen Anwalt dort hochführen –«, begann Thompson, doch Parrish unterbrach ihn.

»Dann feuer ich ihn eben.«

»Und ich bringe Sie im Handumdrehen nach Las Piernas zurück«, erklärte Thompson. »Bilden Sie sich etwa ein, dass der Staatsanwalt nicht die Todesstrafe beantragt, wenn er erfährt, wie Sie diese teure Suche sabotiert haben? Die sich ja übrigens immer noch als zweckloses Unterfangen erweisen kann.«

»Ich kann Ihnen versprechen«, sagte Parrish mit kaltem Lächeln, »dass es kein ›zweckloses Unterfangen‹ ist.«

Langes Schweigen trat ein, bevor weitere Argumente ausgetauscht wurden. Newly gab sein Einverständnis, dass Parrish die Gruppe ohne sein Beisein zu dem Grab bringen durfte. »Dass er Sie zu ihr führt, rettet ihm das Leben«, stieß er mit bleicher und verkrampfter Miene hervor.

Thompson lenkte schließlich ein und beschloss, Newly von J. C. und Houghton zurück zum Flugzeug bringen zu lassen. »Houghton, Sie fliegen mit ihm zurück, bringen ihn in ein Krankenhaus und nehmen so schnell wie möglich Kontakt zum Staatsanwalt auf. Berichten Sie ihm genau, was hier vorgefallen ist und dass sich Newly mit den weiteren Abmachungen einverstanden erklärt hat.«

J. C. und Houghton teilten den Inhalt von Newlys Rucksack auf und nahmen Newly in die Mitte. Newly, der immer noch weiß vor Schmerz war, versuchte mir das GPS zu geben, und sagte: »Markieren Sie die Position von allem, worüber ich Bescheid wissen muss, ja?«

»Tut mir Leid. Das kann ich nicht«, sagte ich, da ich nicht einmal entfernt etwas mit Parrishs Verteidigung zu tun haben wollte.

Er rang sich ein gequältes Lächeln ab und sagte: »Sie wollen also Ihren Kompass benutzen?«

»Ja, und auch wenn ich nicht glaube, dass Ihnen ein Richter, der bei klarem Verstand ist, jemals den Zugriff auf meine Notizen gestatten würde, wissen wir doch beide, dass Bob Thompson ebenfalls ein GPS benutzt.«

Er nickte, schien aber durch die Schmerzen in seinem Fuß zu abwesend, um weiter zu sprechen.

J. C. bat Andy, alles im Blick zu behalten, solange er weg war. »Hinterlass mir Wegmarken«, bat er, »und pass auf, dass sie möglichst nicht allzu viel Wald ruinieren.«

Wir alle sahen zu, wie sich das Trio langsam von uns weg bewegte.

Ab und zu fand ich Gelegenheit, mit Andy zu sprechen, wenn er stehen blieb, um eine Biegung mit einem Stoffstreifen an einem Busch oder kleinen Steinchen in Form eines Pfeils zu markieren.

»Glauben Sie, dass uns J. C. je wieder einholt?«, fragte ich ihn.

»Auf jeden Fall«, erklärte Andy. »Er ist sagenhaft fit. Er kann an einem Tag Distanzen zurücklegen, nach denen die meisten von uns so erledigt aussehen würden wie Phil Newly beim Mittagessen.«

Am Spätnachmittag begann ich mich zu fragen, ob wir es zu einer Stelle schaffen würden, wo wir unser Lager aufschlagen konnten, geschweige denn bis zu Julia Sayres Grab. Wir hatten eine Menge Zeit verloren, und es kühlte rasch ab. Über uns ballten sich die Wolken – Zirruswolken. Womöglich drohte ein Gewitter.

Thompson hegte offenbar die gleichen Befürchtungen. Er ließ den Zug anhalten. »Es kommt mir nicht so vor, als gingen wir in Richtung des Tales, das Sie uns auf der Karte gezeigt haben«, beschwerte er sich bei Parrish.

»Ich habe mich geirrt«, erwiderte Parrish. »Aber jetzt weiß ich genau, wohin ich gehen muss.«

In diesem Moment drehte sich der Wind ein wenig. Bingle

hob die Schnauze und stieß ein Schnauben aus. Dann begann er zu jaulen und sah mit nach vorn gespitzten Ohren David an.

»Gibt er Alarm?«, fragte Ben leise hinter mir

David konzentrierte sich auf den Hund. *»¿Qué te pasa?«*, fragte er. »Was ist los?«

Der Hund ging eilig weiter, und David musste sich sputen, um mit ihm Schritt zu halten. Ich folgte den beiden und ignorierte Thompsons Ruf: »Kommen Sie zurück!«

Der Hund lief immer schneller und war schon bald außer Sichtweite. »Bingle! *¡Alto!«, r*ief David, doch Bingle war bereits stehen geblieben. Er stand vor uns und bellte zuerst noch. Dann begann er gequält zu winseln.

Wir kamen im selben Moment dort an und stießen beide zugleich einen Schrei des Ekels aus. Bingle stand am Fuß einer Kiefer, die auf den ersten Blick mit einer Art seltsamem, grauem Moos bedeckt zu sein schien. Doch es war kein Moos. Die Gegenstände, die von den Ästen baumelten, waren Tiere. Kojoten. Etwa ein Dutzend Kadaver, die kopfüber herabhingen und in unterschiedlichen Stadien der Verwesung an den unteren Ästen befestigt waren, als hätte jemand begonnen, einen makabren Weihnachtsbaum zu schmücken.

Ich legte mir eine Hand vor den Mund und kämpfte gegen den Drang an, mich zu übergeben.

David beruhigte Bingle und lobte den Hund, doch ich vernahm das Zittern in seiner Stimme.

Wir hörten, wie sich die anderen den Weg durch die Bäume hinter uns bahnten.

Nicholas Parrish sah zu dem Baum auf und lächelte. »Ich habe Ihnen doch gesagt, dass wir in die richtige Richtung gehen.«

6

Dienstag, 16. Mai, Spätnachmittag
Bergland der südlichen Sierra Nevada

Flash machte Fotos. Merrick, dem Manton die Arme hinter dem Rücken festhielt, brüllte Parrish an, er sei ein »krankes Schwein«, während Manton Mühe hatte, seinen Kollegen davon abzuhalten, den Gefangenen zusammenzuschlagen. Parrish hörte nicht auf zu lächeln.

Ich hatte mit angesehen, wie die anderen am Kojotenbaum ankamen. Ihre Gesichter hatten zuerst Grauen und dann Wut ausgedrückt. Ben Sheridan war zwar zunächst erschrocken, als er den Baum sah, musterte ihn nun jedoch gelassen. Er wandte sich an Flash. »Davon werden wir Bilder brauchen, Mr. Burden.«

Als Merrick sah, wie Ben anfing, sich Notizen zu machen, brüllte er: »Macht Sie das geil, Sheridan?«

»Maul halten, Merrick«, sagte Bob Thompson ohne jede Schärfe und ging näher auf den Baum zu, um ihn ebenfalls zu betrachten.

»Aus verschiedenen Perspektiven bitte, Mr. Burden«, verlangte Ben und fügte mit einem Seitenblick auf Merrick hinzu: »Wenn Sie Videoaufnahmen machen, stellen Sie bitte den Ton ab. David, vielleicht wäre es das Beste, Bingle wegzuführen.«

»Etwa fünfzig Meter weiter ist eine kleine Lichtung – den Weg da entlang«, erklärte Parrish und zeigte hin. Niemand dankte ihm für seine Hilfe.

Ich blieb noch eine Weile, doch niemand sagte mehr etwas. Ich sah, wie Thompson sein GPS herausholte. Ich benutzte meinen Kompass, um die Lage des Baums zu bestimmen.

Ich fragte mich, ob Thompson verlangen würde, dass die Anklage gegen Parrish um das hier erweitert würde – vielleicht konnte J. C. im Namen des Forest Service klagen. Ich zwang mich, die Kojoten zu zählen: Es waren zwölf. Sie schienen alle mit irgendeiner Schicht überzogen zu sein. So sehr ich auch mit dem Verstand versuchte, mich abzugrenzen, drehte sich mir bei dem Anblick doch der Magen um. Ich wandte mich an Parrish. »Warum?«

Er grinste und sagte: »Fühlen Sie sich mit ihnen verwandt? Vielleicht möchten Sie, dass ich Sie zu ihnen hänge. Damit sie sich in der Brise an Ihnen reiben.«

Plötzliche Wut wallte in mir auf, doch ebenso schnell erkannte ich, dass er meine Reaktion genoss – also biss ich die Zähne zusammen und sparte mir eine Erwiderung.

Ruhig bat mich Thompson zu gehen, und ausnahmsweise kam ich seiner Bitte gern nach.

Als ich Andy und David eingeholt hatte, spielten sie mit Bingle Tauziehen mit einem Baumwollseil, das das abgenutzte Aussehen eines Lieblingsspielzeugs aufwies. Ich spielte mit. Der Hund schüttelte das Seil immer wieder heftig, hüpfte stolz auf der Lichtung herum, wenn er es einem von uns abgenommen hatte, sah voller Vergnügen drein, wenn er die anderen wissen ließ, wer die Begegnung gewonnen hatte, und musterte uns verschmitzt, um den nächsten Gegner herauszufordern. Fast reichte das aus, um unsere Gedanken davon abzulenken, was am Baum vor sich ging. Aber nicht ganz.

»David«, sagte Andy, »Sie haben doch schon öfter solche Typen erlebt. Was glauben Sie, warum Parrish das getan hat?«

»Dafür könnte es eine Reihe von Erklärungen geben«, antwortete David. »Aber wenn Sie es wirklich genau wissen wollen, tja, dann müssten Sie einen Gerichtspsychologen auf ihn ansetzen.«

»Er ist wahnsinnig«, sagte Andy.

»Nicht im Sinne der gesetzlichen Definition«, widersprach David. »Man hat ihn für geistig voll verhandlungsfähig erklärt.«

»Newly zufolge ist Parrish als Kind massiv misshandelt worden«, sagte ich.

»Ach?«, sagte David. »Vielleicht ja, vielleicht nein. Seine Mutter ist tot und seine Schwester unter ungeklärten Umständen verschwunden, also haben wir nur Parrishs Wort dafür, dass er misshandelt wurde. Ja, vermutlich ist er der einzige Mensch auf der Welt, der weiß, wo seine Schwester ist. Glaubt einer von Ihnen, dass sie noch atmet?«

Schweigen.

»Hat er seine Mutter umgebracht?«, wollte Andy wissen.

»Nein«, antwortete ich. »Sie ist eines natürlichen Todes gestorben. Aber einer der Psychologen, der ihn befragt hat, glaubt, ihr Tod hätte für ihn der Auslöser gewesen sein können.«

David schüttelte den Kopf. »Psychologen müssen wohl versuchen, ihn zu verstehen. Ich für mein Teil glaube, dass ich einen Mann wie Nick Parrish wohl nie richtig verstehen werde. Andere Menschen überstehen Misshandlungen und führen ein produktives Leben, ohne Frauen und Tiere zu quälen. Parrish kann man nicht erklären. Da sind Bingles Handlungen für mich nachvollziehbarer.«

»Und warum ist Ben dort geblieben und studiert diesen – diesen Baum?«, fragte Andy.

»Damit wir den nächsten Nick Parrish gleich bei seinem ersten Kojoten schnappen können. Ben hat schon wesentlich mehr in dieser Richtung gearbeitet als ich. Vielleicht zu viel.« Er sah zu mir herüber. »Er hatte in letzter Zeit eine Menge brutaler Fälle. Und ein paar MTFs – er gehört zum KELT-Team für unsere Region.«

»Was ist ein MTF?«, fragte ich.

»Entschuldigung. Ein Massentodesfall – ein Unglück, bei dem zahlreiche Menschen ums Leben kommen. Naturkatastrophen oder andere Ereignisse – Erdbeben, Krawalle, Bombenanschläge –«

»Flugzeugabstürze?«

»Ja. Ben ist vor ein paar Wochen zu dem in Oregon gerufen worden.«

»Der Pendlerflug, der in den Cascades abgestürzt ist?«

»Ja. Siebenundachtzig Tote. Dabei waren wir gerade erst von der Arbeit nach der Überschwemmung in Sacramento nach Hause gekommen, als das KELT-Team zu diesem Einsatz angefordert wurde.«

»Was ist ein KELT-Team?«, fragte ich und zog am Seil, da Bingle mich damit stupste.

»Ein Katastrophen-Einsatz-Leichenschau-Team. Es wird von der Regierung organisiert. Nehmen wir mal an, Sie sind Leichenbeschauer oder Bestatter in einer ländlichen Gegend und haben es mit – na, sagen wir mal – nur ein paar Leichen pro Woche zu tun. Dann stürzt in der Nähe ein Flugzeug in den Wald, und auf einmal müssen Sie mit zweihundert Leichen fertig werden. Normalerweise sind bei einem Massenunfall der örtliche Leichenbeschauer und die Bestattungsunternehmen heillos überfordert. Wenn der Leichenbeschauer Hilfe bei der Identifizierung der Opfer und deren Überführung braucht, kann das KELT-Team eine mobile Einheit mitsamt den nötigen Fachleuten herbeiholen. Es gibt zehn KELTs, nach Regionen aufgeteilt. Ben gehört zu dem für diese Region.«

»Aber das hier ist etwas anderes«, wandte Andy ein. »Selbst wenn er an Kriminalfällen mitgearbeitet hat, ist es garantiert das erste Mal, dass er so etwas wie diesen Kojotenbaum zu sehen bekommt.«

David zuckte mit den Achseln. »Mag sein. Sie würden sich wundern, was wir schon alles gesehen haben, Andy. Dinge, die …« Er verstummte. Dann schüttelte er den Kopf und rief nach Bingle. Kurz darauf sagte er: »Ben würde sich da hinten nicht so viel Zeit nehmen, wenn er nicht der Überzeugung wäre, etwas daraus lernen zu können.«

»Was denn?«, wollte Andy wissen.

»Vielleicht sind sie eine Methode der Buchführung«, warf ich ein.

»Die Anzahl der Opfer?«, fragte David. »Kann sein. Oder

vielleicht sind die Kojoten eine Art Einstimmungsritual, die Vorbereitung auf einen Mord. Oder vielleicht hat er, wenn er nicht die Sorte Opfer finden konnte, die er gesucht hat, einen Kojoten getötet.«

»Aber das würde ja bedeuten, dass sie schon sehr lange hier hängen«, sagte ich. »Dann wären sie in einem schlimmeren Zustand.«

David nickte. »Es sei denn, er hat sie mit irgendeiner Chemikalie behandelt, um sie zu konservieren. Genau das versucht Ben wahrscheinlich herauszufinden.«

Auf einmal stellte Bingle die Ohren auf, und seine Haltung wurde steif. Er beschnupperte die Luft und begab sich mit aufgestellten Nackenhaaren in eine schützende Position neben David. »*Tranquilo.* Mir fehlt nichts, Bingle«, erklärte David. Der Hund sah zu ihm auf und ließ sich dann zu seinen Füßen nieder.

Schon bald sahen wir, was Bingle gehört und gerochen hatte: Die vier Wachleute mit Parrish stießen zu uns, und kurz darauf Flash und Bob Thompson. Ben Sheridan kam als Letzter herbeigeschlendert, gedankenverloren und ohne jemanden von uns zu grüßen.

Thompson sah auf die Uhr und stieß einen genervten Seufzer aus. »Wir haben nur noch zwei Stunden Tageslicht. Können wir es vor Sonnenuntergang bis dorthin schaffen, wo das Grab liegt?«

»Gewiss«, antwortete Parrish.

Er führte uns einen steilen Weg durch dichten Wald hinunter zu einem kleinen Teich. Thompson markierte ihn auf seinem GPS, als Parrish sagte: »Nein, nein, nicht hier.« Er ging in eine andere Richtung weiter, zurück durch die Bäume und über einen Bach. Nachdem wir den Wald durchquert hatten, brachte er uns auf eine langgestreckte Wiese.

»Hier auch nicht«, erklärte er und führte uns wieder weiter.

Ich fragte Thompson, welche Position ihm sein GPS angab und verglich sie mit den Messungen, die ich mit meinem Kompass vorgenommen hatte. Ich wollte ihm gerade mitteilen, was ich herausgefunden hatte, als David ihm etwas zurief.

»Bingle zeigt Interesse an der letzten Wiese«, sagte er. »Das wäre es wert, sich länger dort aufzuhalten –«

»Wir haben sie auf dem GPS markiert«, unterbrach ihn Thompson. »Ich gebe Parrish noch eine letzte Chance. Wir können zu der Wiese zurückgehen, wenn auch sein letzter Versuch fehlschlägt.«

»Schauen Sie auf die Karte«, sagte ich und zeigte ihm die Markierungen, die ich eingetragen hatte. »Er führt uns im Kreis herum. Diese Hügelkette, auf die er jetzt zusteuert, ist die, in der der Kojotenbaum steht.«

»Ja, er hat seinen Spaß gehabt«, bestätigte Thompson. »Ich habe ihm erklärt, die nächste Stelle sollte lieber die richtige sein, sonst ist die gesamte Abmachung passé.«

Wir überquerten erneut die Hügelkette, diesmal auf einem schmalen Weg in einiger Entfernung vom Kojotenbaum, und als wir erneut bergab gingen, fanden wir uns wieder auf einer langen, schmalen Wiese. Inzwischen war es fast dunkel. Die Luft war kühl, aber ruhig.

»Hier kriege ich das kalte Grauen«, sagte Manton.

»Vergessen Sie's«, meinte Thompson. Er wandte sich an David. »Was sagt der Hund?«

»Die Bedingungen sind nicht gut für seinen Einsatz«, erwiderte David. »Wenn eine Brise aufkommt, kann ich Ihnen mehr sagen.«

»Parrish – wo genau auf dieser Wiese haben Sie sie begraben?«, fragte Thompson.

»Genau? Da bin ich mir nicht sicher. Aber dafür haben Sie doch den Hund mitgebracht, oder?«

Thompsons Augen wurden schmal. Er sah aus, als wolle er Parrish gleich eine Tracht Prügel verpassen. Er ballte die Fäuste, dann wandte er sich von Parrish ab und ging steif zwei Schritte davon, bevor er sagte: »Schlagen Sie hier das Lager auf. Wir suchen morgen früh nach ihr.«

Und so machten wir uns allesamt daran, unsere Zelte aufzubauen. An diesem Abend sprach niemand viel. Die Witzeleien und die Kumpanei vom Vorabend wiederholten sich nicht. Bingle blieb bei David, was mir recht war. Ich würde ohnehin nicht schlafen. Ich bin mir sicher, dass ich nicht die Einzige war, die in dieser Nacht wach lag und daran dachte, wie Julia Sayre mit Gewalt zu dieser Wiese getrieben und gezwungen wurde, ihr eigenes Grab zu schaufeln. Nicht die Einzige, da bin ich mir sicher, die es umso schlimmer fand, dass Parrish dieses Paradies in ihre Hölle verwandelt hatte.

Und ich bin mir auch sicher, dass ich nicht die Einzige war, die sich fragte, wie weit entfernt von uns sie wohl lag.

7

MITTWOCH MORGEN, 17. MAI

Bergland der südlichen Sierra Nevada

Gleich nach Sonnenaufgang am nächsten Morgen machte ich einen kurzen Spaziergang, nachdem ich Manton, der mit Merrick Wache hielt, gesagt hatte, welche Richtung ich einschlagen wollte. Ich war noch nicht weit gegangen, als ich eine flache Höhle entdeckte, die nicht ganz drei Meter tief war. Ich konnte weder einen Futtervorrat noch ein Nest entdecken und auch keine tierischen Ausscheidungen, keine Knochen von kleinen Beutetieren und keine Fellbüschel. Ja, je mehr ich darüber nachdachte, desto mehr drängte sich mir der Gedanke auf, dass die Höhle ein bisschen zu sauber wirkte. Kein mir bekanntes Tier würde so wenig Hinweise darauf hinterlassen, dass es hier lebte.

Ich beschloss, J. C., den Ranger, danach zu fragen, wenn er wieder zu uns stieß. Ich überlegte außerdem, ob Parrish diesen

Ort genutzt haben könnte, und falls ja, dann könnten die Experten aus unserer Gruppe womöglich Spuren seiner dortigen Aktivitäten ausfindig machen.

Langsam wurde mir mulmig zumute, und auch wenn ich noch so sehr versuchte, es einem neuen Anfall von Klaustrophobie zuzuschreiben, wusste ich doch, dass das nicht stimmte. Eilig schlüpfte ich hinaus und machte mich daran, eine Messung mit Kompass und Höhenmesser vorzunehmen, um mich zu beruhigen. Ich notierte mir die Lage der Höhle und marschierte zum Lager zurück.

Obwohl es immer noch früh war, als ich zur Wiese zurückkam, waren die meisten anderen schon auf den Beinen. Manton studierte ein Foto einer Blondine mit schulterlangen Haaren und hielt dabei den Daumen über einen Teil des Bildes.

»Ihre Frau?«, fragte ich.

»Ja.«

»Sie ist hübsch.«

»Danke.«

Ich wandte mich zum Gehen, doch als wäre es ihm gerade erst eingefallen, sagte er: »Hey, Sie sind doch eine Frau ...«

Ich drehte mich wieder zu ihm um. Welche Frau kann es sich verkneifen, auf diese Beobachtung zu reagieren? Man weiß genau, was als Nächstes kommt. Das Äquivalent dazu ist: »Hey, Sie sprechen doch Urdu. Übersetzen Sie das mal.« Seinen Urdu-sprechenden Schwestern zuliebe hört man zu.

»Sagen Sie mir eines«, fuhr er fort. »Finden Sie, dass ihre Haare so besser aussehen?«

»Ihr Daumen ist im Weg.«

»Nein, an der Stelle hat sie sich die Haare abgeschnitten, direkt bevor ich hier hoch marschiert bin. Ich war stinksauer. Wir hatten Streit.«

»Lassen Sie mal sehen«, sagte ich, und er reichte mir das Bild. Ich musterte es einen Moment lang. »Sie ist mit kurzen und mit langen Haaren hübsch – finden Sie nicht?«

Er nahm das Foto wieder an sich. »Doch, ich glaube schon. Wahrscheinlich muss ich mich erst daran gewöhnen.« Er gähnte. »Jetzt kann ich eh nichts mehr daran ändern.« Er machte sich auf den Weg zu seinem Zelt.

Ein paar Meter weiter standen Ben und Andy auf einem großen, abgerundeten Felsblock. Beide hielten sich Feldstecher vor die Augen. Andy wies ins Gelände, wo er offenbar auf eine bestimmte Stelle zeigte, und Ben richtete sein Fernglas in diese Richtung. Dann senkten sie die Gläser und trugen Markierungen auf einem Blatt Papier ein. Während ich sie beobachtete, wiederholte sich dieser Vorgang mehrmals.

Ich ging näher zu ihnen hin. Andy sah mich und rief mir einen Gruß zu. »Kommen Sie doch rauf«, sagte er. »Dann zeige ich Ihnen ein paar der Anhaltspunkte, nach denen wir suchen.«

Ben missfiel dieser Vorschlag offenbar, und er machte sich davon, bevor ich bei dem Felsen angekommen war.

»Hier«, sagte Andy und reichte mir das Fernglas. »Sehen Sie mal, dort drüben, genau rechts von dem Baum.« Er wartete, während ich die Stelle ausfindig machte, die er meinte. »Was sehen Sie?«, fragte er.

Ich studierte die Wiese, die sich von dort, wo wir unser Lager aufgeschlagen hatten, sachte einen Hang hinaufzog. »Überwiegend Gras und Wildblumen«, sagte ich.

»Ist das Gras überall gleich hoch?«

Ich studierte es erneut, diesmal sorgfältiger, und antwortete dann: »Nein! An einer Stelle ist es kürzer.«

»Genau«, bestätigte er. »Es könnte kürzer sein, weil es frischer ist. Wir haben mehrere solcher Stellen auf dieser Wiese gefunden und sie auf einer Karte eingezeichnet. Wir müssen sie uns noch genauer ansehen, um eine Vorstellung davon zu bekommen, was der Grund dafür ist, dass das Wachstum dort anders verlaufen ist.«

»Will David dort mit Bingle suchen gehen?«

»Vielleicht. Normalerweise fängt er gern so an, dass er Bingle

Gelegenheit gibt, auf eigene Faust herumzuschnüffeln, ohne jegliche Anleitung von uns – um zu sehen, ob er Alarm schlägt.«

»Wie er es am Kojotenbaum getan hat?«

»Nein, nicht direkt. Bingle gibt ein ganz eindeutiges Signal, wenn er menschliches Blut oder Leichen riecht. Er ist darauf trainiert, speziell nach menschlichen anstelle von tierischen Überresten zu suchen. Seine Reaktion da drüben am Kojotenbaum – ich schätze, er war einfach außer sich.«

»Das kann ich ihm nicht verübeln.«

»Ich auch nicht.« Er schwieg einen Moment und sagte dann: »Jedenfalls werden Ben und ich die Stellen untersuchen, an denen das Pflanzenwachstum gestört ist, während David mit Bingle an der Arbeit ist. Natürlich kann auch eine Reihe natürlicher Faktoren eine Veränderung der Flora auslösen, aber ich glaube, ein oder zwei der Stellen, die wir unter die Lupe nehmen wollen, sind typische Begräbnisplätze.«

»Typisch?«, fragte ich. »Was meinen Sie damit?«

»Es gibt Studien darüber, nach welchen Kriterien Serienkiller die Begräbnisplätze für ihre Opfer auswählen. Trotz seiner gegenteiligen Behauptungen glauben wir, dass Parrish ganz genau weiß, wo das Grab seines Opfers zu finden ist. Ben nimmt an, dass Parrish seine Taten gern präzise inszeniert – und dramatisch. Detective Thompson und Ben sind sich darin einig, dass Parrish die Grabstätte vermutlich noch einmal aufgesucht hat. Aller Wahrscheinlichkeit nach hat er sich eine Stelle ausgesucht, die er ohne weiteres immer wieder finden konnte. Ben meint, das trüge dazu bei, dass Parrish sein Vergnügen an dem Mord immer wieder durchleben konnte.«

»Vergnügen …« Ich schüttelte den Kopf.

»Ich weiß«, sagte Andy und verzog das Gesicht. »Ben sagt, wir müssen versuchen, so zu denken wie Parrish, wenn wir sie finden wollen.«

»Wonach sollen wir also Ausschau halten? Irgendeine Art von Geländemarke?«

»Genau. Nach irgendetwas, das Parrish dabei helfen könnte, die Stelle wieder zu finden.«

In diesem Moment rief Ben nach Andy, und so gab ich Andy das Fernglas zurück und bedankte mich für seine Ausführungen. Auf meinem Rückweg ins Lager fiel mir auf, dass Bingle und David nirgends zu sehen waren. Bob Thompson gesellte sich zu Ben und Andy.

Ich hörte Bingle irgendwo im Wald ein einzelnes, fröhliches Bellen ausstoßen. Ich hielt Ausschau nach dem Hund und entdeckte ihn, wie er vor David auf und ab hüpfte und kaum einen Blick für mich übrig hatte, da er sich auf seinen Besitzer konzentrierte, der gerade eine der Taschen mit Bingles Ausrüstung aufmachte. David rief mir einen Gruß zu und wies Bingle an, sich zu setzen. Der Hund gehorchte sofort, doch schien es seine gesamte Disziplin zu erfordern, dem Befehl nachzukommen. Der Körper des Tieres war angespannt, und seine Augen musterten David aufmerksam. Er hatte die Ohren nach vorn gespitzt, und seine Wangen bebten leicht unter den aufgeregten Atemzügen.

David lächelte mich an. »Wünschen Sie sich nicht auch, Sie würden dem Beginn Ihres Arbeitstags derart entgegenfiebern?«

Er zog ein ledernes Halsband heraus, und Bingles Schwanz begann hektisch durch die Kiefernnadeln am Boden zu wedeln.

»Für ihn ist es ein Spiel. Nichts als ein großes Spiel. Sein Lieblingsspiel.« Er ersetzte das bunte Nylon-Halsband, das Bingle getragen hatte, durch ein ledernes.

»*¿Estás listo?*«, fragte er den Hund. »Bist du bereit?«

Bingle stellte sich hin und bellte.

»Darf ich mitkommen?«, fragte ich. »Oder lenkt das Bingle zu sehr ab?«

»Nein, er ist es gewöhnt, dass andere Leute uns begleiten. Wenn meine Hundetrainer-Gruppe zusammen übt, sind immer mindestens zwei Leute mit dem Hund unterwegs. Bei den meisten Suchunternehmungen sind Kriminalbeamte, eine Rettungsmannschaft oder andere Leute dabei. Bingle hat gelernt, sich von ihnen nicht ablenken zu lassen.«

Während wir mit dem Hund zum Rand der Wiese marschierten, war Bingles Aufmerksamkeit derart auf David fixiert, dass ich schon fürchtete, der Hund werde gegen einen Baum laufen.

»Prima Bedingungen«, sagte David zu mir. »Sehen Sie, wie sich das Gras auf der Wiese bewegt?« Er zog einen kleinen, rundlichen Plastikgegenstand heraus und drückte ihn. Eine zarte Wolke feines Puder stob daraus hervor, und er studierte dessen Bewegung, als es vorüberzog.

»Schöne Brise, weht direkt auf uns zu«, stellte er erfreut fest. »Feuchte Luft. Versuchen wir mal, mit der Arbeit ein bisschen voranzukommen, bevor es zu warm wird, *¿Está bien?*, Bingle?«

Bingle bellte vor Ungeduld einmal scharf auf.

»Gut, gut, gut«, sagte David.

»Wau, wau, wau«, erwiderte der Hund mit fast perfekter Imitation.

»¡Busca al muerto, Bingle!«, sagte David und schwenkte die Hand in einer flachen, bodennahen Bewegung. Such die Leiche.

Der Hund zog im Zickzackmuster los, lief aber nicht mit vollem Tempo, sondern schlug seinen gleichmäßigen, langbeinigen Schritt an. David war nicht weit hinter ihm. Ich folgte dichtauf als Dritte.

Bingle blieb immer wieder stehen, um an der Luft zu schnuppern. Manchmal lief er ein kurzes Stück zurück, strebte aber fast immer vorwärts. David redete mit ihm und ermunterte ihn, während er sich den Weg über die Wiese bahnte.

Verblüfft sah ich zu. Diese Suchmethode kam mir völlig falsch vor, zumindest wenn man all den Filmen Glauben schenkte, die ich gesehen hatte und in denen meist Hunde vorkamen, die entflohene Strafgefangene aufspürten. Woher wusste er eigentlich, wonach er suchen musste? Oder wo? Bingle hielt die Schnauze die meiste Zeit hoch in die Luft, nicht unten am Boden. Und er gab nicht Laut. Still zog er im Zickzackkurs durchs Gelände, offenbar froh, an der Arbeit zu sein, aber ohne sich irgendwie anmerken zu lassen, dass er kurz davor stand, etwas zu finden.

Nach etwa zwanzig Minuten gab David Bingle das Kommando zum Ausruhen und reichte dem Hund etwas Wasser. Als ich sie eingeholt hatte, zog ich mein Notizbuch und den einzigen Gegenstand heraus, den ich speziell für journalistische Arbeiten in der freien Natur eingepackt hatte: einen wasserfesten Kugelschreiber. Ich fragte David nach Bingles Suchmethode aus.

»Das Lautgeben ist Hollywood in Reinkultur; da wird wohl versucht, eine Fuchsjagd mit der Jagd auf einen Menschen zu verquicken«, sagte er. »Bingle bellt mehr als der durchschnittliche Suchhund, in erster Linie, weil ich es zulasse – manche Hundetrainer betrachten es als Zeichen für eine mangelhafte Ausbildung, einen Suchhund bellen zu lassen. Sie wollen, dass der Hund nur bellt, wenn er einen Vermissten lebend findet. In Bezug auf die Behandlung von Hunden geistern viele Glaubensfragen herum, falls Sie wissen, was ich meine. Wenn man einen hat, der die ganze Zeit bellt, könnte er, na ja, zum Beispiel ein verirrtes Kind verschrecken. Und wenn man mit einem Polizeihund im Wald einem Mörder auf den Fersen ist, möchte man auch nicht, dass er den Verbrecher andauernd mit Lautgeben und Bellen auf einen aufmerksam macht.

Aber Bingle ist kein Polizeihund, und die meisten Leute, nach denen er sucht, sind tot. Ich bilde mir ein, Bingle zu kennen – und seine Persönlichkeit verlangt es einfach, dass er ab und zu bellt. Er ist gesprächig. Bisher hat sich noch keine der Leichen darüber beklagt. Und wenn ich ihn bitte, still zu arbeiten, tut er das auch.«

»Okay, er gibt also nicht Laut. Aber wie soll er je Julia Sayres Geruch wittern? Sie haben ihm nie ein Kleidungsstück von ihr gegeben, an dem er schnuppern kann, oder –«

»Falls Sie jemals Bool kennen lernen, meinen dussligen Bluthund, können Sie einen Spürhund erleben. Ich will nicht behaupten, dass Bool nie an der Luft schnuppert – das tut er durchaus, aber in erster Linie verfolgt er Fährten. Die meiste Zeit hat er die Nase am Boden. Er ist schon mit einem phänomenalen Geruchssinn zur Welt gekommen; vermutlich übertrifft er darin sogar Bingle. Aber im Gegensatz zu Bingle ist er nicht das, was man intelligent nennen würde. Ich muss ihn an der Leine führen, sonst würde er womöglich, falls derjenige, dessen Spur er verfolgt, dummerweise eine Felswand hinabgestürzt ist, dem Geruch bis in den Abgrund folgen. Er wird sozusagen geruchsblind.« Er hielt inne und schmunzelte versonnen vor sich hin.

Ich dachte über die Gelegenheiten nach, bei denen meine Hunde erbarmungslos irgendeinen interessanten Geruch verfolgt hatten, was meist mit Löchern in unserem Garten oder umgeworfenen Mülltonnen geendet hatte. »Sie suchen also Flächen ab, auf denen ein Verbrechen verübt worden sein könnte«, sagte ich. »Aber die Polizei kann ja nicht jeden Komiker, der sich einbildet, sein Lumpi sei eine Intelligenzbestie, sein Tierchen an die Leine nehmen und zum Herumschnüffeln mitkommen lassen.«

»Richtig. Lumpi und sein Herrchen würden höchstwahrscheinlich Beweise zerstören – ganz zu schweigen von Dutzenden anderer rechtlicher und gesundheitlicher Probleme. Spürhunde sind Arbeitstiere, und die Trainer und ihre Hunde haben viel Übung. Es hört nie auf und erfordert jahrelange Arbeit – und noch mehr als Arbeit. Es ist eine Bindung, man muss seinen Hund durchschauen, es geht um – ach, das ist schwer zu erklären. Bool und Bingle arbeiten unterschiedlich.«

»Inwiefern unterschiedlich?«

»Bool muss vorher Witterung aufnehmen – man muss ihm etwas vom Opfer geben, woran er schnuppern kann. Dann spürt er mit der Schnauze auf dem Boden diesem Geruch nach. Bingle ist in erster Linie ein Hund, der an der Luft riecht, und er ist speziell auf Leichen trainiert.«

»Soll heißen?«

»Jeder Mensch verströmt einen einzigartigen Geruch. Eine mögliche Ausnahme bilden lediglich eineiige Zwillinge. Sonst besitzt jeder seinen eigenen. Wir dünsten diesen Geruch aus, weil jeder lebende Mensch jede Minute schätzungsweise vierzigtausend tote Hautzellen, so genannte Hornschüppchen, verliert, die Bakterien beherbergen und eine unverwechselbare Ausdünstung abgeben.«

»Auch wenn man badet und Deodorant benutzt?«

Er lächelte. »Dagegen ist kein Kraut gewachsen. Sie können den Geruch vor ihren Mitmenschen verbergen, aber nicht vor den Hunden.«

»Okay, aber was ist, wenn ich gar nicht in der Nähe des Hundes bin?«

»Noch einmal zurück zu den Hornschüppchen. Jede Minute stieben diese Schüppchen von uns davon wie eine Wolke, umgeben uns und schweben von uns weg, wenn wir uns bewegen, wobei die Konzentration direkt um uns herum am dichtesten bleibt. Bei jeder Bewegung verteilen sie sich zu einem immer breiter werdenden Kegel – dem so genannten Geruchskegel. Während sie weiter fliegen, bleiben manche dieser Hornschüppchen an anderen Objekten hängen, insbesondere an Pflanzen.«

»Und Bingle riecht die Hornschüppchen?«

»Ja. Die Nase eines Hundes ist für manche Gerüche buchstäblich eine Million mal sensibler als unsere. Und man nimmt an, dass ihre Gehirne Geruchsinformationen auf andere Weise verarbeiten als unsere Gehirne.«

»Er kann also diesem Geruchskegel folgen?«

»Ja. Außerdem ist er darauf trainiert, den Geruch von Blut, Körperflüssigkeiten, Gewebe, Skelettresten und verwesenden Leichenteilen von Menschen aufzuspüren. Und diese Substanzen kann er in geringsten Mengen finden.«

»Ich weiß, dass ich mich selbst für diese Frage hassen werde, aber wie haben Sie es geschafft, ihn darauf zu trainieren, Leichen zu finden – ihm beizubringen, wie ein Toter riecht?«

»Mein Fachgebiet bringt es mit sich, dass ich Zugang zu Knochen und anderen biologischen Materialien von Leichen habe. Aber manche Ausbilder benutzen eine synthetische Chemikalie, die nur zu dem Zweck hergestellt wird, um diese Hunde zu trainieren.«

Ich konnte meinen ungläubigen Blick nicht unterdrücken. »Nachgemachter Leichengeruch?«

»Ja. Verschiedene Zusammensetzungen für verschiedene Stadien der Verwesung.«

»Nicht unbedingt das, was man versehentlich zu Hause auf dem Teppich verschütten möchte, nehme ich an.«

Er lachte. »Nein, aber Bingle würde sich womöglich nicht daran stören. Hunden machen Gerüche, die wir grauenhaft finden, nichts aus. Für sie ist ein Geruch umso interessanter, je schlimmer er stinkt. Und für Bingle ist dieser Geruch mit Lob verbunden – wenn er ihn aufspürt, bekommt er eine Belohnung.«

»Aber selbst verwesende Tote müssen doch eigentlich einzigartig riechen, oder nicht? Zumindest schon aufgrund der unterschiedlichen Bedingungen, unter denen sie zurückgelassen werden – im Wald, in der Wüste, unter Wasser –«

»Sicher, in gewissem Maße schon. Er ist natürlich nicht nur auf einen einzigen Geruch trainiert. Das Beste ist, dass Bingle schon mehrere Jahre Erfahrung hat und weiß, wonach er suchen muss. Bingles Nase ist empfindlich genug, um einen einzigen Tropfen Blut aufzuspüren. Wenn Sie ihn an einem Auto riechen lassen, kann er Ihnen sagen, ob in dessen Kofferraum eine Leiche gelegen hat.«

»So, wie es mir mein Mann und sein Partner geschildert haben, klang es, als wäre Bingle ein Super-Hund.«

»O nein. Er hat seine Grenzen. Die Bedingungen müssen gut sein, damit er erfolgreich suchen kann, und es gibt Dinge, die ihn außer Gefecht setzen können. Aber seine massivste Einschränkung ist, dass ich gerade mit Ihnen rede.«

»Was meinen Sie damit?«

Er schmunzelte. »Wenn ich alles verstehen könnte, was er mir sagen will, würden wir bessere Resultate erzielen. Gott weiß, was er alles schaffen könnte. Rückblickend ist mir schon mehr als einmal klar geworden, dass ich ihn nur falsch verstanden habe. Er hat versucht, mir zu zeigen, wo etwas zu finden ist, aber ich habe darauf beharrt, meinen Kopf durchzusetzen. Manchmal sehe ich ihm an, dass er frustriert ist, wenn er sich abmüht, seinem begriffsstutzigen Trainer etwas klarzumachen.«

»Ich weiß nicht«, sagte ich. »Sie beide scheinen doch eine ziemlich gute Partnerschaft zu führen.«

»Tja, Partner«, sagte er zu Bingle, der auf der Stelle wachsam wurde, »bereit, es noch einmal zu probieren?«

Bingle kam rasch auf die Beine, sah David aber weiterhin erwartungsvoll an.

»*¡Búscalos!*«, befahl David und gab ihm das gleiche Handzeichen wie zuvor. »Such sie!« Unverzüglich machte sich der Hund wieder an die Arbeit.

David ließ ihn noch einmal zwanzig Minuten arbeiten, gab ihm dann wieder Wasser und ließ ihn ausruhen. Während der vierten Suchrunde zog der Hund sein Zickzackmuster plötzlich enger. Er trottete zwar immer noch von einer Seite zur anderen, wurde aber immer schneller. Er hielt inne und sah nach hinten zu David, mit gespitzten Ohren und konzentriertem Blick.

»Das ist ein Alarm«, erklärte David aufgeregt. »Was hast du gefunden?«, fragte er Bingle. »Zeig mir, wo es ist. *Muéstrame dónde está. Sigue* – geh weiter.«

Bingle setzte sich wieder in Bewegung, diesmal in gerader Linie.

»Woher haben Sie gewusst, dass es ein Alarm ist?«, fragte ich.

»Ich kenne ihn«, sagte David und eilte hinter ihm her. »Wenn er die Ohren so nach vorn gespitzt hat wie jetzt, ist das, als würde er sich mit mir absprechen. Ich bin Teil seines Rudels. Er fragt mich: ›Riechst du es denn nicht?‹« Während er sprach, behielt er den Hund im Auge und fügte dann hinzu: »Er hat etwas. Sehen Sie – der Geruch hat sich im Gras festgesetzt.«

Bingle rieb sein Gesicht im Gras und biss an den Halmen.

»*¡Búscalo, Bingle!*«, verlangte David. »Such es!«

Der Wind frischte erneut auf, und der Hund blieb stehen. Er hielt den Kopf hoch und schnupperte mit sich leicht auf und ab bewegender Schnauze, als bemühe er sich, mehr von einem bestimmten Geruch wahrzunehmen.

»Was hast du gefunden?«, fragte David noch einmal. »Was hast du gefunden, Bingle? Zeig's mir! *¡Muéstramelo! ¡Adelante!*«

Bingle sang einen hohen, zarten Ton und rannte dann weiter. Nach etwa zwanzig Metern machte er Halt. Ich sah, wie er aufgeregt um eine Stelle kreiste, und hörte ihn schnaubende Laute ausstoßen. Auf einmal ging er in die Hocke, streckte den Kopf so weit nach hinten, dass seine Schnauze direkt nach oben zeigte, und begann zu summen.

»Das ist seine Art, konkreten Alarm zu geben«, sagte David und ging eilig auf ihn zu.

Bingle kam ihm auf halbem Weg entgegen und stupste gegen das Täschchen an Davids Gürtel. »*¿Dónde está?* Wo ist es?«, fragte David, und der Hund hopste zurück an den Fleck, wo er Alarm gegeben hatte.

David kam vor mir bei Bingle an. »Bingle«, sagte er auf einmal, »du wunderbarer Mistkerl!«

Und Bingle gab ein lautes Bellen der Zustimmung von sich.

8

MITTWOCH MORGEN, 17. MAI
Bergland der südlichen Sierra Nevada

Wenn ich nicht mit Andy gesprochen hätte, bevor ich Bingle folgte, hätte ich vielleicht nicht verstanden, weshalb David seinen Hund jetzt überschwänglich lobte und ein weiches Wurfspielzeug herausholte, das offenbar das absolute Lieblingsstück des Hundes war. Auf der Erde, wo Bingle seinen Fund angezeigt hatte, konnte ich die Hinweise auf ein Grab, die Andy mir genannt hatte, deutlich erkennen. Auf einem langen Streifen unterschied sich das Erdreich farblich leicht von dem daneben – es wirkte weniger kompakt und barg mehr Steine und Kiesel. Die Pflanzen, die darüber wuchsen, waren weder so hoch noch so kräftig wie ihre Nachbarn.

Es war zwar kein ordentlich umgrenztes Rechteck im Format einer Grabstelle mit akkuraten, sauberen Kanten, aber es war nicht viel größer, als ein Grab sein mochte, und es unterschied sich eindeutig von der Fläche, die es umgab.

»Gehen wir lieber weg von hier«, meinte David. »Wir dürfen keine Beweise zerstören.«

Wir marschierten zu einer ebenen Stelle näher am Baum, wo David sein Spiel mit Bingle fortsetzte und ihn erneut lobte. Die anderen Mitglieder unserer Gruppe mussten uns beobachtet haben, da Ben und Andy, noch bevor David ihnen winkte, Rucksäcke aufsetzten und auf uns zukamen, dicht gefolgt von Thompson und Flash Burden. Duke und Earl bewegten sich langsamer vom Lagerplatz weg und führten Parrish mit sich. Merrick und Manton brachten es fertig, den gesamten lautstarken Aufbruch zu verschlafen.

»Konkreter Alarm?«, rief Ben, als er in Hörweite gekommen war.

David lächelte. »Ja, und mein Hund lügt nicht.«

»Wo?«

Doch Andy hatte bereits die Pflanzen an der Stelle entdeckt, wo Bingle Alarm gegeben hatte. »Wow. Genau hier.« Er kam näher, benannte mehrere Wildblumen und sagte: »Sehen Sie? Die meisten von ihnen sind kürzer als andere der gleichen Spezies, die direkt daneben wachsen. Das könnte der Fall sein, weil irgendetwas ihre Wurzeln daran hindert, sich frei zu entfalten – womöglich stoßen die Wurzeln unter der Erde auf eine Art Barriere.«

David wies Bingle an, dort zu bleiben, wo er war, und wir gingen mit den anderen zu Andy hinüber.

David besprach sich kurz mit Bob Thompson und Ben und sagte dann zu mir: »Hätten Sie etwas dagegen, Bingle Gesellschaft zu leisten, während wir die Stelle untersuchen? Sie können von dem schattigen Fleckchen dort drüben zuschauen. Von dort können Sie alles sehen und hören.«

»Hören Sie, ich mag den Hund, aber ich habe hier auch eine Aufgabe zu erledigen. Ich will nicht ausgeschlossen werden –«

»Das ist ein Tatort –«, begann Bob Thompson, doch Ben fiel ihm ins Wort.

»Ach, ich finde, Ms. Kelly sollte so nah dabeistehen dürfen wie möglich«, erklärte er, und obwohl er nicht lächelte, konnte ich aus seiner Stimme eine gewisse Belustigung heraushören.

»Ben –«, wandte David ein, und zwar auf eine Art, die mich in schwere Zweifel darüber stürzte, warum Ben auf einmal so kooperativ war.

Ben ignorierte ihn. In ruhigem, bedächtigem Tonfall sagte er zu mir: »Darf ich Ihnen erklären, dass wir nicht einfach unsere Schaufeln zücken und drauflos graben, Ms. Kelly? Wir gehen langsam und sorgfältig ans Werk, indem wir die Grabstätte erfassen und ein Rastersystem anfertigen und so weiter. Vielleicht wären Sie ja bereit, bei Bingle zu bleiben, solange wir die Vorarbeiten machen. Ich sage Ihnen dann Bescheid, wenn wir so weit sind, dass wir die Leiche sehen können – falls hier wirklich eine Leiche liegt.«

»Sie liegt da«, hörte ich jemanden sagen. Ich drehte mich um und sah Parrish, der mich unverwandt ansah und dabei lächelte. »Ja«, sagte er in gedehntem Tonfall, »ihre hübsche Leiche liegt genau hier.«

»Tranquilo«, sagte David zu Bingle, der zwischen uns stand. Der Hund hatte bei Parrishs Eintreffen weder geknurrt noch gebellt, aber ich konnte sehen, was David veranlasst hatte, ihn zur Gelassenheit zu mahnen – Bingle stand stocksteif da.

»Ich passe auf Bingle auf«, sagte ich.

Parrish lachte. »Lassen Sie lieber ihn auf sich aufpassen.«

»Jetzt reicht's mit Ihren Kommentaren«, erklärte Earl und zog Parrish von der Gruppe weg.

»Ve con ella«, sagte David zu Bingle und gab mir einen Tennisball. Während er sprach, machte er eine Handbewegung, die Bingle offenbar sagte, dass er seine ganze Aufmerksamkeit mir widmen sollte. Bingle starrte den Ball mit der Art intensiver Konzentration an, die vielleicht ein Mensch mit magischen Kräften benutzt hätte, um eine Gabel zu verbiegen. Wir spielten ein Weilchen, dann setzten wir uns gemeinsam hin und sahen zu, wie Flash die Stelle fotografierte und auf Video aufzeichnete, wie Thompson mit Parrish sprach und David, Andy und Ben sich über Landkarten beugten und den Boden musterten, um einen äußeren Umkreis abzustecken, der ein Stück weit über das lockere Erdreich hinausging.

Unser Fleckchen war, wie David gesagt hatte, der beste Platz im ganzen Haus. Wir waren nur wenige Meter von der Stelle entfernt, saßen im Schatten, und der Wind hatte sich gedreht und wehte in unsere Richtung – Schatten und Wind waren erholsam für Bingle, der leise hechelnd dalag und zufrieden die Augen geschlossen hatte.

Ben beugte sich über einen Matchsack und verteilte Gummihandschuhe. Als Nächstes holte er ein Bündel Metallstäbe hervor, alle etwa einen guten Zentimeter dick und an einem Ende im rechten Winkel zu einem Griff abgeknickt. Indem sie aus verschiedenen Richtungen begannen, suchte sich jeder Mann eine Stelle aus, lehnte sich auf seine Sonde – die nicht weit ins Erdreich ging –, zog sie wieder heraus und bewegte sich ein Stück näher auf den Punkt zu, wo Bingle Alarm gegeben hatte. Dies setzte sich so lange fort, bis Bens Sonde locker in die Erde sank. »Hier«, sagte er. Als er sie wieder herauszog, hob Bingle den Kopf, stellte sich mit nach vorn gespitzten Ohren auf die Beine und begann auf Ben zuzustreben.

»Sitz«, befahl ich. Er ignorierte mich, doch David hatte mich gehört und fauchte den Befehl erneut – diesmal auf Spanisch. Bingle gehorchte, protestierte jedoch mit scharfem Gebell.

»Er riecht es«, sagte David. Dann rümpfte er die Nase und sagte: »Ich auch.«

David ging zurück zu dem Matchsack und nahm ein kleines Glas heraus. Er steckte einen Finger hinein und rieb sich die Substanz direkt unter die Nase, bis es aussah wie ein kleiner, glänzender Schnurrbart. Er reichte das Glas an Andy weiter, der sich ebenfalls bediente. Ben bot er es nicht an.

Ben steckte ein kleines Merkzeichen – ein schmales, gelbes Fähnchen an einem Draht – neben die Stelle, wo er hineingebohrt hatte. So fuhren sie fort, bis sie noch ein paar weitere Stellen markiert hatten. Die gelben Fähnchen bildeten eine Art Oval, das etwa einen Meter achtzig lang war.

Bingle war aufgeregt. Er zappelte herum, befolgte aber Davids Anordnung, sich nicht vom Fleck zu rühren. Immer wieder nahm ich einen Hauch dessen wahr, was ihn so aus der Ruhe brachte – ein unverwechselbarer Geruch, süß und beißend zugleich, ein Geruch, dessen Bedeutung man auf der Stelle kennt, selbst wenn man ihn nie zuvor gerochen hat. Vielleicht stößt uns eine Urerinnerung von diesem Geruch ab und sagt uns, dass es der Geruch von Tod und Verwesung ist.

»Ich zeige Ihnen, was wir machen«, sagte David und kam herüber, um Bingle zu beruhigen.

Während er näher kam, sagte ich: »Wick VapoRub.«

Er bewegte die Hand nach oben und hielt kurz vor seiner Oberlippe inne. »Eine Duftmischung aus Menthol und Kampfer, die ganz ähnlich riecht, ja. Ich benutze sie, um den Verwesungsgeruch zu überdecken. Brauchen Sie etwas davon?«

»Noch nicht.«

»Warten Sie nicht zu lang«, riet er. »Wenn Sie den Geruch erst mal in der Nase haben …« Er hielt inne und sagte dann noch einmal: »Warten Sie nicht zu lang.«

Er begann mir die Lagepläne zu zeigen, die sie zeichneten und auf denen die umliegenden Gipfel als Triangulationspunkte benutzt wurden, um die Position des Baumes zu kennzeichnen. Man konnte auch die Rasterlinien erkennen, über denen die Lage des Grabes, die äußere Umrisslinie und eine Felsengruppe eingezeichnet waren.

»Wenn wir über irgendetwas hiervon vor Gericht aussagen müssen, haben wir genaue Aufzeichnungen darüber, wo wir Beweismaterial oder Leichenteile gefunden haben, wie die Leiche positioniert war – und so weiter.«

Bob Thompson kam zu uns herüber. »Was dauert denn so lang? Parrish sagt, sie liegt da, etwa einen halben Meter unter der Erde. Er hat bereits gestanden. Ich brauche nichts weiter als eine vorläufige Identifizierung.«

Hinter mir hörte ich Ben fragen: »Und was, wenn es sich um ein anderes Opfer handelt, Detective Thompson?«

Thompson zögerte und sagte dann: »Gut, aber wir wollen doch nicht trödeln, oder?«

Ben ging einfach davon. Aus einem seiner Matchsäcke holte er zwei Rollen Drahtgitter, das eine mit Maschen von einem halben Zentimeter, das andere mit Maschen von etwa anderthalb Zentimeter Breite. David half ihm, daraus mit zwei Stützen zwei Siebe zu bauen.

Bingle rief hin und wieder nach David, und David antwortete auf Spanisch: »Alles in Ordnung, Bingle. Bleib bei Irene.« Und jedes Mal bekam ich von dem Hund als Reaktion einen raschen Kuss.

Wann immer ich zu Parrish hinübersah, musterte er mich mit einem wissenden Lächeln auf den Lippen. Ich unterdrückte den Drang, schnell beiseite zu sehen und ihm zu zeigen, wie unwohl ich mich unter seiner Beobachtung fühlte. Doch ich war immer die Erste, die den Blickkontakt abbrach, und einmal, als mich beim Abwenden ein unfreiwilliges Schaudern überlief, hörte ich ihn leise lachen.

Mit Andys Hilfe schabten die Anthropologen die oberste Schicht Erde innerhalb der markierten Grenzen ab und gaben sie durch die zwei Siebe. Und so fuhren sie fort, Zentimeter für Zentimeter, während Thompson ungeduldige Proteste äußerte. Obwohl sie zunächst nicht weit zu kommen schienen, erkannte ich schon bald klarer umrissene Kanten des Ovals, das sie mit den Fähnchen markiert hatten. Der Geruch wurde stärker.

Ben reckte sich einen Moment. Als er herüberkam, um Bingle zu begrüßen, sagte ich: »Sie haben nicht zufällig etwas von der Duftmischung bei sich?«

»Ich benutze sie nicht.«

»Aber wie können Sie es aushalten –«

»Für Fachleute, die die ganze Zeit damit zu tun haben – na ja, ich vermute, es ist eine Frage des persönlichen Geschmacks, aber ich würde nicht empfehlen, irgendeine Duftmischung zu verwenden, um den Geruch zu überdecken. Versuchen Sie, so damit umzugehen, wie die Natur vorgesehen hat, dass Sie damit umgehen sollen.«

»Was meinen Sie damit?«

»Früher oder später, nachdem Ihr Gehirn die Botschaft Ihrer Geruchsnerven erhalten hat, dass da draußen etwas Übles ist – und diese Botschaft wieder und wieder erhalten hat –, werden die Signale nicht mehr registriert. Allerdings hängt ein Restgeruch in Ihren Kleidern, und Sie riechen ihn später wieder, wenn Sie nicht mehr so nah am Grab stehen.«

»Reizend.«

»Sie riechen es später, ganz egal, was Sie jetzt tun. Aber wenn Sie etwas benutzen, was Ihre Nasengänge weitet, stimuliert das Ihre Geruchsnerven noch weiter – dann riechen Sie den ganzen Tag Verwesung. Es kann auch dazu führen, dass Ihr Gehirn den guten Geruch mit dem schlechten verbindet.«

»Sie meinen, dass ich jedes Mal, wenn ich etwas mit Menthol-, Kampfer- oder Eukalyptusgeruch benutze –«

»Ja. Ihr Gehirn könnte der Mischung Verwesungsgeruch hinzufügen.«

Ich sah zu David hinüber. Er hatte die Duftmischung verwendet, warum also nicht auch ich?

»Natürlich«, fuhr Ben fort, »erwarte ich nicht von Ihnen, dass Sie dieser Situation überhaupt gewachsen sind, also tun Sie, was immer Sie tun müssen.«

Damit stand mein Entschluss natürlich fest. David hielt mich offenkundig für schlecht beraten, sprach es aber nicht aus. Er sah allerdings häufig nach mir, um sich zu erkundigen, wie ich mich hielt. Er bot die Duftmischung den anderen an; Ben und ich waren die Einzigen, die ablehnten. Als er das Glas herumreichte, überging er Parrish ostentativ. Parrish grinste nur.

»Bringen Sie ihn zurück ins Lager«, wies Thompson die Wachen an.

Die Ausgrabung ging weiter, jetzt sogar noch langsamer, da die Seiten des Grabs vorsichtig freigelegt wurden. Ben konzentrierte sich darauf, die Kanten des Grabs mit höchster Genauigkeit festzulegen, während David sachte an den inneren Schichten schabte. Andy suchte mit Hilfe der Siebe nach Gegenständen, die womöglich übersehen worden waren, füllte bestimmte Mengen der abgetragenen Erde in Tüten, etikettierte sie und machte sich dazu die nötigen Notizen.

Von Zeit zu Zeit schien der Geruch aus dem Grab schlagartig schlimmer zu werden. Dann sah Ben zu mir herüber und grinste. Ich lächelte zurück und ergötzte mich an dem Wissen, dass er jedes Mal, wenn er mit diesem Blick zu mir hersah, genau wie ich eine Nase voll abbekommen haben musste.

Flash nahm die Vorgänge weiter auf Video auf und machte auf Bens oder Davids Aufforderung hin Einzelaufnahmen. Ben und David besaßen eine zweite Kamera und schossen ihrerseits Fotos.

»Warum fotografieren Sie die Ränder des Grabs?«, fragte ich Ben.

Er zögerte und antwortete dann: »Eventuelle Werkzeugspuren.«

»Von der Schaufel, mit der das Grab ausgehoben wurde?«

»Vielleicht.«

»Wenn Sie wissen, wer es getan hat, warum müssen Sie dann Beweise sammeln?«, wollte ich wissen.

»Wir wissen nicht unbedingt, wer dieses Grab geschaufelt hat«, erwiderte er. »Wir müssen diese Stelle genauso behandeln, wie wir es bei jeder anderen machen würden. Objektiv.«

»Aber Parrish hat gestanden –«

»Geständnisse kann man widerrufen. Urteile werden revidiert. Abmachungen zerbrechen, Ms. Kelly. Wir wissen nie, was wir womöglich eines Tages beweisen müssen oder welche Beweismittel wichtig werden könnten. Deshalb arbeiten wir sorgfältig.« Er hielt inne und fügte dann hinzu: »Die Regeln der Beweisführung sind in Gerichtssälen wesentlich strenger als in Redaktionsräumen.«

Ich wandte mich ab, damit er nicht sah, wie ich die Zähne zusammenbiss.

Nachdem die ersten Schichten Erde entfernt waren, kam eine Lage großer Steine zum Vorschein, die über der Grube verstreut lagen. Als Thompson sich nach ihrem Zweck erkundigte, erklärte Ben, ohne seine Arbeit zu unterbrechen: »Ich vermute, dass sie Raubtiere davon abhalten sollten, sich über das Grab herzumachen.«

»Kojoten?«

Sheridan sah auf. »Ja, wir wissen doch, dass er an Kojoten gedacht hat.«

Nachdem die Steine entfernt worden waren, begann erneut der langsame Prozess des Abschabens. David arbeitete gerade an dem Stück in der Mitte des Grabs, als er unvermittelt innehielt: »Moment mal.«

Ben und Andy unterbrachen ihre momentane Tätigkeit und begannen sich auf die Stelle zu konzentrieren, an der David

Erdreich abgetragen hatte. Sie traten ein Stückchen zurück und winkten Flash herbei, damit er ein paar Fotos machte. Kurz darauf riefen sie Thompson.

Ich stand auf und trat ein bisschen näher heran.

Der Gegenstand all dieser Aufmerksamkeit war ein Zipfel dunkelgrünes Plastik. Schon bald begriffen wir alle, was die forensischen Anthropologen bereits vermuteten.

Dies war ein Leichentuch.

9

Mittwoch Morgen, 17. Mai

Las Piernas

Frank Harriman legte den Telefonhörer auf und wandte sich an den Cousin seiner Frau. »Der Anwalt ist zurück – er liegt im Krankenhaus.« Er holte tief Luft und stieß sie langsam wieder aus. »Dank seinem Klienten.«

»Was ist denn passiert?«, fragte Travis.

»Parrish ist Newly auf den Fuß gestampft. Hat mehrfache Brüche verursacht. Es war ganz schön mühsam, Newly von dort oben runter zu kriegen – er hat vor Schmerzen ein paar Mal das Bewusstsein verloren.«

»Irene fehlt schon nichts«, sagte Travis, der wusste, was Frank Kopfzerbrechen bereitete, und der einen Refrain wiederholte, der ermüdend hätte sein können, wenn Frank ihn nicht immer wieder hätte hören müssen.

»Sämtliche Wachleute standen direkt dabei«, ereiferte sich Frank. »Um ihn zu bewachen! Und trotzdem schafft er es, seinen eigenen Anwalt zu verletzen.« Er hielt inne und schüttelte den Kopf. »Sie hätte nicht da raufgehen sollen.«

»Du hättest sie nicht aufhalten können.«

»Sie hätte nicht gehen sollen«, wiederholte Frank, der nun auf und ab marschierte.

»Frank«, sagte Travis.

Doch Frank war in unangenehme Erinnerungen vertieft. Er dachte an den Tag, als sie Kara Lanes Leiche gefunden hatten, und was ihr zugefügt worden war. Seine Schritte kamen zum Stillstand, als er – nur ganz kurz, aber viel, viel zu lang – an die Möglichkeit dachte, dass seine Frau Parrish ausgeliefert wäre und ebenso viel Schmerz, ebenso viel Angst und ebensolche Einsamkeit erleiden müsste wie Kara Lane in ihren letzten Stunden. Er merkte, wie sich sein Magen zusammenzog.

»Frank«, sagte Travis noch einmal.

Er sah auf.

»Sie hat immer noch eine Menge anderer Leute um sich. Du weißt, dass sie ihn eher umbringen würden, bevor sie zulassen, dass er ihr etwas antut.«

Frank gab keine Antwort. Wie konnte er diese düstere Vorahnung erklären? Er wusste, dass es mehr war als schlichte Besorgnis um ihr Wohlergehen. Es war die Art von Unruhe, die ihn manchmal bei der Ausübung seines Berufs erfasste: Instinkt, ein flaues Gefühl in der Magengrube – man konnte es nennen, wie man wollte. Kein Cop, der etwas taugte, ignorierte es. Und im Moment machte es ihn absolut rasend. Er glaubte daran, vertraute ihm, selbst wenn er nicht vor Gericht darauf hätte schwören können …

»Du musst dir eine Beschäftigung suchen«, sagte Travis. »Du darfst nicht nur hier sitzen und dich immer weiter hineinsteigern. Such dir etwas, womit du deine Zeit ausfüllen kannst.«

In Gedanken an Parrish versunken, starrte Frank Travis einen Augenblick lang nur an. Der Vorschlag, sich mit irgendetwas zu beschäftigen, der ihm im ersten Moment nur lächerlich vorgekommen war, begann sich in ihm festzusetzen und kam ihm nun völlig einleuchtend vor.

Er griff nach seinen Autoschlüsseln.

»Wo willst du hin?«, fragte Travis.

»Mr. Newly an seinem Krankenbett besuchen.«

10

Mittwoch Nachmittag, 17. Mai
Bergland der südlichen Sierra Nevada

J. C. stieß wieder zu uns, als etwa die Hälfte der Plastikfolie freigelegt war. Falls ihn das zusätzliche Wandern oder die Schwierigkeiten dabei, Phil Newly zum Flugzeug zu helfen, ermüdet hatten, so ließ er es sich nicht anmerken.

Bingle bemerkte J. C.s Anwesenheit am anderen Ende der Wiese früher als ich. Da ich den Hund beobachtet hatte, war wiederum mir der Wandel seiner Blickrichtung vor den anderen aufgefallen. In den letzten Stunden hatte ich viel Zeit damit verbracht, dafür zu sorgen, dass sich Bingle nicht näher an das offene Grab heranschlich – nachdem er einen fast erfolgreichen Versuch unternommen hatte, hatte mir David beigebracht, *»¡Quédate!«* – also »Bleib hier« – in einem Ton zu sagen, dem Bingle gehorchen würde.

»Sie können auch *›No te muevas‹* sagen«, meinte David. »Wenn Sie das mit fester Stimme sagen – ihm klar machen, dass Sie es ernst meinen –, bringen Sie ihn dazu, seine anderen Impulse hintanzustellen, sogar diejenigen, die ihm sagen, dass er etwas richtig Tollem auf der Spur war und jetzt nur wir den ganzen Spaß haben. Er würde gern mitmachen, aber seine Vorstellung von Vergnügen wäre unseren Zwecken nicht besonders dienlich.«

Ich erschauderte.

»Ich weiß, ich weiß«, sagte David. »Aber um diese Arbeit verrichten zu können, muss er sich eben für den Geruch interessieren. Meistens benimmt er sich ja, aber das Problem ist, dass Bingle einen allzu starken Besitzerinstinkt für seine Funde entwickelt.«

Jetzt, da J. C. sich näherte, hatte Bingle die Ohren nach vorn gespitzt und musterte den Ranger scharf. Hunde – natürliche

Jäger – sehen Bewegung besser als Details, und Bingles Körperhaltung sagte, dass er gegen die sich nähernde Gestalt auf der Hut war. Schließlich musste er es geschafft haben, J. C.s vertrauten Geruch aufzufangen – obwohl mir ewig ein Rätsel bleiben wird, wie er das über den immer stärker werdenden Geruch des Grabs hinweg fertig brachte –, da er urplötzlich ein fröhliches Willkommensgebell anstimmte.

Eine Zeit lang wurde die Arbeit unterbrochen, als wir J. C. begrüßten und uns gegenseitig auf den neuesten Stand brachten. Er trug etwas von der Duftmischung auf, während er der Geschichte von Bingles Fund lauschte und den Hund lobte, der sich in seiner Aufmerksamkeit sonnte.

Er hatte den Kojotenbaum gesehen und zeigte seinen Abscheu darüber unverhohlen. Er war absolut dafür, Parrish deswegen zur Rechenschaft zu ziehen. »Das sind zwar kleine Fische für jemanden, der wegen Doppelmordes verurteilt werden wird, nehme ich an, aber trotzdem –« Er schüttelte den Kopf, als wolle er sich selbst von der Erinnerung an den Baum befreien. Er bückte sich, um Bingle zu streicheln. »Du hast also Mrs. Sayre gefunden, was, Bingle?«

»Wir wissen noch nicht, wer oder was das ist, J. C.«, rief Ben ihm in Erinnerung und reichte ihm ein Paar Handschuhe. »Wir haben das Plastik noch nicht einmal aufgemacht.«

»Also«, sagte der Ranger und sah belustigt drein, »angesichts der Plastikfolie scheidet eine indianische Grabstätte wohl aus, und ich kann euch sagen, dass sich auf dieser Wiese keine legalen Friedhöfe befinden, und Jagen ist hier auch verboten. Also gehört der, die oder das, was da liegt, nicht hierher.«

»Wann kommt das Flugzeug zurück?«, fragte ich ihn.

»Morgen, wenn das Wetter es zulässt. Es ist etwas Regen vorhergesagt, daher verspäten sie sich vielleicht ein oder zwei Tage. Haben Sie einen Regenschutz mitgebracht?«

Ich nickte.

»Wir machen uns lieber wieder an die Arbeit«, sagte Ben.

»Das Letzte, womit ich mich herumschlagen will, ist ein überschwemmtes Grab.«

J. C. hatte offenbar schon einmal solche Arbeit verrichtet, doch selbst mit seiner Hilfe ging alles nur gemächlich voran. Schließlich wurde die Oberfläche der Plastikfolie freigelegt. Sie war von stumpfem Dunkelgrün und schien aus schwererem Material zu bestehen als das, aus dem Müllbeutel hergestellt werden. Sie ähnelte mehr der Sorte, mit der Landschaftsgärtner den Boden abdecken.

Thompson ging auf und ab und grummelte nicht allzu leise etwas über Typen, die sich einbilden, an einem Pharaonengrab statt am Schauplatz eines Verbrechens zu arbeiten; dass er bei Gott wünschte, er könnte einen Grabenbagger herbeordern; und wie er außerdem Parrishs Visage dafür verfluchte, dass er sich diesen Fleck am Arsch der Welt ausgesucht hatte, um eine Leiche zu vergraben. Darauf folgten noch weitere wenig hilfreiche Bemerkungen, die das Leben für alle in Hörweite ein bisschen unerfreulicher machten.

Ben würdigte Thompson keiner Antwort. Allerdings ging er zu ihm hinüber, während Andy, J. C. und David vom Grab wegtraten, damit weitere Fotos von der Plastikfolie gemacht werden konnten.

»Wir möchten an den Seiten noch etwas tiefer graben«, erklärte Ben dem Detective. »Nur um zu sehen, ob wir den Rand des Plastiks finden können. Es wäre uns lieb, wenn wir es intakt halten könnten. Aber wenn wir keinen Rand finden, schneiden wir es eben einfach auf.«

Thompson sah in den Himmel auf und sagte: »Dank sei dir, o Herr!«

»Wir sind nicht deswegen vorsichtig, um Sie zu ärgern«, erklärte Ben. »Meine Vermutung ist, dass die Plastikhülle, die kühlen Temperaturen und die Höhe hier sowie das Fehlen von Störungen durch Tiere –«

»Was wollen Sie eigentlich sagen?«, fauchte Thompson.

»So, dass Sie es begreifen?«, schoss Ben zurück.

Thompsons Gesicht war rot, doch er sagte: »Genau das – ich hätte gern die Fassung für Nichtakademiker.«

Ben wandte einen Moment den Blick von ihm ab, als ränge er um Beherrschung. »Diese Leiche könnte – tja, wie formuliere ich das für Nichtakademiker? Sie könnte ein bisschen suppig sein. Bei einem derart intensiven Gestank glaube ich nicht, dass wir völlig skelettierte Überreste zu sehen bekommen werden – was wir hier riechen, ist nicht nur der Geruch von Knochen. Das ist ein Grund, weshalb ich nicht davon überzeugt bin, dass diese Leiche vier Jahre alt ist – vielleicht ja, vielleicht nein. Wenn nicht, dann haben Sie es hier womöglich mit einem anderen Opfer zu tun.«

»Ja, diese Möglichkeit haben Sie schon einmal erwähnt, aber –«

Ben hob die Hand, und Thompson hielt – mit sichtlicher Mühe – den Mund.

»Wir haben es hier mit einer Menge ›Wenns‹ zu tun, Detective: Wenn die Gebeine von einem Menschen stammen, wenn es ein Mord war und wenn es nicht Julia Sayre ist – wenn all diese Bedingungen zutreffen, haben Sie zweifellos die Grundlage für eine neue Anklage, die Sie gegen Parrish erheben können.«

Als er sah, dass er Thompsons Interesse geweckt hatte, fuhr er fort: »Aber natürlich können Sie nur dann eine neue Anklage erheben, wenn wir beweisen können, dass er derjenige ist, der die Leiche hier deponiert hat. Wir gehen langsam ans Werk, weil eventuell Beweisspuren, die Parrish – oder sonst jemanden – mit diesem Verbrechen in Verbindung bringen, im umliegenden Erdreich hinterlassen wurden, und falls dem so ist, wollen wir sie finden.«

Ben hielt inne und lächelte, wenn auch nicht besonders einnehmend, und fügte dann hinzu: »Stellen Sie sich nur vor, Detective Thompson, wenn das hier ein anderes Opfer ist, fahren Sie als Held nach Las Piernas zurück.«

»Der Handel, den der Staatsanwalt mit Parrish eingegangen ist, stieß nicht gerade auf allgemeine Begeisterung, oder?«, sagte Thompson. »Wir waren jedenfalls nicht besonders davon angetan.«

»Die Leute von der Kriminalpolizei waren nicht die Einzigen, die empört darüber waren, dass Parrish von der Todesstrafe verschont wird. Ich glaube, der Staatsanwalt bereut es inzwischen. Das ist mit ein Grund dafür, dass Ms. Kelly uns begleiten durfte, stimmt's?«

Thompson sah zu mir herüber und nickte. »Es ist allgemein bekannt, dass er sich von ihr einen positiven Blickwinkel gegenüber seiner Entscheidung erhofft. Sie schreibt schon lange über den Fall Sayre.«

Ich wusste, dass er etwas gegen meine Artikel über Julia Sayre hatte. In Thompsons Augen waren sie ein ständiges, peinliches Hinausposaunen der Tatsache, dass es ihm nicht gelungen war, den Fall zu lösen.

»Wenn er einer neuen Anklage nachgehen kann«, erklärte Ben, »könnte sich der Staatsanwalt mit beiden Gruppen wieder versöhnen: Wahrscheinlich behauptet er, dass er versucht hätte, Julia Sayre zu finden, aber nicht zögern wird, für einen dritten Mord die Todesstrafe zu fordern. Und für die mögliche Klärung eines weiteren Vermisstenfalls wäre die Polizei von Las Piernas Ihnen bestimmt auch dankbar.«

Thompson warf einen Blick zum Lager zurück, wo Parrish umgeben von seinen Wachen stand und uns anstarrte. Parrish war zu weit entfernt, um uns deutlich zu sehen oder von uns deutlich gesehen werden zu können, doch schien er sich brennend für unsere Aktivitäten zu interessieren. Und selbst auf diese Entfernung war der Trotz in seiner Haltung unverkennbar.

Als ich jedoch nach hinten zu Thompson blickte, erkannte ich, dass Bens Worte das Gegenteil von dem bewirkt hatten, was er im Sinn gehabt hatte. Hatte Thompson schon zuvor auf rasches Vorgehen gedrängt – als er nur daran gedacht hatte, nach erfolgreich abgeschlossener Mission nach Hause zurückzukehren –, so hatte ihn Bens Traumbild einer heldenhaften Rückkehr nur noch ungeduldiger werden lassen, um genau dies zu erreichen.

»Wer sonst hätte die Leiche hier deponiert haben können?«, fragte er. »Parrish hat uns doch direkt hierher geführt!«

Ben seufzte. »Glauben Sie mir, Detective Thompson, ich will ebenso dringend wissen wie Sie, was unter diesem Plastik liegt. Aber wissen Sie noch, was ich Ihnen über den möglichen Zustand der Leiche gesagt habe? Wenn das Plastik aus dem Grab gehoben wird, könnte das dazu führen, dass die Gebeine verschoben und womöglich beschädigt werden. Wir müssen vorsichtig arbeiten.«

»Herrgott, Sheridan, Sie haben das Tempo einer dreibeinigen Schildkröte vorgelegt! Wenn das, was Sie bis jetzt getan haben, nicht ›vorsichtig arbeiten‹ war, dann sind wir allesamt Skelette, bis Sie bereit sind, die Leiche dort rauszuheben!«

»Wenn Sie lieber ohne meine Hilfe weitermachen würden –«

»Werden Sie nicht albern!«, schimpfte Thompson, wurde aber ein bisschen ruhiger. »Hören Sie, ich will Sie nicht drängen –«

David lachte.

»Ich will Sie nicht drängen, etwas zu tun, wodurch Beweise zerstört werden«, fuhr Thompson fort, »aber ich habe weder die Zeit noch die Ressourcen, um Ihnen zu erlauben, dies zu einer archäologischen Ausgrabung im Museumsstil umzufunktionieren.« Er warf einen Blick zurück zum Lager und übersah die spöttischen Blicke, die die anderen austauschten. Dann wandte er sich wieder Ben zu. »Abgesehen von allen anderen Problemen muss ich Parrish möglichst schnell wieder in eine Zelle bringen.«

»Wenn wir uns wieder an die Arbeit machen dürfen«, sagte Ben hintergründig, »bekommen Sie Ihre Antworten früher.«

Und tatsächlich sagte Ben nur wenig später: »Wir können die

Leiche wohl nicht auswickeln, ohne Schäden zu riskieren. Wir sind bereit, das Plastik aufzuschneiden.«

David, der mich aufstehen sah, sagte: »Ich kann Bingle zum Dortbleiben bewegen, wenn Sie näher kommen wollen – zumindest lang genug, dass Sie einen Blick hineinwerfen können.«

»Falls das hier nicht Julia Sayre ist«, wandte Ben ein, »kommen womöglich Einzelheiten ans Licht, die wir nicht veröffentlicht sehen wollen.«

Entnervt fauchte Thompson: »Versichern Sie, dass Sie es für sich behalten, ja, Kelly? Falls das hier nicht die Sayre ist, können Sie berichten, dass ein anderes Opfer gefunden wurde. Den Rest halten Sie aus der Zeitung raus – schreiben Sie erst dann darüber, wenn wir die Information freigeben.«

»Aber der Rest geht zuerst an den *Express*«, verlangte ich.

»Okay, einverstanden. Sheridan, machen Sie weiter.«

Ben bemühte sich nicht, seine Verachtung mir gegenüber zu verbergen, aber als erfahrene Reporterin war ich gegen Ablehnung aller Art schon lange immun, und es steht nicht zu erwarten, dass mich je eine Brüskierung umwirft. Je früher er begriff, dass sein sehnlicher Wunsch, ich würde zum Teufel gehen, mich nicht davon abhalten würde, meine Arbeit zu tun, desto besser für uns beide.

»Acúestate«, befahl David Bingle, und der Hund legte sich hin. *»Bien, Bingle. No te muevas.«*

David reichte erneut die Duftmischung sowie Masken herum. Widerwillig nahm ich eine Maske, nachdem er mir erklärt hatte, dass jeder, der direkt neben dem Grab stand, eine tragen müsse. Ich stülpte mir meine über den Kopf, doch da ich wusste, wie beengend sie sich anfühlen würde, zog ich sie noch nicht über Mund und Nase.

David musterte mich und sagte ruhig: »Das wird nicht besonders hübsch. Haben Sie schon mal eine verweste Leiche gesehen?«

»Ja.«

»Das hier wird vermutlich schlimmer. Viel schlimmer. Ich schätze, dass es auch für die Cops schlimm wird, denn obwohl sie immer wieder entsetzliche Dinge zu sehen bekommen, sind die Leichen, mit denen sie zu tun haben, meist doch – na ja, frischer. Nur selten so verfault.« Er machte eine Pause und sagte dann: »Wenn Sie sich übergeben müssen, laufen Sie um Gottes willen so weit von der Fundstelle weg wie möglich.«

Als er meinen betretenen Blick sah, fügte er hinzu: »Ben hasst den Geruch von Kotze.«

Ich lachte, wodurch ich mich gleich besser fühlte, und erklärte ihm, dass ich mir vermutlich etwas anderes ausdenken würde, um mich an Dr. Sheridan zu rächen.

Er schmunzelte. »Sie stehen's schon durch.«

Doch als das Plastik erst mit einem I-förmigen Schnitt durchtrennt und dann – mit knisterndem Geräusch – auseinander geklappt wurde, war ich mir nicht mehr so sicher, ob ich es durchstehen würde. Ich hielt mich aufrecht, indem ich mich zwang, mir diese seltsame Masse – die unförmige Gestalt, die an manchen Stellen aus Knochen, an anderen wiederum aus Haaren, Flüssigkeit oder lederartigem Gewebe bestand –, die seltsame Figur, die vor mir lag, als etwas vorzustellen, das untersucht werden musste, etwas, das vielleicht ein Geheimnis verraten würde.

Aber trotzdem konnte ich keine kalte Beobachterin sein. Vielleicht funktionierten ja die viel beschworenen Tricks, mit denen man seinen Verstand von der menschlichen Natur des Opfers trennen konnte, bei irgendjemandem der anderen hier, aber nicht bei mir. Als ich die Gesichter von Ben und David musterte, die Vergleichbares schon oft gesehen hatten, fiel mir auf, dass ich dort keinerlei Kälte vorfand, sondern lediglich ruhiges Mitgefühl. Vielleicht empfanden sie wie ich: Trotz des verzerrten Aussehens der Überreste konnte kein Zweifel daran bestehen, dass das hier ein Mensch gewesen war, eine Person, und auch wenn ihr Schicksal schrecklich gewesen war, so würde es doch nicht verborgen bleiben.

Ben ertappte mich dabei, wie ich ihn musterte, oder so schien es mir zumindest, bis mir klar wurde, dass das Umgekehrte zutraf: Er hatte mich rasch gemustert und die anderen ebenso.

»Mr. Burden, sind Sie in der Lage weiterzumachen?«, fragte er den Fotografen, dessen Gesicht jegliche Farbe verloren hatte.

»Mr. Burden?«, fragte Ben noch einmal.

Flash riss seinen weitäugigen Blick von den Gebeinen und sah zu Ben auf. »Ja, Sir«, antwortete er mit bebender Stimme.

»Die Kamera?«, drängte ihn Ben sachte.

Flash sah erstaunt zu seiner rechten Hand hinunter. Irgendwann hatte er die Videokamera von seinen Augen herabsinken lassen, sodass sie nun schlaff an seiner Seite hing.

»Ja, ich fange gleich wieder mit dem Aufnehmen an«, sagte er ein bisschen gefasster und nahm die Kamera hoch.

»J. C., machen Sie jetzt die Notizen?«, fragte Ben.

»Ja«, antwortete der Ranger, ebenfalls mit unsicherer Stimme.

»Dann fangen wir mal an.« Ben nannte Datum und Uhrzeit sowie die anwesenden Personen und gab die Koordinaten für das Grab an. Während er diese Daten ruhig aufzählte, spürte ich, wie sich meine Nerven beruhigten, merkte, wie der erste Schock über den Anblick vor mir abklang. Erneut versuchte ich, die Gebeine zu betrachten.

Die Leiche lag mit dem Gesicht nach oben. Ihre Unterseite war, soweit ich es sehen konnte, eine schleimige Masse. Die Oberseite war zum Teil Mumie, zum Teil Skelett und zum Teil Wachsfigur – Letzteres lag, wie man mir erklärte, an der Bildung von Adipocire, einer seifenartigen Substanz, die in einer der Zersetzungsphasen entsteht.

»Diese Beobachtungen sind vorläufig«, erklärte Ben, »und müssen noch im Labor erhärtet werden. Wir haben eine unbekannte, erwachsene Frau von europäischer Herkunft vor uns. Alter und Statur müssen noch ermittelt werden. Kleidung ist nicht zu sehen. Ihre Lage ist rücklings mit leicht ausgestreckten Armen. Der Kopf der Betreffenden zeigt entlang einer Ost-

West-Linie nach Westen. Ihre Haare sind dunkelbraun.« Er hielt inne und sagte dann: »Gehen Sie bitte auf die linke Hand, Mr. Burden … Die Tote trägt einen Ring aus gelbem Metall mit drei roten Steinen am vierten Finger der linken Hand … der linke Daumen, offenbar vor dem Tod am Schaft des mittleren Fingerglieds abgetrennt, fehlt.«

»Sie ist es«, sagte Bob Thompson ruhig und ging davon.

11

MITTWOCH NACHMITTAG, 17. MAI

Bergland der südlichen Sierra Nevada

Ben erwähnte für die Aufzeichnung, dass Detective Thompson nicht mehr anwesend war, machte dann ein paar weitere Bemerkungen, die in erster Linie »offenbar prämortale Traumen« betrafen, und nannte einige Verletzungen, die vermutlich perimortal – etwa um den Todeszeitpunkt – oder postmortal entstanden waren. Er hielt inne, nahm sich offenbar eine ganze Weile Zeit, um die Leiche als Ganzes zu betrachten, und sagte dann: »Okay, das war's fürs Erste.«

Er bat Flash, ein paar Einzelaufnahmen zu machen, und nannte spezielle Einstellungen, die er haben wollte. Er forderte David auf, Flash zu sagen, ob er noch weitere brauchte, und bat ihn, die Hände und Füße einzupacken – also Plastiktüten über sie zu stülpen, damit sie intakt blieben. Er bat mich, ihm zu folgen, zog seine Maske herunter und stieg rückwärts über den Haufen mit seinen Gerätschaften. Ich nahm nur allzu gern meine eigene Maske ab und fragte mich kurz, ob er – nachdem er ja bereits erraten hatte, dass ich unter Klaustrophobie litt – auch meine Abneigung dagegen erahnt hatte, einen Teil des Gesichts bedeckt zu haben.

Er erwähnte jedoch nichts dergleichen, sondern bat mich lediglich, ihm dabei zu helfen, die Leichtgewichtstrage zusammenzubauen, die er mitgebracht hatte. Er gab mir einen Leichensack, und gemeinsam transportierten wir Sack und Trage zur Fundstelle.

Während wir diese Aufgaben erledigt hatten, war Thompson zurückgekehrt, und nachdem sich Ben eine Weile mit ihm besprochen hatte, gab er ihm ein Paar Handschuhe und eine frische Maske.

»Sie auch, Ms. Kelly, wenn es Ihnen nichts ausmacht«, sagte Ben, zeigte auf meine Maske und reichte auch mir ein Paar Handschuhe.

Mit schlimmen Befürchtungen nahm ich die Handschuhe entgegen. »Was soll ich denn tun?«

»Wir müssen alle zusammen helfen, um sie aus dem Grab und in den Leichensack zu heben«, antwortete er.

Mein Mund wurde trocken. »Ist sie so schwer?«

»Wahrscheinlich nicht, vielleicht fünfzig, fünfundfünfzig Kilo. Aber ich möchte den Schaden möglichst gering halten.«

Er kniete sich an den Rand des Grabs, lehnte sich hinein und packte das Ende der Plastikfolie, wo der Schädel lag. Er zog leicht daran, als wolle er deren Haltbarkeit testen. Dann dirigierte er jeden von uns an eine bestimmte Stelle am Rand des Grabs. Bob Thompson und Andy waren rechts von ihr, David und J. C. links. Ben war an ihrem Kopf, ich an den Füßen. Trage und Leichensack lagen neben Bob und Andy.

Flash bediente erneut die Videokamera. Ich hoffte inständig, dass er keine Aufnahme davon bekäme, wie etwas aus dem Plastik spritzte und auf meinen Stiefeln landete.

Ich tat es den anderen gleich und kniete mich hin. David und Ben falteten die Plastikfolie sorgfältig wieder zu ihrem ursprünglichen Zustand zusammen, sodass die Leiche bedeckt war.

»Bitte versuchen Sie, die Ränder des Grabs nicht zu beschädigen«, sagte Ben. »Bereit? Fest anpacken.«

Das Plastik fühlte sich unter meinen behandschuhten Fingern kühl und steif an. Ich sagte mir, dass ich es aushielt, die warme, nahe Luft meines Atems in der Maske zu spüren. Ich sagte mir, dass ich nicht in das Grab fallen würde. Ich trat ein paar Zentimeter zurück.

»Ich zähle bis drei«, erklärte Ben. »Wenn ich die Ziffer drei ausspreche, heben wir alle ganz langsam, ganz vorsichtig und ganz gleichmäßig an. Die Gebeine sind empfindlich. Womöglich bewegen sie sich innerhalb der Plastikfolie hin und her. Womöglich stellen wir fest, dass das Plastik nicht stark genug ist, sie zu halten, und dann müssen wir sie wieder absetzen. Ich weiß, dass das eine unbequeme Art zu heben ist. Versuchen Sie, Ihren Rücken nicht zu überlasten. Wenn jemand Schwierigkeiten bekommt, soll er es sofort sagen. Wir heben sie bis genau auf ebene Erde herauf, dann gebe ich Ihnen weitere Anweisungen. Alles soll so ablaufen, als würden wir uns in Zeitlupe bewegen. Behalten Sie mehr im Auge als nur den Abschnitt direkt vor Ihnen, und achten Sie darauf, dass wir gemeinsam heben. Sind alle bereit?«

Wir nickten.

»Sachte. Eins … zwei … drei …«

Knistern war zu hören, als wir anzuheben begannen.

»Langsam … langsam …«

Ben musterte mich, als wir langsam das Gewicht spürten. Ich versuchte mir meine Beklommenheit nicht anmerken zu lassen. Die Leiche war nicht schwer, aber das Wissen darum, was wir hielten, war belastend.

»Langsam … Was meinst du, David?«

»Es hält«, sagte David.

Ein schwappendes Geräusch ertönte. Das Plastik bewegte sich, als wäre es lebendig, und wogte auf mich zu.

»Ein bisschen höher, Andy und J. C.«, sagte Ben gelassen. »Vorsichtig …«

Wir hoben weiter an, während Ben uns anleitete und wir uns

gegenseitig ansahen und auf die leichten Verschiebungen ebenso lauschten wie auf das leise Rascheln der Plastikfolie.

Als sie oberhalb der Grube war, richteten wir uns langsam auf, sodass wir aufrecht knieten und die Plastikfolie ein bisschen fester gespannt wurde. Ben wartete einen Moment, dann bat er Bob Thompson und Andy, beiseite zu treten. Zu viert hoben wir die Leiche behutsam weg von der Grube. Als Nächstes hielten Ben und David die Tote kurz allein und manövrierten sie in den Leichensack. Der Reißverschluss des Sacks wurde zugezogen und mit einem gewellten Metallsiegel gesichert. Die Trage befand sich schon unter dem Sack.

Ich drehte mich um und blickte in das Grab hinab. »O Gott!«

Die anderen liefen eilig herbei, stellten sich neben mich und spähten hinab.

Verfleckt und modrig, aber akkurat angeordnet, waren darin weibliche Kleidungsstücke ausgelegt: eine schwarze Jacke, ein schwarzer Rock, eine einstmals weiße Bluse, schwarze Pumps und eine schwarze Handtasche. Ein Höschen. Ein BH. Ein Unterrock. Dazu kamen noch andere Gegenstände – mehrere Kerzen, etwas Draht, ein Messer. Eine goldene Halskette.

Manche Gegenstände lagen lose da, andere waren in durchsichtige Plastiktüten eingelegt.

Die Polaroid-Fotos steckten in Tüten.

So klar mir auch war, dass das Fotos waren, die nie hätten gemacht werden dürfen, von Dingen, die nie einem Menschen hätten zustoßen dürfen, konnte ich den Blick doch nicht von ihnen abwenden, während ich mir die ganze Zeit wünschte, sie lägen nicht da.

Sie starrten zurück.

Sie starrte zurück.

Ich spürte eine starke Hand auf meiner Schulter, und jemand sagte: »Kommen Sie weg hier. Kommen Sie und setzen Sie sich zu Bingle. Kommen Sie. Er macht sich Sorgen um Sie.«

Ben, merkte ich. Er zog mir die Maske vom Gesicht und redete weiter auf mich ein. Ich weiß nicht, was er sagte. Ich ließ mich von ihm zu Bingle hinüberführen. Der Hund rieb die Schnauze an mir, als ich mich neben ihm niederließ.

Ich klammerte mich an Bingle und blickte zurück zum Grab und zu dem schwarzen Leichensack.

Ich dachte an ein Mädchen, das einst seiner Mutter den Tod gewünscht hatte, und begriff, dass Julia Sayre sich danach gesehnt haben musste, der Wunsch ihrer Tochter möge, lange bevor er dies schließlich tat, in Erfüllung gehen.

12

Mittwoch Abend, 17. Mai

Bergland der südlichen Sierra Nevada

Am Abend setzte ich mich an den Eingang meines Zelts und lauschte dem Gelächter. Zuerst hatten sich alle ruhig und gesetzt um das Lagerfeuer versammelt. Nachdem wir einen langen Tag am Grab und den darin liegenden Gegenständen gearbeitet und seinen schaurigen Inhalt fotografiert, in Pläne eingezeichnet, aufgesammelt und beschriftet hatten, war das Team erschöpft und in gedämpfter Stimmung.

Parrish, der jetzt wieder von Duke und Earl bewacht wurde, wurde vom Rest der Gruppe fern gehalten. Man hatte ihn in ein Zelt gebracht, nachdem Merrick erneut mit ihm aneinander geraten war, was diesmal eindeutig damit geendet hatte, dass Parrish ein oder zwei blaue Flecken abbekommen hatte.

Es hatte begonnen, als Parrish, der Handschellen trug, eine Motte neben seinem Gesicht herumflattern sah. Er beobachtete sie scharf, schnappte dann mit offenem Mund nach ihr und machte ein übertriebenes Schauspiel daraus, sie zu kauen und zu verschlucken. »Warum zum Teufel haben Sie das getan?«, fragte Merrick angeekelt.

Parrish starrte ihn an, lächelte und warf dann einen Blick auf den Leichensack. »Sie hat mich an jemanden erinnert.«

Merrick rang ihn nieder, bevor ihn Manton daran hindern konnte. Später gab sogar Merrick zu, dass es Parrish offenbar freute, ihn so weit gebracht zu haben, dass er die Beherrschung verlor.

Niemand nahm Merrick seine Gereiztheit übel. War Parrish am Tag zuvor vielleicht noch an einen Platz geführt und zum Sitzen aufgefordert worden, wurde er heute herumgeschubst und grob wieder in die Höhe gerissen, wenn seine Wachen zum Weitergehen bereit waren. Wir erhoben keine Einwände. Anscheinend hatte sich eine Grenze verschoben. Nachdem ich gerade Fotos davon gesehen hatte, wie Parrish heißes Wachs in das Ohr seines Opfers goss, war ich nicht in der Stimmung, mich für seine Bürgerrechte einzusetzen.

Den ganzen Tag war Parrish auf zunehmende Feindseligkeit und Abscheu gestoßen. Zwar beherrschten die meisten ihren Groll, aber niemand wollte in seiner Nähe sein.

Ich sah zu dem Leichensack hinüber, der ins Lager gebracht worden war und jetzt nahe bei uns lag. J. C. saß direkt daneben und wechselte sich mit den anderen in seiner Bewachung ab. David hatte mir erklärt, dass die Leiche von jetzt an, bis sie im Labor anlangte, stets bewacht werden würde – nicht nur vor Parrish, dem sein Wunsch, sie zu sehen, abgeschlagen worden war, sondern auch vor allen möglichen Tieren, die der Geruch womöglich anziehen könnte. »Und natürlich ist sie Beweismaterial«, sagte er. »Also müssen wir imstande sein, jede Minute, die sie sich in unserer Obhut befindet, für sie zu garantieren.«

Trotzdem war ihre Nähe belastend. Immer wieder ertappte ich mich dabei, wie mein Blick zu ihr hinüberwanderte. Ich versuchte krampfhaft, auf andere Gedanken zu kommen, doch schon nach wenigen Minuten dachte ich wieder an den Sack und seinen Inhalt.

Duke, der an einem kleinen Holzpferdchen für seinen Enkel

schnitzte, hielt immer wieder inne und sah zu dem langen, schwarzen Sack hinüber. Dann widmete er sich mit doppeltem Eifer wieder seiner Arbeit.

Ich bemerkte, dass auch die anderen häufig nach der Leiche sahen.

David fing mit den Clownerien an. Es begann beim Essen, während Ben neben der Trage Wacht hielt. David gab Bingle den Befehl, einen Kopfstand zu machen, was der Hund auch versuchte – allerdings ohne die Hinterbeine zu heben. Der Hund sah nicht nur lächerlich aus, wie er den Kopf umgekehrt auf den Boden legte und die Vorderpfoten flach daneben presste, sondern er »redete« auch die ganze Zeit, indem er halb jaulende, halb bellende Laute von sich gab. Alle bogen sich vor Lachen.

David sagte: *»Bien«*, und Bingle hob den Kopf wieder, sah mit diesem Grinsen, das Hunde manchmal aufsetzen, in die lachende Runde, wedelte mit dem Schwanz und schien sich gemeinsam mit uns an dem Spaß zu erfreuen.

Das war der Auslöser für zahlreiche Hundegeschichten, gefolgt von mehreren Anekdoten über Polizei und Gerichtsmedizin und einem Reigen bizarrer Mordgeschichten. Der Humor war oft schwarz, und die meisten Geschichten würden, das wusste ich, niemals vor Personen zum Besten gegeben werden, die in den Augen dieser Gruppe als Zivilisten galten.

Mir fiel auf, dass die Anekdoten und Witze nie in Zusammenhang mit der Arbeit des heutigen Tages oder dem Opfer standen – Themen, die aufgrund einer unausgesprochenen Abmachung tabu waren – und dass sie Ben allesamt nicht mehr als ein müdes Lächeln abnötigten.

Lange bevor die meisten anderen bettreif waren, zog ich mich zurück. Und nun saß ich da und fragte mich, ob ich den Verwesungsgeruch je wieder aus den Haaren und von meiner Haut bekommen würde und ob mich ein weiterer Tag, den ich in der Nähe der Leiche verbrachte, für immer mit dem Geruch des Todes brandmarken würde.

Ich hörte Schritte im Gras und zuckte zusammen.

»Ms. Kelly.«

Erleichtert seufzte ich auf. »Sie haben mich zu Tode erschreckt, Dr. Sheridan.«

»Oh.« Er schwieg einen Moment. »Das tut mir Leid.«

Es musste ihn fast umgebracht haben, das zu sagen.

Er trat ein wenig näher. »Ms. Kelly, Sie sind mit einem Detective der Mordkommission verheiratet, stimmt das?«

»Ja. Frank Harriman. Er ist bei der Polizei von Las Piernas.«

»Dann verstehen Sie wahrscheinlich ... dann haben Sie ihn wahrscheinlich auch schon Geschichten oder Witze über bestimmte Dinge erzählen hören ...«

»Dr. Sheridan, ich habe ihn nicht nur solche Witze erzählen hören, ich habe sogar selbst mit ihm derartige Witze gemacht. Wenn Sie glauben, ich würde die Ereignisse rund um das Lagerfeuer falsch einschätzen, dann irren Sie sich. Aber das scheint ja eine Spezialität von Ihnen zu sein.«

Langes Schweigen war die Folge.

»Sie schütteln nur die Spannung ab«, sagte ich. »Das weiß ich. Unter diesen Umständen ist das vermutlich das Gesündeste, was Sie tun können.«

»Ja«, sagte er ruhig.

»Ich weiß, dass ich in Ihren Augen nicht derselben Spezies angehöre wie Sie, sondern eine Art gefühllose Lebensform bin, die ein bisschen später als die, aus der forensische Anthropologen wurden, aus dem Meer gekrochen ist. Aber wundersamerweise haben irgendwann, vielleicht im Lauf des Paläozoikums, auch Reporter Humor entwickelt. Ich muss Sie mal in eine Redaktion einschmuggeln, Ben Sheridan, damit Sie unseren ureigenen kranken Humor erleben können. Wir werden langsam ziemlich gut darin. Sie sollten einmal hören, wie schnell die Witzeleien losgehen, wenn eine besonders schockierende Story über den Ticker kommt. Und es funktioniert fast genauso gut wie dort drüben am Lagerfeuer.«

»Also, na ja, ich dachte nur –«

»Sie dachten nur, ich könnte womöglich schreiben, dass diese Männer nicht den angemessenen Respekt vor Julia Sayre zeigten. Dachten nur, ich würde nicht begreifen, dass das wirklich überhaupt nichts mit ihr zu tun hat, sondern nur darauf lauern, dass irgendjemand aus der Gruppe einen Fehler macht oder sich eine kleine menschliche Schwäche zuschulden kommen lässt, damit ich es in alle Welt hinausposaunen kann. Dass ich das Grauen und die Belastung nicht verstehe, die durch …« Auf einmal fühlte ich das Grauen und die Belastung und hörte auf zu sprechen.

Er sagte kein Wort und regte sich nicht.

»Tut mir Leid. Ich wollte Sie nicht zurechtweisen«, sagte ich. »Außerdem schulde ich Ihnen Dank.«

»Wofür?«, fragte er, und ich hörte ihm sein Erstaunen an.

»Drüben am Grab, als ich – als mir kurzzeitig die Nerven durchgegangen sind. Ich hatte nicht damit gerechnet, zu sehen – was ich gesehen habe.«

»Ihre Reaktion war verständlich, Ms. Kelly. Und Sie schulden mir keinen Dank, sondern ich muss mich ein zweites Mal bei Ihnen entschuldigen. Es war grausam von mir, Sie um Mithilfe zu bitten.«

»Ich habe nichts dagegen, mitzuhelfen«, sagte ich. »Ich war nur nicht auf das vorbereitet …«

»Das ist man nie«, sagte er. »Niemand.«

Er wandte sich zum Gehen und sagte dann: »David möchte Bingle heute Nacht bestimmt bei sich behalten. Kommen Sie zurecht?«

»Ja.«

Er sah hinauf zum Himmel. »Bringen Sie lieber den Regenschutz an Ihrem Zelt an.«

13

Mittwoch Nachmittag, 17. Mai

Las Piernas

Als Frank in Phil Newlys Krankenzimmer eintraf, fand er den Anwalt mit bestürzter Miene vor.

»Schlechte Neuigkeiten über Ihren Fuß, Mr. Newly?«, fragte er beim Hineingehen.

Newly runzelte die Stirn, doch als er Frank erkannte, setzte er ein breites Lächeln auf. Nicht direkt die Reaktion, mit der Frank gerechnet hatte. Abgesehen davon, dass er gegen einige seiner Klienten ausgesagt hatte, hatte Frank nie mit Newly gesprochen. Frank wusste, dass an Newlys Bemühungen, bei diesen Gelegenheiten seine Zeugenaussage in Zweifel zu ziehen, nichts Persönliches war. Newly war im Kreuzverhör besser als die meisten anderen, doch seine Vorstöße gegen Franks Glaubwürdigkeit waren erfolglos geblieben. Beide Männer hatten nichts weiter als ihre Arbeit getan. Er hoffte, dass Newly es auch so sah.

»Detective Harriman!«, rief Newly aus. »Sie haben mich den Fall Beringer gekostet und noch einen anderen, soweit ich mich erinnere.« Das schien ihn jedoch nicht besonders zu stören. »Und außerdem sind Sie der Mann von Irene Kelly, stimmt's?«

»Ja, genau. Deshalb bin ich hier. Ich hoffe, dass Sie mir sagen können, wie es ihr geht.«

Newly zögerte kaum merklich, bevor er antwortete: »Gut. Ihr geht's gut – zumindest, als ich die Gruppe verlassen habe. Hören Sie, Frank – darf ich Sie Frank nennen?«

Er wunderte sich, sagte aber: »Sicher.«

»Prima. Und bitte nennen Sie mich Phil.« Er lächelte erneut, doch diesmal auf eine Art, die in Franks Augen darauf abzielte, ihn zu entwaffen. »Jetzt, wo wir auf so freundschaftlichem Fuß miteinander stehen«, fuhr Newly fort, »darf ich Sie da vielleicht um einen Gefallen bitten?«

»Aber nichts, das meine Degradierung zur Verkehrspolizei zur Folge hat?«, fragte Frank argwöhnisch.

»Nein, nichts dergleichen. Ich brauche nur jemanden, der mich nach Hause bringt.«

»Sie werden schon entlassen?«

»Ja, man hat mich nur zur Beobachtung über Nacht hier behalten. Wenn ich kein Anwalt wäre, hätten sie mich vermutlich schon gestern nach Hause geschickt. Sie haben immer Angst, wir würden klagen, fürchte ich. Auf jeden Fall werde ich diesen Gips eine Zeit lang tragen müssen, aber es besteht keine Veranlassung, dass ich ein Krankenhausbett beanspruche.«

Frank dachte sich, dass er, wenn er Newly heimfuhr, genug Zeit hätte, um mit ihm zu sprechen, und so willigte er ein. »Okay.«

»Toll! Und – falls es Ihnen nichts ausmacht – in dem Rucksack dort sind meine Kleider. Könnten Sie sie mir bitte geben?«

Frank nahm zwar an, dass Newly sie sich vermutlich ohne weiteres selbst hätte holen können, doch er tat ihm den Gefallen.

Der Anwalt begann, den Rucksack auf das Bett zu leeren, das schon bald mit einem Campingkocher, einem Kochgeschirr, einer Taschenlampe, einem Poncho, einer Wasserflasche, Streichhölzern, einer Rolle Toilettenpapier und allen möglichen anderen Utensilien bedeckt war, darunter ein beeindruckendes Sortiment von Kleidungsstücken. Es musste ihn schier umgebracht haben, mit alldem auf dem Rücken durch die Berge zu wandern, dachte Frank, der sich bemühen musste, seine Belustigung zu verbergen.

Newly lächelte ihn aus dem Chaos an, das er verursacht hatte. In der Hand hielt er eine Jeans. »Könnten Sie die vielleicht ins Schwesternzimmer bringen und dort bitten, dass sie die untere Hälfte des Hosenbeins abschneiden? Das linke. Sonst kriege ich die nie über den Gips. Ich ziehe mich solange an.«

Frank unterdrückte das Bedürfnis, ihm zu sagen, was er mit seinem Hosenbein tun konnte, da ihm wieder eingefallen war, dass er ja die Hilfe des Anwalts brauchte, und sagte: »Einverstanden.«

»Ihr Freund hält mich also für eine Schneiderin«, sagte die Schwester, nahm Frank aber die Jeans ab. Sie war eine junge, schlanke Rothaarige – eine Frau, die eine Selbstbeherrschung ausstrahlte, von der er annahm, dass sie ihr in ihrem Beruf ausgesprochen nützlich war.

»Sie brauchen gar kein solches Selbstmitleid entwickeln«, erwiderte er, was sie zu ihm aufsehen ließ. »Mich hält er für seinen Chauffeur und Kammerdiener – aber er weiß, dass er nicht mein Freund ist.«

Sie neigte den Kopf zur Seite, musterte ihn und schmunzelte. »Nein, sein Freund sind Sie wohl nicht. Was hat Ihnen denn zur Verantwortung für diese Hose verholfen – wenn ich fragen darf?«

»Nur, dass ich versuche, ihn hier rauszubekommen. Ich fahre ihn nach Hause.«

»Herzlichen Dank! Wir können es gar nicht erwarten, diesen Quälgeist loszuwerden.«

»Das kann ich verstehen«, sagte er und erwiderte ihr Lächeln.

Sie warf einen Blick auf seine linke Hand, sah den Ring und machte sich wieder daran, die Hose abzuschneiden.

Er tat sein Bestes, um den Rucksack wieder zu packen, während sich Newly fertig anzog. Er hatte soeben das Kochgeschirr hineingeschoben, als er auf etwas stieß, das er auf den ersten Blick für ein Handy hielt – doch rasch erkannte er, dass es keines war.

»Ist das ein GPS-Empfänger?«, fragte er.

Newly unterbrach den mühsamen Versuch, eine Socke über seinen rechten Fuß zu ziehen, und sah auf. Obwohl er weder gebrochen noch eingegipst war, war der Fuß von schlimmen Blasen überzogen. Als Frank ihn sah, empfand er keinen solchen Groll mehr darüber, Newly den Rucksack geholt zu haben.

»Ja«, antwortete Newly und streckte die Hand aus. »Hier – ich zeige Ihnen, wie er funktioniert.«

Er brachte ein paar Minuten damit zu, Frank stolz das Gerät zu erklären, und bat ihn dann, ihm zu helfen, einen seiner Wanderstiefel – die einzigen Schuhe, die er bei sich hatte – über seinen wunden rechten Fuß zu ziehen.

Die Schwester, die Frank bereits kennen gelernt hatte, brachte einen Rollstuhl herein und erbot sich, sie nach unten in die Eingangshalle der Klinik zu begleiten.

»Es ist allgemein bekannt, dass Sie keine Patienten entlassen, ohne sie hier herauszufahren«, sagte Newly.

»Das ist zweifellos den Angehörigen Ihrer Branche zu verdanken«, entgegnete sie.

Er lachte und gab gut gelaunt zu, dass das wohl möglich war. Als die Schwester ihm aus dem Bett half, legte er einen Arm um ihre Schulter und zwinkerte Frank anzüglich zu. Frank ignorierte es und beantwortete die Frage der Schwester, was er von Beruf war. Daraus entspann sich ein angeregtes Gespräch, das anhielt, bis sie die Halle erreicht hatten. Er ließ die beiden stehen, um das Auto zu holen. Als er es dorthin gebracht hatte, wo die beiden warteten, sah Frank ihr an, dass es nicht mehr lang gedauert hätte, bis sie Newly womöglich kalt lächelnd in den fließenden Verkehr geschoben hätte.

Frank hatte den Rucksack bereits auf den Rücksitz gestellt und öffnete jetzt die Wagentür, während sich die Schwester herabbeugte, um die Fußstütze des Rollstuhls abzusenken. Newly plapperte: »Frank ist mit einer gut aussehenden Brünetten verheiratet, wissen Sie. Aber ich bin noch zu haben!«

»Phil«, sagte sie und half ihm beim Aufstehen, »auch wenn Sie es noch so verwunderlich finden, muss ich Ihnen eines sagen: Es gibt jede Menge Frauen, die sich um Frank bemühen würden, obwohl er verheiratet ist. Und auch wenn Sie ledig sind – tja, sagen wir einfach, ich hoffe, Sie sind reich.«

Sie ging bereits davon, als er rief: »Bin ich!«

Sie blickte nicht zurück.

»Tja, was sagt man dazu!«, rief er lachend aus.

Er machte sich über sich selbst lustig, als er die Geschichte erzählte, wie er sich die Blasen an den Füßen geholt hatte. »Und das Schlimmste daran«, sagte er, »waren die Predigten, die ich mir von diesem Fußspezialisten im Krankenhaus habe anhören müssen.«

Er fuhr fort, indem er den Mann nachahmte. Das brachte Frank zum Lachen, und in seiner guten Stimmung gab er Newlys Bitte nach, an einer Apotheke in der Nähe des Hauses des Anwalts Halt zu machen. Newly bestand darauf, sich selbst in den Laden zu schleppen.

»Wissen Sie was?«, sagte er. »Könnten Sie vielleicht meinen Rucksack ein bisschen umpacken, solange ich da drin bin? Ich habe den GPS-Empfänger ganz oben liegen lassen, und ich fürchte, er könnte herausfallen und zerbrechen. Er hat mich an die sechshundert Mäuse gekostet, wissen Sie, also würde ich ihn nur ungern in meiner Einfahrt zertrümmern.«

Frank warf ihm einen scharfen Blick zu und erkannte zum ersten Mal an diesem Tag das intelligente Mitglied der Anwaltskammer, als das er Newly im Gerichtssaal kennen gelernt hatte – und nicht den albernen Trampel der letzten guten Stunde.

Newly lächelte und sagte: »Sie können ruhig ein bisschen am GPS herumexperimentieren, wenn Sie Lust haben. Ich brauche bestimmt länger.«

Er humpelte in die Apotheke, bevor Frank antworten konnte.

Frank erkannte die deutliche Aufforderung sofort und zögerte nur so lange, bis er sich überlegt hatte, ob Newly ihm irgendwie eine Falle stellen wollte oder ob er – schlimmer noch – versuchte, das ganze Polizeirevier in Bedrängnis zu bringen, indem er ihn irgendwie benutzte. Doch er sah nicht, wie Newly dies hätte gegen ihn verwenden können, und wenn es bedeutete, dass er erführe, wo sich Irene momentan befand, dann würde er es riskieren.

Er würde seine Instinkte nicht ignorieren, sondern dort hinaufgehen. Wenn sie ihn nicht brauchte, gut. Womöglich nahm sie es ihm sogar übel. Bei diesem Gedanken schmunzelte er vor sich hin. Es wäre nicht das erste Mal.

Doch sein nächster Gedanke ernüchterte ihn: Es war eine Sache, sich auszumalen, wie er ohne triftigen Grund dort hinaufwanderte, obwohl ihr überhaupt nichts fehlte. Doch auf einem ganz anderen Blatt stand die Vorstellung, dass sie verletzt oder in Gefahr war. Wenn sie in Schwierigkeiten steckte und er zu Hause blieb, würde er sich das nie verzeihen.

Als Newly wieder herauskam, hatte er sich sämtliche Koordinaten notiert, die in den zwei Tagen, die Newly in den Bergen verbracht hatte, in den Speicher des GPS eingegeben worden waren, und der GPS-Empfänger war wieder im Rucksack verschwunden.

»Haben Sie alles bekommen, was Sie brauchen?«, fragte Frank den Anwalt.

»Ja. Und Sie?«

Frank zögerte und sagte dann: »Ja. Verraten Sie mir, warum Sie mir helfen.«

»Ach, ich könnte jetzt versuchen, das alles ganz harmlos klingen zu lassen, und behaupten, ich wollte mich nur für eine Gefälligkeit revanchieren, weil Ihre Frau auf der Wanderung so nett zu mir war. Sie hat sogar eigenhändig meine stinkenden, von Blasen übersäten Füße verarztet. Doch das entspräche nicht der Wahrheit.«

Er schwieg, und Frank fragte sich schon, ob er es dabei bewenden lassen wollte. Doch dann sagte er: »Ein Polizist kommt in mein Krankenzimmer. Ein Mann, der mit dem Fall nichts zu tun hat. Er sagt mir, dass er in Sorge um seine Frau ist. Ich beschäftige ihn mit albernen Handreichungen, damit ich über meine Lage nachdenken kann. Es fällt mir nicht schwer zu glauben, dass er tatsächlich aus dem Grund gekommen ist, den er mir genannt hat. Er ist bereit, erniedrigende Dienste zu verrichten, nur um mit mir zu sprechen. Er macht sich ernsthafte Sorgen um sie. Und ich mache mir auch Sorgen um sie.«

»Warum?«, fragte Frank. »Ist etwas –«

»Nichts. Nichts, weswegen man sich ängstigen müsste. Noch nicht.«

Franks Hände umklammerten das Lenkrad fester. »Führt Parrish etwas im Schilde?«

»Zweifellos.« Auf Franks erschrockenen Blick hin fügte Newly rasch hinzu: »Ich weiß nicht, was er im Schilde führt, und ich weiß auch nicht, ob es etwas mit Ihrer Frau zu tun hat, außer – ach, nein, ich habe keine Ahnung, was er vorhat.«

»Sie sind sein Anwalt!«

»Ja, aber er vertraut sich mir nicht an. Überhaupt nicht – das kann ich Ihnen schwören, wenn Sie wollen. Wenn ich mir nicht sicher wäre, dass er etwas plant, das seine Aussichten darauf gefährdet, der Todesstrafe zu entgehen, dann würde ich jetzt nicht mit Ihnen reden.«

Sie waren in Newlys Straße angelangt, und der Anwalt nannte Frank seine Hausnummer. Frank zwang sich dazu, sich auf die Ziffern zu konzentrieren, die auf die Randsteine gemalt waren. Es war eine teure Wohngegend. Nicht viele Strafanwälte brachten es so weit, das wusste er. Schließlich fand er Newlys weitläufiges, im spanischen Stil gebautes Anwesen. Er bog in die Einfahrt und stellte den Motor ab.

»Sie glauben, er hat irgendetwas mit Irene vor«, sagte er zu Newly. »Sie haben vorhin so etwas angedeutet.«

»Nick Parrish … mustert sie. Starrt sie an.«

Frank fluchte.

»Ja«, sagte Newly. »Ganz Ihrer Meinung.«

»Ich muss wissen – ich muss alles wissen, was Sie mir darüber sagen können, wohin sie wollten. Ja, ich habe mir die Koordinaten aufgeschrieben. Aber in welche Richtung sind sie von der letzten Position aus weitergegangen?«

»Ich weiß es nicht.«

»Newly –«

»Ich weiß es nicht! Selbst wenn Sie mir einen Kinnhaken verpassen, hilft Ihnen das nicht weiter.«

Frank lockerte seine Hände und zwang sich zum Nachdenken. »Der Ranger, der Sie runtergebracht hat – wollte er wieder zu den anderen stoßen?«

»Ja.«

»Wie denn? Haben sie einen Treffpunkt vereinbart?«

»Nein.« Newly wurde nachdenklich. »Zu der Zeit war ich nicht besonders klar im Kopf, aber – ach, jetzt fällt es mir wieder ein! Er hat zu Andy, dem Botaniker, gesagt, dass sie Wegmarken hinterlassen sollen. Hilft Ihnen das weiter?«

»Ja«, sagte Frank und hätte vor Erleichterung fast aufgelacht. »Ich helfe Ihnen noch, damit Sie allein in Ihrem Haus zurechtkommen. Und ich habe noch ein paar Fragen.«

Newly seufzte. »Das habe ich mir schon gedacht. Aber ich verlange einen Preis.«

»Ach?«, sagte Frank, wieder argwöhnisch geworden.

»Ich kann Ihnen gar nicht sagen, wie ich mich danach sehne, diese Stiefel wegzuwerfen. Ich glaube nämlich nicht, dass ich mich erhole, wenn ich sie immer wieder anschauen muss. Wenn wir drinnen sind, würden Sie die Dinger dann bitte in die Müllpresse werfen?«

»Mit Vergnügen«, antwortete Frank.

14

MITTWOCH NACHT, 17. MAI
Bergland der südlichen Sierra Nevada

Er lag auf dem Rücken und holte immer wieder tief Atem.

Bescheiden hielt er sich selbst zugute, dass er sich nicht hatte vorstellen können, wie großartig es sein würde. Die daraus resultierende Erregung grenzte auf köstliche Weise ans Unerträgliche. Ein schwächerer Mann hätte sich gezwungen gesehen, sich irgendwie Erleichterung zu verschaffen. Aber er nicht. Nein, er nicht.

Vorhin, bevor sie die Plastikfolie geöffnet hatten, hatte er es gewagt, sich zu berühren, nur ein einziges Mal, doch er war klug genug, dies jetzt zu unterlassen.

Ihr Todesgeruch hing an allen von ihnen, aber ganz besonders an denen, die den ganzen Tag nahe am Grab gestanden hatten. Die Wachen hatten sich abgewechselt, waren hingegangen, um sie zu sehen. Natürlich konnten sie nicht widerstehen. Pilger, die von einem heiligen Ort angezogen wurden, dachte er und erinnerte sich an seine Freude, als einer nach dem anderen zurückgekehrt war, geschwängert von ihrem Duft.

Doch dieser kleine Kitzel war gar nichts gewesen im Vergleich zu dem Moment, als sie sie ins Lager brachten. Die Bilder aus der mit ihr gemeinsam verbrachten Zeit – ihm war unter dem Bann der Erinnerungen beinahe schwindlig geworden.

Sheridan und Niles rochen natürlich unverkennbar nach ihr. Das war herrlich. Wie er Sheridan beneidete. Ja, es war wirklich ein Gefühl, das an Eifersucht grenzte: Sheridan hatte sie berührt. Wenn er an Sheridans behandschuhte Hand auf ihrer Hand dachte – ach!

Er war inzwischen angespannt wie ein Bogen, wenn er daran dachte, und so zwang er sich, seine Gedanken auf weniger gefährliches Terrain zu lenken.

Er dachte an Merrick, der ihn niedergeschlagen hatte. Kindisch! Nichts hätte ihm zu einem besseren Gefühl verhelfen können. Er war Merrick schon öfter begegnet, in der einen oder anderen Form. Schlägertypen. Schulhof-Schläger wie Harvey Heusman in der siebten Klasse. Er wusste, wie er mit ihnen umzugehen hatte. Das hatte er schon mehrmals bewiesen. Harvey war eines seiner ersten Opfer gewesen. Er fragte sich beiläufig, ob sie ihn eigentlich je gefunden hatten. Es war schon viele Jahre her, seit er Harveys Grab besucht hatte, und als ihm dies bewusst wurde, empfand er einen Moment lang Reue – natürlich nicht, weil er Harvey umgebracht hatte, sondern weil er es nicht geschafft hatte, seine festgelegten Rundgänge zu absolvieren.

Wie eine Lieblingsgeschichte, die man wieder und wieder gelesen hat, hatte der Gedanke an den Mord an seinem Kindheitsfeind schon lange die Macht verloren, ihn zu erregen, doch deshalb war ihm die Erinnerung daran nicht weniger lieb. Wenn er die alten Begräbnisstätten besuchte, wurde ihm manchmal ganz nostalgisch zumute, und er wollte sie auf keinen Fall ignorieren. Er zollte ihnen seinen Respekt, der allerdings im Grunde ihm selbst galt. Diese Vorstellung amüsierte ihn.

Ah, dieser kleine, lustige Moment genügte, um die Spannung ein wenig zu lockern.

Er kehrte zu seinen sehr detaillierten Erinnerungen an diesen Nachmittag zurück und stand kurz davor, zu seinem Lieblingsmoment zu kommen. Ja, da war sie, blass und ein bisschen müde wirkend – sie schlief zur Zeit nicht gut. Er hätte gerne geglaubt, dass er der Grund für ihre nächtliche Ruhelosigkeit war, aber am ersten Abend hatte er die Geräusche eines ihrer Albträume gehört, und er wusste, dass ein anderer Schrecken sie heimsuchte. Das war in Ordnung. Er würde ihre Angst dorthin lenken, wohin sie gehörte, wenn der richtige Zeitpunkt gekommen war. Fürs Erste reichte es, die dunklen Ringe unter ihren blauen Augen zu sehen, zu sehen, wie ihr das Haar übers Gesicht fiel, wenn sie beim Gehen kurz nach unten blickte.

Sie kam jetzt näher, immer näher und – o ja! Sie hatte den Geruch. Er hatte tief eingeatmet, als sie an ihm vorbeiging, hatte ihren Duft und den Duft der Toten zusammen gerochen, vermischt und herrlich, herrlich, herrlich. Der Gedanke daran ließ ihn erbeben.

Ach, es war so richtig, so wundervoll! Die Vorfreude summte durch ihn wie elektrischer Strom. Alles klappte wie am Schnürchen, und da alles wie am Schnürchen klappte, konnte er ohne weiteres stillhalten, auf dem Rücken in diesem Zelt liegen und einfach sein eigenes Blut durch die Adern strömen fühlen, während jeder Nerv unter der Macht seines Verlangens vibrierte.

15

Donnerstag, 18. Mai, früher Morgen

Bergland der südlichen Sierra Nevada

Der Regen ließ bis vor Sonnenaufgang am nächsten Morgen auf sich warten. Er war weder heftig noch gleichmäßig – in der Mehrzahl eine Reihe kurzer, sanfter Schauer –, doch der erste von ihnen weckte mich, als mir eiskalte Tropfen aufs Gesicht fielen. In meinem unruhigen Schlaf war ich von meinem offenen Schlafsack heruntergerutscht und wachte daher mit dem Gesicht nach oben halb vor dem Zelt auf. Dem Teil meines Körpers, der noch auf der dünnen Isoliermatte lag, ging es gut, doch die anderen circa dreißig Prozent fühlten sich weit weniger wohl. Vor allem der Teil, auf den das kalte Wasser herunterprasselte.

Ich kroch nur lang genug wieder hinein, um mich umzuziehen und meine Sachen zu packen. Als ich herauskam, sah ich, dass die anderen bereits das Lager auflösten. Niemand wollte länger hier bleiben. Obwohl das Wetter die Ankunft des Flugzeugs verzögern konnte, war gestern Abend beschlossen worden, dass wir zur Landebahn zurückkehren und dort warten würden.

Gelegentliche, aber unberechenbare Windstöße machten es zu einer heiklen Aufgabe, mein kleines Zelt abzubauen, und die Männer, die mit dem großen Zelt kämpften, in dem Parrish untergebracht gewesen war, verloren mehrmals fast die Kontrolle darüber.

Ich fragte mich, ob der Weg schlammig sein würde. Wir waren zuvor schon langsam vorangekommen, und auch wenn ein Teil des Gewichts, den die Verpflegung ausmachte, aus unserem Gepäck verschwunden war, würde die Leiche eine sperrige Last sein, die sich nur mühsam durch das Gelände transportieren ließ, durch das wir hergekommen waren.

Der Regen dämpfte den durchdringenden Gestank der Leiche, an den ich mich schon fast gewöhnt hatte, und ersetzte ihn durch den Geruch feuchter Erde und nassen Holzes. Doch als die ersten Sturmböen abgeklungen waren und die Luft wieder ruhig wurde, kehrte der Leichengeruch zurück. Vielleicht war es die Feuchtigkeit in der Luft, die die Kraft des Geruchs zu verstärken schien, oder vielleicht führte diese kurze Schonfrist zu einer erneuten Sensibilität, aber was auch immer der Grund dafür war, sein Vorhandensein war schon bald unverkennbar.

Nach einem schnellen Frühstück, das zu verspeisen ich mich trotz völliger Appetitlosigkeit zwang, weil ich wusste, dass ich die Energie für die Wanderung brauchen würde, machten wir uns auf den Weg. Ich versuchte mich mit der Aussicht aufzuheitern, dass ich nach Hause kommen, Frank wieder sehen und mit dieser traurigen Geschichte abschließen würde. Aber natürlich würde ich nicht mit ihr abschließen; die Sayres warteten auf mich, und mein Chefredakteur wollte eine Reportage haben.

Als wir loswanderten, sah ich, dass Boden und Gras zwar feucht waren, aber noch nicht viel Schlamm entstanden war. Der Wind hatte sich beruhigt und war nun nicht mehr als eine starke Brise. J. C. führte die Gruppe an und versicherte uns, dass er uns jetzt auf wesentlich direkterem Weg zum Flugzeug zurückführen könne. Bob Thompson und die Wachen folgten mit Parrish, der in seine eigenen Gedanken vertieft zu sein schien. Ich hoffte, es waren niederschmetternde Visionen davon, wie er den Rest seines Lebens im Gefängnis verbrachte. Bingle ging mit mir, während David und Ben die erste Schicht mit der Trage übernahmen.

Wir erreichten die Hügelkette zwischen den beiden Wiesen – nicht weit von der Stelle, wo der Kojotenbaum stand – und machten Rast, damit Andy und J. C. anschließend die Trage übernehmen konnten. Wir wollten nur ein paar Minuten stehen bleiben, doch geschahen hier, direkt nachdem David und Ben ihre Last vorsichtig abgelegt hatten, zwei Dinge, die den Verlauf unseres Marsches veränderten.

Das Erste war, dass Nicholas Parrish zu Thompson sagte: »Ich finde, Sie hätten mehr Initiative zeigen sollen, Detective Thompson. Nur eine Leiche zu finden, wo Ihnen doch mein hübscher Baum sicher sagt, dass hier noch mehr zu finden sind.«

Nach kurzem Schweigen fragte Thompson: »Machen Sie freiwillig weitere Angaben, Parrish?«

»Muss ich denn noch mehr sagen? Nicht alle meine Werke sind so bezaubernd wie die liebe Julia – ich wäre wirklich froh, wenn Sie mich einen Blick auf sie werfen ließen. Ihr Duft ist so verführerisch!«

»Kommt nicht in Frage«, sagte Thompson, überlegte kurz und fügte dann hinzu: »Wenn Sie mir die anderen Gräber zeigen, könnte ich vielleicht etwas arrangieren.«

Parrish lachte. »Jetzt haben Sie Ihre forensischen Anthropologen aber dazu gebracht, die Stirn über Sie zu runzeln, Detective.«

»Er will nur Zeit schinden«, schimpfte Duke.

Thompson nickte. »Wir sprechen über Ihre anderen Opfer, wenn Sie wieder in Ihrer Zelle sitzen, Parrish.«

»O nein«, erklärte er. »Jetzt oder nie.«

Thompson begann auf und ab zu gehen.

»Sie können doch zählen, oder?«, fragte Parrish. »Zählen Sie die Kojoten.«

»Ein Dutzend. Ich weiß, ich weiß«, sagte Thompson, nach wie vor unentschlossen. »Wenn Sie gewusst haben, dass noch mehr hier liegen, warum haben Sie dann Ihren Anwalt abgeschüttelt? Sie wissen doch, dass wir alles, was Sie zu uns sagen, gegen Sie verwenden können.«

»Er war langweilig. Genau wie Sie langsam langweilig werden. Ich zeige Ihnen ein anderes Grab, Detective Thompson«, sagte Parrish. »Aber wenn wir weiterwandern, bewegen wir uns weg davon. Wir wissen beide, dass man mir nicht gestatten wird, Sie auf eine zweite Expedition zu begleiten, also gilt, was ich schon gesagt habe: Jetzt oder nie!«

»Es muss ein Trick sein«, warnte Manton. »Wenn da noch mehr Leichen wären, hätte er herausgeschlagen, was er konnte, solange sein Anwalt noch da war.«

»Ms. Kelly«, sagte Parrish. »Können Sie verstehen, warum ich meine Lieben nicht zurücklassen möchte?«

Ich glaubte die Antwort zu kennen und zu wissen, weshalb er mich als einzige Medienvertreterin fragte, die er momentan ansprechen konnte. Aber ich legte keinen Wert darauf, in diese Entscheidung einbezogen zu werden. Ich war nur als Beobachterin dabei. Und die Dinge, die ich beobachtet hatte – nachdem ich in Julia Sayres Grab geblickt hatte –, hatten mich darin bestärkt, dass ich Parrish in keiner Weise, Art oder Form helfen wollte. Die anderen sahen mich erwartungsvoll an.

Es war Ben Sheridan, der ihm antwortete, fast genauso, wie ich es getan hätte. »Mr. Parrish ist stolz auf sein Werk. Er möchte nicht, dass es verborgen bleibt. Deshalb sind wir ja überhaupt hier heraufgekommen.«

»Ja!«, bestätigte Parrish voller Inbrunst. »Sie erstaunen mich! Sie verstehen es genau!«

Thompson wurde mit Argumenten dafür und dagegen bestürmt, in erster Linie dagegen.

In diesem Moment trat das zweite Ereignis ein, das die Frage schließlich entschied.

Der Wind drehte sich.

Später dachte ich rückblickend über diesen Tag nach und fragte mich, was aus unserer Gruppe geworden wäre, wenn der Wind in eine andere Richtung geweht hätte. Doch er drehte sich, und zwar auf uns zu – eine steife Brise, die von der anderen Wiese kam, zog deren ansteigendes Ende hinauf, bis zu der Hügelkette, wo wir standen, und darüber hinaus.

Bingle hob die Schnauze und spitzte dann die Ohren nach vorn. Er sah zurück zu David. Diesen eindringlichen Blick hatte ich am Tag zuvor schon gesehen.

»*¿Qué pasa?*«, fragte David den Hund.

Bingle wandte sich wieder der Brise zu, hob mit schnellen, kurzen Bewegungen die Schnauze, schnüffelte mit halb geschlossenen Augen, stellte die Ohren wieder auf und starrte David an. Diesmal wedelte er mit dem Schwanz.

»Was ist denn los?«, wollte Thompson wissen.

»Bingle schlägt Alarm«, sagte Ben.

Thompson wandte sich mit einem Funkeln in den Augen zu Parrish. »Vielleicht brauchen wir Ihre Ortsangaben gar nicht! Vielleicht führt uns der Hund direkt hin!«

Parrish zuckte gleichgültig mit den Achseln.

»Ich dachte, wir müssen zur Landebahn«, wandte Manton ein.

»Gehen Sie ruhig schon vor«, erwiderte Ben. »Wir sehen nach, worauf der Hund aus ist.«

»Vielleicht riecht er nur die Leiche, die J. C. und Andy tragen«, behauptete Manton.

»Nein«, widersprach David. »Er wittert es im Wind. Der Wind kommt von der Anhöhe, von der Wiese dort. Der Wind weht nicht in die richtige Richtung, um Geruch von der Leiche zu transportieren. Außerdem interessiert ihn dieser Fund jetzt nicht mehr. Da ist etwas Neues.«

Aber Thompsons Gewissheit war erschüttert. »Was, wenn es nur ein totes Reh ist oder so was?«

»Bei nicht-menschlichen Leichen schlägt er keinen Alarm«, entgegnete David, nachdem er Bingle angewiesen hatte, still zu sitzen. Der Hund trat von einer Vorderpfote auf die andere, wie ein Kind, das auf die Toilette muss, gehorchte jedoch. »Er hat sich schon für diese Wiese interessiert, als wir vor zwei Tagen dort vorbeigekommen sind. Ich gehe der Sache mal nach.«

»Ich begleite dich«, sagte Ben und wandte sich dann an Thompson. »Gehen Sie ruhig zum Flugzeug. Wir holen Sie schon ein.«

»Einholen?«, erwiderte Thompson. »Und was, wenn Sie etwas finden? Wie wollen Sie es dann ausgraben?«

»Wir markieren die Stelle und kommen später wieder«, erwiderte Ben.

Aber Thompsons Gedanken hatten erst am Tag zuvor um Wunschträume von einer ruhmreichen Rückkehr gekreist, bei der er eine zweite Leiche mitbrachte, und er wollte sich die Gelegenheit nicht entgehen lassen, diese Träume zu verwirklichen – erst recht nicht, nachdem Parrish selbst hatte durchblicken lassen, dass sich hier noch elf weitere Begräbnisstätten befanden. »Ausgeschlossen«, sagte er. »Wenn Sie bleiben, bleiben wir alle hier. Wir sitzen alle im selben Boot.«

»Wie Sie wünschen«, meinte Ben.

David hatte Bingle mittlerweile das Arbeitshalsband angelegt. Bingle starrte ihn eindringlich an und begann zu bellen.

Andy und J. C., die neben der Trage gestanden hatten, waren ins Gespräch vertieft. Ich sah, wie Andy nickte. Gerade als es David gelungen war, den Hund zu beruhigen, sagte J. C. zu Thompson: »Lassen Sie uns beide mit der Leiche zur Landebahn gehen.«

»Das ist aber eine weite Strecke für zwei Personen«, meinte Ben.

»Stimmt«, räumte J. C. ein, »aber das schaffen wir schon.

Außerdem habe ich eine Idee. Das Flugzeug müsste bald zurück sein, falls es nicht ohnehin schon auf uns wartet – das Wetter war nicht so schlecht, dass es eine Landung verhindert hätte. Wenn wir dort ankommen, rufe ich über Funk einen Hubschrauber von der Ranger-Station. Die können mich von der Landebahn abholen, und ich erkläre ihnen dann, wo Sie zu finden sind. Sie können ohne weiteres auf dieser Wiese landen. Und wenn Sie mit dem Hubschrauber abfliegen, bleiben Ihrem Gefangenen nicht mehr viele Gelegenheiten für Fluchtversuche – jedenfalls nicht so viele wie vielleicht auf einem Marsch durch den Wald.«

Die Vorstellung, sich die Wanderung zurück zur Landebahn zu sparen, gefiel Thompson offenbar, doch er zögerte noch. »Können Sie vor Einbruch der Dunkelheit einen Hubschrauber hierher beordern?«

»Kein Problem. Jetzt, wo uns Parrish nicht mehr auf seine unsinnigen Abwege führt, dürfte es nicht lange dauern, bis wir die Landebahn erreicht haben. Sie können ihn vor Ende des Tages hinter Schloss und Riegel haben.«

Thompson schaute zu Parrish hinüber und sah, wie dieser die Stirn runzelte. Ertappt warf Parrish dem Detective ein zuckersüßes Lächeln zu. Thompson zögerte noch immer.

»Die Wachen sehen müde aus«, fuhr J. C. fort. »Das hier war kein leichter Einsatz. Auf die Art müssten sie nicht gleichzeitig mit Gepäck wandern, auf den Weg achten und Parrish bewachen.«

»Einverstanden«, sagte Thompson.

Ben nahm Andy das Versprechen ab, bei der Leiche zu bleiben, wenn J. C. die anderen abholen käme. »Ich will nicht, dass irgendjemand behauptet, die Leiche oder andere Beweismittel seien zu irgendeinem Zeitpunkt unbeaufsichtigt gewesen.«

David und Bingle legten ein flottes Tempo vor und betraten die Wiese als Erste. Ben und ich folgten nicht weit hinter ihnen. Wir trugen die Ausgrabungsutensilien. Auch Flash hatte Teile davon übernommen, die er neben seiner Kameraausrüstung schleppte. Thompson, Parrish und die Wachleute gingen langsamer.

Der Wind legte sich, doch David schien das nichts auszumachen. Er nutzte die Gelegenheit, den Hund ausruhen zu lassen, stellte Rucksack und Gerätschaften ab und suchte einen Platz, wo man auf den Hubschrauber warten konnte. »J. C. war ziemlich optimistisch, was das Wetter betrifft«, meinte er mit einem Blick zum Himmel. »Ich weiß nicht. Momentan ist es nicht schlecht, aber ich glaube, wir bekommen noch mehr Regen.«

»Das habe ich mir auch schon gedacht«, sagte Ben. »Ich habe das Gefühl, dass wir die Nacht hier verbringen werden. Andererseits kennt J. C. diese Berge besser als wir. Falls das Flugzeug auf ihn wartet, wenn sie an der Landebahn ankommen, und der Hubschrauber es schnell genug hier hoch schafft, geht vielleicht alles gut. Aber ich möchte nicht gehetzt werden, wenn Bingle etwas findet.«

»Ich bleibe mit dir hier, auch wenn Thompson und die anderen zurückfliegen wollen«, sagte David. Er hielt inne, holte den Zerstäuber mit dem Puder heraus und testete die Luft. Das Puder schwebte langsam in Richtung der Hügelkette davon. »Seht euch das an. Eine wirklich schöne Brise. Das ist besser für die Arbeit als dieser Wind – der hätte womöglich Geruch herangetrieben, der von weither kommt.« Bingle, der ein Stück von uns entfernt stand, gab erneut Alarm.

»¿Quieres trabajar?«, rief David ihm zu. Willst du dich an die Arbeit machen?

Bingle wedelte mit dem Schwanz und bellte.

»Such uns eine schöne Stelle, Ben«, sagte David und ging auf den Hund zu. »Ich habe zwar noch keinen Donner gehört, aber falls ein Gewitter kommt, will ich garantiert nicht wie ein Blitzableiter mitten auf der Wiese stehen.« Zu Bingle sagte er: *»¡Búscalo! ¡Busca al muerto!«*

Hund und Trainer begannen im Zickzackmuster die Wiese

hinabzugehen, ganz ähnlich, wie sie es getan hatten, als ich ihnen am Tag zuvor gefolgt war.

Aufgrund unserer vorangegangenen Tour durch diese Gegend wusste ich noch, dass die Wälder hier dichter waren als um die Wiese, auf der Julia Sayre begraben gewesen war. Ein Stück weiter in dieser Wiese gab es einen Bach und dahinter einen kleinen Teich.

Flash, Ben und ich stellten eines der kleineren Zelte im Wald auf, um Duke und Earl Gelegenheit zu geben, ihren Schlaf nachzuholen. Falls nötig, würden wir dort unser Lager aufschlagen. Während es bei einem heftigen Gewitter extrem gefährlich wäre, unter einem einzelnen Baum oder sogar einer kleinen Baumgruppe Schutz zu suchen, wäre ein Wald dieser Größe sicherer als die Wiese. Wir wären nicht mehr die höchsten Objekte.

Es dauerte nicht lange, bis wir Bingle singen hörten.

Eilig rannten wir auf die Wiese, wo David seinen Hund lobte. *»¡Qué inteligente eres! ¡Qué guapo eres!«*

»Ja, er ist hübsch und intelligent«, bestätigte ich. »Aber was hat er gefunden?«

David wies Bingle an, still zu sitzen, und führte uns an eine Stelle ein paar Meter weiter. »Ein bisschen frischer, würde ich schätzen.«

Die Pflanzen hier waren kürzer und spärlicher als das Wachstum ringsum. Diesmal war es nicht so schwierig, die ovale Form zu erkennen, die die Kanten des Grabes beschrieben. Die Füllerde innerhalb des Grabs hatte sich gesenkt, sodass die Oberfläche leicht konkav war. Die Ränder dieser abgesackten Fläche hatten Risse bekommen und zeichneten sich daher ab.

»Großartig!«, sagte Bob Thompson. »Sie haben's geschafft! Jetzt haben wir den Scheißkerl!«

»Detective Thompson«, entgegnete Ben kalt. »Hier gibt es nichts zu feiern – in keiner Weise. Wir haben noch keine Ahnung, wer oder was hier begraben liegt, geschweige denn, wer für das Begräbnis verantwortlich ist.«

Thompsons Stimmung ließ sich nicht so ohne weiteres einen Dämpfer versetzen. Obwohl ich ihn nicht mochte, erkannte ich, dass er sich nicht über das Grab eines Opfers freute, sondern über die Aussicht, dass Nicholas Parrish mit der Todesstrafe konfrontiert werden würde.

Parrish, der gewusst haben musste, was dieser neue Fund für seine Chancen bedeutete, dieser Strafe zu entgehen, sah uns mit fast heiterer Miene an. Schließlich blieb sein Blick an mir haften. Er lächelte.

»Bald, mein Herz«, sagte er, »bald.«

Bingles Nackenhaare stellten sich auf, und er begann Parrish anzubellen.

Eine Warnung, die wir hätten beachten sollen.

16

Donnerstag Morgen, 18. Mai
Bergland der südlichen Sierra Nevada

Ben und David begannen bald mit der nächsten Phase ihrer Arbeit, und zwar mit der gleichen minutiösen Sorgfalt, die sie auch an Julia Sayres Grab hatten walten lassen. Duke und Earl entschieden sich für ein kleines Nickerchen, nahmen aber Thompson das Versprechen ab, sie zu wecken, wenn die Wissenschaftler etwas fanden.

Merrick und Manton brachten ihren Gefangenen ein Stück weg vom Grab, wo Thompson ihn zu befragen versuchte, aber Parrish war nicht bereit, etwas über sein Opfer preiszugeben. Das soll aber nicht heißen, dass er geschwiegen hätte.

»Wissen Sie, warum die Kojoten sterben mussten?«, fragte Parrish und starrte mich erneut an.

»Nein, sagen Sie's mir«, drängte Thompson.

»Weil sie den Frieden gestört haben«, antwortete Parrish, ohne den Blick von mir abzuwenden. »Und jetzt sehen Sie sich mal Dr. Sheridan und Dr. Niles an. Sind die etwa besser als Kojoten?«

»Was wollen Sie damit sagen?«, fragte Thompson.

»*Requiescat in pace.*«

»Was soll das heißen?«

»Fragen Sie Ms. Kelly. Sie ist mit Latein aufgewachsen – zumindest hat sie es jeden Sonntag gehört.«

Thompson wandte sich an mich.

»Das heißt ›Ruhe in Frieden‹«, erklärte ich. »Das R. I. P. auf alten Grabsteinen.«

»Sehen Sie?«, sagte Parrish. »Kennen Sie die Gewohnheiten von Kojoten, Ms. Kelly?«

Ich gab keine Antwort.

»Sie sind Grabräuber. Sie stehlen Knochen und nagen sie ab.«

»Kojoten sind nicht die einzigen Tiere, die das tun«, meinte Thompson.

»Ich mag keine Kojoten«, erklärte Parrish schmunzelnd.

Ich ging davon und marschierte auf das Grab zu.

Bingle freute sich, mich zu sehen, und David ebenfalls. »Hätten Sie etwas dagegen, wieder auf den Hund aufzupassen?«, fragte er. »Aus irgendeinem Grund ist er besonders nervös.«

Das war mir bereits aufgefallen. Bingle hatte immer wieder abwechselnd versucht, sich näher an David zu drängen, oder sich umgedreht und Parrish wütend angebellt.

»Duke und Earl würden mir wahrscheinlich am liebsten den Hals umdrehen«, meinte David. »Vermutlich sind sie gerade rechtzeitig eingeschlafen, um von seinem Gebell wieder geweckt zu werden. Ich weiß überhaupt nicht, was er hat.«

»Als J. C. und Andy noch hier waren, hat er mehr von Ihrer Aufmerksamkeit bekommen.«

»Er hat auch schon still sitzen müssen, als ich an anderen Fällen gearbeitet habe. Normalerweise führt er sich nicht so auf. Und er reagiert nur selten so auf jemanden wie auf Nick Parrish.«

»Man sollte ihn zum Richter ernennen«, sagte ich.

David lachte. Er zeigte mir, dass sie bereits bei einer Schicht großer Steine angelangt waren und man an manchen Stellen grünes Plastik erkennen konnte. »Wenn dieses Grab nicht von Nick Parrish angelegt wurde, dann hat er einen Nachahmer«, erklärte er.

»David«, mahnte Ben mit leicht genervtem Tonfall. Er war mal wieder besonders übler Laune und hatte die ganze Zeit, während wir am Grab arbeiteten, eine finstere Miene aufgesetzt. Er schalt mich jedoch nicht dafür, dass ich dem Grab zu nahe käme. Vermutlich ein Fortschritt.

Bingle beschloss, Parrish erneut anzubellen.

»Vielleicht sollte ich mit Bingle spazieren gehen«, schlug ich vor. »Ihn eine Weile von Parrish weglotsen. Ich würde jedenfalls gern aus seinem Blickfeld verschwinden.« Und von dem Verwesungsgeruch, dachte ich, doch das sprach ich nicht aus.

»Das wäre prima!«, rief David. Er unterbrach seine Arbeit und ging, um aus der Tasche mit den Hundeutensilien eine Leine zu holen.

»Eine gute Idee, Ms. Kelly«, lobte Ben, der gerade vorsichtig Erde von dem Plastik abschabte. »Diesmal würde ich gern ohne neugierige Gaffer arbeiten.«

»Neugierige Gaffer?«, wiederholte ich empört. »Ich bin ein Profi, der hier seine Arbeit tut. Wenn Sie diesen Gedanken vielleicht in Ihren Dickschädel kriegen –«

»Was für ein Beruf. Sie profitieren vom Leid anderer Menschen –«

»Entschuldigen Sie bitte, Sankt Ben von den Gebeinen, aber –«

»Sie verhökern die Einzelheiten über das Leid eines anderen an jeden, der bereit ist, am Zeitungskiosk eine Münze springen zu lassen –«

»Ben«, hörte ich eine Stimme hinter mir sagen. »Bitte.« David war mit der Leine zurückgekehrt.

Ben sah beiseite, konnte aber nicht verhehlen, welche Mühe es ihn kostete, seinen Ärger zu beherrschen. Lange sah er mit finsterer Miene auf seine behandschuhten Hände hinab, bevor er sich wieder daran machte, weiter an der Erde zu kratzen.

David leinte Bingle an und sorgte dafür, dass der Hund auf mein Kommando bei Fuß ging. Dann begleitete er uns zum Waldrand. Er wirkte bedrückt.

»Würde Bingle ohne Leine nicht bei mir bleiben?«, fragte ich.

»Hmm? Oh – nein, leider nicht. Er versteht, dass er, wenn ich seine Leine jemand anderem gebe, bei dem Betreffenden bleiben muss. Sonst könnte ich mir nicht sicher sein, ob er nicht auf die Idee kommt, herzukommen und nachzusehen, was ich so treibe. Er könnte davonrennen und Sie mitten im Wald stehen lassen.« Er schmunzelte. »Ich könnte ihn vermutlich dazu bringen, Sie zu suchen, aber es ist für alle Beteiligten einfacher, wenn wir ihm die Sachlage von vornherein klarmachen.«

»Aha – die Leine ist also dazu da, dass ich nicht verloren gehe.«

Er lachte. »Genau.«

Ich dachte, er würde am Waldrand stehen bleiben, doch er ging noch ein Stück mit hinein. »Wegen Ben«, sagte er unvermittelt. »Er hat ein Problem mit Reportern. Ich weiß, dass er barsch sein kann –«

»Barsch?«

»Grob.«

»Ja.«

»Okay, grob«, sagte er. »Aber das sollten Sie nicht persönlich nehmen. Ich weiß, dass er Sie abgesehen von Ihrem Beruf in Ordnung findet.«

»Dazu muss ich mir unbedingt gratulieren!«

»Ich stelle mich gerade nicht besonders geschickt an, was?«

»Sie machen Ihre Sache gut. Entschuldigen Sie. Ich sollte meine Wut auf ihn nicht an Ihnen auslassen. Wenn Sie mir damit sagen wollen, dass er ein gutes Herz hat – das weiß ich bereits.«

»Ja?«, fragte er ungläubig.

»Ja, und das nicht nur, weil Parrish als Vergleichsmaßstab hier ist. Ich glaube, zum ersten Mal habe ich es richtig wahrgenommen, als Ben Sie gefragt hat, ob Bingle bei mir schlafen kann – in einer Nacht, von der ich glaube, dass er sich eigentlich den Hund ausleihen wollte, um seine eigenen Albträume zu lindern.«

David nickte.

»Außerdem mag Richter Bingle Ben«, sagte ich.

David kniete sich auf Augenhöhe zu Bingle hinab und streichelte dem Hund Nacken und Ohren. Bingle senkte den Kopf, stupste damit gegen Davids Brust und blieb so, während er leise, tiefe Freudenlaute von sich gab. »Bingle ist ein guter Richter«, erklärte David. »Er mag Sie auch.«

»Das beruht auf Gegenseitigkeit. Aber ich vermute, Sie wollten einige Entschuldigungen für Ihren anderen Freund anbringen?«

»Eigentlich keine Entschuldigungen. Ich dachte nur, wenn Sie wüssten – er hat seine Gründe dafür, der Presse zu misstrauen.«

»Warum?«

»Erst letztes Jahr hat er –« Er unterbrach sich, schüttelte den Kopf und überlegte kurz, bevor er sagte: »Vor zwei Jahren, als er an einem Flugzeugabsturz arbeitete, hat eine Fernsehreporterin abgehört, wie Ben mit jemandem gesprochen hat, indem sie eines dieser Spionagemikrofone verwendet hat.«

»Ein Parabolmikrofon.«

»Ja. Sie ging auf Sendung und zitierte ihn falsch. Das passiert uns allen mal, aber diese Fehlinformation veranlasste die Familien der Opfer, zu hoffen, dass sie – dass die Toten einigermaßen intakt wären. Wissen Sie, was wirklich passiert – bei einem Aufprall mit großer Wucht, meine ich?«

»Ja«, antwortete ich. »Die körperlichen Auswirkungen sind für niemanden schmeichelhaft.«

»Genau. Meistens nehmen wir die Identifizierung anhand von Fragmenten vor.«

»Also waren die Angehörigen wütend auf ihn.«

»Ja. Ich glaube aber nicht, dass es die Wut der Angehörigen war, was ihn am meisten gestört hat. Es war ihm einfach ein Gräuel, ihre Qual zu sehen. Menschen, die trauerten, die ohnehin außerstande waren, das Geschehene zu akzeptieren, und dann diese Erwartung – Ben meinte, es sei eine Art öffentlicher Folter gewesen. Ich glaube, er hatte Recht.«

»Und dieser eine Vorfall lässt ihn sämtliche Reporter über einen Kamm scheren?«

»Ich wünschte, ich könnte Ihnen sagen, dass es nur ein Einzelfall war. In provisorischen Leichenhallen wurden mit versteckten Kameras Aufnahmen gemacht. Es gab Fehlinformationen über vermisste Personen – Sie können sich gar nicht vorstellen, wie schmerzhaft das für die Familien der Opfer war!«

»Falls ich behaupten soll, ich wäre stolz auf jedes Mitglied meiner Zunft –«

»Nein, nein, natürlich nicht. Ich könnte Ihnen auch von Kollegen aus unserer Branche erzählen, über die wir den Kopf schütteln. Ich versuche nur, Ihnen dabei zu helfen, Ben zu verstehen, glaube ich. Wie gesagt – ich möchte nicht, dass Sie es persönlich nehmen.«

»Tu ich nicht«, versicherte ich ihm. »Aber langfristig gesehen tut Ihnen Ben keinen Gefallen, wenn er sich so offen feindselig gegen die Presse stellt.«

»Es steckt mehr dahinter als – na ja, ich sollte wohl nicht so über ihn sprechen, glaube ich. Ich sollte lieber zurückgehen und ihm helfen.«

»Warten Sie mal, David – bitte.«

Er sah mich fragend an.

»Den meisten anderen Männern hier stehe ich mehr oder weniger neutral gegenüber«, sagte ich, »aber Sie und Andy haben sich große Mühe gegeben, freundlich zu mir zu sein. Ich bin Ihnen dankbar für die viele Zeit, die Sie mit mir über Ihre Arbeit gesprochen haben. Wenn Sie mir also sagen, dass ich Ben Sheridan eine zweite Chance geben soll – oder ein Dutzend weitere Chancen –, dann tue ich das.«

Er lächelte mich an. »Danke. Ben hat mir schon öfter über schwere Zeiten hinweggeholfen. Es fällt mir nicht schwer, Geduld aufzubringen, wenn es ihm nicht gut geht.« Er streichelte ein letztes Mal Bingles Fell und sagte: »Pass gut auf sie auf, Bingle.«

»Ich passe auch gut auf ihn auf«, sagte ich.

»Oh, das weiß ich!«, sagte er lachend und ging davon.

Ich ließ mir Zeit bei meinem Spaziergang. Immer mehr Wolken zogen am Himmel auf, und es regnete ein wenig, aber nicht genug, um einen von uns beiden abzuschrecken. Bingle genoss es, sich in Schlammpfützen zu werfen, bevor ich ihn daran hindern konnte, aber sonst folgte er mir brav überallhin, wohin ich mich wandte. Er war neugierig auf alle möglichen Anblicke, Gerüche und Geräusche auf dem Weg, und ich erlaubte ihm, manchen davon nachzuspüren. Aber wenn ich weitergehen wollte, wurde er weder störrisch noch zerrte er an der Leine, sondern legte stets nur die besten Manieren an den Tag.

Irgendwann musste ich mir eingestehen, dass ich auf der Flucht war. Ich wollte wirklich nicht sehen, wie eine zweite grüne Plastikfolie zertrennt wurde und eine zweite verweste Leiche zum Vorschein kam. Und vor allem wollte ich nicht sehen, was womöglich auf dem Boden des Grabs lag.

Doch wie ich Ben bereits erklärt hatte, hatte ich einen Job zu erledigen, und sämtliche Argumente, die ich mir selbst präsentierte und die untermauern sollten, weshalb meine Anwesenheit an der Fundstelle nicht erforderlich war, kamen mir unaufrichtig vor. Ich bahnte mir den Weg zurück durch den Wald.

Als wir in Sichtweite der Wiese anlangten, machte ich Halt, nach wie vor nicht bereit, die Stille des Waldes hinter mir zu lassen und mich zu den Männern zu gesellen. Bingle hob die Nase und schnüffelte an der Luft, blieb aber sonst ruhig neben mir sitzen.

Flash stand neben dem Grab und ließ die Videokamera laufen. Merrick und Manton bewachten immer noch Parrish, aber offenbar waren Duke und Earl von Thompson geweckt worden. Wie David trugen auch die beiden Wachen und der Detective Masken und Handschuhe und knieten am Rand des Grabs. David redete mit ihnen und gab ihnen Anweisungen. Ben Sheridan war nicht dabei.

Ich wusste, dass ich eigentlich näher hingehen und versuchen sollte, wie eine Reporterin zu denken, dass ich mir die Story besorgen und mir später den Kopf über meine Reaktionen zerbrechen sollte. Wenn Parrish sich selbst treu blieb, würde ich schon bald Fotos des Opfers zu sehen bekommen. Das war das Ausschlaggebende hier, sagte ich mir – herauszufinden, wer in dem Grab lag. Ich sollte mir ein Beispiel an Manton nehmen, der näher herantrat und versuchte, mehr zu erkennen. »Ich zähle bis drei«, hörte ich David sagen.

Ein unverkennbares Plätschern lenkte mich von den weiteren Vorgängen ab. Ich drehte mich genau in dem Moment um, als Ben merkte, dass ich in der Nähe war.

»Ach herrje!«, stieß er hervor, packte eilig sein bestes Stück ein und zog den Reißverschluss hoch.

»Eins …«, hörte ich David rufen.

»Es – es tut mir Leid«, sagte ich. »Ich wusste nicht, dass Sie hier sind!«

Ben war vor Verlegenheit kirschrot angelaufen. »Vermutlich steht *das* demnächst in der Zeitung?«

»… Zwei …«

»Ja, natürlich«, antwortete ich, und meine eigene Verlegenheit verwandelte sich in Wut. »Die Überschrift lautet dann: ›Wer hat den forensischen Anthropologen geschrumpft?‹«

Zu meinem enormen Erstaunen fing er an zu lachen.

»Drei!«, hörte ich David rufen.

Der Knall traf uns wie der Schlag eines Preisboxers – eine donnernde Explosion aus dem Nichts, die die Erde erzittern und uns beinahe taub werden ließ.

Ich stand wie gelähmt da, unfähig zu begreifen, was geschehen war. Eine Wolke von Staub und Schutt stieg auf einmal über der Wiese auf, während das Echo der Explosion immer weiter durch die Berge grollte und toste, bis das Geräusch irgendwann von allen Seiten zu kommen schien. Es gab auch noch andere Geräusche – Schreie und das kurze Knallen von Schüssen. Bingle stieß ein gequältes Jaulen aus, raste auf die Staubwolke zu und brachte mich dabei aus dem Gleichgewicht. Ich fiel mit dem Gesicht voran auf die Erde. Er zerrte mich noch ein, zwei Meter mit, doch ich hielt die Leine eisern fest. Wenn sie sich nicht in dem Gebüsch zwischen uns verfangen hätte, hätte mein Gewicht allein wahrscheinlich nicht ausgereicht, um ihn aufzuhalten.

Ben rannte los. Ich rief ihm nach, doch er war bereits weg, schon fast über die halbe Wiese, und beantwortete die Schreie der andern mit seinen eigenen, selbst als einer nach dem anderen verstummte. Er rief Davids Namen, brüllte »Nein!«, brüllte Worte, die ich nicht verstehen konnte, und lief immer weiter. Und dann trat Nicholas Parrish aus der Staubwolke. Er rang um die Balance, da er Merricks Leiche als obszönen Schild benutzte. Parrishs immer noch in Handschellen gefesselte Hand hob eine Pistole – die Pistole des Toten –, und der Arm des Toten hob sich mit seinem. Ben war zu weit auf der Wiese, um Deckung zu finden, und auf einmal schrie er nicht mehr, gab überhaupt keinen Laut mehr von sich, sondern fiel nur.

Er stand nicht mehr auf.

17

Donnerstag, früher Nachmittag, 18. Mai

Bergland der südlichen Sierra Nevada

Ich blieb, wo ich war. Bingle bellte weiter und zeigte damit Parrish unseren Standort an. Einen entsetzlichen Moment lang war ich vor Angst wie gelähmt – es war, als hätte man mir sämtliche spanischen Wörter genommen, die ich kannte, und ich konnte mich nicht an den Befehl erinnern, mit dem man den Hund beruhigte.

»*¡Cállate!*«, fiel es mir endlich ein, und kaum hatte ich es ausgesprochen, verstummte Bingle. Ich flehte inständig, dass Parrish mich nicht hörte, und flüsterte: »*Ven acá, Bingle. Ven acá.*«

Bingle gehorchte und kroch dicht am Boden entlang zu mir zurück. Er keuchte hektisch und angestrengt, hatte die Ohren angelegt und den Schwanz zwischen die Beine geklemmt. Verängstigt.

»*Muy bien*«, flüsterte ich ihm mit unsicherer Stimme zu.

Ich rutschte näher zu ihm hin, bis ich direkt neben ihm lag. Er zitterte. Ich auch. Mit unsicherer Hand strich ich über sein Fell.

»*Cálmate, tranquilo*«, sagte ich in sein Ohr.

Ich versuchte, Parrish im Auge zu behalten und zu verfolgen, wo er war. Ich sah ihn ins Gras sinken, immer noch den toten Wachmann im Arm.

Lange Momente verstrichen. Wir regten uns nicht aus unserem Versteck. Schon bald sah ich ihn allein wieder aufstehen, von seiner grausigen Last befreit, wie er gelassen mit einem Schlüssel die einzelne Handschelle aufschloss, die noch an seinem Handgelenk hing. Sie fiel von ihm ab und auf die Erde.

In der Luft hingen nach wie vor dicker Rauch und der Geruch von zerfetztem Fleisch und verspritztem Blut. Nun herrschte Stille, ebenso beunruhigend, wie die Schreie es gewesen waren. Es war unmöglich, so dachte ich panisch, in dieser Stille mein Zittern vor ihm zu verbergen – meine Angst würde über die ganze Wiese hinweg zu spüren sein und durch den Erdboden selbst an ihn übermittelt werden.

Der Rauch begann sich zu verziehen. Der Wind frischte auf, und Parrish lachte, hob die Arme in den sich verdunkelnden Himmel und schüttelte triumphierend die Fäuste, als wolle er die Götter auffordern, seinen Sieg zu würdigen.

Er hielt inne und starrte in den Wald. Ich war mir sicher, dass er uns sehen konnte. Auf einmal lief er los – genau auf uns zu. Ich merkte, wie sich Bingles Nackenhaare sträubten, und flüsterte: »*Quieto.*« Der Hund verhielt sich still.

Parrish kam immer näher, auf die Bäume zu, und mein Mund wurde trocken. Ich fasste in meinen kleinen Rucksack, zog das Messer heraus und klappte es auf. Keine großartige Waffe gegen eine geladene Pistole, aber selbst erschossen zu werden wäre noch besser, als Julia Sayres Schicksal zu teilen. Doch dann sah ich, dass Parrish einen Bogen machte und sich von uns wegbewegte.

Er ging zum Lager.

Ich strengte mich an, um seine Schritte zu hören, während ich ständig fürchtete, er könne jeden Moment hinter mir auftauchen oder aus einer unerwarteten Richtung angreifen. Ich würde mich darauf verlassen müssen, dass der Hund reagierte, wenn Parrish von irgendwoher kam.

Schon bald machte Parrish jede Menge Lärm im Lager, ohne sich auch nur im Geringsten um Geheimhaltung zu bemühen.

Es begann erneut zu regnen.

Ich kämpfte gegen die Versuchung an, deswegen zu verzweifeln. Ja, der Hubschrauber musste womöglich abwarten, bis das Wetter besser wurde, aber J. C. und Andy hatten es wahrscheinlich hinunter geschafft. Du kannst es auch schaffen, sagte ich mir. So oder so – es kommt auf jeden Fall jemand zurück zu dieser Wiese. Du musst Parrish nur ein paar Stunden aus dem Weg gehen. Es regnet ja nicht einmal heftig – vielleicht kann der Hubschrauber bei diesem Wetter sogar fliegen. Kaum hatte ich dies gedacht, als ich das entfernte Rumpeln von Donner vernahm.

Ich zitterte immer noch. Ich sagte mir, es sei die Feuchtigkeit.

Ich hatte meinen Regenumhang dabei und beschloss, das Geräusch dabei, ihn überzuziehen, zu riskieren. Die dunklen Tarnfarben des Umhangs würden sich besser in den Wald um mich herum einfügen als der Rest meiner Kleidung.

Der Regen machte es schwerer, Parrish zu hören, aber aufgrund der Geräusche von klappernden Geschirrteilen vermutete ich, dass er die Rucksäcke ausleerte.

Er konnte sich nehmen, was er wollte, dachte ich. Er konnte den Rest zerstören und mich hier im Wald sitzen lassen, in den Bergen, wo ich mitsamt dem Hund umkommen würde.

Hör auf.

Meine Muskeln verkrampften sich, mehr aus Anspannung als infolge der Anstrengung, mich ruhig zu verhalten, und ich fror.

Wenn schon. Es könnte schlimmer sein. Immerhin sind das Lebenszeichen. Du hättest auch dabeistehen können, als die Leiche aus dem Grab gehoben wurde.

Das Messer in der einen Hand, den Hund in der anderen.

Bingle hob den Kopf. Er lauschte zweifellos auf etwas. Inzwischen zitterte er nicht mehr. Ich hörte, wie sich jemand durch den Wald bewegte. Auf mich zu.

»*Quieto*«, flüsterte ich Bingle erneut ins Ohr. Er sah mir ins Gesicht und senkte den Kopf. Allerdings lauschte er immer noch und zuckte mit den Ohren. Ich betete.

Irgendwo vor mir machten die Schritte Halt. Bingle spannte die Muskeln an.

Nicht knurren, Bingle, bitte nicht knurren.

Die Schritte gingen weiter.

Schließlich konnte ich ihn sehen; er ging auf die Hügelkette zu. Er trug einen Rucksack – und Dukes Gewehr. Er marschierte schnell, ja, er rannte beinahe. Inzwischen lag etwas mehr Distanz zwischen uns, und ich war nach wie vor von den Bäumen verborgen, also rutschte ich in eine bequemere Stellung. Bingle wollte auf die Wiese hinaus. Ich auch, da ich die vage bis vergebliche Hoffnung hegte, dass noch jemand überlebt haben könnte, und mich fragte, ob jemand meine Hilfe brauchte. Aber wir wären sofort in Parrishs Blickfeld gewesen, wenn er sich umdrehte, um sein Werk zu betrachten, und ich war mir sicher, dass er das tun würde.

Er enttäuschte mich nicht. Eine Zeit lang verlor ich ihn aus den Augen, doch dann sah ich ihn kurz, wie er erneut in Siegerpose die Fäuste schwenkte, ganz oben auf dem Hügel. Trotz meiner innigen Wünsche wurde er nicht vom Blitz getroffen.

Bald überquerte er den Kamm und war nicht mehr zu sehen.

Bingle und ich machten uns gemeinsam auf und eilten durch den Regen auf das Grab zu. Dort erwartete uns nichts als ein Blutbad. Das Grab selbst war nun ein größeres, tieferes, geschwärztes Loch. Bingle spähte lediglich nervös hinein und wandte sich rasch wieder ab. Welche Art von Sprengstoff Parrish hier deponiert hatte, wusste ich nicht, aber offenbar hatte es ausgereicht, das Gewicht der Leiche wegzuheben, um den Zündmechanismus auszulösen.

Ein schneller Blick ins Gelände bestätigte, was ich bereits befürchtet hatte. Die anderen waren tot. Von denen, die sich über das Grab gebeugt hatten, war nicht mehr viel übrig. Bingle winselte jetzt und trottete beklommen von einem Fragment zum nächsten. Vielleicht würde später ein forensischer Anthropologe an den Schauplatz kommen, die Fragmente untersuchen und in der Lage sein festzustellen, wer einmal wer gewesen war. Ich war mir nur bei einem sicher, einem Stiefel mit den Überresten eines Fußes darin, weil Bingle noch lauter zu winseln begann, als er ihn fand, und sich dann mit dem Kopf auf den Pfoten daneben legte und nicht mehr von ihm wich.

Ich schimpfte nicht mit ihm; ich wusste nicht, wie lange ich es noch ertragen könnte, hier zu stehen. Ein Teil meines Verstandes hatte sich abgeschottet – ich wusste, was ich sah, doch zugleich weigerte ich mich, es wahrzunehmen. Ich ließ Bingles Leine fallen und ging weiter, wobei ich zwar aufpasste, wohin ich trat, aber trotzdem merkte, wie die Sohlen meiner Stiefel langsam glitschig wurden. Mechanisch bewegte ich mich vorwärts und wartete darauf, etwas zu sehen, das nachvollziehbar war.

Ein kleines Stück weiter fand ich es beinahe. Ich stieß auf die Leichen von Manton und Merrick, die nicht durch die Explosion umgekommen waren. Parrish hatte jedem von ihnen mehrere Kugeln ins Gesicht geschossen.

Ich musste bei ihrem Anblick einen Laut ausgestoßen haben, da Bingle angelaufen kam. Entsetzt erkannte ich, dass er Davids Stiefel im Maul trug.

»¡Déjala!«, befahl ich scharf. »Lass ihn fallen!«

Er sah mich aufsässig an und hielt ihn fest.

»¡Déjala!«, wiederholte ich.

Sachte setzte er den Stiefel ab, wich aber nicht von ihm.

»Bien, muy bien.«

Argwöhnisch musterte er mich, als könnte ich ihm den Stiefel womöglich wegnehmen. Als er kurz davor zu sein schien, ihn sich wieder zu schnappen, sagte ich: *»¿Dónde está Ben, Bingle?«*

Er sah zu mir auf und neigte den Kopf zur Seite.

»Wo ist Ben? Na los, zeig's mir. *¿Dónde está Ben, Bingle?«*

Die Frage war nicht so leicht zu beantworten, wie es scheinen mochte. Ich wusste nicht genau, wo Ben zu Boden gefallen war. Die Gräser und Blumen auf der Wiese waren hoch genug, um seinen Körper zu verbergen.

Der Regen hatte sich nun zu einem Nieseln abgeschwächt, doch das machte es Bingle immer noch schwer, einen Geruch in der Luft zu wittern. Ich hielt ihn nicht zurück. Er folgte mir, als ich begann, mir zwischen der Stelle, wo Merrick und Manton lagen, und der Stelle, wo Ben aus dem Wald gelaufen war, einen Weg zu bahnen.

Wir waren erst wenige Meter gegangen, als Bingle losrannte, dann zu mir zurücklief und bellte.

»Bien, bien – cállate, Bingle«, sagte ich, da ich fürchtete, dass Parrish ihn hören könnte. *»¿Dónde está Ben?«*, fragte ich erneut, und wieder rannte er los, doch diesmal blieb er alle paar Schritte stehen, um zu mir nach hinten zu sehen.

Ich begriff, dass er mich auffordern wollte, mich zu beeilen.

Ich lobte ihn, obwohl mir davor graute, mir noch einen Toten näher anzusehen.

Ben Sheridans regloser Leib lag mit dem Gesicht nach oben neben einem großen Felsen. Sein Gesicht war blutüberströmt. Auch sein linkes Hosenbein war von Blut getränkt.

Bingle begann ihn zu lecken. Er reagierte nicht.

Auf einmal kam mir etwas in den Sinn, was David über Bingle gesagt hatte. *Bingle leckt keine Leichen.*

Ich kniete mich neben Ben, legte ihm die Finger auf den Hals und tastete nach seinem Puls.

»Bingle«, sagte ich, während ich mit den Tränen rang. *»¡Qué inteligente eres!«*

Ben Sheridan war am Leben.

Und ich war fest entschlossen, dass er das bleiben würde, komme, was da wolle.

Es kam noch schlimmer.

18

DONNERSTAG NACHMITTAG, 18. MAI
Bergland der südlichen Sierra Nevada

Das Dringendste zuerst. Es ist zum Kotzen, wenn man nicht einfach den Notarzt rufen kann. Wenn man nur aufgrund der Tatsache, dass man bei Bewusstsein ist, zwangsläufig zum Arzt erhoben wird, ist Regel Nummer eins die schwerste von allen: Keine Panik.

Zwei Probleme machten es mir schwer, nicht in Panik zu verfallen: Das erste war, dass es den Anschein hatte, als ob das Einzige, was zwischen »Ben Sheridan« und »tot« stand, die Worte »noch nicht« wären. Das zweite war, dass Parrish jeden Moment über die Hügelkette zurückkommen konnte, und wenn ich es bis dahin nicht geschafft hatte, Ben Sheridan aus der Wiese zu schaffen, dann würden wir mit Sicherheit als Zielscheiben in seiner Schießbude enden.

Also vergaß ich den Geruch des Todes um mich herum, vergaß die Tatsache, dass ich gerade mit angesehen hatte, wie sieben brave Männer gnadenlos abgeschlachtet worden waren, vergaß den Regen – und zwang mich, mich auf das Dringendste zuerst zu konzentrieren.

Die Erste-Hilfe-Kurse fielen mir wieder ein.

Ich legte meine Wange dicht an seinen Mund. Ich spürte seinen Atem. Ein Trost nach dem anderen. Er atmete, er hatte einen Puls.

Ich rief mehrmals seinen Namen. Er reagierte nicht. Bingle bellte ihn an. Er stöhnte – matt, leise. Ich wartete. Nichts. Ich wies Bingle an, sich hinzusetzen. Der Hund gehorchte. Ben regte sich, fast als dächte er, der Befehl hätte ihm gegolten. Da fiel mir etwas ein, was mir der Leiter eines Erste-Hilfe-Kurses einmal gesagt hatte – dass Bewusstsein nicht wie mit einem EIN-/AUS-Schalter funktioniert. Ein Bewusstloser reagiert eventuell auf Schmerz oder Befehle. Also versuchte ich es noch einmal.

»Ben, machen Sie die Augen auf!«

Nichts.

Mach weiter, schärfte ich mir selbst ein. Untersuch ihn nach Blutungen. Die Wunde an seinem Kopf blutete nicht mehr. Es schien keine tiefe Schramme zu sein, aber darunter saß eine dicke Beule. Die andere offen sichtbare Wunde war die an seinem Bein.

Auf einmal fiel mir ein Vorfall ein, bei dem ich Pete, den Partner meines Mannes, hektisch darum hatte ringen sehen, eine Blutung am Kopf eines Opfers zu stillen, nur um später festzustellen, dass die Lungen der Verletzten sich mit Blut gefüllt hatten – eine Kugel hatte ihr eine wesentlich unscheinbarere Wunde im Rücken zugefügt.

Ich suchte Ben so gut es ging nach weniger offenkundigen Verletzungen ab. Ich konnte keine entdecken, fand jedoch ein Paar unbenutzte Latex-Handschuhe in einer seiner Hemdtaschen. Ich zog sie an, holte erneut mein Messer heraus und schnitt das Hosenbein ab.

Unter anderen Umständen hätte mich die Verletzung an seinem linken Unterschenkel womöglich entsetzt. Nach allem, was ich erst vor wenigen Minuten gesehen hatte, besaß sie jedoch nicht mehr die Macht, mich zu schockieren. Das Bein war glatt durchschossen worden. Der Schuss war seitlich eingedrungen, an der vorderen Innenseite seines Beins zwischen Knie und Knöchel, und an der anderen – der zerstörteren Seite – wieder ausgetreten. Der Schuss hatte offenbar mindestens einen der unteren Beinknochen gebrochen. Die Wunde hatte heftig geblutet – zumindest schien es meinem unerfahrenen Auge eine Menge Blut zu sein, doch inzwischen blutete sie kaum noch.

Die wenigen Erste-Hilfe-Artikel, die ich in meinem kleinen Rucksack hatte, waren nicht dazu gedacht, Opfer von Schussverletzungen zu behandeln, doch ich fand genug sauberen Verbandsstoff und Klebeband, um einen Druckverband für die Beinwunde zu machen.

Ben stöhnte. Ich beugte mich näher zu seinem Gesicht hinab und rief erneut seinen Namen. Sag oft den Namen des Verletzten – ich erinnerte mich daran, dass dies eine der Regeln war. Er schlug die Augen auf und starrte zu mir herauf.

»Ben? Können Sie mich verstehen?«

Er schloss die Augen.

»Ben!«

Er sah zu mir auf. Bingle bellte. Ben drehte langsam den Kopf zu dem Hund, keuchte und schloss erneut die Augen. »Regnet«, sagte er schwerfällig. Es war kaum mehr als ein Flüstern.

»Nein«, sagte ich. »Es hat geregnet, aber jetzt hat es aufgehört.«

Er reagierte nicht.

»Ben! Ben!«

»Gehen Sie weg.«

»Ben! Wachen Sie auf!«

Keine Reaktion.

»Ben Sheridan, hören Sie mir zu: Ich will nicht erschossen werden, weil ich mit Ihnen hier draußen bin. Also wachen Sie auf!«

Nichts.

»Bingle braucht Sie, klar? Was würde David sagen, wenn er wüsste, dass Sie sich nicht um seinen Hund kümmern?«

»David«, sagte er unglücklich, schlug aber die Augen auf.

»Sind Sie außer am Kopf und am Bein noch irgendwo verletzt?«

Er runzelte die Stirn. »Weiß nicht. Kann nicht denken.« Er hob den Kopf und versuchte sich zu bewegen. »Schwindlig«, sagte er und schloss die Augen wieder.

»Tut Ihnen der Nacken weh oder der Rücken?«

»Nein – mein Kopf. Mein Bein – gebrochen, glaub ich.«

Ich ergriff seine rechte Hand. »Drücken Sie meine Hand.«

Er tat es. Schwach, aber ein Händedruck. Ich versuchte das Gleiche mit der Linken.

»Den ersten Test haben Sie mit Bravour bestanden.« Ich kroch zu seinen Stiefeln. »Versuchen Sie den rechten Fuß zu bewegen, Ben.«

Er bewegte ihn.

»Und den linken.«

Nichts, doch der Versuch ließ ihn aufschreien.

»Kann nicht«, flüsterte er. »Kann nicht.«

»Zerbrechen Sie sich jetzt darüber nicht den Kopf. Wir müssen von dieser Wiese weg; dann können Sie schlafen, wenn Sie wollen – aber jetzt nicht. Bleiben Sie wach.«

»Okay«, sagte er und fügte dann hinzu: »Für Bingle.«

»Wie Sie wollen, Arschloch. Aber bleiben Sie wach.«

Ich erkannte ein kleines, flüchtiges Lächeln. Ich konnte nicht umhin, ihn zu bewundern – ich weiß nicht, wie viele Menschen das bei den immensen Schmerzen, die er gehabt haben musste, fertig gebracht hätten.

»Ich kann Sie nicht auf dieser Wiese liegen lassen«, erklärte ich. »Parrish könnte wiederkommen.«

Er rollte sich auf die rechte Seite, als wollte er versuchen aufzustehen, und übergab sich ruckartig.

»Herrgott«, sagte er.

»Das kommt vermutlich daher, dass Sie sich den Kopf angeschlagen haben«, sagte ich, nahm mein Halstuch und wischte ihm das Gesicht ab. Dann half ich ihm, sich den Mund zu spülen. »Sie haben wahrscheinlich mindestens eine Gehirnerschütterung. Und wenn Ihnen schlecht wird, ist es wesentlich besser, wenn Sie auf der Seite liegen. Die Rückenlage ist gefährlich.«

Ich half ihm, den Kopf ein wenig zu heben, um ihm Wasser einzuflößen. Er schien Durst zu haben, schloss aber bald die Augen. »Gehen Sie weg.«

»Bleiben Sie wach, Ben.«

»Gehen Sie weg.«

»Bingle, wissen Sie noch?«

»Verdammter Hund«, sagte er, schlug aber wieder die Augen auf.

Ich versuchte ihm eine bequeme Lage zu verschaffen, zu tun, was ich konnte, damit er nicht das Bewusstsein verlor. Aber nichts von dem, was ich gebraucht hätte, war greifbar, und mehr als alles andere wollte ich, dass wir verdammt noch mal von dieser Wiese verschwanden.

Immer wieder warf ich einen Blick zu der Hügelkette hinüber. Keine Spur von Parrish. Noch nicht.

»Bingle«, sagte ich. *»¡Cuídalo!«*

Der Hund ging näher zu Ben.

»Was?«, fragte Ben matt. »Was haben Sie gesagt?«

»Ich habe mit Bingle gesprochen. Ich habe ihm aufgetragen, auf Sie aufzupassen. Es war eigentlich ein Experiment, aber offenbar kennt er diesen Befehl.«

»Was?«, fragte er erneut.

»Bleiben Sie wach.«

Eilig suchte ich das Gelände um das Grab noch einmal ab, indem ich mich auf Gegenstände konzentrierte und meinen Verstand vor den Gedanken an die Toten abschottete, die zerfetzt um mich herum lagen.

In meiner Eile bewegte ich mich nicht so vorsichtig wie zuvor, und etwas unter meinem rechten Fuß machte ein knackendes Geräusch – ein kleines Stück Knochen.

Ruhig – mach weiter. Ignorier es einfach. Es kann dir nichts tun.

Ich machte weiter, doch jetzt begann meine Angst vor Parrishs Rückkehr massiv in Erscheinung zu treten. Sie bahnte sich ihren Weg zu meinen Knien und Knöcheln – meine Schritte wurden schwerfällig und lahm.

Hör auf, an ihn zu denken! Herrgott noch mal, mach weiter! Du musst Ben helfen.

Ich fand einen der Matchbeutel, in denen die Ausrüstung der Anthropologen steckte, weitgehend unversehrt. Nämliches traf auch auf Bingles Zubehör zu. Ich lud mir beide Taschen auf und schleppte sie näher zu Ben. Ich lobte Bingle und konnte mich des Eindrucks nicht erwehren, dass er sich zu freuen schien, etwas zu tun zu bekommen.

Ich benutzte die Stützen von den Sieben, mit denen die Erde durchgesiebt worden war, und eine Rolle Isolierband, die ich in der Tasche fand, um Bens linkes Bein zu schienen. Außerdem nahm ich ein paar andere Dinge heraus, von denen ich dachte, dass sie später nützlich sein könnten, einschließlich einer kleinen Plane, und steckte sie in meinen Rucksack.

Ben hatte erneut das Bewusstsein verloren, doch als ich seinen Namen rief, kam er zu sich. Er sprach nicht mit mir, aber als ich ihn bat, mir dabei zu helfen, ihn in eine halb-sitzende Position aufzurichten, machte er mit.

»Haben Sie Durst?«

Er schluckte und nickte kaum merklich.

Ich hielt ihm meine Wasserflasche an den Mund. Diesmal schaffte er es, ein bisschen mehr zu trinken.

»Ich werde etwas tun müssen, das wahnsinnig weh tut, Ben. Aber wir müssen von dieser Wiese zwischen die Bäume verschwinden. Von dort aus werde ich Sie vermutlich noch einmal bewegen müssen, aber ich verspreche, dass ich es nicht öfter tue als unbedingt nötig, okay? Und Sie müssen mir helfen, so gut Sie können.«

Das tat er. Zwar steuerte ich den Großteil an Hubkraft bei, doch schaffte er es, zum Stehen zu kommen. Schon bald stellten wir fest, dass er außerstande war, das linke Bein auch nur minimal zu belasten. Er stützte sich schwer auf mich und versuchte zu hüpfen. Er stieß einen Schmerzensschrei aus und verlor erneut das Bewusstsein. Ich schaffte es kaum, ihn abzusetzen, ohne ihn fallen zu lassen.

Keine Panik, sagte ich mir, doch ich malte mir aus, wie Parrish das Gewehr auf mich anlegte, während ich die Plane ausbreitete. Konnte er mich auf diese Entfernung treffen? Ich glaubte es nicht, duckte mich aber trotzdem tiefer in das hohe Gras.

Ben kam wieder zu sich, und obwohl sein Wachzustand hilfreich war, als ich ihn auf die Plane hievte, wünschte ich im Wissen darum, was bevorstand, er wäre bewusstlos geblieben.

Ich hob die Ecke der Plane neben seinem Kopf an und begann, ihn über den unebenen Boden zu ziehen.

»Bingle«, rief er und machte eine matte Geste mit der Hand.

Der Hund zögerte, blickte zu Davids Stiefel zurück und folgte uns schließlich.

Ich erhob mich und gab der Schnelligkeit zuliebe beklommen

die Deckung auf, doch es ging trotzdem nur langsam voran. Ben protestierte zwar nicht, verzog aber vor Schmerz das Gesicht. Als wir bei den Bäumen anlangten, hatten Tränen durch den Schmutz und die Blutflecken Streifen auf sein Gesicht gezeichnet. Ich machte Halt, und er wischte sich verlegen die Tränen ab.

Doch in Gedanken war ich woanders. Während ich vor Anstrengung keuchte, sah ich zu der Hügelkette hinauf.

Wo bist du, Parrish?

War er zurückgekommen? Womöglich hielt er sich ja direkt vor uns in den Bäumen versteckt und wartete nur darauf, uns anzugreifen. Ich lauschte und hörte hundert Geräusche, die von ihm hätten stammen können. Ich blickte zur Wiese zurück. Das war keine Alternative.

Etwas schlug neben mir auf der Erde auf, und ich sprang mit einem Schrei zur Seite. Ich machte bereits Anstalten, Ben zu decken, als er sagte: »Kiefernzapfen. Kam vom Baum.«

»Oh. Ich dachte, es wäre womöglich –«

»Achten Sie auf Bingle«, stieß er hervor und schloss vor einem neuen Aufwallen der Schmerzen die Augen.

Ich musterte den Hund. Er betrachtete mich ruhig. Da wurde mir klar, was Ben meinte. Parrish war nicht in der Nähe. Bingle hätte reagiert.

Ich zog Ben so weit es ging in den Wald, bis schließlich zu viele Hindernisse im Weg standen, als dass ich ihn hätte weiter befördern können. Dann hievte ich ihn wieder auf die Beine. Ich stellte mich vor ihn, nahm seine Arme und legte sie mir über die Schultern; dann lehnte ich ihn gegen meinen Rücken und manövrierte ihn halb tragend, halb zerrend durch den Wald. Ich bin nicht schlecht in Form, aber ihn zu tragen war mühsam und anstrengend. Der Waldboden war zu uneben, um ein ungehindertes Fortkommen zu ermöglichen. Trotz Bens Bemühungen, seine Qualen zu verbergen, schrie er immer wieder schrill auf. Bingle begann vor Mitgefühl zu winseln.

Als wir in Gelände mit weniger Steinen, Büschen und tief

hängenden Ästen kamen, setzte ich Ben ab. Er war wieder bewusstlos geworden. Ich gönnte mir ein paar Minuten, um zu verschnaufen. Dann faltete ich erneut die Plane auseinander, legte Ben darauf und zog ihn tiefer in den Wald.

Wir gelangten zum Bach. Ich befahl Bingle, bei Fuß zu bleiben – das Wasser war so tief, dass ich fürchtete, er werde es nicht schwimmend zurück ans Ufer schaffen, falls er hineinfiel. Ich ging mich umsehen und entdeckte eine relativ schmale Stelle, um den Bach zu überqueren. Es war völlig undenkbar, dass ich es geschafft hätte, Ben hinter mir herzuziehen, also schnitt ich die Plane entzwei und befestigte sie um seine Beine, indem ich sie wie eine bizarre Abart von Wasserstiefeln mit Isolierband festklebte, damit er trocken blieb, falls ich stürzte. Es gelang mir, ihn lange genug wach zu bekommen, dass ich ihn mir wieder an den Rücken lehnen konnte. Langsam und vorsichtig trat ich von einem flachen Felsen zum nächsten. Nur einmal verlor ich kurz die Balance, trat versehentlich in kaltes, knietiefes Wasser in der Bachmitte und hätte Ben beinahe verloren.

Wir schafften es ans andere Ufer. Ich hatte Ben allerdings massiv durchgeschüttelt, und als ich ihn drüben unter den Bäumen ablegte, war er wieder bewusstlos geworden. Das ganze Unterfangen hatte uns Stunden gekostet, und ich fragte mich, wie viel Blut er wohl verloren hatte. Ich drehte ihn auf die Seite, in eine Stellung, in der er sicher atmen konnte und nicht an seinem eigenen Erbrochenen ersticken würde, falls er sich noch einmal übergeben musste. Ich schnitt die Pseudo-Wasserstiefel entzwei und stellte erfreut fest, dass zumindest einer von uns weitgehend trocken geblieben war.

Bingle winselte furchtsam. Vielleicht hatte er Angst, wir würden ihn zurücklassen. Ich ging ihn holen, sobald ich konnte. Die Bachüberquerung verlief ohne Ben auf dem Rücken wesentlich schneller, und schon bald hatte ich Bingle im Geschirr und kehrte mit ihm zurück. Geschickt schaffte er es ohne hineinzufallen ans andere Ufer.

Ich sah mich rasch um und fand eine Stelle, die einigermaßen sicher zu sein schien – uneinsehbar von der Wiese und vom Bach. Ich zerrte Ben dorthin.

Meine nächste Aufgabe war es, Ben davor zu bewahren, in einen Schockzustand zu verfallen. Dazu war unter anderem Wärme erforderlich. Ich nahm meine Jacke sowie jene warmen Kleidungsstücke ab, die ich für entbehrlich hielt. Dann fiel mir meine erste Nacht in den Bergen wieder ein, und ich sagte zu Bingle: *»Duerme con él.«* Schlaf bei ihm.

Er sah mich mit schief gelegtem Kopf an und fragte sich vielleicht, was ich zu dieser Tageszeit damit meinen mochte – und dann, als ich ihn weiterhin anblickte, als erwartete ich, dass er mir gehorchte, trottete er langsam zu Ben hinüber und legte sich an seine Seite.

Ich war müde, aber ich überquerte so schnell ich konnte noch einmal den Bach und ging durch den Wald zu dem Lager, das wir am Morgen aufgebaut hatten. Ich wollte weder Ben länger allein lassen als nötig, noch am Lagerplatz erwischt werden, falls Parrish zurückkehrte.

Das Lager war ein gutes Stück von der Stelle entfernt, wo Ben lag. Ich wusste nicht, wie gut Parrish die Gegend kannte, aber seine Kenntnis der Landebahn, sein Kojotenbaum und die beiden Gräber wiesen allesamt darauf hin, dass er des Öfteren hier gewesen war. Die Chancen, dass ich mich über einen längeren Zeitraum vor ihm versteckt halten könnte, waren gering, aber ich musste es ja nur schaffen, bis J. C. und Andy mit dem Hubschrauber zurückkehrten. Und das wäre schon bald, sagte ich mir.

Das Lager war ein einziges Chaos. Parrish hatte den Inhalt sämtlicher Rucksäcke auf die Erde geworfen. Kochutensilien, Zeltstangen, Kleidungsstücke, Schlafsäcke und andere Gegenstände lagen kreuz und quer verstreut. Das meiste davon war feucht. Trotz der Unordnung fasste ich neue Hoffnung, als ich sah, was übrig geblieben war.

Ich fand meinen eigenen Rucksack, untersuchte ihn und konnte keinen Schaden feststellen. Ich sammelte den Großteil meiner Kleider zusammen und zog gleich ein paar Sachen an, um warm zu bleiben. Einen Augenblick lang hätte ich fast meine gesamte aufgesetzte Gelassenheit verloren, als ich merkte, dass Parrish bis auf eines alle meine Höschen mitgenommen hatte. Ich sagte mir, dass das angesichts seiner Tagesleistung definitiv eine Kleinigkeit darstellte, die es nicht wert war, sich darüber aufzuregen, gratulierte mir stattdessen dazu, dass das Höschen, das er dagelassen hatte, ein sauberes war, und machte mich wieder an die anstehenden Aufgaben.

Ich begann, sämtliche Kleidungsstücke zusammenzusammeln, die ich meiner Erinnerung nach an Ben gesehen hatte, überlegte es mir dann jedoch anders. Wenn Parrish hierher zurückkam und sah, dass die einzigen Kleider, die fehlten, Bens und meine waren, käme er womöglich darauf, dass Ben noch lebte.

Das führte mich zu meiner nächsten Aufgabe, die mit am schwersten zu verkraften war. Ich riss mich zusammen, schärfte mir ein, dass dies nicht das Gleiche war, wie über ein Schlachtfeld zu gehen und toten Soldaten ihr Kleingeld abzunehmen, und begann die Habseligkeiten der Toten zu durchsuchen.

Ich rang schwer darum, nicht daran zu denken, wie Earl dieses Hemd oder David jenen Pullover getragen hatte. Ich weigerte mich, daran zu denken, was auf der Wiese passiert war, oder schlimmer noch, wem es passiert war. Ich stieß auf das kleine Holzpferdchen, das Duke geschnitzt hatte, spürte, wie mir die Tränen kamen, und steckte das Pferd in meinen Rucksack, während ich mir immer wieder sagte, dass es dumm von mir war, etwas so Unnötiges in mein Gepäck zu laden.

Bleib am Leben. Halt Ben und Bingle am Leben. Das Dringendste zuerst.

Ich nahm mir statt Bens Rucksack einen Matchsack – den

größten, den ich finden konnte –, begann Kleidungsstücke von jedem der toten Männer zusammenzusuchen und mischte einige von Ben darunter.

Ich nahm nicht viel Kleidung, da ich Platz für Lebensmittel brauchte. Doch als ich den Stapel mit Sachen durchsuchte, fand ich lediglich drei Päckchen Hühner-Nudelsuppe – aus Mantons Daypack – und Bingles Hundefutter.

Du hast Wasser und einen Filter, sagte ich mir. Außerdem hast du jede Menge Wasserdesinfektionstabletten. Wenn du bald gerettet wirst, brauchst du dir nicht mal den Kopf darüber zu zerbrechen, den Hund zu füttern.

Obwohl nur eines der Zelte aufgestellt gewesen war, als Parrish auf seinen Zerstörungsfeldzug ging, hatte er die anderen aus ihren Nylonhüllen gezerrt und ihre Stangen, Regenüberdächer und Schnüre verstreut. Doch es gelang mir, sämtliche Teile für meines zu finden, und ich konnte erfreut feststellen, dass bei seinem Wüten nicht einmal mein Überdach beschädigt worden war.

Dieses Sammelsurium ergänzte ich durch zwei gut sortierte Erste-Hilfe-Sets, drei unversehrte Schlafsäcke – darunter mein eigener –, meine und eine zweite Isoliermatte, meinen Kocher mit Geschirr, eine Taschenlampe, drei Kerzen, eine Plane, ein Stück Schnur, ein Rasieretui, auf dem Bens Name stand, einen Plastikeimer und ein paar andere wichtige Dinge.

Ich betrachtete es als großen Glücksfall, als ich Earls Medikamente gegen seine Ohrentzündung fand. Ein Plastikröhrchen enthielt ein Mittel gegen Schwellungen, doch das andere konnte mir eventuell dabei helfen, Bens Leben zu retten. Laut Etikett war es Keflex, ein Antibiotikum.

Da Ben über eine Stunde lang mit offenen Wunden in einer feuchten Wiese gelegen hatte, bevor ich zu ihm vorgedrungen war, stellte die Infektionsgefahr ein massives Problem dar. Doch wenigstens hielt ich nun eine Waffe in der Hand, mit der ich sie bekämpfen konnte.

Ich setzte meinen Rucksack auf und legte rasch eine falsche

Spur zum Oberlauf des Baches, indem ich versuchte, es so aussehen zu lassen, als hätte ich mich auf den Weg zurück zur Landebahn gemacht. Ich kehrte auf weniger auffällige Weise zurück und tat mein Bestes, um meine Spuren zu verwischen. Dann nahm ich den Matchsack und machte mich beladen auf den Rückweg zu Ben und Bingle.

Eine starke Brise hielt meinen Geruch von Bingle fern, der bei meinem Eintreffen knurrte. Bis ich leise seinen Namen rief, fürchtete ich schon fast, er werde anfangen zu bellen oder mich regelrecht anfallen.

Ben war wach.

»Wie fühlen Sie sich?«, fragte ich und setzte den Matchsack ab.

»Die anderen …?«

Ich schüttelte den Kopf.

Er wandte den Blick ab.

Eilig rollte ich einen der Schlafsäcke auseinander und legte ihn auf Ben. Indem er jedes Wort akkurat artikulierte, wie ein Mann, der einen halben Liter Whiskey gekippt hat, aber nicht betrunken erscheinen will, sagte er: »Sie sollten mich hier zurücklassen.«

»Fangen Sie nicht mit diesem Schwachsinn an«, entgegnete ich.

»Ist kein Schwachsinn. Ist logisch.«

»Sie haben einen schweren Schlag auf den Kopf bekommen, es wundert mich, dass Sie mit dieser Wunde am Bein nicht vor Schmerzen schreien, und Sie haben gerade einen schrecklichen Verlust erlitten. Ich lasse mir von Ihnen nicht sagen, dass Sie derjenige seien, der logisch denkt.«

Er seufzte.

»Außerdem«, fuhr ich fort, »wann hätte ich schon je auf Sie gehört?«

»Wie wahr«, sagte er und verstummte.

»Sind Sie gegen Keflex allergisch?«

Er schüttelte den Kopf.

Ich las das Etikett, auf dem es hieß, man solle viermal täglich eine Tablette nehmen. Ich gab ihm zwei davon und half ihm, mehr Wasser zu trinken.

»Danke«, sagte er.

»Keine Ursache.«

»Von wem ist das Medikament?«

»Von Earl.« Bevor er sich allzu viele Gedanken darüber machen konnte, fügte ich hinzu: »Ich stelle jetzt das Zelt auf. Wenn wir erst einmal einen Unterschlupf haben, kann ich versuchen, Ihre Wunden besser zu versorgen. Zumindest haben Sie es dann wärmer und trockener.«

Ich machte mich an die Arbeit. Ich stellte das Zelt auf, und nach einem Blick auf den sich verdunkelnden Himmel zog ich das Regendach darüber. Als ich es geschafft hatte, Ben, Bingle und die nötigen Utensilien im Zelt zu verstauen, blieb nicht mehr viel Bewegungsfreiheit. Zum Glück brach meine Klaustrophobie nicht aus – etwas, das mir aufgefallen war, als ich Ben ins Zelt manövriert hatte, bereitete mir viel zu großes Kopfzerbrechen, um an meine eigenen Sorgen zu denken: Sein Bein hatte erneut zu bluten begonnen.

Mittlerweile hatte ich mehr medizinische Hilfsmittel zur Verfügung, also nahm ich ihm die provisorische Schiene und den Verband ab und versuchte, ihn besser zu verarzten. Unter der Wunde hatte das Bein eine gräuliche Färbung angenommen. Einmal schrie er vor Schmerz über eine ungeschickte Bewegung meinerseits auf, und wir beide sagten synchron: »Entschuldigung!« Schließlich hatte ich das Bein neu verbunden und geschient.

Ich sah nach seiner Kopfwunde, die ebenfalls wieder aufgeplatzt war, aber nicht einmal annähernd so stark blutete wie zuvor das Bein. Nun konnte ich ihm auch das Gesicht waschen und die Blutflecken sowie den Schmutz entfernen, der sich darauf festgesetzt hatte, während er auf der Wiese lag.

Er war ausgesprochen bleich, und seine Haut fühlte sich zu kalt an. Obwohl er bei Bewusstsein war, war er teilnahmslos.

Ich lockerte seine Kleidung, lagerte seine Füße höher und legte zusätzlich zu der Matte und dem Schlafsack unter ihm noch einen zweiten Schlafsack auf ihn.

»Sagen Sie etwas, Ben.«

Er sah mich an, als hätte ich ihn aus dem Tiefschlaf geweckt.

»Wie heiße ich?«, fragte ich.

Nach einem langen, beängstigenden Moment fragte ich noch einmal.

»Irene«, antwortete er.

»Wie viele Finger halte ich hoch?«

Lange Pause. »Vier.«

Die richtige Antwort war zwei.

»Wie heißen Sie?«

»Ben.«

»Wie heißt der Hund?«

»Bingle.«

Bingle, der am Inhalt des Matchsacks herumgeschnüffelt hatte, hörte seinen Namen und rückte näher an Ben heran. Der Hund hatte etwas im Maul. Davids Pullover. Er setzte ihn ab, rieb sein Gesicht daran und legte sich dann mit dem Kopf auf den Pfoten darauf.

»David«, flüsterte Ben und kniff die Augen zu. Ich nahm seine Hand und hielt sie, während er leise weinte.

Ich weiß, dass Menschen mit Kopfverletzungen leicht die Fassung verlieren. Doch selbst wenn Ben heil von dieser Wiese weggekommen wäre, hätte ich es ihm nicht verdenken können, wenn er die ganze Nacht geweint hätte.

Bingle umsorgte ihn und legte sachte den Kopf auf Bens Brust. Ben begann ihm sanft das Fell zu streicheln, war aber schnell erschöpft und schlief bald ein, nachdem ihm Bingle mit der Schnauze die Wange liebkost hatte. Ich ließ seine Hand los.

Ich versuchte Bingle zu füttern, aber er roch nicht einmal an dem getrockneten Hundefutter, das ich ihm hinstellte. Davids komplizierte Zubereitungsart war mir unbekannt, aber ich glaube nicht, dass Bingles Weigerung daher rührte, dass er mäkelig war.

Ben erwachte einmal, und ich brachte ihn dazu, noch etwas Wasser zu trinken.

Ich beschloss, den Regen nicht ungenutzt fallen zu lassen, und stellte eine provisorische Vorrichtung auf, um ihn aufzufangen, indem ich ihn mithilfe einer Mülltüte in den Plastikeimer leitete.

Als ich hörte, dass sich Ben wieder regte, bereitete ich eine der Tütensuppen zu. Diesmal war er aufnahmefähiger, und ich stellte mit Erleichterung fest, dass er nicht mehr doppelt sah. Er war nach wie vor bleich, aber nicht ganz so weiß wie vor ein paar Stunden, und er sprach deutlicher. All diese Anzeichen waren so erfreulich, dass ich ihm nicht nur Suppe brachte, sondern auch ertrug, dass er sie im Schneckentempo selbst löffelte. Ich aß selbst auch etwas Suppe, gab ihm aber den Löwenanteil, da ich der Überzeugung war, dass er sich nie erholen würde, wenn er hungrig blieb, während ich mir zur Not etwas Essbares suchen konnte.

»Danke«, sagte er, als er fertig gegessen hatte, und fügte dann hinzu: »Ich weiß, dass Sie sich vermutlich kein schlimmeres Schicksal vorstellen können, als hier mit mir festzusitzen –«

»Komisch, das Gleiche wollte ich gerade zu Ihnen sagen. Ich weiß, dass Sie mir nicht trauen, und so abhängig von mir zu sein, muss Ihnen wirklich die Laune verderben.«

Er schüttelte den Kopf. »Sie sollten mich morgen hier liegen lassen. Retten Sie Ihr eigenes Leben.«

»Hmm. Tja, Ihr Märtyrertum würde mir tatsächlich eine Menge Ärger ersparen, aber wenn ich den ganzen Tag nichts zu tun hätte, würde ich wahrscheinlich verkommen.«

Darüber musste er ein bisschen schmunzeln.

»Ich will nicht allein mit Parrish da draußen sein, Ben.«

Er dachte einen Moment darüber nach und sagte dann: »Sollen wir Waffenstillstand schließen?«

»Ja – mehr als nur Waffenstillstand. Verbündete.«

»Also gut, Verbündete«, stimmte er zu. Dann legte er sich hin und schlief wieder ein, bevor es erneut zu regnen begann.

Bingle lag zwischen uns, den Kopf auf Davids Pullover gebettet, den er unmissverständlich als sein Eigentum reklamiert hatte. Ich hoffte, dass er damit zufrieden wäre und sich nicht am nächsten Morgen auf die Suche nach dem Stiefel machte.

Es gab kein Licht im Zelt. Ich war nicht bereit, meine Taschenlampenbatterien aufzubrauchen, und in einem Zelt eine Kerze anzuzünden gehört zu den eher tollkühnen Dingen, die man anstellen kann – selbst wenn man das Zelt nicht in ein Krematorium verwandelt, füllt man es mit Kohlenmonoxid. Außerdem hatte ich bereits beschlossen, dass wir ab der Dämmerung im Dunkeln bleiben würden – vielleicht hielt Parrish nach einem Lichtschein Ausschau, um unseren Aufenthaltsort zu ergründen.

Ich fragte mich, wo Frank war. Zweifellos machte er sich Sorgen. Der Regen würde ihm noch mehr Sorgen bereiten. Unter manchen Umständen hätte mich das geärgert; doch heute Abend fand ich Trost darin. Wenn irgendjemand die maßgeblichen Stellen dazu brächte, uns so schnell wie möglich zu suchen, dann war es Frank. Je mehr ich darüber nachdachte, desto sicherer war ich mir meiner Sache. Er würde nicht zulassen, dass wir den Plänen, die Parrish ausgeheckt haben mochte, hilflos ausgeliefert wären. Ich merkte, wie ich ruhiger wurde.

Ich bemühte mich, Parrish nicht als eine Art unergründlichen Bogeyman zu sehen – das Monster, das Frauen folterte und Gräber mit versteckten Sprengladungen präparierte –, sondern als Feind aus Fleisch und Blut. Er besaß keine übernatürlichen Kräfte. Es regnete auch auf ihn.

Ich lauschte auf Bens und Bingles Atemzüge, auf Bens gelegentliches Stöhnen und Bingles gelegentliches Schnarchen.

Ich würde das Beste aus meinen Verbündeten machen müssen, beschloss ich.

Vielleicht konnte ich Parrish nicht gefangen nehmen oder töten, aber wenn wir alle drei überlebten, würde ich das als bedeutenden Sieg verbuchen.

Der Regen fiel weiter und prasselte jetzt stärker herab. Ich war erschöpft, doch Geister auf der Wiese und Gedanken an unseren gemeinsamen Feind hielten mich bis spät in die Nacht wach.

Als mir klar wurde, dass Ausruhen Bewaffnung bedeutete, schlief ich endlich ein.

19

DONNERSTAG NACHMITTAG, 18. MAI

Mojave-Wüste

»Lass mich zuerst reingehen«, sagte Jack Fremont, als Travis den Wagen am unteren Ende der gekiesten Einfahrt zum Stehen brachte. Jack hatte ihn davor gewarnt, in die Einfahrt hineinzufahren – der Mann, den sie aufsuchen wollten, legte großen Wert darauf, dass man seine »Betreten verboten«-Schilder respektierte.

Frank saß mit den Hunden hinten im Wagen.

»Ich weiß, dass dich die Verzögerungen wahnsinnig machen«, sagte Jack zu ihm, »aber wenn wir Stingers kleine Willkommensrituale erst einmal hinter uns haben, kann er uns eine Menge Zeit sparen.«

»Nicht, wenn das Wetter so bleibt«, sagte Frank und warf einen besorgten Blick zum Himmel.

»Vielleicht nicht, wenn es dermaßen schlecht bleibt«, gab Jack zu. »Aber zu Fuß kommst du bei diesem Wetter auch nicht gerade schnell voran. Der Matsch würde dich extrem bremsen.«

»Bist du sicher, dass man diesem Kerl trauen kann?«, wollte

Frank wissen und warf einen argwöhnischen Blick auf das merkwürdige Gebäude am Ende der Einfahrt. Man sah auf den ersten Blick, dass es ein Eigenbau war – ein Haufen einzementierter Steine und Balken, der eher wie eine Kreuzung zwischen einer Blockhütte und einem mittelalterlichen Billig-Schloss aussah als wie ein Wohnhaus.

»Ich würde Stinger Dalton mein Leben anvertrauen – was ich bei verschiedenen Gelegenheiten auch schon getan habe. Lass mir nur ein Weilchen Zeit, um ihn mit dem Gedanken vertraut zu machen, dass er Besuch kriegt.«

Sie sahen Jack nach, wie er mit erhobenen Händen, als würde er mit vorgehaltener Waffe bedroht, die Einfahrt entlangging.

»Ach ja, er würde ihm also sein Leben anvertrauen«, sagte Travis. »Offenbar traut er ihm zu, dass er es ihm nimmt, so wie's aussieht.«

Frank schüttelte den Kopf. »Lass mal die Fenster ein bisschen runter, ich möchte mithören.«

Frank wäre ohne weiteres alleine losgezogen, um Irene zu suchen, doch er war erleichtert gewesen, als Travis darauf bestand, ihn zu begleiten. Wenig später war Jack rübergekommen, und als er sah, wie sie ihre Ausrüstung packten, bot er an, sich anzuschließen.

Das war sogar eine noch größere Erleichterung gewesen, und zwar nicht nur, weil Jack findig und ein geübter Bergwanderer war. Jack hatte erklärt, er würde Stinger Dalton sein Leben anvertrauen, und Frank empfand ebensolches Vertrauen zu Jack – ein Vertrauen, wie er es anderen nur selten entgegenbrachte.

Jack wohnte nebenan, und seine Sorge um Irene war mit Sicherheit fast so groß wie seine eigene, das wusste Frank. Jack hatte nicht versucht, ihm die Idee auszureden, hinauf in die Berge zu gehen. Ohne zu zögern hatte er lediglich gefragt, ob er seine Unterstützung anbieten dürfe.

Während er ihm zusah, wie er mit erhobenen Händen durch den Regen ging, fragte sich Frank, ob Jack jetzt gerade Kopf und Kragen für Irene riskierte. Doch als ob Jack ihre Befürchtungen gespürt hätte, blickte er über die Schulter zu ihnen zurück und lächelte.

Deke und Dunk hoben die Schnauzen zum offenen Fenster und sahen gespannt zu, wie sich Jack immer weiter vom Wagen entfernte.

Es war Jacks Idee gewesen, die Hunde mitzunehmen.

»Sie sind aber nicht darauf trainiert, Spuren zu suchen«, hatte Frank eingewandt. »Und ich will mir nicht auch noch um die Hunde Sorgen machen müssen. Die finden die Gruppe auch nicht schneller als wir.«

»Auf dieser Expedition, an der Irene teilnimmt, ist ein Rüde dabei, stimmt's?«

»Stimmt.«

»Dann finden sie vielleicht diesen anderen Hund. Außerdem waren eure Hunde mehr als einmal mit mir zelten. Die können sich benehmen.«

»Bei dir schon«, sagte Travis und fasste damit Franks Befürchtungen zu diesem Thema in Worte.

Doch schließlich durften die Hunde mitkommen. Frank hatte jemanden gefunden, der sich um die Katze kümmern würde. Zum Schluss hatte er noch Pete Baird angerufen und ihm von seinem Plan berichtet, Irene zu suchen. Nachdem er sich die Warnungen seines Partners über die unvermeidlichen Scherereien in der Arbeit angehört hatte, hatte Frank Petes Angebot, ihn zu begleiten, abgelehnt.

»Ich hätte dich sehr gern dabei, aber es reicht schon, wenn einer von uns Ärger kriegt. Ich brauche dich auf dem Revier, damit du um meine Wiedereinstellung bitten kannst. Wenn außerdem Irene vor mir heil nach Hause kommen sollte, kannst du ihr sagen, wo ich bin. Und ich brauche jemanden, der verfolgt, was sich hier abspielt, und der versucht, mich zu erreichen, falls sich etwas tut, solange ich noch in Handy-Reichweite bin.«

»Noch irgendetwas, was ich für dich tun kann, bevor du gefeuert wirst, weil du dich in Thompsons Ermittlungen eingemischt hast?«, fragte Peter.

»Ja. Wenn wir bis Sonntag um sechs nicht zurück sind, komm uns suchen.«

Also saß Frank nun im Wagen und sah einem Mann nach, der in den Augen vieler sein unpassendster Freund war. Jack Fremont, tätowiert und mit Narben im Gesicht, der schwarzes Leder und einen goldenen Ohrring trug und sich den Schädel kahl rasiert hatte, sah wie maßgeschneidert für den Posten aus, den er früher einmal bekleidet hatte: Anführer einer Motorradgang. Dass Jack schon in Reichtum geboren worden und nach ein paar Jahren des Umherziehens heute einer der reichsten Männer von Las Piernas war, erstaunte fast jeden, der es erfuhr. Es war keine Tatsache, die er zur Schau stellte. Er passte besser in die Rolle, die er momentan spielte.

»Stinger Dalton, du abgefuckte alte Sackratte, steck deine Knarren weg!«, rief er.

»Jack?«, rief eine tiefe, raue Stimme fragend zurück. »Mein Gott, ich glaube meinen Scheiß-Augen nicht. Ich dachte, du wärst tot!«

»Was? Und da bildest du dir ein, dass ich nicht schon längst bei dir gespukt hätte?«

Die Haustür ging auf, und ein hagerer Mann mit einer Schrotflinte trat auf eine baufällige Veranda. Er war mittelgroß, trug Jeans, schwere Stiefel und ein ärmelloses blaues T-Shirt. Er hatte langes graues Haar, das ihm zu einem Zopf geflochten den Rücken hinabfiel. Seine Arme waren mit Tätowierungen bedeckt. Als er in Sichtweite kam, begannen die Hunde zu winseln.

»Ruhe«, wies Frank sie zurecht, da er versuchte, das Gespräch draußen mitzuhören.

»Was zum Teufel ist denn mit deinen Haaren passiert, Mann? Und wer hat dir das Gesicht ruiniert?«

»Jedes Mal, wenn du mich siehst, stellst du mir dieselben Fragen. Lass dir mal von jemandem einen neuen Text schreiben. Mann, stell die Flinte weg. Ich möchte dich mit ein paar Freunden von mir bekannt machen.«

Dalton sah misstrauisch zum Van hinüber.

»Ich würde dir nie Ärger ins Haus schleppen, Stinger. Das weißt du.«

»Keine FBI-Fritzen?«

»Scheiße, Stinger. Wir wissen doch beide, dass du dich nicht vorm FBI versteckst.«

»Ist einer von denen vom FBI?«, wiederholte er hartnäckig.

»Nein. Einer von ihnen ist ein Cop –«

»Was!« Dalton hob das Gewehr.

Herrgott, dachte Frank, warum hast du ihm denn das erzählt?

»Also, Stinger, jetzt bin ich aber gleich beleidigt«, sagte Jack leichthin. »Ich würde dir gern klarmachen, dass er zwar Polizist ist, aber nicht wegen einer Anzeige oder so hier ist. Er ist ein Freund von mir. Du hast mich doch schon von Frank erzählen hören. Er arbeitet bei der Mordkommission in Las Piernas. Und er möchte dich um einen Gefallen bitten, der nichts damit zu tun hat, dass er ein Cop ist, außer, dass er deshalb vielleicht in hohem Bogen rausfliegt.«

»Ich kann dir nicht folgen«, sagte Dalton und blieb unverändert stehen.

»Der Mann ist inzwischen für mich ein genauso guter Freund wie du früher, Stinger. Kannst du dich erinnern, wie ich dir von Irenes Mann erzählt habe?«

Als er das hörte, senkte Dalton das Gewehr.

»Lass uns reinkommen und nicht hier im Regen stehen, Stinger, dann erklär ich dir alles. Falls du mich nicht neuerdings für einen Lügner hältst, hast du keinen Grund, mich hier draußen stehen zu lassen.«

»Hab dich lange nicht gesehen, Jack«, sagte Dalton.

»Schwachsinn. Ich war erst vor einem Monat hier draußen. Übrigens, denk daran, dass das der Typ ist, der mir immer seine Hunde ausleiht.«

»Die Hunde von deinen Nachbarn –«

»Ach ja – das hätte ich fast vergessen! Ich habe zwei Hunde mitgebracht, die dich gern wieder sehen würden.«

Daltons Miene verzog sich zu einem Grinsen. »Hol alle rein.« Er drehte sich um und ging ins Haus.

Jack winkte Travis, der den Wagen anließ.

»Was hältst du von ihm?«, fragte Travis, als sie die Einfahrt hinaufrollten.

»Ich finde es ziemlich gewagt von Jack, dass er einem Verrückten meine Hunde zeigt und mit ihm über meine Frau spricht. Aber wenn Jack sagt, dass Stinger ein guter Freund von ihm ist, werde ich versuchen, mir weitere Urteile zu verkneifen.«

Travis sagte nichts, doch sein Blick schalkhafter Belustigung entging Frank keineswegs.

Deke und Dunk sprangen aus dem Wagen und rasten auf Dalton zu, der nun ohne Gewehr wieder auf die Veranda zurückgekehrt war. Zu Franks Verblüffung wurden sie jedoch langsamer, je näher sie ihm kamen, und trotteten mit angelegten Ohren und wedelnden Schwänzen weiter – auf einmal zu besten Manieren befähigt. Dalton nahm sich einige Minuten Zeit, sie zu loben und zu streicheln, was die beiden offenbar ungemein freute.

Er stand auf und streckte die Hand aus, als Jack sagte: »Doug Dalton, das ist mein Freund Travis Maguire, Irenes Cousin.«

»Sie sehen aus, als wären Sie noch nicht einmal alt genug, um sich zu rasieren«, meinte Dalton.

»Er ist durch ganz Kalifornien gezogen«, erklärte Jack. »Als Geschichtenerzähler.«

»Geschichtenerzähler!«, wiederholte Dalton, behielt aber weitere Kommentare für sich, als er Jacks Blick sah. Dann wandte er sich an Frank. »Sie müssen der Cop sein.« Es schwang jedoch kein Groll mit; sein Händedruck war fest und sein Lächeln einladend.

»Stinger hat mir alles beigebracht, was ich über die Ausbildung von Hunden weiß«, sagte Jack. »Er hat Deke und Dunk kennen gelernt, als wir auf dem Weg zum Zelten und Angeln hier Halt gemacht haben. Außerdem ist er der beste Hubschrauberpilot, den ich kenne, und er hat mir schon mehr als einmal den Hintern gerettet, wenn wir ein bisschen mit den Maschinen rumgekurvt sind. Und jetzt beschützt er mich vor dem bösartigsten Gegner, mit dem ich es je zu tun hatte.«

Dalton schmunzelte. »Ich bin sein Steuerberater.«

»Steuerberater!«, staunte Travis. »Wie viele Leute kommen denn den ganzen Weg hier raus, um sich in Steuersachen beraten zu lassen?«

»Außer denjenigen, die hier draußen wohnen oder die mich per Fax oder Modem kontaktieren?«, fragte Dalton. »Nur eine Hand voll alter Säcke auf Harleys.«

Travis sah perplex drein.

»Heutzutage ist nicht jeder auf einer Maschine ein Rowdy, wissen Sie. Mittlerweile fahren auch schon ein paar Firmenchefs die Dinger. Und was das Rowdytum angeht – viele von uns haben die Schnauze voll von diesem Scheiß. Viele Bullen fahren auch Motorrad«, fügte er mit einem Seitenblick auf Frank hinzu.

»Tut mir Leid, dieser nicht. Aber wir sind nicht gekommen, um –«

»Entschuldigen Sie bitte die Begrüßung«, fuhr Stinger fort. »Aber ich schätze eben meine Ungestörtheit. Kommen Sie rein.«

Bevor sie durch die Tür traten, begann Franks Handy zu klingeln. Er entschuldigte sich und blieb auf der Veranda, um den Anruf entgegenzunehmen, da er nicht wusste, ob er in Daltons Festung eine Funkverbindung hätte.

Als er wieder zu den anderen trat, saßen sie bereits um einen massiven, dicken Eichentisch, der in der Mitte eines großen, offenen Raumes stand. Die wenigen anderen Möbel waren genauso spartanisch.

Jack warf einen Blick auf seine Miene und fragte: »Was ist los?«

»Das war Pete. Die Gruppe dort oben wird kleiner. Vor kurzem sind ein Botaniker und ein Ranger mit einem Leichensack herunter marschiert. Darin lag Julia Sayre, so weit man das zu diesem Zeitpunkt bestimmen kann. Die beiden sagten, der Rest der Gruppe hätte sich auf die Suche nach einem zweiten Grab gemacht. Anscheinend hat Parrish durchblicken lassen, dass elf weitere dort oben seien ...«

»Elf!«, stieß Jack hervor.

»Ja. Pete wusste nicht viele Einzelheiten, aber ich vermute, sie waren gerade von der einen Wiese gekommen und standen oben auf einem Hügelkamm, als Parrish von weiteren Leichen dort oben sprach. Thompson dachte, Parrish treibe sein Spielchen mit ihnen, bis der Leichenhund auf einen Wechsel der Windrichtung reagiert hat.

Also haben sich die anderen auf den Weg gemacht, um diese zweite Wiese in Augenschein zu nehmen, während der Botaniker und der Ranger zum Flugzeug marschiert sind. Der Ranger hat über Funk einen Hubschrauber gerufen, der ihn abholt, um dem Piloten zu zeigen, wo er die anderen – unter ihnen Irene – finden kann. Doch als der Hubschrauber an den Landeplatz kam, um den Ranger zu holen, hatte sich das Wetter verschlechtert. Der Hubschrauberpilot sagte, sie würden die anderen später holen müssen – es wäre schon heikel genug, zur Ranger-Station zurückzukehren.

Die Gewitter sollen in den nächsten vierundzwanzig Stunden heftiger werden. Sie wollen heute keinen Hubschrauber mehr hinschicken – der Flugzeugpilot meinte, wenn die beiden Männer eine Stunde später angekommen wären, hätten sie überhaupt nicht mehr abheben können.«

»Scheiß-Schlappschwänze«, knurrte Dalton.

»Ich habe ihm das Wichtigste erzählt«, sagte Jack. »Du merkst, er hat sich bereits eine eigene Meinung dazu gebildet.«

»Darauf kannst du Gift nehmen«, zischte Dalton und verschränkte die Arme über seinem schmalen Brustkorb. »Wie lange ist es her, dass die beiden den Rest der Gruppe verlassen haben?«

»Heute Morgen. Der Regen und die Leiche, die sie tragen mussten, haben sie zu einer langsamen Gangart gezwungen. Mein Partner will versuchen, mit ihnen zu sprechen, aber es wird vermutlich nicht klappen. Er hat sich schon vom Piloten des Flugzeugs so viel wie möglich berichten lassen.«

Als er nicht fortfuhr, sagte Travis: »Du hast bestürzt ausgesehen, als du hier reingekommen bist. Ich nehme an, es steckt noch mehr dahinter?«

»Ich weiß nicht«, antwortete Frank. »Ich weiß nicht. Vielleicht ist es nichts, aber – über ein Viertel der Leute, die anfangs an diesem Projekt beteiligt waren, ist nicht mehr bei der Gruppe. Und Pete hat gesagt, der Pilot hätte ihm erzählt, dass die beiden sich nur sehr ungern von den anderen getrennt hätten. Der Botaniker hat versprochen, bei der Leiche zu bleiben, aber er hat trotzdem dagegen protestiert, die anderen zu verlassen. Der Ranger war sogar noch störrischer. Als der Pilot den Ranger fragte, was denn schon dabei sei, da die Gruppe schließlich genug Essen für weitere zwei Tage dabei hätte, sagte der Ranger, er glaube, die Wachleute seien erschöpft.«

»Hmm«, sagte Jack und runzelte die Stirn. Er wandte sich an Travis. »Hol doch mal diese topographischen Landkarten raus, die wir markiert haben. Es schadet ja niemandem, wenn noch ein paar Wanderer mehr in der Gegend auftauchen, oder?«

»Ist ’n freies Land«, meinte Dalton grinsend.

»Tierische Aussage für einen Steuerberater«, murmelte Jack.

Travis faltete die Karten auseinander und zeigte auf einer davon eine Stelle auf einer westlich gelegenen Hügelkette. »Hier ist der Behelfsflugplatz.« Er fuhr mit dem Finger eine Linie entlang, die eine Reihe von Punkten verband. »Das ist vermutlich der Weg, auf dem sie waren, als der Anwalt verletzt wurde.«

Dalton nickte. »Vor wie vielen Tagen sagen Sie war das?«

»Am Dienstag«, antwortete Frank. »Vor zwei Tagen.«

Dalton runzelte die Stirn. »Und wie viele Personen sagen Sie befanden sich auf dieser sagenhaften Wanderung?«

»Ursprünglich oder nachdem der Anwalt nach Hause gebracht worden war?«

»Danach.«

»Elf Menschen und ein Schäferhund. Der Ranger war ungefähr einen Tag weg, dann stieß er wieder zu den anderen, nachdem er den Anwalt nach unten gebracht hatte.«

»Und der Ranger und der Botaniker sagen, die anderen waren müde, fühlten sich aber heute Morgen noch wohl?«

»Ja.«

»Und der Ranger war nicht viel mit ihnen zusammen, nicht wahr? Ich meine, nachdem dieser Anwalt getreten worden war, musste der Ranger nach unten und wieder zurück marschieren, er musste die anderen finden, und jetzt ist er wieder davongewandert. Er hat die meiste Zeit auf den Beinen verbracht.«

»Ich glaube schon – zumindest hört es sich für mich so an.«

»Erzählen Sie mir von den Leuten in der Gruppe. Den Ranger können Sie weglassen – ich glaube nicht, dass er in diesem Teil des gesamten Komplexes eine große Rolle spielt. Schildern Sie mir nur die anderen.«

»Einschließlich Parrish?«

»Vor allem Parrish.«

Frank sagte ihm alles, was ihm einfiel, obwohl er wenig über Ben Sheridan, David Niles oder Andy Stewart wusste. Anhand von Daltons Fragen begriff er rasch, was den anderen interessierte: Wie würde diese Gruppe zusammenarbeiten? Wie würde sie Entscheidungen fällen? Wie fit war jeder Einzelne? Wie erfahren im Wandern?

Das Hauptproblem, das sich ihnen stellte – wohin war die Gruppe gegangen, nachdem sie sich von Newly getrennt hatte? –, kam Frank mehr und mehr wie die Art von Problem vor, mit der er es Tag für Tag zu tun hatte. Menschliches Verhalten. Wenn man also dieser oder jener war und so dachte, wie er es tat und in dieser Situation steckte, was würde man dann als Nächstes tun? Nach der ziellosen, quälenden Beklommenheit der letzten Stunden wusste Frank nun, dass er etwas in der Hand hatte, womit er arbeiten konnte, etwas, worauf er sich konzentrieren konnte.

»Sie glauben, Parrish hat diese Frauen lebend dorthin gebracht?«, fragte Dalton.

»Ja«, antwortete Frank. »Er hat uns erzählt, er hätte Julia Sayre zu der Landebahn geflogen, sie etwa einen Tag lang wandern lassen, sie gezwungen, ihr eigenes Grab auszuheben, und dann hat er sie gefoltert und umgebracht. Die Sache war von vorn bis hinten geplant. Er hatte sie lange vor dem Mord ausgewählt. Er ist weder ein Chaot noch ein Gelegenheitstäter. Wenn Sie ihn reden hören, hat er alles unter Kontrolle.« Er runzelte die Stirn. »Abgesehen von …«

»Abgesehen von diesem Opfer, bei dem Sie ihn gefasst haben.«

»Ich habe ihn nicht gefasst. Es war nicht mein Fall, aber –«

»War es schwer, ihn zu fassen?«

»Nein«, antwortete Frank, der bereits ahnte, worauf dies hinauslief. »Es war nicht so schwer, wie es hätte sein sollen.«

»Hat er ein Muster durchbrochen?«

»Stinger, mit nur einer Leiche und weiter nichts als Parrishs eigener Version des Falls Sayre«, wandte Jack spöttisch ein, »woher sollen die Cops da wissen, welcher der beiden Fälle dem Muster entspricht?«

Aber Frank war nicht so schnell mit einer Antwort bei der Hand, weil er wusste – er *wusste* einfach, dass es noch weitere Opfer gegeben hatte. Er hatte dies auch seinen Vorgesetzten mitgeteilt, als die Nachricht über den Handel mit Parrish bekannt geworden war. Jeder andere Ermittler in seinem Revier hatte das Gleiche gesagt. Sie alle hatten gewusst, dass der Staatsanwalt eine falsche Entscheidung getroffen hatte.

»Mr. Dalton hat Recht«, sagte Frank. »Parrish hat ein Muster durchbrochen.« Er holte Luft, um sich zu beruhigen. »Er wollte, dass wir ihn fassen.«

»Weil –?«, hakte Dalton nach.

»Weil er weiß, dass er entkommen wird.«

»Das wünscht er sich vielleicht«, sagte Jack und musterte Frank, der begonnen hatte, auf und ab zu gehen. »Aber er konnte nicht wissen, wer in die Berge hinaufwandern oder wie schwer er bewacht werden würde.«

Frank gab ihm keine Antwort. Er dachte an Parrishs zwei bekannte Opfer. Dunkle Haare, blaue Augen. Etwa in Irenes Alter.

»Sie brauchen dieses Stück Fußboden nicht zu polieren, Frank«, meinte Dalton. »Kommen Sie hier rüber und werfen Sie einen Blick auf die Landkarten. Mutter Natur hat uns ein bisschen Zeit geschenkt, um zu ergründen, wo unser Mann sich ein paar Friedhöfe angelegt hat. Demzufolge, was dieser Ranger und der Botaniker sagen, suchen wir nach zwei Wiesen, die durch eine Hügelkette voneinander getrennt sind. Das könnten verschiedene Stellen sein, aber nicht so viele, wie man glauben könnte.«

»Nein«, stimmte Frank zu. »Die beiden haben es in weniger als einem Tag geschafft, und dabei mussten sie noch eine Leiche tragen und bei Regen wandern.«

»War Julia Sayre eine schwere Frau?«

»Nein. Und von der Leiche ist nach dieser langen Zeit vielleicht nicht mehr als ein Skelett übrig.«

»Gut. Also schauen wir mal, wie das Gelände aussieht, und zeichnen wir uns ein paar Kreise ein. Wir suchen uns ein paar mögliche Stellen aus, und dann, sobald es aufklart, überfliegen wir sie. Es spart Zeit, wenn wir ein bisschen nachdenken, bevor wir aufbrechen.«

Nach der ersten Stunde, die sie sich mit den Karten befasst hatten, verlor Frank etwas von seinem Optimismus. Es gab so viele Stellen, die die Gruppe innerhalb der angegebenen Zeit hätte erreichen können, und die Wahrscheinlichkeit, die richtige zu finden, war gering. Doch als Dalton weiter die Karten studierte, fand er Gründe, die eine oder andere Stelle auszuschließen und das Feld einzugrenzen. »Ich will nicht behaupten, dass wir sie komplett von der Liste streichen müssen«, sagte er, stand auf und streckte sich, »aber dort würde ich jedenfalls nicht zuerst suchen.«

Als er vom Tisch wegtrat, sagte Frank: »Sie geben aber jetzt nicht auf, oder?«

Dalton öffnete den Mund, um ihm eine barsche Antwort zu geben, schloss ihn dann jedoch wieder. Er musterte Frank einen Moment lang und sagte schließlich: »Es täte Ihnen gut, auch mal ein bisschen Auszeit von der Sache zu nehmen. Ich für meinen Teil amüsiere mich jetzt mit den Hunden. Ihr könnt alle tun, was ihr wollt. Ich kümmere mich um meine Gäste.«

Er setzte sich auf den Boden und begann mit Deke und Dunk zu ringen, die sofort begeistert mitspielten und das Ganze mit lautem und dramatischem Bellen und Knurren begleiteten.

Jack warf Frank und Travis einen entschuldigenden Blick zu. »Stinger muss alles auf seine Art machen«, sagte er, während er versuchte, leise zu sprechen und trotzdem bei dem Tumult gehört zu werden. »Sinnlos, ihn drängen zu wollen. Aber ich komme mit euch, falls ihr gehen wollt.«

Franks Bedürfnis, sich zu vergewissern, dass Irene in Sicherheit war, drängte ihn zum Gehen – und zwar derart massiv, dass er kaum widerstehen konnte. Die Untätigkeit machte ihn wahnsinnig. Der Drang, aufzubrechen, zu handeln, so nah an die Berge heranzukommen wie möglich, hätte ihn fast dazu verleitet, sämtliche anderen Überlegungen beiseite zu schieben. Doch als er die oberste Landkarte unter seinen Händen glättete und die Finger spreizte, um einen Bruchteil der Spannung loszuwerden, die jeden Muskel seines Körpers befallen hatte, sah er Kreise über Kreise auf der Karte und begriff, dass es nahezu unmöglich war, sie ohne die Hilfe des Hubschrauberpiloten zu finden. Es war einfach zu viel Gelände, das abgesucht werden musste. Und das Gewitter würde alles nur noch schlimmer machen.

»Das Wetter ist es, was uns aufhält, nicht dein Freund«, sagte er. »Stinger ist nicht das Problem.«

»Ich mag ihn«, erklärte Travis. »Ist er in Vietnam Hubschrauber geflogen?«

»Nie von der Gegend gehört«, antwortete Dalton vom Fußboden.

»Er mag graue Haare haben«, sagte Jack, »aber die Ohren des durchgeknallten Wilden sind nach wie vor scharf.«

Genau wie sein Verstand, dachte Frank, der die Karte studierte, während sich Daltons Lachen mit dem Bellen und Knurren der Hunde mischte. Genau wie der Verstand des durchgeknallten Wilden.

20

Donnerstag Abend, 18. Mai

Eine Höhle im Bergland
der südlichen Sierra Nevada

Sein Bau, wie er ihn nannte, war warm und trocken. Es hätte ihm nichts ausgemacht, im Regen draußen zu sein. Er hatte schon oft Entbehrungen erduldet, wenn er seine Ziele verfolgte. Mehr als einmal hatte es allein die Beobachtung eines der Objekte seiner Zuneigung erforderlich gemacht, dass er bei hässlichem Wetter eine Nacht an einem unbehaglichen Ort verbringen musste. Doch momentan war es weitaus amüsanter, es gemütlich zu haben, während ihr jede Gemütlichkeit fehlte.

Sie war allein im Dunkeln, vom Tod umgeben. Sicher hatte sie sich das, was vom Lager übrig war, so gut wie möglich zunutze gemacht, doch blieb ihr nichts zu essen. Das würde ihr nicht ernsthaft schaden – es gab ja Wasser in Hülle und Fülle –, aber psychologisch gesehen würde sich ihr Hunger zu seinem Vorteil auswirken.

Sie konnte nicht wissen, ob er sich endgültig aus dem Staub gemacht hatte oder ob er zurückkäme, um sie zu holen. Er nahm an, dass sie vermutlich von dieser Höhle wusste. Er hatte Fußspuren gefunden, die höchstwahrscheinlich von ihr stammten – sie war gestern in diese Richtung gegangen. Aber sie konnte nicht wissen, ob er geblieben oder geflohen war.

In dieser Phase des Spiels würde die Hoffnung manche ihrer Ängste kompensieren. Sie würde an den versprochenen Hubschrauber denken, der zur Wiese kommen sollte. Während dies in mancher Hinsicht ärgerlich war, war er andererseits dankbar dafür, dass es sie an einen festen Ort band. Sie würde nicht hysterisch in den Wald laufen und einfach nur versuchen, ihm oder den zerfetzten Resten ihrer früheren Beschützer zu entkommen – er hätte sie ohnehin gefunden, aber das machte es bedeutend leichter.

Er stellte sie sich vor, zusammengekauert in ihrem eigenen Zelt – er wusste, dass sie ihr eigenes Zelt wählen würde. Der Regen würde laut darauf prasseln. Sie wäre müde, aber außerstande zu schlafen. Frierend, hungrig, verängstigt, allein.

Oh, sie hatte den Hund. Aber der Hund wäre ihr keine große Hilfe. Dieser Hund war verwöhnt und verhätschelt, es war ein Hund, dessen Herrchen ein dummer Mann gewesen war, der dem Hund Lieder vorsang und sich Kunststücke für ihn ausdachte. Er hatte die Zuneigung zwischen Hund und Herr gesehen, die ständigen Sympathiebeweise des Mannes – also wirklich, es war schon fast obszön! Der Mann hatte beinahe unablässig mit dem Hund gesprochen. Wo blieb denn da die Würde des Hundes? Und dass das Vieh seinem Besitzer mit der Zunge übers ganze Gesicht lecken durfte – schon allein die Vorstellung widerte ihn an. Er war froh, dass er das beendet hatte.

Nachdem sein Herrchen tot war, würde der Hund depressiv werden. Hunde wurden depressiv, das wusste er. Sogar Julia Sayres kleiner Hund hatte um sie getrauert. Er seufzte, als er daran zurückdachte, wie sehr er es genossen hatte, den kleinen Pekinesen aus dem Fenster im ersten Stock starren zu sehen, wie er dreinsah, als wolle er in den Tod springen, wenn er nur gewusst hätte, wie man den Riegel öffnete. Er hätte ihm sogar geholfen, wenn ihn der Kummer des Tieres nicht so amüsiert hätte.

Diesem deutschen Schäferhund – obwohl er sicher kein reinrassiger Schäferhund war – ging es bestimmt nicht besser. Nein, dieser Hund – er brachte es nicht über sich, seinen lächerlichen Namen zu benutzen! – würde einer Frau von ihrem mitfühlenden Wesen die Nacht nur noch düsterer erscheinen lassen.

Er hatte so vieles mit ihr vor. Er schwankte, ob er über seine Pläne nachdenken oder die Erfolge des vergangenen Tages Revue passieren lassen sollte. Er wusste jedoch genau, wie er seine Vorfreude steigern konnte, und so siegte Letzteres.

Heute war wirklich alles nach Wunsch verlaufen. Er war frei und hatte kaum einen Kratzer abbekommen. Er zog es vor, Mord langsam zu genießen, und staunte darüber, dass er so rationell morden und doch die triumphale Genugtuung empfinden konnte, die er dabei gefühlt hatte. Er hatte sie natürlich allesamt überlistet, aber es war so herrlich, der Welt einen derart handfesten Beweis für seine Fähigkeiten präsentieren zu können!

Es war befriedigend, barg aber nichts von den Freuden, die ihm die vorangegangenen Morde verschafft hatten. Es war alles ein bisschen zu schnell gegangen. Vor allem Merrick und Manton – das war wirklich jammerschade. Manton, der näher an der Explosion gestanden hatte, war völlig davon überrumpelt worden, aber Merrick, der zwar außerstande gewesen war, zu begreifen, was sich am Grab abgespielt hatte, hatte recht schnell darauf reagiert, dass ihm die Waffe abgenommen wurde. Das war beinahe bewundernswert. Er hatte sich gezwungen gesehen, ihn auf der Stelle zu töten.

Ach ja, das Leben brachte wohl immer seine kleinen Enttäuschungen mit sich. Dem konnte er mit dem Wissen darum entgegenwirken, dass ihre von Kugeln durchsiebten Gesichter ihre Kameraden schockieren und aufbringen würden. Und mit dem Wissen, dass Irene dort gewesen war und alles gesehen hatte, einschließlich der Demonstration seiner eindrucksvollen Treffsicherheit, als er diesen aufgeblasenen Arsch abgeknallt hatte, diesen Sheridan.

Sheridan, der auf seine Kojoten gestarrt hatte, der sich eingebildet hatte, etwas über ihn zu wissen. Sheridan, der Julia berührt hatte!

Ihm fiel wieder ein, dass der Mann es allen Ernstes einmal gewagt hatte, spät am Abend zu Irenes Zelt zu gehen. Er hatte ihre Stimmen gehört, aber das Gespräch nicht verstehen können. Er wusste nur, dass sie Sheridan abgewiesen hatte, da er wieder weggegangen war. Sie musste ihm gesagt haben, dass sie lieber mit dem Hund schliefe, da es der Hund gewesen war, der ihr dann in dieser Nacht Gesellschaft geleistet hatte. Genau wie heute Nacht der Hund bei ihr sein würde, irgendwo da draußen im verregneten Wald.

An diesem Punkt beschloss er, dass er sich seinen Hochgenuss lange genug aufgespart hatte. Vorsichtig zog er ihn aus der Brusttasche. Es war nicht die spitzenbesetzte, verspielte Variante. So etwas war nicht ihr Stil. Noch bevor er ihn gesehen hatte, wusste er, dass sie einen schlichten Baumwollslip tragen würde. Er fand ihn hinreißend unschuldig, fast wie das Höschen eines kleinen Mädchens. Langsam und ehrfürchtig hob er ihn an sein Gesicht.

Wäre er ein schwächerer Mann gewesen, er hätte geweint.

21

Donnerstag Abend, 18. Mai
Ranger-Station und Heliport des U. S. Forest Service
Bergland der südlichen Sierra Nevada

Der Saboteur, der die Hubschrauber der Rangers beobachtete, hatte noch nie eine so wichtige Rolle gespielt. Das brachte zwar eine gewisse Erregung mit sich, aber keine Angst. Nickys Anweisungen waren deutlich gewesen, die Übungsstunden streng, und jede Eventualität außer Versagen war bedacht worden. An Versagen war gar nicht zu denken.

Nicky Parrish würde, das wusste der Saboteur, nicht einmal einen Moment lang in Erwägung ziehen, dass sein Vertrauen – das er sonst noch nie jemandem geschenkt hatte – fehl am Platz war. Ebenso wenig würde Nicky an seinen Helfer denken – Nicky musste sich auf andere Dinge konzentrieren. Nicky wüsste einfach, dass seine Anweisungen ausgeführt wurden – er wüsste es einfach. So, wie er immer alles wusste. Er wüsste, dass seine kleine Motte gehorcht hatte.

Der Eindringling liebte diesen Spitznamen. Als sie sich das erste Mal trafen, hatte Nicky gesagt: »Du fühlst dich von meinem Licht angezogen, nicht wahr, kleine Motte? So werde ich dich nennen. Von nun an bist du meine Motte.«

Niemand, der die Motte bei der Arbeit oder in Gesellschaft erlebt hatte, hätte je gesagt: »Hier ist ein Diener.« Das machte einen Teil der Freude aus, die die Motte darin fand, Nicky zu Diensten zu sein. Nicky hatte auf der Stelle das Bedürfnis der Motte erkannt, zu dienen. Ja, die Motte war sogar der ideale Diener, und um der ideale Diener zu sein, musste man dem idealen Herrn dienen.

Und nun schrieben sie gemeinsam Geschichte. Nicky, der immer allein gehandelt hatte, hatte seinen Diener dieser Ehre für würdig befunden.

Schon der Gedanke daran steigerte die Vorfreude der Motte. Vielleicht würde die Motte später, während einer ihrer inaktiven Zeiten, ein Gedicht darüber schreiben. Doch zuerst gab es etwas zu tun, und ohne auf die Dunkelheit und die Gefahr, den Regen und die Kälte zu achten, wartete und lauerte die Motte, bis sie sah, dass der ideale Augenblick zum Handeln gekommen war.

Es war nicht schwierig, Probleme zu verursachen, kleine Haken in den Plänen anderer Leute, wenn man wusste, wie man es anstellen musste.

Die Motte wusste es.

Die Leute in der Ranger-Station achteten auf den Wald, wo sie Probleme erwarteten, aber nicht auf die Hubschrauber. Nicht in regnerischen Nächten, wenn die Wolken die Berge bedeckten – Nächte, in denen es wenig zu tun gab. Sie schauten nicht nach diesen Maschinen, und sie gingen auch nicht in den kalten Regen hinaus. Bis auf einen von ihnen sahen sie alle fern – einen alten Spielfilm, der lange bevor es Computer gab gedreht worden war und durch die Satellitenschüssel der Ranger-Station übertragen wurde.

Vielleicht war die Welt draußen für die Hubschrauberbesatzungen und die Waldarbeiter nicht mehr aufregend – vielleicht waren der Himmel und der Wald ihr Büro, und das Fernsehen und alles, was drinnen lag, war interessanter für sie.

Womöglich war es aber auch der Regen, der sie einlullte.

Eigentlich sollten sie dankbar dafür sein. Die Motte hatte sich auf verschiedene Szenarien vorbereitet, einschließlich solcher, in denen die fünf Menschen in dem kleinen Gebäude mit der Satellitenschüssel umgebracht werden mussten. Doch der Regen würde es ihnen erlauben, weiterzuleben. Der Regen überdeckte Geräusche und machte die Sicht schlecht.

Ein Mann in der Station sah von Zeit zu Zeit in den Regen hinaus. Wünschte ihn weg. Es war derjenige, der bei Nicky gewesen war. Es war ein bisschen verwirrend, dass er nun hier saß. Doch es war nicht wichtig. Nicky, der alles wusste, hatte gesagt, dass ein paar von ihnen Gott sehen und überleben könnten.

Die Motte machte sich ans Werk. Binnen weniger Momente hatten die Alouette und der Bell 212 kleine Defekte, die sie flugunfähig machten. Sie waren reparabel.

Aber leider nicht rechtzeitig.

J. C. trat wieder ans Fenster und starrte in die Dunkelheit hinaus. Er sprach nicht mit den anderen; das machte das Warten nur schlimmer. Also tat er so, als sähe er dem Regen zu – tat so, weil er den Regen überhaupt nicht sah. Er sah ein grausiges Etwas aus einem primitiven Grab aufsteigen und um eine Umarmung betteln; er sah Kojoten an Marionettenschnüren tanzen, gehalten von einem Puppenmeister in einem Baum. Er schloss die Augen vor diesen Schreckbildern, doch zu seinem Entsetzen sah er sie jetzt nur noch deutlicher.

Wie hielten David und Ben das aus? Er hatte ihnen bereits früher schon geholfen, aber es war noch nie so schlimm gewesen. Er hatte schon früher verweste Leichen gesehen und sich für gewappnet gehalten – doch die Toten, die sie zuvor gefunden hatten, waren Selbstmörder gewesen oder Personen, die sich beim Wandern verirrt hatten und umgekommen waren, oder Leute, die allein losgezogen und abgestürzt waren. Nicht angenehm, und ihm hatte jeder Einzelne Leid getan, aber – aber es war nicht wie das hier.

Er empfand einen Hass gegen Nicholas Parrish, den er wie Galle in seinem Mund schmecken konnte.

Dort oben, auf der Wiese, wo sie sie gefunden hatten, hatte er nicht so empfunden. Er war gelassen geblieben, hatte die Nerven behalten. Sogar als er ihre Leiche mit Andy durch den Regen getragen hatte, war es ihm noch nicht an die Nieren gegangen. Es fing erst an, ihm zuzusetzen, als sie am Flugzeug anlangten, nachdem der Pilot gesagt hatte, dass sie abfliegen müssten. Und erst seit er hier war, in seiner eigenen Station, in Sicherheit und Wärme, verlor er langsam die Fassung.

Er würde der Hubschrauberbesatzung sagen, wo sie die Gruppe auf der zweiten Wiese finden konnten, und dann würde er sich zwei Wochen frei nehmen. Der Urlaub stand ihm zu. Vielleicht würde er sogar einen Psychiater aufsuchen. Der Gedanke störte ihn nicht. Wenn man Hilfe brauchte, suchte man sich welche. David hatte ihm das oft genug gesagt. Er hatte gemeint, dass es merkwürdiger wäre, diese Arbeit zu tun und sich nie davon betroffen zu fühlen.

Es gab Spezialisten, die Therapien für Leute anboten, die an solchen Fällen gearbeitet hatten. Er würde David nach dem Namen von einem von ihnen fragen.

Auf einmal zuckte er zusammen. Unwillkürlich flog seine Hand an die Kehle, als wollte er einen Laut zurückhalten. Aus dem Augenwinkel sah er, wie sich in der Dunkelheit etwas bewegte. Tatsächlich? Herrgott, war er nervös! Unter seiner Hand spürte er den Puls rasen. Er versuchte, durch das regennasse Fenster zu sehen. Nein, da draußen war nichts.

Oder doch?

Er konnte nicht länger hier stehen. Seine Beine würden ihn nicht mehr tragen. Verdammter Mist.

Nein, so konnte er nicht leben – sich ducken und vor Schatten erschrecken. Er musste sich der Situation stellen – das war momentan die einzige Möglichkeit. Er würde jetzt hinausgehen und sich umsehen, sich vergewissern. Er wandte sich vom Fenster ab. Er zog seinen Parka an, und da seine Hände zitterten, als er versuchte, die Druckknöpfe zuzumachen, schob er sie in die Taschen, bis er die Tür aufzog. Er trat in den Regen hinaus und spähte in die Finsternis.

Nichts.

Die kühle Luft fühlte sich gut an, beruhigte ihn, bis –

Da! Zwischen den Bäumen!

Aber … nein, nichts.

Nichts.

Auf einmal ging hinter ihm die Tür auf, und er hörte sich selbst einen leisen Schreckensschrei ausstoßen.

»J. C.? Was ist denn los, Mann?«

Einer der Piloten.

»Ich hab nur ein bisschen frische Luft gebraucht«, antwortete er mit nicht allzu fester Stimme.

»Komm rein«, forderte der Pilot ihn auf.

J. C. starrte in den Regen hinaus.

»Jetzt komm schon rein, Mann.« Der Pilot hielt inne und fügte dann hinzu: »Denen fehlt schon nichts. Sie zelten bloß im Regen. Wir holen sie morgen in aller Frühe ab. Komm schon rein – heute Nacht kannst du sowieso nichts mehr tun.«

Er folgte dem Piloten hinein und ignorierte die beklommenen Blicke, die die anderen wechselten. Er trat an seinen Schrank und holte frische Kleidung heraus. Dann ging er ins Badezimmer und zog sich aus, um zu duschen. Seine dritte Dusche heute Abend, und die anderen würden vermutlich schon darüber reden, doch das war ihm scheißegal. Er konnte immer noch den Gestank dieser Leiche an sich riechen, und er musste sich unbedingt säubern.

Er schrubbte sich, bis seine Haut wund war, ließ das Wasser auf sich herunterprasseln und spülte sich Mund und Nase. Er stand da und ließ das Geräusch und das Gefühl des Wassers alles andere auslöschen, bis es einfach zu kalt wurde, um es noch länger auszuhalten. Er trocknete sich ab und zog frische Sachen an. Dann starrte er in den Spiegel. Er kannte den Mann nicht, der da sein Starren erwiderte, obwohl ihm das Gesicht vertraut war.

Er wollte nicht schlafen. Nicht, solange ihm dieser Scheiß im Kopf herumging. Er war schon verschreckt, wenn er hellwach war – was zum Teufel würde in seinen Träumen passieren?

Ja, er würde sich Hilfe besorgen.

Aber was um Gottes willen konnte er bis dahin tun?

22

Freitag, 19. Mai, 2 Uhr morgens
Bergland der südlichen Sierra Nevada

»David, sag den beiden, dass sie hier drinnen nicht ohne Maske arbeiten können«, sagte er.

Er hatte vorher schon etwas gesagt. Der Klang seiner Stimme hatte mich geweckt, bevor ich die Worte erfassen konnte.

»Ben?«, fragte ich in die Dunkelheit.

»Oh, gut – du bist da«, sagte er.

»Ja, ich bin da«, bestätigte ich.

»Kann man denn nichts gegen die Hitze hier drinnen machen?«

»Im Zelt?«

»Die Klimaanlage – die Computer gehen kaputt.«

»Ben, ich bin Irene«, sagte ich und setzte mich auf. »Wachen Sie auf, Ben.«

Er gab mir keine Antwort. Ich war gerade zu dem Schluss gekommen, dass ihn meine Stimme aus seinem Albtraum geweckt hatte und er nun ruhiger schlafen könne, als er sagte: »Brauche ein postmortales Zahnschema.«

Bald merkte ich, dass auch Bingle wach war. Ich rutschte näher an Ben heran und fasste hinüber, um ihn zu wecken. Er hatte sich im Schlaf herumgeworfen und den oberen Schlafsack abgeschüttelt. Indem ich vorsichtig im Zelt herumtastete, fand ich mit meiner Hand die seine – sie war heiß und trocken.

»Beachte die Entwicklung der Muskelbänder an diesem langen Knochen«, sagte er. »Der Typ könnte Linkshänder gewesen sein.«

Er glühte. Ich riskierte es, die Taschenlampe zu benutzen, wobei ich flehte, dass Parrish nicht in der Nähe war und danach Ausschau hielt, sondern dass ihn der Regen über Nacht drinnen hielt. Ich sah Bens glasigen Blick und die Schweißschicht, die auf seiner Haut glänzte. Ich fand Wasser, ein Halstuch und das Keflex. Während ich mich selbst dafür schalt, dass ich ihm nicht gleich mehr von dem Medikament gegeben hatte, schaffte ich es, ihn lang genug zu wecken, um ihm jetzt vier von den Pillen einzuflößen. Wie viele wären gefährlich?

Ich feuchtete das Halstuch an und begann mit meinen Versuchen, ihn abzukühlen.

»Camille?«, fragte er und sah mich stirnrunzelnd an.

»Nicht mal Garbo«, entgegnete ich. »In diesem Zelt wird nicht gestorben, verstanden? Sie kämpfen dagegen an, Ben. Bleiben Sie mir erhalten.«

»Es ist so heiß«, sagte er und schob den Schlafsack tiefer. Er blieb unruhig, und seine Äußerungen wurden wirrer. Immer wieder lag er eine Zeit lang ruhig da, um dann auf einmal etwas zu rufen, was mich häufig zusammenzucken ließ. Schon bald begann er, sich hin und her zu werfen, und ich machte mir langsam Sorgen, dass er so die Schusswunde wieder aufreißen oder noch Schlimmeres verursachen würde, wenn ich das Fieber nicht senken konnte.

Ich machte das Zelt auf und ging hinaus, um etwas Wasser aus dem Regengefäß zu holen. Der Eimer war fast voll. Ich brachte ihn dazu, mehrere Schlucke zu trinken und ein paar Aspirin zu nehmen. Ich glaubte zwar nicht wirklich daran, dass das Aspirin in diesem Stadium helfen würde, aber ich wollte die Möglichkeit nicht ausschließen, dass es sein Fieber eventuell senken könnte.

Ben schien ruhiger zu werden, wenn er meine Stimme hörte, und so sprach ich mit ihm, während ich ihn versorgte. Ich nahm den Schlafsack von ihm weg, und als ich sah, dass er an seinem Hemd zerrte, knöpfte ich es auf und half ihm dabei, es abzustreifen, während ich mit feuchten Tüchern über seine Haut strich. Schließlich schnitt ich auch seine Hosenbeine ab, da ich fürchtete, dass seine gelegentlichen Bemühungen, im Fieberwahn die Hose auszuziehen, seinem verletzten Bein mehr schaden würden. Zum Glück schien er nichts dagegen zu haben, die Unterhose anzubehalten.

Ich redete weiter und wechselte immer wieder die Tücher. Ich hatte den Eindruck, als fühlte er sich kühler an, aber sicher war ich mir nicht – meine Hände wurden von dem kalten Regenwasser langsam taub.

»Durst«, hörte ich ihn sagen. Es war kaum mehr als ein Flüstern. Ein Blick auf sein Gesicht verriet mir, dass er nicht mehr im Fieberwahn lag – doch er hatte Schmerzen.

Ich stützte seinen Kopf auf, gab ihm noch ein paar Keflex und ließ ihn so lange aus der Wasserflasche trinken, wie er konnte.

»Danke«, sagte er und schloss die Augen.

»Wollen Sie noch mehr Aspirin? Es tut mir Leid, aber das ist alles, was ich habe.«

»Nein. Aspirin wirkt nicht mehr«, sagte er.

Ich zählte die Keflex-Tabletten. Es waren noch zehn übrig. Ich fragte mich, ob ich ihm zu viele gegeben hatte oder nicht genug. Und ob sie überhaupt etwas nützten. Womöglich versuchte ich einen Großbrand mit einer Spritzpistole zu löschen.

Ich rief Bingle zu mir her. Er kam, brachte aber Davids Pullover mit. Ich machte die Taschenlampe aus und legte mich wieder in meinen Schlafsack. Ich spürte, wie die Emotionen in mir aufwallten, ein Gefühl von Erleichterung, das mich zu Tränen rührte. Ich streichelte das Fell des Hundes und versuchte mich so weit zu beruhigen, dass ich schlafen konnte.

Draußen war der Bach angeschwollen, und sein Rauschen übertönte die Geräusche, auf die ich früher in der Nacht gelauscht hatte. Ich versuchte auf Bens Atem zu horchen oder auf Bingles Schnarchen, doch Bach und Regen waren zu laut. Allerdings hörte ich Ben nicht im Fieberwahn aufschreien oder sich unruhig wälzen, und so nahm ich an, dass er eingeschlafen war. Ich weiß nicht, wie viel Zeit vergangen war, als ich ihn sagen hörte: »Was war das für eine Geschichte, die Sie mir da erzählt haben?«

»Wann?«

»Heute Nacht.«

Ich merkte, wie mein Gesicht heiß wurde. »Sie wissen, was sich abgespielt hat? Sie konnten mich verstehen?«

»Nicht immer. Es ist ein bisschen durcheinander.«

»Parzival«, sagte ich.

»Was?«

»Die Geschichte war Parzival, der Gralsritter. Das ist dieser gutherzige junge Ritter, der oft unwissentlich Böses verursacht, wo er eigentlich Gutes tun wollte. Es gibt mehrere Versionen der Geschichte, aber ich habe Ihnen Auszüge aus dem deutschen Versepos erzählt, von Wolfram von Eschenbach.«

»Sie haben mir eine Geschichte auf Englisch erzählt«, wandte er gereizt ein.

»Ja, natürlich – nach einer Übersetzung –«

»Guter Gott. Wollen Sie mir weismachen, die rasende Reporterin sei Expertin für mittelalterliche Dichtung?«

Ich gab ihm keine Antwort.

»Tut mir Leid«, sagte er.

Nach langem Schweigen sagte er: »Warum ist Ihnen die deutsche Version lieber?«

»Es ist die Einzige, die ich kenne. Es ist die, die mir Jack gegeben hat, die, die ich gelesen habe. Tolle Expertin, was?«

»Hören Sie, ich habe gesagt, dass es mir Leid tut.«

»Das haben Sie.«

Nach weiterem Schweigen versuchte er es noch einmal. »Wer ist Jack?«

»Unser Nachbar. Er ist – na ja, Jack ist nicht leicht zu beschreiben. Aber er kennt sich mit Mythologie und Folklore aus.«

»Erzählen Sie mir die Geschichte noch einmal«, bat er. »Diesmal höre ich besser zu.«

»Ich werde ihr kaum gerecht werden können. Es kommen jede Menge komplizierte Beziehungen, Schlachten und Figuren vor, an deren Namen ich mich nicht erinnern kann. Heute

Nacht habe ich mich irgendwie durchgemogelt. Sie sollten die Geschichte lieber lesen, wenn Sie wieder zu Hause sind.«

»Dann lasse ich Sie jetzt schlafen«, sagte er. Erst in diesem Moment nahm ich wahr, was vermutlich schon die ganze Zeit in seiner Stimme mitgeklungen hatte.

»Tja, wenn Ihnen eine zweitklassige Version davon nichts ausmacht ...«

»Das stört mich nicht.«

Und so versuchte ich ihn von seinen Schmerzen abzulenken, indem ich ihm vom jungen Parzival erzählte, der von einer übertrieben fürsorglichen Mutter in Unkenntnis des Rittertums erzogen wurde. Natürlich wollte Parzival, nachdem ihm zum ersten Mal Ritter begegnet waren, nichts lieber, als selbst auch einer zu werden, und so machte er sich auf, König Artus seine Dienste anzubieten. Obwohl er peinlich naiv und unwissend war, hatte er eine natürliche Begabung für diesen Beruf.

Ben schlief ein, als Parzival gerade auf dem Weg zur Gralsburg war und den Fischerkönig treffen sollte.

Mittlerweile war es kurz nach Sonnenaufgang, und obwohl es im Zelt noch ziemlich dunkel war, reichte das Licht aus, um Ben Sheridans bleiche, abgezehrte Gesichtszüge zu erkennen.

»Was haben Sie, Ben?«, flüsterte ich, in Gedanken noch halb bei der Geschichte von Parzival.

Unter den gegebenen Umständen schien es eine dumme Frage zu sein. Schmerzen, Schwäche, schwere Verletzungen. Schlechtes Wetter, Hunger und ein Mörder, der in der Nähe frei herumlief. Leicht zu sagen, was er hatte.

Oder? Ich dachte an meine letzte Unterhaltung mit David zurück, als ich zu meinem Spaziergang mit Bingle aufbrach. David hatte angedeutet, dass Ben schon vor unserem Aufbruch zu diesen Wiesen Probleme gehabt hatte. Worin auch immer diese Probleme bestanden, ich nahm an, dass es lange dauern würde, bis sich Ben Sheridan mir anvertrauen würde – wenn er es überhaupt je tat.

Als ich aufwachte, war Bingle verschwunden. Beunruhigt schlüpfte ich in Stiefel und Jacke. Gerade war ich in einen diesigen Morgen hinausgetreten, als er wiederkam, das Fell feucht und schmutzig und das Maul scheinbar geschwollen.

Oje, dachte ich, er ist an ein Stachelschwein geraten. Doch als er näher kam, erkannte ich, dass er vorsichtig etwas im Mund trug.

Bitte lass es nichts von der Wiese sein, flehte ich. Er sah mich unsicher an, als erwarte er irgendeine Handlung von mir. Da ich nicht wusste, welche Rolle ich in diesem Drehbuch spielte, rührte ich mich nicht. Er verlagerte sein Gewicht, sah beflissen drein und legte sich dann vor meine Füße. Ganz langsam und vorsichtig öffnete er den Mund und legte mir das, was er befördert hatte, zwischen die Beine.

Eier.

Drei kleine Eier.

Wachteleier. Ich hoffte, dass er nicht sämtliche Eier aus dem Nest genommen hatte. Vielleicht hätte ich ihn schelten sollen, aber angesichts meiner Erleichterung darüber, dass er mir nicht die Leichenteile von irgendjemandem über die Stiefel gespien hatte, und meiner Unfähigkeit zu erraten, ob das etwas war, wofür er in der Vergangenheit gelobt worden war, brachte ich nur ein mattes *»Gracias, Bingle«* heraus.

Er wedelte mit dem Schwanz.

»Bestimmt möchtest du eines davon auf dein Hundefutter.«

Er wedelte weiter mit dem Schwanz. Am Fell unter seinem Kinn bemerkte ich etwas, das verdächtig nach Eigelb aussah.

»Andererseits habe ich aber das Gefühl, dass du schon gefrühstückt hast.«

Es war unmöglich, die Eier jetzt wieder zurückzubringen, und da mir der Magen knurrte, beschloss ich, die Nahrung nicht zu verschmähen. Ich legte sie vorsichtig ins Zelt. Vor meinem geistigen Auge erschien die verrückte Vision, dass J. C. sie dort finden und mir als Strafe für diesen Eingriff in die regionale Fauna verbieten würde, mit dem Hubschrauber auszufliegen. Ihm zu erklären, dass mir der Hund die Eier gebracht hatte, würde mich wahrscheinlich nicht von meiner Schuld befreien.

Obwohl der Regen nachgelassen hatte, schien nun wallender Nebel aufzuziehen. Rund ums Zelt war er nicht besonders dicht, doch ich bezweifelte, dass die Sicht an der tief gelegenen, flachen Wiese gut genug wäre, um mit einem Hubschrauber zu landen. Ich versuchte, mir deswegen keine allzu großen Sorgen zu machen, doch der Gedanke, den Hubschauber heute Morgen nicht landen zu sehen, war beklemmend. Falls Parrish mich nicht fand, käme ich zurecht, aber was sollte aus Ben werden? Das Fieber, der Blutverlust, die Möglichkeit einer Infektion – selbst wenn Parrish überhaupt nicht in Erscheinung trat, war Bens Leben in Gefahr.

Der Eimer mit dem Regenwasser hatte sich erneut gefüllt. Es war ein gutes Gefühl, dass wenigstens etwas klappte. Doch diese Zuversicht sollte nicht lange anhalten.

Bingle begleitete mich auf einen Gang zum Fluss. Das Regenwasser im Eimer war nützlich, aber es würde nicht reichen. Ich beschloss, unsere Wasserflaschen zu füllen, was nicht lange dauern sollte. Mein Trinkwasserbereiter konnte in einer guten Minute etwa einen Liter Wasser filtern.

Ich ging schnell, da ich Ben nicht lange allein lassen wollte. Der Erdboden war weich und schlammig, aber man konnte darauf gehen. Auf dem Weg fand ich einen langen, abgebrochenen Ast, der in einer gebogenen Gabel endete. Ich nahm ihn und versuchte mich auf ihn zu stützen, indem ich mir das gegabelte Ende unter den Arm schob. Der Ast trug mein Gewicht ohne weiteres, war aber ein bisschen zu hoch für mich – womit er für Ben in etwa die richtige Höhe besaß. Ich nahm ihn mit, da ich glaubte, ihn zu einer Krücke umfunktionieren zu können. Falls wir uns wieder in Bewegung setzen mussten, wäre eine Krücke hilfreich.

Ich trat durch die Bäume auf ein Geräusch zu, das immer lauter wurde. Zu meinem Entsetzen war der Bach nun ein wesentlich tieferer, mit Geröll angefüllter, reißender Sturzbach, der wild durch den Wald toste und viel zu schnell floss, als dass man ihn an dieser Stelle hätte überqueren können. Er schnitt uns komplett von der Wiese ab.

Der Wiese, wo der Hubschrauber landen würde – falls er kam.

23

Freitag Morgen, 19. Mai
Bergland der südlichen Sierra Nevada

Als ich zum Zelt zurückkam, schlief Ben immer noch. Ich nahm ein Stück Schnur, um drei Messungen vorzunehmen – von seiner Achselhöhle zu seinem Ellbogen, von seinem Ellbogen zu seiner Handfläche und von seiner Achselhöhle zu seiner Fußsohle. Dann ging ich wieder hinaus und verglich die Gesamtlänge mit dem Ast. Ein bisschen kurz vielleicht, aber ich glaubte, es würde gehen. Mit einem Stück Schnur befestigte ich einen kurzen, dicken Stock an der Stelle, an der meinen Berechnungen nach seine Hand aufliegen musste. Ich klebte gerade ein Stoffpolster dorthin und in die Gabelung, als ich Ben meinen Namen rufen hörte.

Ich trat ins Zelt. »Ben? Wie fühlen Sie sich?«

»Besser.«

»Gut. Ich gebe Ihnen noch ein paar Keflex.«

»Ich nehme später welche. Ich – ich muss mich erleichtern. Würden Sie mir bitte beim Anziehen helfen?«, fragte er.

»Oh. Wenn es dringend ist –«

»So dringend nun auch wieder nicht.«

Die Erniedrigung hätte ihn offenbar fast völlig demoralisiert, aber wir schafften es, unter den Sachen, die ich im Lager aufgesammelt hatte, ein Hemd und eine kurze Hose zu finden, die ihm passten.

»Hat David Bingle beigebracht, Eier aus Vogelnestern zu stehlen?«, fragte ich ihn, um ihn auf andere Gedanken zu bringen.

»Was!?«

»Äh – das war ein Themawechsel. Heute Morgen hat mir Bingle diese Wachteleier gebracht, die auf meinem Schlafsack liegen.«

Er sah zu den Eiern hinüber. »Nein, eigentlich ist er darauf trainiert, die Natur nicht zu stören. Sehr seltsam. Aber er mag Eier.« Er schmunzelte ein wenig und fügte dann hinzu: »Vielleicht umwirbt er Sie.«

»Ich glaube nicht, dass Hunde das tun, was die meisten Frauen für Umwerben halten würden«, sagte ich. »Auch wenn der Durchschnittsmann wahrscheinlich ihr direktes Vorgehen bewundert.«

Ich half ihm, sich aufzusetzen.

Seine Haut war ein bisschen zu warm, und die Rötung auf seinem Gesicht rührte offenbar nicht nur von seiner Verlegenheit her.

»Sie kommen mir ein bisschen fiebrig vor.«

»Helfen Sie mir bitte mit dem Hemd«, sagte er und überging meine Bemerkung.

Ich half ihm hineinzuschlüpfen, doch er schlug meine Hände weg, als ich Anstalten machte, die Knöpfe zu schließen.

»Verdammt noch mal«, sagte er und legte sich wieder hin, da seine Hände nach dem dritten Knopf zu zittern begonnen hatten.

»So schlecht halten Sie sich gar nicht, alles in allem betrachtet«, sagte ich und schloss die Knöpfe ohne weitere Einwände von ihm. »Müssen Sie sich ausruhen, oder wollen Sie einen Abstecher nach draußen wagen?«

»Ausruhen – nur ein paar Minuten«, sagte er und atmete schwer, als wäre er gerannt.

»Wollen Sie ein Ei zum Frühstück? Sie sind klein, aber –«

»Sie sollten sie essen. Oder geben Sie sie Bingle.«

»Ich glaube, er hat bereits gegessen.«

»Sie haben mir gestern Abend die Suppe gegeben. Sie hatten nichts zu essen, oder?«

»Doch, ich habe ein wenig Suppe gegessen. Aber von uns beiden –«

»Sie machen die ganze körperliche Arbeit. Sie brauchen Kraft. Essen Sie die Eier. Und essen Sie auch ein bisschen Suppe. Das ist alles, was er uns gelassen hat, stimmt's?«

»Wir sind in der Nähe einer Wiese. Dort gibt's Löwenzahn und andere Pflanzen, die man essen kann. Außerdem lässt uns J. C. nicht im Stich. Sobald es aufklart, kommt der Hubschrauber.«

»Essen Sie die Eier, bevor J. C. kommt.«

»Aber –«

»Solange ich mich ausruhe. Bitte.«

Und so machte ich mir unter Bingles Augen Rührei. Die drei Wachteleier ergaben etwas weniger als ein Hühnerei. Ich legte eine kleine Gabel von diesem Frühstück in die Hundefutter-Schüssel des bepelzten Diebs und aß den Rest selbst.

Ich half Ben aus dem Zelt, was keine leichte Aufgabe war, und zeigte ihm die Krücke. Er schob sie sich unter den Arm und stützte sich darauf. Sie passte besser, als ich gedacht hatte.

»Ich brauche zwei«, sagte er.

Ich lachte.

»Ich meine, danke, ich wollte nicht –«

»Schon gut. Sie brauchen ja zwei. Ich werde versuchen, noch einen Ast zu finden. Bis dahin stützen Sie sich auf mich.«

Langsam humpelten wir vom Zelt zu einem Baum. »Schaffen Sie es von hier aus?«, fragte ich. »Rufen Sie mich, wenn Sie fertig sind – ich sehe nicht hin.«

»Ich – nicht so dicht am Lagerplatz«, sagte er.

»Ben, unter allen anderen Umständen würde ich Ihr Feingefühl begrüßen. Aber Sie haben Fieber und sehen aus, als würden Sie gleich in Ohnmacht fallen. Bingle hat all diese Bäume ohnehin schon markiert, also zeigen Sie ihm, wer das Alpha-Tier ist. Ich wette, Sie treffen sogar in verletztem Zustand höher.«

»Nein«, widersprach er. »Nicht hier.«

»Herrgott. Sie können sich eigentlich keine Einwände leisten, wissen Sie?« Doch ich half ihm, sich tiefer in den Wald zu bewegen.

Während ich darauf wartete, dass er fertig wurde, hörte ich Bingle bellen. »Scheiße! Ich bin gleich wieder da!«

Ich lief zum Lagerplatz zurück. Bingle war nicht da, doch sein wildes, warnendes Bellen hörte nicht auf.

O Gott, o Gott, o Gott. Lass ihn nicht den Hund umbringen. Lass ihn nicht Ben umbringen. Lass ihn nicht mich umbringen.

Ich hatte keine Waffen außer meinem Messer. Ich hob einen großen Stock auf, von dem ich im selben Moment schon wusste, dass er wahrscheinlich vollkommen unnütz wäre, aber er verlieh mir eine Art primitives Machtgefühl – der Höhlenbewohner, der seine Keule schwenkt, schätze ich.

Mittlerweile vorsichtiger, bahnte ich mir den Weg zu dem Gebell, das aus dem Waldstück in der Nähe des Baches kam. Aus welcher Richtung genau konnte ich nicht sagen, doch der Hund schien vor mir zu sein. Ich huschte von Baum zu Baum, indem ich geduckt rannte und mich so dicht am Boden hielt wie möglich.

»Bingle!«, sagte ich leise, noch bevor ich ihn sah. *»¡Bingle, ven acá! ¡Cállate!«* Ich wagte nicht, laut zu rufen, doch der Hund musste mich gehört haben, da er aufhörte zu bellen und auf mich zurannte. Ich hörte einen Schuss, und Bingle jaulte auf, lief aber weiter.

Bald war er bei mir angelangt, keuchend und außer sich. Ich ließ meinen Schlagstock fallen und fuhr mit den Fingern über sein Fell, konnte jedoch keine Verletzung finden. Ich flüsterte ihm Lobesworte zu und versuchte mein Zittern zu unterdrücken. Wo war Parrish?

Ich wartete und wisperte Bingle zu, bei Fuß zu bleiben und still zu sein. Er gehorchte und sah mich ängstlich an.

»Irene Kelly!«, rief eine Stimme.

Ich glaubte Bingle wimmern zu hören, bis ich begriff, dass ich es war, die das Geräusch gemacht hatte.

»Dank diesem schlecht erzogenen Köter«, brüllte Parrish, »weiß ich ganz genau, wo du bist, Irene! Ich weiß es, hörst du mich! Ich weiß ganz genau, wo du bist!«

Ich klammerte mich an Bingle fest.

»Ich finde einen Weg hinüber, Irene!«, brüllte er. »Ich finde einen Weg hinüber! Hast du geglaubt, ein bisschen Wasser brächte dich in Sicherheit? Denk noch mal nach!«

Ich regte mich nicht. Das Herz hämmerte mir in der Brust.

Ich wartete, doch er sagte nichts mehr. Wäre ich allein gewesen, wäre ich wahrscheinlich einfach mit Bingle davongerannt, aber ich musste an Ben denken. So schnell und leise, wie ich konnte, lief ich zum Lagerplatz zurück.

Hastig sammelte ich sämtliche benutzten Bandagen und alles, was Blutflecken hatte, zusammen – einschließlich der Hose, die ich Ben abgeschnitten hatte – und versteckte die Sachen ein Stück vom Lagerplatz entfernt unter einem Haufen Blätter. Dann kehrte ich zum Zelt zurück und nahm Bens Schlafsäcke, sein Rasierzeug, drei Wasserflaschen, Streichhölzer, ein Kochgeschirr und die Suppe. Ich raffte Verbandszeug, das Aspirin und das Keflex zusammen. Ich ließ meinen Schlafsack liegen, nahm aber ein paar Kleidungsstücke mit, in erster Linie Regenzeug. Dazu kamen Bingles Futter und sein Geschirr. Ich faltete die Plane und wollte schon gehen, als ich einen letzten Gegenstand sah. Ich packte Davids Pullover, den mir Bingle eilends abnahm, und so rannten wir gemeinsam auf die Stelle zu, wo ich Ben zurückgelassen hatte.

Er war nicht da.

»Ben?«, rief ich leise. Hatte ich die Stelle verwechselt?

»Hier drüben«, hörte ich ihn sagen.

»Wo?«, fragte ich, aber Bingle wedelte schon mit dem Schwanz und ging auf einen umgestürzten Baum zu. Wäre sein Maul nicht voller Pullover gewesen, hätte er wahrscheinlich gebellt.

Ein Haufen nasser Blätter bewegte sich, und Bens Kopf tauchte auf. Ich stieß einen Seufzer der Erleichterung aus.

»Alles in Ordnung?«, fragte ich.

»Ein wenig klamm, aber es geht.«

»Gott sei Dank haben Sie sich versteckt. Hören Sie, Bingle hat gebellt –«

»Wegen Parrish«, sagte Ben.

»Haben Sie ihn gehört?«

»Parrish? Eigentlich nicht. Nur eine Stimme. Konnte nicht verstehen, was er gesagt hat. Aber Bingles Gebell – es musste Parrish sein. Ich hab's geschafft, mich hier rüber zu schleppen.«

»Er wird versuchen, den Bach zu überqueren. Der Bach ist vom Regen angeschwollen, also ist eine Überquerung zu unserem Glück kein leichtes Unterfangen. Trotzdem könnte er eine Stelle finden, wo es leicht geht, also haben wir womöglich nur ein paar Minuten.«

»Dann hören Sie mal zu –«

»Ich lenke ihn von Ihnen ab«, erklärte ich. »Selbst wenn er mich erwischt, wird er wahrscheinlich – na ja, jedenfalls haben Sie dann noch etwas Zeit.«

»Herrgott noch mal –«

»Ich glaube, er weiß nicht, dass Sie noch leben«, fuhr ich fort. »Ich habe mich bemüht, alles, was ihn darauf hinweisen könnte, dass Sie mit im Zelt waren, mitzubringen oder zu vergraben. Ich habe die Schlafsäcke und eine Plane dabei, ein bisschen Essen und Wasser. Wenn Sie durchhalten, bis der Hubschrauber kommt, und vielleicht ein Signalfeuer anzünden, sobald Sie ihn hören – ich weiß nicht, das ist vielleicht auch nicht ganz ungefährlich – hier sind jedenfalls Wasser und das Keflex. Ich suche eine Stelle, wo ich Sie verstecken kann, und komme dann gleich wieder.«

»Irene, hören Sie mir zu. Das ist doch Blödsinn. Laufen Sie. Laufen Sie einfach weg. Ich flehe Sie an – bitte. Bitte verschwinden Sie von hier. Ich kann mich unter diesem Baum verstecken.«

»Wenn die Feuchtigkeit Sie nicht umbringt, fressen Sie die Insekten bei lebendigem Leib. Ich wette, Sie haben schon Ameisenbisse.«

»Ameisenbisse! Wer scheißt sich schon um Ameisenbisse!«

»Bingle«, sagte ich, *»cuídalo.«*

»Was haben Sie da gerade zu ihm gesagt?«

»Er passt auf Sie auf, solange ich weg bin.«

»Ach du lieber Gott!«

»Bin gleich wieder da.«

»Nicht! Nicht zurückkommen! Laufen Sie weg!«

Ich begann zum heiligen Judas zu beten, wie es altmodische Katholiken in schweren Zeiten zu tun pflegen. Wo ich schon dabei war, bat ich noch den heiligen Antonius, ein Versteck für Ben zu finden. Ich nahm die direkte Leitung.

Ich weiß zwar nicht, wer als Erster zum Big Boss durchdrang, aber ich war noch nicht weit gegangen, als ich eine Gruppe relativ trockener Felsblöcke fand, die groß genug waren, um einen Menschen zu verbergen, und Ben nicht zwingen würden, das gesamte Insektenleben in einem umgestürzten Baum über sich ergehen zu lassen.

Ich schleppte zuerst die Sachen hin, ohne auf Bens erneute Einwände zu hören. Er hätte wissen müssen, dass es zwecklos war.

Als ich zurückkam, um ihn zu holen, hatte er das entweder begriffen, oder er war es Leid geworden, denn er machte mir keinen weiteren Kummer – abgesehen davon, dass er irgendwas über dickköpfige Frauen murmelte, aber die Leute, die im Lauf der Jahre etwas in der Art zu mir gesagt haben, stehen schon von links Schlange.

Ich lobte Bingle, wies ihn an, uns zu folgen, und half dann Ben, den ich auf den Rücken nahm, als wir bei den Felsen angelangt waren.

Nachdem wir es geschafft hatten, Ben unter qualvollen Mühen in seine steinerne Festung zu bugsieren – sein verletztes Bein bekam vier oder fünf heftige Stöße ab –, machte ich draußen die Runde und musterte die Felsen aus jedem möglichen Winkel. Ich konnte Ben nur sehen, wenn ich über mehrere Felsschichten kletterte. Zufrieden, dass wir damit für die kurze Zeit unser Bestes getan hatten, ernannte ich Bingle erneut zum Wächter und kroch mit ihm in Bens Versteck, wobei ich ihm die Krücke mitbrachte. Ich half ihm rasch, in ein frisches Hemd zu schlüpfen. Die Shorts hatten sich weitaus besser gehalten. Ich legte ihm einen Schlafsack um. Dann vergewisserte ich mich, dass Wasser und andere Dinge in Reichweite waren.

»Ich gehe jetzt«, sagte ich. »Halten Sie es hier aus?«

Er nickte.

»Wenn Sie Frank Harriman vor mir sehen, sagen Sie ihm – grüßen Sie ihn von mir, ja?«

»Klar.«

In diesem Moment ertönte vom Wald her ein Geräusch. Es wiederholte sich wieder und wieder, in regelmäßigen Abständen. Ich erkannte es nicht, aber Ben schon.

»Eine Axt. Er fällt einen Baum. Vermutlich baut er eine Brücke über das Wasser.«

»Dann sehe ich lieber mal zu, dass ich ihn gleich wieder ans andere Ufer locke. Sind Sie sicher, dass Sie hier zurechtkommen?«

»Ja.«

»Schaffen Sie es, hier wieder rauszusteigen, wenn es sein muss?«

»Ja, ich kann mich im Notfall über die Felsen schleppen. Sie nehmen Bingle mit, oder?«

»Ja. Sonst fragt sich Parrish, warum ich ihn nicht bei mir habe, wenn er ihn nicht an meiner Seite sieht. Aber falls – falls nötig, werde ich versuchen, ihn zu Ihnen zurückzuschicken.«

»Ich kann aber nicht viel Spanisch«, sagte er. »Kommen Sie mich lieber selbst holen.«

Ich lachte und wollte schon gehen, doch dann beugte ich mich zu ihm hinab und umarmte ihn. Zuerst schien er ein wenig überrascht, doch dann erwiderte er meine Umarmung. »Passen Sie auf sich auf«, sagte er.

»Sie auch.«

Ich stand auf und war schon halb hinausgestiegen, als er sagte: »Danke.«

»Kämpfen Sie weiter, Ben Sheridan, sonst bin ich echt stinksauer auf Sie.«

»Seien Sie vorsichtig, Lois Lane.«

»Aber sicher, Quincy.«

»O Gott, machen Sie bloß keinen Pathologen aus mir!«

Ich erreichte die Kuppe des Felshaufens und sah ihn unter mir, wo er auf einmal verletzlich und allein wirkte. Fast hätte ich erwogen, bei ihm zu bleiben, aber ich wusste, dass wir eine leichte Beute für Parrish wären, falls er uns fand.

Vielleicht sah mir Ben meine Unentschlossenheit an, da er sagte: »Schubsen Sie den alten Nicky eine Felswand runter, und dann kommen Sie zurück und erzählen mir die Geschichte von Parzival zu Ende.«

»Klar. Ich werde mich bemühen, Sie nicht zu lange auf den Schluss warten zu lassen.«

Ich warf einen letzten Blick auf ihn, wobei ich hoffte, dass es nicht wirklich ein letzter Blick war, winkte und begann meinen Weg zurück zum Bach, während ich zuhörte, wie Parrishs Axt ihre Drohung, ihren Sirenenruf, ihre Warnung verkündete.

24

Freitag Morgen, 19. Mai
Bergland der südlichen Sierra Nevada

Er war stark.

Vermutlich hatte ich das schon vorher gewusst, aber ihm dabei zuzusehen, wie er die Axt gegen den Baum am gegenüberliegenden Ufer schwang, machte mich mutlos, und ich fragte mich, wie in aller Welt ich auf die Idee gekommen war, ihn besiegen zu können.

Er schlug wild drauflos, wütend. Der Baum war nicht wuchtig – eine Kiefer, die hoch genug war, um über den Bach zu reichen, und dick genug, um sein Gewicht zu tragen.

Ich zwang mich, darüber nachzudenken, wie ich ihm entkommen und ihn von Ben weglotsen konnte. Meine ersten panischen Gedanken umfassten abwegige Methoden, ihn zu töten: einen schweren Stein auf ihn zu werfen, während er auf den Baum einhackte; ihm eines über den Schädel zu ziehen, während seine Hände beschäftigt waren; mich à la Tarzan an einer Liane über den Bach zu schwingen und ihn mit meinem Messer zu erstechen, während die Axt im Baum steckte; mir einen Wurfspeer zu schnitzen und ihn zu durchbohren, während er auf halbem Weg über den Fluss war.

Alles nicht praktikabel. Ich habe einen guten Wurfarm, aber das hier war keine gerade Luftlinie, und wenn ich ihn nicht traf, würde er auf mich schießen. Passende Lianen von Tarzan-Format fehlten; und selbst wenn ich die Zeit gehabt hätte, mir einen Speer zu schnitzen, waren die Aussichten gleich Null, zu lernen, wie man ihn akkurat wirft, wenn man nur eine einzige Chance auf Leben oder Tod bekommt.

Ich fand allerdings einen zweiten Stock, der sich als Keule benutzen ließ, und ein paar Steine in Baseballgröße. Wenn er mich irgendwie dabei gesehen hatte, wie ich ihn beobachtete, und mir nachsetzte, bevor ich ans andere Ufer überwechselte, würde ich mich mit allen Mitteln gegen ihn zur Wehr setzen.

Ich vernahm ein langsames Knacken und dann ein donnerndes Krachen. Der Baum begann nachzugeben; seine oberen Äste blieben erst hängen und knallten dann wie Schüsse, als sie auf ihrem Weg nach unten die Äste anderer Bäume streiften. Mit einem lauten Knall, der die Erde unter meinen Füßen erzittern ließ, kam der Baum auf meiner Seite des Baches auf.

Bingle presste sich auf die Erde und legte die Ohren nach hinten, blieb aber bei mir. Vorsichtig spähte ich aus meinem Versteck hervor.

Nick Parrish stand da und musterte sein Werk. Er konnte den Bach jetzt mit Leichtigkeit überqueren. Die untersten Äste des Baumes bildeten zwar auf dieser Seite ein oder zwei Hindernisse, doch er hatte die Stelle für seine Überquerung und das Material für die Brücke klug gewählt.

Würde er damit rechnen, dass ich so nahe war? Wäre ihm klar, dass ich vielleicht auf den Lärm zugelaufen war, den er beim Baumfällen machte? Ich glaubte es nicht. Er würde erwarten, dass ich davonlief. Er erwartete Angst.

Er sah nun auf die Axt. Ich versuchte, mir nicht auszumalen, wie er sie an mir benutzte. Er erwartet Angst, sagte ich mir noch einmal. Gönn sie ihm nicht.

Und so versuchte ich mir vorzustellen, dass sich die Axt in meinen Händen befände, was mich auf einmal veranlasste, mir zu überlegen, wessen Axt dies eigentlich war. Ich konnte mich nicht entsinnen, dass irgendjemand mit einer Axt unterwegs gewesen wäre oder in den letzten paar Tagen eine benutzt hätte. Hatte Parrish noch weitere Werkzeuge und Waffen hier in der Nähe versteckt?

Er trug die Axt bei sich, als er begann, auf dem Baumstamm entlangzugehen. Er benutzte sie als eine Art Balancierhilfe und bewegte sich vorsichtig. Er kam näher und näher.

Er hatte die Hände voll und die Pistole im Halfter stecken.

Die Versuchung, einen Stein nach ihm zu werfen, war stark. Der Bach war nicht weit unter ihm, nur einen guten Meter. Er floss schnell und war kalt, nur wusste ich nicht, wie tief er war. Parrish hielt den Blick jetzt von mir abgewandt und näherte sich den Ästen, die ihn teilweise verbergen würden. Womöglich bekäme ich nie eine bessere Gelegenheit. Doch wenn ich nicht traf? Vielleicht konnte ich ihm ja trotzdem entkommen.

Ich hatte einen der Steine aufgehoben und wog ihn in der Hand, als Parrish das Gleichgewicht verlor. Er war fast auf meiner Seite des Bachs angelangt, als einer der Äste, die den gefällten Stamm hielten, unter seinem zusätzlichen Gewicht nachgab. Der gesamte Stamm sackte urplötzlich mehrere Zentimeter ab, und Parrish hechtete nach vorn. Er ließ die Axt los und fasste hektisch nach den nächst gelegenen Ästen.

Die Axt fiel in das tosende Wasser unter ihm, doch der Ast, nach dem er gegriffen hatte, hielt. Er zog sich hoch und sah erschüttert drein. Meine Freude daran war nur kurz.

Flüsternd wies ich Bingle an, ruhig zu sein, und beobachtete Parrish dabei, wie er sich rasch den Weg ans Ufer bahnte. Ich kauerte mich hinter einen umgestürzten Baum, da ich es nicht weiter riskieren wollte, ihn zu beobachten, und lauschte, wie er durch den Wald schritt und meinem Versteck immer näher kam. Ich nahm den Knüppel fest in die Hand. Parrish blieb nicht weit von mir entfernt stehen, und einen Moment lang war ich mir sicher, dass er mich gesehen hatte und lediglich überlegte, wie er mich am besten gefangen nehmen sollte. Doch er ging weiter auf die Stelle zu, wo er Bingle hatte bellen hören.

Ich zwang mich, noch ein Weilchen zu warten, dann stand ich auf und reckte mich. Bingle streckte die Hinterbeine und folgte mir zu Parrishs Brücke. Ich befestigte die Leine an seinem Geschirr und hoffte, er würde nicht davor zurückschrecken, den tosenden Bach zu überqueren. Ich war mir nicht sicher, ob ich stark genug wäre, ihn davor zu bewahren, abgetrieben zu werden, falls er hineinfiel.

Ich hätte mir keine Sorgen zu machen brauchen. Er sträubte sich nicht gegen meine Bemühungen, ihm dabei zu helfen, auf den Baum zu klettern, und als wir erst einmal aus den Ästen heraus waren, begann er so schnell und so geschickt zu balancieren, dass ich mich darauf konzentrieren musste, mit ihm Schritt zu halten, anstatt mir Gedanken darüber zu machen, dass ich ins Wasser fallen könnte.

»Bien«, flüsterte ich, als wir das schlammige Ufer auf der anderen Seite erreicht hatten. »Du hast wohl schon öfter auf diese Art Bäche überquert, Bingle.«

Ich nahm ihm die Leine ab und gönnte mir einen Moment Zeit, um den gefällten Baum zu mustern und nach etwas zu suchen, das ich später als eine Art Hebel einsetzen konnte, um ihn zu bewegen, fand aber nichts. Mir ging auf, dass dieses Stück Bach nicht weit vom Gruppenlager entfernt war. Da ich hoffte, mir noch einmal ein paar nützliche Gegenstände von dort holen zu können, ging ich dorthin zurück. Ich musste mehrmals nach Bingle rufen, um ihn davon abzuhalten, zur Wiese zurückzulaufen.

Unter den durchnässten Ruinen des Lagers entdeckte ich ein Stück Schnur, das nützlich sein könnte, aber sonst nicht viel. Ich nahm an, dass Parrish einige Zeit brauchen würde, um herauszufinden, wo ich die vergangene Nacht verbracht hatte, und das Zelt zu durchwühlen – doch ich wollte ihm nicht genug Zeit lassen, um Ben zu finden. Rasch kehrte ich zum Bach zurück und ging am Ufer entlang, bis ich in der Nähe der Stelle war, wo Parrish gestanden hatte, als er mir gerufen hatte.

Ich ging ein kleines Stück in den Wald, suchte mir zwei kleine Bäume und spannte etwa in Knöchelhöhe ein Stück Schnur zwischen ihnen, das ich mit Blättern bedeckte. Eilig schärfte ich mit dem Messer drei Stöckchen und steckte sie etwa einen Meter hinter der Schnur mit dem spitzen Ende nach oben etwa in Fünfundvierzig-Grad-Winkeln in die weiche Erde, so dass sie einen Pfeil bildeten, der zum Seil zurück zeigte. Auch sie bedeckte ich mit Blättern. Ein Stückchen weiter weg, in direkter Sichtweite zu den ersten Bäumen, spannte ich ein zweites Seil zwischen zwei anderen Bäumen, diesmal in einer Höhe von etwa dreißig Zentimetern über dem Boden.

Rasch präparierte ich einen Parcours durch den Wald und stapelte hin und wieder Steine als Kennzeichen auf.

»Okay, Bingle«, sagte ich und befestigte die Leine wieder. »Jetzt ziehen wir eine Show ab.«

Ich ging zurück in Richtung Bach, hielt mich aber außer Sichtweite zwischen den Bäumen. *»Cántame, Bingle.«* Sing mir was vor.

Er sah mich an, blickte zur Wiese zurück und wimmerte.

Ich schluckte schwer. *»Cántame, Bingle.«*

Er legte sich hin und weigerte sich, mich anzusehen. Ich versuchte, sein Gesicht zu umfassen, doch er hielt nach wie vor den Blick abgewandt.

»Okay, das gehört also David«, sagte ich. »Ich entschuldige mich. Würdest du für mich sprechen? *Háblame, Bingle. Por favor, háblame.«*

Er sah zu mir auf.

»¡Háblame!«

Er musterte mich und sah unentschlossen drein.

»¡Háblame!«, versuchte ich es noch einmal.

Er bellte.

»¡Muy bien! ¡Háblame!«

Da begann er sich auf meine Bitte einzulassen. Er bellte und bellte, und ich lobte ihn auf Spanisch, bis ich schließlich zwischen den Bäumen am anderen Ufer Bewegung erkennen konnte. Laut rief ich auf Englisch: »Hör auf zu bellen! Bitte, Bingle!« Auf Spanisch fuhr ich fort, begeistert das Gegenteil zu befehlen.

Da ich es nicht übertreiben wollte, sagte ich schließlich: *»¡Cálmate, cállate!«*

Er verstummte. Ruhig streichelte ich ihn und lobte ihn auf

Spanisch. Wir kehrten zum Beginn des Hindernisweges zurück, den ich für Parrish vorbereitet hatte.

Bingle hatte Parrishs Gegenwart schon seit geraumer Zeit wahrgenommen. Vermutlich hatte er seinen Geruch in der Brise erschnuppert, die alle paar Minuten in unsere Richtung wehte. Falls es zutrifft, dass Tiere Angst riechen können, überforderte ich allerdings das Riechorgan des armen Hundes.

Parrish erreichte seine kleine Brücke und konnte es sich nicht verkneifen, mich zu verhöhnen. »Ich finde dich, glaub's mir!«

Was soll's?, dachte ich mir. Geh nicht gelassen in die gute Nacht.

»Hey, Nick!«, brüllte ich. »Für wen haben Sie denn den Zuhälter gemacht, nachdem Ihre Mutter gestorben war?«

Nach befriedigendem Schweigen brüllte er zurück: »Dafür wirst du bezahlen!«

»Hat das Mama auch immer gesagt, Nicky?«

Das spornte ihn zur Eile an.

»¡Apúrate!«, sagte ich zu Bingle, und wir rannten los. Dabei machten wir eine Menge Lärm. Bingle hielt in lockerem Trab mit und genoss es in vollen Zügen. Mir fiel es nicht ganz so leicht, da ich durch den Matsch stapfen musste. Über unseren eigenen Geräuschen hörte ich schon bald, wie Parrish hinter mir durchs Gehölz brach.

Ich kam zur ersten Baumgruppe, schlug einen Haken um sie und stellte mich nicht weit von den Bäumen mit dem sichtbareren Seil in Positur. Sobald Parrish in Sichtweite kam, eilte ich demonstrativ zu diesem Seil hinüber, Bingle im Schlepptau. Ich hörte Parrish brüllen: »Nette Idee«, bevor er über das andere, versteckte Seil stolperte.

Ich hörte ihn aufschreien.

Ich rannte weiter und rief Bingle zu, dass er mir folgen solle. Wir rannten eine weite Strecke, indem wir uns zwischen den Bäumen hielten, bis ich mir sicher war, dass mir Parrish nicht mehr folgte.

Ich ruhte mich aus, da mir schlecht und schwindlig war, und klammerte mich an Bingle. Er gab keinen Hinweis darauf, dass er Parrish roch oder hörte.

Ich wartete, solange ich es aushielt. Falls ihn einer dieser Pflöcke getötet hatte, wollte ich wieder zu Ben zurückkehren.

Zumindest wusste ich, dass ich ihn verletzt hatte. Falls er nur verletzt war, wollte ich wissen, wo er war. Ich hatte eine Aufgabe zu erledigen.

Ich wäre beinahe mit ihm zusammengestoßen.

Bingle merkte vor mir, dass er in der Nähe war, aber doch nicht früh genug. Er hatte sich in unserem Rückenwind gehalten, und obwohl Bingle einen Moment zuvor geknurrt hatte, stieß ich einen verblüfften Schrei aus, als Parrish hinter einem Baum hervortrat.

Sein Hemd war voller Blutflecken, und er hatte sich einen provisorischen Verband um die linke Schulter gewickelt. In der rechten Hand hielt er eine Pistole.

Bingle bellte ihn an.

Parrish lächelte. »Ich glaube, ich werde erst einmal den Hund erschießen.«

25

Freitag Morgen, 19. Mai

Bergland der südlichen Sierra Nevada

»Wie unsportlich von Ihnen«, sagte ich.

»Unsportlich?«, sagte er und blickte leicht amüsiert drein.

»Ich meine, einen Hund zu erschießen, der angeleint ist und nur vier oder fünf Meter von Ihnen weg steht? Wow – Sie sind ja ein sagenhafter Jäger.«

»Glaubst du etwa, so ein Schwachsinn erspart dir irgendwas? Soll ich jetzt beeindruckt sein?«

Ich hoffte, dass er es war. Ich war schon stolz auf mich, weil ich mir noch nicht in die Hosen gemacht hatte. Während ich mich auf das Geräusch von Schüssen gefasst machte, bückte ich mich zu Bingle hinab und schützte seinen Kopf. Im Grunde kein großes Risiko. Parrish mochte zwar auf mich schießen, aber ich wusste, dass das nicht seinen Fantasien entsprach. Er hatte mir einen wesentlich ausgedehnteren Leidensweg zugedacht. Fast wünschte ich mir, er würde mich erschießen.

»Steh auf!«, brüllte er.

Ich machte Bingles Leine los.

»Geben Sie dem Hund einen Vorsprung«, sagte ich und blieb unten.

»Du willst ihm sagen, dass er mich beißen soll«, sagte er und zielte mit der Pistole auf mich.

»Nein, Sie würden ihn bloß umbringen. Ich will ihm sagen, dass er den Bach überqueren soll.«

»Erwartest du, dass ich dir glaube, dass er solche Befehle versteht?«

»Sie haben gesehen, wie gut er trainiert ist. Geben Sie ihm doch selbst den Befehl – wenn Sie es auf Spanisch sagen, gehorcht er Ihnen.«

»Ich spreche keine Sprachen minderwertiger Völker.«

»Fürst der Polyglotten«, murmelte ich.

»Was?«

»Ich habe gesagt, ich bezweifle, dass Sie ein so großartiger Schütze sind. Ich gebe ihm den Befehl. Lassen Sie ihn den Bach überqueren. Probieren Sie, ob Sie ihn auf die Distanz erschießen können. Selbst wenn Sie ihn nicht treffen, schlagen Sie ihn in die Flucht.«

»Ihn nicht treffen?« Parrish lachte. »Na gut, Irene, du scheinst ein bisschen Respekt lernen zu müssen. Vielleicht dient das als eine Art Demonstration. Aber ich warne dich: Falls du vorhast, ihn auf mich zu hetzen, kann ich ohne weiteres einen Schuss abfeuern, bevor er mir auch nur nahe kommt.«

»Mal sehen«, sagte ich. »Zuerst muss ich ihn beruhigen.«

»Bingle«, sagte ich leise. *»¿Bingle, dónde está Ben? Búscalo, Bingle.«*

Bingle hörte auf zu knurren, sah mich an und legte den Kopf schief. Er winselte.

»Eres un perro maravilloso, Bingle. ¿Dónde está Ben? Es muy importante, Bingle. ¡Búscalo!«

Er blickte über den Bach, dann zurück zu mir und zu Parrish. Erneut sah er mich an und winselte wieder.

»Bien, Bingle. ¿Listo? ¡Búscalo! Cuídalo. Por favor, Bingle. Ben, Bingle. Ben. ¡Apúrate, búscalo! ¡Cuídalo! ¡Vete!«

Er lief los, blieb wieder stehen und blickte zu mir zurück. *»¡Bien! ¡Sigue, adelante!«*

Ich versuchte, meine Stimme begeistert klingen zu lassen, während ich froh darüber war, dass Ben nicht »Charles« oder »Jim« hieß, Namen, die zwischen den spanischen Wörtern deutlicher erkennbar gewesen wären.

Bingle setzte sich wieder in Bewegung. Parrish sagte: »Geh ihm bis zum Bach nach.«

Er war nie weit hinter mir, und ich hegte keinen Zweifel daran, dass die Pistole auf mich gerichtet war, nicht auf den Hund. Als er sah, dass wir ihm folgten, zeigte sich Bingle weniger zögerlich und begann in raschem Trott auf den gefällten Baum zuzulaufen.

»¡Adelante!«, sagte ich und fragte mich, ob er es allein auf den Baum schaffen würde.

Ich hätte mir keine Sorgen zu machen brauchen. Er war geschickt und trainiert, und schon bald bahnte er sich den Weg hinüber. Doch als ich ihm nicht folgte, blieb er stehen.

»¡Lárgate!«, befahl ich. Hau ab!

Er rührte sich nicht.

»Ich habe genug von diesem albernen Köter«, sagte Parrish, trat hinter mir hervor und zielte mit der Pistole auf den Hund.

»Ich wusste, dass Sie es nicht können«, sagte ich rasch. »Ich wusste, dass Sie es sich leicht machen würden!«

»Dann mal Beeilung!«

»¡Lárgate!«, sagte ich erneut, im strengsten Tonfall, der mir möglich war.

Bingle lief schnell davon. Als er schon zum Teil von den Zweigen verdeckt war, brüllte ich: *»¡Apúrate, Bingle! ¡Vete!«*

Er gehorchte. Er lief weg vom Bach, in die Bäume. Doch er war noch nicht außer Sichtweite. Parrish legte konzentriert auf ihn an, als ich gegen ihn prallte und uns beide zu Boden warf. Parrish feuerte im Fallen einen Schuss ab und jaulte auf, als er sich die Schulter anschlug.

»¡Vete, Bingle! ¡Vete!«, rief ich erneut, noch als ich mich aufrappelte. Er gehorchte und lief durch die Bäume. Ich versuchte es ihm gleichzutun.

Ich kam nicht weit. Parrish rollte sich herum, packte meinen Knöchel und zog mich brutal nach unten. Ich trat und kratzte, aber er warf sich auf mich, stieß mein Gesicht tief in den Matsch und hielt mich fest, bis meine Lungen nach Luft schrien. Ich kämpfte, versuchte, ihn abzuwerfen, versuchte, mich nach oben zu stemmen, doch er war stärker. Einen Moment lang fragte ich mich, ob es damit enden würde, ob ich schlicht und einfach an diesem schlammigen Ufer erstickt werden würde, ob Parrishs Pläne für mich letztlich doch nicht so raffiniert waren.

Er riss meinen Kopf an den Haaren nach oben. Ich schnappte keuchend nach Luft. Er stieß mein Gesicht wieder nach unten.

Beim vierten Mal wollte ich nur noch Luft. Weiter nichts. Nur Luft. Nur wieder hoch gelassen werden. Ich war halb von Sinnen und geriet in Panik.

Beim zehnten Mal hätte er haben können, was er wollte.

Das wusste er natürlich.

Er machte die Zwölf voll.

Ich glaube, dass es zwölf waren. Ich hatte den Überblick verloren. Die Welt, sämtliches Leben, alles, was von Belang war, hatte sich darauf reduziert, den nächsten Atemzug zu tun.

»Wisch dir das Gesicht ab!«, befahl er zornig und zerrte mich hoch. Er stieß mich vorwärts und setzte mich ungeschickt auf den Stumpf des gefällten Baumes. Er hockte sich vor mich hin und sagte es noch einmal. Es dauerte geraume Zeit, bis ich ihn verstand. Ich keuchte. Ich bekam immer noch nicht genug Luft. Am Himmel gab es nicht genug davon.

»Wisch dir das Gesicht, sonst stoße ich es wieder runter in den Matsch«, drohte er. »Nur dass ich vorher reinpisse!«

Ich fasste mit zitternden Händen nach oben und wischte mir das Gesicht. Der Schlamm ging natürlich nicht ganz weg. Er fasste mit einem Finger herüber und zeichnete etwas auf jede meiner Wangen.

»Da. Jetzt hab ich dich gebrandmarkt. Du trägst meine Initialen.«

Auf einmal spürte ich etwas Feuchtes auf meinen Wangen. Ich weinte.

Sie weckten etwas, diese Tränen. Einen kleinen Funken Wut. Auf mich selbst. Doch das reichte schon.

Die Tränen gefielen ihm, das sah ich. Ich wischte sie weg. Seine Initialen auch.

»Ach, es wird so herrlich werden, dich zu erobern, Irene.«

Ich gab ihm keine Antwort.

Er sagte nichts, und auf einmal merkte ich, dass er auf etwas horchte. Ich glaubte in der Ferne ein leises, rhythmisches Rumpeln zu vernehmen. Ein Hubschrauber?

Wir warteten, jeder mit einem anderen Gefühl der Vorfreude. Ich wusste, dass er noch andere Waffen hatte. Würde er die Leute erschießen, die auf der Wiese landeten? Würden sie die Zerstörung sehen und sich vorsichtig nähern? Könnte ich ihnen klarmachen, dass sie mindestens ein komplettes Sondereinsatzkommando hier einfliegen mussten?

Doch das Geräusch blieb fern und verstummte dann ganz.

Er lächelte.

Sei zornig, sagte ich mir. Doch es fiel mir schwer, den Zorn zu finden, der so tief unter meiner Angst begraben lag.

»Du hast eine Jagd auf den Hund vorgeschlagen. Du bist selbst so eine Art Hündin, weißt du? Hattest du letzte Nacht Sex mit dem Hund? Hast du deshalb versucht, sein Leben zu retten?«

Er traktierte mich mit einer langen Reihe nicht besonders einfallsreicher Fragen über Bingles sexuelle Leistungsfähigkeit. Ich gab ihm keine Antwort, doch die Angst ließ ein wenig nach und wurde von Ekel abgelöst.

»Tja, das spielt jetzt keine Rolle mehr. Du wirst die Gejagte sein, und ich werde dich finden. Ganz egal, wie schnell du rennst oder wie weit du läufst, ich finde dich. Ich habe einen wunderbaren Geruchssinn, weißt du?«

Er fasste in eine seiner Taschen und zog lächelnd etwas Weißes hervor.

Mein Höschen.

Er holte tief Atem, und sein Gesichtsausdruck war der eines Mannes, der von einem schweren Parfüm berauscht ist.

»Schau!«, sagte er und wies auf seinen Schritt. »Du hast mir einen Steifen gemacht.«

Ohne den Blick zu senken, sagte ich: »Nicht einmal Bingle kann etwas so Kleines finden.«

Er ohrfeigte mich. Meine Lippe begann zu bluten. Er lachte und drückte mir den Zwickel meines Höschens darauf.

»Da!«, sagte er und hielt es sich erneut an die Nase. »Jetzt ist es sogar noch leichter, dich zu finden. Steh auf.«

Ich erhob mich.

»Lauf los, Irene. Ich gebe dir einen Vorsprung. Aber vergiss nicht, ganz egal, wie weit du läufst, egal, wie sicher du dich fühlst, egal, wie gut du dich versteckt oder beschützt fühlst – ich finde dich. Ich will, dass du begreifst, was du erst ansatzweise gelernt hast: Ich bin dein Herr. Du solltest dich freuen – du wirst noch lernen, dich zu freuen. Ich werde dich berühren, wie dich noch keiner zuvor berührt hat.«

Er steckte den Slip wieder in die Tasche und tätschelte sie.

»Jetzt habe ich deine Witterung. Ich bin ein sehr leiser Jäger, Irene. Glaubst du, du kannst mir entkommen? Ich spüre dich auf, wenn du es am wenigsten erwartest.«

Er stand auf. »Na komm, fangen wir an.«

Ich regte mich nicht.

»Steh auf!«

Ich erhob mich.

»Lass dir eines von mir gesagt sein«, erklärte er in genervtem Ton. »Ich fange entweder jetzt mit dir an, und zwar so, dass du glauben wirst, die Fotos von Julia Sayre seien auf einem Sonntagsausflug entstanden, oder du fängst bei drei zu laufen an. Ach – und eines noch – merk dir diesen Namen: Nina Poolman. Eines Tages wird ihn jemand wissen wollen. Und jetzt … eins …«

Falls er drei gesagt hat, so habe ich es nicht gehört. Ich rannte bereits durch den Wald.

26

FREITAG MITTAG, 19. MAI

Ein privater Heliport bei Bakersfield

Frank wusste, dass der Hubschrauber Jack gehörte und seine Wartung und Beaufsichtigung Daltons Aufgabe waren, aber er hatte sich ein kleines Pendlermodell ausgemalt und stellte nun verblüfft fest, dass der »Firmenhubschrauber« ein riesiger Sikorsky S-58T war.

»Wozu braucht Fremont Enterprises einen so großen Hubschrauber?«, fragte er Jack.

»Das ist ein Mülltransporter«, antwortete Stinger und lachte über Franks Unbehagen.

»Wir haben mit dem Forest Service vereinbart, dass wir Abfälle aus entlegenen Gegenden holen«, erklärte Jack und versetzte Stinger einen Klaps.

»Sechs Tonnen im Jahr allein vom Mount Whitney«, fügte Stinger stolz hinzu.

»Wir benutzen den Hubschrauber auch für andere Zwecke«, fuhr Jack fort. »Wir setzen Fische ein – wir bringen im Auftrag der Regierung lebende Fische aus Brutstätten in Bergseen. Wir haben Feuerwehrleute transportiert. Wir haben bei Evakuierungen nach Überschwemmungen geholfen. Wir haben Hebearbeiten auf Baustellen erledigt und Frachtladungen geflogen. Und Stinger befasst sich ab und zu mit Such- und Bergungsaktionen.«

Travis begann interessiert Fragen zu stellen, und Stinger musste sich nicht lange bitten lassen, um den Sikorsky zu rühmen. Er war fünf Meter hoch, erklärte er ihnen, und – seine Rotorblätter nicht mitgerechnet – etwa fünfzehn Meter lang. Er war mit Turbinenmotoren und zusätzlichen Hilfstanks versehen. Es passten achtzehn Passagiere hinein, aber Stinger hatte den Innenraum dahingehend verändert, dass nun – neben einer Crew von zwei Leuten im Cockpit – auf der Ladefläche Sitze für zehn Personen und Platz für zwei Tragbahren vorhanden waren.

Frank versuchte nicht daran zu denken, dass sie Tragbahren brauchen könnten.

Stinger nahm die Sitzverteilung vor. Travis und Jack stiegen mit den beiden Hunden, die mit speziellen Geschirren sicher angebunden waren, auf die Ladefläche.

Stinger forderte Frank auf, mit ihm im Cockpit zu fliegen, hoch über der Ladefläche. »Sie können die Personen erkennen, die wir suchen«, erklärte er.

Frank kletterte lediglich mithilfe von Griffen und Trittstufen an der Außenseite des hohen Fluggeräts hinauf und zwängte dann mit den Füßen voraus mühsam seine einsdreiundneunzig durch das Cockpitfenster. Er vermutete, dass diese Art, das Cockpit zu besteigen, sicher mit mehr Übung leichter wurde, aber sein erster Versuch nahm sich verdammt ungeschickt aus – und Stinger zog ihn genüsslich damit auf.

Mühsam beherrschte sich Frank. Er sagte sich, dass er hätte versuchen sollen, letzte Nacht richtig zu schlafen, wie es die anderen getan hatten. Als alle bereits zu Bett gegangen waren, war ihm klar geworden, dass er sich auch ausruhen müsste und er das Zimmer hätte annehmen sollen, das ihm Stinger angeboten hatte. Doch er war aufgeblieben, hatte auf Landkarten gestarrt, war auf und ab gegangen und hatte auf Stingers Computer Wetterberichte im Internet abgerufen.

Irgendwann gegen Morgen musste die Erschöpfung seine Sorgen schließlich überwältigt haben, da er ruckartig aus einem lebhaften Albtraum hochschreckte, in dem er Irene um Hilfe hatte schreien hören, während er rannte, nach ihr rief und sie nicht finden konnte. Doch als ihn Stinger weckte, indem er ihn sachte an der Schulter rüttelte, wurde Frank klar, dass sämtliche Schreie seine eigenen gewesen waren – in seinem unruhigen Schlaf. Er war mit dem Gesicht nach unten auf dem mit Landkarten bedeckten Tisch eingeschlafen. Verdrossen hatte er auf eine von Stingers typischen neunmalklugen Bemerkungen gewartet, doch das Einzige, was der andere gesagt hatte, war: »Der Kaffee ist fertig.«

Stinger gab ihm ein Kopfhörerset mit Mikrofon, dann drehte er sich um und reichte zwei weitere Kopfhörer eine Leiter hinunter zu Jack und Travis. Die Ladefläche war von Franks Platz nicht einsehbar. Stinger ging mit Pappy, dem älteren Mann, der als sein Bodenpersonal fungierte, eine Reihe von Maßnahmen zur Startvorbereitung durch und fragte schließlich: »Können mich alle gut hören?«

Die Antworten ertönten im Chor.

»Okay, dann nur noch eine Frage.«

»Ja?«, sagte Jack.

»Habt ihr alle euer Testament gemacht?«

»Ja«, antwortete Travis, was Jack triumphierend über Stinger lachen ließ.

»Das ist der Platz des Kopiloten«, erklärte Stinger Frank. »Ich brauche Ihnen sicher nicht zu sagen, dass Sie weder Hebel noch Pedale berühren dürfen – oder sonst irgendetwas.«

»Einer allein kann dieses Ding fliegen?«

»Hoffen Sie's mal lieber«, meinte Stinger.

»Stinger –«, kam Jacks genervte Stimme über die Kopfhörer.

»Schon in Ordnung«, sagte Frank. »Er hat ja Recht, es war eine dumme Frage.«

»Nee«, meinte Stinger. Er betätigte ein paar Schalter, ein Rumpeln ertönte, und dann begann sich das Jaulen der Turbinen aufzubauen. Frank sah eine kleine Rauchwolke aus dem Auspuff kommen. »Machen Sie sich deswegen keine Sorgen«, sagte Stinger und bediente die Steuerelemente. Die Blätter der Rotoren begannen immer schneller herumzuwirbeln, und binnen zwanzig Sekunden drehten sich sowohl Haupt- als auch Heckrotor mit gleichmäßiger Geschwindigkeit.

Um sie herum war nichts als Dröhnen.

Travis' Stimme kam über die Kopfhörer. »Die Hunde haben Angst.«

»Das haben sie am Anfang immer«, hörte Frank Jack sagen. »Die beruhigen sich gleich.«

»Soll das heißen, dass meine Hunde schon mal in diesem Ding geflogen sind?«, wollte Frank wissen.

»O ja«, lachte Stinger und bediente Pedale und Hebel auf einmal.

Sie hoben ab, und einen Moment lang ließ sich Frank von dem Gefühl des Fluges gefangen nehmen, einem Gefühl, wie es einem nur ein Hubschrauber vermitteln konnte – nah genug an der Erde, um sie in allen Einzelheiten zu studieren, und hoch genug, um sich frei von ihr zu fühlen.

Sie stiegen erst, flogen dann vorwärts und stiegen erneut. Frank war in Bakersfield aufgewachsen, und nun sah er unter sich Vertrautes vorüberziehen. Er schwieg, während sich Stinger als Fremdenführer für Travis und Jack betätigte.

Frank dachte daran, was diese Unternehmung Jack kosten musste. Allein die Treibstoffkosten wären astronomisch. Stinger hatte gesagt, der Hubschrauber bräuchte dreihundertachtzig Liter in der Stunde. All die Mühe und die Kosten, die sein Freund ihretwegen auf sich nahm – wie konnte er ihm das je vergelten? Er wusste, dass Jack keine Gegenleistung für seine Hilfe erwartete, aber trotzdem …

Stinger flog mit der Gelassenheit jahrelanger Erfahrung und der Ausstrahlung eines Mannes, der sein Terrain kennt. Frank begann zu begreifen, dass ein anderer Pilot vielleicht nicht so ohne weiteres in der Lage gewesen wäre, sie zu diesem Behelfslandeplatz in den Bergen zu bringen. Als Stinger ihnen die Piste zeigte, während sie sie überflogen, schien sie Frank kaum mehr zu sein als ein grob gemähter Streifen in einer Wiese.

Unter ihnen hingen vereinzelte Dunst- und Nebelflächen. Die Luftströmungen und Temperaturen in den Bergen sowie die Talformen beeinflussten dies – an manchen Stellen lag der Nebel dick und still, an anderen war er nicht mehr als ein sanft dahinziehender Dunst, und an wieder anderen war überhaupt nichts dergleichen zu sehen.

Sie kamen ihr näher, sagte sich Frank. Von der Landebahn aus konnte er sie zu Fuß finden, wenn es sein musste.

Vielleicht fehlte ihr gar nichts. Vielleicht hatte er Jack grundlos aufgefordert, einen Haufen Geld hinauszuwerfen.

Irene würde fuchsteufelswild sein, wenn alles in Ordnung war. Mehr als einmal hatte sie ihm vorgeworfen, dass er einen übertriebenen Beschützerinstinkt entwickelte. Und womöglich waren die Rangers schon angerückt und hatten die ganze Gruppe abgeholt – vielleicht war sie bereits auf dem Heimweg …

»Fragen Sie sich, was der Anwalt treibt?«, fragte Stinger und riss ihn aus seinen Tagträumen.

Frank hatte mehrmals versucht, Newly anzurufen, bevor sie Stingers Haus verlassen hatten. Er hatte sich die GPS-Koordinaten bestätigen lassen wollen. Die, die Frank sich aufgeschrieben hatte, hatten ergeben, dass die Gruppe in Kreisen gewandert war, mehr als einmal kehrtgemacht hatte und dieselbe Strecke erneut gegangen war. Aber Newly war nicht ans Telefon gegangen.

»Vielleicht ist er groggy von den Schmerzmitteln«, mutmaßte Frank.

»Hmm. Könnte sein«, antwortete Stinger. »Aber irgendwie seltsam, dass er Ihnen Zugriff auf das GPS gegeben hat. Leuchtet mir nicht ein. Na ja. Wir können ein paar von den Stellen abklappern, die wir auf unseren Karten eingezeichnet haben – vielleicht haben wir ja Glück.«

»Wäre denkbar, dass die Rangers schon dort waren und die Gruppe abgeholt haben?«

»Ich kann sie an ihrem Heliport anfunken. Allerdings gibt's da ein Problem.«

»Und das wäre?«

Stinger schmunzelte. »Tja, *theoretisch* ist das Gebiet, über das wir hier fliegen, unberührte Natur. Und von Gesetzes wegen dürften wir überhaupt nicht hier sein, weder in einem Hubschrauber noch in einem Geländewagen – Sie wissen schon, nur Not- und Sonderfälle. Die Polizei von Las Piernas muss alle möglichen Sondergenehmigungen gehabt haben, um diese Landebahn benutzen zu dürfen, die eigentlich nur für den Fall da ist, dass der Forest Service hier oben Feuerwehrleute braucht. Kennt Ihr Revier jemanden hier oben? Wir könnten jemanden brauchen, der auf unserer Seite steht, wenn wir erwischt werden.«

»Einen der Rangers – er hat schon öfter Unterstützung von den forensischen Anthropologen bekommen, mit denen wir zusammenarbeiten«, antwortete Frank und fragte sich, ob er nur gefeuert oder gefeuert und verhaftet werden würde. »Sie sind aber keine Angestellten der Polizei. Die forensischen Anthropologen meine ich.«

»Hoffentlich ist der Ranger gut mit Irene ausgekommen. Jedenfalls, wenn ich jetzt die Ranger-Station anfunke, bitte ich praktisch darum, dass sie uns hochgehen lassen.«

»Aber Sie scheinen die Gegend so gut zu kennen«, sagte Travis und erinnerte Frank damit daran, dass ihr Gespräch in der Kabine mitgehört werden konnte. »Gibt es denn keinen legalen Grund, aus dem wir hier sein könnten?«

»Wir lassen uns was einfallen«, meinte Jack.

»Was soll's?«, sagte Frank. »Entweder kommen wir damit durch, oder es ist eh schon zu spät, um sich darüber noch den Kopf zu zerbrechen.«

Stinger lachte. »Langsam begreife ich, warum Sie und der alte Jack Freunde geworden sind.«

Sie flogen zur letzten Stelle, die Newly auf dem GPS gespeichert hatte, und begannen von dort aus über den Wiesen zu kreisen, die sie als die wahrscheinlichsten Stellen markiert hatten. Die meisten Wiesen lagen im Nebel; und weil sie so tief und flach waren, sammelte sich die kühle Luft in ihnen.

»Zu schade, dass ich kein Infrarot in diesem Teil habe«, sagte Stinger. »Der Nebel müsste sich in absehbarer Zeit verziehen; vermutlich müssen wir nur abwarten.«

Sie fanden drei Wiesen mit einigermaßen guter Bodensicht, was, wie Stinger erklärte, für das sichere Fliegen eines Hubschraubers wesentlich wichtiger war als die meisten anderen Wetterfaktoren. Sie hatten bereits einen kurzen Blick auf die dritte Wiese geworfen, als Jack sagte, er glaube, an einem Baum etwas Merkwürdiges gesehen zu haben.

Stinger wendete den Hubschrauber und flog die Strecke tiefer und langsamer noch einmal ab.

»Guter Blick, Jack«, sagte Frank auf einmal. »Sieh dir mal den Boden an. Da hat jemand kampiert.«

»Mhm«, bestätigte Stinger und blieb über der Stelle in der Schwebe. »Obwohl man schwer beurteilen kann, wie lange das her ist.«

»Schauen wir uns noch mal bei diesem Baum um«, sagte Frank und wies auf das andere Ende der Wiese. »Die Stelle, wo Jack glaubte, etwas gesehen zu haben. Manche Serienmörder bevorzugen Stellen, die sie wiederfinden können – viele von ihnen suchen ihre Grabstätten erneut auf. Es klingt danach, als hätte Parrish die Gruppe zu Sayres Grab geführt – also muss er eine Methode gehabt haben, um sie zu finden.«

Es dauerte nur wenige Sekunden, um die Strecke zu dem Baum zurückzulegen.

»Seht mal da!«, sagte Travis. »Da hat jemand gegraben.«

»Sieht aus, als ob du Recht hättest, Frank«, ergänzte Jack.

Jetzt konnten sie es alle sehen – das dunkle Oval, die Markierungen, die lockere Erde.

»Ich setze jetzt auf«, erklärte Stinger.

»Nein – nicht hier«, wandte Frank ein. »Sie sind doch von hier aus weitergegangen, wisst ihr noch? Wir müssen nach dieser Hügelkette suchen – der Hügelkette, die diese Wiese von einer anderen trennt.«

Sie flogen an den Rändern der Wiese entlang und sahen nur eine Stelle, die der Beschreibung entsprach, die sie bekommen hatten – einer Beschreibung aus dritter Hand, die vom Ranger über den Piloten an Pete gegangen war, rief sich Frank in Erinnerung. Sie flogen hinauf über die Hügelkette, doch die Wiese auf der anderen Seite war nichts als ein Nebelloch.

»Okay«, sagte Stinger. »Fliegen wir zurück zur Hügelkette. Ich habe eine Stelle entdeckt, wo ich dieses Baby landen kann.«

In letzter Minute schloss Frank doch noch die Augen und war dankbar dafür, dass Stinger zu sehr damit beschäftigt war, die komplizierte Landung zu bewältigen, um zu bemerken, wie er vorübergehend die Nerven verloren hatte.

»Herrgott, Stinger«, sagte Jack.

»Du hast gedacht, ich würde die Bäume stutzen, was, du Hasenfuß?«

»Nein, ich habe gedacht, sie würden uns stutzen. Ich bin nicht so lebensmüde wie du anscheinend.«

Die Hunde mochten zwar erprobte Hubschrauber-Passagiere sein, aber Frank merkte ihnen an, dass sie alle beide froh waren, wieder auf der Erde zu sein. Sie hielten sich dicht an seiner Seite; alle paar Augenblicke wagten sie sich ein paar Schritte davon, spähten beklommen in den Nebel, schnupperten an der Luft und kehrten zu ihm zurück. Er hatte mit den anderen darüber diskutiert, wie sie vorgehen wollten, und bemerkte erst jetzt, dass Dunks Nackenhaare gesträubt waren und das Tier leise knurrte.

»Hey!«, rief er den anderen zu, und sie sahen von ihrem Standort neben der Ladeklappe zu ihm herüber. Er bedeutete ihnen, still zu sein.

Beide Hunde standen nun mit steifen Beinen und Schwänzen da, die Ohren nach vorn gereckt, und lauschten. Alle beobachteten sie – außer Stinger. Er war in die Kabine des Hubschraubers geeilt.

Als er herauskam, hatte er eine Schrotflinte dabei. »Da drin ist noch eine, falls jemand eine will«, flüsterte er. »Sie haben vermutlich eine erstklassige Handfeuerwaffe in Ihrem Schulterhalfter, Frank, aber ich werde langsam alt, daher nehme ich lieber etwas, das keine solche Treffsicherheit erfordert.«

Stinger sah Travis an, der den Kopf schüttelte, und dann Jack, der schmunzelte.

»Immer noch Messer-Fan?«, flüsterte Stinger.

Jack nickte.

Stinger schüttelte den Kopf.

»Könnte auch ein Eichhörnchen oder so was sein«, flüsterte Frank, machte aber die Jacke auf.

Sie hörten Zweige knacken und das Geräusch von Schritten. Dunk begann zu bellen; Deke fiel mit ein.

»Ruhe!«, zischte Jack und erntete auf der Stelle Gehorsam.

Gut, dass Jack den Befehl gegeben hatte, dachte Frank und

öffnete sein Halfter. Die Hunde waren notorisch ungezogen gegenüber ihren richtigen Besitzern.

Die Schritte kamen näher.

In stiller Übereinkunft machte die Gruppe Anstalten, in Deckung zu gehen, wobei Jack Travis hinter sich schob. Frank rief leise nach den Hunden, doch sie ignorierten ihn.

Er erwog, hinzugehen und sie festzuhalten, als er die undeutliche Gestalt eines Mannes – oder einer Frau, das konnte er nicht genau erkennen – näher kommen sah. Stinger lud eine Patrone in die Flinte. »Könnte auch einer von uns sein!«, warnte Frank.

»Wer ist da?«, rief die nebulöse Gestalt. Ein Mann. Frank kannte die Stimme nicht. Stinger musterte ihn, sah ihm seine Unkenntnis an und hob die Flinte.

»Ich kenne nicht alle von ihnen!«, sagte Frank hektisch. »Um Gottes willen, bewahren Sie Ruhe.«

»Wer sind Sie?«, rief Frank zurück.

Der Mann blieb stehen, dann drehte er sich plötzlich um und lief davon.

»Halt!«, rief Frank. »Halt!«

Der Mann lief weiter – sie konnten ihn durchs Gebüsch preschen hören.

Frank wandte sich an Stinger. »Sie und Travis bleiben hier!«, ordnete er an. »Jack, komm mit!«

Er wartete nicht ab, ob man ihm gehorchte. Er ging dem Geräusch nach und blickte sich nur einmal um, bis er Jack hinter sich sah. Die Hunde nahmen die Jagd auf und rannten vor ihm her, blieben aber in Sichtweite.

Ein seltsamer, dumpfer Schlag ertönte, und dann schrie der Mann auf. Es war ein Schrei reinen, unverfälschten Schreckens. Frank rannte schneller.

Wenige Augenblicke später tauchte der Mann wieder auf. Die Hunde waren stehen geblieben, die Ohren angelegt und die Schwänze nach unten gesenkt. Der Mann schrie immer noch und schlug wild gegen irgendetwas, wie ein Kind, dessen Gesicht sich in einem großen Spinnennetz verfangen hat – schlug gegen merkwürdige Gestalten, die von einem Baum hingen.

Mein Gott!, dachte er, sie sehen aus wie Hunde – nein, nein, keine Hunde. Kojoten. Sie ruckten und schaukelten, prallten von dem Mann ab und schwangen zurück, bis der Mann plötzlich auf die Knie fiel, sich unter ihnen zusammenkauerte und zu einer schützenden Kugel einrollte.

Einen Moment lang standen Jack und Frank wie gelähmt da, entsetzt vom Anblick eines Dutzends toter Kojoten, die gegeneinander schwangen und stießen, wobei manche beim Zusammmenstoß brachen.

Es war Dunk, der weiterging, während Deke bei Frank blieb – Dunk, der winselte und vorsichtig an dem zusammengekauerten Mann schnupperte.

Die Gestalt hob den Kopf, und Frank sah das abgehärmte Gesicht eines jungen Mannes, eines vom Entsetzen gezeichneten Mannes – jedoch eines, der nicht erst seit diesem Moment verängstigt war. Er sah weder Frank noch Jack an, sondern den Hund.

»Bingle?«, fragte er, als sähe er ein Wunder vor sich.

Frank entspannte sich ein bisschen, näherte sich aber trotzdem vorsichtig.

»Das ist Dunk«, erklärte er leichthin und trat ein wenig näher. »Aber ich kenne Bingle. Ich habe mit ihm gearbeitet. Ich bin Frank – und wie heißen Sie?«

Der Mann sah zu Frank auf, schien erneut die Kojoten zu erblicken und sah rasch beiseite, zurück zu Dunk. Er streckte die Hand aus und berührte den Hund, begann sein Fell zu streicheln. Dunk lehnte sich gegen ihn und ließ es sich gern gefallen. Der junge Mann klammerte sich an ihm fest.

»Jay. Jay Carter«, antwortete er mit zitternder Stimme. »J. C.«

»J. C.«, sagte Frank. »Nennen Ihre Freunde Sie so?«

J. C. nickte.

Frank trat noch ein wenig näher zu ihm und streckte eine Hand aus. »J. C., gehen wir doch ein Stück weg von hier. Geben Sie mir Ihre Hand, J. C, dann gehen wir von ihnen weg, okay? Kommen Sie.«

J. C. nahm seine Hand und ließ sich von dem Baum wegführen. Er hielt das Gesicht abgewandt, als sie an ihm vorbeigingen, und musterte stattdessen Deke und Dunk, die an seinen Schuhen schnupperten.

»Sie riechen sie«, sagte J. C.

»Die Kojoten?«, fragte Frank.

J. C. schüttelte den Kopf, erwiderte aber nichts. Sein Gesicht verlor sämtliche Farbe, und er kam ins Wanken. Frank legte ihm einen Arm um die Schultern und führte ihn mit Jacks Hilfe zu einem umgestürzten Baum.

»Hier, trinken Sie ein bisschen Wasser«, sagte Frank, doch J. C. griff unbeholfen nach seiner eigenen Wasserflasche und nahm einen tiefen Schluck.

»Ich sage mal Stinger und Travis, dass bei uns alles in Ordnung ist«, meinte Jack. »Und außerdem hole ich heißen Kaffee und Decken.«

»Danke«, sagte Frank.

Jack zögerte. »Soll ich die Hunde mitnehmen?«

»Nein!«, stieß J. C. hervor.

»Okay«, sagte Frank gelassen. »Wir behalten sie hier.«

Erst als Jack gegangen war, fiel Frank etwas an dem Mann auf, das ihm zuvor entgangen war.

»Sie sind beim Forest Service …«

»Ja, ich bin Ranger«, antwortete J. C. tonlos. Er stellte die Wasserflasche beiseite und ging vom Baum weg, um näher bei den Hunden zu sein. Er umarmte sie und vergrub das Gesicht in ihrem Fell. Frank fragte sich, ob die Hunde sich dagegen wehren würden, dass ein Fremder ihre Bewegungsfreiheit einschränkte, doch sie schienen eher geneigt zu sein, ihn mit ihren Schnauzen zu liebkosen und ihn zu umhegen, als sich ihm entziehen zu wollen.

»Und Sie kennen Bingle?«, fragte er.

»Ich kannte Bingle«, antwortete J. C. leise, und Tränen begannen ihm übers Gesicht zu strömen.

Frank spürte, wie sich sein Magen verkrampfte. »Sie kennen also David Niles? Und Ben Sheridan?«

»Sie sind tot«, flüsterte er.

»Was sagen Sie da?«, schrie Frank ihn an, außerstande, sich zu mäßigen. »Wen meinen Sie?«

»Sie sind alle tot«, sagte er.

»Nein ...«

»Ich habe sie hier zurückgelassen.«

»Nein!«

»Doch ... ich ... habe sie verlassen«, stieß er abgehackt hervor. »Ich habe ihnen versprochen ... versprochen, dass ich wiederkommen würde. Aber ich bin zu spät gekommen ... und er ... er hat sie umgebracht.«

»Irene –«, rief Frank halb fragend, halb entsetzt.

»Alle! Er hat sie alle umgebracht! Ich weiß nicht wie – eine Pistole – mitten ins Gesicht! Und eine Explosion, glaube ich. Sie sind in kleinste Teile zerfetzt worden! Sie sind – sie sind an meinen Stiefeln! Ich konnte es nicht verhindern, ich bin auf sie draufgetreten. Ich wollte es nicht. Ich wollte nicht zu spät kommen!«

»Sie sind ja verrückt!«, sagte Frank wütend. Am liebsten hätte er ihn geohrfeigt, ihn gezwungen, zu erklären, dass alles gelogen war und er alles erfunden hatte.

J. C. sah zu ihm auf. Ruhig sagte er: »Ja, ich weiß.«

Und dann, als hätte er die vorherige Namensnennung erst jetzt begriffen, sagte J. C.: »O Gott. Sie sind ihr Mann. Es tut mir ja so – o Gott, es tut mir ja so Leid!«

Frank holte tief Atem und gewann irgendwie seine Selbstbeherrschung zurück. Seine Stimme war wieder ruhig, als er fragte: »J. C., wann haben Sie das letzte Mal geschlafen?«

J. C. streichelte schon wieder die Hunde. »Das weiß ich nicht mehr.«

»Heute ist Freitag. Sie sind am Dienstag mit Newly runtergewandert, stimmt das?«

»Ja, ich glaube schon. Ich weiß es nicht. Es ist schon lange her.«

»Sind Sie am selben Tag zurückmarschiert?«

»Nein, in der Nacht habe ich ein bisschen geschlafen und bin erst am nächsten Tag zurückgewandert.«

»Am Mittwoch. Was ist an diesem Tag passiert?«

»Da haben sie sie schon ausgegraben.« Er schloss die Augen.

»Julia Sayre?«

Er nickte und sah Frank wieder an. »Seitdem habe ich nicht mehr viel geschlafen.«

»Der Rest der Gruppe ist zu der Wiese auf der anderen Seite der Hügelkette weitergewandert?«

»Ja.«

»Sie wollten die anderen heute abholen, J. C.?«

»Die Hubschrauber haben nicht funktioniert.«

»Welche Hubschrauber?«

»Unsere, an der Ranger-Station. Ich war schon spät dran. Ich habe versprochen, dass ich zurückkommen würde.«

»Und Sie haben Ihr Versprechen gehalten. Sie haben Ihr Bestes getan. Aber Parrish – hören Sie mir zu, J. C. Das ist wirklich wichtig. Konnten Sie die Toten tatsächlich identifizieren?«

»Merrick. Manton.« Sein Gesicht verzerrte sich. »Ich – ich habe Teile der anderen gesehen.«

»Sie müssen völlig verstört gewesen sein – jeder wäre das gewesen.«

»Ja.«

»Sind Sie dann von dort weggerannt? Es – es klingt entsetzlich. Ich glaube, jeder würde davonlaufen. Haben Sie das getan?«

J. C. nickte, und da er zu müde war, um nicht alles wörtlich zu nehmen, sagte er: »Ein Stück bin ich auch gegangen. Ich glaube, ich war ziemlich durcheinander. Ich wollte zurück zur Ranger-Station. Ich wollte Hilfe holen. Dann – dann wurde mir klar, dass es zu spät war. Und ich habe einen Hund gehört – ich dachte, es sei Bingle, weil ich ihn nicht gesehen hatte – ich war mir nicht sicher, aber gesehen habe ich ihn nicht, und er hätte ein Stück weit weg von den anderen gewesen sein können, zusammen mit Irene, wie zuvor. Und dann – dann habe ich daran gedacht, dass *er* hier frei rumläuft, und – die Kojoten – und –«

»Schhh, schhh. Ist schon gut.«

Sie hörten, wie die anderen durch die Bäume stapften. J. C. betrachtete erst Jack, als sähe er ihn zum ersten Mal, und dann Travis, doch als er Stinger sah, wurden seine Augen weit. »Stinger? Haben sie doch nach dir geschickt?«

»Sie kennen sich?«, fragte Frank.

Aber Stinger hatte sich schon hingekniet, auf Augenhöhe mit J. C., legte ihm eine Decke um, umarmte ihn und hielt ihn dann an den Schultern fest, während er ihm ins Gesicht sah. »Mein Gott, J. C.«, sagte er. »Wenn du nächstes Mal mit einem Haufen toter Kojoten Topfschlagen spielst, nimm nicht unbedingt dein Gesicht als Stock – du siehst ja genauso abgefuckt aus wie ich.«

J. C. lachte auf und sagte dann unglücklich: »Ich bin zu spät gekommen, Stinger.«

Stinger umarmte ihn und sagte: »Armer, alter J. C. – Fremont, weiter mit dem Scheiß-Programm. Schenk mal was von dem Kaffee aus. Siehst du denn nicht, dass der Mann ihn dringend braucht? Und Harriman, wo zum Teufel wollen Sie denn hin?«

»Meine Frau suchen.«

»Scheiße –«

Frank fiel ihm ins Wort und erklärte den anderen in wenigen kurzen Sätzen, was J. C. vorgefunden hatte. Jack und Travis waren schockiert, doch da sie Franks Besorgnis teilten, waren sie dafür, sofort zu der Wiese hinabzusteigen.

»Moment, Moment!«, sagte Stinger, doch diesmal war es J. C., der ihn unterbrach.

»Ich zeige es euch, wenn ihr – wenn ihr wirklich sehen wollt, wo sie sind.«

»Danke«, sagte Frank, »aber Stinger hat Recht. Sie müssen sich ein bisschen ausruhen und etwas Warmes in Ihren Körper kriegen.«

J. C. fasste in seinen Rucksack und holte ein kleines, schwarzes, rechteckiges Gerät hervor. Diesmal wusste Frank, dass es kein Handy war.

»Ein GPS-Empfänger – haben Sie –?«

»Es war neblig, und ich wollte sicherstellen, dass ich wieder hinfinde«, sagte er und reichte Frank das Gerät. »Ja, ich habe die Stelle markiert. Ich wusste – ich weiß, dass ich irgendwie – na ja, ich bin halb durchgedreht. Sie haben Recht. Ich bin verrückt.«

»Nein, ich habe mich geirrt«, sagte Frank und schämte sich. »Und es war falsch von mir, das zu sagen.«

J. C. erwiderte nichts.

Frank zögerte und sagte dann: »J. C., nur noch eine Frage: Glauben Sie, dass es erst vor ganz kurzer Zeit passiert ist?«

J. C. schüttelte den Kopf. »Es hatte schon auf sie geregnet. Und – Merrick und Manton waren kalt. Ich – ich konnte die anderen nicht anfassen. Es war nicht genug – es war völlig ausgeschlossen, dass sie noch am Leben waren.«

»Trink eine Tasse Kaffee, J. C.«, sagte Stinger. »Dann gehen wir zurück zum Hubschrauber und staffieren diese Hitzköpfe hier aus. Sie wissen nämlich noch nicht, wie sie es mir übermitteln können, wenn sie seine Frau da unten finden.«

»Sie kommen nicht mit uns?«, fragte Frank.

»Denken Sie mal kurz nach. Da draußen läuft ein Mann frei herum, der Flugzeuge bedienen kann. Ich habe wirklich keine

Lust, davonzumarschieren und mein Mädchen hier zu seiner Verfügung stehen zu lassen. Wenn es da unten aufklart, fliege ich ein bisschen näher zu euch hin.«

»Und was, wenn er vorher Sie findet?«, wollte Travis wissen.

Stinger schmunzelte. »Dann braucht er keinen Anwalt mehr.«

27

FREITAG NACHMITTAG, 19. MAI
Bergland der südlichen Sierra Nevada

Nicht lange nachdem sie zu der Wiese hinabgestiegen waren, reichte Frank Travis den GPS-Empfänger. Er hörte den Lärm streitender Geier und nahm nach und nach den Verwesungsgeruch wahr. Er bat Jack, bei Travis und den Hunden in der Nähe der Bäume zu bleiben, während er in den Nebel wanderte, um sich umzusehen.

Jack verstand – ihm war klar, dass Frank Travis den Anblick, der unzweifelhaft dort draußen im Dunst auf sie wartete, ebenso ersparen wollte wie die Belastung, hinterher mit der Erinnerung daran leben zu müssen. J. C. lebte damit. Jack wusste außerdem, dass sich Frank darauf verließ, dass er Travis beschützen würde, falls sich Parrish noch hier herumtrieb. Neben seinen Messern hatte er jetzt auch eine von Stingers Schrotflinten dabei. Genau wie Frank waren auch Jack und Travis mit Leuchtsignalen und Funkgeräten ausgestattet.

»Brecht nicht in Panik aus, wenn ihr Schüsse hört«, erklärte Frank. »Ich werde vielleicht ein paarmal schießen müssen, um die Geier zu verjagen.«

Die Schüsse wirkten eine Zeit lang – allerdings schienen sie die Insekten nicht weiter zu stören. Er wusste, dass die Geier wiederkommen würden – wahrscheinlich bevor er ging. Daran durfte er jetzt nicht denken.

Während er dieses Feld voller Leichenteile musterte, sagte er sich, dass er damit umgehen musste, als wäre es ein Einsatz. Er sagte sich, dass sie nicht in diesem Gemetzel lag, dass er nichts vor sich hatte, was ein Teil von ihr gewesen war.

Er schaffte es ganz gut, indem er sich das einschärfte, bis er Merrick und Manton fand. J. C. musste sie an ihrer Kleidung erkannt haben, denn an ihren Gesichtern war nichts Erkennbares mehr. Frank sah in ihre Taschen. Er hatte sie alle beide gekannt, und auch wenn keiner von ihnen ein enger Freund von ihm gewesen war, so hatte er doch mehrmals mit ihnen zusammengearbeitet. Er zwang sich, von ihnen abzurücken, spürte aber, dass er den Kampf dagegen, sich nicht von dem Anblick vor seinen Augen überwältigen zu lassen, langsam verlor.

Er meldete sich bei Jack und Travis, einfach, um lebende Stimmen zu hören und sich zu vergewissern, dass es auf der Welt noch etwas anderes gab als Nebel und Gestank, weiches Gewebe und Knochen, Geier und Insekten.

Eine leichte Brise war aufgekommen. Er konnte Jack und Travis jetzt sehen, was immerhin schon mehr war als zuvor. Vielleicht lichtete sich der Nebel sogar so weit, dass Stinger hier landen konnte.

Er nahm an, dass die Hunde sie massiv genug warnen würden, falls Parrish noch hier herumlief. Er bezweifelte, dass Parrish momentan in der Nähe war. Vermutlich hatte er sich so schnell wie möglich auf die Flucht begeben. Und Irene war wahrscheinlich seine Geisel. Oder Schlimmeres.

Er wünschte inständig, dass er in diesem Punkt irrte. Dies war eine weitere Möglichkeit, an die er nicht denken wollte. Doch der Gedanke suchte ihn immer wieder heim.

Bevor sie die Hügelkette verließen, hatte er Stinger gebeten, die Ranger-Station anzufunken – hier stand zu viel auf dem Spiel, um es im Alleingang zu versuchen. Sie mussten die Fahndung nach Parrish einleiten. Falls Frank Ärger bekommen sollte, weil er hier heraufgekommen war, so sei's drum. Das war weniger als nichts, wenn Parrish sie in seiner Gewalt hatte. Oder wenn sie unter diesen Fleisch- und Knochenfetzen war.

Sei logisch, warnte er sich selbst. *Behandle das hier, als wäre es irgendein anderer Tatort. Tu deinen Job.*

Und so stellte er sich selbst die Standardfragen.

Was war hier passiert? Eine Gruppe war um das Grab versammelt gewesen und hatte sich daran zu schaffen gemacht. Dann hatte es eine Art Explosion gegeben.

Wie war das geschehen? Parrish hatte keine Waffen bei sich gehabt, als er hier heraufgekommen war, dessen war er sicher. Er würde einen Sprengstoffexperten mit der Spurensicherung kommen lassen müssen, aber höchstwahrscheinlich war der Mechanismus bereits an Ort und Stelle gewesen, ausgelöst von etwas, was das Ausgrabungsteam gemacht hatte – eine versteckte Sprengladung. Parrish musste von vornherein geplant haben, sie zu diesem Grab zu leiten. Er hatte sie jedoch zu Julia Sayres Grab geführt. Also hatte er ihnen eines gegeben und sie dann mit einem zweiten gelockt.

Behandle das hier, wie du es mit jedem anderen Tatort tun würdest, sagte Frank sich noch einmal, während er wünschte, er besäße die Zeit und die Mittel, über die er verfügt hätte, wenn dies zugetroffen hätte. Zunächst einmal Zahnschemata und einen forensischen Odontologen. Doch fürs Erste würde er sich mit groben Vermutungen zufrieden geben müssen. Und so stellte er sich die Fragen, die er am dringendsten beantwortet haben wollte:

Wer waren die Opfer?

Die Personen, die der Explosion am nächsten standen, wären diejenigen gewesen, die am oder neben dem Grab arbeiteten. Die beiden Anthropologen, Sheridan und Niles.

Anhand von Fragmenten einer Kameraausrüstung war er bereits zu dem Schluss gekommen, dass der Fotograf Bill Burden unter den Opfern war. Mein Gott, was für eine Verschwendung! Flash war ein prima Kerl gewesen, ein guter Mann, den man gern in seinem Team gehabt hatte. So jung … aber daran durfte er jetzt nicht denken.

Thompson? Höchstwahrscheinlich. Frank kannte ihn, wusste, dass Thompson nicht weit von der Ausgrabung entfernt gewesen wäre.

Duke und Earl? Da konnte er sich nicht sicher sein. Merrick und Manton waren durch Schüsse getötet worden, nicht durch die Explosion, was nahe legte, dass sie gerade Parrish bewacht hatten. Frank hatte bereits die Theorie entwickelt, dass Parrish in den Augenblicken der Verwirrung, die der Explosion gefolgt sein mussten, einem von ihnen eine Waffe abgenommen hatte. Alle waren müde; sie hatten gerade die gleiche Prozedur auf der anderen Wiese hinter sich gebracht. Wer rechnete schon damit, dass ein Grab mit Sprengstoff präpariert sein würde?

Alle waren müde … Merrick und Manton hielten Wache, was bedeutete, dass Duke und Earl frei hatten. Sie hätten auch irgendwo geschlafen haben können. Konnten sie entkommen sein? Wenn ja, so verfolgten sie wahrscheinlich Parrish. Sie hätten es als ihre Pflicht angesehen, ihn zu fassen. Womöglich jagten sie ihn jetzt. Vielleicht war es so abgelaufen – vielleicht waren sie bereits auf seiner Spur.

Er musste die Leichen der Personen zählen, die durch die Explosion selbst ums Leben gekommen waren. Aber wie? Er begann die identifizierbareren Überreste zu mustern und einzuordnen

Stiefel. Die Stiefel schienen die Explosion mehr oder weniger überstanden zu haben. Er begann sie zu zählen, sie zu betrachten. Er fand neun Männerstiefel. Vielleicht hatten die Geier den zehnten davongetragen. Fünf Männer und die zwei Wachen. Er dachte gerade darüber nach, als er den Teil eines Frauenschuhs fand und fast die Nerven verloren hätte, bis ihm klar wurde, dass es ein eleganter Schuh war und kein Wanderstiefel. Er war fleckig und stank zum Himmel. Irene hatte keine eleganten Schuhe dabei. Es musste der Schuh des vergrabenen Opfers gewesen sein.

»Frank?« Das Funkgerät knisterte.

»Ja, Jack?«

»Hörst du einen Hund bellen?«

»Nein – aber ich war auch in Gedanken woanders. Hörst du einen?«

»Ich dachte schon. Und deine Hunde zeigen Interesse an etwas auf der anderen Seite des Bachs. Der Ranger meinte doch, Irene könnte mit dem Hund zusammen sein, oder?«

Er wollte das glauben, statt dem, was er tatsächlich glaubte, und so sagte er: »Ja. Gib mir Bescheid, wenn du es wieder hörst. Irgendwo hier in der Nähe muss ein Lager sein. Lass mich wissen, wenn du es entdeckst. Sie hatten eine Menge Zeug dabei. Manches davon ist hier, aber sie hatten auch Zelte und Rucksäcke – es ist nicht ein Fitzelchen dergleichen hier draußen. Vermutlich haben sie ihr Lager im Wald in Sichtweite des Grabes aufgeschlagen. Meinst du, du und Travis könntet danach suchen?«

»Klar.«

»Schaut es euch einfach aus der Distanz an, berührt nichts, geht nicht rein und versucht, nicht allzu viel herumzulaufen – und gebt mir Bescheid.« Er beschrieb ihm Irenes Sachen. »Haltet vor allem danach Ausschau, okay?«

»Okay. Ist bei dir da draußen alles in Ordnung?«

Nach kaum merklichem Zögern antwortete er: »Ja. Travis, hörst du mit?«

»Ja.«

»Ich will euch beide warnen: Ich kann nicht jeden hier identifizieren. Das ist vermutlich eine positive Nachricht, aber womöglich findet ihr weitere Leichen im Lager. Falls dort noch mehr Tote liegen, müsst ihr nicht nach ihnen sehen – ihr könnt sie bestimmt riechen. Und dieser Kerl stellt gern explosive Fallen, daher – wie gesagt – funkt mich bitte einfach nur an, wenn ihr das Lager gefunden habt.«

Er stellte das Funkgerät auf Stingers Kanal ein. »Stinger, sind Sie da?«

»Bin ich. Der Wind frischt auf. Wahrscheinlich kann ich rüberfliegen, wenn das noch eine Stunde oder so anhält.«

»Wie geht's J. C.?«

»Er schläft. Ich glaube, er ist am Ende seiner Kräfte.«

»Haben Sie die Ranger-Station erreicht?«

»Mhm. Aber der Forest Service kann uns nicht so schnell beistehen, wie er möchte. Anscheinend hat jemand die Hubschrauber sabotiert. Sie waren froh zu hören, dass wir J. C. gefunden haben. Sie haben sich schon Sorgen um ihn gemacht. Er hat eines ihrer Fahrzeuge genommen, um so nahe wie möglich hierher zu kommen, daher haben sie nicht mehr besonders viele Transportmöglichkeiten. Immerhin gibt es wohl ein oder zwei Zufahrtswege für die Feuerwehr, auf denen sie einigermaßen in die Nähe gelangen können. Und sie fordern Verstärkung an. Bald haben wir hier alles außer den verdammten U. S. Marines, und ich würde nicht mal die ausschließen.«

In Franks Ohren hörte sich das nicht gut an. Die Probleme, den Einsatz zu koordinieren, übertrafen womöglich im Endeffekt die tatsächlichen Hilfsmaßnahmen. Doch er konnte nicht allein nach Parrish suchen. »Sie müssen auch die Polizei in Las Piernas verständigen. Seien Sie möglichst diplomatisch.«

Stinger lachte.

»Hey, Arschloch«, sagte Frank. »Ich stehe hier zwischen den Leichen von mindestens sieben Leuten, die Kollegen von mir waren.«

Nach kurzem Schweigen sagte Stinger: »Das hört sich schon besser an. Das Problem mit Ihnen, Harriman, ist, dass Sie ein bisschen zu höflich sind. Sie wissen schon, ein bisschen hölzern.«

»Passen Sie mal auf –«

»Okay, okay, ich kümmere mich darum. Suchen Sie Ihre Frau – ich werde versuchen, alles so auszuhandeln, dass Sie nicht gefeuert werden.«

»Wen kümmert es schon einen Scheiß, ob – warten Sie mal,

jetzt haben Sie mich auf eine Idee gebracht. Hören Sie – Ihr Kontaktmann am Boden kann doch ein Telefongespräch zu Ihnen durchstellen, oder?«

»Klar.«

Frank nannte ihm eine Nummer. »Unter der müssten Sie Tom Cassidy erreichen. Er ist Verhandlungsführer bei Geiselnahmen. Erzählen Sie ihm, was passiert ist. Sagen Sie ihm – sagen Sie ihm, dass ich vielleicht seine Hilfe brauche. Er weiß dann schon Bescheid.«

Frank machte sich wieder daran, den Boden abzusuchen. Er stieß auf den zehnten Stiefel. Er schien an einen Fleck etwas weiter weg von den anderen getragen worden zu sein. Seltsamerweise lag er näher bei Merrick und Manton. Er sah die Fußspuren eines Hundes, mit Regenwasser gefüllt, und daneben mehrere Stiefelabdrücke, die etwas kleiner waren als die Stiefel, die er gesehen hatte.

Ein Frauenstiefel? Er versuchte sich in Erinnerung zu rufen, ob irgendeiner der Männer auf der Exkursion von kleiner Statur gewesen war. Nein, sie waren alle durchschnittlich groß – ja, die meisten von ihnen waren sogar ziemlich hoch gewachsen.

Stammten diese kleineren Stiefelabdrücke von Irene?

Wenn sie mit dem Hund zusammen war – hatte J. C. nicht gesagt, sie sei mit dem Hund zusammen gewesen? Es war einleuchtend: Thompson hätte sie nicht bei der Ausgrabung dabeihaben wollen, und ihr hätte es nichts ausgemacht, dem Hund Gesellschaft zu leisten, während sie auf die Ergebnisse der Ausgrabung wartete. Sie mochte Hunde.

Er nahm an, dass Parrish den Hund bei der erstbesten Gelegenheit erschossen hätte, aber vielleicht mochte ja auch Parrish Hunde. Doch dann fiel ihm der Kojotenbaum wieder ein, und er strich diese Idee.

Er beschloss, den Spuren zu folgen, da er glaubte, so zumindest herausfinden zu können, wohin Parrish sie und den Hund zu gehen gezwungen hatte, bevor er Bingle umbrachte.

Doch waren bei den Spuren von Irene und dem Hund keine Fußabdrücke von Parrish zu finden.

Hoffnung begann in ihm aufzuwallen. Konnte sie ihm irgendwie entkommen sein? »Irene!«, rief er, während er dachte, dass sie ihn ja vielleicht hören konnte.

Das Funkgerät knisterte und erinnerte ihn daran, dass es noch ein weiter Weg war, bis er etwas Ähnliches wie Erleichterung empfinden konnte.

Er fand eine Stelle, wo das Gras flach niedergedrückt worden war, und etwas, das Blut hätte sein können, aber es war schwer zu sagen – der Regen hatte sich über das gesamte Gebiet ergossen. Er interessierte sich besonders für die nächste Gruppe von Spuren: jemand, der etwas – jemanden? – entlangzerrte? Er ging immer noch diesen Spuren nach, als Travis' Stimme über Funk kam.

»Wir haben das Lager gefunden, Frank. Es ist verwüstet worden. Alles ist durchnässt. Aber kein Leichengeruch, und Irenes Sachen finden wir hier auch nicht.«

»Okay. Ich – pass auf, ich glaube, ich sehe ihre Spuren. Habt ihr den GPS-Empfänger von J. C. noch?«

»Ja, soll ich die Stelle hier eingeben?«

»Ja, und dann kommt raus an den Waldrand, damit ich euch sehen kann. Ich will feststellen, ob es irgendeine Verbindung zwischen diesen Spuren und eurem Standort gibt.«

Doch als Travis und Jack mit den Hunden erschienen, erkannte Frank, dass die Spuren, die er verfolgte, abbogen und weg vom Lager führten. Was hatte das zu bedeuten? Wenn die Stiefelspuren von Irene stammten – wer war dann die zweite Person? Parrish? War er verletzt? War sie es?

Nein, ihre – wenn es denn ihre waren – waren die Stiefelspuren, tief, aber verwischt von etwas, das danach vorbeigekommen war und einen breiten Grasstreifen flach gedrückt hatte. Doch er konnte sich erinnern, dass er so ähnliche Spuren an anderen Tatorten gesehen hatte, wo ein Mörder einen Toten hinter sich hergezerrt hatte …

O Gott, nein.

Er begann neben dem Pfad mit dem flach gedrückten Gras entlangzurennen. Doch als er ihm durch die Bäume gefolgt war, kam er an eine Stelle, wo zwei Personen gestanden hatten – zumindest sah es danach aus. Da waren drei Stiefel und ein Abdruck, aus dem er nicht schlau wurde. Und die Spuren des Hundes. Nichts wurde gezerrt. Und dann nur noch zwei Fußspuren, aber wesentlich tiefer als zuvor. Die kleineren Stiefel, aber – trugen sie etwas? Jemanden?

Zwei Personen hatten überlebt. Vielleicht war Parrish von den Wachen angeschossen worden, zwang Irene aber … wozu? Ihn hinter sich herzuzerren? Das konnte er sich nicht vorstellen. Wahrscheinlicher war, dass er sie gefesselt hatte und sie hinter sich herzog.

Es wurde immer schwieriger, den Spuren zu folgen, und schließlich verlor er sie. Auf der Suche nach ihnen fand er andere Spuren.

Irgendetwas passte nicht zusammen. Er zählte erneut. J. C. und Andy waren zur Landebahn marschiert – damit blieben Parrish, Thompson, Duke, Earl, Merrick, Manton, Flash, Sheridan, Niles und Irene. Zehn Leute. Wenn die Spuren im Gras von Parrish und Irene hinterlassen worden waren, blieben noch acht. Merrick und Manton waren erschossen worden, also waren es noch sechs.

Sechs Paar Füße in Stiefeln. Aber durch die Explosion waren lediglich zehn Stiefel verstreut worden, nicht zwölf. Wenn noch jemand überlebt hatte, wer war es? Und wo steckte er?

Höchstwahrscheinlich, so mutmaßte er, war es Duke oder Earl. Sie waren beide alte Hasen und kannten ihr Geschäft. Keiner von ihnen würde Irene in Gefahr bringen, aber jeder von ihnen wäre imstande, die Spuren von Irene und Parrish zu verfolgen, herauszufinden, wohin der Dreckskerl sie verschleppte, und ihm Druck zu machen, damit Parrish keine Zeit für ... für andere Dinge hätte. Langsam wurde er optimistischer, was Irenes Überlebenschancen anging.

»Bringt die Hunde her«, sagte Frank über Funk. »Mal sehen, ob sie Bingle finden können.«

Die Hunde führten sie an den Bach. Sie gingen am einen Ufer entlang, wo man hin und wieder noch Bingles Pfotenabdrücke erkennen konnte. Aber Deke und Dunk wirkten unkonzentriert und schienen sich mehr für die örtliche Natur zu interessieren als dafür, einen anderen Hund aufzuspüren. Einmal hätte Deke beinahe Travis in den Schlamm gezogen, als sie beschloss, einem Eichhörnchen nachzujagen. Jack schimpfte, und sie rissen sich ein bisschen zusammen.

Frank, der sich fragte, ob er gerade zwanzig wertvolle Minuten damit vergeudet hatte, eine Eichhörnchenjagd zu organisieren, blickte bachaufwärts. Er blieb stehen. »Heilige Scheiße – eine Brücke!«

Da sahen die anderen es auch: ein gefällter Baum, der übers Wasser führte. Eilig gingen sie auf ihn zu.

»Vor kurzem erst gefällt«, erklärte Jack. »Und zwar erst vor ganz kurzer Zeit. Alles hier in der Umgebung ist vom Regen durchnässt, aber diese Kiefer ist ziemlich trocken – und frisch genug, dass man die Schnittstelle riecht.«

Frank blickte zu Boden. Die Spuren waren verwirrend: zwei Paar Stiefelabdrücke, beide Personen waren imstande, zu stehen, und der Hund war bei ihnen. Dann gab es noch Anzeichen für ein Gerangel – an einer Stelle sah man Handabdrücke im Matsch. Ihre? Sicher war er sich da nicht.

Vielleicht waren Duke oder Earl bis hierher gekommen und dann gescheitert. Vielleicht hatte der sechste Mann hier sein Leben verloren, und seine Leiche befand sich flussabwärts.

Aber irgendwer hatte die Kraft und die Zeit gefunden, einen starken Baum zu fällen.

»Schauen wir mal, was am anderen Ufer ist«, sagte er.

Sie fanden weitere wirre Spuren, doch die Hunde wirkten wieder begeisterter und winselten. Jack entdeckte erneut Bingles Spuren, und sie folgten ihnen, bis Travis auf einmal schrie: »Ihr Zelt!«

Da stand es, aufgebaut mitten im Wald. Sie hatte sogar eine Vorrichtung gebastelt, um Regenwasser aufzufangen. »Irene!«, rief Frank. »Irene!«

Er bekam keine Antwort.

Sie sahen ins Zelt. Es gab Anzeichen dafür, dass sie hier geschlafen hatte, aber schon bald fiel Frank auf, dass eine bunte Mischung von Kleidungsstücken im Zelt lag. Die Hunde interessierten sich sehr für die eine Seite, und bei näherem Hinsehen erkannte Frank eine kleine Menge Blut.

»Sie hat den Bach überquert und hier kampiert«, sagte Jack.

Frank nahm eines ihrer Hemden zur Hand: Kein Riss, kein Hinweis auf eine Wunde oder Blutung war zu erkennen, ebenso wenig wie auf ihrem Schlafsack. Wenn sie nicht die Verletzte war, dann hatte Parrish sie vielleicht doch nicht in seiner Gewalt. Vielleicht war sie bei dem zweiten Überlebenden. »Schauen wir mal, ob der Hund noch andere Spuren hinterlassen hat.«

Sie brauchten gar nicht erst nach Spuren zu suchen.

Deke, die Bingles Geruch wahrgenommen hatte, begann zu bellen. Dunk fiel mit ein.

Jack war der Erste, der neben einer Felsgruppe einen großen Schäferhund auftauchen sah. Offenbar fand der Hund, dass sie nah genug gekommen waren, da er wild zu bellen begann. Deke und Dunk pressten sich sofort auf den Boden und wedelten nervös mit den Schwänzen, als wollten sie sich demütig zeigen und ihn um Vergebung bitten.

»Der Pulli, den er da hat, jagt ihnen Ehrfurcht ein«, mutmaßte Travis.

»Nein«, entgegnete Jack. »Er ist der geborene Herrscher.

Deke und Dunk erkennen nur diese Tatsache an – obwohl ich mir sicher bin, dass sie ihn später herausfordern werden.«

Nachdem sie Deke und Dunk – eigentlich unnötigerweise – befohlen hatten, an Ort und Stelle zu bleiben, versuchten die drei Männer, sich dem anderen Hund zu nähern, aber Bingle fletschte die Zähne und hörte nicht auf zu knurren und zu bellen.

Frank versuchte sich den Tag in Erinnerung zu rufen, an dem er mit David Niles und dem Hund gearbeitet hatte, und auf einmal fiel ihm wieder ein, dass der Hund seine Befehle auf Spanisch bekam.

»¡Bingle, cállate!«, sagte er mit fester Stimme.

Der Hund hörte auf zu bellen und sah ihn an, den Kopf zur Seite geneigt. *»¡Bien, Bingle, muy bien!«*

Von irgendwo aus der Nähe – niemand von ihnen wusste zuerst zu sagen, woher – sagte eine matte Stimme: »Bingle, alles in Ordnung. *Está bien, Bingle.*«

»Wer ist da?«, rief Frank.

»Ben Sheridan.«

»Ben! Hier ist Frank Harriman. Wo sind Sie?«

»Hier. Unten zwischen den Felsen. Ich bin verletzt, sonst würde ich zu Ihnen hochklettern. Bingle kann Ihnen zeigen, wo ich bin. Wie sagt man ›Komm her‹?«

»Ven acá«, antwortete Travis und erinnerte damit Frank daran, dass Irenes Cousin derjenige unter ihnen war, der am fließendsten Spanisch sprach.

Der Hund sah Travis an und zögerte offenbar angesichts dieser neuen Reihe von Befehlen, als Ben den letzten wiederholte. Er beeilte sich, der vertrauteren Stimme zu gehorchen, und die Männer hätten fast übersehen, an welcher Stelle er verschwunden war.

Frank spähte in die Felsen hinab und sagte: »Wir holen Sie so schnell wie möglich da raus –«

»Das kann warten – haben Sie Irene gefunden?«

Frank schluckte schwer. »Sie ist nicht bei Ihnen?«

»O Gott!«, stieß Ben hervor. »Sie müssen sie finden! Lassen Sie mich liegen!«

»Erzählen Sie mir, was passiert ist!«

»Parrish –«

»Wir wissen, dass er die anderen umgebracht hat. Konnte sonst noch jemand entkommen?«

»Nein«, antwortete Ben matt. »Abgesehen von Andy und J. C. – die waren Gott sei Dank nicht bei uns. Parrish hat uns heute Morgen aufgespürt, nachdem er einen Baum gefällt hat. Sie hat mich hier drinnen versteckt und versucht, ihn von mir abzulenken. Ich – ich wollte nicht, dass sie das tut! Aber ich kann nicht gehen, und –«

»Wir wissen, wie stur sie sein kann«, erklärte Jack. »Wohin ist sie gegangen?«

»Wieder über den Bach, glaube ich. Ich habe Schüsse gehört, und dann kam Bingle zu mir, aber vielleicht hat Parrish nur auf den Hund geschossen. Ich glaube, ich habe nach den Schüssen noch gehört, wie sie ihn angeschrien hat.«

»Zieh los, Frank«, sagte Jack. »Travis und ich können uns um Dr. Sheridan kümmern. Ich rufe Stinger und frage ihn, ob er jetzt abheben und Ausschau halten kann. Der Nebel hat sich verzogen.«

»Sie sprechen doch Spanisch, oder?«, fragte Ben Frank.

»Ja.«

»Nehmen Sie Bingle mit. Er hat ein paar harte Tage hinter sich, aber er ist auf Suchen und Bergen trainiert.«

»Ich habe David einmal mit ihm arbeiten sehen«, sagte Frank. »Aber ich bin mir nicht sicher, ob Bingle auf mich hören wird.«

»Er wird nie mit irgendjemandem so gut zusammenarbeiten wie mit David. David –« Einen Moment lang schien er nicht weitersprechen zu können. »Bitte nehmen Sie Bingle mit – einen Versuch ist es wert. Ich glaube, der Befehl heißt ›Such sie‹, und fragen Sie ihn ›Wo ist Irene?‹ Loben Sie ihn viel, machen Sie ein Spiel daraus. Er braucht keine Leine. Ich glaube, er hängt sehr an Irene. Ich hatte das Gefühl, dass er ohnehin nach ihr suchen wollte – er hat sich sehr besorgt gegeben.«

»Bittet Stinger, so bald wie möglich mit dem Hubschrauber hier hochzukommen«, sagte Frank und rief nach Bingle.

Der Hund zögerte und sah zu Ben zurück.

»Wie sage ich ›Geh mit ihm‹?«, erkundigte sich Ben.

»*Ve con él*«, sagte Travis.

Ben wiederholte den Satz als Befehl an Bingle und zeigte auf Frank. Er wiederholte den Satz dreimal, bis Bingle schließlich dort hinaufkletterte, wo Frank wartete.

Frank sah, dass der Hund jetzt auf ihn konzentriert war und fast ungeduldig wirkte. Er versuchte, sich an alles zu erinnern, was er David mit dem Hund hatte tun sehen.

»Travis, hast du Deke und Dunk im Griff?«, fragte er.

»Alles klar«, erwiderte Travis.

»Bingle«, sagte Frank. »*¿Estás listo?*«

Bingle bellte und wedelte mit dem Schwanz.

Frank hielt ihm das Hemd hin, das er im Zelt gefunden hatte, und hoffte, dass Irene es vor kurzem noch getragen hatte.

Der Hund schnupperte daran.

»*¿Dónde está Irene? ¿Dónde está Irene?« ¡Búscala!*«

Bingle bellte und raste auf den Bach zu.

28

Freitag Morgen, 19. Mai

Bergland der südlichen Sierra Nevada

Zuerst dachte ich an gar nichts außer an Flucht.

Ich rannte blind los, in den Nebel, durch die Bäume. Nebel und Wald waren mir Schutzschild und Hindernis zugleich: Gemeinsam verbargen sie mich vor ihm, aber ihretwegen konnte ich nicht einfach ungehindert mit höchstem Tempo davonlaufen.

Zu Hause lief ich fast jeden Tag am Strand, aber hier gab es nur wenige flache und glatte Strecken. Die Höhe, der Schlamm und die Unebenheit des Geländes waren nur ein Teil des Problems – ich war ja nicht gerade frisch und munter losgelaufen. Aber trotz meiner Erschöpfung rannte ich mit voller Kraft. Eine Zeit lang war die Bedrohung, Nick Parrish ausgeliefert zu sein, genug, um mich voranzutreiben.

Zuerst rief er meinen Namen und schrie mir Dinge nach. Alles in allem tat er sein Bestes, um mich zu erschrecken und zu verstören.

»Kannst du denn nicht schneller laufen?«

»Du wirst langsamer! Ich krieg dich!«

»Ich komme näher, Irene!«

Als ich mich umblickte, stieß ich gegen eine Wurzel und kam ins Stolpern. Ich zerkratzte mir Handflächen und Finger, als ich einen Ast packte, um einen Sturz zu verhindern. Ungeschickt fand ich mein Gleichgewicht wieder, bevor ich zu Boden fiel. Das war mir eine Lehre. Danach bewegte ich mich vorsichtiger.

Sogar an den Stellen, wo der Boden trockener war, bildeten die Kiefernnadeln eine glitschige Schicht unter meinen Füßen. Mein kleiner Rucksack schlug mir immer wieder gegen den Rücken. Die Wanderstiefel gaben nicht so nach, wie es Laufschuhe getan hätten, und mit ihnen fühlte sich der Boden unter meinen Füßen anders an, daher lief ich unsicher. Schon bald schienen mir die Stiefel aus Blei zu sein, und meine Beine waren schwer und lahm.

Mit der Zeit wurde ich ganz benommen. Und obwohl mir Parrish anfangs sehr nah gewesen zu sein schien, kam es mir nun so vor, als würde ich den Abstand zwischen uns vergrößern. Seine Stimme ertönte nicht mehr so oft, und die Worte waren weniger deutlich. Schon bald stellte er das Schreien ganz ein.

Ich rannte. Meine Muskeln wollten nicht mehr und schmerzten, der Atem kam in abgehackten Stößen, die in meine Rippen zu stechen schienen, wenn sie die Lunge erreicht hatten. Meine Waden verkrampften sich. Mein Mund fühlte sich an, als wäre er voll halb getrocknetem Leim, und meine Finger kribbelten.

Ich reduzierte mein Tempo, lief aber weiter – oder vielmehr schleppte mich dahin. Ich konnte ihn weder sehen noch hören. Das beunruhigte mich. Wo war er? War er an mir vorbeigezogen? Oder war es mir gelungen, ihm zu entkommen? Hatte ihn die Verletzung an der Schulter doch geschwächt? Ich war mir sicher, dass ich ihn ganz in der Nähe hörte, bis mir klar wurde, dass ich die Geräusche hörte, die ich selbst beim Laufen machte.

Ich rutschte erneut aus, fand die Balance wieder, nahm meinen Rucksack ab und schloss ihn vor dem Körper in die Arme wie einen Fußball. Nun konnte er meinen Rücken nicht mehr traktieren, aber beim nächsten Ausrutscher bohrten sich sämtliche Gegenstände darin in meine Rippen.

Ich rannte weiter. Es fiel mir schwer, klar zu denken, und ich hatte völlig die Orientierung verloren. War ich im Kreis gelaufen? Ich war mir nicht mehr sicher, ob ich von Parrish wegrannte, sondern kam mehr und mehr zu der Überzeugung, dass ich direkt auf ihn zulief. Ich hörte den Bach und versuchte ihm zu folgen, während ich mir immer sicherer wurde, dass er sehr, sehr nahe war.

Meine Haare waren nass von Matsch und Nebel und klatschten mir beim Laufen immer wieder ins Gesicht. Ich versuchte, sie mir aus den Augen zu halten, und rannte weiter.

Ich rannte, bis ich stürzte – schwer.

Ich war mir nicht ganz sicher, was geschehen war – meine Beine schienen einfach nachzugeben. Beim Sturz zerkratzte ich mir Knie, Unterarme und Gesicht. Ich wollte aufstehen, aber nichts gehorchte mir. In meinen Gliedern war keine Kraft mehr;

alles zitterte oder schmerzte, und mir war speiübel. Es war, als hätte ich urplötzlich eine schlimme Grippe bekommen.

Ich lag in einem Dickicht. In der Nähe konnte ich den Bach hören. Ich tastete nach meiner Wasserflasche und stellte erstaunt fest, dass ich sie noch hatte – und meinen kleinen Rucksack. Mit zitternden Händen schaffte ich es, sie aufzuschrauben und zu trinken. Ich leerte die Flasche, hatte aber immer noch Durst.

Ich musste einsehen, dass mich nicht einmal Panik weiter antreiben konnte. Ich kroch zum Bach und fand einen großen, flachen Felsen, der nur wenige Zentimeter aus dem Wasser ragte. Ich legte mich darauf. Die Welt schien sich trunken um mich zu drehen. Ich war schweißgebadet, und mein Atem kam in schmerzhaften und viel zu lauten, keuchenden Stößen. Mein Puls raste, und mein Herz hämmerte dazu. Nick Parrish hätte eine Kanone auf mich abfeuern können, und ich hätte es nicht gehört.

Der Bach floss an dieser Stelle zu schnell, um gefahrlos hineinsteigen zu können, aber ich beugte mein Gesicht zu ihm herab und schaufelte mir sein kaltes Wasser in den Mund. Ich trank und trank. Ich war zu durstig, um mir die Zeit zu nehmen, Wasser zu filtern – wenn ich dafür in zwei Wochen mit einem Anfall von Dünnpfiff bezahlen musste, würde ich Gott für die Gnade danken.

Die Gischt, die vom Bach aufschoss, wo er in seinem Bett auf Felsen traf, fühlte sich gut an. Ich begann mir Wasser über Gesicht, Arme und Beine zu spritzen. Ich badete meine Kratzer darin und linderte manchen Schmerz. Ich tauchte den Kopf hinein, spürte, wie mir das eisige Wasser über den obersten Teil von Stirn und Kopfhaut rann, und wusch mir den Schlamm aus den Haaren. Erfrischt machte ich mir die Mühe, mithilfe des Filters meine Wasserflasche wieder zu füllen, und trank erneut. Dann legte ich mich hin. Für einen Zeitraum, der mir ziemlich lang vorkam, war ich außerstande, mehr zu tun. Ich hatte immer noch entsetzliche Angst vor Parrish, doch zwischen meiner Angst und meiner Bereitschaft, etwas dagegen zu tun, stand eine Barriere aus Erschöpfung und Wassermangel.

Schließlich versuchte ich aufzustehen und zu gehen. Jeder Muskel und jedes Gelenk protestierten. Ich bewegte mich trotzdem. Nicht schnell, nicht gleichmäßig, aber ich bewegte mich und wankte vom Bachufer weg. Ich wollte imstande sein, Parrish zu hören, wenn er sich näherte.

Aber ich hatte so wenig Energie, dass ich nicht sehr weit kam. Ich stieß auf eine Felsgruppe unter ein paar Bäumen am Bach, ganz ähnlich der Stelle, wo Ben versteckt war. Ich hatte Parrish nun schon geraume Zeit nicht mehr gehört, und der Gedanke an Ben ließ mich überlegen, ob Parrish sich nun auf die Jagd nach Bingle gemacht hatte und womöglich auch Ben fand. Selbst wenn Parrish nicht nach ihm suchte, wie lang konnte er verborgen zwischen den Felsen überleben? Würde ihn irgendjemand finden können, falls mir etwas zustieß?

Etwas brach durch die Bäume zu meiner Linken. Mit pochendem Herzen machte ich den ungeschickten Versuch, mich danach umzuwenden.

Ein Reh.

Kurz darauf glaubte ich erneut das Geräusch eines Hubschraubers zu hören, doch es war immer noch neblig – falls einer über mir hinwegflog, so sah ich ihn nicht. Ich schärfte mir ein, dass ich ruhig bleiben musste und J. C. bestimmt imstande wäre, sobald sich der Nebel gelichtet hätte, die Crew zu unserer Wiese zu leiten.

Aber was sollte Parrish daran hindern, einfach auf die Hubschrauber-Besatzung zu schießen?

Aus der Luft konnten sie ja vielleicht das Grab und die Leichen auf der Wiese erkennen. Dieser Anblick würde sie zur Vorsicht bewegen.

Ich flehte darum, dass sie vorsichtig wären.

Ich wartete.

Ich merkte, wie ich ruckartig aufwachte, und die Erkenntnis, dass ich eingeschlafen war, beängstigte mich. Ich musste auf der Hut sein, aber einen Moment lang war ich derart durcheinander, dass ich nicht mehr wusste, warum. Ich war aus einem Traum von Schüssen aufgewacht, in dem Frank meinen Namen rief. Ich lauschte und hörte nichts außer dem Bach und den Vögeln, die sich von einem Baum zum anderen zuzwitscherten.

Ich konzentrierte mich auf meine unmittelbaren Probleme.

Wenn Nick Parrish wieder in die Nähe kam und ich davonrennen musste, konnte ich es mir nicht leisten, ausgetrocknet zu sein. Ich stand auf, streckte meine schmerzenden Muskeln, trank das Wasser, das ich gefiltert hatte, und machte mich auf den kurzen, mir jedoch endlos erscheinenden Weg zurück zum Bach, um Wasser nachzufüllen.

Essen wäre auch nützlich. Ich fand ein paar essbare Schösslinge am Bach. Bei den meisten anderen Pflanzen war ich mir nicht sicher, und auch wenn ich das Risiko einer Darminfektion eingegangen war, so hatte ich nicht vor, mich im Handstreich selbst umzubringen. Es ist wesentlich leichter, sich mit Flora zu vergiften als mit Fauna.

Ich stolperte zu meinem Versteck zurück, außerstande, mich auch nur einigermaßen gezielt zu bewegen.

Ich hatte immer noch mein Messer.

Kaum war mir das wieder eingefallen, als sich ein anderer Gedanke dazwischendrängte: Warum hatte ich das Messer eigentlich noch?

Warum hatte mir Parrish eine Waffe gelassen, wenn sie auch noch so klein war? Warum hatte er mir die Wasserflasche, den Filter und den sonstigen Inhalt meines kleinen Rucksacks gelassen?

Vielleicht rechnete er damit, dass ich nicht mehr dazu käme, die Sachen zu benutzen. Vielleicht wünschte er sich aber auch eine größere Herausforderung.

Warum hatte er mich wegrennen lassen? Ich lief ziellos durch die Gegend und war ihm dennoch entkommen. Oder hatte er mir erlaubt, ihm zu entkommen?

Er hatte einen Baum gefällt, was ihm einige Energie geraubt haben könnte. Und er hatte eine Verletzung an der Schulter – vielleicht hatte sie wieder zu bluten begonnen, als er mir nachsetzte.

Andererseits hatte er gegessen, und er hatte wahrscheinlich geschlafen. Er hatte niemanden durch die Gegend schleppen müssen, und er hatte die Nacht nicht damit verbracht, sich um einen Schwerverletzten zu kümmern. Er hatte keine Angst. Er war nicht beinahe im Schlamm erstickt worden.

Ich wog diese Faktoren gegeneinander ab, außerstande zu ergründen, ob er mir gestattet hatte, ihm zu entkommen, oder ob ich ihn – zumindest vorübergehend – geschlagen hatte. Je mehr ich darüber nachdachte, desto verwirrter wurde ich. Ich schien unfähig zu sein, länger bei einem Gedankengang zu verweilen. Ein Einfall trieb am nächsten vorüber, und ich ertappte mich dabei, wie ich mit leerem Blick vor mich hinstarrte oder ruckartig den Kopf hob, bevor ich erneut eingenickt wäre.

Ich versuchte mich daran zu erinnern, in welcher Verfassung er gewesen war, kurz bevor ich mich auf die Flucht vor ihm gemacht hatte. Er hatte mir Anweisungen gegeben ... irgendetwas über eine Frau namens ... namens wie? Nina Poolman. Ich sollte mir ihren Namen merken. Aber weshalb?

Ich war müde und wollte schlafen, aber der Gedanke an Nick Parrish hielt mich wach, wenn ich auch nicht besonders munter war.

Entfernt hörte ich eine Männerstimme etwas rufen.

Fast hätte ich glauben können, es sei mein Name gewesen, aber ich war mir nicht sicher.

Der Nebel lichtete sich schnell. Außerhalb des Waldes könnte man mich jetzt leichter erkennen. Langsam kroch ich wieder in den schmalen Spalt in der Felsgruppe.

Nur Minuten später hörte ich etwas oder jemanden durchs

Gebüsch brechen, flussabwärts von meinem Versteck. War es Parrish? Noch ein Reh? Ein Bär? Ich wagte nicht, mich von dort, wo ich kauerte, zu erheben.

Ich wartete. Das Geräusch entfernte sich. Wahrscheinlich ein Tier, sagte ich mir. Überzeugt war ich nicht.

Ich schlief wieder ein; ich weiß nicht, wie lang. Weiter weg, flussaufwärts, konnte ich gerade noch ein Hundebellen vernehmen. Ich war mir fast sicher, dass es Bingle war, doch das Bellen hatte einen Klang an sich, der mich um Ben und den Hund zugleich fürchten ließ. Es konnte nur bedeuten, dass Parrish in ihrer Nähe war.

Ich wollte mich nicht einfach verstecken und mir anhören, welch schreckliche Grausamkeiten Parrish ihnen zufügen mochte, auch wenn es nur leise Geräusche aus der Ferne waren.

Langsam verließ ich mein Versteck. Ich fand einen langen, kräftigen Stock und spitzte ihn zu. Als ich das Endprodukt betrachtete, musste ich den Drang unterdrücken, ihn liegen zu lassen, wenn auch nur aus dem Grund, mir die Blamage zu ersparen, dass ich mir als Beilage zu meinem eigenen Tod auch noch Peinlichkeit servierte.

Ich war außerstande, schnell davonzulaufen, aber ich versuchte ein paar Stretching-Übungen zu machen, während ich am Bachufer entlangging, und benutzte meinen selbst gemachten Speer als Spazierstock, indem ich mich bei Schwindelanfällen darauf stützte und mein Bestes tat, um mich von den Muskelschmerzen zu befreien, die meine Bewegungen steif und langsam machten.

Immer wieder hörte ich, wie sich jemand in den Büschen am Bach bewegte. Jedes Mal verbarg ich mich so gut ich konnte, wartete, sah nichts.

Beim Gehen spürte ich erneut, wie ich immer benommener und verwirrter wurde. Die Schwindelanfälle häuften sich. Ich blieb stehen, um zu trinken. Ich war erschöpft und verängstigt – wie sollte ich da Ben und Bingle beistehen?

Kaum hatte ich mir selbst diese Frage gestellt, als ich lautes Lärmen im Wald – viel lauter als zuvor – vernahm, gefolgt von aufgeregtem Bellen. Aber wenn Bingle hier war, was war dann mit Ben passiert?

Ich merkte, wie Verzweiflung in mir aufwallte. Bens Überleben war nie gesichert gewesen, aber sein Tod war ein Schlag, auf den ich nicht gefasst war. Mühsam fand ich die Beherrschung wieder. »Zahl es dem Dreckskerl heim!«, sagte ich mir und packte meinen Speer.

Ich fragte mich gerade, ob der Hund Parrish direkt zu mir führen würde, als ich den Hubschrauber hörte. Sehen konnte ich ihn nicht, aber er klang so groß wie Gott.

Ich würde als Erste bei ihm ankommen, nahm ich mir vor – vielleicht kam ich ja zu spät, um Ben zu retten, aber eventuell konnte ich den Piloten warnen, bevor Parrish das Feuer auf ihn eröffnete. Ich ging auf das Geräusch zu, was nicht leicht war, da es von allen Seiten auf einmal zu kommen schien. Ich konnte nichts anderes mehr hören und zog mein Messer.

Seitlich von mir nahm ich eine Bewegung wahr, und dann sprang mir auch schon Bingle entgegen. Hinter ihm kam jemand durch den Wald.

Panisch lief ich zuerst stolpernd davon, doch es blieb keine Zeit zur Flucht, und so kauerte ich mich hinter einen gefällten Baum, den Speer in der einen Hand, das Messer in der anderen.

In der Hoffnung, dass irgendjemand nah genug wäre, um mich trotz des Hubschraubers zu hören, schrie ich aus Leibeskräften.

Bingle blieb stehen und sah verständnislos drein.

Hinter ihm trat eine Erscheinung hervor. Frank kam aus dem Wald.

Einige Augenblicke konnte ich ihn nur anstarren und mich fragen, wie Parrish diese Verkleidung hingekriegt hatte.

Ein heftiger Wind kam auf, blies Blätter und Zweige vor sich her und verschreckte Vögel und Kleintiere. Und mich auch.

Der Wind legte sich, doch der Lärm des Hubschraubers war nach wie vor ohrenbetäubend.

Frank bremste seinen zunächst rasanten Lauf zu mir ab, vielleicht weil ich mit drohendem Gestus einen spitzen hölzernen Stock und ein Messer hielt.

»Irene?«

Ich konnte ihn über das Getöse nicht hören, aber ich sah, wie seine Lippen das Wort formten. Doch das Beste war, dass ich seine graugrünen Augen sah – seine Augen, nicht die von Parrish. Ich ließ meine Waffen fallen, stand auf und streckte die Arme aus.

Er schloss mich in seine, und dann konnte ich hören, wie er meinen Namen sagte. Er sagte ihn immer wieder.

Wahrscheinlich hätte ich ihn auffordern sollen, sich nicht um mich zu kümmern, und ihm klarmachen, dass es Wichtigeres zu tun gab – aber mir waren Scharfsinn und Tapferkeit kurzfristig abhanden gekommen, und ich konnte ein Weilchen nur noch weinen und seinen Namen zu ihm sagen und Bingle versichern, dass er auch ganz wunderbar sei.

29

Freitag, 19. Mai, später Abend

St. Anne's Hospital, Las Piernas

Die Ärzte erklärten, dass sie Bens Bein vielleicht nicht retten könnten und es eventuell unterhalb des Knies amputieren müssten.

Diese Möglichkeit war Ben nicht neu. Er hatte schon im Hubschrauber davon gesprochen.

Obwohl er schwach gewesen war und offensichtlich unter Fieber und Schmerzen litt, war er in der Lage gewesen, ein Gespräch zu führen. Bingle hatte sich geweigert, von seiner Seite zu weichen, saß jetzt ruhig neben ihm und beobachtete ihn.

Stinger Dalton hatte sich erboten, Ben ins nächste Krankenhaus zu bringen. »Oder wohin Sie auch sonst wollen«, hatte er gesagt, während er neben der Trage kniete. »Dann sind Sie die Schmerzen schneller los, aber manchmal ist Nähe nicht das wichtigste Kriterium, wenn Sie wissen, was ich meine.«

»Ja, weiß ich«, sagte Ben. Ich hielt seine heiße, trockene Hand in der meinen. Er sah erst mich und dann Dalton an. »Bringen Sie mich ins St. Anne's«, bat er. »Ich kenne einen der orthopädischen Chirurgen dort. Wenn er amputieren muss, dann weiß er wenigstens, was er tut.«

Er sah meinen entsetzten Blick.

»Wenn sie einen Teil des Beins abnehmen müssen«, sagte er, »dann liegt das nicht daran, dass Sie irgendetwas falsch gemacht haben. Verstanden?«

»Aber –«

»Verstanden?«

Ich starrte auf den amateurhaften Verband und die provisorische Schiene. »Ich hätte Ihnen das ganze Keflex geben sollen«, sagte ich matt.

»Hören Sie mir zu. Die Kugel hat den Schaden angerichtet, nicht Sie.«

»Vielleicht müssen Sie ja doch keine –«

»Nicht«, sagte er und schloss die Augen. »Nicht.«

Nicht das, flehte ich Gott innerlich an. Nicht noch mehr. Hatte er nicht schon genug durchgemacht?

»Sollen wir irgendjemanden verständigen?«, fragte ihn Frank. »Jemanden, der im Krankenhaus auf Sie wartet?«

Ben antwortete nicht gleich.

»Einen Verwandten oder Freund?«, fragte Frank weiter.

»Nein«, sagte Ben, ohne die Augen zu öffnen. »Niemanden, danke.«

Diese Antwort auf Franks Frage machte mir wie nichts sonst Kopfzerbrechen im Hinblick auf Ben. Es war eine Sache, mit dem Verlust eines Körperteils konfrontiert zu werden, aber eine ganz andere, dies ohne die Unterstützung von Familie oder Freunden durchstehen zu müssen.

Frank hatte den Arm um mich gelegt. Ich lehnte den Kopf gegen seine Schulter. Er fühlte sich solide, stark und sicher an. Ben war am Leben. Bingle war am Leben. Ich war am Leben.

Ich war am Leben und kämpfte dagegen an, etwas anderes als die Taubheit zu fühlen, die sich meiner mehr und mehr bemächtigte. Taubheit und Durst. Ich trank ständig Wasser, aber ich schien gar nicht genug davon kriegen zu können.

Nachdem der Hubschrauber abgehoben hatte, drückte Ben meine Hand. Ich begriff, dass er mir über das Dröhnen des Motors hinweg etwas sagen wollte. Er sah entsetzlich aus. Ich löste meinen Sicherheitsgurt und beugte mich näher zu ihm.

»Die Geschichte.«

Ich sah ihn verständnislos an.

»Der Ritter.«

Und so begann ich ihm meine unzulängliche Version der Geschichte eines mittelalterlichen deutschen Dichters zuzubrüllen, aber ich war noch nicht besonders weit gekommen, als Bens Griff schlaff wurde und sein Kopf zur Seite fiel. Mitten in meinem Geschrei erstarrte ich.

Frank kam eilig zu Ben herüber und prüfte Puls und Atmung. »Er lebt noch«, versicherte er mir. »Sein Puls ist in Ordnung. Er hat nur das Bewusstsein verloren. Er hat mit Sicherheit schlimme Schmerzen. Dalton bringt uns im Handumdrehen nach Las Piernas zurück.«

J. C. starrte mich an, als fürchtete er den nächsten Akt in meinem bizarren Programm der Flugunterhaltung. Bingle, Deke und Dunk schauten drein, als wäre ihnen jeder Moment dieses Fluges ein Graus, Geschichtenerzählen hin oder her. Jack schmunzelte und schrie: »Du erinnerst dich also an Parzival!«

Dalton schaffte es, uns von der Wiese zu bringen, bevor die Polizei oder der Forest Service anrückten. Er funkte die Ranger-

Station an, um ihnen mitzuteilen, dass wir einen medizinischen Notfall hatten und man uns in Las Piernas im St. Anne's antreffen könnte. Er gab eine knappe Beschreibung der Lage auf der Wiese und warnte sie davor, dass Parrish schwer bewaffnet war.

Als der Hubschrauber am St. Anne's landete, wurden wir von einem Team aus Ärzten und Schwestern sowie Tom Cassidy empfangen. Frank hatte ihn gebeten, dort auf uns zu warten. Cassidy beherrscht es meisterhaft, noch unter dem schlimmsten Druck und in chaotischen Situationen ruhig zu bleiben – er ist der Leiter der Spezialeinheit der Polizei von Las Piernas. Zum Aufgabenbereich des hoch gewachsenen Texaners gehören Dinge wie die Freilassung von Geiseln auszuhandeln, aber auch potenzielle Selbstmörder vom Fenstersims zu holen, und sein Können wurde an diesem Tag massiv auf die Probe gestellt.

»Alle sind stinkwütend auf mich«, maulte er, während er vor Stolz grinste, »aber ihr dürft ein Weilchen mit euch und den Ärzten allein sein.«

Jack, Travis und Stinger schnappten sich jeder einen Hund – wobei Stinger der Einzige war, der es schaffte, Bingle von Bens Seite loszueisen – und trafen sich mit Travis' Anwalt, der uns bei vorherigen Gelegenheiten schon geholfen hatte. Mit seinem Beistand und dem Cassidys sah es ganz danach aus, als würde keiner von uns vor Gericht gestellt oder vom Polizeipräsidium gemaßregelt werden oder seinen Job oder die Pilotenlizenz verlieren.

J. C. und Frank waren die Ersten, die dem Staatsanwalt und der Polizei Rede und Antwort standen. Als ich an die Reihe kam, wachte Cassidy inoffiziell über mich. Schnell merkte ich, dass ich wie aus weiter Ferne antwortete und vielleicht nicht immer logisch dachte. Ich wurde rasch müde, und Cassidy scheuchte die anderen davon.

Kurz danach musste er gehen. Er hatte alle Hände voll damit zu tun, den Kriseneinsatz zu koordinieren, der weiter reichte, als ich mir in diesem Moment hätte vorstellen können.

Ich fragte den Arzt, der sich meine zahlreichen Kratzer und Blutergüsse besah, nach Ben. Er zögerte und sagte dann: »Man hat ihn in die Chirurgie gebracht. Das Bein ist schwer verletzt und infiziert. Wir geben ihm Antibiotika, aber –«

»Welche Art Antibiotika?«, wollte ich wissen.

»Eine Kombination aus Cephalosporin – Sie haben es vielleicht schon mal genommen, unter dem Namen Keflex –«

»Keflex«, unterbrach ich ihn und wurde bleich. »Keflex? Das könnte wirken?«

»Ja, in hoher Dosierung«, bestätigte er und musterte mich. »Ist Ihnen schlecht?«

»Ein bisschen«, gestand ich.

Ich wollte nach Hause, doch der Arzt bat mich, noch ein paar Stunden dazubleiben, da ich an Entwässerung litt. Man steckte mich in ein Bett, legte mir eine Infusion, brachte mir ein leichtes Essen, und schnell schlief ich ein.

Ich erwachte zwei Stunden später und sah Mark Baker und John Walters vor meinem Bett stehen. Mark ist ein alter Freund von mir und außerdem Kriminalreporter beim *Express*. John ist der Chefredakteur.

Eine Schwester versuchte sie hinauszukomplimentieren, aber ich sagte ihr, es sei schon in Ordnung, und ich würde mich kurz mit den beiden unterhalten.

Nach ein paar besorgten Phrasen, die ich trotz meiner Erschöpfung nicht allzu ernst nahm, sagte John: »Sie wissen, warum wir hier sind.«

»Sie wollen die Geschichte.«

»Sehen Sie?«, sagte er zu Mark. »Ich habe Ihnen doch gesagt, dass sie ein Profi ist.« Er wandte sich wieder zu mir. »Ich habe mir gedacht, Sie hätten sicher nichts dagegen, wenn Mark sie schreibt – zumindest die erste. Sie werden auf jeden Fall als Mitautorin genannt, aber Mark hat schon ziemlich viel daran gearbeitet, also –«

»Macht mir nichts aus«, sagte ich matt.

»Sie kommen morgen in die Redaktion – holen Sie den versäumten Schlaf nach, aber kommen Sie um, na, sagen wir, elf Uhr.«

»Ich weiß nicht genau –«

»Aber ich«, sagte John energisch. »Ich muss Ihnen ja wohl nicht erst erklären, wie wichtig diese Story ist – und Sie waren mittendrin. Ihr Freund Cassidy hat bereits Ihre Straße absperren lassen, was allerdings fünf große Fernsehteams nicht daran gehindert hat, ihre Übertragungswagen am Ende des Blocks aufzustellen. Ihre Nachbarn jammern, dass Reporter in Hubschraubern über dem Viertel kreisen. Sie *kommen* morgen rein.«

Ich machte mir nicht die Mühe, mit ihm zu streiten. Mir war klar, dass ihm nichts – schon gar nicht meine Gesundheit – wichtiger war als diese Geschichte. Das ist das Problem mit den Nachrichten: Sie können nicht warten.

Und so machte sich Mark Notizen und stellte Fragen, doch schon bald schweiften meine Gedanken ab. Mark sah immer wieder zu John hinüber.

»Sie reden nicht gerade besonders logisch«, beschwerte sich John schließlich.

»Nein. Müsste Morry nicht hier sein?«, fragte ich. Morry war der leitende Nachrichtenredakteur.

»Während Sie weg waren, hat er die Zeitung verlassen. Daher erfülle ich vorübergehend beide Funktionen.«

Unter anderen Umständen hätte mich diese Neuigkeit erschüttert und mich meinerseits zu Dutzenden von Fragen veranlasst. Doch ich gähnte nur und sagte: »Oh.«

Die beiden Männer wechselten erneut Blicke.

Mark fing an, mir Fragen nach den Männern zu stellen, die umgekommen waren. Aber jedes Mal, wenn ich mehr als nur ihre Namen sagte, vergaß ich irgendwie, wovon ich sprach. Immer wieder hörte ich die Explosion, sah Fleischfetzen und Knochen überall verstreut, roch Blut, Rauch und Erde.

So lebhaft ich diese Bilder auch vor Augen hatte, ich konnte gegenüber Mark und John nicht von ihnen sprechen. Es war, als gäbe es eine Blockade zwischen meinem Verstand und meinem Mund – ich konnte einfach die Worte nicht bilden, die solche Dinge vermittelt hätten. Und schon bald lernte mein Verstand, von dem Bild, über das Mark sprechen wollte, zu etwas anderem zu springen, zum Beispiel wie der Himmel ausgesehen hatte, als ich zwischen den Felsen saß, wie sich mein selbst gemachter Speer in meiner Hand angefühlt hatte, wie kühl das Wasser im Bach war.

Mark fragte: »Wie hat Parrish seinen Wachen die Waffe abgenommen?«

»Merrick und Manton«, sagte ich.

»Ja, hast du gesehen, wie er sie erschossen hat?«

Schweigen.

»Glaubt ihr, ich kriege eine Darminfektion?«, fragte ich.

»Das sieht Ihnen gar nicht ähnlich, Kelly«, sagte John missbilligend.

»Nein«, stimmte ich zu. »Ich achte normalerweise sehr darauf, das Wasser zu filtern.«

»Das habe ich nicht gemeint. Sie sind nicht Sie selbst.«

Ich schwieg eine Weile und sagte dann: »Ich weiß. Ich kann auch nicht sagen, wann ich wieder ›ich selbst‹ sein werde.«

»Natürlich nicht«, erwiderte er barsch. »Sie haben Entsetzliches erlebt. Aber Sie müssen nach vorn blicken.«

Mark schüttelte ungläubig den Kopf.

»Muss sie!«, protestierte John.

»Lassen Sie ihr vierundzwanzig Stunden, um sich in Selbstmitleid zu suhlen«, schalt ihn Mark. »Ich wette, sie ist rechtzeitig wieder hergestellt, um die Titelseite am Sonntag zu retten. Sie wissen schon – sich an den eigenen Haaren aus dem Sumpf ziehen und so. Bestimmt sprudelt sie über, weil sie unbedingt morgen bis Sonnenaufgang jemandem all ihre düstersten Schrecknisse erzählen will.«

»Ich kann nicht – ich will nie darüber sprechen«, erklärte ich. »Ich glaube, er will das, und deshalb tue ich es nicht.«

»Ja, natürlich will Mark, dass Sie darüber sprechen!«, sagte John. »Aber warum wollen Sie nicht?«

»Nicht Mark. Parrish.«

Meine Antwort verblüffte ihn.

Er musterte mich, sah auf die Uhr und sagte: »Schlafen Sie erst mal. Das haben Sie jetzt am nötigsten. Ein bisschen Schlaf. Ich habe inzwischen genug von Ihnen gehört, um die morgige Ausgabe zu füllen. Wir sehen uns dann morgen Nachmittag.« Er studierte mich ein bisschen eingehender und sagte: »Ich bitte auch Lydia, reinzukommen.«

Ich kenne Lydia Ames, die in der Lokalredaktion arbeitet, seit der Grundschule.

»Danke«, sagte ich und brach in Tränen aus.

»O Gott!«, stöhnte John.

In diesem Moment kam Frank in den Raum und sah mich weinen. Angesichts seines zornigen Blicks hielten Mark und John ergeben die Hände in die Höhe. Das reichte, um meine Tränen versiegen zu lassen.

»Sie gehört ganz Ihnen«, knurrte John, und sie gingen.

Frank kam nahe ans Bett und nahm meine Hand, die Rechte, an der keine Infusion hing. Sachte fuhr er mit dem Daumen über meine Knöchel. Aber ich nahm eine Spannung an ihm wahr, die mir zeigte, dass dies keine Liebesgeste war. Und seine graugrünen Augen waren sorgenvoll.

»Was ist denn?«, fragte ich und setzte mich auf. »Was ist los?«

Er atmete schwer aus und antwortete: »Ben. Sie mussten amputieren.«

»Nein … o Gott, nein.«

»Sie haben gesagt, er hätte die Operation gut überstanden.«

»Ich will von der Scheiß-Operation nichts hören!«, schrie ich.

Er legte die Arme um mich, was die Tränen erneut zum

Fließen brachte. Er ließ mich heftig und laut weinen und hörte mir zu, wie ich Gott beschimpfte – und mich selbst.

»Ich habe es nicht gewusst«, sagte ich. »Ich habe nicht gewusst, was ich tun soll, wie ich ihm helfen kann –«

»Du hast ihm das Leben gerettet.«

Ich fragte mich, ob mir Ben dafür im Moment besonders dankbar war. Laut sagte ich: »Ich muss ihn sehen.«

»Er schläft. Wahrscheinlich darf er erst morgen Besuch bekommen.«

Unglücklich lehnte ich mich ins Kissen zurück. Frank begann mir von Cody und den Hunden und alltäglichen Dingen zu erzählen, und ich beruhigte mich. Die Erschöpfung kam erneut über mich. »Lass mich nicht allein hier drin«, murmelte ich schläfrig.

Er machte das Deckenlicht aus, streckte sich auf dem anderen Bett aus und redete noch anderthalb Minuten mit mir, bevor er einschlief – zu weit weg von mir, aber alles andere nahm ich ihm nicht übel.

In den nächsten zwei Stunden trieb ich hin und her über die Grenzen des Schlafs. Ich träumte, in blutigen Stiefeln zu marschieren, als das Telefon klingelte. Frank wachte auf und war schon auf den Beinen und an meinem Bett, bevor ich das Licht angeschaltet und das richtige Ende des Hörers gefunden hatte.

»Irene? Hier ist Gillian.«

»Hallo, Gillian«, sagte ich um einen harten Kloß in meinem Hals herum.

»Habe ich Sie geweckt?«

»Nein, nein, ist schon gut.« Ich wusste beim besten Willen nicht, was ich als Nächstes sagen sollte.

»Ich wollte fragen, ob ich Sie sprechen könnte – nicht heute Abend, aber vielleicht morgen? Sind Sie dann noch dort?«

»Nein, da bin ich nicht mehr hier. Ich gehe bald nach Hause«, erwiderte ich, da ich auf einmal wusste, dass ich nicht imstande wäre, die Nacht in diesem Krankenhausbett zu verbringen, sondern eine vertraute Umgebung brauchte. »Aber ich gehe morgen Nachmittag in die Redaktion. Möchten Sie mich dort treffen?«

»Klar. Welche Uhrzeit?«

»Gegen vier?«

»Okay.«

Das Schweigen zog sich in die Länge, und ich sagte: »Es tut mir Leid, Gillian.«

»Schon gut«, sagte sie, obwohl sie nicht danach klang. »Danke, dass Sie da raufgegangen sind. Ich – ich habe in den Nachrichten gehört, was passiert ist. Ist der Mann – Ben Sheridan, heißt er so?«

»Ja.« Der Kloß gefror zu einer harten Masse.

»Wird er wieder gesund?«

Nein, wird er nicht. Aber ich dachte daran, dass ihr vierjähriges Warten in dieser Weise geendet hatte, und antwortete: »Ja, er wird wieder gesund.«

Nach weiterem Schweigen sagte sie: »Tja, dann also bis morgen.«

Ich hatte sämtliche Papiere für meine Entlassung unterschrieben und zog gerade ein paar frische Kleider an, die Travis aufmerksamerweise vorbeigebracht hatte, als mir etwas einfiel. Ich holte meine Landkarten heraus und zeigte Frank, wo die allzu saubere Höhle lag. »Es könnte auch nichts sein«, sagte ich, aber irgendwie beruhigte mich der Akt, ihm diese Information zu geben, ein wenig.

Er dankte mir und sagte dann: »Ich habe mit einer Krankenschwester gesprochen, während du die Formulare ausgefüllt hast. Ich habe angenommen, dass du wohl kaum von hier verschwinden wirst, ohne nach Ben gesehen zu haben. Er schläft, aber sie hat gesagt, wenn du es kurz machst und versprichst, ihn nicht aufzuschrecken, dann wäre es okay.«

Ich sah zu ihm auf und fragte mich, wie es möglich war, dass er so oft vorauszuahnen schien, was für Bedürfnisse ich haben könnte.

»Du hast ihn in den Bergen nicht im Stich gelassen«, erklärte er. »Und wir lassen ihn auch jetzt nicht im Stich.«

»Danke«, sagte ich. Als ich mir einigermaßen sicher war, dass ich wieder sprechen konnte, ohne zu weinen, fügte ich hinzu: »Wo möchtest du denn unseren hundertsten Hochzeitstag feiern?«

Meinen ersten Schock bekam ich, als ich statt der erwarteten flachen Stelle unter der Decke etwas sah, das sich wie zwei Füße am Fußende von Bens Bett ausnahm. »Eine provisorische Prothese«, flüsterte die Schwester, die meinen Blick verstanden hatte.

Ich merkte, dass das Einzige, was mir im Moment etwas bedeutete, die Tatsache war, dass er noch lebte, dass er friedlich schlief, dass sein Gesicht nicht vor Schmerz verzerrt war, dass er in Sicherheit und in fähigeren Händen als den meinen war – aber vor allem, dass er in einer Welt, die mir immer weniger real vorkam, noch real war. Ich bedankte mich bei der Schwester und ging leise hinaus. Ich bat Frank, mich nach Hause zu bringen, wo ich trotz des ganzen Wirbels über und um uns traumlos in seinen Armen schlief.

30

Samstag Morgen, 20. Mai

Nachrichtenredaktion des Las Piernas News Express

Unsere unselige Expedition in die Berge lieferte den größten Teil des Materials für den Vorderteil der Samstagsausgabe, der sich weitgehend wie eine gigantische Nachrufseite las.

Meistens ist es am Samstagmorgen ziemlich ruhig in der Redaktion, doch als ich um halb zehn kam, herrschte größere Betriebsamkeit als sonst. Mittlerweise wussten alle Bürger, die Fernseh- oder Radiogeräte besaßen oder Zeitungen kauften, dass Nick Parrish trotz einer ausgedehnten Großfahndung nach wie vor auf freiem Fuß und Phil Newly nirgends zu finden war. Die Öffentlichkeit wusste außerdem, dass nach der Entdeckung der Leiche von Julia Sayre unbefugte (ein Wort, das besonders gern von Leuten benutzt wird, die sicher zu Hause gesessen hatten) Bestrebungen, eine zweite Leiche zu bergen, zu einer von Parrish gestellten Falle geführt und den Tod von sechs Angehörigen der Polizei von Las Piernas und einem Anthropologie-Dozenten des Las Piernas College verursacht hatten.

O David.

Ein Anthropologie-Dozent lag in kritischem Zustand im St. Anne's Hospital. Eine Reporterin des *Express* hatte leichte Verletzungen erlitten. Andere Mitglieder der Gruppe, darunter ein Suchhund, waren unverletzt geblieben.

Ich dachte an Bingle, der bei uns bleiben sollte, bis andere Absprachen getroffen werden konnten, und der nun teilnahmslos neben Davids Pullover lag. Ich dachte an den Blick, den ich auf J. C.s Gesicht gesehen hatte. Andy war mir noch nicht begegnet, aber ich war mir ziemlich sicher, dass es ihm nicht viel besser ging. »Unverletzt.«

Frank saß wenige Meter neben mir und las ein Taschenbuch. Immer wieder sah er auf, dann lächelte ich ihn an und blickte wieder auf den nackten Computerbildschirm. Oder auf meine Finger. Meine Hände zitterten immer noch, aber ich behielt die Finger auf der Tastatur und hoffte auf ein Wunder.

John hatte es Frank nur ungern erlaubt, sich in der Redaktion aufzuhalten, aber da Parrish auf freiem Fuß und ich mit den Nerven am Ende war, war ich noch nicht bereit, ohne Frank irgendwohin zu gehen. Außerdem verfügten wir momentan nur über ein Auto, also musste mich Frank ohnehin herbringen, wenn John mich in der Redaktion haben wollte.

Lydia war gekommen, nachdem sie ihre Samstagspläne mit

ihrem Freund aufgegeben hatte, aber man durfte annehmen, dass es ihr ganz recht war, sechs Tage hintereinander in der Redaktion zu sitzen, anstatt mit einem maulfaulen Freund zusammenzusein. Als ich monierte, dass sie sich von John nicht hätte bedrängen lassen sollen, erklärte sie mir, das sei mitnichten der Fall gewesen, und ich könnte sie genauso wenig bedrängen.

Gegen elf saß ich schon über eine Stunde vor meiner Tastatur. Ich war früher gekommen, weil ich, wie ich Frank erklärt hatte, diesen Teil hinter mich bringen wollte. Aber ich brachte überhaupt nichts hinter mich – neunzig Minuten, und alles, was ich vorzuweisen hatte, war ein blinkender Cursor auf einem leeren Bildschirm.

Lydia kam zu mir herüber. Frank sah auf und wandte sich dann wieder seinem Buch zu.

Sie machte eine Geste, indem sie eine Hand hin und her schwenkte und erst auf mich, dann auf sich selbst zeigte. Lydias Eltern waren italienische Einwanderer. Ich hatte die gleiche Geste bereits bei ihrer Mutter gesehen. Wir beide brauchen einander doch nichts vorzumachen, hieß das.

»Wir kennen uns seit der dritten Klasse, stimmt's?«, sagte Lydia.

»Stimmt. Aber das sagst du nur zu mir, wenn du ganz schonungslos werden willst.«

Sie lachte. Ich nicht.

»Ich kann jetzt keine Brutalität vertragen, Lydia. Nicht einmal im Namen der Aufrichtigkeit.«

»Okay. Ich werde versuchen, sanft vorzugehen.«

Diesmal lachte ich. Frank beobachtete uns jetzt.

»Du warst in dieser Situation«, sagte sie, »in der alles außer Kontrolle geriet.«

Ich hörte ein leises Klappern, sah auf meine zitternden Hände hinab und nahm die Finger von der Tastatur.

»Du hast getan, was du konntest«, fuhr Lydia fort, »und trotzdem ist alles schief gegangen.«

»Es war die Hölle«, stimmte ich zu.

»Wenn du nicht über die Ereignisse schreiben willst«, sagte sie, »halte ich bei John den Kopf für dich hin. Dann verlassen wir eben beide die Zeitung, wenn's hart auf hart kommt.«

»Weil es ja zurzeit so viele offene Stellen für Journalisten gibt«, sagte ich.

»Weil nichts einen solchen Preis wert ist.«

Ich wusste nichts zu entgegnen.

»Du willst nicht darüber schreiben, weil du denkst, dass Nick Parrish von Anfang an auf Aufmerksamkeit erpicht war.«

»Ja.«

»Irene, du dummes Huhn, dann mach ihn doch zum kleinsten Faktor der ganzen Geschichte.«

Ich sah zu ihr auf.

»Du weißt, was Tom Cassidys Team gerade macht?«, fragte sie.

»CNN und Channel Five von meiner Haustür fern halten.«

»Ja, genau. Aber du weißt sicher, dass es in jeder Polizeitruppe ein Zusammengehörigkeitsgefühl gibt, daher hat er auch Krisenberatungsteams eingesetzt, die den Polizisten dabei helfen sollen, mit dem Tod von sechs ihrer Kollegen fertig zu werden.«

Ich sah zu Frank hinüber, der nickte.

»Er stellt gerade an der Universität eine zweite Gruppe zusammen«, sagte sie. »Falls einer von Bens und Davids Kollegen oder Doktoranden das Bedürfnis hat, über die Ereignisse zu sprechen.«

»Woher weißt du denn das alles?«

»Da hätte ich ja eine schöne Lokalredaktion beisammen, wenn ich das nicht wüsste.«

»Übrigens, was ist denn eigentlich mit Morry passiert?«

»Er ist nach Buffalo gezogen. Hat einen Job bei den *Buffalo News* angenommen.«

»Was?«

Sie zuckte mit den Achseln. »Seine Mom lebt in Kenmore – dem Vorort, nicht dem Markennamen.«

»Er ist ohne zu kündigen abgehauen?«

Sie lächelte. »Das Einzige, was ich bedaure, ist, dass du nicht da warst und miterlebt hast, wie der gutmütige Morry Wrigley erklärt hat, dass er ihn mal kreuzweise kann.«

Ich lachte. »Das kann ich mir nicht vorstellen!«

Sie kreuzte zwei Finger über ihrem Herzen. »Ich schwör's. Nachdem Wrigley aus dem Raum gestürmt war, habe ich Morry dafür einen Kuss gegeben. Er wurde rot und ist vier Stunden lang immer wieder rot angelaufen, aber er hat die ganze Zeit gegrinst. Wir haben ihm bei Banyon's einen großen Abschied bereitet.«

Ich schüttelte den Kopf. »Schade, dass ich das verpasst habe. Ich hätte mich gern von ihm verabschiedet.«

»Manchmal kann man sich verabschieden, manchmal nicht. Deshalb muss man nett zu den Leuten sein.«

Ich schwieg.

»Nick Parrish bekommt auf jeden Fall seinen Ruhm«, sagte sie. »Selbst wenn der *Express* seinen Namen nie wieder druckt. Er bekommt ihn durch all die Leute, die ihre Satellitenschüsseln auf euer Hausdach gerichtet haben. Und er bekommt ihn von jeder anderen Zeitung im Land.«

Ich wusste, dass sie Recht hatte. Nach einem Moment sagte ich: »Er hat mich gejagt. Oder er hat mir vorgespielt, er würde mich jagen.«

»Deshalb hast du mich wohl auch mit einem Messer und einem Speer empfangen«, sagte Frank.

Mir wurde klar, dass ich ihm nicht viel von den Ereignissen dort oben erzählt hatte. Er hatte mich nicht nach Einzelheiten gedrängt und hatte vermutlich unzählige Fragen. Selbst wenn er mit den Detectives gesprochen hatte, die mich befragt hatten, bezweifelte ich, dass er angesichts meines damaligen Zustands ein besonders klares Bild gewonnen hatte. Ich beschloss, am Abend ein langes Gespräch mit ihm zu führen, doch zunächst sagte ich nur: »Ich wollte in diesem Moment auf Parrish losgehen. Ich wollte nicht, dass er die Leute umbringt, die mit dem Hubschrauber kamen.«

»Was?«

»Mein Denken war da schon ein bisschen chaotisch, aber jetzt glaube ich eigentlich nicht, dass Parrish je vorhatte, mich zu jagen«, sagte ich. »Das war mir damals nicht klar – ich war viel zu daneben, um meine Gedanken zu ordnen. Und jetzt wird es mir schlagartig klar, weißt du – dass es zu einfach war, vor ihm zu fliehen. Wie wenn man noch klein ist und die älteren Kinder einem weismachen, sie wollten Verstecken spielen, aber dann verschwinden sie gemeinsam irgendwohin, während man selbst sich versteckt. Man ist sitzen gelassen worden.«

»Also wollte Parrish, dass du entkommst«, mutmaßte Lydia.

»Ja, ich glaube, er wollte, dass ein Reporter überlebt, er wollte, dass jemand in die Welt hinausgeht und seinen legendären Ruf verkündet. Weißt du – die Geschichte aus der Sicht von jemandem schildert, der seine Macht fürchten gelernt hat.«

War das alles, was dahinter steckte? Ich wollte, dass es stimmte, aber ich nahm mir meine Story selbst nicht ab. Er hatte gesagt, er würde mich wieder finden. Julia Sayre und Kara Lane hatten beide dunkle Haare und blaue Augen. Vielleicht hatte Parrish mehr als nur einen Zweck im Sinn, nachdem er erfahren hatte, dass ich Reporterin war.

»Und er hat dich ausgewählt«, sagte Lydia, was mich verblüffte, bis ich begriff, dass sie sich auf meine letzte Äußerung bezog.

»Ja.«

»Wenn du damit Recht hast«, sagte sie, »und er etwas Besonderes von dir erwartet, dann enttäusch ihn. Du bist die Einzige, die dazu in der Lage ist.«

Es kostete mich eine weitere halbe Stunde, bis ich endlich anfangen konnte. Aber nachdem ich einmal begonnen hatte, hörte alles andere auf zu existieren. Nachdem ich ihn einmal namentlich genannt hatte, sprach ich jedes Mal, wenn ich Parrish erwähnen musste, von dem »Gefangenen«. Ich stellte fest, dass ich gar nicht so oft von ihm sprechen musste.

Ich schrieb über die letzten Tage von Merrick, Manton, Duke und Earl, von Bob Thompson und Flash Burden, und von David. Ich schrieb über Earls Humor und davon, dass Duke ein Pferdchen für seinen Enkel schnitzte. Dabei fiel mir ein, dass ich das Schnitzwerk seiner Familie bringen musste. Ich schrieb, wie Flash Wildblumen fotografiert, wie Merrick mit Bingle gespielt und wie Manton versucht hatte, sich an den neuen Haarschnitt seiner Frau zu gewöhnen, indem er ein Foto studierte. Ich versuchte, einen Eindruck von ihnen zu vermitteln, der sie zu mehr machen würde als nur Namen auf einer Liste. Vielleicht würde John oder irgendein Textredakteur alles zusammenstreichen oder einen »Suche und Ersetze«-Befehl anwenden, um aus »der Gefangene« »Nicholas Parrish« zu machen.

Es spielte keine Rolle. Ich konnte nur tun, was ich tun konnte.

Ich schrieb, wie Julia Sayre gefunden worden war, und hielt dann inne, um in unserem Archiv nach einer Nina Poolman zu suchen.

Das Foto einer dunkelhaarigen, blauäugigen, zweiundvierzigjährigen Frau erschien auf dem Bildschirm. Vermisst. Seit drei Jahren.

Nirgends stand, dass sie je gefunden worden war.

Ich saß da, starrte auf ihr Foto und wusste, dass Parrish in meinem Artikel lesen wollte, dass er mir ihren Namen genannt hatte.

»Frank?«, sagte ich.

»Ja?«

»Das Opfer in dem zweiten Grab – glaubst du, dass die Zähne die Explosion unbeschadet überstanden haben?«

»Ich bin mir nicht sicher. Zähne sind allerdings ziemlich haltbar. Warum?«

»Falls ja und wenn du die zahnärztlichen Unterlagen dieser Frau in die Hand bekommst, dann glaube ich, kannst du einen Fall als gelöst betrachten.«

In meinem Artikel schrieb ich die Wahrheit – das Opfer im zweiten Grab konnte noch nicht identifiziert werden.

Ich speicherte den Artikel ab, stand auf und sagte zu Lydia: »Richte John aus, dass ich, wenn ich morgen die Zeitung aufschlage und Nick Parrishs Namen x-mal in meinem Artikel stehen sehe, nicht wiederkomme. Nie wieder. Was vielleicht für keinen von uns ein allzu großer Verlust wäre.«

»Mach ich«, sagte sie. »Alles in Ordnung?«

Ich schüttelte den Kopf und holte tief Atem. »Sag John, ich habe noch mehr zu schreiben, aber –«

»Du bietest es gern woanders an«, unterbrach sie mich. »Ich glaube, er wird's schon kapieren.«

Ich schickte Mark eine kurze E-Mail, in der ich ihm dafür dankte, dass er mich am Tag zuvor vertreten hatte, und loggte mich aus.

Das Telefon klingelte.

»Kelly«, meldete ich mich.

»Da ist – da ist eine Person, die Sie sprechen möchte«, sagte der Wachmann vom Empfang.

»Eine Person?«

»Sie sagt, sie hat eine Verabredung mit Ihnen. Gillian Sayre.«

Vier Uhr.

»Ich komme gleich runter«, sagte ich.

»Soll ich dich begleiten?«, fragte Frank.

Ich schüttelte den Kopf. »Ich glaube, das muss ich alleine durchstehen.«

31

Samstag, 20. Mai, später Nachmittag
Las Piernas News Express

»Sie sehen müde aus«, sagte ich, als ich sie in einen kleinen Besprechungsraum neben der Halle bat.

»Ich habe letzte Nacht nicht viel geschlafen«, erwiderte sie.

Natürlich nicht, dachte ich, und fragte mich, ob ich es mir verkneifen könnte, im Lauf der nächsten paar Minuten weitere plumpe Bemerkungen fallen zu lassen.

Der Raum war still, abgesehen vom vereinten Summen der Leuchtröhren an der Decke und der Klimaanlage. Falls es irgendwo ein Grauspektrum gibt, so hatte man im Dekor dieses Raumes – Teppich, Wände, Stühle und Tisch – versucht, es einzufangen. Eine Farbe, verschiedene Schattierungen. Es passte zu meiner Stimmung.

Als wir saßen, fragte Gillian: »Hat man Parrish schon gefunden?«

»Nein. Aber ich glaube nicht, dass er sich lange versteckt halten kann. Es tut mir Leid, dass er fliehen konnte.«

»Ich vermute, er hatte alles geplant. Laut dem, was sie im Fernsehen gesagt haben, können Sie von Glück reden, dass Sie mit dem Leben davongekommen sind.«

Ein unerwartetes Aufwallen von Erleichterung machte mir erst jetzt klar, dass ich *wirklich* Glück gehabt hatte, verdammt viel Glück! Glück, dass ich nicht unter denen gewesen war, die direkt neben dem Grab gestanden hatten, Glück, dass Parrish mich hatte gehen lassen, Glück, dass ich verschont geblieben war.

Kaum waren mir diese Gedanken in den Sinn gekommen, da reagierte mein Verstand auch schon entsetzt auf sie. Ich schämte mich, dass ich überhaupt Freude empfand, ganz egal, wie verhalten, schämte mich, dass ich überhaupt positive Gefühle im

Zusammenhang mit irgendetwas hegte, was mit den vergangenen Tagen zu tun hatte.

Ja, schlimmer noch, dass ich solche Gedanken hatte, während ich neben einer jungen Frau saß, deren Mutter ermordet worden war, grausam gequält von dem Mann, der mich hatte ziehen lassen. Mein Gott, wie pervers war ich eigentlich, dass ich das Glück nannte? Gillian musste sich gefragt haben, warum – warum ihre Mutter tot war und ich noch lebte. Ich hatte keine Kinder, die auf meine Rückkehr warteten. Ich sah auf den Tisch hinab, außerstande, ihrem Blick zu begegnen.

Sie schwieg einen Moment und sagte dann: »Ich hatte gehofft, Sie könnten mir erzählen, wie meine Mutter gefunden wurde.«

Unvermittelt starrte ich auf eine entblößte, verweste Leiche vor mir. Ihr Gestank erfüllte den Raum.

»Irene?«

Die Tischplatte kam wieder in Sicht. Der Raum roch nach Zitronen-Möbelpolitur und nichts Schlimmerem. Ich holte tief Luft und gab Gillian eine massiv geschönte Schilderung der Ereignisse bis zu dem Moment, als Bingle das Grab fand. Ich konnte mich nicht dazu überwinden, vom Kojotenbaum zu sprechen oder davon, wie das Grab selbst geöffnet wurde.

Sie lauschte schweigend und kommentarlos. Dann fragte sie: »War sie … war die Leiche … Sie wissen schon … nur Knochen?«

O Gott.

»Nein«, sagte ich mit schwankender Stimme. Ich schluckte schwer und rang um Worte. »Offenbar wurde sie nicht lange nach ihrem Tod begraben.«

»Aber ich habe gehört, dass manchmal Tiere …«

»Nein«, unterbrach ich sie scharf. Indem ich mich zwang, in ruhigerem Ton zu sprechen, entgegnete ich. »Die Leiche wurde nicht von Tieren beschädigt.«

»Ich weiß, es klingt brutal und abartig, so was überhaupt zu fragen«, sagte sie, »aber man hat ihre Leiche noch nicht für uns freigegeben, also – also kann ich noch gar nicht richtig damit umgehen. Wissen Sie, was ich meine? Ich muss immer wieder daran denken, wie sie dort oben lag, und daran, was er mit ihr gemacht hat, aber niemand will es mir sagen. Wissen Sie es?«

Die Polaroids in der Tüte.

Das heiße Wachs. Julias schmerzverzerrtes Gesicht, ihr zu einem Schrei geöffneter Mund.

Ich bekam keine Luft mehr. »Entschuldigen Sie mich«, stieß ich hervor. »Es ist stickig hier drin. Ich muss mal die Tür aufmachen.«

»Ich brauche jemanden, der ehrlich zu mir ist«, sagte sie zu meinem Rücken, als ich an der Tür stand, mich an den Rahmen lehnte und versuchte, genug Luft zu bekommen. Ihre Stimme kam einem Flehen so nahe wie nichts, was ich je gehört hatte. »Ich muss es wissen. Sie sind doch die ganze Zeit ehrlich zu mir gewesen. Sie kennen die Wahrheit, stimmt's?«

Ich kannte sie genau. Aber ich würde den Teufel tun und einem Kind – auch wenn es ein inzwischen erwachsenes Kind war – erzählen, was ich auf den Fotos gesehen hatte. Ich würde lügen. Sie bildete sich vielleicht ein, die Wahrheit wissen zu wollen, aber sie war nicht darauf gefasst. Niemand war auf eine solche Wahrheit gefasst.

Es wäre unmenschlich, sie mit sämtlichen brutalen Fakten der Angelegenheit zu überfallen. Das war nicht meine Aufgabe. Nicht einmal als Reporterin. Zeitungen von gutem Ruf veröffentlichten weder grässliche Unfallfotos, noch schilderten sie die blutigen Einzelheiten des Mörderwerks. Man bewies Respekt vor den Toten und ihren Familien.

Respekt vor den Toten.

Julia Sayre – würdest du wollen, dass ich es ihr erzähle? Dieser deiner Tochter, die sich vier Jahre lang wegen einer unbedachten Bemerkung selbst gequält hat? »Ich wünschte, du wärst tot.« Sämtliche Einzelheiten, die ich ihr lieferte, würden ihre Schuldgefühle nur verstärken.

Ich drehte mich zu ihr um und sah, dass sie auf meine Antwort wartete.

Konnte ich sie belügen?

»Polizei und Gerichtsmedizin werden mehr darüber wissen, was ihr zugestoßen ist, wenn sie dazu gekommen sind, ihre Leiche zu untersuchen«, begann ich.

»Aber Sie haben die Leiche gesehen«, beharrte sie.

»Sie war in Plastik gewickelt.«

»Oh.« Sie überlegte kurz und sagte dann: »Aber Plastik – konnten Sie etwas sehen?

»Nein. Es war dunkelgrün. Vollkommen undurchsichtig.«

Ihre Brauen zogen sich zusammen. »Aber sie müssen es doch aufgemacht und hineingesehen haben. Wie könnten sie sonst sagen, dass die Leiche meine Mutter war?«

»Sie haben es aufgemacht, aber ... aber sie wollten nicht unbedingt eine Reporterin direkt am Grab stehen haben«, erwiderte ich rasch.

Ein falsches Bild der Ereignisse, wandte mein Gewissen ein.

So wahr wie möglich, entgegnete ich, aber ich wusste, dass ich mich auf unsicherem Grund bewegte.

»Die Anthropologen haben ihre Bestimmungen vorgenommen«, sagte ich. »Und dann haben sie die Leiche mitsamt dem Plastik herausgehoben und in einen Leichensack gelegt.«

So weit schien sie es zu verkraften. Doch sie fragte erneut: »Woher wussten sie, dass es meine Mutter war?«

»Sie sind noch nicht ganz sicher«, sagte ich. Als ich ihre zunehmende Skepsis sah, fügte ich hinzu: »Aber es gab andere Hinweise, die es sehr wahrscheinlich machen, dass sie es war. Neben der Leiche.«

Haarspalterei, warnte die lästige Stimme.

»Was zum Beispiel?«

»Im Grab wurde ein Ring gefunden, der dem entspricht, den sie trug, und Kleidung, die mit Ihrer Beschreibung dessen übereinstimmt, was sie am Tag ihres Verschwindens anhatte.«

Grübelnd saß sie einen Moment lang da, bis sie ruhig sagte: »Tja, ich schätze, dann werde ich wohl Geduld haben müssen.«

»Gillian, ich weiß, dass die letzten vier Jahre sehr schwer für Sie und Ihre Familie waren –«

»Nein, das wissen Sie eigentlich nicht, oder?« Sie sagte es ruhig.

»Nein«, gab ich zu.

»Ich habe vier Jahre lang gewartet. Ich kann auch noch ein paar Tage oder Wochen warten oder wie lang es auch dauert, bis mir die Cops ein paar Antworten geben. Vor zwei Jahren hat ein Polizist mir einreden wollen, dass ich aufgeben soll, dass ich ihn nicht mehr belästigen und den Tatsachen ins Auge sehen soll. Er meinte, sie würden sie wahrscheinlich nie finden – es war Thompson, der Typ, der dort oben umgekommen ist. Er hat sich geirrt, oder? Sie sehen also, ich kann warten.«

Sie machte Anstalten zu gehen, wandte sich aber noch einmal zu mir um. »Ich bin Ihnen nicht böse, wissen Sie. Ich bin froh, dass Sie darüber schreiben. Das ist die Hauptsache. Vielleicht kapieren die Leute dann, dass es wichtig ist, herauszufinden, was passiert ist, wenn jemand verschwindet. Der Tod meiner Mutter war wichtig. Das müssen Sie allen klarmachen.«

Langsam stieg ich die Treppe wieder hinauf. Frank sah von seinem Buch auf und sagte: »Gerade hat Jack angerufen. Sie erlauben jetzt, dass Ben Besuch bekommt. Willst du rübergehen?«

Ben. Auf ihn musste ich mich jetzt konzentrieren. Die Lebenden, nicht die Toten. »Ja, ich muss nur noch meinen Schreibtisch aufräumen.«

Sanft hob er mein Kinn und musterte mein Gesicht. »Streng dich nicht gleich allzu sehr an, ja?«

»Mir fehlt nichts«, erklärte ich und wich zurück.

Ich habe Glück gehabt.

32

SAMSTAG, 20. MAI, FRÜHER ABEND
Las Piernas

Der Fußmarsch zum Krankenhaus war nicht lang, aber er tat mir gut. Meine Muskeln waren ein bisschen steif und verkrampft, und ich war dankbar für die Gelegenheit, mich zu strecken. Wir gingen in freundschaftlichem Schweigen dahin, verursachten jedoch einen Aufruhr, als wir uns der Halle der Klinik näherten, was mir gar nicht recht war.

Eine Gruppe Reporter stand direkt vor dem Krankenhaus beim Rauchen. Eine der Raucherinnen erkannte mich und versuchte eilig, uns abzufangen, bevor die anderen uns kommen sahen. Sie hatte kein Glück. Ein Reporter schafft es nur selten, sich ungesehen aus einer Gruppe anderer Reporter zu entfernen. Jeder, der einmal eine Tüte Popcorn neben einem Schwarm Tauben fallen lassen hat, kann sich in etwa vorstellen, wie dies aussieht – man füttert garantiert nicht nur einen Vogel.

Wir schafften es, kurz vor unserer ungebetenen Entourage die Halle zu betreten, nur um dort auf eine etwas größere Gruppe zu stoßen – ruhelose Leute, die es Leid geworden waren, in dem großen Raum zu warten, den die Klinik für die Presse bereitgestellt hatte, und die zweifellos Pläne ausheckten, wie sie in Bens Zimmer vorstoßen konnten, oder, falls das nicht klappte, eine Gelegenheit suchten, mit seinen Krankenschwestern, einem Pfleger oder sonst jemandem zu sprechen, der womöglich seit seiner Ankunft hier einen Blick auf ihn erhascht haben mochte.

Ohne Rücksicht auf die anderen Patienten oder deren Familien begannen sie mich mit Fragen zu bombardieren und kamen immer näher.

Frank schirmte mich vor den aufdringlichsten unter ihnen ab, und zum Glück wurde er von den Beamten erkannt, die die vorderste Sicherheitslinie bildeten. Mit ein bisschen Ellbogeneinsatz schoben wir uns hindurch und schafften es ohne nennenswerte weitere Schwierigkeiten bis zu einem Aufzug.

Auf Bens Etage standen Wachleute neben dem Aufzug und im Flur. Ich hatte sie am Abend zuvor schon gesehen, fühlte mich aber von ihrer Wachsamkeit nicht besonders beruhigt. Ich begriff, dass sich irgendwo in mir die Überzeugung festgesetzt hatte, dass Wachen Parrish niemals aufhalten könnten – er war eine Kombination aus Houdini und dem Terminator. Er war entflohen, und er würde wiederkommen. Nicht jeder von der hiesigen Polizei glaubte, dass Parrish nach Las Piernas zurückkehren würde. Die meisten schienen anzunehmen, er würde an einem Ort Zuflucht suchen, wo er nicht so gut bekannt war, doch schien allgemeine Einigkeit darüber zu herrschen, dass Ben vor der Presse abgeschirmt werden musste.

Jack saß auf einem Stuhl in einer Sitzgruppe neben der Schwesternstation und las in einer Reisezeitschrift. Bei unserer Ankunft blickte er auf, warf das Heft auf den niedrigen Glastisch vor sich und forderte uns auf, Platz zu nehmen. »Im Moment sind zwei Ärzte bei ihm«, erklärte er.

Ganz in der Nähe war ein Wasserspender mit Styroporbechern. Frank, der sich an die Anweisungen der Ärzte erinnerte, dass ich viel Flüssigkeit zu mir nehmen sollte, füllte zwei Becher und brachte sie her. »Mal sehen, ob du mich unter den Tisch trinken kannst«, sagte er.

Wir hörten die Glocke des Aufzugs und sahen eine junge Frau heraustreten. Sie sah aus wie Anfang Zwanzig, war mittelgroß, schlank und braun gebrannt und trug eine dünne Metallbrille. Sie hatte dunkelbraune Augen und kurze, glatte blonde Haare. Sie trug Jeans und hatte einen kleinen Rucksack aus blauem Segeltuch auf dem Rücken. Sie sprach mit dem Polizisten am Aufzug und wies sich offenbar ihm gegenüber aus. Sie drehte sich um und musterte uns einen Moment, dann runzelte sie die Stirn und ging zur Schwesternstation. Sie hatte einen

Ernst an sich, der mich überlegen ließ, ob ein Verwandter von ihr auf dieser Etage behandelt wurde. Dann hörte ich sie deutlich den Namen »Ben Sheridan« aussprechen.

Wir blickten uns alle drei an und sahen dann zu, wie die Schwester zu uns herübernickte.

Die Frau zögerte und kam dann auf uns zu. »Die Schwester hat gesagt, Sie wollen Dr. Sheridan besuchen.«

»Ja«, antwortete Frank. »Möchten Sie mit uns warten?«

Sie wurde rot und sagte dann: »Danke. Ich heiße Ellen Raice. Ich bin eine der Lehrassistentinnen von Dr. Sheridan.«

Wir stellten uns vor, und sie sagte: »Oh. Sie waren dort – ich meine, Sie haben ihn gerettet.«

»Wir waren dort«, sagte ich und sah auf meine Hände hinab.

Wir verfielen in peinliches Schweigen. Sie blickte zwischen Fußboden, Decke und Tisch hin und her, summte vor sich hin und trommelte eine Zeit lang mit den Händen auf ihre Schenkel. Dann stand sie auf und holte sich einen Becher Wasser.

Als sie zurückkehrte, begannen Jack und Frank ein unverfängliches Gespräch mit ihr. Sie erzählte ihnen, dass sie Ben seit sechs Jahren kannte.

»Ich habe ein Seminar in physikalischer Anthropologie bei ihm gemacht – physikalische, nicht kulturelle, kennen Sie den Unterschied? Ich habe das Seminar eigentlich nur gemacht, um eine allgemeine Studienvorschrift zu erfüllen«, sagte sie und zupfte kleine Fetzchen vom Rand des inzwischen leeren Styroporbechers ab. »Vor der ersten Prüfung habe ich mein Hauptfach gewechselt. Das tun viele Studenten – nur vielleicht nicht so schnell«, fügte sie hinzu, errötete und fuhr dann eilig fort. »Er ist ein fantastischer Lehrer. Die beiden besten Dozenten des ganzen Fachbereichs sind Ben und David Niles –« Sie hielt inne, sog die Luft scharf ein, stellte den Becher ab und presste sich die Finger auf die Augen. »Entschuldigen Sie mich«, murmelte sie. Dann stand sie auf und ging hin und her.

Offenbar gewann sie den Kampf gegen die Tränen. Als sie beschlossen hatte, sich wieder zu setzen, fragte Jack: »Wissen Sie, wer Bens sonstige Freunde sind?«

Sie runzelte die Stirn und antwortete: »Er hat einige Freunde an anderen Universitäten. Offenbar hat er nicht viel Zeit für ein Privatleben. Er – alle dachten, er würde heiraten, aber es hat nicht geklappt. Ich glaube, Camille hat es im Grunde nie richtig verstanden, wissen Sie.«

»Camille?«, wiederholte ich, und mir fiel ein, dass Ben diesen Namen in seinem Delirium genannt hatte. »Sie hieß Camille?«

»Ja, sie haben zusammengelebt«, antwortete sie lächelnd und offenbar erleichtert darüber, dass ich mich endlich entschlossen hatte, am Gespräch teilzunehmen.

»Was hat Camille nicht verstanden?«, fragte ich.

»Seine Arbeit. Die viele Zeit, die er ihr widmet. Und – und manchen Leuten gruselt es davor, glaube ich. Eigentlich wirklich schade, weil …« Ihre Stimme wurde unhörbar, doch dann sagte sie: »Vermutlich sollte ich nicht so über sein Privatleben reden.«

»Ich versuche nicht, Ihnen seine Geheimnisse zu entlocken«, sagte ich. »Ich mache mir nur Sorgen um ihn.«

»Ja, natürlich!«, sagte sie. »Obwohl Sie Reporterin sind … ich meine …«

Sie begann wieder an dem Becher herumzuzupfen.

»Wie lange ist es her, dass er sich von seiner Verlobten getrennt hat?«, wollte ich wissen.

»Von Camille? Ich wüsste nicht, dass sie je offiziell verlobt gewesen wären«, sagte sie.

Ich wartete.

»Es ist jetzt schon eine Weile her«, antwortete sie, schob die Becherfetzen zusammen und erhob sich wieder. »Zu Beginn des vergangenen Semesters – also letzten Januar.«

Jack, Frank und ich wechselten Blicke. »Aber das ist ja erst ein paar Monate her«, sagte ich.

Sie zuckte mit den Achseln und sagte dann: »Ja, es sind wohl erst ein paar Monate.« Sie ging zum Abfalleimer. Als sie zurückkam, blieb sie stehen und starrte auf die Tür zu Bens Zimmer. Sie nahm ihren Rucksack ab, öffnete ihn und zog einen dicken Stapel Prüfungshefte heraus. Sie hielt sie mir hin und sagte: »Würden Sie mir bitte einen Gefallen tun und die Ben geben?«

»Was ist das?«

»Abschlussprüfungen.«

»Ich glaube nicht, dass er in seinem Zustand –«

»Natürlich nicht. Aber – er soll selbst entscheiden, was er tun will. Ich glaube, ich gehe jetzt. Bitte richten Sie ihm aus, dass ich hier war.«

»Warten Sie!«, rief Frank und legte die Hefte auf den Tisch. »Wollen Sie ihn denn nicht sehen?«

»Doch«, antwortete sie. »Aber während ich hier gesessen habe, ist mir irgendwie klar geworden, dass Ben mich nicht sehen wollen wird.« Sie runzelte erneut die Stirn. »Vielleicht sollte ich es so ausdrücken: Er wird nicht wollen, dass ich ihn sehe. Nicht, bis er ein wenig Zeit gehabt hat, sich an die Vorstellung zu gewöhnen, dass – er hatte eine transtibiale Amputation, stimmt's?«

Auf unsere verständnislosen Blicke hin erläuterte sie es: »Unterhalb des Knies.«

Wir nickten im Takt, alle reichlich perplex.

»Na ja«, fuhr sie fort. »Ich weiß nicht alles, was es über Ben zu wissen gibt, aber ich weiß mit Sicherheit, dass er nicht scharf darauf ist, verletzlich zu wirken, und es ihm zuwider wäre, wenn irgendjemand Mitleid mit ihm hätte, aber es würde ihn vor Wut absolut überschäumen lassen, wenn jemand, den er unterrichtet, Mitleid mit ihm hätte.«

In sanfterem Ton fügte sie hinzu: »Das mit David und alles andere, was passiert ist, macht mich so unheimlich traurig, und ich habe Angst, dass Ben das fälschlicherweise für Mitleid halten könnte. Außerdem bin ich mir in Wirklichkeit gar nicht sicher, was ich empfinde, wenn ich Ben tatsächlich verletzt oder ohne seinen Fuß vor mir liegen sehe, daher – daher glaube ich, dass es ihm gut tut, wenn Sie ihm diese Unterlagen zum Korrigieren geben, weil er das ohne Fuß machen kann, wissen Sie? Aber ich sollte lieber nicht dabei sein.«

Bevor sich irgendeiner von diesem Vortrag erholt hatte, war sie schon verschwunden.

»Weil er das ohne Fuß machen kann?«, wiederholte ich verdutzt.

Jack begann vor lautlosem Lachen zu erbeben, und Frank hielt sich eine Hand vors Gesicht, um sein Grinsen zu verbergen, machte aber ein kleines, schnaubendes Geräusch. Als ich die beiden finster ansah und erklärte, ich sei sicher, dass sie es gut gemeint hatte, lachte Jack heftiger, ja, er keuchte geradezu – und wie einen die Heiterkeit oft überfällt, wenn es einem gar nicht passt, prusteten wir schließlich alle vor Lachen los.

In diesem Moment kamen Bens Ärzte – ein Mann und eine Frau – den Flur entlang, um mit uns zu sprechen. Wir fassten uns auf der Stelle.

»Schon gut«, sagte die Frau, »keine Sorge.« Sie war groß, dunkelhaarig und schick gekleidet. Beide Ärzte mussten etwa Anfang Fünfzig sein. »Lachen hilft, um die Anspannung ein wenig abzubauen«, erklärte sie mit beruhigendem Lächeln.

Sie stellten sich als Greg Riley, Bens Chirurg, und Jo Robinson, klinische Psychologin, vor.

»Setzen Sie sich«, sagte Dr. Riley. »Unterhalten wir uns einen Moment.«

Als wir saßen, erklärte Dr. Robinson: »Ben hat uns die Erlaubnis gegeben, seinen Fall mit Ihnen zu besprechen, aber, Ms. Kelly, angesichts Ihres Berufes muss ich Ihnen natürlich sagen, dass –«

»Ich bin nicht als Reporterin hier«, sagte ich. »Nichts, was Sie mir anvertrauen, wird in der Zeitung erscheinen.«

Riley nickte. »Das freut mich. Die Klinikverwaltung fordert meinen Skalp, wenn ich nicht nach unten komme und ihnen helfe, eine Pressekonferenz zu organisieren, daher werde ich einen Teil dessen, was normalerweise meine Aufgabe ist, Jo überlassen. Sie hat alles gehört, was ich Ben zu sagen hatte, und wenn Sie noch weitere Fragen haben, rufen Sie in meiner Praxis an – ich stehe im Telefonbuch. Ich würde Ihnen ja eine Karte geben, aber ich habe momentan keine bei mir.«

Trotz all ihrer Versuche, uns die Befangenheit zu nehmen, spürte ich, dass ich mich sofort, als ich die beiden sah, verkrampft hatte. Ich musste mir eingestehen, dass ich Angst davor hatte, Ben wach und in diesem veränderten Zustand zu sehen, davor, falsch zu reagieren und etwas zu tun oder zu sagen, was ihn kränkte. Was, wenn Ellen Raice die klügste von uns gewesen war?

Dr. Riley nannte uns eine Reihe von Statistiken, die Teil eines Vortrags waren, den er zweifellos schon den Angehörigen und Freunden anderer Patienten gehalten hatte. Das meiste davon rauschte an mir vorbei. »Man schätzt, dass sich jede Woche etwa dreitausend Personen in diesem Land einer Amputation unterziehen müssen«, sagte er nun. »Aber so hoch diese Zahl auch ist, das Bewusstsein dafür, was der Verlust eines Gliedes bedeutet, ist schändlich gering. Für Ben Sheridan handelt es sich natürlich nur um eine einzige Operation. Und er hat Recht, weil jeder Fall einzigartig ist.«

Nach einer Pause fügte er hinzu: »Sprechen wir doch über Bens Fall.«

Er begann damit, die Faktoren aufzuzählen, die für Ben sprachen. Ben war jung, gesund und intelligent. Er kannte sich mit Anatomie aus – sogar mit Amputation. Er befand sich in erfahrenen Händen, in einem Krankenhaus, das auf herausragende Erfolge in vergleichbaren Fällen zurückblicken konnte. »Und weil er am College beschäftigt ist, ist er gut krankenversichert. Ich muss leider gestehen, dass der Deckungsumfang eine große

Rolle bei dem spielt, was wir in puncto Prothese, Physiotherapie und anderen Aspekten der postoperativen Behandlung leisten können. Ben profitiert bereits jetzt davon, da wir ihm sofort eine Prothese anpassen konnten.«

»Sofort?«, fragte Jack. Da ich die Schwester, die mich kurz zu Ben gelassen hatte, nicht in Schwierigkeiten bringen wollte, hielt ich den Mund.

»Ja. Sowie die Nähte geschlossen waren, konnte ihm ein Prothetiker die erste anpassen.«

»Psychologisch gesehen«, erklärte Jo Robinson, »spielt dieses Verfahren eine große Rolle. Er ist aus der Narkose aufgewacht und hat am Fußende des Betts zwei Füße gesehen. Obwohl er weiß, dass einer davon eine Prothese ist, gibt ihm das Gelegenheit, sich nach und nach an die Veränderung seines Körperbilds zu gewöhnen. Und später hilft es ihm dabei, sein Gehmuster zu entwickeln.«

»Er wird also wieder gehen können?«, fragte ich.

Dr. Riley sah mich an und lächelte. »Ms. Kelly, mit dieser Art von Amputation und der Prothese, die uns vorschwebt, müsste er in der Lage sein, zu laufen, zu springen, zu schwimmen, Fahrrad zu fahren und Fußball zu spielen – was Sie wollen. Falls nicht unvorhergesehene Komplikationen eintreten, gibt es nur wenige oder gar keine Aktivitäten, die Ben vor der Amputation betrieben hat, zu denen er hinterher nicht mehr imstande sein wird.«

Ich dachte an Bens Arbeit und hatte meine Zweifel. »Wandern in unebenem Gelände?«

»Kürzlich hat ein Amputierter den Mount Everest bestiegen«, sagte Dr. Riley. »Falls Ben sich in den Kopf setzt, eine Aktivität wieder aufzunehmen oder eine neue anzufangen, würde ich ihm gute Chancen einräumen. Ich will nicht behaupten, dass er in der Lage sein wird, das alles sofort zu schaffen – zuerst muss er sich von der Operation erholen und sich an die Veränderung seines Körpers gewöhnen. Er wird Schmerzen haben und eine Zeit lang brauchen, um sich an die Benutzung seiner Prothese zu gewöhnen. Ich möchte nicht, dass Sie glauben, ich würde irgendetwas davon bagatellisieren. Den Rest überlasse ich Jo, aber wie gesagt, wenn jemand von Ihnen Fragen hat, rufen Sie mich einfach an.«

»Vielleicht wäre es das Beste, jetzt zu Ben hineinzugehen, bevor er wieder einschläft«, sagte Jo, als Dr. Riley ging. »Dann können wir uns später unterhalten, wenn Sie wollen.«

Ich nahm den Stapel Prüfungshefte, und wir folgten ihr den Flur hinunter.

Er war eingeschlafen, wachte aber auf, als wir hereinkamen, und rang sich ein Lächeln für uns ab. »Sie haben also unsere große Journalistin und ihre Entourage gefunden«, sagte er zu Jo.

»Wie fühlen Sie sich?«, fragte ich ihn.

»Ich bin so voller Morphium, dass ich nicht viel spüre«, antwortete er schläfrig. »Und wie geht's Ihnen? Gestern haben Sie nicht so besonders ausgesehen.«

»Jetzt geht's mir gut.«

»Frank und Jack – ich habe mich noch gar nicht angemessen bei Ihnen bedankt.«

Beide wehrten seine Dankesbekundungen ab.

»Wie geht's Bingle?«, wollte Ben wissen.

Ich wollte schon eine heitere Antwort geben, überlegte es mir aber anders. »Offen gestanden glaube ich, dass er deprimiert ist. Jack hat den Mann angerufen, der sich um Bool kümmert, und wir dachten, ein Besuch könnte ihn vielleicht ein bisschen aufheitern, aber dann hatten wir Angst, dass es womöglich schwer für ihn wäre, wenn sie dann wieder getrennt würden. Der Mann, der Bool bei sich hat, hätte nichts dagegen, einen zweiten Bluthund aufzunehmen, aber Bingle hält er für …«

»Ungebärdig?«

Ich nickte. »Genau dieses Wort hat er gebraucht.«

»Ja, das ist das Lieblingswort dieses Trainers für Bingle.«

»Aber Bingle ist nicht schlecht erzogen! Er ist nur – lebhaft.«

Jack lachte. »Ben, die Hunde von Frank und Irene machen Kratzfüße und Verbeugungen vor ihm.«

»Das kann ich mir vorstellen.«

»Die Katze ist allerdings noch nicht bekehrt«, sagte Frank. »Ich fürchte, Bingle war über Codys Unwillen, sich jagen zu lassen, ein bisschen konsterniert.«

»Gut für Cody«, sagte Ben. Er lächelte, schien aber müde zu werden. »Irene, Sie haben schon so viel für mich getan, aber –«

»Heraus damit.«

»Ich bin mit David zum Flughafen gefahren. Mein Auto steht noch in der Einfahrt – ein alter Jeep Cherokee. Unter der Stoßstange hinten links hängt ein Hausschlüssel in einer magnetischen Halterung.«

Frank verdrehte die Augen, als er das hörte. Er hatte mich gezwungen, einen ähnlichen Schlüsselhalter von meinem Auto zu entfernen. Ich wusste, dass die Dinger für ihn zu jenen Vorrichtungen gehörten, »wo Diebe als Erstes nachschauen«. Ich war ihm dankbar dafür, dass er nichts dergleichen zu Ben sagte.

»Wenn Sie ihn bitte benutzen würden, um in Davids Haus zu gehen«, fuhr Ben fort. »In der Garage sind einige von Bingles Spielsachen. David hat – David hatte eine separate, kleine Spielkiste für jeden Hund – aber nicht, dass er die Tiere verwöhnt hätte, verstehen Sie? Sie finden auch ein Schränkchen mit seinem Futter sowie Anweisungen dafür, wie man ihn füttert. David hat sie für mich dort deponiert.«

»Brauchen Sie sonst irgendetwas? Soll ich Ihnen irgendetwas bringen?«

»Vielleicht später.« Er zögerte und fügte dann hinzu: »Fürs Erste« – er wies auf seine Prothese – »werde ich ja von Kopf bis Fuß versorgt.«

Frank, Jack und Jo Robinson stöhnten auf.

»Hey«, sagte Ben. »Für meinen ersten postoperativen Amputiertenwitz war es doch gar nicht so schlecht.«

Wir waren schon halb wieder den Flur hinuntergegangen, als ich merkte, dass ich immer noch die Prüfungshefte in der Hand hielt. »Bin gleich wieder da«, sagte ich.

Gerade als ich erneut sein Zimmer betrat, hörte ich Ben stöhnen. Es war nicht laut, und es war auch nicht – wie ich zunächst vermutete –, weil ich zurückgekommen war. Als er merkte, dass ich im Zimmer stand, sah er verlegen drein.

»Doch nicht genug Morphium?«

»Ich dachte, ich wäre allein«, fauchte er.

»Ah, da ist ja wieder der Ben Sheridan, den ich kennen und lieben gelernt habe. Ich glaube, andernfalls hätte ich mich gewundert, was sie mit ihm angestellt haben.«

Zu meinem Entsetzen begann er zu weinen.

»Ben ...«

»Ich weiß auch nicht, was sie verdammt noch mal mit ihm angestellt haben«, sagte er und wischte sich übers Gesicht. Stockend holte er Atem und sagte dann: »Mist. Ignorieren Sie diese kleine Vorstellung bitte. Es muss an den Medikamenten liegen.«

»Oder vielleicht an dem Körperteil, der Ihnen genommen wurde.«

»Nicht jetzt, okay?«, sagte er wütend. »Herrgott. Nicht jetzt.«

»Okay.« Es fiel mir nicht schwer, zu kapitulieren.

»Warum sind Sie zurückgekommen?«

»Ellen Raice.«

Damit erlangte er wieder die Kontrolle über sich. »Was?«

»Sie ist vorbeigekommen. Ich versuche gar nicht erst, alles zu wiederholen, was sie gesagt hat.«

»Sie hat Sie gebeten, mir – wissen Sie, ›gute Besserung‹ zu wünschen, stimmt's?«, sagte er, indem er ihre Stimme und ihre Ausdrucksweise perfekt imitierte. Ich musste lachen. Er schmunzelte und sagte: »Nicht besonders nett von mir, was?«

»Nein, aber das ist ja das Schöne, Ben, dass Sie in meiner Gegenwart nicht so zu tun brauchen, als wären Sie nett. Ich weiß, dass Sie ein Arschloch sind, erinnern Sie sich?«

»Das ist wohl leider wahr. Ich habe jetzt erst erkannt, was Sie da haben. Sie hat die verdammten Abschlussarbeiten mitgebracht, stimmt's?«

»Na ja«, sagte ich und konnte der Versuchung nicht widerstehen. »Wie sie es ausgedrückt hat, ist das etwas, was Sie auch ohne Fuß machen können.«

Sein Unterkiefer fiel herunter, und dann stieß er ein brüllendes Lachen aus. »Wenn ich mir doch nur einbilden könnte, Sie hätten das erfunden.«

Ich schüttelte den Kopf. »Soll ich die Hefte für Sie ins College zurückbringen?«

Er zögerte und sagte dann: »Ach, was soll's. Sie hat ja Recht. Vielleicht bin ich tatsächlich in der Lage, sie zu lesen. Sonst komme ich am Ende noch jedes Mal zu Semesterschluss mit der Ausrede, ich stünde unter Morphium.«

Ich legte die Hefte auf den Nachttisch neben seinem Bett.

»Dann bis morgen, Ben«, sagte ich und ging auf die Tür zu.

»Irene – warten Sie.«

»Brauchen Sie noch etwas?«

»Vielleicht – vielleicht überlegen Sie sich, ob Sie mal mit Jo Robinson sprechen möchten. Nein, verziehen Sie nicht gleich das Gesicht. Was dort oben passiert ist – niemand erwartet von Ihnen, dass Sie wie ein kleiner Zinnsoldat einfach weiter durchs Leben marschieren. Nicht nach so einem Erlebnis.«

»Mir fehlt nichts.«

Er machte Anstalten, mehr zu sagen, schien es sich dann aber anders zu überlegen. »Ja. Na gut, dann bis morgen.«

»Kommen Sie klar? Ich meine, ganz allein hier?«

»Ja. Ehrlich gesagt glaube ich, ich brauche ein bisschen Zeit für mich selbst.«

»Rufen Sie mich an, wenn Sie vor morgen das Bedürfnis zu reden haben.«

Ich stieß im Warteraum wieder zu den anderen. »Tut mir Leid. Ich hatte vergessen, ihm die Prüfungshefte zu geben – obwohl ich vermute, dass Dr. Robinson sagen würde, es gibt keine Zufälle.«

»Nein, und ich bin auch noch nie in Wien gewesen«, sagte sie leichthin. »Tut mir Leid, dass wir keine Gelegenheit zu einem Gespräch haben, aber ich bin heute Abend verabredet. Ihr Mann und Mr. Fremont können Sie darüber informieren, was ich über Ben gesagt habe.« Sie reichte mir eine Visitenkarte. »Rufen Sie mich an, wenn Sie irgendwelche Fragen haben.«

Ich dankte ihr, steckte die Karte ein, ohne sie anzusehen, und wandte mich an Frank. »Meinst du, wir können ein paar Sachen aus Davids Haus holen, ohne Probleme zu bekommen?«

Doch obwohl ich es nicht zugeben wollte, hatte ich bereits Probleme. Jede Menge Probleme.

33

Samstag Abend, 20. Mai

Las Piernas

Das erste Mal, dass ich Nicholas Parrish in Las Piernas sah, war am frühen Abend desselben Tages.

Jack, Frank und ich verließen das Krankenhaus und trafen uns im Supermarkt bei uns in der Nähe, um die Zutaten fürs Abendessen zu kaufen. Ich war keine große Hilfe, da ich viel zu sehr in Gedanken war. Irgendwann begriff ich, dass ich Frank nicht aus den Augen ließ – ich verschanzte mich geradezu hinter ihm. Da mir das zuwider war, zwang ich mich, auf Distanz zu ihm zu gehen. »Ich hole mal ein paar Flaschen Wasser aus dem anderen Gang«, sagte ich, und als Frank Anstalten machte, mich zu begleiten, fügte ich hinzu: »Bin gleich wieder da« und ignorierte den Blick, den Frank und Jack wechselten.

Ich hatte mich gerade gebückt, um einen Sechserpack Mineralwasser herauszunehmen, als ich aus dem Augenwinkel Parrish sah, wie er am anderen Ende des Regals entlangging. Er trug ein dunkelgrünes Hemd und eine Art Baseballmütze. Ich sah ihn nur ganz kurz, doch ich stieß einen spitzen Schrei aus und rannte in die Gegenrichtung.

Frank hatte mich offenbar gehört – ich wäre fast über ihn gefallen, als ich um die Ecke bog.

»Er ist hier!«, schrie ich. »Er ist hier im Laden!«

Frank wusste, dass ich nicht Elvis meinte, und öffnete die Jacke, um leichter an seine Pistole zu kommen.

Hastig beschrieb ich ihm Hemd und Mütze.

»Bleib hier!«, sagte er und ließ mich mit dem Einkaufswagen stehen, während er und Jack in verschiedene Richtungen loszogen. Sie spähten vorsichtig jeden Gang hinab und behielten mich dabei im Auge. Andere Kunden begannen uns neugierige Blicke zuzuwerfen. Eine Frau erschrak, als Frank ihr ein barsches »Aus dem Weg!« zufauchte.

Ich sah, wie Frank sich verkrampfte und gleich wieder entspannte. »Entschuldigen Sie bitte, Sir«, sagte er. »Dürfte ich Sie bitten, einen Moment lang hierher zu kommen?«

Er führte einen Mann mit einer Mütze und einem dunkelgrünen Hemd in Sichtweite. Er hatte in etwa Parrishs Größe und Statur sowie seine Haarfarbe, sah ihm sonst aber überhaupt nicht ähnlich. »Ist das der Mann, den du gesehen hast?«, wollte Frank wissen.

Ich nickte.

»Vielen Dank«, sagte er zu dem Mann, der mich ansah, als vermutete er, ich dürfe nur übers Wochenende frei rumlaufen.

»Was soll denn das Ganze?«, fragte er argwöhnisch.

»Gar nichts«, sagte ich mit trockenem Mund. »Verzeihen Sie bitte. Ich habe Sie für jemand anderen gehalten.«

Zu Johns großem Ärger nahm ich mir diesen ersten Montagmorgen frei und fuhr mit Frank und Bingle zu Davids Haus.

Als wir uns Davids Gegend näherten, einem älteren Stadtviertel von Las Piernas mit kleinen, aber gepflegten Häusern auf großen Grundstücken, begann Bingle die Nase aus dem Fenster zu recken, zu schnüffeln und zu schnauben. Als wir in seine Straße einbogen, winselte er bereits und trat nervös auf dem Rücksitz hin und her, während sein Schwanz hektisch wedelte.

Als wir vor dem Haus ankamen, begann er zu bellen – durchdringend und abgehackt.

»*Tranquilo*«, sagte ich.

Ich sah, wie im Haus gegenüber eine alte Frau die Vorhänge ihres Panoramafensters beiseite schob.

Bingle benahm sich gut, als wir auf die Haustür zugingen, aber offenbar verlangte ihm dies einiges ab. Drinnen angelangt, nahm ihm Frank die Leine ab, und der Hund hopste durchs Haus.

Der große Wohnraum war spärlich möbliert – ein Sofa und ein Sessel, ein Fernseh- und ein Videogerät und ein Bücherregal. In letzterem standen mehrere Videobänder, Bücher über Hunde und Anthropologie und Werke von Twain, Thurber und Wodehouse.

Bingle lenkte mich ab, und so nahm ich nicht viel mehr von der Einrichtung wahr. In hektischem Trab sauste er von einem Raum zum anderen und winselte. Immer wieder kam er zurück, sah zu mir auf und jaulte. Ich begann ihm nachzugehen.

»Was treibt er denn da?«, fragte Frank.

Ich merkte, wie es mir die Kehle zuschnürte. »Ich glaube, er sucht David.«

In einem Schlafzimmer hüpfte Bingle auf das ungemachte Bett und rieb das Gesicht gegen Decken und Kissen. Im Einbauschrank steckte er die Schnauze in sämtliche Schuhe und wälzte sich dann in einem Stapel Schmutzwäsche. Im Badezimmer schnüffelte er an Haarbürsten, einer Zahnbürste, Abflüssen und dem Toilettensitz.

Ich versuchte mit ihm zu sprechen, aber er rannte einfach hinaus und ins nächste Schlafzimmer, einem mit nur einer Kommode und einem ordentlich gemachten Bett. Er sah sich kurz um, liebkoste das Kissen und winselte. Dann trabte er in die Küche, wo Frank schon begonnen hatte, sein Futter, die Fütterungsvorschriften und das Hundespielzeug zusammenzupacken. Bingle ignorierte ihn.

Bingle trottete zu einer Tür neben der Küche und kratzte daran. Ich öffnete sie. Sie führte in die Garage. Darin standen stapelweise Pappkartons. Er schnupperte kurz an ihnen und ging schließlich an eine Hintertür, die er aufgeregt mit den Pfoten bearbeitete. Dann fing er an zu bellen.

Ich öffnete die Tür und folgte ihm in einen großen, umzäunten Garten mit zwei Hundezwingern. Bingle sah in einen der beiden hinein und bellte erneut. Auf dem Zwinger stand »Boolescher«.

Es war kein Schloss daran. Ich machte das Tor auf, das beim Öffnen quietschte. Bingle ging hinein, schnüffelte herum und sah wieder zu mir zurück. Es war, als erwartete er von mir die Antwort auf eine Frage.

Ich kniete mich hin und beantwortete eine, von der ich dachte, dass er sie stellen könnte.

»Sie sind weg, Bingle«, sagte ich, während ich wünschte, ich hätte ihn nie hierher gebracht.

Er setzte sich und musterte mich schweigend einen Moment lang. Dann legte er den Kopf in den Nacken und jaulte – es war nicht der hohe, schmachtende Ton, den er zum Spaß für David gesungen hatte, sondern ein tiefes, urtümliches, schwermütiges Klagelied, ein Klang, mit dem man Geister ruft.

Drei Abende später schmuggelte ich Bingle ins Krankenhaus. Ich kenne eine unfolgsame Nonne, die zum Personal von St. Anne's gehört, und mit ihrer Hilfe und der Unterstützung zweier Wachmänner kamen wir kurz vor Ende der abendlichen Besuchszeit auf Bens Stockwerk an. Ich hatte den Hund angewiesen, still zu sein, aber er schien bereits selbst begriffen zu haben, dass er Teil einer Geheimoperation war. Schwester Theresa und den Wachen gegenüber ließ er seinen ganzen Charme spielen. Ruhig trottete er neben mir her. Obwohl ich ihm ansah, dass seine Nase auf Hochtouren arbeitete, bestand er nicht darauf, jedem der auf ihn einstürmenden interessanten Düfte nachzugehen.

Ben erwartete uns. Der Besuch war seine Idee gewesen, obwohl er vermutlich nicht geglaubt hatte, dass wir es tatsächlich bewerkstelligen könnten. Bingle wollte nicht mehr fressen. »Ich bereue inzwischen, dass ich ihn mit zu David genommen habe«, sagte ich zu Ben. »Aber ich glaube, er ist nicht zuletzt deshalb deprimiert, weil sämtliche Vertrauten aus seinem Leben verschwunden sind – David, Bool und, soweit er weiß, auch Sie.«

Bens Zweifel daran, ob Bingle ihn vermisste, wurden von der Reaktion des Hundes hinweggefegt. Bingles Ohren stellten sich auf, und sein Schwanz wedelte wild hin und her. Er ging rasch, aber vorsichtig auf das Bett zu, und nachdem er vor Begeisterung ein wenig geknurrt hatte, rieb er die Schnauze an Ben und küsste ihn ab.

Bingles Gegenwart war auch für Ben keine schlechte Medizin. Beide sahen so glücklich aus wie seit Tagen nicht.

Während dieser Wiederbegegnung öffnete sich auf einmal die Tür zu Bens Zimmer, und eine fast kriminell umwerfende Blondine kam herein. Sie war groß und dünn, hatte große seegrüne Augen mit langen Wimpern, hohe Wangenknochen, ein hübsches Näschen und jede Menge anderer Vorzüge, die mich darüber nachgrübeln ließen, wie viele Frauen eine Extraportion Hässlichkeit auf sich nehmen mussten, damit Gott dieses eine Exemplar so schön hatte gestalten können. Sie trug ein konservativ geschnittenes beiges Kostüm und hatte Blumen dabei – einen heiteren Strauß in einer eleganten Keramikvase. Wie persönlich, dachte ich, nicht das altbekannte Standardmodell aus grünem Glas vom Blumenladen.

»Ich komme offenbar ungelegen«, sagte sie.

»Wie hast du es geschafft, an den Wachen vorbeizukommen?«, fauchte Ben.

War der Mann verrückt? Ich wusste, wie sie an ihnen vorbeigekommen war.

»Wirklich ganz ungelegen«, wiederholte sie und machte Anstalten, wieder hinauszugehen.

»Nein, warte«, sagte Ben, doch ich bemerkte, wie er sich fest an Bingle klammerte. »Tut mir Leid. Ich wollte nicht unhöflich sein. Komm rein, Camille.«

Das war also seine Exfreundin.

Sie blickte zum Fußende des Betts, und ihre Augen weiteten sich vor Erstaunen.

»Erkennst du den falschen?«, fragte Ben.

Sie errötete, sagte aber: »Ich hätte nicht gedacht, dass du schon so bald eine Prothese bekommen würdest.«

»Die ist nur provisorisch«, erwiderte er. »Lass mich dir meine Freunde vorstellen. Bingle kennst du ja schon.«

Der Hund wedelte mit dem Schwanz. Sie nickte nervös.

»Irene Kelly, Schwester Theresa, das ist Camille Graham.«

»Hallo«, sagte sie. Wir sagten ebenfalls hallo.

Eine Weile sagte niemand mehr etwas.

»Du kannst die Blumen auf die Kommode stellen, wenn du willst«, sagte Ben. Dann ging er ein bisschen aus sich heraus und fügte hinzu: »Falls sie für mich sind.«

Sie lächelte. »Ja, ich dachte –«

»Danke«, sagte er.

Sie stellte sie ab und blieb neben der Kommode stehen. Sie warf mir und Schwester Theresa einen Blick zu.

»Vielleicht sollten wir gehen«, sagte ich.

»Nein, bleiben Sie da«, protestierte Ben rasch. »Bitte. Bingle hat mir so gefehlt.«

Camille verschränkte die Arme. Nach kurzem Schweigen fragte er: »Und, wie ist es dir ergangen?«

»Okay«, antwortete sie.

»Triffst du dich noch mit –«

»Nein. Aber ich glaube, das weißt du.«

»Ja. David hat es mir erzählt. Tut mir Leid, dass es nicht geklappt hat.«

Sie zuckte mit den Achseln. »Wie lang bleibst du noch hier?«

»Im Krankenhaus? Etwa zwei Wochen.«

»Nur noch zwei Wochen? Zwei Wochen nach …«

»Ja. Am Anfang muss ich wahrscheinlich im Rollstuhl sitzen, aber ich stehe schon ab und zu auf meinen Füßen – oder sollte ich ›auf meinem Fuß‹ sagen?«

»Ben –«

»Ungefähr in der Mitte des Sommers«, fuhr er fort, während er ihren mitleidigen Blick ignorierte, »habe ich meine Prothese. Dann sind es Füße.«

»Wenn du einen Platz zum Wohnen brauchst –«

»Nein.«

»Wo willst du denn wohnen?«

Er zögerte und antwortete dann: »Davids Anwalt ist gestern vorbeigekommen. Anscheinend habe ich ein Haus geerbt.«

»Aber wer kümmert sich um dich?«

Er streichelte Bingle. »Ich brauche niemanden.«

Sie warf Schwester Theresa einen Blick zu, lief rot an, sagte aber zu ihm: »Wenn du wieder einziehen willst –«

»Auf keinen Fall.«

»Ich habe nicht gemeint –«

»Das weiß ich schon«, sagte er.

Schweigen machte sich breit. Ich wollte da raus und nahm an, dass sich auch Schwester Theresa unwohl fühlte. Doch ein kurzer Blick auf sie machte mir klar, dass sie sich königlich amüsierte.

»Deine Arbeit«, sagte Camille. »Du kannst ja sicher nicht weitermachen –«

»Und warum nicht?«

»Sei realistisch, Ben. Was hast du für Pläne?«

»Realistisch betrachtet? Mit der Arbeit weitermachen, die ich schon immer tue.«

»Aber –«

»Du glaubst, ich sei dazu nicht imstande?«

»Nein«, erwiderte sie. »Du kannst alles schaffen, was du dir in den Kopf setzt, Ben.«

»Aber du bist mit meiner Entscheidung nicht einverstanden.«

»Stimmt, deine Arbeit hat mir nie gefallen, aber nach allem, was passiert ist, hätte ich gedacht, du würdest über einen Berufswechsel nachdenken.«

»Wenn überhaupt«, entgegnete er energisch, »dann bin ich nur noch entschlossener, alles zu tun, was in meiner Macht steht, um Leute wie Nick Parrish aufzuhalten. Irene – abgesehen von denen aus unserer Gruppe – wie viele Leichen hat der Suchtrupp mittlerweile dort oben gefunden?«

»Ben!«, schimpfte Camille ärgerlich.

»Irene?«

»Zehn Frauen – nach der letzten Zählung«, antwortete ich. »Sie glauben aber, es sind noch mehr.«

»Sie werden monatelang dort oben zu tun haben, Camille. Alles wegen eines einzigen Mannes. Und jede Familie mit einer vermissten Tochter wird wissen wollen, ob sie eine von ihnen ist.«

»Das hatten wir doch alles schon«, sagte Camille. »Ich weiß nicht, warum ich vorbeigekommen bin.« Sie wandte sich zur Tür. »Dumm von mir zu glauben, du könntest meine Hilfe brauchen.«

»Ich bin kein Sozialfall«, sagte er, und seine Wut kehrte in geballter Form zurück. »Und ich müsste schon mehr als ein Bein verlieren, um –«

»Nicht«, wandte sie rasch ein. »Ich hab's schon kapiert.«

Sie machte die Tür auf, blieb stehen und sagte: »Das mit David tut mir Leid.«

Er schwieg.

»Pass auf dich auf, Ben«, sagte sie.

»Du auch, Camille. Danke, dass du gekommen bist. Das meine ich ernst.«

Sie wandte sich wieder zu ihm um.

Er lächelte. »Ehrlich. Ich weiß, dass du es gut gemeint hast. Du hast nur vergessen, was für ein« – er warf Schwester Theresa einen Blick zu – »was für ein altes Ekel ich bin.«

»Nein, hab ich nicht«, sagte sie. »Das ist eines der Dinge, die ich an dir mag.«

Er lachte.

Und als ob sie es sich nicht verkneifen könnte, es noch einmal zu sagen, fügte sie hinzu: »Bitte überleg dir, ob du dir nicht eine andere Arbeit suchen willst.«

Sein Lächeln verschwand. »Vielleicht solltest du das auch tun.«

Sie ging.

Alle atmeten gleichzeitig aus, als sich die Tür hinter ihr schloss.

Bingle imitierte uns mit einem lauten Seufzer.

»Entschuldige«, sagte Ben zu dem Hund. »Das hat dir vermutlich deinen Besuch vergällt.«

»Ich habe das Gefühl, er glaubt, er könnte über Nacht bleiben«, sagte ich.

»So gern ich das auch möchte, Bingle, ich fürchte, das müssen wir verschieben«, meinte Ben.

Kurz bevor wir gingen, fragte ich: »Ben, wie wollen Sie nach Ihrer Entlassung zurechtkommen?«

»So weit habe ich noch nicht vorausgedacht. Wahrscheinlich werde ich jemanden einstellen, der mir hilft.«

Mit einem Dozentengehalt?, dachte ich. Er musste mir meine Zweifel angesehen haben, da er sagte: »Ich muss Schritt für Schritt vorangehen.« Er grinste und fügte hinzu: »Mit nur einem Fuß –«

»Ach, Herrgott noch mal –«

Er lachte.

»Das meine ich ernst.«

»Viel zu ernst. Passen Sie auf Bingle auf. Das reicht fürs Erste.«

Wir schmuggelten Bingle wieder hinaus, und ich sagte Gute Nacht zu Schwester Theresa und unseren mitverschworenen Wachen. Als ich über den dunklen Parkplatz ging, sah ich andere Besucher die Klinik verlassen. Ich schloss die Tür des Volvo auf und kämpfte gerade mit Leine, Schlüssel und Handtasche, als ich Nick Parrish entdeckte. Er saß im übernächsten Wagen und beobachtete mich. Ich ließ die Schlüssel fallen, öffnete den Mund, um zu schreien, stolperte rückwärts und verhedderte mich in Bingles Leine. Parrish würde mich kriegen!

Da sah ich, dass ich mich geirrt hatte. Es war nicht Parrish. Nur ein Mann, der in einem Auto wartete.

Ich schaffte es, Bingle in den Volvo zu bugsieren. Ich kurbelte die Fenster herunter und streichelte den Hund, während ich darauf wartete, dass ich zu zittern aufhörte. Bingle saß geduldig da, ohne zu zappeln oder zu bellen. Zwanzig Minuten später hatte ich mich so weit beruhigt, dass ich das Auto anlassen konnte.

»Du musst aufhören, an Parrish zu denken«, schärfte ich mir ein. »Du musst dir Ablenkung suchen.«

Diesen Gedanken verfolgte ich mit aller Kraft.

34

Donnerstag Abend, 25. Mai

Las Piernas

Es war schon spät, als ich an diesem Abend nach Hause kam, aber ich stellte fest, dass Frank, Jack, Stinger und Travis auf mich gewartet hatten.

»Ihr habt noch nicht gegessen?«, fragte ich.

Doch es gab nur einen, um dessen Essen sich alle sorgten, und ich fragte mich, ob Bingle je zuvor Applaus fürs Mampfen bekommen hatte.

»Es hat geklappt!«, sagte Travis. »Hat Ben sich gefreut, ihn zu sehen?«

»Und wie.« Als wir uns zum Essen setzten, erzählte ich ihnen, was sich im Krankenhaus ereignet hatte – außer von meiner Panik auf dem Parkplatz. Stinger fragte mich, ob ich glaubte, dass Camille Graham sich vielleicht eher für einen reiferen Herrentyp erwärmen könnte, was Jack zu der Frage veranlasste, woher er denn einen solchen nehmen wollte.

»Sie klingt nett«, sagte Travis und lief rot an, als das die anderen Männer zum Lachen brachte.

»Ich glaube, das ist sie«, sagte ich. »Aber Ben scheint weit davon entfernt zu sein, irgendwelche Freundschaftsangebote von ihr zu akzeptieren – was wirklich schade ist. Ich glaube, es hätte ihm gut getan, sich von ihr helfen zu lassen. Ich weiß nicht, wie er es ohne David schaffen soll.«

»Vielleicht sollte er bei mir einziehen«, meinte Jack.

»Du bist nicht richtig auf Hausgäste eingerichtet«, widersprach Stinger. »Ich spreche aus persönlicher Erfahrung. Noch ein paar Nächte auf deinem Sofa, und ich muss selbst unters Messer.«

»Dem lässt sich abhelfen«, sagte Jack.

»Allerdings«, bekräftigte Stinger. »Ich fahre wieder nach Hause.«

Travis räusperte sich und erklärte: »Ich begleite ihn.«

»Was?«, fragten Frank und ich unisono.

»Der gute Travis hat sich in den Kopf gesetzt, dass er gern lernen möchte, wie man einen Hubschrauber fliegt«, sagte Stinger. »Und ich habe gesagt, nachdem er ja bereits sein Testament gemacht hat, kann ich es ihm beibringen.«

»Ich lasse nicht noch mal über zwanzig Jahre vergehen, bis ich wiederkomme«, versicherte Travis rasch, da er meine

Hauptsorge kannte. Bis vor kurzem hatten mich familiäre Missverständnisse von meinem Cousin getrennt, und ich war nicht bereit, ihn erneut aus den Augen zu verlieren. »Ich will nur eine Zeit lang etwas Neues ausprobieren«, sagte er. »Aber ich glaube, ich werde mir eine eigene Wohnung suchen, wenn ich zurückkomme.«

Die Männer sahen mich an und warteten auf eine Reaktion. »Wenn du das möchtest«, sagte ich, »wunderbar. Nur lass dich öfter mal sehen.«

Er wurde ganz lebhaft und erzählte mir, wie sehr er es genossen hatte, mit Stinger im Cockpit des Hubschraubers zu fliegen, sprach von Stingers Schlupfwinkel in der Wüste und über die Arbeit, die Stinger mit den Hubschraubern machte.

»Irgendwas Neues über den Aufenthaltsort von Parrish?«, fragte Jack Frank.

Frank schüttelte den Kopf. »Wir bekommen Meldungen von überallher, manche hier aus der Stadt, andere bis aus Australien. Gar nicht ungewöhnlich, dass so was passiert, wenn ein Serienmörder frei herumläuft. Die Leute haben Angst und fangen an, ihn überall zu sehen.«

Allerdings, dachte ich.

Sobald wir gegessen hatten, erklärte ich den anderen, dass ich früh zu Bett gehen wollte, da es ein langer Tag gewesen und ich müde war. Es war die Wahrheit – vielleicht nicht die ganze Wahrheit, aber die Wahrheit.

Doch als ich mich hinlegte, konnte ich nicht schlafen. Ich war angespannt und empfand ein Unglück, dessen Grund ich nicht zu benennen wusste.

Im Gegenteil – es gab nichts, weswegen ich hätte unglücklich sein müssen, sagte ich mir. Ich war sicher und heil zu Hause – im Gegensatz zu allen anderen, die vor einer Woche mit mir in die Berge gezogen waren.Ich konnte die Bilder ihrer Gesichter nicht abschütteln und ertappte mich dabei, wie ich speziell an Bob Thompson dachte, den ich nicht einmal hatte leiden können, was es mir irgendwie noch schlimmer erscheinen ließ, und ich versuchte, freundlich an ihn zurückzudenken, obwohl ich so wenig freundliche Gefühle ihm gegenüber hegte.

Bingle kam herein und legte den Kopf auf das Bett neben mir. Ich streichelte ihn, bis ich hörte, wie er in einem Häuflein auf dem Boden zusammensank und seufzte. Dann kam Cody herein, ignorierte ihn geflissentlich, rollte sich aber in meinen Kniekehlen zusammen und schnurrte.

Ich weiß nicht mehr, wie ich eingeschlafen bin, aber in dieser Nacht träumte ich, dass ich auf einem Feld voller Menschenstücke stand – nicht das Gemetzel der Realität, sondern schöne, ordentliche, ganze Körperteile: Köpfe und Rümpfe, Füße, Hände, Arme und Beine – alles ganz ohne Blut und völlig sauber, eher wie auseinander genommene Schaufensterpuppen als wie richtige Menschen. Es war meine Aufgabe, sie wieder zusammenzusetzen, und ich hatte das Gefühl, dass ich es unbedingt schaffen musste, aber die Mischung der Teile stimmte nicht, und ich machte einen Fehler nach dem anderen. Ich hatte den falschen Fuß an ein Bein gesetzt und bekam ihn nicht wieder los, und den falschen Hals an einen Kopf. Und dann begann ich den Gestank der echten Wiese zu riechen, den Todesgeruch, der immer stärker wurde – die Teile wurden schlecht, weil ich sie nicht schnell genug zusammensetzte. Manche der Köpfe waren böse auf mich; sie mussten meinetwegen sterben, erklärten sie und begannen meinen Namen zu brüllen, indem sie ihn als zornigen Protestgesang intonierten.

Nach einiger Zeit merkte ich, dass es Frank war, der nicht brüllte, sondern leise meinen Namen sagte, mich festhielt und mir den Rücken streichelte. Ich zitterte und konnte verdammt lang nicht damit aufhören.

»Riechst du es?«, fragte ich.

»Was?«

Als ich keine Antwort gab, hielten seine Hände einen Moment lang still, und dann fragte er: »Das Feld?«

»Ja. Riechst du es? Ich glaube, es muss wohl an meinen Kleidern hängen oder an etwas, das ich mitgebracht habe – vielleicht sogar an Bingle –«

»Irene – nein, ich rieche es nicht.«

Ich sah ihm in die Augen, sah, dass er es ernst meinte, und sagte: »Ich muss raus aus dem Haus.«

»Okay«, sagte er, da er meine Klaustrophobie schon zur Genüge kannte.

Wir zogen uns an, trommelten alle drei Hunde zusammen und gingen ans Ende der Straße. Es war nach Mitternacht, und die Cops, die abgestellt worden waren, um oben an der Treppe, die zum Strand führte, Wache zu halten, waren von unseren Plänen nicht allzu begeistert, ließen uns aber passieren.

Der Mond war aufgegangen, und obwohl er nicht voll war, schien er hell genug, um unseren Weg zu beleuchten. Ich sog die Salzluft in tiefen Atemzügen ein, und andere Gerüche schwanden. Der Anblick des endlosen Silberstreifens mondbeschienenen Wassers, das Geräusch der herankommenden und wieder zurückweichenden Wellen, das weiche Nachgeben des Sandes unter meinen Füßen – all das unterschied sich massiv von der Bergwiese aus meinem Traum. Die schrecklichen Bilder verblassten, und ich begann mich zu entspannen.

Als mir langsam bewusster wurde, dass Franks große, warme Hand die meine hielt, sagte ich: »Entschuldige, du brauchst wahrscheinlich deinen Schlaf, und da zerre ich dich an den Strand.«

»Ich hatte auch schon einige schlimme Nächte. Wenn man so etwas erlebt hat, kann man nicht erwarten, dass man zu Hause einfach dort weitermacht, wo man aufgehört hat.«

»Nein.« Nach einem Moment sagte ich: »Diesmal weiß ich einfach nicht, wie ich von dort zurückkommen soll, Frank. Es steckt in mir. Es macht mir Angst.«

Er legte mir einen Arm um die Schultern und sagte: »Vielleicht solltest du mit jemandem reden.«

Ich gab ihm keine Antwort. Vor zwei Abenden hatte ich ihm alles erzählt, was in den Bergen passiert war. Er hatte geduldig zugehört, und obwohl es ihn empörte, wie Parrish mich terrorisiert hatte, und er vermutlich nichts davon hielt, wie ich versucht hatte, Parrish von Ben abzulenken, kritisierte er mich weder, noch machte er mir wegen der Ereignisse Vorwürfe. In meinen Augen der ideale Zuhörer. Daher wusste ich, dass er, als er jetzt sagte, ich solle »mit jemandem reden«, einen Therapeuten meinte.

»War nur eine Idee«, sagte er nach einer Weile. »Ich will dich zu nichts drängen.«

»Das weiß ich doch«, sagte ich, war aber erleichtert.

»Und du kannst jederzeit mit mir reden.«

Ich zog ihn enger an mich. »Ja, ich weiß. Danke.« Wir gingen ein Stück weiter, und ich sagte: »Vermutlich brauche ich mir deshalb nicht den Kopf darüber zu zerbrechen, ob ich einen Therapeuten brauche. Ich habe einen tollen Mann, und ich bin umgeben von Verwandten und Freunden – ich habe meinen Beistand. Bei Ben macht es mir aber eher den Eindruck, als hätte er nicht so viel Glück.«

»Genau das hat Jo Robinson neulich im Krankenhaus gesagt. Sie will versuchen, Bens Schwester und einige seiner Freunde zu kontaktieren, aber sie meint, in der Zwischenzeit könnte Ben jede moralische Unterstützung brauchen, die er von uns bekommen kann. Allerdings fürchtet sie, dass du dich nicht um dich kümmerst.«

»Wo wohnt seine Schwester denn?«, fragte ich, um das Gespräch von Jo Robinson und ihren Befürchtungen wegzulenken.

»In Iowa.«

Die Hunde kamen herbei und schüttelten Wasser auf uns, was uns zum Schimpfen und Lachen gleichzeitig veranlasste. Eine Zeit lang gingen wir nur dahin und sahen ihnen zu.

Bingle amüsierte sich königlich. Heute war er zweifellos

fröhlicher gewesen als je, seit wir ihn mit zu uns genommen hatten. Mir kam in den Sinn, dass David bei Bingles hohem Ausbildungsstand sicher wesentlich mehr Stunden mit ihm gearbeitet hatte als wir mit unseren Hunden. An wie viele Spaziergänge pro Tag war der Hund gewöhnt? Würde er seine Fähigkeiten verlieren, wenn wir ihn nicht trainierten?

Die drei Hunde kamen gut miteinander aus und begannen ein harmloses, aber wildes Spiel – sie schnitten sich gegenseitig den Weg ab, purzelten effektvoll durch den Sand und scheuchten einander ins Wasser, um dann wieder den Strand hochzujagen.

Frank sagte: »Ich habe über die Vordertreppe nachgedacht.«

Ich blieb stehen. »Die Vordertreppe?«

»Ich glaube, ich könnte mit Petes und Jacks Hilfe eine Rampe bauen. Wir müssten auch ein paar Veränderungen im Badezimmer vornehmen, uns vielleicht eines dieser praktischen Duschdinger besorgen und einen Sitz. Dr. Riley kann uns bestimmt eine Liste von Dingen geben, auf die wir von allein nie kommen würden.«

»Frank –« Ich schluckte schwer. »Du musstest schon mit meinem fünfundzwanzigjährigen Cousin zusammenleben ...«

»Wie die meisten jungen Männer hatte Travis Besseres zu tun, als ständig im Haus herumzuhängen. Du weißt, dass es mir nichts ausgemacht hat, ihn bei uns zu haben. Ich mag ihn.«

»Aber Ben – er bekommt mit Sicherheit Probleme, Frank. Er hatte ja auch schon vor diesen ganzen Ereignissen Probleme. Momentan ist nicht gerade die beste Phase in Ben Sheridans Leben.«

»Hast du etwas gegen ihn?«

»Letzte Woche hätte ich diese Frage mit ›ja‹ beantwortet.«

»Und jetzt?«

»Ich glaube, ich sehe alles etwas anders. Die Situation hat mich gezwungen, einige Zeit mit ihm zu verbringen, als er eigentlich besonders bösartig hätte sein müssen. Doch stattdessen kamen seine besten Seiten zum Vorschein.«

Wir drehten um und gingen zurück. Frank sagte: »Ich habe dich dort oben vor Parrish gefunden, weil Ben – obwohl er offenbar vor Schmerzen halb wahnsinnig war – die Idee hatte, mir Bingle auf die Suche nach dir mitzugeben.«

»Du hättest mich auch so gefunden.«

»Mag sein«, sagte er. »Aber wer weiß? Solange Parrish auf freiem Fuß ist, wäre ich dieses Risiko nicht gern eingegangen. Das andere ist – du kennst doch die alte Geschichte darüber, wenn man jemandem das Leben rettet?«

»Dass man dadurch verantwortlich dafür wird? Du willst mir doch nicht einreden, dass Ben deswegen bei uns wohnen soll?«

»Nein, aber es besteht jetzt eine Verbindung zwischen euch beiden, einfach weil ihr das gemeinsam überlebt habt.«

»Eine Verbindung? Frank, vielleicht sollte ich eines klarmachen –«

»Nicht nötig«, sagte er mit fester Stimme. »Ich vermute überhaupt nichts dergleichen.«

»Warum nicht?«, fragte ich, und er lachte.

»Keine Sorge – ich bezweifle nicht, dass du für andere Männer attraktiv bist.«

»Du glaubst also, dass Ben schwul ist?«

»Nein, ich glaube, das hätte Miss Ellen Raice auf der Stelle ausgeplaudert.«

»Stimmt.«

Er schmunzelte. »Und du hast ja Camille Graham nicht einfach erfunden, um Stinger zu quälen, oder?«

»Nein. Also, was ist es dann?«

»Ich vertraue dir«, sagte er. Mit schelmischem Blick fügte er hinzu: »Außerdem hat es gewisse Vorteile, wenn man ein Mädchen wie dich heiratet, das nie ganz über seine katholische Herkunft hinwegkommt. Ich hätte dir das schlechte Gewissen meilenweit angesehen.«

Ich öffnete den Mund, um zu protestieren, schloss ihn dann

wieder und murmelte: »Du hast ja Recht«, was ihn erneut zum Lachen brachte.

Und so kamen wir zu dem Schluss, dass es Ben gut tun würde, bei uns zu wohnen. Weniger einfach war es, Ben davon zu überzeugen.

Frank fing trotzdem damit an, die nötigen Veränderungen am Haus vorzunehmen, indem er erklärte, das würde es Ben erleichtern, uns zu besuchen. Doch wir gaben beide die Hoffnung nicht auf, dass Ben es sich anders überlegen würde.

Die Schwester in Iowa rief Ben einmal an, sagte, es täte ihr Leid, von seinen Schwierigkeiten zu hören, aber sie könne ihm nicht helfen. Sie könne sich keine Reise nach Kalifornien leisten, und außerdem träfe sie sich mit einem Mann, der ihr womöglich jeden Augenblick einen Antrag machte, daher sei es strategisch gesehen momentan ungünstig für sie, Iowa zu verlassen. Er erzählte mir, dass der Anruf mehr war, als er von ihr erwartet hätte.

Er wurde in eine andere Abteilung der Klinik verlegt und begann mit zermürbenden physiotherapeutischen Sitzungen. Im Laufe dieser Wochen erhielt er weitere Anrufe von Freunden aus dem ganzen Land, aber er erklärte ihnen stets, sie bräuchten sich nicht die Mühe zu machen, ihn besuchen zu kommen.

Für mich waren es betriebsame Wochen, genau wie ich gehofft hatte. Andere Kollegen aus der Nachrichtenredaktion, die langsam genug davon hatten, wie John meine Produktivität lobte, ließen hin und wieder durchblicken, dass ich jederzeit kürzer treten könnte.

Nein, konnte ich nicht.

Schließlich war ich auf der Flucht – genau wie vorher in den Bergen. Parrish schien überall zu sein. Er saß am Nebentisch im Restaurant, streifte mich auf einem überfüllten Gehsteig, ging bei einem Ballspiel die Stufen im Stadion hinab. Er kam aus einer Buchhandlung, als ich hineinging, lehnte im Dunkeln am Bartresen, als ich nach der Arbeit mit Freunden etwas trinken ging, stand am Pier und starrte mir nach, wenn ich am Strand joggte. Er saß hinten im Bus, wenn ich einstieg, und fuhr an mir vorbei, wenn ich spazieren ging. Einmal sah ich ihn vor mir in einen Aufzug steigen – ich nahm die Treppe, vier Etagen nach oben.

Ich bin ohnehin kein Fan von Aufzügen.

Obwohl jedes einzelne Mal so beängstigend war wie das erste Mal, lernte ich, weder zu kreischen noch wegzulaufen oder hinzuzeigen – und schließlich niemandem zu sagen, was mich auf einmal hatte bleich werden lassen, niemandem ein Sterbenswörtchen davon zu sagen. Und das, obwohl ich wusste, dass Frank mich nicht belächeln würde, wenn ich ihm von jeder Begebenheit erzählte. Was spielte das schon für eine Rolle? Ich schämte mich zu sehr, um mich nicht selbst zu belächeln.

Wenn ich nicht arbeitete, besuchte ich Ben oder traf Vorbereitungen für seine Entlassung aus dem Krankenhaus. Ich kehrte ohne Bingle in Davids Haus zurück und putzte – nur für den Fall, dass wir unsere Auseinandersetzung mit Ben verloren. Ich fragte Ben, ob ich irgendetwas mit Davids Sachen machen sollte. Er verneinte. »Nur eines: Könnten Sie ein paar dieser Trainingsvideos mitbringen? Ich glaube, Schwester Theresa besorgt mir einen Videorekorder.«

»Nonnen bestechen?«

»Sie müssen gerade reden, Sie Hundeschmugglerin.«

»Was für Trainingsvideos?«

»Die von Bingle und dem Such- und Bergungsteam. Die Gruppe hat einige der Trainingseinheiten aufgezeichnet, damit sie studieren können, wie die Hunde arbeiten und wie die Trainer mit ihnen umgehen. David hat sich die Bänder immer wieder angesehen. Sie stehen im Bücherregal.«

»Sie wollen also anfangen, mit dem Such- und Bergungsteam und einem Leichenhund zu arbeiten?«

Er blickte auf sein linkes Bein hinab und antwortete dann mit entschlossenem Blick: »Ja. Wenn Bingle beschließt, dass er nicht mit mir arbeiten will, gut. Aber David hat viel Zeit in das Training mit ihm investiert, und das Mindeste, was ich für David und Bingle tun kann, ist, es zu versuchen. Und niemand kann mir besser beibringen, wie man mit Bingle arbeitet, als David selbst.«

Zuerst machte es Ben schwer zu schaffen, sich die Bänder anzusehen, genau wie mir. Das hier war David zu seinen besten, seinen glücklichsten Zeiten, und die Bänder dienten als Erinnerung daran, wen wir verloren hatten. Wenn man Bingle mit ihm trainieren sah, wurde klar, dass sie phänomenal zusammenarbeiteten und David das Beste aus der Intelligenz und den Fähigkeiten des Hundes herausholte.

Seit Davids Tod, dachte ich, musste sich Bingle in der Gesellschaft von Blödmännern wähnen.

Irgendwann hielt Ben das Band an. Ich hörte, wie er ein Schluchzen unterdrückte.

»Wollen Sie lieber warten und es sich ansehen, wenn Sie sich wohler fühlen?«, fragte ich.

Er schüttelte den Kopf. »Es gibt kein ›Wohlerfühlen‹ in Bezug auf Davids Tod. Ich kann mich höchstens daran gewöhnen.«

Er drückte wieder auf »Play«. Das Band, das er sich ansah, war im Sommer aufgezeichnet worden. An seinem Ende kamen Aufnahmen von einem ausgelassenen Schwimmvergnügen mitsamt den Hunden. Ich lachte mit Ben über Bingles Kapriolen im Pool, als ich etwas sah, das mich scharf nach Luft schnappen ließ.

Ben hörte es und hielt erneut das Band an. »Was ist denn?«

»Es tut mir Leid – das wusste ich nicht.«

Er blickte auf den Bildschirm und sah, was mich erschreckt hatte. »Seinen Rücken meinen Sie? Die Narben?«

»Ja.«

»Die schlimmsten stammen von einem Heizkörper.«

»Ein Unfall?«, fragte ich hoffnungsvoll, wobei ich wusste, dass dem nicht so war.

»Nein. David wurde als Kind misshandelt.«

Ich brachte kein Wort heraus.

»Er muss sich unter den Leuten aus dieser Gruppe sehr wohl gefühlt haben«, fuhr Ben fort. »Normalerweise hat er in Gegenwart anderer nie sein Hemd ausgezogen, und wenn er nicht auf jemand anderen gestoßen ist, der misshandelt wurde, hat er auch nie von seiner Kindheit gesprochen.« Er hielt inne. »Bitte sagen Sie das nicht weiter.«

Ich versprach es. »So langsam verstehe ich, warum er nicht der Meinung war, dass Parrishs Kindheit ihn entschuldigte.«

»Ja«, sagte Ben. »Darüber haben wir uns auch auseinander gesetzt. David war ein leuchtendes Beispiel dafür, dass nicht alle misshandelten Kinder später verkorkste Seelen werden, sondern viele auch die Schrecknisse ihrer Kindheit überwinden. Aber ich habe immer zu ihm gesagt, dass nicht alle aus dem gleichen Holz geschnitzt sind wie er, dass nicht jeder so stark ist. Nicht jeder könnte das bewältigen, was er bewältigt hat.«

Ich dachte an Nicholas Parrish. »Vielleicht gibt es auch ein paar, die es nicht bewältigen wollen.«

»Vielleicht.«

Er drückte erneut auf die Play-Taste und sah wieder David zu.

35

DIENSTAG, 30. MAI, FRÜHER NACHMITTAG
Las Piernas

Die Motte stand still, lauerte, lauschte. Die Tür hinten in der Garage war gut versteckt. Es gab einen hohen Zaun und eine Baumreihe, die den Hundezwingern Schatten spendete. Die Zwinger waren leer, aber sauber.

Ein Hund in der Nachbarschaft bellte, aber sonst schien niemand etwas zu bemerken. Werktags waren zu dieser Zeit die meisten Anwohner in der Arbeit und ihre Kinder in der Schule.

Es gab eine alte Frau auf der anderen Straßenseite, die vielleicht aus ihrem Fenster in das Haus des Toten hätte schauen können, aber wenn, dann wäre es ihr schwer gefallen, die Person zu beschreiben, die sie in den Garten hinterm Haus hatte gehen sehen. Ein Handwerker, hätte sie wahrscheinlich vermutet, angesichts des großen Werkzeugkastens (so gut wie leer), des dunklen Overalls, der Stiefel, der ledernen Arbeitshandschuhe und der Schirmmütze, die tief ins Gesicht der Motte gezogen war. Vielleicht wäre ihr ein leichtes Hinken aufgefallen.

Die Motte bückte sich, um den Werkzeugkasten zu öffnen, und hielt dann einen Moment inne, um eine Reihe von Trophäen darin zur Hand zu nehmen: Ablasspfropfen.

Nicht jeder hätte diese mit Treibstoff überzogenen Metallstücke als Schätze betrachtet, und Nicky wäre vermutlich ärgerlich geworden, wenn er gewusst hätte, dass die Motte sie behalten hatte. Aber Nicky war nicht hier, oder?

An ihrem angestammten Platz gehörten diese kleinen Lieblinge unter Hubschrauber. Indem sie sie entfernt hatte, hatte die Motte dafür gesorgt, dass die Hubschraubereinheit des Forest Service, die der Wiese am nächsten war, am Boden blieb.

Die Zeitung hatte sogar einen eigenen Artikel über die Schläue dieses Schachzugs gebracht – einen Artikel, den die Motte jeden Morgen las, fast wie ein Morgengebet. Natürlich war es kein Morgengebet, aber eine herrliche Anerkennung, selbst wenn Nicky das Lob dafür eingeheimst hatte.

Nicky hatte ja schließlich auch der Motte diese Methode, einen Hubschrauber außer Gefecht zu setzen, beigebracht – und noch andere Methoden. Jedenfalls hatte die Motte ihre Wahl getroffen. Und die Motte hatte Erfolg gehabt.

Die Motte war auf diese Leistung nicht nur stolz, weil sie perfekt gelungen war, sondern auch, weil es eine sehr rücksichtsvolle Form der Sabotage war, was der Aktion eine Raffinesse verlieh, die der Motte gefiel. Das Entfernen eines Ablasspfropfens konnte einen Hubschrauber flugunfähig machen, ohne ihn zu zerstören.

Das erneute Bellen des Nachbarhundes erinnerte die Motte an die zu erledigende Aufgabe. Die Ablasspfropfen verschwanden wieder im Werkzeugkasten. Die Motte nahm eine Brechstange heraus und betrat nach wenigen Sekunden die Garage.

Die Motte stellte den Werkzeugkasten von innen gegen die Tür, um sie geschlossen zu halten, drehte dann am Lichtschalter und lauschte dem leisen Blink-blink-blink und dem anschließenden Summen der Leuchtstoffröhren an der Decke.

Die Garage war sauber und ordentlich. Mehrere Pappkartons waren an einer Wand gestapelt, beschriftet mit den Namen der Zimmer: KÜCHE, SCHLAFZIMMER, BAD, GARAGE und – was die größte Anzahl von Kisten ausmachte, ARBEITSZIMMER. Neugierig musterte die Motte sie genauer. Oben auf jeder Kiste klebte ein kleiner Adressenaufkleber von der Art, wie man sie manchmal mit der Bitte um eine Spende zugeschickt bekommt. Auf diesen waren amerikanische Flaggen abgebildet. Es standen zwei Namen auf den Etiketten: Ben Sheridan und Camille Graham. Die Adresse war nicht diese hier.

Ben Sheridan. Die Motte wusste, dass Nicky wegen Ben Sheridan wütend war. Er dachte, er hätte Ben Sheridan getötet, dabei hatte er ihn nur verwundet.

Fürs *Erste* nur verwundet, dachte die Motte. Früher oder später würde er das Krankenhaus verlassen müssen. Und der arme Nicky, der in kein Krankenhaus konnte! Die Motte hatte ihn trösten wollen, sich aber weise zurückgehalten. Nicky war zu wütend gewesen, um irgendwelche Liebkosungen zu dulden. Eigentlich, dachte die Motte, konnte man Nicky gar nicht liebkosen. Er brauchte niemanden. Nicht einmal seine Motte.

Stirnrunzelnd zupfte die Motte am Adressaufkleber einer der Kisten mit der Aufschrift ARBEITSZIMMER. Er ging leicht ab. Die Motte steckte ihn vorsichtig ein. Mit einem Mehrzweckmesser durchtrennte die Motte das Klebeband, das die Kiste verschloss, öffnete sie und studierte ihren Inhalt. Bücher. Und nicht einmal die Bücher, die sich die Motte erhofft hatte – solche über forensische Anthropologie, in denen Bilder von Leichen sein könnten, sondern blöde, blöde Bücher von Jane Austen und James Baldwin und Charles Dickens und Graham Greene und Flannery O'Connor. Gedichte von Auden, Dickinson, Eliot, Housman, Hughes, Neruda und Poe.

Lasche, alte Bücher, die irgendwelche Kinder in der Schule lesen mussten! Mann, in jeder Stadtbücherei standen diese Bücher – warum sollte man sie kaufen? Und was hatte irgendeines von ihnen schon über das Leben in der heutigen Zeit zu sagen? Nichts! Hatten die Autoren jemals Leute wie Nicky und die Motte kennen gelernt? Nein, nie!

Angewidert klappte die Motte die Kiste wieder zu und ging ins Haus.

Die Tür zwischen Haus und Garage war nicht verschlossen. Die Motte trat in die Küche und blieb regungslos stehen.

Es war bereits jemand da gewesen. Die Motte spürte, dass das Haus geöffnet und gelüftet worden war. Die Motte holte tief Atem und versuchte, sich vom Geruch des Hauses die Geschichte erzählen zu lassen, wie Nicky es vielleicht getan hätte.

Es roch immer noch nach Hunden. Wenn man Hunde ins Haus ließ, selbst stubenreine Tiere, blieb dennoch ihr Hundegeruch hängen. Während sie sich bemühte, sich davon nicht stören zu lassen, ging die Motte weiter durchs Haus. In der Küche roch es nach Putzmitteln – Chlor und irgendetwas mit Zitrone. Die Motte öffnete den Kühlschrank. Die Fächer waren blitzsauber. Es war weder Milch da noch Fleisch oder irgendetwas anderes, was verderben könnte. Nur ein paar Gläser und eine angebrochene gelbe Schachtel Natron standen darin.

Der Müll war ausgeleert worden. Im Kücheneimer hing eine frische weiße Plastiktüte. Das Einzige, was darin lag, war ein zerdrücktes Papierhandtuch, das nach Fensterputzmittel roch.

Es war eindeutig, dass seit dem Tod des Besitzers jemand hier gewesen sein musste. Wer? Hatte der Tote eine Haushälterin? Nein – nein, er unterrichtete ja nur am College. Er konnte es sich nicht leisten, jemanden anzustellen, der sein Haus sauber hielt.

Die Motte wusste das und noch alles Mögliche andere über den Toten, Dinge, die die meisten anderen Leute nicht wussten. Die Mutter des Toten war gestorben, als er zwei war. Sein alkoholsüchtiger Vater hatte ihn seine ganze Kindheit hindurch grausam misshandelt – wären auf der Wiese größere Stücke von ihm übrig geblieben, hätten die Ermittler vielleicht die Narben gesehen.

Der Vater des Toten hatte ihn stets an Stellen gezeichnet, die mit Kleidung bedeckt werden konnten. Diese Tatsachen hätten einen anderen vielleicht schockiert, aber auf die Motte übten sie eine ganz andere Wirkung aus. Die Motte wusste alles über verborgene Narben.

Wie viele misshandelte Kinder war David Niles ein guter Schüler gewesen, ein Kind, das zu gefallen suchte. Sein Vater starb, als er ein Teenager war. Er wurde zur Schwester seiner Mutter geschickt, einer alten Jungfer, die in New Mexico Hunde züchtete. Er liebte Hunde. Und er liebte seine Tante. Sie finanzierte ihm das College, wo er Ben Sheridan kennen lernte, der ein oder zwei Jahre über ihm war.

Die Motte wusste, dass es Ben Sheridans Enthusiasmus für physikalische Anthropologie war, der David Niles veranlasst hatte, sein Hauptfach zu wechseln. Niles' Promotion verzögerte sich, als er seine Tante pflegte, die im Sterben lag. Sie hatte bereits Unterkünfte für ihre Hunde gefunden, als sie zu krank wurde, um sich um sie zu kümmern. Kein Mensch kümmerte sich um sie außer ihr Neffe. Nach ihrem Tod kehrte er zurück und schrieb seine Doktorarbeit fertig. Dann bekam er – mit Ben Sheridans Hilfe – eine Teilzeitstelle als Dozent am Las Piernas College. Kurz vor seinem Tod hatte man ihn auf eine volle Stelle befördert.

Die Motte wusste auch, dass David Niles – nein, beschloss die Motte, nenn ihn den Toten – ein bisschen Geld von seiner Tante geerbt und es dazu verwendet hatte, dieses Haus zu kaufen, die Hundezwinger zu bauen und die Ausgaben für Anschaffung, Training, Ausrüstung, Futter und weitere Pflege für zwei große Suchhunde abzudecken.

Die Motte wusste eine ganze Menge über jedes Mitglied der Gruppe, die mit Nicky in die Berge hinaufgezogen war, aber über den Toten wusste sie mehr als die anderen. Der hier war das Lieblingsprojekt der Motte gewesen, und so war es auch gekommen, dass eine Durchsuchung des Hauses des Toten nötig geworden war.

Im Wohnzimmer nahm die Motte einen Hauch von Zitronen-Möbelpolitur und auf dem Teppich den Geruch der Hunde wahr. Nicht annähernd so gut, wie es Nicky gekonnt hätte. Nicky konnte Gerüche besser unterscheiden als jeder andere lebende Mensch. Daran glaubte die Motte ganz fest.

Nicky wäre wütend geworden, wenn er erfahren hätte, dass die Motte ein ganz, ganz kleines Detail übersehen hatte. Aber die Motte würde sich jetzt gleich darum kümmern, und Nicky brauchte nie davon zu erfahren.

Die Motte dachte an die Ablasspfropfen im Werkzeugkasten und fragte sich, warum es so elektrisierend war, Geheimnisse vor Nicky zu haben.

Doch schon bald fühlte sich die Motte nicht mehr elektrisiert, sondern panisch. Was die Motte suchte, hätte im Wohnzimmer sein müssen, doch da war es nicht. Und auf einmal wurde das, was wie eine ganz winzige Nebensächlichkeit gewirkt hatte, höchst bedrohlich.

Warum musste ausgerechnet dieses Ding verschwinden?

Wusste die Polizei davon? Hatten sie die Verbindung bereits hergestellt?

Es klopfte an der Tür. Die Motte erstarrte, schlich sich dann so leise wie möglich in eines der Schlafzimmer und versteckte sich im Wandschrank. Würde die Motte denjenigen an der Tür umbringen müssen? Nicky wäre fuchsteufelswild – die Motte war nicht in Nickys Auftrag hier. Nicky hätte so etwas vorausgeplant, er hätte es vorhergesehen! Was, wenn derjenige an der Tür nach hinten zur Garage ging und den Werkzeugkasten fand?

Lange Momente verstrichen, in denen die Motte an den Werkzeugkasten und die Ablasspfropfen dachte und ihr übel war, speiübel.

Es klingelte an der Tür.

Die Motte rollte sich zu einer kleinen Kugel zusammen.

Erst nach langer Stille fand die Motte den Mut, aufzustehen und den Schrank zu verlassen.

Rasch durchsuchte die Motte die beiden Schlafzimmer und eines der Badezimmer, auch wenn das ein selten dämlicher Ort gewesen wäre, um das zu verstecken, was die Motte haben wollte.

Der Nachbarhund begann erneut zu bellen. Während ihr jeglicher noch verbliebener Mut abhanden kam, verließ die Motte das Haus, nahm den Werkzeugkasten in der Garage und entfernte sich eilig vom Haus des Toten.

Beim Wegfahren nahm sich die Motte nicht die Zeit, einen Blick auf das Haus der alten Frau zu werfen, um zu kontrollieren, ob sie an ihrem Fenster spionierte. Die Gedanken der Motte wurden von einer einzigen Vorstellung verzehrt, einem Satz, der zu einer Art Motten-Mantra wurde:

Sag's nicht Nicky!
Sag's nicht Nicky!
Sag's nicht Nicky!

36

Mittwoch Morgen, 31. Mai
Las Piernas

Ellen Raice rief mich in der Arbeit an, um mir zu sagen, dass jemand in Bens Büro eingebrochen war, indem er den Schnappriegel eines Kellerfensters abgebrochen hatte.

»Wurde irgendetwas mitgenommen?«

»Nicht dass ich wüsste. Wenn ich nicht versucht hätte, das Fenster zu schließen, hätte ich womöglich nicht einmal gemerkt, dass jemand hier drin war. Aber als ich das entdeckt habe, habe ich mich umgesehen und erkannt, dass Dinge verstellt und durchsucht worden sind, wissen Sie. Vor allem auf einigen Regalen und in den Schreibtischschubladen.«

»Weiß die Campus-Polizei Bescheid?«

»Ja. Aber ich glaube nicht, dass dem Officer die Hintergründe klar sind.«

»Dass es mit Nicholas Parrish zusammenhängt.«

»Ich wusste, dass Sie es verstehen würden! Würden Sie Ihrem Mann davon berichten?«

Ich rief Frank an. Ein Detective und ein Spezialist von der Spurensicherung wurden zum College und ein Streifenwagen zu Davids Haus geschickt – auch dort war eingebrochen worden. Am Haus war offensichtlich, dass jemand die Hintertür der Garage aufgebrochen hatte. Ich berichtete Ben, was sich abgespielt hatte, und versicherte ihm, dass ich ins Haus gehen und nachsehen würde, ob irgendetwas fehlte.

Frank wartete dort auf mich. Es war die Art von Fall, die normalerweise lediglich mit einem Streifenwagen bedacht worden wäre – wenn überhaupt –, aber weil Nick Parrish etwas mit dem Einbruch zu tun haben könnte, war die mobile Spurensicherung schon an der Arbeit, als ich eintraf.

»Irgendwelche Fingerabdrücke?«, fragte ich Frank.

»Nein, aber sie glauben, hier an der Tür und an dem Fensterriegel im College Werkzeugspuren gefunden zu haben.«

»Unwahrscheinlich, dass rein zufällig am selben Tag bei Ben im Büro und zu Hause eingebrochen wird, oder?«

»Ja, und besonders unwahrscheinlich ist es, dass zweimal eingebrochen und nirgends etwas gestohlen wurde. Sowohl hier als auch im Büro waren Wertsachen, die nicht angerührt worden sind.«

»Was könnte Ben haben, das Parrish haben will?«

»Wir wissen nicht, ob es Parrish war.«

Ich starrte ihn an.

»Ja, ich stehe auf deiner Seite, aber wir müssen auch für andere Möglichkeiten offen bleiben«, sagte er. »Du hast seine Exfreundin erwähnt.«

»Camille. Und tu nur nicht so, als hättest du ihren Namen vergessen.«

Er lachte. »Okay, Camille. Es gab doch Unstimmigkeiten zwischen ihnen, oder?«

»Ein paar«, räumte ich ein. »Aber ich kann mir nur schwer vorstellen, dass diese Frau in ihrem seidenen Karrierekostüm durch ein Kellerfenster irgendwo einbrechen soll.«

»Trotzdem werde ich, glaube ich, Ben anrufen und ihn fragen, wie die Firma heißt, bei der sie arbeitet. Ich würde mich gern mit ihr unterhalten.«

»Das kann ich mir vorstellen.«

Der Detective, der den Fall bearbeitete, kam in diesem Moment zu uns herüber. »Die Nachbarin auf der anderen Straßenseite sagt, sie hätte gestern eine Art Handwerker hier gesehen. Weiß jemand von Ihnen, ob Dr. Sheridan irgendwelche Reparaturen veranlasst hat?«

»Ja, weiß ich«, sagte ich. »Hat er nicht.«

»Die Nachbarin sagt, der Handwerker sei direkt in den Garten hinterm Haus gegangen. Sie weiß, dass Dr. Sheridan im Krankenhaus liegt, deshalb hat sie Verdacht geschöpft und ist rübergekommen und hat geklopft und geklingelt. Es hat niemand reagiert.«

»Um wie viel Uhr war das?«

»Am frühen Nachmittag. Sie hat sich eine Fernsehserie angesehen, die um ein Uhr beginnt. Sie ist in der Werbepause rübergegangen und daher nicht besonders lange geblieben.«

»Irgendeine Beschreibung von diesem Handwerker?«

»Nichts Brauchbares, es sei denn, Sie nennen ›ein Weißer mit einer Mütze‹ eine Beschreibung. Sie hat keine Ahnung von Größe oder Statur – dreimal hat sie ihre Meinung in diesen Punkten geändert.« Er hielt inne und sagte dann: »Zuerst, bevor ihr eingefallen ist, dass er ja wohl die Vordertür benutzt hätte, dachte sie, dass Sheridan aus dem Krankenhaus gekommen sei. Sie meinte nämlich, der Handwerker hätte gehinkt.«

Frank zog die Augenbrauen hoch.

»Ja«, sagte der Detective. »Genau, was ich mir auch gedacht habe. Flüge von San Francisco gehen jede Stunde.«

»Wer ist denn in San Francisco?«, wollte ich wissen.

»Phil Newly – eigentlich nördlich davon, aber nicht allzu weit von der Stadt entfernt. Er besucht seine Schwester.«

»Die Frau von gegenüber meinte, in ihren Augen hätte es wie ein vorgetäuschtes Hinken gewirkt, aber andererseits wusste sie auf einmal nicht mehr, auf welchem Bein der Typ gehinkt hat.«

»Vielleicht sollten wir noch mit jemand anderem sprechen«, sagte Frank.

»Es war nicht Camille«, versicherte Ben nachdrücklich. »Ausgeschlossen. Sie würde so etwas nie tun. Außerdem besitze ich nichts, was sie haben wollen würde.«

»Trotzdem würde ich dieser Spur gern nachgehen«, erklärte Frank.

Widerwillig gab ihm Ben Camilles private Adresse und die ihres Arbeitsplatzes. »Falls sie es aus unbegreiflichen Gründen doch war, erstatte ich keine Anzeige.«

»Haben Sie sich gütlich getrennt?«, wollte Frank wissen.

Nach längerem Schweigen antwortete Ben: »Nein.«

»Danke, dass Sie das ehrlich zugeben«, sagte Frank. »Und wie Sie schon sagen: Wahrscheinlich war sie es nicht.«

Frank rief mich in der Zeitung an, um mir zu berichten, dass Camille Graham an diesem Tag nicht in der Arbeit gewesen war. »Sie hat sogar ganz aufgehört, dort zu arbeiten«, fuhr er fort. »Wir haben sie zu Hause angetroffen, und sie behauptet, sie hätte die letzten paar Tage mit einer Sommergrippe im Bett gelegen. Sie wirkte wirklich ein bisschen verschnupft.«

»Du hast sie gesehen?«

»Ja«, bestätigte er belustigt. »Sie ist eine Wucht, aber mir sind Brünette lieber.«

»Selbst wenn gerade Semesterferien sind, kannst du dir vorstellen, dass eine Frau, die aussieht wie Camille, unbemerkt über einen Campus marschiert? Haben denn die Studenten heutzutage keine Antennen für solche Frauen?«

»Also, Irene! Das hätte fast eine sexistische Bemerkung sein können«, erwiderte er.

»Du weißt, was ich damit sagen will, oder, du alter Frauenrechtler?«

»Möglich ist alles – bei jedem. Ich möchte nur, dass du das nicht vergisst.«

Wir näherten uns dem Tag, an dem Ben aus dem Krankenhaus entlassen werden sollte. Er behauptete zwar immer noch, dass er uns nicht zur Last fallen wolle, aber er protestierte nicht mehr ganz so heftig. Er litt sowohl unter Phantomgefühlen als auch unter Phantomschmerzen und war gedrückter Stimmung.

Dr. Riley hatte ihn darauf vorbereitet, dass beides häufige Phänomene seien, vor allem in der Zeit kurz nach der Operation.

Das Phantomgefühl ließ Ben den fehlenden unteren Teil seines linken Beins »spüren« – einschließlich Knöchel, Fuß und

Zehen, als ob alles noch vorhanden wäre. Eines Morgens im Halbschlaf versuchte er, völlig überzeugt davon, dass sein linker Fuß noch vorhanden wäre, aus dem Bett zu steigen, und stürzte. Obwohl er sich an Hüfte und Schulter verletzte, erlitt sein Bein zum Glück keine weiteren Schäden. Ein andermal juckten ihn die Zehen am linken Fuß entsetzlich. Ich versuchte sogar, ihm den Prothesenfuß zu kratzen, aber es war zwecklos. Drei grässliche Stunden lang musste er mit dem Juckreiz leben, bevor das Gefühl von selbst verschwand.

Dieses »Vorhandensein« des fehlenden Glieds war ein seltsames Gefühl, sagte Ben, aber nicht unbedingt schlimm. Die Phantomschmerzen waren etwas anderes. Nicht lange nach der Operation bekam Ben Krämpfe in seinem linken Fuß und Knöchel. Aber weil diese Glieder nicht da waren, hatte er nicht die leiseste Ahnung, was er dagegen tun sollte.

Manchmal massierte eine der Schwestern seinen »Amputationsstumpf«, wie das Personal das nannte, was von seinem unteren linken Bein noch verblieben war. Er reagierte sehr empfindlich auf Berührung und war nach wie vor von der Operation geschwollen, aber die Massagen schienen zu helfen.

Ben erzählte mir, dass er die Phantomschmerzen häufiger spät in der Nacht spürte, wenn er allein war, und in speziellen Regionen des fehlenden Glieds – manchmal trat es als scharfer, stechender Schmerz in der Wade auf, ein andermal hatte er das Gefühl, als hätte man ihm einen Elektroschock durch die Ferse gejagt. Manchmal halfen nur noch starke Schmerzmittel – die ihn laut eigener Aussage mitunter darüber nachgrübeln ließen, ob er zur Morphiumsucht verdammt war.

Das waren seine schlimmsten Tage in der Klinik. Doch im Großen und Ganzen schien er klare Pläne für die Zukunft zu haben.

»Ich will in der Lage sein, selbstständig zu leben«, erklärte er regelmäßig, wenn die Sprache darauf kam, ob er bei uns wohnen wollte.

»Da wollen wir ja beide das Gleiche«, sagte ich. »Sie sind nicht eingeladen, für immer bei uns einzuziehen. Ich weiß nicht einmal, ob Sie nach einem halben Jahr noch da sein sollten.«

Er lachte.

»Wir stehen Ihnen so oder so bei. Das wissen Sie doch?«

»Ja«, antwortete er.

»Der einzige Unterschied besteht darin, dass Sie nicht aufräumen müssen, bevor wir vorbeikommen.«

»Ich werd's mir überlegen«, sagte er.

Es war an dem Tag, als wir die Nachricht aus Oregon hörten, dass er sich entschloss, bei uns zu wohnen – nicht wegen seiner eigenen Angst vor Nicholas Parrish, erklärte er mir, sondern wegen meiner.

37

DONNERSTAG NACHMITTAG, 1. JUNI
Ost-Oregon

Die Empfangsdame, beschloss Parrish, musste verschwinden.

Immer wenn sie glaubte, dass er nicht hinsah, starrte sie ihn an.

Dumme Nuss. Er sah immer hin.

Sie hatte Angst vor ihm, das wusste er. Er hatte einmal ihr gegenüber die Beherrschung verloren, als er das erste Mal hier gewesen war. Seitdem lebte sie nur durch seine Duldung weiter.

Eine Arzthelferin öffnete eine Tür und lächelte ihn an. »Mr. Kent?«

Fettsau. Was zum Teufel gab's denn da zu lächeln? Vielleicht würde sie auch verschwinden. Vielleicht würde keine einzige Frau im Staate Oregon mehr leben, wenn er ihn verließ. Gar nicht ausgeschlossen, dachte er. Er schmunzelte, als die Frau ihm den Blutdruck maß.

Schließlich ließ sie ihn allein darauf warten, dass dieser traurige Abklatsch eines Arztes sich bequemte, nach ihm zu sehen. Der tattrige alte Sack hätte vermutlich in einer großen Stadt kein Bein auf den Boden gebracht, dachte Parrish. Er vertrieb sich die Zeit, die er auf den Blödmann warten musste, damit, sich eine Geschichte über dessen Vergangenheit auszudenken, eine, in der der Arzt illegale Abtreibungen durchgeführt und seine Zulassung verloren hatte und dann in dieses kleine Kaff geflüchtet war, wo keiner helle genug war, um seine gefälschten Urkunden und Bescheinigungen infrage zu stellen. Er überzeugte sich selbst so sehr davon, dass er die kunstvoll beschriftete Urkunde an der Wand genau studierte, als der Arzt hereinkam.

»Alt, aber echt, genau wie ich«, scherzte der Arzt. »Dann schauen wir uns mal Ihre Schulter an, Mr. Kent.«

Ach, schauen wir mal.

»Es scheint jetzt recht gut zu heilen«, erklärte der Arzt. »Gegen das Narbengewebe kann man nichts machen, aber Sie können von Glück sagen, dass es nicht schlimmer ausgegangen ist. Na ja, ich halte Ihnen keinen Vortrag über das Ignorieren von Stichwunden – das haben Sie ja alles schon von mir gehört.«

Das hatte er allerdings. Er musterte den Arzt und überlegte, ob er ihn auch auf seine Liste setzen sollte, doch auf einmal betrachtete ihn der alte Mann mit unbewegtem Blick. Parrish sah beiseite und sagte: »In Zukunft lasse ich mich immer gleich behandeln.«

Scheiß auf den alten Drecksack, dachte er und blickte heimlich zu ihm auf. Gott würde den dämlichen Quacksalber ohnehin bald abberufen. Sinnlos, sich seinetwegen noch die Mühe zu machen.

Kurz überlegte er, ob irgendjemand hier ihn erkannt hatte. Doch obwohl erst zwei Wochen vergangen waren, war er nicht mehr das Thema Nummer eins in den Nachrichten. Natürlich käme er bald wieder auf die Titelseiten, aber inzwischen sah er überhaupt nicht mehr aus wie auf den Fotos, die ohnehin seit über einer Woche kein Mensch mehr gesehen hatte. Er hatte sich die Haare blond gefärbt und trug farbige Kontaktlinsen. Was in diesem mickrigen Nest wahrscheinlich nicht mal nötig war.

Diese Nacht dachte er bei der Arbeit an Irene Kelly, die seine Schulter steif und wund gemacht hatte. Er mochte keine Narben. Er mochte keine Schmerzen. Bei diesem Gedanken musste er ein bisschen kichern. *Nicht meine eigenen*, fügte er im Stillen hinzu, freute sich, dass sein Humor zurückkehrte, und machte sich wieder an sein Werk.

Am nächsten Morgen fuhr er langsam an der Praxis vorbei und schmunzelte, als er fast ein Dutzend Leute draußen vor der Tür warten sah, deren Mienen zwischen Ärger und Unverständnis schwankten. Einer von ihnen versuchte mit gewölbten und ans Glas gepressten Händen hineinzusehen.

»Je-mand kommt zu spääá-t zur Arr-rrbeit!«, sang Parrish, das Spottlied eines kleinen Kindes. »Die Leidenden werden unleidlich!«

Er empfand diese Bemerkung als einen derart ermutigenden Beweis dafür, dass sein wahres, schlaues Ich ein Comeback hinlegte, dass er den ganzen Weg zur Landstraße lachen musste und – wenn er bremste oder eine Kurve fuhr – das gelegentliche Rumpeln der herumrollenden toten Last im Kofferraum überhörte.

38

Montag Nachmittag, 11. September

Las Piernas

Ich schaute aus dem Fenster von Jo Robinsons Praxis im ersten Stock, überlegte beiläufig, welche anderen geplagten Seelen schon diesen Blick genossen haben mochten, und sah unterdessen zu, wie der Regen rote und goldgelbe Blätter auf den schwarzen Asphalt des Parkplatzes klatschte. Herbst. Fast hätte ich bis zum Herbst durchgehalten.

»Ben hat also den Sommer mit Ihnen und Frank verbracht«, begann sie. Ich hatte versucht, ihr zu schildern, was passiert war, seit ich sie vor Bens Krankenzimmer zum letzten Mal gesehen hatte.

»Ja«, antwortete ich und betrachtete den Regen. Wenn es nie wieder geregnet hätte, dachte ich, wäre es mir gut gegangen.

Was für eine Lüge.

»Ben und Bingle sind in Davids Haus zurückgezogen. Ihm geht's dort gut. Bingle auch.«

»Und Ihnen?«

Ich gab ihr keine Antwort.

»Warum sind Sie hier?«, fragte sie.

»›Um Gott zu erkennen und zu lieben und ihm zu dienen, auf dass ich glücklich sein möge im nächsten Leben‹«, sagte ich.

Sie wartete.

Ich sah zu ihr hinüber. »Tut mir Leid, die reflexhafte Antwort des *Baltimore-Katechismus* auf diese Frage. Sie wissen doch, weshalb ich hier bin.«

»Sagen Sie's mir.«

»Ich bin hier, weil ich in der Arbeit etwas zerbrochen habe.«

»Wirklich? Dann wäre Ihnen aber meiner Meinung nach eher mit einem Eisenwarenladen gedient.«

»Ihrer Meinung nach, was?«

»Erzählen Sie mir, was passiert ist.«

Und so erzählte ich ihr, wie mir eines Tages, als ich in die Arbeit kam, ausgerichtet wurde, dass ich ins »Gottesbüro« Winston Wrigleys III. kommen sollte – so nannten die Angestellten nämlich den Glaswürfel neben der Redaktion. Wrigley lässt sich dazu herab, das Gottesbüro aufzusuchen, wenn er seine Lakaien in Aktion sehen will, oder genauer gesagt, wenn er die neuen, jungen Mitarbeiterinnen begaffen will, um die er die Belegschaft ergänzt hat.

In letzter Zeit hatte es keine neuen Ergänzungen gegeben – die Gesetze gegen sexuelle Belästigung bedeuteten eine schwere Einschränkung für WWIIIs Vorlieben – und so wurde in der nach Gerüchten lechzenden Redaktion sofort heftig getratscht. Das Getratsche wurde dadurch noch befeuert, dass er zwei elegant gekleidete Paare bei sich hatte, die sich am Ende des Raumes mit ihm um einen Konferenztisch versammelten. Bevor mich John Walters zu sich rief, hatte ich gehört, dass die Zeitung an eine große Kette verkauft werden, es Entlassungen geben und John gefeuert werden sollte, weil er zugelassen hatte, dass Morry Wrigley beleidigt hatte, bevor er sich nach Buffalo absetzte.

Die Gerüchte, die in Umlauf kamen, nachdem ich zu Wrigley beordert worden war, hörte ich leider nicht mehr, aber Lydia berichtete mir später, eines der besten davon sei gewesen, dass ich aufgefordert werden sollte, Johns Nachfolge anzutreten, wenn er gefeuert worden war, weil er Morry nicht daran gehindert hatte, Dampf abzulassen.

Als ich mich dem Gottesbüro näherte, war ich bereits müde und angespannt. Ich hatte in letzter Zeit nicht gut geschlafen und die drei Nächte zuvor fast überhaupt nicht.

Bis vor drei Tagen hatten die Morde in Oregon die letzten stichhaltigen Hinweise auf Parrishs Aufenthaltsort geliefert. Im Juni hatte die Entdeckung der Leichen – eine davon ein beinloser Torso – zweier Arzthelferinnen Parrish wieder in die Schlagzeilen gebracht. Die Fahndung nach ihm wurde verstärkt, doch der Rest des Sommers verstrich, ohne dass man ihm auf die Spur gekommen wäre. Ich begann zu hoffen, dass ihn ein Auto überfahren hatte.

Doch drei Tage bevor ich in Wrigleys Reich zitiert wurde, hatte die Polizei in Las Piernas eine Meldung erhalten, der zufolge Parrish nicht weit von Las Piernas gesehen worden war.

Obwohl die Berichte von Parrishs Auftauchen meist jeder Grundlage entbehrten, ging die Polizei allen Spuren nach. Und diese Meldung führte zur Entdeckung einer Frauenleiche in einem Müllcontainer.

Seitdem frage ich mich, wie alles verlaufen wäre, wenn Frank derjenige gewesen wäre, der mir diese Nachricht überbracht hätte. Doch Frank war an dem Tag, als sie gefunden wurde, im Gericht und sagte als Zeuge in einem anderen Fall aus. Daher erfuhr ich in der Arbeit von Parrishs jüngstem Opfer – an einem Tag, an dem keine Möglichkeit bestand, Kontakt zu meinem Mann aufzunehmen.

Als Mark Baker in der Redaktion erschien, um die Geschichte ins Blatt zu bringen, waren die anderen Reporter bereits in heller Aufregung darüber. Ich hatte schon gehört, dass Parrish eine weitere Leiche hinterlassen hatte. Allein die Nachricht gab mir das Gefühl, als mache sich jemand mit Schmirgelpapier an meinen Nervenenden zu schaffen.

Mark war hereingekommen, um mit John zu sprechen, und John winkte mich zu ihnen. Mit grimmigem Blick sagte John: »Sie sollten wohl besser Bescheid wissen, bevor die anderen Sie danach fragen.«

»Mich danach fragen?«

Und so schilderte mir Mark die Einzelheiten. »Finger und Zehen dieser Unbekannten wurden abgetrennt und fehlen. Sie war eine blauäugige Brünette. Ihren Namen wissen wir noch nicht, aber Ihr Name war in ihre Brust geritzt.«

Ich merkte, wie sich mein Magen hob. Hastig entschuldigte ich mich, rannte zur Toilette und übergab mich.

Ich wusch mich und sah dann mit gewisser innerer Distanziertheit in den Spiegel, studierte mein angespanntes, zu mageres Gesicht und die dunklen Ringe unter den Augen. Distanziertheit wurde langsam zu einer meiner bevorzugten Gefühlslagen. Allerdings wurde dies ständig hintertrieben – diesmal dadurch, dass die Tür aufging und ich zusammenzuckte.

Es war Lydia. Sie fragte, ob alles in Ordnung sei.

»Nein«, antwortete ich.

»Vielleicht war es gar nicht er«, meinte Lydia. »Es könnte auch ein Nachahmungstäter sein.«

»Na, das wäre ja sehr beruhigend«, entgegnete ich und fragte mich später, wie viel von meinem Sarkasmus sie noch ertragen würde.

»Und das ist drei Tage, bevor Sie zu Mr. Wrigley gerufen wurden, passiert?«, fragte Jo Robinson.

»Ja.«

»Fahren Sie fort.«

Ich wandte mich wieder zum Fenster.

Als ich das Gottesbüro betrat, lächelte Wrigley und hielt eine unangezündete Zigarre in der Hand. (Die kalifornischen Anti-Raucher-Gesetze kamen in der Liste der Dinge, die ihm das Leben schwer machten, gleich nach den Klagen wegen sexueller Belästigung.) Ich wurde noch argwöhnischer. Wrigleys Heiligenschein hängt stets an seinen Hörnern. Die beiden Paare bei ihm stellte er mir als Freunde der Familie vor, die auf Besuch in der Gegend waren und heute extra, um mich kennen zu lernen, in der Redaktion vorbeigekommen seien.

»Um mich kennen zu lernen?«, fragte ich. »Das begreife ich nicht.«

»Sie sind doch die Frau, die Nick Parrish entkommen ist, stimmt's?«, fragte einer der Männer.

Ich sah Wrigley an. Er kennt mich seit vielen Jahren, und deshalb hörte er auf zu lächeln. Seine Gäste schienen nichts zu bemerken.

»Oh! Das muss ja so schrecklich gewesen sein!«, sagte die eine Frau, aber bei ihr klang das Wort »schrecklich« eher wie »aufregend«.

»Wie ist er denn wirklich?«, fuhr sie fort. »Es heißt, er hätte mehr Frauen ermordet als Ted Bundy. Und man sagt, er sei genauso gut aussehend wie Bundy.«

»Er ist nicht gut aussehend«, stieß ich hervor. »Entschuldigen Sie mich bitte, ich muss wieder an die Arbeit.«

»Nicht unbedingt gut aussehend«, korrigierte die andere Frau, »aber charmant. Es heißt, damit lockt er Frauen an.«

»Laufen Sie nicht davon«, sagte einer der Männer, als er sah, wie ich mich auf die Tür zubewegte. »Schließlich sind Sie hier beim Chef, oder, Win?«

Win? Noch nie hatte ich gehört, dass ihn jemand so nannte.

»Allerdings«, sagte Wrigley. »Irene war von seinem Charme nicht angetan«, fügte er hinzu und versuchte sich zu fangen. »Sie ist durch und durch ein Profi. Sie hätte ihn ja sogar fast umgebracht!«

Das ließ die weiblichen Mitglieder seines Publikums nach Luft schnappen.

»Und sie war die Einzige dort oben, die schlau genug war, um sich weder töten noch verletzen zu lassen!«, sagte er und fing langsam Feuer für sein Thema. »Sie hat diesem einen Idioten das Leben gerettet, der, nachdem die Schießerei begonnen hatte, auf die Wiese gerannt ist – kann man sich überhaupt vorstellen, dass jemand dermaßen dämlich ist?«

»Mr. Wrigley –«, begann ich wütend, aber offenbar konnte er mich bei den ungläubigen Ausrufen und dem Gelächter nicht hören.

»Jetzt ist er verkrüppelt, aber das ist wirklich seine eigene verdammte Schuld. Irene hat ihn gepflegt. Ja, sie hat sogar –«

»Hey, Win!«, brüllte ich so laut ich konnte.

Jegliches Gelächter und jegliches Gespräch verstummten.

»Hey, Win«, wiederholte ich leise. »Lecken Sie mich am Arsch.«

Ich ging hinaus. Doch dabei hörte ich sie erneut zu lachen anfangen – zuerst nervös, und dann machte einer der Männer irgendeinen Witz, den ich nicht mitbekam, und sie schütteten sich allesamt aus vor Lachen.

»Und was ist dann passiert?«, fragte Jo Robinson weiter.

Aber ich war wie gelähmt und beobachtete einen Mann, der über den Parkplatz ging.

Er ist es.

Panik verkrampfte jeden Muskel meines Körpers.

Er hat herausgefunden, dass ich allein hier bin. Wenn ich hier herauskomme, wird er ...

Im nächsten Moment erkannte ich, dass er es nicht war.

Genau wie all die anderen Male war er es nicht.

»Irene?« Jo Robinsons Stimme drang zu mir durch. Hatte sie es bemerkt?

»Ich stand neben Stuart Angerts Schreibtisch«, sagte ich und zwang meine Gedanken zurück zu den Ereignissen jenes Tages. »Irgendwie bin ich in diesen – diesen seltsamen Zustand geraten. Ich hörte ein Rauschen in den Ohren und dann, danach, nichts mehr. Es war fast, als wäre ich unter Wasser, ohne das Wasser – kein Laut, nicht einmal das Geräusch meiner eigenen Gedanken. Ich habe niemanden gesehen und nichts gefühlt.

Aber ich habe Stuarts Computer-Monitor gesehen und die Stecker aus seiner Rückseite gezogen. Lydia sagt, Stuart hätte mich gefragt, was ich da mache, aber ich habe ihn weder gehört noch wahrgenommen. Mit beiden Händen habe ich den Monitor vom Tisch gezogen – es ist ein großer Monitor, aber sein Gewicht habe ich auch nicht gespürt. Ich habe ihn durch eines der Glasfenster am Gottesbüro geschleudert. Ich habe gehört, wie das Glas splitterte – das war das Erste, was ich gehört habe.«

»Und danach?«

»Danach haben sie aufgehört zu lachen.«

Sie wartete, und als ich wieder zum Fenster trat, fragte sie: »Wissen Sie noch, was passiert ist, nachdem sie zu lachen aufgehört hatten?«

»Man hat mich gezwungen, Urlaub zu nehmen, und mir erklärt, dass ich erst zurückkommen könnte, wenn ich eine Therapie gemacht hätte.«

»Ich habe gemeint, direkt nachdem Sie die Glasscheibe zerbrochen hatten.«

Ich runzelte die Stirn und sagte dann: »Eigentlich nichts. Es gab jede Menge Geschrei und – es ist mir peinlich, das zuzugeben, weil ich ja an diesem Punkt eine Rede hätte halten oder sonst etwas machen sollen – Sie wissen schon, einen großen Abgang hinlegen, aber stattdessen bin ich quasi in Ohnmacht gefallen.«

»Quasi in Ohnmacht gefallen?«

Ich kehrte zu einem der Stühle in ihrer Nähe zurück, setzte mich und blickte auf meine Hände hinab, die ich vor dem Körper gefaltet hatte. »Ich wurde nicht richtig bewusstlos, aber auf einmal konnte ich nicht mehr aufstehen, und im nächsten Moment haben mich Stuart und – ich weiß eigentlich gar nicht mehr, wer, aber es waren eine Menge Leute um uns herum, die mich vor Wrigley und seinen Freunden abschirmten. Zumindest kam es mir so vor, und Wrigley und eine der Frauen brüllten, und John brüllte etwas zurück und Lydia, Mark und Stuart auch – ausgerechnet Stuart! Er brüllt sonst nie jemanden an. Stuart hat gebrüllt. Und die Frau sagte: »Ich will, dass sie rausfliegt!«, als wäre sie irgendjemand bei der Zeitung. Es war schon fast ein richtiger Aufstand.«

Sie goss mir ein Glas Wasser ein.

»Danke«, sagte ich und nahm es. »Ich kann immer noch nicht …«

»Was können Sie nicht?«

»Ich habe oft Durst«, murmelte ich und trank, bevor sie weitere Fragen stellen konnte.

»Ziemlich verrückt, was?«, sagte ich. Sie schenkte mir Wasser nach.

»Durst zu haben?«

»Nein, Sie wissen schon, in der Arbeit Sachen zu zerschlagen. Teure elektronische Geräte durch Glaswände in Räume zu schleudern, in denen Leute sitzen.«

»Glauben Sie, dass Sie verrückt sind?«

»Nein – ja – ich weiß nicht.«

»A, B, C oder alles drei?«, fragte sie.

»Ich habe das Gefühl«, antwortete ich mit zitternder Stimme, »dass ich die Kontrolle verloren habe. Das macht mir Angst.«

Sie wartete einen Moment, bevor sie fragte: »Abgesehen von diesem Vorfall in der Arbeit – was lässt Sie darauf schließen, dass Sie die Kontrolle verloren haben?«

»Ich weiß es nicht. Vermutlich liegt es daran, dass ... dass ich mich nicht konzentrieren kann. Ich schlafe nicht viel. Vielleicht führt das zu der Konzentrationsschwäche.«

»Ist es Ihnen schwer gefallen, sich zu konzentrieren, bevor Sie in die Berge gegangen sind?«

»Eigentlich nicht.«

»Schlafstörungen?«

Ich zögerte. »Manchmal. Nicht oft.«

Sie wartete.

»Wenn ich unter starkem Stress stehe, habe ich manchmal Albträume.« In wenigen Worten schilderte ich ihr, wie ich einmal in einem engen, dunklen Raum in einer Hütte gefangen gehalten wurde und von der Angst und den Verletzungen, die ich dort erlitt, sowie von den gelegentlichen Albträumen und der Klaustrophobie, die mich seither plagen. Nur wenige Menschen wissen Näheres über dieses Erlebnis. Ich spreche normalerweise nicht besonders gern darüber, ertappte mich aber bei dem Gedanken, dass sie, wenn ich sie vielleicht dafür interessieren konnte, nicht nach Geschehnissen der jüngeren Zeit fragen würde.

Sie stellte mir mehrere Fragen über mein Leben im Allgemeinen. Erneut betrachtete ich dies als sichereres Terrain und entspannte mich dabei, selbst, wenn ich Situationen beschrieb, die zu der Zeit, als sie stattgefunden hatten, traumatisch gewesen waren.

»Sie haben in letzter Zeit eine Menge durchgemacht«, sagte sie.

Ich zuckte mit den Achseln. »Andere haben Schlimmeres durchmachen müssen.«

»Aber Sie haben überlebt. All das und dazu noch das, was im Mai in den –«

»Ich will nicht über die Berge sprechen«, wandte ich rasch ein. »Ich habe es satt, über das zu reden, was dort passiert ist.«

»Okay«, sagte sie. »Dann frage ich Sie zunächst nicht nach diesen Ereignissen.«

Ich fühlte mich unglaublich erleichtert.

»Seit Sie zurück in Las Piernas sind, haben Sie abgesehen von Ben mit jemandem der anderen gesprochen, die zur Gruppe gehörten?«

»Ich dachte, Sie wollten nicht danach fragen.«

»Seit Sie zurück sind«, wiederholte sie gelassen.

»Sie sind tot«, erklärte ich, außerstande, die Gereiztheit aus meiner Stimme zu verdrängen. »Alle außer Ben und Bingle.«

»Alle?«

»Ja. Es sei denn, Sie meinen die ursprüngliche Gruppe, die losgezogen ist?«

»Die meine ich.«

»J. C. ist ein paarmal vorbeigekommen, um Ben zu besuchen. Und Andy auch.«

»Um Ben zu besuchen«, wiederholte sie. »Haben Sie mit den beiden gesprochen?«

Ich zog eine Schulter hoch. »Sie sind gekommen, um ihn aufzuheitern.«

»Also ...?«

»Also habe ich nicht mit ihnen gesprochen.«

Nach einer Weile sagte sie: »Es gab noch zwei andere, oder nicht?«

Ich überlegte und antwortete dann: »Da war noch ein Polizist namens Houghton. Er war Thompsons Assistent, könnte man sagen. Frank hat mir erzählt, dass er am neunzehnten Mai den Dienst quittiert hat.«

»An dem Tag, als Sie aus den Bergen zurückkamen. Als alle erfahren haben, was dort passiert ist.«

»Ja. Vielleicht hatte er ein schlechtes Gewissen, weil er nicht dabei gewesen war. Aber das war nicht seine Schuld.«

»Mag sein. Vielleicht hatte er aber auch das Gefühl, Glück gehabt zu haben«, sagte sie. »Manchmal, in einer Schlacht zum Beispiel, kann ein Soldat den Mann neben sich fallen sehen und sich glücklich schätzen, dass es nicht er selbst war. Doch obwohl das eine ganz normale Reaktion ist, bekommt er womöglich später deswegen ein schlechtes Gewissen.«

Ich sagte nichts.

»Mal sehen«, fuhr sie fort. »Es war noch jemand dort oben, stimmt's? Der Anwalt.«

»Sie meinen Phil Newly?«

»Ja.«

»Ja. Er hat sich für eine Weile abgesetzt.«

»Was glauben Sie, warum er sich abgesetzt hat?«, wollte sie wissen.

»Er hat gesagt, seine Schwester würde sich um ihn kümmern, solange er sich von seinen Verletzungen erholt. Parrish hat Phil den Fuß gebrochen.«

»Es gibt also vier weitere Personen, die mit Ihnen in die Berge gezogen sind, aber Sie haben seither mit keinem von ihnen gesprochen?«

»Genau.« Ich überlegte kurz und sagte dann: »Glauben Sie, die anderen könnten auch damit zu kämpfen haben?«

»Glauben Sie es?«

Ich zögerte nur kurz, bevor ich antwortete. »Ja.«

»Wie könnten Sie das herausfinden?«

»Indem ich mit ihnen rede.«

»Machen wir das mal zu Ihrer ersten Hausaufgabe.«

»Hausaufgabe!«

»Haben Sie gedacht, Therapie sei leicht?« Sie lachte.

»Nein«, antwortete ich ehrlich.

»Nur diese vier Personen. Ein Anruf, ein Besuch – nehmen Sie einfach Kontakt zu ihnen auf. Einverstanden? Und jetzt sprechen wir noch über Schlaf und Ernährung …«

39

Montag Nachmittag, 11. September
Las Piernas

Parrish summte bei der Arbeit vor sich hin. In einer zur Werkstatt umfunktionierten Garage zu sein war nicht ganz so wunderbar, wie seinen eigenen Hangar zur Verfügung zu haben. Die Nachbarn waren ein bisschen näher, und größere Vorsicht war geboten.

Aber es war einfach so herrlich, die Hände wieder auf richtigen Werkzeugen zu haben! Er ließ die Kreissäge aufheulen, lauschte dem schrillen Geräusch des Motors und schmunzelte darüber, auf wie wenig Widerstand sie traf, bis sie zum Knochen kam.

Er fragte sich, ob Ben Sheridan in den Händen eines so guten Chirurgen gewesen war – was er für kaum vorstellbar hielt –, und begann »Dem Bones« zu singen. Es roch ein wenig verbrannt, als die Säge ihr Werk tat. Er holte tief Atem und sang noch einmal den Refrain. Als die Säge sirrend zum Stehen kam, war er bei einer der »hängt am«-Zeilen angelangt. Er hörte auf zu singen und lächelte.

»Jetzt nicht mehr!«, sagte er laut und musste die Säge ablegen, bis sein Lachkrampf verebbte.

Methodisch setzte er seine Arbeit fort, stellte aber mit Unbehagen fest, dass er immer wieder abgelenkt wurde. Er musste ständig an Ben Sheridan denken.

Ben Sheridan hatte ihn reingelegt!

Nein, nein, so etwas war ja gar nicht möglich. Jemanden reinzulegen erforderte Schläue, und Sheridan hatte auf lächerlich sentimentale Weise gehandelt, als er auf diese Wiese gerast war.

Durch reines Glück war der Mann dem Tod durch die Kugel entkommen. Ein wenig höher, dachte Parrish und berührte den Knochen, an dem er gerade arbeitete, ein Schuss in den Oberschenkelknochen und in die Oberschenkelschlagader und – gluck, gluck, gluck – der Mann wäre in null Komma nichts verblutet. Ja, er glaubte sogar, wenn er eine Arterie getroffen hätte, wäre das Blut vielleicht durch die ganze Gegend gespritzt. Das Bild erregte ihn, und er blieb einen Moment dabei und genoss es, angenehm davon überrascht.

Er entwickelte sich ständig weiter, das wusste er, zu einem makelloseren, höheren Wesen. Er musste diese Veränderungen an sich selbst begrüßen.

Immerhin ging ihm Sheridan fast so intensiv im Kopf herum wie Irene. Er hatte sogar mit dem Gedanken gespielt, das Messer an ihm zu verwenden! Sein Messer, das noch nie männliches Fleisch berührt hatte.

Außer bei einem seiner frühen Morde – dem Schläger aus der Kindheit, an den ihn Merrick erinnert hatte. Er machte sich nicht viel daraus, Männer umzubringen. Sie waren Hindernisse: zufällige Zeugen und dergleichen. Für Männer nahm er Pistolen. Er erschoss sie und brachte es hinter sich. Aber vielleicht entging ihm dabei etwas.

Er schmunzelte und nahm ein paar Detailarbeiten am Kniegelenk des Knochens vor, während er an die Schmerzen dachte, die Ben Sheridan gelitten haben musste. Ob er wohl geschrien hatte? Hatte er geweint? Vielleicht würde er Ben Sheridan zum Weinen bringen und ihm die Tränen vom Gesicht lecken.

Er verspürte den Drang, den Mann gleichmäßig zu machen, ihm einen Teil des anderen Beins abzunehmen. Sheridan war jetzt so asymmetrisch. Es war ihm unangenehm, so etwas zu sehen. Es störte seinen Ordnungssinn.

»Schließlich bin ich Knochenklempner!«, sagte er laut und prustete vor Lachen.

Er schmiedete Pläne. Sie war eine ganz Raffinierte, diese Irene. Jetzt arbeitete sie nicht mehr. Hatte sie seine kleine, geritzte Ankündigung – oh, die war gut gewesen! – seiner Ankunft in der Stadt verschreckt? Hatte sie gekündigt, oder war sie gefeuert worden?

Als er angerufen hatte, um zu erfahren, ob sie seine andere kleine Nachricht erhalten hatte, wurde er zu ihrer Voice Mail umgeleitet. Aber eine aufgezeichnete Stimme erklärte, die Voice-Mailbox sei voll, und die dumme Kuh in der Vermittlung behauptete, sie wüsste nicht, wann Ms. Kelly wieder im Hause sei. Er erwog, die Frau von der Vermittlung umzubringen, und verwarf die Idee dann wieder. Er hatte wohl kaum Zeit, jede unwissende Null auf dieser Welt umzubringen, oder?

Er musste sich auf Wichtigeres konzentrieren, und so machte er sich wieder daran, Pläne für Irene Kelly zu schmieden.

Aber während das Schmieden dieser Pläne ihm zu recht wohligen Gefühlen verhalf, versetzten ihn die Gedanken an sie in einen ganz anderen Zustand und machten ihn verkrampft vor Verlangen. Er war ein geduldiger Mann, aber er wusste, dass er sich nun nicht mehr viel länger bezähmen würde.

Er beendete die Arbeit an dem Knochen und legte ihn sachte beiseite. Der Knochengeruch war ja so anregend!

Er musste sich selbst unter Kontrolle bringen – es gab noch viel zu tun.

Er bückte sich, um das andere Bein aufzuheben, und legte es auf die Werkbank. Dabei sagte er mit niedlicher Puppenstimme: »Hey, Kumpel, danke, dass du dir für mich ein Bein ausgerissen hast«, und amüsierte sich köstlich darüber. Da er einem weiteren lustigen Moment nicht widerstehen konnte, hielt er es, als wäre es eine Rassel, und sagte: »Dann wollen wir mal das Tanzbein schwingen!«

Er fand seine Fassung wieder und machte sich erneut an die

Arbeit, indem er das Bein zwischen zwei Schraubstöcken befestigte.

Ein Weilchen lenkte er sich mit Gedanken an die Motte ab. Die Motte verbarg etwas vor ihm. Glaubte das kleine Mondkalb tatsächlich, dass er das nicht erkannte? Langsam wurde er der Motte überdrüssig. Noch ein oder zwei Aufgaben zu erfüllen.

Er stellte die Säge wieder an. Diese Werkstatt war nicht annähernd so groß wie die, in die er demnächst ziehen würde. Keine von beiden war so groß wie sein Hangar, aber er nahm an, dass es einige Zeit dauern würde, bis er wieder in der Lage wäre, an Flugzeugen zu arbeiten.

Die Opfer, die er zu bringen bereit war, waren phänomenal.

Er dachte an all die unwürdigen Hände, die sich jetzt an den Überresten von den Wiesen zu schaffen machten. Dass diese Schändung der Preis für seinen Ruhm war, ärgerte ihn.

Und neben dem Ärger lag die Leidenschaft.

Der zarte Geruch von verbrannten Knochen stieg ihm in die Nase.

Er war fast am Ziel … fast, fast am Ziel.

Einfach vergänglich.

40

DIENSTAG NACHMITTAG, 12. SEPTEMBER

Las Piernas

Als ich vor Phil Newlys Tür stand, überlegte ich ernsthaft, ob ich meine von Jo Robinson gestellte Hausaufgabe sausen lassen sollte.

Irgendein perverser Impuls ließ mich den schwierigsten Besuch als Ersten angehen. Ich hatte bereits in gewissem Rahmen Kontakt zu Andy und J. C gehabt, aber Phil Newly war ich ausgewichen. Mit Houghton hatte ich nicht viel zu tun gehabt, bevor er die Gruppe verließ, und weil er nicht mehr bei der Polizei von Las Piernas arbeitete, würde ich eine Zeit lang brauchen, um ihn zu finden. Aber ich hatte keine zwiespältigen Gefühle gegenüber Houghton. Es war Newly, dem ich gemischte Gefühle entgegenbrachte.

Er war mit Parrish verbunden gewesen, in einer Rolle, die ihn zu Parrishs Fürsprecher machte. Zugleich hatte Phil deutlich gemacht, dass er Parrish persönlich nicht mochte. Schließlich hatte Parrish ihn attackiert.

Obwohl ich mir auf diesen Gedankengang nichts einbildete, war mir mehr als einmal in den Sinn gekommen, dass Phil Newly von Glück sagen konnte, einen gebrochenen Fuß zu haben. Eine schmerzhafte Verletzung, aber im Gegensatz zu Ben hatte er immer noch zwei Füße. Wegen dieses gebrochenen Fußes hatte er nicht dieselben Schrecknisse durchlebt. Er war entkommen, bevor der schlimmste Teil der Exkursion begann. Er hatte nicht einmal den Kojotenbaum gesehen. Hinterher war er geschickt sämtlichen Bemühungen der Medien, ihn zu interviewen, aus dem Weg gegangen. Als schließlich alle begriffen hatten, dass er bei der Öffnung der beiden Gräber nicht dabei gewesen war, schwand das Interesse an ihm.

Die Polizei schien ihn nicht wegen der Einbrüche in Davids Haus und Bens Büro zu verdächtigen. Es hieß, sein Alibi sei überprüft worden. Trotzdem – auch wenn seine Schwester seine Behauptung stützte, er hätte ihr Haus in San Francisco am Tag der Einbrüche nicht verlassen, sagte eine ergebene Schwester womöglich alles, um ihren Bruder zu schützen.

Allerdings konnte ich mir nicht vorstellen, was er in dem Haus oder der Universität hätte wollen können, geschweige denn, dass ich mir einen Grund hätte denken können, warum er eine einträgliche Karriere als Anwalt aufs Spiel setzen sollte, um Einbrecher zu werden. Ja, auch wenn ich Phil kaum kannte, hatte ich nie Grund zu der Annahme gehabt, dass er unehrlich war.

Außerdem war ich ihm dankbar. Frank hatte mir erzählt, wie

Phil mit ihm kooperiert hatte, während ich in den Bergen war, und erklärt, dass er ohne Phils Hilfe wesentlich länger gebraucht hätte, um mich zu finden.

Meine gemischten Gefühle blieben gemischt.

Ich drückte die Klingel.

Ich hörte, wie auf der anderen Seite jemand auf die Tür zuging. Dann herrschte Stille.

Ich hatte in seiner Kanzlei angerufen und eine Ansage zu hören bekommen, die besagte, dass die Kanzlei geschlossen sei und er keine neuen Klienten annähme. Ein paar Recherchen ergaben, dass er alle seine laufenden Fälle an andere Anwälte abgegeben und diesen erklärt hatte, dass er sich aus dem Anwaltsberuf zurückzöge.

Es war bereits allgemein bekannt, dass ihn ein Richter aufgrund der Verletzung, die ihm von seinem Klienten zugefügt worden war, von der Last befreit hatte, Nick Parrish zu verteidigen. Mr. Parrish würde ein neuer Anwalt zugewiesen werden, wenn und falls er je wieder gefasst werden sollte. Aber niemand hatte damit gerechnet, dass Newly seine lukrative Anwaltskanzlei so plötzlich und endgültig aufgeben würde.

Ich wusste Newlys Privatnummer nicht, aber Frank hatte ihn an dieser Adresse abgesetzt.

Gerade als ich mich fragte, ob Jo Robinson meine Bemühungen anerkennen würde, wenn Phil sich weigerte, mich zu empfangen, öffnete er die Tür.

»Irene«, sagte er. »Was für eine nette Überraschung.«

Es musste auf Unterricht in gutem Benehmen von frühester Kindheit an zurückgehen, dass er das Wort »nett« gebrauchte. Er war eindeutig alles andere als froh, mich zu sehen. Nervös spähte er auf die Straße hinaus und winkte mich herein. Ich ertappte mich dabei, dass ich die Schwelle fast widerwillig überquerte, doch ich trat ein.

Vielleicht spürte er meinen Unwillen, da er ein entschlossenes Lächeln aufsetzte und sagte: »Herein, herein. Ich habe ja so oft an Sie gedacht. Ist das Ihr Van da draußen? Frank hat mich mit einem Volvo vom Krankenhaus abgeholt. Und Sie haben früher einen – sagen Sie nichts – ja! – einen Karmann Ghia gefahren.«

»Stimmt, aber der Karmann Ghia ist nicht mehr«, erwiderte ich. »Der Van gehört meinem Cousin. Er leiht ihn mir, solange er verreist ist. Ich bin immer noch auf der Suche nach einem Auto für mich.«

Sowie ich es ausgesprochen hatte, wurde mir klar, dass ich gelogen hatte. Ich hätte mich schon längst nach einem neuen Auto umsehen sollen, aber wie eine Reihe anderer Dinge in meinem Leben war auch der Autokauf auf unbestimmte Zeit verschoben worden.

Newlys Haus war geräumig. Hätte ich wie er allein darin gelebt, hätte ich mich von seiner Größe vielleicht erschlagen gefühlt. Doch je weiter wir vordrangen, desto mehr machte es mir den Eindruck, als hielte er sich in den meisten Räumen kaum auf. Auf den sorgfältig gesaugten Teppichen sah man fast nirgends Fußspuren.

Er führte mich in den Raum, der ihm offenbar der liebste war, einer Mischung aus Fernsehzimmer und Bibliothek. Mehrere Bücherregale säumten die Wände, dazu kamen eine Stereoanlage und ein Großbildfernseher. Gegenüber dem Fernseher standen neben einem niedrigen Tisch zwei übertrieben gepolsterte Sessel. Die meisten Bücher im Raum waren Taschenbücher, doch in einem Fach standen zahlreiche gebundene Ausgaben – zum größten Teil leichte Unterhaltungsromane. Nirgends ein schwerer Gesetzesband in Sicht.

»Setzen Sie sich«, sagte er und wies auf einen der schweren Sessel. »Darf ich Ihnen etwas zu trinken anbieten?«

»Danke. Ein Glas Wasser wäre schön«, antwortete ich.

»Wasser? Nichts Stärkeres?«

Es war zwei Uhr nachmittags, aber es hätte auch kurz vor der Sperrstunde sein können, und ich hätte dieselbe Antwort gegeben. »Nur Wasser, danke.«

Er verließ das Zimmer, um es zu holen, und ich begann die Gegenstände auf dem niedrigen Tisch zu mustern. Darunter waren sein GPS-Empfänger, ein raffinierter mechanischer Bleistift, ein Lineal, ein paar lose Blätter, auf die verschiedene Zahlen gekritzelt worden waren, ein Taschenrechner und unter mehreren flachen Bücherstapeln eine topographische Landkarte.

Als ich begriff, was für eine Karte es war, wandte ich den Blick ab. Dann, da ich mich über mich selbst ärgerte, zwang ich mich, einen der Bücherstapel hochzuheben und die Legende der Karte zu lesen.

Südliche Sierra. Die Gegend, wo wir nach Julia Sayres Grab gesucht hatten.

Ich hörte, wie Phil zurückkam, und legte die Bücher wieder ab. In diesem Moment fiel mir der Titel eines der gebundenen Bände ganz unten im Stapel ins Auge: *Die Seele des Mörders* von John Douglas. Ich hatte schon von diesem Buch gehört, einer seriösen Abhandlung über Serienmörder, verfasst von einem Profiler des FBI. In dem Stapel lagen noch weitere Bücher von Douglas und einige von Robert Ressler, einem anderen bahnbrechenden Profiler des FBI. Wenn ich mich recht erinnerte, hatte angeblich Ressler den Begriff »Serienmörder« geprägt.

Die Titel der übrigen Bücher auf dem Tisch konnte ich nur überfliegen, doch das reichte, um zu erkennen, dass sie alle zweierlei gemeinsam hatten: Es waren Sachbücher über Kriminalfälle, und ihr Thema waren Serienmörder.

»Ich ertappe mich zur Zeit immer wieder dabei, wie ich einer merkwürdigen Faszination erliege«, erklärte Phil, reichte mir ein hohes Glas mit Eiswasser und öffnete eine Flasche Bier, während er in dem anderen Sessel Platz nahm.

»Ach?«

»Sie sind doch Reporterin, Irene«, schalt er. »Wenn Sie nicht alles, was auf diesem Tisch liegt, genau in Augenschein genommen haben, bin ich von Ihnen enttäuscht.«

»Nicht richtig genau«, erwiderte ich. »Und theoretisch bin ich mir nicht sicher, ob ich momentan Reporterin bin.«

»Was meinen Sie damit? Sind Sie denn nicht gekommen, um mich über meinen berüchtigtsten Klienten zu interviewen?«

»Nein.« Ich berichtete ihm, was in der Arbeit geschehen war.

Zu meinem Erstaunen lachte er und sagte: »Wenn Sie doch nur besser auf Ihren Boss gezielt hätten! Aber trotzdem – ach, das ist toll!«

»Eigentlich nicht.« Ich erklärte ihm, dass ich als Folge davon gezwungen war, Urlaub zu nehmen und eine Therapie zu beginnen.

»Hmm. Ich weiß, dass Arbeitsrecht und Strafrecht mitunter so wirken, als seien sie natürliche Erweiterungen voneinander, aber da kann ich Ihnen wirklich nicht helfen –«

»Ich bin nicht gekommen, um Sie als Anwalt zu konsultieren, Phil. Ich weiß schon, dass Sie Ihre Kanzlei schließen.«

»Das stimmt«, bestätigte er und nahm einen tiefen Schluck aus der Bierflasche.

»Ein bisschen jung für den Ruhestand, finden Sie nicht?«

»Ich habe das Geld verdient, das ich brauche. Wahrscheinlich werde ich das Haus hier verkaufen und in die Nähe meiner Schwester ziehen, droben im Norden. Sie hat mich dorthin eingeladen, als ich mir den Fuß gebrochen hatte, und während meines Aufenthalts dort bin ich ein bisschen zum Nachdenken gekommen. So sehr ich den Anwaltsberuf auch liebe – ich glaube, ich habe es satt, meinen Namen mit Leuten wie Nicky Parrish in Verbindung zu bringen.«

»Nicky?«

Er schmunzelte. »Die Verkleinerungsform hilft mir, ihn im richtigen Maßstab zu sehen.«

»Damit hatte ich in letzter Zeit auch Schwierigkeiten. Ich muss mir immer wieder sagen, dass er nicht unbesiegbar ist.«

Das führte nach und nach zu einem Gespräch über unser Leben seit der Exkursion in die Berge. Erstaunt vernahm ich, dass auch Phil das Gefühl hatte, sein Leben sei seit damals außer Kontrolle geraten. »Es sind die Schuldgefühle«, sagte er. »Die nagen an mir.«

»Schuldgefühle? Weswegen müssen Sie sich denn schuldig fühlen?«

»Ich habe mich von ihm zu dem Handel mit dem Staatsanwalt breitschlagen lassen! Wenn ich den Fall so bearbeitet hätte, wie ich es hätte tun sollen, wie ich es bei jedem anderen Klienten getan hätte –«

»Dann hätte er Sie gefeuert«, sagte ich.

»Das sage ich mir ja auch, aber sehen Sie sich doch an, was stattdessen passiert ist! Wenn ich an diese Männer denke – wenn ich an ihre Familien denke und an Sie – und an Ben Sheridan! Mein Gott, Ben!«

»Ben geht es sehr gut«, sagte ich.

»Ich habe gerüchteweise gehört, dass er bei Ihnen und Frank wohnt.«

»Hat er. Aber jetzt ist er in seinem eigenen Haus und arbeitet wieder.«

»Jetzt schon? Da hat er ja erstaunliche Fortschritte gemacht.«

Ich erzählte ihm die heitere Version von Bens Genesung. Aufgrund einer unausgesprochenen Abmachung war das diejenige, die Ben, Frank, Jack und ich an Dritte weitergaben. Es war ganz offenkundig diejenige, die Ben Außenstehende glauben machen wollte.

Ich verstand diese Einstellung. Ben hatte keine Lust, sich als Opfer zu sehen. »Bitte lassen Sie sämtliche Mitleidssendungen ungeöffnet und schreiben Sie ›Zurück an Absender‹ darauf«, hatte er einmal zu mir gesagt.

»Er ist also bereits auf den Beinen und geht?«, fragte mich Phil Newly jetzt.

»Sie haben ihn seit dem ersten Tag nach der Operation aufstehen lassen. Sobald die Wunde weit genug geheilt war, hat er trainiert, wieder laufen zu lernen. Es war nicht immer leicht, und es sind hier und da Probleme aufgetreten, aber im Großen und Ganzen hat er kontinuierliche Fortschritte gemacht. Seit einiger Zeit ist er aus gutem Grund recht zufrieden mit sich selbst. Und er hat diesen erstaunlichen neuen Fuß. Es ist ein Flex-Foot Re-Flex VSP.«

»Ein was?«

»Ein Flex-Foot. So heißt seine Prothese. Von einem Amputierten entworfen. Ben liebt sie. Seit er sie hat, ist er wesentlich beweglicher. Es ist so ein Hightech-Fuß aus einem Graphitfaser-Verbundstoff – das gleiche Material, das auch für Jets verwendet wird. Es ist also leicht, aber belastbar.« Ich nahm seinen mechanischen Bleistift und zeichnete auf einem Zettel eine grobe Skizze.

»Es sieht ein bisschen aus wie – na ja, wie ein Stück von einem anthrazitfarbenen Ski«, sagte ich. »Flach und schmal wie ein Ski, aber viel kürzer – so lang wie ein Fuß und ein Stück Schienbein, in einer Art gebogenen L-Form …« Ich blickte von meinem Kunstwerk auf und erkannte, dass er mir nicht mehr zuhörte. »Tut mir Leid, Phil – in letzter Zeit habe ich mich ziemlich für all das zu interessieren begonnen.«

»Das kann ich verstehen. Und Ben lebt jetzt also allein?«

»Ja, David hat Ben sein Haus vermacht. Ich muss zugeben, dass ich mich ein bisschen um ihn ängstige. Nicht wegen der Verletzung – Ben würde Ihnen schwören, dass er in viel besserer Form ist als vor der Amputation –, sondern weil dort vor ein paar Monaten ein Einbruch stattgefunden hat.«

Sämtliche Farbe wich aus Phil Newlys Gesicht.

41

Dienstag Nachmittag, 12. September

Las Piernas

»Alles in Ordnung?«, fragte ich.

»Entschuldigung«, sagte er und erschauderte. »Irgendwie vermute ich inzwischen immer gleich das Schlimmste. Bestimmt hat irgendjemand in der Zeitung gelesen, dass David gestorben ist, und beschlossen, das auszunutzen. Es ist ein trauriger Kommentar zum Lauf der Welt heutzutage, aber es passiert.«

»Phil – kommen Sie mir nicht mit dem ›Lauf der Welt heutzutage‹. Von jemandem in Ihrer Branche höre ich mir das nicht an.«

Er lächelte und sagte dann: »Soweit ich gehört habe, haben Sie auch schon ein- oder zweimal einen Strafverteidiger gebraucht.«

Ich lachte. »Ja, da haben Sie richtig gehört. Man hört auf, Witze über Anwälte zu machen, wenn man selbst festgenommen wird.«

»Wurde aus Davids Haus irgendetwas gestohlen?«

»Nein. Allerdings jetzt, wo Sie es sagen, fällt mir ein, dass die Einbrüche passiert sind, kurz nachdem Davids Name in den ersten Artikeln über – über Parrishs Flucht aufgetaucht ist.«

»Einbrüche? Mehrzahl?«

»Bens Büro war auch betroffen.«

»Hmmm. Und was war mit den anderen Häusern? Hatte irgendjemand sonst ähnlichen Ärger?«

»Nein, nicht dass ich wüsste, aber – ich habe ihre Familien nicht kontaktiert, also weiß ich das nicht.«

»Die Familien!«, stieß er hervor. »Sie müssen mich hassen.«

»Ich hoffe, dass sich jeglicher Hass, den sie empfinden, auf Nick Parrish konzentriert«, sagte ich.

Er verfiel in brütendes Schweigen und sagte dann: »Er ist meine Obsession, wissen Sie.«

»Parrish?«

»Ja. Deshalb habe ich auch all diese Bücher. Es ist nicht gesund, das weiß ich, aber ich ringe immer noch darum, es zu verstehen, herauszufinden, ob da etwas war, das ich früher hätte bemerken müssen, ob es eine Warnung gegeben hat, dass alles so enden würde, wie es geendet hat, etwas, das ich nicht erkannt habe.«

Ich versuchte ihm zu vermitteln, dass es sinnlos war, sich Vorwürfe zu machen, aber schon bald begriff ich, dass ich ihn nicht von seiner Denkweise abbringen würde.

»Hier«, sagte er auf einmal und zog die Landkarte heraus, wobei er achtlos einen Stapel Bücher vom Tisch fegte. »Sehen Sie – ich komme nicht einmal darauf, wo – wo es passiert ist.«

Erneut zwang ich mich, mir seine Karte anzusehen. Ich hatte nicht einmal die studiert, die ich selbst in den Bergen benutzt hatte. Diese hier umfasste ein größeres Gebiet als meine, daher war der Maßstab kleiner. Sie gab einen weiteren Überblick über die Gegend, war aber weniger detailliert.

Newly hatte die Lichtung markiert, wo ihm der Fuß gebrochen worden war. »Das ist die letzte Stelle, die ich auf meinem GPS-Empfänger eingegeben habe«, erklärte er und zeigte hin. Mit dem Finger fuhr er eine kurze Distanz zu einer anderen Markierung. »Hier war die Landebahn.« Er fuhr noch ein Stück weiter zu einem Symbol, das ein bisschen von den anderen beiden entfernt lag. »Und das ist J. C.s Ranger-Station.«

Es war ein seltsames Gefühl, jetzt auf die Karte zu sehen. Trotz meines anfänglichen Unbehagens war es einfach der Fingerabdruck der Erde: Windungen, Höhenlinien und Farben, Formen, die sich – wenn man erst einmal begriffen hatte, wie man topographische Karten las – in eine Landschaft aus Höhenzügen und Tälern, steilen und sanften Abhängen, Seen und Flüssen verwandelten.

Ein Blick, der so weit über der Grabstätte schwebte, konnte mir weder etwas anhaben noch mich besonders belasten. Ich hatte die Gegend ja nicht aus dieser Perspektive gesehen. »Es ist in diesem Gebiet passiert – hier«, sagte ich und benutzte den Bleistift, um die Hügelkette zwischen den beiden Wiesen zu zeigen. »Der Kojotenbaum stand auf dieser Hügelkette.« Ich fuhr mit dem Stift ein kleines Stück weiter. »Julia Sayre lag in einer Wiese auf dieser Seite begraben. Die Wiese kann man auf dieser Karte nicht so genau sehen. Und auf der anderen Seite der Hügelkette hatte er seine Falle aufgebaut.«

Orte. Nur Orte, sagte ich mir.

Phil Newly starrte schweigend auf die Karte hinab.

»Wie viele andere Leichen wurden hier gefunden?«, fragte er schließlich.

»Sie meinen –«

»Nicht die Mitglieder unserer Gruppe, sondern die Begrabenen. Frauen, die Parrish dort begraben hat.«

»Auf der einen Wiese, einschließlich der mit der Sprengladung, zehn. Die anderen lagen alle wesentlich weiter von der Hügelkette entfernt in der Wiese. Und Julia Sayre war als Einzige in der anderen Wiese begraben.«

»Als Einzige?«, fragte er.

»Ja. Sie hat ihm offenbar irgendwie etwas Besonderes bedeutet. Ich habe gehört, er war viel ... dass die Dinge, die er ihr angetan hat, viel ...«

Während ich noch nach Worten suchte, sagte er: »Ich glaube, ich weiß, was Sie meinen.«

»Ja. Allerdings hat man an den Opfern aus der anderen Wiese Anzeichen dafür gefunden, dass er sich immer mehr gesteigert – falls man es so nennen kann – und seine Opfer zunehmend sadistischer gequält hat.«

»Keines der anderen Opfer war mit Sprengstoff präpariert?«

Es fiel mir schwerer, die Fakten zu schildern, wenn das Wort »Sprengstoff« ins Spiel kam, doch ich schaffte es. »Nein. Die neuen Suchteams sind trotzdem äußerst vorsichtig vorgegangen. Sie hatten Leute vom Bombenräumkommando dabei, die jeden potenziellen Lageplatz überprüft haben. Es hat viel zusätzliche Zeit gekostet, aber es wurden keine weiteren Sprengladungen gefunden.«

»Haben Suchhunde diese anderen Leichen aufgespürt?«

»Manche von ihnen. Sie haben mittlerweile mit allen möglichen Methoden gearbeitet – Luftfotografie, Radar, der durch den Boden dringt – was Sie wollen. Bingle hat starkes Interesse an der ersten Wiese gezeigt, doch das präparierte Grab war das erste, das er entdeckt hat.«

»Warum?«

»Ich glaube, die Antwort darauf hat Ben herausgefunden. Die Frage hat ihn nämlich auch beschäftigt. Also hat er die Plastikfolie untersucht, die um Julia Sayres Leiche gewickelt worden war, sowie einige der übrig gebliebenen Plastikfetzen von der zweiten Toten –«

»Nina Poolman?«

»Ja, beide Identifizierungen wurden später bestätigt.«

»Und was war daran für Ben interessant?«

»In der Plastikfolie fanden sich zwei Arten von Löchern. Einige der Löcher wurden von den Sonden verursacht, die die Anthropologen benutzt haben, aber die anderen stammten von einem anderen Gegenstand. Der Durchmesser und andere Eigenschaften der Löcher waren unterschiedlich.«

»Ich kann Ihnen nicht folgen«, sagte er.

»Wir glauben, dass er es darauf angelegt hatte, gefasst zu werden.«

»Früher oder später, glaube ich –«

»Nein, ich meine wirklich darauf *angelegt*. Er hat sich erwischen lassen, damit die ganze Welt erfährt, was für ein Genie er ist. Irgendwann vor dem Mord an Kara Lane muss er in die Berge hinaufgezogen sein und Löcher in diese Plastikhüllen gebohrt haben, was zu einer schnelleren Verwesung der Leichen geführt hat. Bis dahin waren die Leichen durch die Plastikfolie geschützt.«

»Und der Verwesungsgeruch drang durch diese Löcher nach außen.«

»Genau. Also waren das die Gräber, die für Bingle am leichtesten zu finden waren.«

»Mein Gott. Und die anderen Frauen? Weiß die Polizei inzwischen, wer sie sind?«

»Er hat die meisten von ihnen mit irgendeiner Art von Identitätsnachweis begraben – meist einem Führerschein –, aber es wird einige Zeit dauern, um festzustellen, ob es wirklich diese Frauen sind. Sie haben zahnärztliche Unterlagen und dergleichen angefordert.«

»Sie können nicht einfach sagen –«

»Nein«, warf ich rasch ein und verdrängte das Bild von Julia Sayres Leiche.

»Tut mir Leid«, sagte Phil. »Ich wollte Sie nicht aufregen.«

»Schon gut«, erwiderte ich und fügte dann hinzu: »Ben hat mir erklärt, dass Führerscheine notorisch ungenaue Informationsquellen für eine Identifizierung sind – Männer machen sich oft größer, als sie wirklich sind, wenn sie einen Führerschein beantragen, und Frauen machen sich kleiner und schlanker. Und manchmal ändern sich Haarfarbe oder Gewicht, nachdem der Führerschein ausgestellt wurde.«

»Aber die Identifizierungen passen zusammen?«

»Ich bin nicht über sämtliche Frauen im Bilde. Viele andere Polizeidienststellen haben mit dem Fall zu tun bekommen, seit wir dort oben waren, daher ist es inzwischen nicht mehr damit getan, die gewohnten Informationsquellen der Zeitung anzuzapfen. Aber einer unserer Reporter hat erfahren, dass neun der Frauen vorbestraft waren – wegen Prostitution.«

»Und Prostituierte sind seit jeher die leichteste Beute für einen Mann wie Parrish«, sagte er grimmig. »Stammten die Frauen alle aus Las Piernas?«

»Die meisten, aber nicht alle. Sie kommen aus verschiedenen Städten in Südkalifornien, aber alle diese Städte haben eines gemeinsam.«

»Einen Flughafen?«

Ich nickte. »Offenbar benutzt Parrish die Wiese schon seit Jahren. Es gibt noch viele Fragen, die erst beantwortet werden können, wenn sämtliche Gerichtsmediziner ihre Arbeit abgeschlossen haben.«

»Elf. Elf Frauen!«

»Die Polizei glaubt, dass irgendwo in der Nähe noch eine zwölfte liegt, weil an dem Baum ein Dutzend Kojoten hingen. Ich glaube ja, er könnte Kara Lane gegolten haben.«

»Die Frau, deren Ermordung zu seiner Festnahme geführt hat? Die, deren Leiche am Flughafen gefunden wurde. Ja, das kann gut sein.«

»Nur eine Theorie.«

»Und jetzt hat er eine Frau hier ermordet und diese zwei Frauen in Oregon!«, sagte er.

»Ja. Die Arzthelferin und die Empfangsdame.«

»Hat man eigentlich je herausgefunden, wo –«

»Wo die Beine der Empfangsdame sind? Nein.«

Nach langem Schweigen sagte er: »Er läuft sich gerade erst warm, was?«

»Mag sein.«

Er wirkte niedergeschlagener als bei meiner Ankunft. Ich brachte es nicht fertig, ihn in diesem Zustand allein zu lassen.

»Frank hat mich gebeten, Ihnen dafür zu danken, dass Sie ihm bei der Suche nach mir geholfen haben. Ich bin Ihnen auch dankbar, Phil. Sie haben damit ein Risiko auf sich genommen, und das aus reiner Gefälligkeit.«

Er sah mich mit dermaßen gehetzter Miene an, dass ich eine Hand ausstreckte und sie ihm auf die Schulter legte.

»Denken Sie wirklich manchmal so an mich – als jemand, der Ihnen geholfen hat?«, wollte er wissen.

»Ja, ich bin Ihnen dankbar. Nicht nur, weil Sie mir geholfen haben, von dort wegzukommen – Sie haben wahrscheinlich auch Ben das Leben gerettet. Wenn er noch viele Stunden ohne ärztliche Hilfe da oben in den Bergen verbracht hätte, hätte ihn die Infektion womöglich umgebracht. Und das Eintreffen des Hubschraubers hat Parrish vermutlich abgeschreckt, bevor er dazu kam, mich im Wald zu stellen. Wenn Sie Frank nicht geholfen hätten, hätte er uns nicht so schnell gefunden.«

Er blickte erneut auf die Karte hinab und sagte: »Vielen Dank. Ich weiß eigentlich gar nicht, was ich groß getan habe. Es waren Frank und seine Freunde, die sich wirklich ins Zeug gelegt haben. Er war an diesem Tag so voller Angst um Sie, so entschlossen, Sie zu finden, dass er den Ärger mit seiner Dienststelle riskiert hat, indem er mich aufgesucht hat. Es wäre unmenschlich gewesen, nicht ein klein wenig zu helfen.«

Wir redeten noch ein Weilchen, aber ich war immer noch besorgt um ihn, und so fragte ich ihn beim Gehen nach seiner Telefonnummer. »Ich würde gern Kontakt zu Ihnen halten, wenn Sie nichts dagegen haben«, sagte ich. »Frank möchte Sie auch noch mal sprechen.«

Er lächelte. »Ich würde ihn auch gern sprechen. Vor allem jetzt, wo wir uns nicht als Gegner vor Gericht gegenüberstehen.«

Er notierte die Nummer und reichte mir den Zettel. »Danke, dass Sie vorbeigekommen sind, Irene.«

»Das hätte ich schon vor Monaten tun sollen«, sagte ich. »Es war … es hat mir geholfen, heute mit Ihnen zu sprechen.«

»Mir auch«, gestand er. »Kommen Sie jederzeit wieder.« Er lächelte und fügte hinzu: »Jetzt ist es ja nicht mehr so teuer, mit mir zu reden – keine Stunden, die in Rechnung gestellt werden.«

Als ich vor seinem Haus in den Van stieg, sah ich einen grünen Honda Accord davonfahren. Ich hätte schwören können, dass Nick Parrish am Steuer saß. Ich holte tief Luft, ließ den Van an und fuhr vom Randstein weg.

Als ich nach Hause kam, holte ich zum ersten Mal, seit ich aus den Bergen zurückgekehrt war, meine topographische Karte mit ihrem größeren Maßstab heraus. Obwohl die Geländemerkmale hier wesentlich detaillierter dargestellt waren als auf Newlys Karte, belastete mich dieser Anblick der Gegend nicht so sehr, wie ich befürchtet hatte. Es machte mich ein bisschen nervös, zu sehen, wo ich die Höhle, den Kojotenbaum und die Gräber markiert hatte. Doch auch das geschah schließlich aus der Distanz.

A propos Distanz: Mir fiel auf, dass ich auf meiner Karte die Ranger-Station nicht sehen konnte. Ich spürte, wie sich in meinem Magen ein Knoten bildete. Distanz. Wie hatte Parrish die Distanz zurückgelegt?

Ich begriff, dass dies eine Frage war, die ich mir normalerweise schon vor Monaten gestellt hätte. Doch in den letzten Monaten hatte ich mich bewusst darum bemüht, sämtliche Gedanken und jeden Bezug auf das, was in der Woche um den vierzehnten Mai passiert war, zu verdrängen. Ich half Ben, arbeitete lange und führte drei große Hunde aus. Ich tat mein Bestes, um am Ende jedes Tages zu erschöpft zu sein, um mich zu sorgen oder zu träumen. Ich versuchte zu vergessen, dass ich dieses Flugzeug je bestiegen hatte.

Oh, es funktionierte wie ein Zauber. Überall, wohin ich auch ging, sah ich Nick Parrish auf mich losgehen. Ich hatte entsetzliche Albträume über die Wiese. Ich warf Computer durch Glaswände.

Und ich versäumte es, die Fragen zu stellen, die ich hätte stellen sollen.

Also rief ich Ben Sheridan an. Als ich ihn am Apparat hatte, fragte ich ihn nach J. C.s Telefonnummer.

»Die kann ich Ihnen geben«, meinte er. »Aber J. C. ist gerade hier.«

»Kann ich ihn sprechen?«

»Sicher.«

J. C. und ich begrüßten uns, dann fragte ich: »Wie lang haben Sie gebraucht, um von der Ranger-Station zur Wiese zu kommen?«

»Mit dem Wagen?«

»Sie konnten die ganze Strecke fahren?«

»Nein. Ich habe für einen Teil des Weges eine Schotterstraße benutzt – seinerzeit eine Schlammstraße – und bin den Rest gewandert. Mal sehen – ich bin etwa eine Stunde nach Sonnenaufgang losgegangen und am frühen Nachmittag an der Wiese angekommen. Es war neblig, als ich aufgebrochen bin. Ich bin so schnell gefahren, wie ich es unter diesen Bedingungen wagen konnte, also nicht besonders schnell.« Er hielt inne und sagte dann: »Ich habe an diesem Morgen nicht besonders klar gedacht, Irene, daher fällt es mir schwer, die Zeit zu schätzen. Es kam mir wie eine Ewigkeit vor. Als ich am Ende der Straße angelangt war, bin ich, glaube ich, noch vier Stunden gewandert, aber auch da bin ich mir nicht sicher. Warum fragen Sie?«

»Ich habe mir gerade ein paar Gedanken gemacht. Haben Sie und Ben zum Abendessen schon etwas vor?«

»Noch nicht.«

»Wenn Ben unsere Gesellschaft wieder ertragen kann, kommen Sie doch zum Essen vorbei. Ich habe eine Theorie, die ich mit Ihnen besprechen möchte. Und sagen Sie Ben, er soll Bingle mitbringen.«

Wir vereinbarten, dass sie um sieben kommen würden. Ich rief Frank an.

»Hi«, sagte er. »Das war wohl Gedankenübertragung. Ich habe gerade mit einer Bekannten von dir gesprochen. Gillian Sayre hat angerufen.«

Eine Welle von Schuldgefühlen überflutete mich. Ich hatte sie seit dem Tag nicht mehr angerufen, als sie zum *Express* gekommen war und sich nach der Leiche ihrer Mutter erkundigt hatte. »Gillian? Was wollte sie denn?«

»Sie hat versucht, dich bei der Zeitung zu erreichen, aber anscheinend ist deine Voice-Mailbox voll, und der *Express* sagt niemandem etwas über deinen Urlaub. Sie hat sogar vor dem Gebäude auf dich gewartet, aber als sie dich ein paar Tage nicht gesehen hat, hat sie beschlossen, mich anzurufen.«

»Oh.«

»Ich habe ihr erzählt, du würdest dir nur dringend notwendige Ferien gönnen.«

»Danke, Frank. Ich weiß, ich hätte sie schon längst anrufen sollen, aber …«

»Sie hat nicht angerufen, um dich zu bedrängen. Sie hat die Artikel über die Unbekannte im Müllcontainer gelesen und sich Sorgen um dich gemacht. Außerdem meinte sie, sie sei nie dazu gekommen, sich bei dir dafür zu bedanken, dass du am Tag nach deiner Rückkehr mit ihr gesprochen hast.«

»Ich rufe sie an«, sagte ich. »Seit damals, direkt nach meiner Rückkehr, habe ich mich weder bei ihr noch bei Giles gemeldet.«

Frank kennt mich zu gut, um meinen Widerwillen zu überhören. »Überfordere dich nicht«, sagte er. »Du hast eine Menge durchgemacht. Vielleicht ist momentan nicht der günstigste Zeitpunkt, um mit den Sayres zu reden.«

»Vielleicht hast du Recht. Ich weiß es einfach nicht. Ich will mich nicht verkriechen.«

Er lachte. »So wie du dich vor Wrigley verkrochen hast?«

»Schau nur, was mir das eingebracht hat.«

»Ja – ein paar Tage freie Zeit für dich selbst, anstatt dir für das Blatt den Arsch aufzureißen. Wrigley hat in letzter Zeit die Leistung von drei Reportern von dir bekommen, und das weiß er auch. Übrigens – wie ist es eigentlich heute mit Newly gelaufen?«

»Gut«, antwortete ich. »Dabei fällt mir wieder ein, weshalb ich eigentlich angerufen habe.« Ich brachte ihm bei, dass ich seine Aussichten auf einen ruhigen Abend zu Hause sabotiert hatte.

»Das klingt ja fast so, als würde das eine Besprechung, kein Essen. Was steht denn auf der Tagesordnung?«

»Ich glaube, dass jemand Parrish geholfen hat, Frank. Ich bin mir fast sicher.«

»Wir auch. Er hätte es nicht geschafft, aus dieser Gegend wegzukommen, wenn ihn nicht jemand mitgenommen hätte. Idiotisch von dem Fahrer, aber das war zweifellos, bevor Parrishs Name und Beschreibung überall in den Nachrichten kam.«

»Nein, ich meine nicht, dass ihn ein Fremder mitgenommen hat. Warum sollte er alles andere minutiös planen und ausgerechnet so etwas dem Zufall überlassen?«

Nach kurzem Schweigen sagte er: »Ich bin sicher, dass sie das in Betracht gezogen haben.«

»Ich weiß, dass du nicht an Fällen mitarbeiten darfst, die auch nur im Entferntesten mit mir zu tun haben –«

»Was jeden Fall auf diesen beiden Wiesen betrifft«, ergänzte er.

»Ja, aber du sprichst doch mit deinen Kollegen, oder? Mit denjenigen, die daran arbeiten?«

»So viel wie möglich. Offen gestanden sind wir im Moment ein bisschen knapp mit Leuten. Sämtliche Fälle von Bob Thompson mussten von anderen Kollegen übernommen werden. Und da ich nicht an den Fällen aus den Bergen arbeiten darf, die mit Las Piernas zu tun haben – und das sind jede Menge –, kannst du mal raten, wer die meisten von Thompsons anderen Fällen bekommt?«

»Du.«

»Wir waten alle arschtief in Alligatoren herum, wie Tom Cassidy vielleicht sagen würde, und ich höre nicht so viel über die Parrish-Fälle, wie mir lieb wäre. Aber lass uns heute Abend über deine Theorien sprechen. Und falls ich niemanden davon überzeugen kann, dass sie stichhaltig sind, dann ist vielleicht Ben dazu imstande – er ist bei einigen Fällen als Berater tätig.«

Und so konnte ich am Abend mit Frank, Ben und J. C reden,

weshalb ich meinen Mann und zwei Bekannte bei mir hatte, als ich ein Geschenk von meinem nicht allzu geheimen Verehrer erhielt.

42

Dienstag, 12. September, Spätnachmittag
Las Piernas

Zur Vorbereitung auf das abendliche Treffen fuhr ich in die Innenstadt zu einem Landkartengeschäft. Ich erstand mehrere topographische Karten der Gegend, die Parrish als Begräbnisfeld benutzt hatte. Als ich den Laden wieder verlassen hatte und gerade am Van angelangt war, sah ich erneut den grünen Honda. Er raste davon.

Ich weiß nicht, was mich so sicher machte, dass es das gleiche Auto war, das ich auch vor Phil Newlys Haus gesehen hatte. Ich konnte weder das Nummernschild erkennen, noch den Fahrer deutlich sehen, doch als der Wagen nach links in die Elm abbog, eine Einbahnstraße, in der sich der Verkehr staute, beschloss ich, die Sache zu klären, indem ich ihm folgte.

Natürlich hätte ich ihn bereits verloren haben können. Ich musste es wissen. Ich musste wenigstens versuchen, dieses Auto zu finden.

Beim Fahren drängte sich mir mehr und mehr die Überzeugung auf, dass ich Knochen roch; dass der Geruch von Knochen irgendwo im Wagen hing und ich, wenn ich in den Rückspiegel blickte, Skelette wie Klafterholz aufgestapelt hinter mir liegen sähe, ihr letztes Parfüm trocknendes Knochenmark.

Ich achtete auf die Straße, doch mir brach der kalte Schweiß aus.

Such den Honda. Denk nicht über ... aber ich roch Knochen.

Halt den Wagen an. Ruf Jo Robinson an. Sag ihr, sie soll dir eine Gummizelle reservieren.

Wie konnten Knochen in den Wagen gelangt sein?, fragte ich mich und umklammerte das Lenkrad. Es konnte doch nicht sein, oder?

Es war durchaus möglich, wandte eine innere Stimme ein.

Womöglich hatte ich den Van nicht abgeschlossen. Ja, je intensiver ich darüber nachdachte, desto sicherer wurde ich mir, dass ich den Van nicht abgeschlossen hatte, als ich die Karten kaufte, und dass Parrish im Wagen gewesen war und die Knochen eines seiner Opfer deponiert hatte.

Vor mir sah ich etwas Grünes aufblitzen und fuhr schneller.

Knochen.

Mir war schlecht. Ich drehte sämtliche Fenster herunter. Es war nicht genug Luft im Wagen.

Ich zwang mich, in den Rückspiegel zu blicken.

Ich sah die Camping-Einrichtung – Schränkchen, die kleine Spüle, Herd und Kühlschrank, einen Klapptisch und Sitze, die zu Betten umfunktioniert werden konnten. Ich starrte und starrte, doch es waren keine Knochen da.

Es war eine große Erleichterung und im Grunde doch überhaupt keine.

Ich warf genau in dem Moment einen Blick zur Straße zurück, als ein alter Mann mit Hut seinen Dodge Dart, ohne zu schauen, in meine Spur lenkte. Ich wich aus und hätte ihn fast gerammt. Er besaß die Chuzpe, mich anzuhupen.

Was trieb ich da eigentlich? Selbst wenn Parrish in dem Honda saß, was wollte ich denn tun? Ich war nicht bewaffnet.

Ich sehe nach, ob er es ist. Wenn ja, schreibe ich mir die Autonummer auf.

Gut.

Da! Auf der äußersten linken Spur, von einer Ampel gestoppt und zwei Autos vor der Kreuzung, stand ein dunkelgrüner Honda Accord. Den Fahrer konnte ich nicht sehen. Die Ampel sprang auf Grün, doch ich wurde von einem Wagen aufgehalten, der links abbog. Der Honda kam davon!

Endlich war das Auto vor mir abgebogen, und ich raste zur nächsten Kreuzung. Ich legte den Parkgang ein, machte die Tür auf und stellte mich auf den Rahmen, um einen Blick auf den Fahrer des grünen Honda zu werfen. Ein Mann – ein Mann, der Parrish hätte sein können. Die Nummernschilder waren nicht zu sehen.

Der Fahrer des Wagens hinter mir hupte und zeigte mir den Stinkefinger. Die Ampel war wieder grün geworden. Weitere Hupen ertönten. Ich stieg wieder ein und fuhr los, blinkte und versuchte ganz nach links zu gelangen, da ich den Honda keinesfalls aus den Augen verlieren wollte.

Aber der Fahrer auf der Spur links von mir war der Typ, der mir den Finger gezeigt hatte. Nach wie vor wütend auf mich, weigerte er sich, mich vorbeizulassen. Er schüttelte die Faust gegen mich und rammte prompt den Wagen vor ihm, der daraufhin auf meine Spur schlitterte. Ich trat voll auf die Bremse.

Jetzt saß ich fest.

Durch meine offenen Fenster hörte ich, wie der rotgesichtige Typ mit dem Stinkefinger brüllte, dass es meine Schuld sei. Als ich erneut nach dem Honda Ausschau hielt, war er verschwunden.

Ich ignorierte Rotgesicht und fragte den Mann, der gerammt worden war, ob mit ihm alles in Ordnung sei. Er nickte. Dann wandte er sich an Rotgesicht und wies ihn an, die Klappe zu halten, was zu meinem Erstaunen befolgt wurde.

Die Geschichte sorgte während des Essens für Erheiterung – oder vielmehr der Teil der Geschichte, den ich erzählte, was allerdings nur ein sehr geringer war, der rein gar nichts mit Hondas oder Knochen zu tun hatte.

Der unterschwellige Geruch von Knochen hatte mich sogar noch nach meiner Ankunft zu Hause verfolgt. Ich duschte ausgiebig und heiß, und meine Gedanken kehrten immer wieder zu den Ereignissen des Nachmittags zurück.

Es könnten Knochen in einem der Schränkchen im Van sein. Es gab viele kleine Fächer und Winkel, wo man suchen konnte, überlegte ich.

Aber was, wenn ich suchte und nirgends Knochen waren?

Wenn man Angst hat und es nichts gibt, wovor man Angst haben müsste, man sich selbst beweist, dass es nichts gibt, wovor man Angst haben müsste, und man aber *immer noch* Angst hat ... Zusätzlich zu verschwindenden Hondas und falschen Parrishs wurde mir gespenstischer Knochengeruch einfach zu viel. Wenn keine Knochen da waren, war ich wirklich verrückt.

Je länger das warme Wasser mich überspülte, desto mehr kam es mir so vor, als wäre schon die Suche selbst die Handlung einer völlig Verrückten. Ich schwor mir, den Geruch zu ignorieren.

Und so brachte ich es fertig, die Geschichte vom Landkartenkauf, dem rotgesichtigen Mann und der Karambolage witzig darzustellen, und falls mein eigenes Lachen ein bisschen spröde ausfiel, so schien das niemand außer Frank wahrzunehmen.

Als ich sah, dass Frank auch das Zittern meiner Hände beim Ausbreiten der Landkarten bemerkte, hoffte ich, dass er es dem Gebiet zuschrieb, das die Karten abbildeten, und nicht den Ereignissen, die sich bei ihrem Kauf abgespielt hatten.

Ich vertiefte mich in die Karten. Das erforderte Konzentration. Mein Verstand wurde klar.

Beginnend mit der Karte mit dem größten Maßstab versuchten wir, die schnellsten und einfachsten Routen zu finden, die jemand von der Höhle aus – wo man inzwischen Hinweise auf Parrishs Aufenthalt gefunden hatte – hätte einschlagen können, um zur Ranger-Station und der Hubschrauber-Einheit zu gelangen.

Es gab noch andere Wege, auf denen man die Ranger-Station erreichen konnte, ohne die Schotterstraße zu benutzen, aber J. C. hatte auf jeden Fall die schnellste Methode gewählt, um uns zu erreichen.

»Die Straße, die Sie benutzt haben, liegt allem Anschein nach näher an der Wiese als die Landebahn«, sagte ich.

»Das stimmt, aber die Wanderung dort entlang ist mühsam und steil.« Er zeigte uns die Route, die er eingeschlagen hatte. »Es wäre extrem schwierig, eine Leiche auf diesem Weg abzutransportieren, und ich bin mir nicht sicher, ob jedes Mitglied der Gruppe mit dem Weg zurechtgekommen wäre.«

»Unsere Wandererfahrung war ausgesprochen unterschiedlich«, stimmte ich zu. »Wenn er die Falle nicht gestellt hätte, wäre Ihre Idee, einen Hubschrauber zu der Wiese zu schicken, die beste gewesen.«

Er stieß einen rauen, tiefen Laut aus, als hätte ich ihn geschlagen.

»Was ist denn?«

»Stattdessen«, sagte er bitter, »hat meine brillante Idee den Tod von David, Flash und allen anderen verursacht.«

»Was?!«, riefen Ben und ich unisono.

Er schilderte uns seine Version davon, wie auf der Hügelkette in der Nähe des Kojotenbaums die Entscheidungen gefällt worden waren. Er war überzeugt davon, dass alle wieder heil zum Flugzeug zurückgekehrt wären, wenn er nicht vorgeschlagen hätte, den Hubschrauber zu benutzen.

Ben und ich widersprachen ihm, indem wir erklärten, dass nicht sein Angebot, den Hubschrauber zu holen, sondern andere Faktoren zu dem Beschluss geführt hatten, nach dem zweiten Grab zu suchen.

Er wirkte nicht überzeugt, bis Frank sagte: »Als schließlich die ganze Gruppe auf diesem Kamm angelangt war, hatte Parrish meiner Meinung nach Bob Thompsons Denkweise genau ausgeforscht – wenn nicht auch noch die aller anderen.«

Als er merkte, dass wir ihm unsere ungeteilte Aufmerksamkeit widmeten, fuhr er fort. »Ich kann mich einfach des Gefühls nicht erwehren, dass Parrish sogar noch sorgfältiger geplant hat, als wir schon gesagt haben – dass er die Reaktionen bestimmter

Schlüsselfiguren in diesem von ihm entworfenen Szenario exakt vorhergesehen hat. Ich glaube, er wusste, dass er früher oder später jemanden dazu bringen würde, ihn dort hinaufzuführen.«

»Du meinst also, dass er sich absichtlich hat fassen lassen?«, sagte ich. »Ja, ich glaube, wir sind uns alle darin einig, dass er Kara Lanes Leiche absichtlich an einem Ort deponiert hat, wo sie gefunden werden würde.«

»Eben. Die Falle wartete bereits, als er verhaftet wurde. Er wusste vielleicht nicht, wer auf der Exkursion in die Berge dabei sein würde, aber als er die Gelegenheit bekam, einige Zeit mit euch allen zu verbringen, studierte er euch und überlegte, wie er euch manipulieren konnte. Ich sollte vermutlich nicht schlecht von Bob sprechen, aber es war noch nie schwer herauszufinden, was ihn antreibt.«

»Ehrgeiz«, sagte Ben.

»Genau.«

»J. C.«, sagte ich, »sind Sie eigentlich je auf den Gedanken gekommen, dass Sie Andy das Leben gerettet haben?«

»Andy das Leben gerettet?«, wiederholte er verständnislos.

»Ja. Parrish wollte zweifellos, dass wir alle dort unten dabei wären. Ich glaube, er hat geplant, mich überleben zu lassen, damit – damit ich von seiner Erhabenheit künde.« Einen Moment lang konnte ich nicht weiterreden. Auf meiner Brust lag eine zentnerschwere Last. Frank griff mit seiner Hand nach meiner. Ich hielt sie fest. »Indem Sie sich von uns getrennt haben«, fuhr ich fort, »haben Sie zwei Leben gerettet, J. C. – Ihr eigenes und das von Andy. Es muss Parrish schwer gewurmt haben, dass Sie seinen perfekten kleinen Plan zum Teil durchkreuzt haben.«

J. C. schwieg und blickte auf die Karten. Nach einer Weile sagte er: »So habe ich es noch nicht gesehen.«

»Wahrscheinlich hat er befürchtet, dass Sie mit einem Hubschrauber, der ihn zurück ins Gefängnis befördert, dort anrücken könnten, bevor unser alter, langsam buddelnder Ben die

Leiche ausgegraben hatte. Fast hätten Sie ihm sein ganzes Konzept ruiniert. Der Regen war das Einzige, was ihm ermöglicht hat, damit durchzukommen – andernfalls hätte Ihr Hubschrauber uns abgeholt.«

»Ja, mag sein«, sagte J. C. ruhig.

»Dann schauen wir uns doch mal die Karten an und versuchen herauszufinden, ob Parrish Zeit hatte, die Hubschrauber zu sabotieren«, schlug Ben vor.

Es gab eine zweite nicht asphaltierte Straße, die ein paar Kilometer vor dem anderen Ende der Wiese aufhörte, doch diese Straße führte aus einer anderen Richtung in den Wald. J. C. hätte einen wesentlich längeren Anfahrtsweg gehabt, nur um von der Ranger-Station überhaupt zu der Straße zu gelangen. Von dort aus hätte er fast in die gleiche Richtung zurückfahren müssen, aus der er gekommen war, und nachdem er den Geländewagen geparkt hätte, hätte er eine mühsamere Wanderung zur Wiese vor sich gehabt als die, die er von der anderen Straße aus angetreten hatte. Es wäre fast permanent bergauf und über steiles Gelände gegangen.

»Sie waren mit dem Geländewagen des Forest Service unterwegs«, sagte Frank. »Parrish war zu Fuß. Es wäre grotesk zu vermuten, dass er die längere, steilere Route zur Ranger-Station und zurück gewählt hat.«

J. C., der mit der Gegend wesentlich vertrauter war als wir anderen, meinte: »Das stimmt. Und ich glaube, Irene hat Recht mit ihrer Vermutung, dass er einen Partner hatte. Es ist zwar nicht ausgeschlossen, dass er die Hubschrauber allein sabotiert hat, aber wenn man sich's überlegt – er hätte bei einem Wolkenbruch und im Dunkeln marschieren müssen. Dabei hätte er ein paar wirklich üble Stürze riskiert.«

»Parrish ist ein erfahrener Wanderer«, fügte Ben hinzu. »Aber er ist nicht so gut in Form wie Sie, J. C. Sie kommen wesentlich schneller voran als irgendeiner von uns, Andy eingeschlossen. Parrish hätte eine ziemlich große Strecke bei Nacht und im Regen zurücklegen, den Hubschrauber sabotieren, zurückwandern und dann noch die Energie aufbringen müssen, am nächsten Tag einen Baum abzuhacken.«

»Dabei fällt mir ein«, sagte ich. »Hat eigentlich irgendjemand aus unserer Gruppe eine Axt mit da rauf genommen?«

»Ja«, antwortete Ben. »Es war eine in der Campingausrüstung, die die Polizisten mitgebracht haben.«

»Oh.«

»Du scheinst enttäuscht zu sein«, sagte Frank.

»Ich habe nicht gesehen, wie irgendjemand sie benutzt hätte«, erklärte ich. »Wenn sie nicht Teil der Ausrüstung unserer Gruppe war, hätte das auf einen Komplizen schließen lassen – auf jemanden, der Parrish die Axt gebracht hat.«

»Wer sollte denn einem Mann wie Parrish helfen?«, wollte J. C. wissen.

»Sein Anwalt«, meinte Ben.

»Sein Anwalt war verletzt«, wandte Frank ein.

»Außerstande, ein Auto zu fahren?«, hakte Ben nach.

Frank schüttelte den Kopf. »Nein, und er konnte auch gehen, wenn es sein musste. Aber Phil hatte nichts zu gewinnen und alles zu verlieren, wenn sein Klient entfloh.«

»Hat Parrish irgendjemanden angerufen, solange er in Haft war?«, erkundigte ich mich.

»Nein«, antwortete Frank. »Aber wenn wir richtig liegen, brauchte er gar keine Anrufe zu tätigen. Er bestimmte das Ziel der Exkursion, also wusste sein Partner – oder seine Partner –, wohin er gehen würde. Und das Aufbruchsdatum konnte man leicht der Presse entnehmen.«

»Arbeiten denn Serienmörder normalerweise nicht allein?«, fragte J. C.

»Normalerweise schon, aber nicht immer«, antwortete Frank. »Der Hillside-Würger Kenneth Bianchi und sein Cousin Angelo Buono haben gemeinsam gefoltert und gemordet. Und in Houston hat Dean Allen Coryll mindestens siebenundzwanzig junge Männer mithilfe zweier Freunde umgebracht, die ihm wissentlich seine Opfer vorbeigebracht haben.«

»Mörder sind nicht unbedingt Einzelgänger«, stimmte Ben zu. »Und anscheinend finden es manche Frauen sogar aufregend, mit einem Mörder zusammen zu sein. Es gibt mittlerweile sogar eine Website, auf der Frauen Kontakt zum Häftling ihrer Träume knüpfen können.«

»Aber das ist doch etwas anderes, oder nicht?«, wandte ich ein. »Eine Frau, die ihren Brieffreund aus dem Gefängnis heiratet, *nachdem* er gefasst wurde, ist nicht vom gleichen Schlag wie eine, die ihm dabei hilft, seine Opfer zu quälen und zu ermorden.«

»Nein«, stimmte Frank zu, »aber es gibt zahlreiche Beispiele von Paaren, die vor der Festnahme zusammengearbeitet haben. Paul Bernardo und Karla Homolka haben gemeinsam gefoltert, vergewaltigt und gemordet – beim ersten Mal hat sie ihm dabei geholfen, ihre eigene Schwester zu vergewaltigen und umzubringen. In Nebraska hat sich Caril Fugate gemeinsam mit ihrem Freund auf eine monatelange Mordtour begeben, die mit ihren Eltern und ihrer zweijährigen Schwester begann.«

»Charles Starkweather, stimmt's?«, sagte Ben. »Über die ist ein Film gedreht worden.«

»Ja. Es gibt noch andere. Coleman und West, die Gallegos, die Neelleys –«

»Und warum haben sie das getan?«

»Die jahrhundertealte Frage, was? Sexuelle Obsession, Gier, Macht – was du willst. Manchmal werden die Frauen von gewalttätigen männlichen Partnern beherrscht, in anderen Fällen machen sie freiwillig mit. Es sind nicht nur Frauen – abgesehen von den Teams aus Mann und Frau gibt es auch rein männliche Partnerschaften, Gruppen und Familien, die Serienkiller sind.«

Einen Moment lang machte sich am Tisch Schweigen breit, dann sagte Ben: »Damit wären wir wieder bei der Frage, die J. C. gestellt hat. Wer sollte einem Mann wie Parrish helfen?«

Jeder äußerte Vermutungen. Wir diskutierten noch einmal die Möglichkeit, dass es Phil Newly war, fragten uns, ob Parrish eine Kontaktperson hatte, die auch über ein Flugzeug oder einen Hubschrauber verfügte, debattierten, ob ein männlicher oder ein weiblicher Helfer naheliegender war, und spekulierten über die Wahrscheinlichkeit eines Verwandten, der als sein Angelo Buono fungierte.

Unterdessen studierte ich die Landkarte mit dem kleinen Maßstab.

»Wir haben nicht genug Anhaltspunkte, um zu ermitteln, wer sein Partner ist«, erklärte ich, was mir die anderen mit einem Blick vergalten, der besagte: Du bist aber ein Spielverderber. »Vielleicht können da die Jungs vom FBI mit ihren Profilern weiterhelfen. Ich weiß es nicht. Aber ich glaube, ich weiß, wo sich Nick Parrish an diesem Tag mit seinem Partner getroffen hat – es war an dieser anderen Straße.«

»Ja«, sagte Frank. »Es war zwar kein günstiger Weg, um zur Ranger-Station zu gelangen, aber er wollte sicher ohnehin nicht dort in die Nähe kommen, nachdem sein Partner die Hubschrauber sabotiert hatte.«

»Und es geht von der Wiese aus bergab«, fügte J. C. hinzu. »Die Landebahn wäre der bequemste Ausweg gewesen, aber wahrscheinlich hat er damit gerechnet, dass sie schon von der Polizei benutzt wird, bis er dorthin gewandert wäre.«

»Okay«, sagte Ben seufzend. »Wenn uns das nur früher eingefallen wäre. Der Matsch wäre ideal gewesen, um auf der Straße oder bei den Hubschraubern Fußabdrücke oder Reifenspuren zu nehmen.«

J. C. schüttelte den Kopf. »Wenn sie damals nicht gleich Abdrücke genommen haben, sind sie vermutlich komplett verschwunden. Die Sommermonate sind die hektischste Zeit für die Hubschrauber-Einheit. Unsere Hubschrauber werden in erster Linie für die Brandbekämpfung eingesetzt. Da oben sind jede Menge Leute unterwegs gewesen.«

Sie beschlossen, den Leiter des Ermittlungsteams anzurufen, der die Fälle aus den Bergen koordinierte. Ich ging hinaus, um im Garten hinterm Haus, wo sich Bingle bei lustigen Kapriolen mit Deke und Dunk amüsierte, ein bisschen frische Luft zu schnappen.

Nach einem Weilchen gesellte sich Ben zu mir. Bingle meldete sich bei ihm und kehrte dann zu den anderen Hunden zurück. »Ich glaube, die beiden fehlen Bingle«, meinte Ben. »Möchten Sie sie zusammen am Strand laufen lassen?«

Ich zögerte. Ich wusste, dass Ben in vielen Umgebungen zurechtkam, aber bis jetzt hatte er es noch nicht bewältigt, mit seiner Prothese in weichem, tiefem Sand zu gehen. Sein Prothetiker hatte ihm gesagt, dass es vielen Amputierten schwer fiel, auf einem weichen Strand zu laufen. Ben übte immer noch.

»Ja, es fehlt mir, am Strand entlangzulaufen«, sagte er, als hätte er meine Gedanken gelesen. »Mir fehlt vieles. Aber die Liste wird immer kürzer, und die Dinge, die auf ihr stehen bleiben – na ja, ich werde eben lernen, ohne sie auszukommen. Aber es gibt keinen Grund, warum Bingle meinetwegen auf sein Vergnügen verzichten sollte.«

Gerade als er das sagte, kam Frank heraus. Er hörte es und sagte: »Wissen Sie was? Wenn Ihnen ein öffentliches Gerangel bis zum Plankenweg nichts ausmacht, helfen wir Ihnen dorthin. Es ist nicht weit von den Stufen am Ende der Straße, und der Weg verläuft parallel zum Wasser bis zum Pier. Sie können mit Irene dort entlangspazieren, während J. C und ich diese vierbeinigen Rabauken hüten.«

Ben dachte einen Moment darüber nach, aber offenbar siegte das Verlangen, näher ans Wasser zu kommen, über die potenzielle Peinlichkeit, da er dem Plan zustimmte.

Er stieg ohne Hilfe die lange Treppe von den Felsen bis zum Sand hinab. Von dort an legten wir uns alle vier in einer Reihe die Arme über die Schultern, sodass niemand ausgestoßen –

oder herausgehoben – wurde. J. C. stimmte ein albernes Campinglied an, das uns zum Lachen brachte, und so dachten die meisten Leute wahrscheinlich, dass wir schon ganz schön gefeiert hatten. Zwischen Frank und J. C. schaffte es Ben ohne zu stürzen bis zum Plankenweg.

Bingle rannte immerfort zwischen uns und den anderen Hunden hin und her, aber wenn Deke und Dunk hinter ihm mit hohem Tempo auf Ben zurasten, scheuchte er sie von seinem neuen Herrn weg. »Er passt auf, dass mich andere Hunde nicht anrempeln«, erklärte Ben. »Ein Dienst, den ich manchmal vermisse, wenn er nicht da ist. Aber ich lerne langsam, das Gleichgewicht ein bisschen besser zu halten.«

»Wie läuft es mit dem Spanisch?«

»Die Hundebefehle beherrsche ich immer besser«, antwortete er. »Alles andere muss ich mir noch hart erarbeiten.«

»Warum hat David Bingle eigentlich auf Spanisch trainiert?«

»Aus zwei Gründen. Bingle hat ursprünglich einem alten Mann gehört, der nur Spanisch sprach, und David hat Spanisch gelernt, nachdem wir uns an Sucharbeiten nach einem Erdbeben in Südamerika beteiligt hatten. Die Sprachbarriere hat uns frustriert, und David meinte, es könnte auch für Fälle hier in Südkalifornien nützlich sein. Jedenfalls hat dieser alte Mann den Hund geliebt, aber es fiel ihm schwer, mit Bingle Schritt zu halten. Er hat David gesagt, dass ›Bocazo‹ – das war sein Name für Bingle – einen dynamischeren Partner verdient hätte.«

»*Bocazo?*«, lachte ich. »Das ist Spanisch und heißt ›Großmaul‹.«

Ben schmunzelte. »Er hat sich seinen Ruf wohl schon früh erarbeitet.«

»Und was war der zweite Grund?«

»Es war etwas, womit niemand rechnen würde. Ich meine, da kommt dieser angelsächsische College-Dozent und spricht spanisch. Wenn er Such- und Bergungsarbeiten durchgeführt oder sich auf Leichensuche begeben hat, hat das die Leute oft für ihn eingenommen. Die Menschen waren in furchtbaren Situationen – zum Beispiel während sie darauf gewartet haben, dass er ein Gebäude durchsucht, das bei einem Erdbeben in Südamerika eingestürzt ist. Obwohl Spanisch viele Dialekte hat, haben sie verstanden, was er zu dem Hund gesagt hat, und das hat ihre Angst ein bisschen gelindert. Die beiden waren wunderbare Botschafter für uns andere.«

»Es war auf jeden Fall hilfreich, dass Parrish kein Spanisch konnte.«

»Weshalb?«

Mir wurde klar, dass ich ihm nie erzählt hatte, was passiert war, nachdem ich ihn allein gelassen hatte, um den Bach zu überqueren.

Gleich nachdem ich aus den Bergen nach Hause gekommen war, hatte ich Frank alles erzählt, was dort geschehen war, aber sonst niemandem, und seitdem war ich dem Thema hartnäckig ausgewichen. Jetzt fragte ich mich, ob Frank, der mich oft bedrängt hatte, alles mit Ben zu besprechen, in der Hoffnung mit J. C. und den Hunden vorausgegangen war, dass ich genau das tun würde.

Also streng dich an, sagte ich mir. Es ist der ideale Zeitpunkt, um darüber zu reden.

»Parrish verstand kein Spanisch, daher dachte er, als ich Bingle anwies, zu Ihnen zu gehen und auf Sie aufzupassen, ich würde ihm lediglich befehlen, zu verschwinden.«

Ein einziger Satz. Ich hatte das Gefühl, keine Luft mehr zu bekommen.

»Das verstehe ich nicht«, sagte Ben. Er blieb stehen und starrte mich an. »Ihr Artikel in der Zeitung – Sie haben nicht erwähnt, dass Sie ihm noch mal so nahe gekommen sind. Es klang so, als sei er in die Falle gestolpert, die Sie ihm gestellt haben, und verletzt davongelaufen. Und als ob Sie anschließend weggerannt wären und sich versteckt und auf die Rettung gewartet hätten.«

Panik überfiel mich. In meinen Gedanken presste mir Parrish das Gesicht in den Schlamm. Ein paar Sekunden lang war es fast so, als geschähe es wieder.

»Irene!«, sagte Ben erschrocken. »Irene, was ist denn?«

»Ein andermal, okay?«, sagte ich. Ich merkte, dass ich Tränen auf dem Gesicht hatte, obwohl ich mich nicht erinnern konnte, wann ich zu weinen angefangen hatte.

Zwischen uns herrschte schon seit geraumer Zeit ein unverkrampfter Umgang mit Tränen. Frank, Jack und ich hatten die seinen sehen dürfen. Ich glaube, das traf nicht auf viele andere Menschen zu.

Als er bei uns gewohnt hatte, bekamen viele Leute zu sehen, »wie tapfer Ben ist« – obwohl ihm Kommentare dieser Art ein Gräuel waren. Ben zeigte der Welt eine entschlossene Miene. Es war kein Theater – es war eben nur nicht die ganze Palette.

Zuerst war ein fast unablässiger Strom von Besuchern gekommen – Freunde von der Universität, Kollegen, die mit ihm im KELT-Team gearbeitet hatten, und andere. Dazu kam der aufreibende Stundenplan mit Terminen zu Hause und in verschiedenen Praxen, die seine Genesung und Wiederherstellung fördern sollten – Ärzte, Krankenschwestern, seine Physiotherapeutin, sein Prothetiker, Jo Robinson. Es war Arbeit, zu lernen, die Balance zu halten und zu gehen, seinen Amputationsstumpf zu desensibilisieren, den Oberkörper zu kräftigen und einiges mehr.

Ellen Raice kam mit Projekten und Fragen und hatte manchmal Knochen dabei, die mit der Bitte um Identifizierung oder andere Bestimmungen ins Labor gebracht worden waren. Ben schien froh um die Arbeit und die Ablenkung zu sein.

Manchmal war Ben brüsk zu Ellen oder anderen Besuchern, die mich allesamt beim Gehen wissend anlächelten und sagten: »Er scheint einen schlechten Tag zu haben.« Aber sie wussten nicht, was ein schlechter Tag bei Ben wirklich bedeutete.

Zuerst war fast jeder Tag irgendwann ein schlechter Tag.

Nicht einmal Ellen bekam diese Seite von Ben zu sehen. Ben wurde die Termine und Übungen leid, die nur dazu erdacht schienen, ihn zu quälen. Ben mit entsetzlichen Schmerzen, der schwere Stürze erlitt. Der jähzornige, ungeduldige Ben. Der mutlose und bekümmerte Ben. Ben, der sich fragte, ob Frauen sich von ihm abgestoßen fühlen würden, der fürchtete, dass sein Sexualleben mit zweiunddreißig beendet und er dazu verurteilt war, ein einsames Leben zu führen. Ben, der versuchte, sich an das zu gewöhnen, was er sah, wenn er in einen großen Spiegel blickte.

In diesem Sommer verbrachte ich jede wache Stunde, in der ich nicht arbeiten musste, mit Ben. Die anderen Stunden deckten Frank und Jack ab. Ben erlaubte uns dreien, ihn von seiner verletzlichsten Seite zu sehen, aber wir waren auch die Ersten, die seine Siege miterlebten. Er war einer der hartnäckigsten Menschen, die ich je kennen gelernt habe, und wenn er Rückschläge hinnehmen musste, so ließ er sich davon nicht aufhalten.

Es war diese hartnäckige Entschlossenheit, die ich auch jetzt auf seiner Miene sah, als ich versuchte, mich wieder zu fassen.

»Ich glaube«, sagte er, »ich würde als glücklicher Mensch sterben, wenn ich Nick Parrish vor meinem Tod mit bloßen Händen ermorden könnte.«

»Das wäre es nicht wert«, erwiderte ich. »Und außerdem, wenn Sie sterben, mit wem ...«

»Mit wem können Sie dann darüber sprechen?«, ergänzte er.

Ich nickte. »Ich habe Frank davon erzählt. Ich habe ihm alles erzählt, aber Sie – Sie waren dabei.«

»Und trotzdem haben Sie nie richtig mit mir darüber geredet, oder? Wollen Sie den armen Krüppel schützen?«

»Verfluchte Scheiße, Ben«, sagte ich matt. »Sie wissen, dass das Schwachsinn ist.«

»Entschuldigung. Das hat Ihnen gerade noch gefehlt, was? Noch mehr Schelte. Sie haben Recht. Der reine Schwachsinn.

Mein Gott, kein Wunder, dass Sie nicht mit mir reden. Ich sollte eine Firma aufmachen: ›Grantige Arschlöcher GmbH‹.«

»Der Chefsessel ist natürlich schon besetzt, aber könnte ich vielleicht wenigstens Vizechefin werden? Ich kann gut mit Sachen werfen. Gibt's Büros mit Glaswänden?«

»Was reden Sie denn da?«

»Ach«, sagte ich schuldbewusst. »Ich habe Sie wohl nicht über mich auf dem Laufenden gehalten.«

»Ich habe den Eindruck, als hätten Sie mich über verdammt viel nicht auf dem Laufenden gehalten. Was soll das, Irene? Ich ziehe aus, und Sie glauben, damit höre ich auf, mich für Sie und Frank und Jack zu interessieren?«

»Sie wollten von sich aus weg. Warum sollte ich Sie damit belasten –«

»Mich belasten! *Sie* wollen *mich* belasten? Mann, das ist ja ein Witz!«

Ich sagte nichts.

»Erzählen Sie mir, was in der Arbeit passiert ist«, bat er.

Ich erzählte ihm von meinem Monitorwurf in Wrigleys Büro. Mir war nicht wohl dabei, da ich fürchtete, ihm werde gleich mulmig werden, weil man ihn am Strand mit einer Verrückten allein gelassen hatte. Doch er reagierte ganz anders.

»Mein Gott«, sagte er und sah mich derart betroffen an, dass meine Tränen schon wieder zu fließen drohten. »Sie haben wirklich harte Zeiten durchgemacht, was?«

»Ein bisschen«, sagte ich.

Er lachte.

»Ja, harte Zeiten«, gab ich zu.

»Ich komme mir vor wie ein egoistisches Schwein!«

»Nicht«, widersprach ich entschieden.

Er sagte nichts mehr, doch ich sah ihm an, dass er wütend war. Auf sich selbst, auf mich – ich weiß nicht, wer sonst noch auf der Liste stand.

Mittlerweile waren Frank und J. C. wieder zu uns gestoßen.

Frank sah mich nur einmal an und legte dann den Arm um mich. Ich erwiderte die Geste. Ben ignorierte mich standhaft, und da Frank die Spannung zwischen uns spürte, ließ er Ben und J. C. mit den Hunden vorausgehen.

»Alles okay?«, fragte er mich.

Ich nickte. »Ein langer Tag, weiter nichts.«

Er schnaubte einmal ungläubig, drängte mich aber nicht dazu, auf der Stelle mein Innerstes zu entblößen. Ich war ihm dankbar dafür.

Am Ende des Plankenwegs halfen wir Ben wieder über den Sand zur Treppe zurück, doch diesmal wirkte er verlegen. Wir ließen die Hunde vorausgehen, dann folgten J. C. und Ben. Als wir oben an der Treppe anlangten, beobachteten J. C. und Ben Bingle, der den Kopf hob und schnaubende Laute von sich gab. Die anderen Hunde versuchten seinem Beispiel zu folgen. Er blickte mit nach vorn gelegten Ohren zu Ben zurück und bellte.

»Mein Gott«, sagte Ben. »Er schlägt Alarm.«

»Sprechen Sie mit ihm«, riet ich und umfasste Frank fester.

Ich war beeindruckt. Ben gab fehlerlos eine Reihe von Ermunterungen auf Spanisch von sich. Dann machte er eine Geste und sagte *»¡Búscalo!«* Bingle konzentrierte sich ebenso intensiv auf Ben wie früher auf David, raste dann schnurstracks mit erhobenem Kopf die Straße hinab und schnupperte.

Ein paar Häuser vor unserem begann Bingle erneut zu bellen. Er wartete auf Ben, jaulte und schlich näher an den Van heran, ging dann aber an ihm vorbei und trottete eilig auf unsere Veranda.

»O nein«, sagte ich. »Bitte nicht.«

J. C. sagte: »Sieht aus, als hätte Ihnen jemand Rosen geschickt.«

»Spät am Tag für eine Blumenlieferung«, meinte Frank.

Doch es lag tatsächlich eine lange, goldene Schachtel mit einer roten Schleife auf den Stufen.

»Alles zurücktreten«, verlangte Frank plötzlich. »Ben, rufen Sie den Hund –!«

Doch Bingle hatte bereits die Pfoten auf die Schachtel gelegt, und sie rollte die Stufen herunter und ging auf. Zehn langstielige Rosen fielen heraus – und zwei lange, dunkle Knochen.

Wir standen alle wie gelähmt da, bis Frank unsere Hunde rief, die offenbar glaubten, Bingle hätte einen sagenhaften Fund gemacht, und nun näher kamen, um zu schauen, ob er ihn mit ihnen teilen würde. Als sie den unerwartet scharfen Unterton in Franks Stimme hörten, kamen sie sofort an seine Seite getrottet.

Ben rief Bingle und versäumte nicht, ihn auf Spanisch zu loben. Ohne auch nur einen Schritt näher an die Knochen heranzutreten, sagte er zu uns: »Femora.«

»Beinknochen?«, fragte ich matt, doch ich wusste die Antwort bereits. Auf einmal hatte ich das Gefühl, mich auf meine eigenen nicht mehr verlassen zu können.

43

Mittwoch morgen, 13. September
Las Piernas

»Die Knochen stammten von der Empfangsdame?«, fragte Jo Robinson bei meinem Termin am nächsten Morgen.

»Das liegt nahe, aber sie … die Knochen wurden verändert. Teile ihrer Beine fehlen immer noch, und diese Knochen waren nicht einmal ganze Oberschenkelknochen. Jemand hat an ihnen herumgeschnitzt. Ben kennt jemanden, der darauf spezialisiert ist, Werkzeugspuren an Knochen zu identifizieren, und der sie untersuchen wird, aber fürs Erste glaubt er, dass es eine Motorsäge gewesen sein könnte. Sie nehmen DNS-Tests vor, um sicherzugehen, dass die Knochen von der Empfangsdame stammen. Das dauert eine Weile.«

»Sie wirken jetzt recht gefasst in Bezug darauf.«

»Reines Theater.«

Sie lächelte.

»Ich dachte, das wüssten Sie.«

Sie lächelte weiter, sagte aber: »Ich bin keine Gedankenleserin. Sagen Sie mir doch, wie Sie in Wirklichkeit reagiert haben.«

»Zuerst mit Angst. Aber jetzt bin ich nur noch wütend. Nein, das stimmt nicht. Ich bin wütend und verängstigt zugleich.«

»Was glauben Sie, was er damit bezweckt hat?«

»Mir Angst einzujagen. Mir mitzuteilen, dass er weiß, wo ich wohne, mir zu sagen, dass er in der Nähe ist. Er hat es geschafft – ich habe Angst. Noch mehr Angst.«

Ich erwog, ihr noch mehr zu erzählen, aber ich wollte wieder zu arbeiten anfangen und war überzeugt davon, dass sie mir nie grünes Licht geben würde, wenn ich ihr alles erzählte. Wenn ich wieder zur Arbeit ginge und viel zu tun hätte, hätte ich nicht so viel Zeit, um mich in Erinnerungen an Menschen zu vertiefen, die in kleinen Fetzen auf einer Wiese lagen, oder an Fotos in Gräbern.

»Ich glaube, die meisten Menschen hätten Angst, wenn sie Beinknochen in einer Schachtel auf ihrer Veranda finden würden«, sagte sie. »Was tun Sie jetzt?«

»Tun?«

»Um Ihre persönliche Sicherheit zu gewährleisten.«

»Oh. Das ist das andere Problem. Frank hat einen Plan ausgearbeitet, damit ich nie allein bin. Wenn er nicht bei mir sein kann, ist jemand anders da. Unser Freund Jack sitzt in Ihrem Wartezimmer, während wir uns unterhalten.«

»Kommt Ihnen das angesichts der Umstände übertrieben vor?«

»Nein, aber ich habe miterlebt, wie Parrish in genau drei Minuten sieben Männer erledigt hat, also tröstet mich das auch nicht.«

»Ist es das, was Sie daran belastet?«

Über diese Frage musste ich nicht lange nachdenken. »Nein. Es belastet mich, weil es einengend ist.«

Ich muss zugeben, dass sie sehr geschickt war. Sie schaffte es, mich dazu zu bringen, dass ich über meine Angst vor engen Räumen sprach, und irgendwie führte das zu einem Gespräch über den Aufenthalt in einem Zelt, was wiederum zu einem Austausch über die Exkursion und die Ereignisse dabei führte.

Jack musste lange warten.

Nach einer Weile fragte sie: »Bevor Sie zu dieser Exkursion aufgebrochen sind, war Ihnen in den Bergen mulmig zumute. Sie neigen zu Klaustrophobie, und doch haben Sie sich freiwillig einer Gruppe angeschlossen, die mehrere Tage in Zelten übernachten würde. Detective Thompson – so hieß er doch?«

»Ja.«

»Detective Thompson war schon mehrmals unfreundlich zu Ihnen gewesen, und doch haben Sie beschlossen, sich der Exkursion unter seiner Leitung anzuschließen.«

»Ja.«

»Warum?«

»Ich hatte kein Mitspracherecht dabei, wer sie leiten sollte.«

»Warum haben Sie eingewilligt, an diesem Marsch in die Berge teilzunehmen?«

Ich zuckte mit den Achseln. »Was soll ich sagen? Ich bin eben Masochistin.«

Sie wartete.

»Ich bin wegen der Arbeit mitgegangen«, sagte ich gereizt. »Es war eine gute Gelegenheit für die Zeitung.«

Sie wartete immer noch.

»Meine Stunde ist schon lange vorbei«, sagte ich und griff nach meiner Tasche.

»Warum sind Sie mitgegangen?«, wiederholte sie stur.

»Julia Sayre!«, fauchte ich.

Sie reagierte nicht.

Ich stellte meine Tasche wieder ab. »Nein, eigentlich nicht

wegen Julia. Wegen ihrer Tochter und ihres Mannes und ihres Sohnes. Jahrelang haben sie sich gefragt, was ihr zugestoßen ist. Ich habe versucht, ihnen dabei zu helfen, die Fragen nach ihrem Verschwinden zu beantworten.«

»Eine gute Absicht.«

»Zu einem verdammt hohen Preis.«

»Ja, aber Sie haben diesen Preis nicht bestimmt, oder?«

»Nein.«

»Im Grunde hat es Sie mehr gekostet, als Sie erwartet hatten.«

Ich schüttelte den Kopf. »Andere Leute haben wesentlich mehr bezahlt.«

»Was können Sie dagegen tun?«

»Nichts.«

»Haben Sie mit Angehörigen der Männer gesprochen, die mit Ihnen dort hinaufgezogen sind?«

»Mein Gott, nein.« Ich merkte, wie ich rot anlief. »Nein. Ich fühle mich zwar schrecklich dabei, aber wenn ich mir vorstelle, diesen Leuten gegenüberzutreten ...«

»Was könnte passieren?«

»Ich weiß es nicht. Sie könnten fragen – gleich als ich zurückgekommen bin, hat Gillian nach ihrer Mutter gefragt. Ich konnte ihr nichts sagen. Ich kann nicht – ich kann nicht über das sprechen, was ich gesehen habe. Nicht mit den Angehörigen. Noch nicht.«

Sie schenkte ein Glas Wasser ein und reichte es mir. Dann wartete sie ab, bis ich mich etwas beruhigt hatte.

»Sie haben mit Gillian gesprochen, bevor die Leiche ihrer Mutter für die Familie freigegeben wurde?«

»Ja.«

»Aber inzwischen haben die Familien die Beerdigungen hinter sich, stimmt's?«

Ich nickte.

»Ich bezweifle zwar, dass sie derartige Fragen haben werden, aber wenn sie fragen«, meinte sie, »und Sie ihnen höflich erklären, dass Sie momentan lieber nicht darüber reden würden –?«

»Dann sind sie trotzdem wütend, selbst wenn das Thema nie zur Sprache kommt. Sie müssen mich hassen.«

»Weil Sie überlebt haben?«

»Ja. Und weil das Medieninteresse vermutlich einer der Gründe dafür war, dass Parrish sämtliche Männer umgebracht hat. Sie sehen die einzige Reporterin vor sich, die dort hinaufmarschiert ist.«

»Sind Sie dort hinaufmarschiert, um Parrish zu glorifizieren?«

»Nein. Vermutlich könnte man jegliches Medieninteresse als Glorifizierung seiner Person betrachten, aber das war nicht meine Absicht.«

»Sie glauben also, die Angehörigen müssten wütend auf Sie sein, weil er versucht hat, Sie für andere Zwecke als Ihre eigenen zu missbrauchen?«

»Ja.«

»Wirklich?«

»Menschen sind nicht immer logisch. Sie sehen mich als Reporterin. Manchmal glaube ich, es wäre einfacher, den Leuten zu sagen, ich sei Steuerprüferin.«

»Haben Sie irgendwelche Belege dafür, dass diese spezielle Gruppe von Menschen – die Angehörigen der Opfer – Sie unfair behandeln wird?«

»Nein«, gab ich zu.

»Vielleicht sollten Sie erst herausfinden, was sie denken. Besuchen Sie einen oder zwei von ihnen. Sie haben doch diese kleine Schnitzarbeit, die Sie Dukes Enkel geben wollen?«

»Ja«, antwortete ich, voller Schuldgefühle, weil ich sie Dukes Witwe noch nicht gebracht hatte.

Kurz bevor ich Jo Robinsons Sprechzimmer verließ, sagte ich: »Ich möchte wieder arbeiten.«

»Ich glaube, Sie werden recht bald dazu in der Lage sein.«

»Ich meine diese Woche.«

»Bald«, sagte sie. »Probieren Sie mal etwas Neues aus – haben Sie Geduld mit sich selbst.«

Sie besaß die Macht, mich so lange sie wollte von meinem Job beim *Express* fern zu halten. Das machte mich ziemlich wütend, und sie konnte es mir zweifellos vom Gesicht ablesen. Sie musterte mich weiterhin ruhig.

Ich fragte mich, ob eine Reporterin, die einen großen Gegenstand durch die Glaswand des Büros ihres Chefs geworfen hatte, bei einer anderen Zeitung eine Stelle bekäme. Ich fragte mich, ob ich bei meinem Freund und ehemaligen Chef, dem Besitzer der PR-Agentur, bei der ich vor ein paar Jahren aufgehört hatte, anfragen sollte, ob mein alter Job noch zu haben war. Ich wusste, dass er mich einstellen würde, doch die Vorstellung, für den Rest meines Lebens fröhliche, muntere Texte verfassen zu müssen, deprimierte mich nachhaltig.

Stattdessen machte ich meine Hausaufgaben.

Zwei Tage später machte ich den letzten meiner Besuche bei den Witwen und Angehörigen der Polizisten, die in den Bergen ums Leben gekommen waren. Ich war erschöpft. Niemand hatte nach Leichenteilen gefragt. Niemand hatte es versäumt, mich willkommen zu heißen. Alle hatten mir dafür gedankt, dass ich mir die Zeit genommen hatte, vorbeizukommen. An jeder Station waren viele Tränen geflossen.

Dukes Witwe dankte mir überschwänglich für das kleine Holzpferdchen und wollte keine Entschuldigung für die verspätete Übergabe hören. Und genauso war es bei allen – zahlreiche Umarmungen, einiger Kummer, aber keine Vorwürfe. Sämtliche Wut, sämtliche Schuldzuweisungen konzentrierten sich auf Nicholas Parrish.

Den letzten Besuch hatte ich bei den Eltern von Flash Burden gemacht, dem jüngsten der Männer, die in den Bergen umgekommen waren. Sie hatten die Habseligkeiten ihres Sohnes aus dessen Wohnung geholt und zeigten mir nun, Kiste für Kiste, die Preise, die er gewonnen hatte – in erster Linie für Fotografie, aber es gab auch eine Kiste mit Hockey-Trophäen. Stolz führten sie mich in einen Raum, der als Galerie für seine Fotos diente. Darunter waren sagenhafte Naturfotos, aber auch Momentaufnahmen großstädtischen Lebens, die bewiesen, dass er einen scharfen Blick und viel Humor hatte. Frank hatte mir gesagt, dass er Flash gemocht und gern mit ihm gearbeitet hatte, aber fände, dass er sein Talent bei der Polizeiarbeit verschwendete. Als ich die Fotos sah, musste ich ihm zustimmen und ertappte mich bei dem Wunsch, dass Flash nie mit uns in die Berge gezogen wäre.

Während ich dies dachte, sagte seine Mutter: »Das waren natürlich nicht seine Lieblingsbilder. Er war am glücklichsten, wenn eines seiner Fotos dazu beigetragen hat, ein Verbrechen aufzuklären oder einen Kriminellen zu fassen.«

Ich bereute keinen dieser Besuche, aber emotional gesehen war jeder einzelne ein schwerer Gang, begleitet von Kummer und Leid, schrecklichen Erinnerungen und entgangenen Gelegenheiten. Jeder erneuerte meine Wut auf Parrish, machte mir aber auch bewusst, wie sehr ich ihn fürchtete. Als ich mich von den Burdens verabschiedet hatte und wieder hinaus zum Van ging, war ich ein bisschen wacklig auf den Beinen und hoffte, Jack würde nichts bemerken.

Ich traf ihn dabei an, wie er gerade den Kühlschrank des Vans putzte.

»Das geheime Leben der Millionäre«, sagte ich.

Er warf einen Blick auf mein Gesicht und legte mir den Arm um die Schultern.

»Tut mir Leid, dass ich dich hier draußen so lange warten lasse«, sagte ich, als ich wieder sprechen konnte. »Es wäre dir bestimmt lieber, du hättest dich nicht darauf eingelassen.«

»Schwere Aufgabe, was?«

Ich war nicht bereit, darüber zu reden, und so wechselte ich das Thema. »Was hat dich denn geritten, dass du anfängst, den Kühlschrank zu putzen?«

Er rümpfte die Nase. »Irgendwie hängt ein komischer Geruch im Van.«

Meine Augen weiteten sich. »Du riechst es auch?«

»Nicht besonders stark und auch nicht andauernd, aber ja – irgendetwas Seltsames. Es stört mich nicht übermäßig, aber … hey, warum weinst du denn?«

Und so erzählte ich ihm, wie ich nach meinem Besuch im Kartenladen Knochen gerochen hatte. Das führte dazu, dass ich ihm erzählte, wie ich mir einbildete, immer wieder Parrish zu sehen. »Mein Gott, ich habe mir sogar ein Auto zusammenfantasiert, in dem er herumfährt!«

Er reichte mir ein Päckchen Kleenex. Ich brauchte sie allesamt auf. Als ich mich ein bisschen beruhigt hatte, fragte er: »Hast du das Frank erzählt?«

Ich schüttelte den Kopf. »Er macht sich so schon genug Sorgen. Er braucht sich nicht auch noch den Kopf darüber zu zerbrechen, ob die Klapsmühle die Visa-Card akzeptiert.«

»Also, ich glaube jedenfalls nicht, dass du verrückt bist.«

Ich erwiderte nichts.

»Wie riechen Knochen eigentlich?«, fragte er.

»Es ist ein schwacher trocken-süßlicher Geruch. Ich kann ihn nur wahrnehmen, wenn die Knochen das sind, was Ben ›fettig‹ nennt.«

»Weißt du das von den Gräbern oben in den Bergen?«

»Nein. Das waren ja nicht nur Skelette – da war Adipocire und anderes Gewebe dabei und außerdem ein geradezu betäubender Verwesungsgeruch. Aber ich habe Ben an einem Tag, als sie mit Knochen gearbeitet haben, in seinem Labor an der Uni besucht.«

»Ich habe etwas gerochen, das eine Art süßlichen, wachsartigen Geruch ausströmt. Riechen Knochen so?«

»Man könnte es wohl so beschreiben.«

»Dann lass uns mal den Van durchsuchen.«

Ich zögerte und blickte zum Haus der Burdens zurück. »Fahren wir ein Stück von hier weg, einverstanden? Ich möchte die beiden nicht verstören, falls wir etwas finden.«

Mit breitem Grinsen erklomm er den Fahrersitz. Als ich mich auf den Beifahrersitz schwang, fragte ich: »Was ist denn so lustig?«

»Lustig ist gar nichts – ich freue mich nur, weil ich dich endlich davon überzeugt habe, dass es auch das Produkt von etwas anderem als deiner Einbildung sein kann, sonst würdest du nämlich nicht verlangen, dass wir ein Stück weit wegfahren.«

»Sei dir da nicht so sicher«, warnte ich ihn. Ich sah in den Spiegel an der Sonnenblende. Das Schaurigste im ganzen Wagen musste mein Gesicht sein – geschwollene Augen und knallrote Nase. Den Blick noch auf den Spiegel gerichtet, machte ich das Handschuhfach auf und griff nach meiner Sonnenbrille.

Meine Hand fasste in ein Häufchen kleiner Gegenstände, noch bevor mir der Geruch in die Nase stieg.

Ich schrie auf.

Jack trat auf die Bremse.

Kleine Knöchelchen fielen aus dem Handschuhfach, auf meinen Rock, meine Füße, überallhin.

44

MITTWOCH ABEND, 13. SEPTEMBER
Las Piernas

»Im Handschuhfach«, sagte ich. »Ich hätte es wissen müssen.«

Ich war zu Hause und saß auf der Couch, fest gehalten von meinem Mann. Er strich mir übers Haar. Vielleicht würde ich doch nicht wieder arbeiten gehen, dachte ich. Vielleicht würde ich einfach zu Hause bleiben und darauf warten, dass Frank von der Arbeit käme und mir übers Haar streichen würde. Ich seufzte. Unwahrscheinlich.

Ich hatte die Tür des Wagens geöffnet und war auf die Straße gesprungen, während sich ein Regen von kleinen, glatten Knochen um mich herum ergoss. Nachdem er es geschafft hatte, meinen hysterischen Anfall ein wenig zu dämpfen, hatte Jack von seinem Handy aus Frank angerufen.

Der Van wurde von der Polizei beschlagnahmt, um die Fingerabdrücke sicherzustellen, die Nick Parrish demonstrativ hinterlassen hatte, und um die restlichen Knöchelchen der Zehen und Finger einer Unbekannten aufzusammeln.

Auf der Polizeiwache tauchte Ben auf, im Schlepptau Jo Robinson. Ich weiß nicht, wer ihn angerufen hatte, jedenfalls hatte er Jo verständigt. Mein Ärger darüber hielt nicht lange an.

Schließlich sprach ich mit ihr über sich in Luft auflösende Parrishs und erfuhr, dass Leute, die überfallen worden sind, häufig das Gefühl haben, ihren Angreifer zu »sehen«, vor allem in der Öffentlichkeit oder wenn sie unter Stress stehen.

Als ich nicht mehr zitterte, vereinbarten wir einen Termin für den nächsten Tag. Zum ersten Mal freute ich mich darauf.

Die Polizei überprüfte Daten über gestohlene dunkelgrüne Honda Accords und hoffte, die Identität der unbekannten Toten ermitteln zu können.

Als Frank nicht gleich weg konnte, erklärte Ben sich bereit, Jack und mich nach Hause zu bringen.

Während ich noch überlegte, wie ich Travis die Neuigkeit über den Van beibringen sollte, fragte ich Ben, warum es so lange dauerte, zehn Finger und zehn Zehen aufzusammeln. »Zehn? An jedem Fuß sind vierzehn Glieder nötig, um die Zehen zu bilden – und das sind nur die Zehen, wohlgemerkt, nicht der ganze Fuß. An jeder Hand gibt es vierzehn Fingerglieder. Das sind sechsundfünfzig Knochen, wenn wir sie alle intakt finden.«

In dem Bemühen, mich in bessere Stimmung zu bringen, erzählte Ben, dass er mit zweiundvierzig auskam, was mich tatsächlich vom Nachgrübeln über die Fingerknöchelchen der Unbekannten ablenkte und darüber nachdenken ließ, was für eine Arbeit diese Finger wohl verrichtet und ob sie je eine Katze gestreichelt, einen Geliebten berührt oder etwas so Fragiles, wie sie selbst es waren, gehalten hatten.

Ben und der Unbekannten zuliebe ließ ich meine Wut auf Nick Parrish ein bisschen mehr von meiner Angst vor ihm auffressen. Doch im Laufe des Abends gab sogar die Wut der Erschöpfung nach. Ich war eingeschlafen, als Frank nach Hause kam, wachte aber auf, um mit ihm zu reden, während er sich ein spätes Abendessen zubereitete. Hinterher kuschelten wir uns aufs Sofa.

»Du weißt, dass du mit mir reden kannst«, sagte er.

»Ja.«

»Entschuldige. Keine Rügen mehr.«

»Dafür habe ich eine Rüge verdient.«

»Nein«, widersprach er und zog mich enger an sich. »Nein.«

In anderer Hinsicht wurde daraus schließlich ein klares Ja.

Danach schliefen wir, einen festen, tiefen und erquickenden Schlaf, der die ganze Nacht hindurch anhielt.

»Sie sehen heute gut aus«, sagte Jo Robinson.

»Besser geschlafen«, erklärte ich, während ich eine gewisse Schläue in ihrem Lächeln las.

Am Ende der Sitzung sagte sie: »Ihre Besuche bei den Familien der getöteten Männer scheinen gut verlaufen zu sein. Besser, als Sie erwartet haben?«

»Viel besser.«

»Haben Sie versucht, Officer Houghton anzurufen?«

»Jim Houghton ist der einzige Überlebende, den ich einfach nicht ausfindig machen kann. Er hat den Dienst bei der Polizei quittiert und den Staat verlassen. Aber eine Freundin von mir, die Privatdetektivin ist, versucht, ihn zu finden.«

»Sie haben sich alle Mühe gegeben. Ich hoffe, es klappt. Aber in der Zwischenzeit sollten Sie vielleicht versuchen, noch einmal mit den Sayres zu sprechen.«

Ich gewann den Kampf gegen den Impuls zu widersprechen. »Lassen Sie mich wieder in die Arbeit gehen, wenn ich es tue?«

»Hmm. Sie wollen einen Handel abschließen, stimmt's?«

»Ja.«

»Tut mir Leid, so läuft das nicht.«

Ich musterte meine Hände.

»Jedenfalls«, fuhr sie fort, »wollte ich Ihnen unabhängig von irgendeinem Handel, den Sie sich vorgestellt haben, eine allmähliche Rückkehr in die Arbeit vorschlagen.«

»Allmählich? Was heißt das?«

»Teilzeit.«

»Ich bin mir nicht sicher, ob der *Express* damit einverstanden sein wird.«

»Überlassen Sie das mir. Und ich möchte, dass Sie bis zum nächsten Mal über Parzival nachdenken.«

»Parzival?«

»Ja. Was glauben Sie, weshalb Sie die Geschichte von Parzival gewählt haben?«

»Ben hat nach ihr gefragt. Ich habe sie in Fortsetzungen erzählt.«

»Nein, ich wollte wissen, warum Sie sie beim ersten Mal gewählt haben.«

»In den Bergen?«

»Ja.«

»Ich weiß nicht. Weil ich sie kurz zuvor gelesen habe, vermutlich.«

Sie wartete, doch diesmal wartete sie umsonst.

»Denken Sie ein bisschen darüber nach«, bat sie.

»Okay«, sagte ich und erhob mich.

»Nicht so schnell – was die Sayres angeht …«

Ich versuchte zuerst Gillian anzurufen, da sie versucht hatte, Kontakt zu mir aufzunehmen, aber sie hatte keine Nummer hinterlassen, als sie mit Frank gesprochen hatte, und die, die ich von ihr hatte, war abgemeldet. Bei der Boutique, in der sie arbeitete, hatte ich auch kein Glück.

»Die Medien, Mann«, sagte der Besitzer.

»Die Medien?«

»Ja, sie ist nicht mehr zur Arbeit gekommen, nachdem diese ganzen Typen in den Bergen gekillt worden sind. Wissen Sie, die Leutchen, die nach ihrer alten Dame gesucht haben? Also hat sie mich irgendwann angerufen und gesagt, sie kommt nicht mehr und sucht sich auch 'ne neue Bude, weil die Medien sie wahnsinnig machen, wissen Sie? Andauernd wollten sie sie interviewen und so'n Scheiß, wissen Sie?«

Ja, wusste ich.

Ich rief Mark Baker beim *Express* an und fragte ihn, ob er Kontakt zur Familie Sayre gehabt hatte, seit Julias Leiche gefunden worden war.

»Gillian habe ich einmal gesehen, ein paar Wochen danach«, antwortete Mark. »Ich habe den Besitzer des Ladens, in dem sie gearbeitet hat, gebeten, mich zu verständigen, wenn sie anruft und einen Termin ausmacht, um ihr restliches Gehalt abzuholen. Ich war nicht der Einzige – der Typ muss – vermutlich in der Hoffnung auf Gratis-Werbung – die halbe Presse in der Gegend angerufen haben. Sie ist vor dem Laden auf die ganzen Reporter gestoßen und hat gesagt, sie wünschte, wir würden ebenso intensiv nach Nick Parrish suchen, wie wir nach ihr gesucht hatten. Und das war's dann.«

Obwohl ich auf meinen jüngsten Negativrekord mit Fahrzeugen hinwies, lieh mir Ben seinen Jeep Cherokee und sagte, er werde in der Zwischenzeit Davids Pickup nehmen. Jack fuhr. Beinahe wären wir am großzügigen Haus der Sayres vorbeigefahren. Früher war es grau-weiß gewesen. Seit ich es das letzte Mal gesehen hatte, war es pfirsichfarben getüncht worden.

Ich dachte zurück. Das war gewesen, kurz nachdem mir Gillian gesagt hatte, dass Parrish in dieser Straße gewohnt hatte. Ich hatte einen fruchtlosen Tag damit verbracht, die Nachbarn zu befragen – die einen hatten erklärt, er sei freundlich, aber reserviert gewesen, und die anderen behaupteten, ihn schon immer für einen merkwürdigen Vogel gehalten zu haben. Niemand aus dieser letzteren Gruppe konnte mir sagen, warum, was mich zu der Annahme veranlasste, dass sie von dem beeinflusst waren, was sie inzwischen über ihn gelesen hatten. Niemand im ganzen Viertel wusste Näheres über Nick Parrish oder vermochte zu sagen, wohin er als Nächstes gezogen oder was aus seiner Schwester geworden war.

Im ersten Jahr nach Julias Verschwinden hatten die Sayres und ich uns relativ oft getroffen. Ich hatte Jason kennen gelernt und Giles' Mutter, eine Frau, die eindeutig nicht dafür gerüstet war, es mit einem rebellischen Teenager wie Gillian aufzunehmen. Schockiert musste ich feststellen, dass ich, obwohl ich Gillian seitdem des Öfteren gesehen und auch ihren Vater ein paar Mal getroffen hatte, nie wieder mit ihrem Bruder oder ihrer Großmutter gesprochen hatte.

Vor Monaten, als Parrish gerade angeboten hatte, die Polizei zu Julia Sayres Grab zu führen, hatte ich Giles in der Firma aufgesucht, die ihm gehörte. Sowie ich angekommen war, sagte er: »Er hat ihnen gesagt, wo sie Julia finden können, stimmt's?«

In der Abgeschiedenheit seines Büros berichtete ich ihm, was ich wusste. Er nahm es gefasst auf, fragte aber: »Besteht die Möglichkeit, dass er lügt? Die Möglichkeit, dass sie es nicht ist?«

Ja, natürlich bestand diese Möglichkeit, sagte ich, da ich diese Art der Verdrängung schon öfter erlebt hatte. Er bat mich, ihn auf dem Laufenden zu halten.

»Haben Sie es Gillian schon gesagt?«, wollte er wissen.

Bestürzt erwiderte ich: »Nein, ich dachte, das überlasse ich ihrem Vater.«

Er rutschte nervös herum.

»Sie hat mir erzählt, dass Parrish früher in Ihrer Straße gewohnt hat«, sagte ich.

»Ja?«, sagte er geistesabwesend. »Ich weiß nicht. Ich habe nie auf die Nachbarn geachtet. Die Polizei hat auch danach gefragt. Vermutlich konnten sie damit Druck auf ihn ausüben.«

»Kannte Parrish Julia?«

»Ich glaube nicht«, antwortete er stirnrunzelnd.

»Sie hat Ihnen gegenüber nie erwähnt, dass jemand sie anstarrt?«

»Vielleicht schon«, räumte er unentschlossen ein. »Hören Sie, Gilly hat zur Zeit nicht viel Kontakt zu uns. Ich glaube, sie würde diese Neuigkeit lieber von Ihnen hören.«

Widerwillig erklärte ich mich bereit, es ihr mitzuteilen.

Doch Gillian hatte mir in ihrer üblichen Art nichts von ihren Gefühlen offenbart. Sie fragte nur: »Haben Sie es meinem Dad schon gesagt?«

Ich bejahte.

»Er befasst sich nicht gern mit unangenehmen Dingen. War er derjenige, der Sie gebeten hat, es mir zu sagen?«

»Ja.«

Sie lächelte, alles andere als heiter, sondern in dieser verkniffenen Art, wie jemand lächelt, wenn er in einem Punkt Recht hat, in dem er nicht Recht haben will.

»Sie gehen mit, oder?«, fragte sie. »Um herauszufinden, ob die Frau in dem Grab meine Mutter ist?«

In genau einer Minute hatte sie den Widerstand gebrochen, den weder der Staatsanwalt noch meine Chefs hatten brechen können.

Ich drückte die Klingel am Haus der Sayres. Zu meinem Erstaunen spielte sie jetzt »Dixie«. Ich hörte, wie jemand die Treppe herunterpolterte und rief: »Ich geh schon!«

Jason riss die Tür auf, stutzte und setzte dann einen mürrischen Blick auf. Seine Haare waren jetzt ziemlich kurz geschnitten und in einer Mischung aus Schwarz und Blond gefärbt. Er trug ein langes, weites T-Shirt und extrem weite Hosen. »Ach, Sie sind's«, sagte er, wobei man ihm den Stimmbruch anhörte.

»Jason, Liebes?«, rief jemand von oben. Eine Stimme, die zu jung war, um seiner Großmutter zu gehören.

Jason verdrehte die Augen. Er war jetzt dreizehn und wesentlich größer.

Auf einmal traf er eine plötzliche Entscheidung, zog rasch die Tür hinter sich zu und sagte zu mir: »Fahren wir los.«

»Wohin denn?«, fragte ich verblüfft.

»Fahren Sie einfach!«, drängte er mit einer Stimme, die halb Mann, halb Junge war. Er verließ die Veranda. »Ist das Ihr Jeep?«

»Ich benutze ihn, aber –«

Er blieb unvermittelt stehen, als er Jack auf dem Fahrersitz sah. »Wer ist das?«

»Ein Freund von mir.«

»Wirklich?«

»Wirklich.«

»Sieht ziemlich alt aus, aber cool«, meinte er und ging weiter auf den Jeep zu.

»Das ist alles relativ«, erwiderte ich. »Das mit dem Alter, meine ich. Hör mal, Jason –«

»Jason!«, kreischte jemand aus einem Fenster im ersten Stock.

»Ach du Scheiße!«, sagte er, warf einen Blick zum Haus zurück und rannte dann auf den Jeep zu.

»Wer ist das?«, fragte ich, während ich versuchte, mit ihm Schritt zu halten.

»Jason!«, kreischte die Stimme erneut.

Er riss die rechte hintere Tür auf und stieg in den Jeep. »Hey, Typ!«, sagte er zu Jack. »Bringen Sie mich weg von hier!«

»Dreh den Schlüssel gar nicht erst um, Jack«, protestierte ich. »Wir fahren nirgends hin, bevor er mir sagt, wer diese Mänade ist.«

»Was ist eine Mänade?«

»Das erkläre ich dir, sobald du mir sagst, wer die Person ist, die gerade aus der Haustür kommt«, sagte ich und zeigte auf eine schick gekleidete, dünne blonde Frau Mitte Fünfzig, deren unübersehbare Bemühungen, die Uhr zurückzudrehen, rein gar nichts gefruchtet hatten.

»Das«, antwortete Jason grimmig, »ist Mrs. Sayre.«

45

DONNERSTAG NACHMITTAG, 14. SEPTEMBER
Las Piernas

»Jason, willst du deinen Vater ins Grab bringen?«, rief die neue Mrs. Sayre.

Jasons Rücken wurde steif.

Ohne dies zu bemerken, fuhr sie fort. »Weißt du, was er sagen würde, wenn er wüsste, dass du zu Wildfremden in einen Jeep steigst?« Sie hielt etwas Abstand zu uns und beäugte missbilligend Jacks vernarbtes Gesicht, seine Lederkluft, den Ohrring und die Tätowierungen.

»Das sind keine Fremden«, protestierte Jason. »Das ist Irene Kelly von der Zeitung.«

»Und was hat er dazu gesagt, mit Reportern zu reden?«, fragte sie. »Steig auf der Stelle aus diesem Jeep! Wenn dein Daddy nach Hause kommt, versohlt er dir deinen frechen, kleinen Hintern!«

Er fasste an seine Gesäßtasche, nicht um sich zu schützen, sondern um einen flachen schwarzen Gegenstand herauszuziehen. Er drehte das Handgelenk, und da sah ich, dass es ein Handy war. Ein dreizehnjähriger Junge mit einem Handy – aber in dem noblen Viertel, wo die Sayres wohnten, hatte vermutlich jedes Kind eines, sobald es alt genug war, um eine Tastatur zu entziffern.

»Mal sehen, was mein Dad sagt«, erklärte Jason und drückte eine Taste.

»Ja, allerdings!«, sagte seine Stiefmutter, die sich ihrer Sache sicher war.

»Hallo, hier ist Jason«, sagte er in das Telefon. »Kann ich bitte meinen Dad sprechen?«

»Bessere Manieren, wenn du mit seiner Sekretärin sprichst, wie ich sehe«, beklagte sich Mrs. Sayre.

»Du musst es ja wissen«, höhnte er, was sie rot anlaufen ließ. In freundlicherem Ton sagte er in das Telefon: »Hallo, Dad, hier ist Jason. Ms. Kelly ist vorbeigekommen, um mit mir zu sprechen, und Du-weißt-schon-wer macht Probleme.«

Er sah zu mir herüber, während er lauschte, zuerst mit beklommener Miene, doch dann lächelte er. Er hielt das Telefon seiner Stiefmutter hin, die es ihm aus der Hand riss.

»Giles, wenn du meine Autorität bei dem Jungen ständig unterminierst –« Sie verstummte und musterte mich. »Und wie hätte ich das bitte riechen sollen? Ich sehe zwei Fremde, die deinen Sohn in ein Auto locken und von denen einer wie ein Hell's Angel aussieht –«

Sie lauschte erneut, und ihre Miene wurde finster. Sie hielt sich das Telefon vom Ohr weg, während Giles weiter redete, und drückte die Aus-Taste. Dann klappte sie das Handy zu und warf es reichlich achtlos Jason zu, der es gerade noch auffangen konnte.

»Mrs. Sayre –«, sagte ich, und der Name klang mir seltsam in den Ohren, doch sie hatte bereits auf dem Absatz kehrtgemacht und ging wieder auf die Veranda zu.

An der Tür wandte sie sich um und rief: »Falls Sie ihn entführen wollen, können Sie sich die Lösegeldforderung sparen.« Dann knallte sie die Tür zu.

»Können wir jetzt fahren?«, fragte Jason.

»Jack Fremont, darf ich dir meinen ungeduldigen Freund Jason Sayre vorstellen?«

»Hallo. Können wir jetzt fahren?«

»Wo willst du denn so unbedingt hin?«, wollte Jack wissen.

»Egal wohin! Nur weg von ihr«, antwortete er.

Jack lächelte mich an und sagte: »Steig lieber ein, Irene. Anschnallen, Jason.«

Jason lehnte sich seufzend zurück, als wir endlich losfuhren.

»Park okay?«, fragte Jack.

»Klar«, sagte ich und wandte mich dann an Jason. »Bist du damit einverstanden?«

»Endlich«, erklärte er dramatisch, »fragt mich mal jemand, was ich will!«

»Und?«

»Ja, ich mag den Park.«

»Wann hat dein Dad geheiratet?«, fragte ich.

»Susan?«

»Heißt deine Stiefmutter so?«

Er nickte. »Sie will, dass alle sie Dixie nennen, aber das ist Schwachsinn – sie kommt nicht mal aus dem Süden. Sie lebt bei uns, seit Gilly ausgezogen ist. Zuvor war mein Dad in ihrer Wohnung.«

»Sie ist also nicht mit deinem Vater verheiratet?«

»Jetzt schon. Sie haben geheiratet, kurz nachdem meine Mutter gefunden wurde.«

»Was?«

»Ja«, sagte er und sah weg von mir, auf seine Hände herab. »An dem Tag, als Sie gekommen sind und ihm von diesem Killer erzählt haben, hat er Susan angerufen und ihr gesagt, dass es so aussieht, als könnten sie endlich heiraten.«

Sprachlos sah ich zu Jack hinüber. Er blickte immer wieder in den Rückspiegel, nicht um den Verkehr zu beobachten, sondern zu Jason.

»Solange meine Mutter nicht gefunden wurde, hätte er sieben Jahre warten müssen«, fuhr Jason fort und schlug mit den Füßen aus, als wollte er die Beine strecken, doch sein Blick besagte, dass er wünschte, seine Timberlands träfen auf jemanden.

»Oh«, sagte ich, als es mir dämmerte. »Weil deine Mutter von Gesetzes wegen noch nicht für tot erklärt worden war?«

»Genau. Susan dachte, mein Vater hätte dem Gericht ein bisschen Dampf machen können, aber Dad meinte, es sei ganz schlecht für sein Geschäft, da die Leute dann sauer auf ihn wären – weil Sie diese ganzen Artikel geschrieben haben und so. Also musste er warten, bis er seine kleine Tussi bekam. Zumindest mit dem Heiraten warten. Sie wollte, dass er sie an dem Tag heiratet, nachdem festgestellt wurde, dass die Leiche meine Mutter ist. Er hat sie gezwungen, eine Woche zu warten.«

»Und sie war früher seine Sekretärin?«, fragte ich, als mir die Bemerkung wieder einfiel, die sie hatte erröten lassen.

»Ja.«

Wir hielten an einem kleinen Lebensmittelgeschäft und kauften frisches Obst, eine Limonade für Jason und Mineralwasser für Jack und mich. Wir fuhren zu dem großen Park, der einen Teil der östlichen Stadtgrenze ausmacht, suchten uns ein schattiges Plätzchen und machten ein Spontanpicknick. Jasons Handy klingelte. Er sprach kurz mit einem Freund und legte wieder auf.

»Vermutlich um Klassen besser als zwei Blechdosen und ein Draht«, meinte Jack.

Ich lachte, aber Jason fragte, wovon wir redeten, und so erklärten wir ihm ein paar Dinge aus der guten alten Zeit.

»Und das funktioniert wirklich?«, wollte er wissen.

»Wir machen später eine Vorführung«, versprach Jack.

Jason rupfte am Gras und sagte dann ohne aufzusehen: »Haben Sie noch mehr über meine Mom herausgefunden?«

»Oh – nein, tut mir Leid. Das war nicht der Grund, warum ich dich sprechen wollte.«

»Nein?«

»Nein. Ich wollte nur wissen, wie's dir geht.«

»Oh.«

Als er nichts weiter sagte, fügte ich hinzu: »Ich wollte mich auch dafür entschuldigen, dass ich nicht früher gekommen bin.«

Er zuckte mit den Achseln und sah stirnrunzelnd auf das Grasbüschel hinab, an dem er zerrte. »Warum sollten Sie? Sie haben sie ja nicht mal gekannt.«

»Aber ich kenne deine Familie.«

Er warf mir einen stumpfen, zynischen Blick zu. »Ja?«

Ich dachte an die heutigen Enthüllungen. »Nicht besonders gut vielleicht, aber gut genug, um zu wissen, dass das, was deiner Mom zugestoßen ist, jedem Familienmitglied zugesetzt hat.«

Er lachte. »Jedem zugesetzt? Vergessen Sie's. Ich bin der Einzige, der sie wirklich geliebt hat.«

»Das glaube ich nicht –«

»Wer denn dann? Mein Dad etwa? Oh, bit-te. Der hat die blöde Suze gebumst. Wahrscheinlich findet er, dass der Mord an meiner Mom das Beste war, was ihm passieren konnte.«

»Jason, ich habe gesehen, wie er –«

»Wie er geweint hat? Er ist ein Heuchler. Und wissen Sie, wer eine noch größere Heuchlerin ist? Gilly. Sie hat es von ihm gelernt – nur dass sie es noch besser drauf hat als er. Sie hat ja sogar Sie getäuscht. Sie hat meine Mom gehasst. Echt *gehasst.*« Er schüttelte den Kopf. »Sie haben sich gegenseitig gehasst.«

»Als sie mich das erste Mal aufgesucht hat, hat Gillian zugegeben, dass sie Probleme mit eurer Mom hatte und es öfter Streit gegeben hat.«

»Probleme? Streit?«, wiederholte er zornig. »Sie glauben, es war nur eine Teenager-Geschichte?«

Genau so war es mir vorgekommen – und allen anderen auch,

mit denen ich damals, als Julia Sayre verschwunden war, gesprochen hatte.

»Und warum hat Gillian sie gehasst?«, wollte Jack wissen.

»Woher soll ich das wissen?«, sagte er, aber mit weniger Feindseligkeit, als er zuvor an den Tag gelegt hatte. »Sie ist kalt. Ihr liegt an nichts oder niemandem etwas.«

»Vier Jahre lang«, entgegnete ich, »war Gillian diejenige, die mich angerufen hat, um zu fragen, ob es irgendetwas Neues über eure Mutter gibt. Während dieser Zeit sind noch andere Personen verschwunden, aber niemand hat sich so viel Mühe gegeben wie deine Schwester, den Menschen zu finden, den sie geliebt hat.«

»Sagen Sie nicht ›geliebt‹«, fauchte er. »Sie hat meine Mutter nicht geliebt. Sie hat sie gehasst. Sie war gemein zu mir. Sie ist zu jedem gemein. Sie benutzt alle. Sie hat auch Sie benutzt, und jetzt wollen Sie mir weismachen, das sei etwas Gutes. Sie wollte nur Aufmerksamkeit. Sie haben sie ihr gegeben.«

»Wann hast du das letzte Mal mit ihr gesprochen?«, fragte ich.

»Vor Jahren. Sie ist schon lange ausgezogen.«

»Fehlt sie dir?«

»Nein.«

»Sie ist dich nicht besuchen gekommen, seit sie ausgezogen ist?«

»Nein. Ist auch egal. Sie spinnt immer noch. Ich sehe sie ab und zu – ich meine, Sie wissen schon, ich sehe sie, wenn sie irgendwo rumhängt. Hier hab ich sie auch mal gesehen«, sagte er und wies vage in eine andere Ecke des Parks. »Hat nicht mal hallo zu mir gesagt. Ist mir auch ganz recht so«, fügte er rasch hinzu. »Ich will nicht, dass sie mir irgendwie nahe kommt.«

»Tut mir Leid«, sagte ich. »Mir war nicht klar ... mir war nicht klar, dass du so wütend auf sie bist. Oder auf mich.«

Und alle anderen Bewohner unseres Planeten, dachte ich. Doch er sagte: »Ich bin nicht wütend auf Sie. Gilly führt die

Leute ständig an der Nase herum. Genau wie mein Dad.« Er seufzte. »Wenn ich nur nicht in Las Piernas wohnen würde.«

»Warum denn?«

»Jeder weiß, was meiner Mom passiert ist. Die Kinder in der Schule führen sich auf, als wäre das das Einzige, was sie über mich wissen. Entweder wollen sie mich danach ausfragen – zum Beispiel, ob es stimmt, dass meiner Mom ein Finger abgeschnitten wurde und solcher Scheiß –, oder sie flippen komplett aus deswegen. Ich kann einfach kein normaler Mensch sein.«

»Und sie benehmen sich seit vier Jahren so?«, wollte Jack wissen.

»Nein«, gab er zu. »Nur als es gerade passiert war. Und jetzt wieder.«

»Also beruhigen sie sich vielleicht bald.«

»Ja, kann sein.«

»Vielleicht haben sie nur Angst, dass ihren Moms das Gleiche passieren könnte«, mutmaßte Jack.

»Vielleicht«, sagte er. »Aber es kotzt mich trotzdem an, hier zu wohnen.«

»Wo möchtest du denn wohnen?«, fragte ich.

»Bei Grandma«, antwortete er. »Sie fehlt mir. Wenn ich doch nur zu ihr ziehen könnte.«

»Hast du deinen Dad gefragt, ob er es erlauben würde?«, fragte ich.

»Er meint, ich würde ihm zu sehr fehlen. Ich glaube, er hat nur Angst, was die Leute denken werden.«

»Kannst du dich daran erinnern, dass Nick Parrish in eurem Viertel gewohnt hat?«

Er schüttelte den Kopf. »Ich war noch klein, als er weggezogen ist. Gilly kann sich an ihn erinnern. Ich glaube, sie ist öfter rübergegangen, um die Frau zu besuchen oder so.«

»Die Frau? Seine Schwester?«

»Ja.« Er zögerte und sagte dann: »Ich wusste schon lange, dass es Nick Parrish gewesen ist. Schon vor den Cops.«

»Was meinst du damit?«

»Ich wusste nicht, wie er heißt«, erwiderte Jason, »aber ich habe ihn gesehen.«

»Wann?«

»Bevor meine Mom umgebracht worden ist. Er hat einmal unser Haus angestarrt, als Gilly auf mich aufgepasst hat. Damals war ich auch noch klein – erst in der dritten Klasse –, aber es hat mir Angst gemacht.«

»Hast du jemandem davon erzählt?«

»Ich hab's Gilly gesagt. Sie ist rausgegangen und hat nach ihm Ausschau gehalten. Aber es war niemand mehr da.«

»Du hast es nicht der Polizei gesagt?«

»Ich habe ihn nicht deutlich gesehen«, gestand er.

»Was hast du denn gesehen?«

»Nur einen Mann in einem Auto. Aber später hab ich es mir zusammengereimt – wissen Sie, als Gilly sich daran erinnert hat, dass er mal in unserer Straße gewohnt hat. Da war es zu spät«, sagte er traurig. »Außerdem – wer glaubt schon einem Kind? Es ist genau, wie Gilly gesagt hat: Kein Mensch nimmt ein Kind ernst.«

Er fasste in die Tüte mit dem Obst und nahm sich eine Orange. Er musterte sie in seiner Hand und schleuderte sie dann heftig gegen einen Baumstamm, wo sie mit einem satten Klatschen auftraf und es dann schaffte, ein paar Sekunden am Baum kleben zu bleiben, bevor sie zur Erde fiel. Als ich mich umdrehte, um Jason erstaunt anzusehen, beugte er den Kopf, doch zuvor sah ich noch, dass sein Gesicht verzerrt war – vor Wut, aber nicht nur Wut allein.

»Ich habe neulich auf ähnliche Weise mit etwas Hartem geworfen«, sagte ich. »Ich dachte, ich würde mich dann besser fühlen, aber eigentlich hat es nichts genützt.«

»Was haben Sie denn geworfen?«, fragte er, an seine Fußknöchel gewandt.

»Einen Computer-Monitor.«

Er sah auf. Seine Augen waren feucht, aber weit aufgerissen. »Wahnsinn!«, sagte er bewundernd. »Einen Computer-Monitor?«

»Ja. Ziemlich bescheuerte Aktion. Dabei hätte ich jemanden ernsthaft verletzen können. Hinterher hab ich mich schlechter gefühlt als zuvor.«

»Und warum haben Sie ihn geworfen?«

»Ich war wütend. Wütend, und außerdem habe ich mir wohl wegen einigem, was schief gelaufen ist, Vorwürfe gemacht.«

»Dinge, die Ihre Schuld waren?«

»Manches schon. Manches hätte ich wirklich ändern können, besser machen können. Aber vieles davon wäre wahrscheinlich ohnehin genauso gelaufen.«

»Was meinen Sie damit?«

»Na ja, zum Beispiel dachte ich, ich hätte dahinter kommen müssen, was Nick Parrish da oben in den Bergen im Schilde führte.«

»Wie denn? Das wussten ja nicht einmal die Cops. Einige von ihnen sind umgekommen.«

»Ja, und vielleicht war das meine Schuld, weil ich Nick Parrish schon im Verdacht hatte, etwas Böses auszuhecken. So ähnlich wie du vermutet hast, dass der Typ im Auto Übles im Sinn hatte.«

»Aber wenn ich es vielleicht meinem Dad erzählt hätte und nicht Gilly ...«

»War dein Dad zu Hause?«

»Nein.«

»Also wäre der Mann im Auto womöglich weg gewesen, bis dein Dad nach Hause kam. Und sogar wenn dein Dad noch am selben Abend die Polizei verständigt hätte, hätte man ihn gefragt: ›Macht der Mann in dem Auto irgendwas?‹ Und wenn dein Dad geantwortet hätte, ›Nein‹, wäre es damit beendet gewesen. Vielleicht war es nicht einmal Parrish, der an dem Abend da draußen war.«

»Kann sein«, sagte er ohne jede Überzeugung.

»Es belastet dich trotzdem, stimmt's?«

»Ja.«

»Ich habe immer gehofft, die Gedanken, die mich belasten, würden einfach verschwinden. Dem war nicht so. Deshalb versuche ich jetzt, ein bisschen mehr über sie zu sprechen. Es ist schwer.«

»Echt schwer«, sagte er und blickte wieder auf seine Schuhe.

»Mit wem redest du, wenn du bedrückt bist?«

Er antwortete lange nicht, doch schließlich sagte er. »Mit meiner Großmutter manchmal.«

»Vielleicht solltest du sie ein bisschen öfter anrufen. Frag doch mal deinen Dad, ob du sie eine Zeit lang besuchen darfst.«

»Okay.«

Wir sammelten unseren Müll auf – die zerquetschte Orange eingeschlossen – und verließen den Park. Bevor wir Jason nach Hause brachten, hielt Jack an einem Eisenwarenladen, um ein Stück Draht zu erstehen. Danach fuhr er uns zu einem italienischen Restaurant, wo er offenbar gut bekannt war. Obwohl der Gastraum zu dieser spätnachmittäglichen Stunde leer war, wurden wir hinten in der Küche willkommen geheißen, wo Jack den schwer beschäftigten Koch überredete, ihm das restliche Zubehör für ein Blechbüchsentelefon zu geben. Der Koch wusch die Büchsen sogar aus und überwachte Jacks Anstrengungen, die Teile zusammenzubauen.

Als alles fertig war, drängte der Koch Jason, ein Ende in den Gastraum mitzunehmen, während er das andere Ende in der Küche behielt. Was sie da hin und her flüsterten, blieb mir verborgen, aber es löste auf beiden Seiten enorme Erheiterung aus.

Nur mit Mühe und dem Versprechen, bald wiederzukommen, durften wir gehen, ohne eine Mahlzeit einzunehmen. Jason schwieg auf dem Nachhauseweg, und als wir vor dem Haus anhielten, sagte er: »Verraten Sie Gilly nicht, was ich über sie gesagt habe, okay?«

»Okay«, sagte ich, erleichtert, doch noch ein Zeichen brüderlicher Zuneigung an ihm zu entdecken.

Jack versprach ihm, dass er Giles fragen werde, ob Jason einmal mit ihm das italienische Restaurant besuchen dürfe.

»Das wäre super«, meinte er, doch er wirkte gedämpft. Vielleicht glaubte er nicht, dass Jack Ernst machen würde.

Er dankte uns und verabschiedete sich. Das Blechbüchsentelefon nahm er mit. Als er ins Haus ging, sah ich, wie er ins eine Ende sprach und sich das andere ans Ohr hielt, vertieft in ein persönliches Gespräch mit sich selbst.

46

FREITAG NACHMITTAG, 15. SEPTEMBER
Las Piernas

Stolz musterte Nick Parrish seinen neuen Arbeitsraum. Eine große Verbesserung gegenüber dem letzten.

Erneut musste er seiner kleinen Motte Anerkennung zollen. Seine Motte hatte erkannt, dass er in seiner Arbeit eingeschränkt war, und diese Alternative vorgeschlagen. Das hier entsprach seinen Bedürfnissen unendlich viel besser. Die Werkbank war größer, es stand ein Spülbecken zur Verfügung und – zu seinem Entzücken – sogar eine Gefriertruhe.

Die Wohnung an sich war komfortabler als seine letzte, doch das bedeutete ihm wenig. Schließlich war er nicht verweichlicht. Wie jeder andere Künstler lag ihm am meisten an dem Raum, in dem er seine kreative Arbeit verrichten würde. Mehrere Tage hatte er damit verbracht, die Räume zu seiner Zufriedenheit einzurichten – die Gefriertruhe von ihrem vorherigen Inhalt zu befreien und so weiter – und jetzt – voilà! Vielleicht war es kein Atelier, das seiner Meisterwerke würdig gewesen wäre – ach, konnte es einen solchen Ort je geben? –, doch er käme hier sehr gut zurecht.

Angesichts dessen, wie in letzter Zeit alles lief, konnte er sich eines gewissen Stolzes nicht erwehren. Irene ging allen Ernstes zu einer Psycho-Tante! Offenbar hatte er sie an den Rand eines Nervenzusammenbruchs gebracht. Herrlich! Was nützen Seelenklempner schon, wenn die Schrecknisse, die einen bedrohten, real waren? Sie hatte eine Heidenangst! Genau wie er es versprochen hatte.

Wenn er nur daran dachte, wie die Frau auf die Knochen reagiert hatte! Das ließ ihn wünschen, er wäre dageblieben, um mitzuerleben, was passiert war, als sie die Rosen bekommen hatte.

Er runzelte die Stirn und dachte an Jack Fremonts Arm, der um sie gelegt war. Sie war zu freigiebig mit ihrer Gunst – gelinde gesagt. Die Frau war eine richtige Hure. Ben Sheridan, Jack Fremont und Gott weiß, wer noch alles. Wahrscheinlich sogar ihr eigener Cousin.

Er saß da und überlegte, was er wohl würde tun müssen, um sie von einer derartigen Besudelung zu reinigen.

Er bremste sich, bevor ihn die Fülle dieser Fantasien allzu sehr erregen konnte. Es gab noch viel zu tun.

Er studierte seine Landkarten, ging im Geiste die Routen durch, die er bereits gefahren war, und bedachte erneut sämtliche möglichen Gefahren auf dem Weg.

Er wechselte die Nummernschilder des Honda aus und wählte für die heutige Verkleidung eine blonde Perücke. Er hatte bereits bei der Zeitung angerufen und den Lagerungsauftrag fürs Postamt ausgefüllt. Die Werkzeuge, die er für die erste Phase seiner Arbeit brauchte, lagen bereits im Kofferraum des Autos.

Noch einmal sah er auf den kleinen Zettel hinab, den ihm die Motte gegeben hatte, und erschauderte. Wie war diese Information erworben worden? Die Motte führte etwas im Schilde. Er glaubte die Geschichte nicht, die ihm die Motte darüber erzählt hatte.

Es passte ihm nicht, Energie dafür verschwenden zu müssen, dass er über die Motte nachdachte, erst recht nicht zu einem solchen Zeitpunkt. Er musste sich konzentrieren.

Erneut sah er auf die Markierungen auf seiner Karte. Die meisten waren in Blau. Sein Blick wurde von der einzigen roten Markierung angezogen.

Er wusste die genaue Adresse: 600 Broadway.

Das Wrigley-Building.

Der Sitz des *Express*.

47

Sonntag Morgen, 17. September
Las Piernas

Ich zögerte vor der Tür des Wrigley-Buildings. Die Vereinbarungen, die Jo Robinson getroffen hatte, kamen nicht einmal in die Nähe dessen, was ich mir vorgestellt hatte, als ich darum gebeten hatte, wieder in die Arbeit gehen zu dürfen, und mein Stolz litt. Ich wusste, dass mir Frank vom Volvo aus nachsah und wartete, bis ich sicher im Haus war. Gut zehn Minuten oder so erwog ich ernsthaft, zum Wagen zurückzugehen und ihn zu bitten, mich schnurstracks wieder nach Hause zu fahren. Dann würde ich Jo Robinson und Wrigley auf eine Konferenzschaltung legen und ihnen beiden sagen, dass sie mich mal konnten.

Wrigley genehmigte mir ganze zwanzig Stunden bei der Zeitung. Er hatte mich zu einer Teilzeit-Nachtschicht verdonnert, dienstags, donnerstags und freitags von zehn Uhr abends bis zwei Uhr morgens – nach Redaktionsschluss. Als zusätzliche kleine Strafe musste ich außerdem samstags und sonntags von sieben bis elf Uhr morgens arbeiten. Das hieß, dass ich Freitagnacht genau fünf Stunden frei hatte, bis ich am nächsten Morgen wieder antanzen musste.

John gab mir nicht einmal achtundvierzig Stunden Vorwarnung und erklärte, meine erste Schicht wäre der nächste Sonntagmorgen. »Wrigley geht offensichtlich davon aus, dass ich nichts vorhabe?«, sagte ich. »Dass ich nur dasitze und darauf warte, dass er mich auffordert, beim *Express* Beschwerdeanrufe entgegenzunehmen?«

»Haben Sie denn etwas vor?«, fragte John.

»Ja, aber erst später am Sonntag«, gestand ich.

Ein Anruf in Giles' Büro hatte schließlich dazu geführt, dass ich Gillians neue Nummer bekam – seine Sekretärin musste sie für mich heraussuchen –, und Gillian hatte eingewilligt, sich am Sonntagnachmittag mit mir zu treffen. Sie arbeitete jetzt als Bedienung in einem kleinen Café, wo es Frühstück und Mittagessen gab. »Nur Teilzeit«, hatte sie erklärt. »Ab zwei Uhr habe ich frei.«

»Sie können also kommen?«, fragte mich John.

»Ja, ich komme. Offenbar erwartet er, dass ich zu Kreuze krieche.«

»Mir gefällt es auch nicht, Kelly, aber bis jetzt mussten wir schon darum kämpfen, dass er Sie nicht gefeuert hat. Der Verwaltungsrat wird einigen Druck machen müssen, damit er bei den Arbeitszeiten nachgibt. Sie wissen, dass ich für Sie tue, was ich kann.«

Das Wissen, dass John und die anderen sich für mich einsetzten, bewog mich dazu, an diesem Sonntagmorgen die Eingangstür aufzustoßen.

Das Haus war nahezu leer, was ich gar nicht so schlecht fand. Ich freute mich nicht gerade darauf, jedem zu begegnen, der mich hatte ausrasten sehen.

Ich konnte die Telefone schon klingeln hören, bevor ich das obere Ende der Treppe erreicht hatte. Wenn man Sonntag morgens arbeitet, hört man sich das Geschimpfe der Leute an. Sie sehen nicht nach, welche Nummer für die Abonnenten gilt und welche für die Lokalredaktion. Und so wählen sie die Nummer, die sie als erste entdecken, und wer gerade in der Redaktion sitzt, nimmt Beschwerdeanrufe entgegen.

Die Telefonhörer wurden beim zweiten oder dritten Klingeln abgenommen, und schon bald vernahm ich Stimmengewirr. Ich würde also nicht allein sein.

Ich trat in die Redaktion, wo Mark Baker und Lydia Ames Anrufe beantworteten. Ich staunte. Keiner von beiden hätte an diesem Morgen arbeiten sollen. Lydia winkte mich zu einem Platz neben sich.

Ein weiterer Apparat klingelte. Ich nahm den Anruf eines Mannes entgegen, der behauptete, der Junge, der ihm an diesem Morgen die Zeitung gebracht hatte, hätte sie in eine Schlammpfütze geworfen. Er erging sich in einer längeren Tirade und schien nie Luft holen zu müssen. Das Einzige, was es erträglich machte, war, Lydia und Mark dabei zuzusehen, wie sie komische Gebärden machten und mit den Augen rollten, während jeder von ihnen mit einem weiteren Anruf beschäftigt war.

Ich schaffte es schließlich, das Gespräch mit Mr. Schlammpfütze zu beenden, als Stuart Angert den Raum mit einem Karton Frühstückssemmeln und vier Tassen heißem Kaffee betrat.

»Willkommen zurück!«, sagte er.

»Danke, aber was habt ihr drei eigentlich am Tag des Herrn zu dieser nachtschlafenden Zeit hier zu suchen?«, wollte ich wissen.

»John hat uns erzählt, was Wrigley ausgeheckt hat«, antwortete Mark, »und so haben wir beschlossen, unsererseits ein paar Dienstpläne zu ändern – selbstverständlich mit Johns Zustimmung.«

»Wir wollten am ersten Tag, wo du wieder in der Arbeit bist, dabei sein«, erklärte Lydia.

»Ihr sollt aber nicht für mich den Kopf hinhalten«, sagte ich, »Was, wenn Wrigley beschließt, vorbeizuschauen?«

»Der taucht nicht auf«, entgegnete Mark. »Er fürchtete sich vor dir zu Tode.«

Weitere Anrufe trudelten ein. Bis neun Uhr war der Andrang so weit abgeflaut, dass wir länger als zwei Minuten am Stück miteinander reden konnten. Ich entschuldigte mich bei Stuart dafür, dass ich seinen Monitor ruiniert hatte.

»Greif ruhig zu einem anderen Teil meiner Büroutensilien, wenn du das nächste Mal ein Geschoss abfeuern willst«, sagte er. »Ich bin hingerissen von dem neuen Computer-Monitor. Alle sind neidisch auf mich.«

»Nein, wir sind neidisch auf Irene. Wir möchten alle gern wissen, was es für ein Gefühl ist, etwas nach Wrigley zu werfen«, erklärte Lydia.

»Nicht so herrlich, wie du vielleicht glaubst«, erwiderte ich.

Dies mündete in ein Gespräch darüber, »wie ich mich wirklich fühlte«. Ich äußerte mich ausweichend. Sie verstanden den Wink mit dem Zaunpfahl und gaben entgegen jeglichem journalistischen Instinkt auf.

Um halb elf begriff ich, dass meine Schicht fast vorüber war, und dabei hatte ich noch nicht einmal begonnen, meine Post zu sortieren. Lydia erbot sich, mir zu helfen, während Stuart und Mark die Telefone bemannten. Ich konnte Lydia ein paar Unterlagen geben, die von der Tagschicht sofort bearbeitet werden mussten. Bei manchem würde ich John bitten, es mich zu Hause erledigen zu lassen. Das meiste konnte warten oder mit einem Brief beantwortet werden. Ich beschloss, mir die Beantwortung meiner E-Mails für meine erste Nachtschicht aufzuheben. Einer der Vorzüge des Internets ist, dass es Tag für Tag rund um die Uhr geöffnet ist.

Unter den Umschlägen befand sich ein merkwürdiges, klumpiges Päckchen ohne Absenderangabe. Lydia beäugte es misstrauisch und sagte: »Was schicken dir denn deine seltsamen Fans da?«

Ich nahm einen Brieföffner, um es aufzuschlitzen, und schüttelte den Inhalt mit schwungvoller Geste heraus.

Vor mir fiel ein Höschen auf den Tisch.

»Meine Unterhose«, sagte ich ausdruckslos.

Einen entsetzlichen Augenblick lang sah und hörte ich nichts anderes mehr als Nick Parrish in den Bergen, wie er mich verhöhnte und mir sagte, dass er meine Witterung hätte.

Dann hörte ich Stuart schallend lachen.

Einen kurzen Moment lang fühlte ich mich erniedrigt.

Dann sagte er: »Mein Gott, Kelly, ich habe ja schon gehört, dass man die Wäsche weggeben kann, aber das ist doch lächerlich.«

Ich begriff das Witzige an der Situation – Stuart hatte Recht, es war schließlich nur eine Unterhose. Ich fing ebenfalls an zu lachen.

Mark und Lydia wirkten unschlüssig, doch als Mark fragte: »Müsstest du nicht die Polizei verständigen?«, prusteten auch sie los.

Als wir uns alle ein bisschen beruhigt hatten, sagte ich: »Mann, vielleicht sollte ich wirklich die Polizei verständigen. Aber ich glaube, zuerst rufe ich Frank an. Ich will mir nicht einmal vorstellen, was er von seinen Arbeitskollegen zu hören bekommen wird.«

Leider konnte Frank an dem Vorfall überhaupt nichts lustig finden. Alles andere als besorgt darüber, wie er in der Arbeit auf die Schippe genommen werden würde, bestand er darauf, den Rest des Tages nicht von meiner Seite zu weichen.

»Aber ich treffe mich heute Nachmittag mit Gillian.«

»Schön«, sagte er. »Ich bleibe in der Nähe.«

Ich betrachtete den Umschlag, während wir auf die Polizei warteten. Abgestempelt, kurz bevor ich die Zeitung vorübergehend verlassen hatte. »Wenigstens habe ich den kleinen Mistkerl warten lassen«, sagte ich.

»Eigentlich sollte ich darüber schreiben«, meinte Mark, woraufhin Stuart erneut zu wiehern begann.

Da merkte ich, wie meine Wut aufwallte – nicht auf Stuart,

sondern auf Parrish. »Verdammt noch mal«, sagte ich zu Lydia. »Parrish hat mir das in der Hoffnung hierher geschickt, mich vor einem Büro voller Kollegen bloßzustellen. Er dachte, ich wäre starr vor Schreck, während ihr euch alle fragen würdet, was für Probleme ich habe. Also, ich habe die Schnauze voll davon. Genug davon, in der Defensive zu bleiben. Höchste Zeit, dass die Offensive den Kampf eröffnet.«

Stuart, der dies mitgehört hatte, erklärte: »Sie ist wieder da, meine Damen und Herren!«

Lydia und Mark dagegen warnten mich. »Tu nichts Unüberlegtes«, riet Mark.

Ich ging an meinen Computer und loggte mich ein. »Über meine Unterhosen berichte ich selbst, Herrgott noch mal!«

»Den Spruch musst du ins Impressum schreiben!«, sagte Stuart.

Ich begann zu schreiben:

Was für ein Versager bildet sich eigentlich ein, einer Frau mit ihrer eigenen Unterhose Angst einjagen zu können?

Vielleicht weil er unter seinen vorhergegangenen Misserfolgen leidet, hat Nick Parrish seine ultimative Geheimwaffe hervorgeholt. Der Mann (ich benutze die Bezeichnung im weitesten Sinne) hat versucht, mich mit einem ungewaschenen Exemplar meiner eigenen Unaussprechlichen zu erschrecken.

Nicky hat offenbar keine Ahnung davon, welche Schrecknisse die Durchschnittsfrau an einem Waschtag erwarten.

Hier beim *Express* hat die Vorstellung, wie er seinen großen Plan ausheckt und dabei drei Monate lang mein schmutziges Höschen mit sich herumträgt, Anlass zu Erheiterung aller Art gegeben.

Nicky, wer hätte gedacht, dass du ein Höschenschnüffler bist?

Ja, ich weiß, du würdest lieber als die Inkarnation des Bösen in die Geschichte eingehen, und du hast mit Sicherheit dein Bestes getan, um dir diesen Spitznamen zu verdienen. Doch die Welt der Medien ist im steten Wandel begriffen, Nicky, und ich fürchte, dass hier in der Redaktion die Sache mit der Inkarnation des Bösen bereits vergessen ist – du bist dazu verdammt, als Unterhosen-Unhold bekannt zu werden.

Lydia, die über meine Schulter mitlas, schüttelte den Kopf und ging davon.

Aber mir machte es viel zu viel Spaß, um mich darum zu scheren. Es war herrlich, mir auszumalen, wie Parrish dreinschauen würde, wenn er das las. Da versuchte er nun krampfhaft, mich zu ängstigen, und wenn alles in meinem Sinne lief, würde ich ihn zum Gespött der Leute machen.

Ich war drauf und dran, den Text an John zu schicken, als ich aus irgendeinem Grund plötzlich an Parzival denken musste. Parzival, dessen gute Absichten nicht verhindern konnten, dass infolge seiner Handlungen Schlimmes geschah.

Mal angenommen, Parrish beschloss, zu beweisen, dass man ihn ernst nehmen musste? Was, wenn der Mann, statt durch meine nadelspitzen Worte am Boden zerstört und wie gelähmt zu sein, eine solche Wut entwickelte, dass er ein weiteres Dutzend Frauen umbrachte, nur damit wir wieder lernten, ihn zu fürchten? Wäre ich dann imstande, mit mir selbst weiterzuleben? Glaubte ich auch nur eine Minute lang, dass er in Tränen ausbrechen, sich freiwillig stellen und sagen würde: »Ich gestehe alles, aber hindern Sie Irene Kelly daran, gemein zu mir zu sein«?

Doch sollte ich mich andererseits selbst zensieren, nur weil ich im Grunde meines Herzens Angst vor Nick Parrish hatte?

Ich druckte ein Exemplar des Textes aus und gab es Lydia, allerdings mit der Bemerkung, dass ich noch nicht bereit war, ihn einzureichen, sondern noch ein Weilchen darüber nachdenken wolle. Ich speicherte ihn auf einer Diskette und löschte ihn dann von der Festplatte. Wenn ich es mir anders überlegte, konnte ich ja die Diskette abgeben.

Ich rief John zu Hause an, um ihm zu erzählen, was mit dem Päckchen passiert war. »Ich fürchte, Sie werden die Spurensicherung ins Haus bekommen«, sagte ich.

»O mein Gott, Kelly, noch nicht mal einen ganzen Tag wieder da, und schon laufen Ihretwegen die Cops in der Redaktion herum.«

Im Endeffekt hielt sich die Polizei gar nicht lang bei der Zeitung auf. Nachdem sie das Päckchen und dessen Inhalt an sich genommen, mir ein paar Fragen (»Wann befand sich das Kleidungsstück zuletzt in Ihrem Besitz?«) gestellt hatten und zu dem Schluss gekommen waren, dass das Päckchen mit der Post zugestellt und nicht persönlich überbracht worden war, verschwanden sie wieder. Sie erwähnten sogar, dass ich vermutlich bald den Van zurückbekommen würde.

Ich ging mit Frank zum Mittagessen. Er wirkte stiller als sonst.

»Was hast du denn?«, fragte ich.

»Lydia hat mir von dem Kommentar erzählt, den du geschrieben hast.«

Ich versuchte, aus seiner Miene zu lesen, und konnte es nicht. »Das tut mir Leid. Ich wollte es dir ohnehin erzählen, aber das wirst du mir jetzt wohl nicht mehr glauben.«

»Ich glaube dir.«

»Und worin besteht das Problem?«

»Das Problem besteht darin, dass du einen Serienmörder wütend machst. Oder hattest du das in dieser ›stets im Wandel begriffenen Welt der Medien‹ allen Ernstes vergessen?«

»Was meinst du wohl, wie die Antwort auf diese Frage lautet?«

»Was zum Teufel hast du dir dann dabei gedacht?«

»Ich habe es satt, die ganze Zeit nach seinen Regeln zu spielen, Frank.«

»Es gibt Experten für Gerichtspsychiatrie, die an solchen Fällen arbeiten, Irene. Fachleute, deren Beruf es ist, solche Typen zu studieren, gehören der Spezialeinheit an. Hast du schon mal daran gedacht, dass es eine gute Idee wäre, einen von ihnen zu Rate zu ziehen, bevor du dich gegenüber Parrish so aufspielst?«

»Hör mal, bevor wir uns darüber streiten –«

»Ich nehme dir nicht übel, dass du wütend wirst. Er versucht, dich zu kontrollieren und zu manipulieren und dir Angst einzujagen. Er will das Sagen haben. Finde ich, dass du wimmernd in der Ecke sitzen solltest? Nein. Aber dich zu behaupten ist eine Sache, dem Kerl eine regelrechte Herausforderung an den Kopf zu werfen, eine ganz andere.«

»Ich habe den Artikel nicht eingereicht.«

Er rutschte ein Stück zurück. »Was?«

»Lydia hat dir eine Kopie davon gegeben, stimmt's?«

Er gab es zu.

»Tja, ich habe den Artikel nicht eingereicht. Ich habe ihn auf einer Diskette gespeichert. Ich habe noch keine endgültige Entscheidung getroffen, aber ich glaube, ich neige dazu, ihn nicht einzureichen.« Ich hielt eine Hand in die Höhe, als er zu sprechen begann. »Nicht – bitte sag nicht, dass es das Klügste ist, denn wahrscheinlich ist es auch das Feigste.«

Schlauerweise sagte er nichts mehr zu diesem Thema.

Gillian wohnte über einer Garage, in einer kleinen Zwei-Zimmer-Wohnung, die während der Wohnungsnot Ende der vierziger Jahre gebaut worden war. Die Garage stand am Ende einer langen Einfahrt, getrennt von dem großen Craftsman-Haus, das den vorderen Teil des Grundstücks einnahm. Das Haus war in zwei Wohnungen aufgeteilt worden.

Schon am Fuß der Treppe konnten wir die Stereoanlage hören: die Boomtown Rats sangen »I Don't Like Mondays«. Ein Oldie. Wir stiegen die Treppe hinauf und klopften an die Tür. Die Musik verstummte. Gillian begrüßte uns in Jeans und einem leuchtend gelben Top. Ihre Haare waren zurzeit extrem kurz und schwarz, die Fingernägel lila, aber auch wesentlich kürzer als bei unserer letzten Begegnung. Frank hatte Gillian einmal kurz getroffen, als sie ihn im Fall einer unbekannten Toten, den er bearbeitete, um Auskunft gebeten hatte. Sie erinnerte sich durchaus an ihn und auch an diesen speziellen Fall, obwohl sie sich im Lauf der vergangenen vier Jahre nach mehreren Dutzend solcher Fälle erkundigt haben musste.

Während sie kurz über die damaligen Ermittlungen sprachen, sah ich mich in der Wohnung um. Sie war merkwürdig leer und nüchtern für jemanden, der sich so bunt kleidete. Die Wände waren weiß und nackt, Stühle und Sofa schlicht, und außer ihren Stereoboxen und einer Topfpalme befand sich nichts weiter im Raum. Die Stereoanlage selbst musste im Schlafzimmer stehen. Es gab nichts in diesem Zimmer, was einen Gast von der Gastgeberin abgelenkt hätte.

Höflich bot sie uns einen Platz an, höflich offerierte sie Getränke und höflich dankte sie mir noch einmal dafür, dass ich so rasch, nachdem ich aus den Bergen zurückgekehrt war, mit ihr gesprochen hatte. Sie sagte, sie sei froh, dass ich mich von den Knochen im Van nicht allzu sehr hatte verängstigen lassen, und fragte, ob ich schon wieder arbeitete.

Hinter diesen guten Manieren lauerte ein nur mangelhaft kaschiertes Desinteresse an uns, das mich überlegen ließ, wie sie es schaffte, uns nicht ins Gesicht zu gähnen.

Ich fragte sie, wie es ihr ginge. Ihr ging es gut.

Ich äußerte mein Erstaunen über die Wiederverheiratung ihres Vaters. Sie sagte, sie kenne Susan eigentlich kaum, aber ihr Vater könne in seinem Leben tun und lassen, was er wolle.

»Jason scheint es nicht besonders zu behagen.«

»Sie haben mit Jason gesprochen?«, fragte sie und zeigte damit das erste Anzeichen von echter Aufmerksamkeit für irgendetwas, was ich bisher gesagt hatte.

»Ja«, antwortete ich. »Anfang der Woche.«

Sie breitete die Hände mit nach oben gereckten Handflächen vor sich aus und studierte ihre Nägel. Dann sah sie wieder auf und sagte: »Ich habe nicht mehr viel mit meinem Vater oder meinem Bruder zu tun. So gefällt es mir. Sie haben ihre Probleme und ich meine.«

Ich entschuldigte mich, um ihre Toilette aufzusuchen, die ebenso kahl und schmucklos war wie der Rest der Wohnung. Als ich wiederkam, stellte ich überrascht fest, dass sie lachte. Mir wurde klar, dass es das erste Mal war, dass ich sie je lachen gehört hatte. Es war ein ungehemmtes, kindliches Kichern. Sie hielt ein gefaltetes Blatt Papier in der Hand, das sie lächelnd Frank zurückgab.

Frank sah mich mit einem Blick an, der von schlechtem Gewissen geradezu durchdrungen war. Er nahm das Blatt von ihr entgegen und reichte es mir.

»Ich hoffe, es macht dir nichts aus«, sagte er. »Ich habe sie deinen Artikel über Parrish lesen lassen.«

»Überhaupt nicht«, erwiderte ich, doch Gillians Lächeln war bereits erloschen.

Kurz danach gingen wir. Im Auto sagte Frank: »Entschuldige, ich hätte dich zuerst fragen sollen.«

»Machst du Witze? Das war sagenhaft! Ich habe dieses Mädchen noch nie lachen hören. Es freut mich wirklich, dass du ihr gezeigt hast, was ich geschrieben habe. Vielleicht hat das dazu beigetragen, die Last, die sie mit sich herumschleppt, ein bisschen leichter zu machen – wenigstens für ein paar Minuten. Sie ist sonst immer so ernst und reserviert.«

»Und da habe ich geglaubt, diese gefühlsarme Fassade hätte sie nur bei mir vorgeschützt.«

»Es lag nicht an dir«, entgegnete ich. »Bei mir ist sie auch immer so. Deshalb war es ja so toll, sie lachen zu hören. Normalerweise scheint überhaupt nichts zu ihr durchzudringen. Jason behauptet, sie sei kalt. Ich glaube, das ist ihre Art, mit den Ereignissen fertig zu werden. Sie entzieht sich einfach. Und sie musste in letzter Zeit einiges verkraften – nach dieser langen Zeit wurde ihre Mutter gefunden, aber es war ja nicht gerade ein Happy End.«

»Ich will nicht unterschätzen, was sie durchgemacht hat, aber« – er täuschte ein Schaudern vor – »ich schließe mich Jason an.«

»Ich glaube nicht, dass du ihre aufgesetzte Masche für bare Münze nehmen darfst.«

»Vermutlich nicht. Aber du musst zugeben, dass sie ein bisschen seltsam ist.«

Die ganze Familie ist seltsam, dachte ich. »Weißt du, ich habe über Giles nachgedacht. Ich frage mich, ob er schon eine Affäre mit seiner Sekretärin hatte, bevor Julia verschleppt wurde. Als Gillian mich zum ersten Mal aufgesucht hat, habe ich meine gesamte Aufmerksamkeit darauf konzentriert, ob *Julia* eine Affäre hatte oder nicht.«

»Aller Wahrscheinlichkeit nach hat ihn Bob Thompson unter die Lupe genommen. Wenn eine verheiratete Frau verschwindet, gehen wir in der Regel der Möglichkeit nach, ob der Mann sie loswerden wollte.«

»Wäre es schwer, das herauszufinden?«

»Ich glaube, Reed Collins hat den Fall Sayre übernommen – einer von mehreren, die man ihm nach Bobs Tod übergeben hat. Er hat ihn abgeschlossen, als ihre Leiche identifiziert worden war. Vermutlich hat er die Akte noch. Sie wird von der Parrish-Sondereinheit benutzt, und natürlich muss die Anklage noch erstellt werden. Reed lässt mich sicher einen Blick hineinwerfen.«

»Giles hat so verstört gewirkt, als ich ihn das erste Mal gesprochen habe. Aber jetzt ist er völlig in sich selbst versunken.

Je mehr ich mir überlege, was seine Kinder gesagt haben, desto mehr frage ich mich, ob dieser anfängliche Schmerz nichts als Theater war.«

»Aber ihn mit einem Kerl wie Parrish in Verbindung zu bringen –«

»Parrish war eine Zeit lang sein Nachbar.«

»Das heißt aber nicht, dass er wusste, was Parrish im Schilde führte. Und Parrish ist kein Auftragskiller; er mordet zu seinem eigenen Vergnügen.«

»Vielleicht hat er beides getan. Ich spreche mal mit Phil Newly«, erklärte ich. »Vielleicht weiß er, ob Parrish mit irgendjemand anderem Kontakt hatte oder mit jemandem befreundet war.«

»Phil mag mir ja geholfen haben, dich zu finden«, erwiderte Frank, »aber viel Glück, wenn du ihn dazu bewegen willst, das Vertrauensverhältnis zwischen Anwalt und Klient derart auf die leichte Schulter zu nehmen.«

Ich wählte Phil Newlys Nummer mehrmals am Sonntagnachmittag und -abend. Niemand da. Ich nahm an, er sei übers Wochenende weggefahren.

Das war eine meiner Sorgen in den nächsten Tagen – dass Phil Newlys Telefon, ohne dass abgenommen wurde, vor sich hin klingelte. Ich hätte mir noch mehr Sorgen machen sollen, als ich es ohnehin schon tat.

48

Montag Morgen, 18. September

Las Piernas

Am Montagmorgen, als Jack auf mich aufpasste, konnten wir den Van vom Polizeiparkplatz abholen. Ich wusch ihn sorgfältiger, als ich je ein Fahrzeug gewaschen habe. Wir brachten Ben den Jeep zurück, gerade rechtzeitig, dass er damit in seine erste

Vorlesung fahren konnte. Es schien ihn zu wundern, dass er ihn heil zurückbekam.

Ich rief Jo Robinson an, um mich über die Arbeitszeiten zu beklagen, die sie für mich vereinbart hatte, und sie erklärte mir, dass sie nicht damit gerechnet hatte, dass sich Wrigley einen solchen Zeitplan einfallen lassen würde. Sie ärgerte sich ebenfalls darüber, doch ihre Anrufe beim *Express* fruchteten offenbar nichts.

Immer wieder versuchte ich es bei Newly.

Travis rief an. Er hatte sich mit erfreulicher Regelmäßigkeit gemeldet, obwohl er von seinem Aufenthalt bei Stinger Dalton eindeutig enorm fasziniert war und es für mein Gefühl alles andere als eilig hatte, nach Las Piernas zurückzukommen. Er hatte bereits Soloflüge in kleinen Hubschraubern unternommen und erzählte mir mit ekstatischer Begeisterung, dass ihm Stinger nun beibrächte, den großen Sikorsky zu fliegen.

»Und, hast du immer noch Urlaub?«, fragte er mich.

»Nein, ich arbeite sogar morgen Nacht«, antwortete ich und schilderte ihm meine sagenhaften Arbeitszeiten.

»Das ist ja echt zum Kotzen«, sagte er, was mich überlegen ließ, ob er nicht schon ein bisschen zu viel Zeit mit Stinger verbracht hatte.

»Das ist nur vorübergehend«, versicherte ich.

»Vielleicht komme ich dich bald mal besuchen. Die Hunde fehlen mir.«

»Danke.« Ich lachte.

»So habe ich es nicht gemeint!«

»Ich weiß, ich weiß. Wir freuen uns alle, wenn du mal Zeit findest, vorbeizukommen.«

Ich sah die erste Nachtschicht mit einiger Beklommenheit auf mich zukommen. Normalerweise macht es mir nichts aus, allein nach Mitternacht durch menschenleere Straßen zu fahren oder in der Nachtschicht in einem Büro zu arbeiten, doch mittlerweile war in meinem Leben überhaupt nichts mehr normal. Ich war überzeugt davon, dass mir Parrish auf diesen Straßen auflauern, dass Parrish kommen und mich in diesen leeren Korridoren stellen würde.

Er jagt dich, wo auch immer du bist, sagte ich mir. Ich konnte mich nicht bis in alle Ewigkeit im Haus verkriechen. Ein Leben in Angst war überhaupt kein Leben.

In dieser Stimmung befand ich mich gerade, als mir Frank erklärte, er wolle dafür sorgen, dass ich während meiner Nachtschichten bei der Zeitung nie allein war. Ich dagegen lehnte es strikt ab, einen Aufpasser mit in die Arbeit zu nehmen. Der Streit brachte für ein paar Stunden Schwung in die Bude. Dann fuhr er davon, kehrte eine Stunde später zurück und reichte mir ein Handy.

»Was ist das?«

»Mein Seelenfrieden.«

»Erwartest du etwa, dass ich das mit mir herumtrage –«

»Und es eingeschaltet lässt. Ja.«

»Können wir uns das leisten?«

»Es ist billiger als eine Beerdigung.«

»Frank!«

»Okay, okay. Aber trag es bitte bei dir – meinem Seelenfrieden zuliebe, ja?«

Ich gab nach.

Im Lauf der nächsten Woche befasste ich mich fast gar nicht mit dem Fall Sayre. Ich war viel zu sehr damit beschäftigt, meinen Schlafrhythmus umzustellen und den Schreibkram abzuarbeiten, der sich auf meinem Schreibtisch beim *Express* angesammelt hatte. In den ersten Nächten war die Zeitung bereits in Druck gegangen, als ich eintraf. Ich unterhielt mich mit den Druckern im Keller und mit Jerry und Livy, die für die Wartung der Computer zuständig waren.

Frank stellte mich ein paar Mal auf die Probe und vergewisserte sich, dass ich das Handy eingeschaltet hatte, bis ich ihm schließlich damit drohte, dass ich, wenn er nicht aufhörte, mich zu Tode zu erschrecken, indem er das verdammte Telefon piepen ließ, das Ding zwischen die Rollen einer Druckmaschine stecken würde. Damit war dieses Problem erledigt.

Um halb zwölf versuchte ich, Newly zu erreichen. Niemand da.

In der Redaktion herrschten Leere und Stille.

Ich war kurz davor, nervös zu werden, als fünf Minuten vor Mitternacht mein Cousin Travis anrief.

»Geh aufs Dach«, verlangte er.

»Was?«

»Wir kommen dich besuchen!«, schrie er über das laute Geräusch im Hintergrund.

»Wer kommt mich besuchen?«

»Stinger und ich.«

»Toll. Wann?«

»Jetzt gleich.«

»Jetzt gleich? Soll das ein grober Scherz sein, Travis?«

»Geh aufs Dach des *Express*. Wir kommen in etwa zehn Minuten dorthin.«

»Spinnst du?«

»Nein, ich habe Stinger erzählt, dass du in der Spätschicht bei der Zeitung arbeiten musst und nicht besonders begeistert geklungen hättest, nachts dort allein zu sein. Also haben wir beschlossen, dass es lustig wäre, dich dort zu überraschen. Stinger meint, oben auf eurem Haus sei ein Landeplatz.«

»Das stimmt, aber –«

»Wer soll schon davon erfahren?«, fragte er, da er meine Einwände ahnte.

»Einer der beiden von der Computerwartung geht immer mal wieder zum Rauchen dort hoch.«

»Ist das jemand, der dich verpetzen würde?«

»Nein«, gab ich zu.

»Dann beeil dich! Wir sind schon fast da!«

Da ich es für möglich hielt, dass Wrigley anrief, um mich zu kontrollieren, stellte ich das Telefon auf meinem Schreibtisch so um, dass es sämtliche Anrufe zu meinem Handy umleitete.

Ich nahm die Treppen zur obersten Etage des Hauses – ein gutes Training – und zog die Tür mit der Aufschrift DACHZUGANG auf.

Dahinter folgte eine weitere Treppe. Als ich die letzte Tür öffnete und aufs Dach hinaustrat, nahm ich mir einen Moment lang Zeit, meine Umgebung zu genießen. Es war schön, draußen im Freien zu sein. Die Nachtluft war kühl, aber nicht so kalt, dass ich mich nach einer Jacke gesehnt hätte. Eine leichte Meeresbrise wehte den schlimmsten Gestank der Stadt davon. Geräusche drangen zu mir herauf – gedämpfter Verkehrslärm, das Brummen von Transformatoren und Maschinen, die auf dem Dach untergebracht waren, das scharfe Kling-kling-kling der Seile an den Fahnenmasten, das leise Flattern der hell angestrahlten Flaggen (das Sternenbanner und der kalifornische Bär). In dieser ganzen Mixtur hörte ich auch das regelmäßige Geräusch eines noch entfernten, aber sich nähernden Hubschraubers.

Als ich über den Rand des Hauses nach unten spähte, konnte ich einige der Wasserspeier und andere Dekorationselemente sehen, die mir in der Kindheit stets Ehrfurcht gegenüber diesem Gebäude eingeflößt und es mir seitdem ans Herz hatten wachsen lassen. Ich dachte daran zurück, wie mein Vater mir erzählt hatte, dass hier die Zeitung hergestellt wurde, der *Las Piernas News Express*, der jeden Morgen so zuverlässig auf unserer Einfahrt landete, eine großartige Publikation, die nur aus einem so erhabenen Bau stammen konnte.

Ich fasste über das taillenhohe Geländer, fuhr mit den Fingern am rußigen Mauerwerk entlang und dachte an meine jugendliche Verehrung. »Und jetzt sieh nur, wohin dich das gebracht hat, altes Mädchen.«

Ich sah zu der flachen, schmucklosen Fassade des Wolkenkratzers nebenan hinüber, einem dunklen, grauen Nichts, das nur hie und da vom Lichtschein aus einem Büro durchbrochen wurde. Die Schachtel nannte ich es manchmal. Die Schachtel besaß noch andere Namen – ja, sogar so viele, dass die Schildermacher das Logo auf dem Dach alle paar Jahre auswechseln mussten. Trotz ihres neuen Glanzes waren dort nie sämtliche Räume vermietet gewesen. Im Wrigley stand inzwischen auch einiges leer, aber uns gab es ja schon viel länger. Wieder strich ich über das Gemäuer.

Ich wischte mir die Fingerspitzen ab und begann eine Runde zu gehen. Obwohl neuere und höhere Häuser ringsum es weniger spektakulär wirken ließen als früher, war der Blick vom Dach des Wrigley-Buildings nach wie vor atemberaubend.

Ich stand nicht am höchsten Punkt des Gebäudes: Ein Teil des Dachs barg verschiedene Aufbauten, die mitunter ziemlich hoch waren und sich am Ende des Dachs, neben der Treppe, befanden. Eine Reihe schmaler Gänge zog sich zwischen dem Gehäuse für die riesige Klimaanlage, verschiedenen Versorgungsleitungen, dem hoch aufragenden Block mit Satellitenschüsseln und anderen Aufbauten dahin. Die Fahnenmasten und der lange, dünne Blitzableiter befanden sich oben auf einem der höchsten und längsten von ihnen. Der Raum darunter wurde überwiegend als Lager benutzt.

Trotz dieser Hindernisse konnte man um das ganze Dach herum laufen und ziemlich weit sehen. Ich hatte nicht die Zeit, um in dieser Nacht die große Tour zu machen, da ich den Hubschrauber immer näher kommen hörte.

Eilig ging ich auf die andere Seite des Hauses und stellte mich neben einen Bereich mit besonders glatter Oberfläche – den Hubschrauberlandeplatz.

Mittlerweile hatte ich den großen Sikorsky entdeckt. Sein Lärm übertönte sämtliche anderen Geräusche, ein grelles Licht schien unter ihm herab, und eine stechende Wolke aus Staub und Ruß hob sich im Gegenzug zu seinem allmählichen Herabsinken auf den Landeplatz.

Ich merkte, wie ich grinste, angetan von Travis' Können, und mich fragte, was die schüchterne Schwester meiner Mutter von der extravaganten Ankunft ihres Sohnes gehalten hätte. Ich winkte und wartete, bis sie die Motoren abgestellt hatten und aus dem Cockpit kletterten.

»Bist du gerade selbst geflogen?«, fragte ich Travis, nachdem wir einander begrüßt hatten und obwohl ich ganz genau wusste, dass die Antwort ja war.

»Ja«, bestätigte er. »Meine erste Landung auf einem Gebäude mitten in der Stadt!«

»Deine erste?«, wiederholte ich und versuchte, mir nicht anmerken zu lassen, wie sehr mich diese Aussage beunruhigte. »Das hast du prima hingekriegt.«

»Entschuldigen Sie den vielen Staub«, sagte Stinger und schüttelte mir die Hand. »Ist wohl schon 'ne Weile her, dass hier jemand gelandet ist?«

»Ja. Der *Express* hatte früher mal einen eigenen Hubschrauber, aber das war vor den Budgetkürzungen. Jetzt hat die Zeitung einen Vertrag mit einer Firma am Flughafen. Sie kommen her, holen Reporter und Fotografen ab und bringen uns überallhin, wo wir hinmüssen«, erklärte ich. »Ich finde, mit unserem eigenen waren wir besser dran, weil wir schneller reagieren konnten und zu den Schauplätzen kamen, über die wir schreiben wollten, ohne darauf warten zu müssen, bis uns die Vertragspiloten abholen. Jetzt sind wir ein bisschen langsamer. Aber natürlich will Wrigley, dass wir meistens mit dem Auto fahren.«

»Mann«, sagte Stinger und zeigte auf den Sikorsky. »Der da bringt Sie zu den meisten Orten, wo Sie hinmüssen, eine verdammte Ecke schneller als ein Auto – noch dazu auf den Freeways von L. A.«

»Jammerschade, dass du in der Arbeit bleiben musst«, sagte Travis. »Sonst könnte ich einen Rundflug mit dir machen.«

»Das wäre toll«, sagte ich, »aber das müssen wir notgedrungen auf ein andermal verschieben. Wie konntest du mich eigentlich vom Hubschrauber aus anrufen?«

»Pappy – Stingers Bodenpersonal – hält Funkkontakt zu uns, während wir fliegen. Er stellt Anrufe von Fremont Enterprises zum Hubschrauber durch und umgekehrt. Die meisten Anrufe kommen von Stingers Freundinnen ...«

»Also, jetzt reicht's aber, Kurzer«, maulte Stinger, obwohl Travis locker einen Kopf größer war als er. »Zeit, dass wir die Mücke machen. Irene muss wieder an die Arbeit.«

»Aber ihr seid doch gerade erst gekommen!«, protestierte ich.

»Vielleicht bleiben wir über Nacht in Las Piernas«, sagte Travis. »Jack meinte, wir könnten bei ihm schlafen. Wir üben nur noch ein bisschen den Nachtflug, und dann fliegen wir zum Flughafen zurück.«

»Bei uns ist auch Platz«, sagte ich. »Brauchst du den Van wieder?«

»Ich würde ihn eventuell gern morgen eine Zeit lang benutzen. Ich überlege mir nämlich, ein Angebot für ein Haus ganz in der Nähe von eurem zu machen.«

Erfreut, dies zu hören, plauderte ich noch ein Weilchen mit ihm über seine Pläne. Als ich zu Stinger hinübersah, hatte er den Kopf zur Seite geneigt, als würde er mich studieren. »Wann haben Sie Ihre nächste Nachtschicht?«, fragte er.

»Donnerstag.«

»Dann kommen wir am Donnerstag wieder – gleiche Uhrzeit, gleicher Treffpunkt.«

Ich lachte. »Damit Travis noch ein bisschen üben kann?«

»Wenn Sie so wollen«, erwiderte er und nickte.

»Okay, warum nicht?«

»Also, jetzt, wo Sie's erwähnen«, sagte er und kratzte sich am Kinn. »Es könnte doch einen Grund geben, der dagegen spricht. Darf ich mal kurz Ihr Handy benutzen?«

Ich reichte es ihm, und er programmierte eine Nummer ein.

Dann reichte er mir das Handy wieder und zeigte mir, wie ich die Nummer finden konnte, die er mit »Stinger@FE« bezeichnet hatte.

»Das heißt ›Stinger bei Fremont Enterprises‹. Unter der erreichen Sie Pappy, und Pappy kann Sie zu uns durchstellen. Wenn Ihr Chef hier rumlungert oder es aus anderen Gründen ungünstig ist, dass ein Hubschrauber hier landet, rufen Sie an. Sonst sehen wir uns am Donnerstag wieder.«

Sie flogen davon.

In wesentlich fröhlicherer Stimmung kehrte ich zur Treppe zurück. Ich schlenderte ein bisschen langsamer und ertappte mich bei dem Gedanken, dass mein Verbleib bei der Zeitung es wert war, sämtliche Hindernisse zu überwinden, die mir irgendein Mitglied der gegenwärtigen Generation von Wrigleys in den Weg legen mochte. Sonst, so überlegte ich, landete ich am Ende noch in einem Gebäude, das so aussah wie die Schachtel.

Ich hatte gerade jene Ecke des Wrigley-Buildings erreicht, wo die Schachtel voll ins Blickfeld kam. Ich blieb stehen. Da war etwas Merkwürdiges an einem Fenster, und zwar einem Fenster in fast der gleichen Höhe wie die Ebene, auf der ich mich befand. Im entsprechenden Büro war Licht, aber es war nicht hell genug, als dass man hätte arbeiten können. Und was noch merkwürdiger war – das Licht bewegte sich.

Leuchtstoffröhren an der Decke bewegen sich nicht. Eine starke Taschenlampe? Beobachtete ich gerade einen Einbruch?

Ich war noch nicht um die Ecke gebogen, nach der ich von der Schachtel aus voll im Blickfeld wäre, und als das Licht ein paar Mal auf die Fensterscheibe traf, trat ich ins Dunkel zurück und holte das Handy hervor.

Das Licht ging aus. Ich blieb, wo ich war, und behielt das Fenster im Auge. Bald sah ich eine schattenhafte und undeutliche Gestalt dicht an der Scheibe stehen. Ich konnte die Umrisse dieser Person kaum ausmachen. Nick Parrish?

Oder fantasierte ich ihn nur wieder herbei?

Sicher konnte ich mir da nicht sein. Aber die Taschenlampe hatte ich mir nicht eingebildet.

Ich duckte mich tiefer ins Dunkel und wählte die Nummer der Polizei.

49

Mittwoch, 20. September, 0 Uhr 15
Dach des Wrigley-Buildings

Als Nächstes rief ich zu Hause an.

»Irene? Alles in Ordnung?«

»Alles bestens. Hab ich dich geweckt?«

»Nein. Ich warte sowieso auf dich.«

»Weißt du noch, wie du gesagt hast, ich soll dir Bescheid geben, wenn ich glaube, Parrish wieder zu sehen?«

»Ja. Wo ist er?«

Ich erzählte ihm, dass ich gerade einen mutmaßlichen Einbruch im Gebäude nebenan gemeldet hatte, und erklärte ihm rasch, weshalb ich auf dem Dach war. »Aber jetzt frage ich mich, ob ich Parrish nicht doch hätte erwähnen sollen«, gestand ich. »Ich will nicht, dass sie unvorbereitet sind, falls er es ist.«

»Geh wieder rein und such Jerry oder Livy oder sonst jemanden, der gerade dort arbeitet. Versprich mir, dass du das tust, bis die Polizei eintrifft. Und verständige den Wachmann in der Eingangshalle.«

Ich willigte ein und begann meinen Abstieg.

Ich hatte gerade den zweiten Treppenschacht betreten, als ich Schritte hörte. Ich blieb stehen und lauschte.

Unter mir hörte ich, wie sich eine Tür schloss. Das Metallgeländer vibrierte, wie es fast das ganze Gebäude tut, wenn die Druckmaschinen laufen. Das Rumoren wallt rhythmisch vom Keller nach oben, nicht laut in dieser Höhe, aber durchdringend. Ich merkte, wie meine Hand in einem anderen Rhythmus zitterte. Ich holte das Handy wieder heraus und versuchte, den Wachdienst anzurufen, wobei jedes leise Piepen der Tastatur zu dröhnen schien wie eine Blaskapelle. Ich wartete, dass der Anruf durchkam, doch nichts geschah. Ich sah aufs Display: kein Signal. Der Treppenschacht war alles andere als ideal für den Empfang.

Ich wartete. Ich bildete mir ein, unter mir wieder ein Geräusch zu hören.

Jerry oder Livy, sagte ich mir. Sie gehen von einem Stock zum anderen, um die Computer zu überwachen. Ich wartete.

Als eines dieser Dreiminutenjahre vorüber war, ohne dass ich irgendwelche weiteren Laute gehört hätte, schlich ich zur nächsten Ebene hinunter und gelangte an eine Tür. Ich probierte sie – sie war abgeschlossen. Ich war frustriert, aber nicht erstaunt. Selbst mit dem Aufzug konnte man die Büros in den oberen Etagen nur erreichen, wenn man einen Spezialschlüssel besaß, und die Türen ins Treppenhaus ließen sich nur von der anderen Seite öffnen.

Ich lauschte, und da ich immer noch keine anderen Geräusche hörte, ging ich aufs Ganze. Inzwischen völlig aufgelöst, raste ich wie eine Verrückte die Treppen hinunter. Ich bog gerade um die letzte Kurve auf dem Treppenabsatz über der Redaktion, als die Tür zur Redaktion aufflog. Ein dunkel gekleideter Mann trat heraus. Er hielt eine Pistole auf mich gerichtet.

Ich blieb stehen, warf die Arme nach oben und versuchte etwas zu sagen. Mein Mund bewegte sich so ähnlich wie bei einem Guppy, doch es drang kein Laut heraus.

Der Wachmann sprach als Erster. »Du lieber Gott, Kelly!«, sagte er und senkte die Pistole auf meine Kniescheiben. »Sie haben mich gerade zu Tode erschreckt.«

»Bitte stecken Sie die Pistole weg«, sagte ich, während ich wünschte, ich könnte mich an seinen Namen erinnern. »Sie erschrecken mich *immer noch* zu Tode.« Musste sich gerade erst rasieren und hatte schon eine Waffe. Geoff, der Wachmann von der Tagschicht, ging auf die Achtzig zu (manche schworen, es sei schon das zweite Mal) und trug nie eine Waffe. Raten Sie mal, bei wem ich mich sicherer fühlte.

Er steckte die Pistole in sein Schulterhalfter und zog den Gürtel hoch. »Ihr Mann hat angerufen. Er meinte, Sie hätten ihn vom Dach aus mit Ihrem Handy angerufen, aber als er versuchte, Sie zurückzurufen, hat sich niemand gemeldet. Er hat nur die Voice-Mail erreicht. Dann hat er es an Ihrem Platz probiert, ist aber wieder beim Handy gelandet.«

»Und das ist Grund genug für einen bewaffneten Einsatz?«

»Oh – na ja, was das angeht – kurz bevor ich mit ihm gesprochen habe, habe ich einen Funkspruch über den Scanner gehört. Sie glauben, Parrish ist im Haus nebenan. Ich dachte, er sei womöglich hinter Ihnen her, also habe ich mich gewappnet.«

Dies äußerte er mit einer lässigen Selbstsicherheit, die nicht das geringste Bewusstsein dafür erkennen ließ, dass ich die Zielscheibe für ein paar Kugeln des Kalibers hätte sein können, das sich in seinem Ladestreifen befand. Jetzt lächelte er und streckte eine Hand aus, bereit, mir die Treppe hinunterzuhelfen. Ich ließ mich von ihm in die Redaktion begleiten, wo ich praktisch auf dem erstbesten Stuhl zusammenklappte.

Er nahm sein Funkgerät und sprach hinein. »Posten eins meldet sich zurück.«

Als er keine Antwort bekam, runzelte er konsterniert die Stirn und versuchte es noch einmal. »Posten eins an Zentrale. Bist du da, Jerry?«

»Leonard?«, ertönte die Antwort. »Rufst du den Empfang? Was soll dieser Scheiß mit ›Posten eins an Zentrale‹?«

Leonard. Wie hatte ich nur diesen Namen vergessen können?

»Keine Kraftausdrücke im Wachfunk, Jerry! Das ist total gegen die Vorschriften! Total!«

Leonard verdrehte die Augen und stellte das Funkgerät ab. »Ich gehe lieber wieder runter zum Empfang«, sagte er zu mir.

»Geht's Ihnen gut? Soll ich Ihnen ein Glas Wasser holen oder irgendwas?«

Er sauste los zum Wasserspender, bevor ich antworten konnte. Ein Mann der Tat, unser Leonard. Doch so langsam schloss ich ihn ins Herz.

»Ich habe noch eine angebrochene Flasche Mineralwasser«, erwiderte ich, und er legte eine gekonnte Kehrtwendung hin, um sie von meinem Schreibtisch zu holen.

»Sie sollten Ihren Mann anrufen und ihm sagen, dass Ihnen nichts fehlt«, erklärte er streng und reichte mir die Flasche.

»Mach ich.«

»Er ist bei der Mordkommission, stimmt's?«

»Ja.«

»Bringen Sie ihn doch mal mit. Ich würde ihn gern kennen lernen. Übrigens – das war echt cool, mit dem Monitor zu werfen und so, aber schlagen Sie während meiner Schicht nichts zusammen, okay?«

»Ich werd's versuchen.«

Eine sorgfältige Durchsuchung des Hauses nebenan ergab, dass in das Büro, auf das ich hingewiesen hatte, tatsächlich eingebrochen worden war, obwohl anscheinend nichts gestohlen worden war.

Nirgends war eine Spur von Parrish. Es war nicht leicht gewesen, in jedem Winkel der Schachtel nach ihm zu suchen, aber niemand von der Polizei Las Piernas wirkte von der aufgewandten Mühe überanstrengt. Das bedeutete allerdings nicht, dass sie nicht verärgert gewesen wären. Doch da sie besser ausgebildet waren als Leonard, drohten sie nicht damit, auf mich zu schießen.

Als ich am Donnerstag in die Arbeit kam, um meine nächste Schicht abzuleisten, hing ein Zettel an meinem Computer-Bildschirm.

Kelly, bitte versuchen Sie, eine Schicht zu arbeiten, ohne dass die Cops hier anrücken.

John

Ich hob ihn auf, um ihn Frank zu zeigen, wenn er das nächste Mal verlangte, um meinen Schreibtisch herumschwirren zu dürfen.

Stinger hielt Wort. Am Donnerstagabend gesellten sich Jerry und Livy zu mir, um die Landung mit anzusehen, und waren gehörig beeindruckt. Dann gingen sie nach unten, um Leonard Gelegenheit zu geben, auch noch etwas zu sehen.

Während wir auf den jungen Mann warteten, den Stinger (ungesehen) »Leonardo daGung-ho« getauft hatte, bat ich die beiden, mir zu zeigen, was unternommen worden war, um die Hubschrauber oben in den Bergen zu sabotieren.

Stinger zeigte mir den Ablasspfropfen.

»Wozu haben Hubschrauber so ein Teil?«, wollte ich wissen.

»Im normalen Tagesbetrieb«, antwortete er, »dringt feuchte Luft in den Treibstofftank. Der Tank besteht aus Metall. Wenn sich das Metall im Tank abkühlt, kondensiert das Wasser in der Luft und tropft in den Treibstoff. Weil Wasser schwerer ist als der Treibstoff, sinkt dann das Wasser auf den Boden des Tanks.«

»Wenn du Wasser im Tank hast«, setzte Travis fort, »und es sich mit deinem Treibstoff mischt, gibt das Probleme. Wenn du ihn dann anlässt und losfliegen willst, kann es passieren, dass die Motoren nicht ruhig laufen – es könnte zu Fehlzündungen kommen.«

»Also öffnet man das Ventil und lässt das Wasser aus dem Tank ab, bevor man losfliegt?«, fragte ich.

»Genau.«

»Wenn es also nicht geregnet hätte, hätten die Leute vom Forest Service damals in der Nacht in den Bergen vielleicht gerochen, dass der ganze Treibstoff ausläuft.«

»Möglich«, stimmte Stinger zu. »Aber was hätten sie schon dagegen unternehmen können? Derjenige, der die Hubschrauber sabotiert hat, hat die Ablasspfropfen ja mitgenommen.«

»Also hätten die Rangers die Tanks ohne Ersatzteile gar nicht auffüllen können.«

»Genau. Der Forest Service und die Cops haben Metalldetektoren eingesetzt, um die Pfropfen zu finden. Ich glaube, wer auch immer die Sabotage begangen hat, hat die Dinger als Souvenirs behalten.«

»Sie sind klein genug, um sie in der Jackentasche zu transportieren«, sagte ich.

»Ja. Wenn man die Ablasspfropfen findet, hat man damit auch Parrishs Helfer.«

Leonard hüpfte vor Begeisterung auf und ab, als er Stinger und Travis kennen lernte. »Warten Sie hier, Mann, warten Sie hier!« Eilig lief er zu einem der Aufbauten auf dem Dach hinüber. Nach wenigen Augenblicken war der Hubschrauberlandeplatz von einer Reihe von Lichtern erleuchtet, die in die Dachfläche eingebaut waren.

Anschließend kam er zurückgeschlendert und zog sich erneut die Hose hoch. »Ich zeige Irene, wo der Schalter ist«, erklärte er. »Dann können Sie in Zukunft stilvoll landen.«

Sie bedankten sich und blieben noch ein paar Minuten. Kurz bevor sie wieder abhoben, fragte Leonard Travis: »Wie alt sind Sie eigentlich?«

Als Travis es ihm sagte, riss er die Augen auf und staunte: »Mann! Kaum älter als ich.«

Noch lange, nachdem sie abgehoben hatten, stand er da und sah ihnen nach. »Wollen Sie nicht doch lieber zur Polizei?«, fragte ich.

»Doch, unbedingt. Luftpatrouille!« Er sah sich auf dem Dach um und sagte: »Sie meinten, sie kämen morgen wieder. Ich sorge dafür, dass Sie es sich hier oben gemütlich machen können.«

Er schmunzelte. »Jerry kommt die ganze Zeit zum Rauchen hier hoch, also richten wir eine Nichtraucherecke ein.«

Er zeigte mir, wo man die Lichter für den Landeplatz einschaltet, und dann kehrten wir zur Zugangstür zurück. Ich zwang mich, zur Schachtel hinüberzuschauen. Das Fenster, in dem ich den Einbrecher gesehen hatte, war heute Nacht dunkel.

»Jammerschade, dass sie ihn nicht erwischt haben«, sagte Leonard und folgte meinem Blick.

»Den Einbrecher?«

»Parrish«, sagte er.

»Vielleicht war er gar nicht da.«

»Er war da«, erklärte er gebieterisch. »Aber machen Sie sich keine Sorgen – ich lasse ihn nicht ins Wrigley-Building.«

Und das von einem Knaben, der fast auf mich geschossen hätte. Doch ich dankte ihm, und etwas später dankte ich ihm erneut, als er uns in eine der Vorstandsetagen und in den Aufzug schmuggelte.

Noch besser war, dass er mich für die Fahrt aufs Dach am Freitag wieder in den Aufzug ließ. Fast platzend vor Stolz führte er mich ins »Café Kelly«, wie er die Gruppe aus vier Plastikstühlen und einem Metalltisch nannte, die er in der Cafeteria ausgeliehen hatte. »Keine Sorge, ich habe die Erlaubnis«, sagte er. »Die standen ungenutzt in der Küche rum. Sie waren froh um den Platz.« Auf eigene Kosten hatte er einen Kühlbehälter erstanden, den er nun aufklappte, um mir einen Sechserpack Mineralwasser zu zeigen.

»Sehen Sie? Ich habe mir sogar Ihre Marke gemerkt.« Er nickte. »Ich bin ein geübter Beobachter.«

»Leonard, das ist sehr nett von Ihnen – aber Sie hätten sich nicht so viel Mühe machen sollen.«

»Tja, ich mag Sie eben. Außerdem helfe ich gern anderen. Und vielleicht legen Sie ja eines Tages mal ein gutes Wort für mich ein, damit eventuell mal jemand vorbeikommt und mit mir spricht oder so.«

Ich schmunzelte. »Es ist also ein Bestechungsversuch, um Frank kennen zu lernen.«

Er protestierte hektisch und vehement, bis ich ihm erklärte, dass ich ihn nur aufzog.

»Oh.«

Er wirkte immer noch gekränkt. Ich ließ mich demonstrativ auf einen der Stühle sinken, öffnete eine Flasche Wasser und rief, wie herrlich es doch war, eine so nette Sitzecke zu haben. Das schien ihn zu freuen, und er hatte schon bald seine gewohnt gute Laune wieder gefunden. Er hörte den Hubschrauber und schaltete die Landeplatz-Beleuchtung ein. Dann stand er verzückt da, als der Flieger Schmutz und Staub über das ganze Café Kelly blies. Hinterher fragte er Travis mindestens ein Dutzend Mal, ob ihm die Lichter geholfen hätten, »das Baby« zu landen.

Sein Funkgerät knisterte, und als er aufstand, um zu antworten, warf er seinen Plastikstuhl um. »Hier spricht Posten eins.«

»Posten eins, hier Zentrale«, sagte Jerry. »Darf ich vielleicht auch mal aufs Dach? Ich brauch dringend 'ne Zigarette.«

»Du solltest diese eklige Gewohnheit aufgeben«, sagte Leonard, doch er entschuldigte sich und ging.

Ich sprach eine Weile mit Stinger und Travis und erfuhr dabei, dass Travis beschlossen hatte, das Haus zu kaufen, das er sich angesehen hatte. Er erzählte mir, dass er Stinger auf einen Besuch mit zu meiner achtzigjährigen Großtante Mary Kelly nehmen wollte. »Sie möchte, dass wir ein paar Tage bei ihr bleiben.«

»Ich glaube, Sie werden sich bestens mit Mary verstehen«, sagte ich zu Stinger.

Stinger grinste. »Travis behauptet, sie würde vor Tatendrang nur so strotzen.«

»Das stimmt«, bestätigte ich. »Sie ist garantiert eine echte Herausforderung für Sie, Mr. Dalton.«

»Sie hat ihn schon nach den Hubschraubern gefragt«, sagte Travis.

»Will sie mal mitfliegen?«

»Ja, aber sie will auch selbst welche fliegen.«

»Gott steh uns bei.«

Jerry kam zum Rauchen nach oben, und Stinger und Travis schwirrten bald darauf ab. Sie schwebten über uns, leuchteten mit einem hellen Scheinwerfer aufs Dach herab und sahen mir nach, bis ich die Zugangstür erreicht hatte, so wie vielleicht jemand aufpasst, der sich vergewissern will, dass seine Freundin nach einer Verabredung sicher ins Haus kommt. Ich winkte ihnen zu und ging zur Redaktion hinunter, während ich darüber sinnierte, wie viel angenehmer diese Schicht doch durch ihre Besuche wurde, auch wenn man ihre Anreisemethode ungehörig hätte finden können.

Sie halfen mir, die Strafe zu überstehen, die Wrigley über mich verhängt hatte, ja sie erlaubten mir sogar, ihm heimlich eine lange Nase zu machen. Wenn Travis, indem er auf diese Art nach mir sah, die Überzeugung gewann, dass ich in Sicherheit war, so konnte ich damit leben.

Ich fühlte mich tatsächlich weniger verletzlich. Ja, ich parkte jetzt nahe am Haus, und Jerry begleitete mich – aus eigenem Antrieb – zum Wagen und wieder zurück. Doch diese Vorkehrungen wurden langsam Routine. Und jeden Abend, wenn ich an der Schachtel vorbeiging, kam ich mehr und mehr zu der Überzeugung, dass es doch nur ein Einbrecher gewesen war und nicht Parrish.

Die Heimfahrt nach diesen Spätschichten war stets fast frei von Verkehr, aber, genau wie die Redaktion, ein bisschen zu düster und still. Diese Nacht war Nebel aufgezogen, und als ich die dunklen, menschenleeren und diesigen Straßen entlangfuhr, ertappte ich mich dabei, wie ich an Science-Fiction-Filme dachte, in denen der Protagonist irgendwie der einzige Überlebende eines Neutronenbomben-Angriffs oder der Vernichtung durch Außerirdische ist. Er hat die Stadt für sich allein, aber niemanden, mit dem er sie teilen kann.

Tja, dachte ich, ich habe jemanden, mit dem ich sie teilen kann – ich sollte Frank anrufen. Doch ich wusste, dass er schon allein beim Klingeln des Telefons fürchten würde, dass ich in Schwierigkeiten war, und so beschloss ich zu warten. Es waren nur noch zehn Minuten nach Hause.

Immer wieder hörte ich ein leises, unregelmäßiges Poltern aus dem hinteren Teil des Vans und fragte mich, ob die Polizei ihn irgendwie beschädigt hatte, als sie ihn auf ihr Gelände geschleppt hatte. Die genaue Herkunft des Geräuschs war unklar, und ich kam auch nicht dahinter, wodurch es verursacht wurde.

Ich stellte das Radio an. Eine Talk-Show lief. Ich hörte zu, wie ein so genannter Therapeut einen Anrufer abkanzelte, der mit masochistischer Unterwürfigkeit antwortete. Ich war richtig froh um Jo Robinson und stellte einen Jazzsender ein.

Erleichtert atmete ich auf, als ich in unsere Einfahrt bog. Ich stellte das Radio ab und machte das Handy vom Aufladestecker am Armaturenbrett los, als ich auf dem Diyplay sah, dass ich Voice-Mail bekommen hatte.

Mist! Ich hätte früher nachsehen sollen. Ich drückte den Knopf, der Nachrichten wiedergibt, und fragte mich, ob Wrigley doch angerufen hatte, um mich zu kontrollieren.

Es waren zwei Nachrichten. Das verhieß nichts Gutes.

»Erste Nachricht«, verkündete die Automatenstimme des Telefondiensts. »Eingegangen heute Nacht, 0 Uhr 11.«

Nicht Wrigley, sondern John. Eigentlich sogar eine gute Nachricht. Er teilte mir mit, dass Wrigley eingewilligt hatte, meine Arbeitszeiten in eine Woche mit festen Spätschichten umzuwandeln, von Montag bis Freitag. Ich würde trotzdem nach wie vor nur Teilzeit arbeiten, aber ich müsste mich nicht mehr nach drei Stunden Schlaf am Sonntagmorgen aus dem Bett wälzen. Ich hätte das Wochenende frei.

Ich lauschte der überfreundlichen Stimme des Ansagedienstes, die sagte: »Um diese Nachricht zu wiederholen, drücken

Sie die Eins. Um diese Nachricht zu löschen, drücken Sie die Zwei. Um diese Nachricht zu speichern …«

Ich drückte auf die Zwei.

»Zweite Nachricht. Eingegangen heute Nacht, 0 Uhr 16.«

Da ich damit rechnete, dass es noch einmal John sein würde, der es erneut versuchte, war ich nicht auf das gefasst, was ich zu hören bekam.

Parrishs Stimme.

»Es ist schon so lange her, dass wir uns unterhalten haben, mein Schatz. Du hast mir richtig gefehlt, aber wir hatten beide viel zu tun, stimmt's? Sag mal, ist dein Telefon eigentlich analog oder digital? Ich habe dir jedenfalls eine *digitale* Nachricht hinterlassen …« Er lachte leise auf.

»Hast du dich eigentlich in letzter Zeit mal genau angeschaut? Du siehst ein bisschen müde aus. Bekommst du nicht genug Schlaf? Pass nur auf, sonst magerst du noch bis auf die Knochen ab.«

Wieder Gelächter. Ich machte die Tür auf, stieg aus dem Van und stolperte aufs Haus zu.

»Und obwohl du diesmal wie ein braves Mädchen deine Türen abgesperrt hast, muss ich dir sagen, dass mich Schlösser nicht aufhalten. Ich habe etwas leicht Verderbliches für dich im Van hinterlegt.«

Ich wandte mich zum Van zurück und schrie nach Frank.

»Ich glaube, Ben Sheridan wird es gefallen«, fuhr Parrish fort. »Richte ihm aus, dass es mir sehr gefallen hat. Und sag ihm, dass ich dich demnächst seinem Zugriff entziehen werde.«

Ein Klicken ertönte. Nach einer kurzen Pause sagte die angenehme Stimme des Voice-Mail-Service: ›Um diese Nachricht zu wiederholen, drücken Sie die Eins. Um diese Nachricht zu löschen, drücken Sie die Zwei. Um diese Nachricht zu speichern …‹

Doch ich konnte keine angenehmen Stimmen mehr hören. Ich schleuderte das Telefon auf den Rasen, als hätte ich auf einmal gemerkt, dass ich eine Schlange in der Hand hielt. Hektisch zog ich die seitliche Schiebetür des Vans auf.

Frank kam mit Deke und Dunk aus dem Haus gelaufen. »Irene?«, fragte er aufgeregt. »Was ist denn los?«

Ich zeigte auf das Telefon, während ich in den Wagen kroch und zusah, wie er hinging und es aufhob.

»Irene, nein!«, rief er, als ich den Kühlschrank öffnete.

Zu spät.

In dem winzigen, aquamarinblauen Raum ging eine kleine Lampe an.

Ein menschlicher Schädel starrte mir entgegen.

50

Samstag, 23. September, 2 Uhr 45 Morgens

Las Piernas

Ich habe es versucht, aber nicht einmal jetzt kann ich mich deutlich daran erinnern, was in den ersten paar Minuten, nachdem ich ihn sah, passiert ist. Ich erinnere mich dunkel, dass Frank mich irgendwann fest an den Schultern packte und mich anschrie, voller Wut in seiner Sorge um meine Sicherheit, seinem Grauen davor, in welche Falle ich hätte tappen können, indem ich so gedankenlos auf Parrishs Provokation reagierte.

Er hatte natürlich Recht – ich hätte den Kühlschrank nie anrühren dürfen.

Frank sagt, ich hätte auf sein Schimpfen nur damit reagiert, dass ich gelassen erklärte: »Ich dachte, er hätte ihr nur Finger und Zehen abgetrennt. Ich wusste nicht, dass sie geköpft worden ist.«

»Er hat sie nicht geköpft! Daher wissen wir ja auch ihre Haar- und Augenfarbe!«

Da ich auf einmal nicht mehr stehen konnte, setzte ich mich auf die Stufen zur Veranda.

Frank schloss die Tür des Vans und setzte sich neben mich. Einen Arm um mich gelegt, rief er die Polizei. Cody, mein Kater, kam heraus und setzte sich auf meinen Schoß. Deke und Dunk lagen über unseren Füßen.

In gewissem Maße weckte mich das Eintreffen von Fahndern und Spurensicherung aus meinem Kokon der Betäubung, so dass ich mich, als sie gingen, wieder mehr wie ich selbst fühlte. Ich hatte ihnen alles gesagt, was ich wusste – dass Parrish vermutlich meine Nummer bei der Arbeit gewählt hatte und der Anruf weitergeleitet worden war; dass der Van abgesperrt gewesen war; und ja, dass es auf dem Parkplatz des *Express* Überwachungskameras gab, die aber notorisch unzureichend waren.

Die Polizisten erkundigten sich bei der Zeitung und erfuhren, dass Leonard vor drei Wochen pflichtgemäß gemeldet hatte, dass die Kamera, die den Parkplatz überwachte, mutwillig zerstört worden war. Wrigleys Reaktion hatte darin bestanden, ein größeres Schild aufzustellen, auf dem stand: PARKEN AUF EIGENE GEFAHR. DER EIGENTÜMER DES PARKPLATZES ÜBERNIMMT KEINE VERANTWORTUNG FÜR VERLUST ODER SCHÄDEN AN FAHRZEUGEN ODER DEREN INHALT.

Am nächsten Morgen – im Grunde am selben Morgen, aber nachdem wir geschlafen hatten – ertappten wir uns alle beide dabei, dass wir ein bisschen verlegen waren: Frank, weil er die Beherrschung, und ich, weil ich die Nerven verloren hatte. Dennoch bewegten wir uns nie weit voneinander weg und ließen uns auch kaum mehr als ein paar Momente aus den Augen. Als ich mich langsam sicherer fühlte, als es um drei Uhr morgens der Fall gewesen war, begann ich mich zu entspannen. Wir fingen ein Gespräch an, und gegen Ende des Tages kehrte so etwas wie Ausgeglichenheit zurück.

»Wenn doch nur Rachel hier wäre«, meinte Frank am Samstag Abend.

Er sehnte sich nicht etwa nach einer anderen Frau, sondern er wollte einen Bodyguard engagieren. Die Frau seines Partners ist eine ehemalige Fahnderin der Mordkommission und kann ausgesprochen fest zupacken, falls nötig. Doch Rachels Arbeit als Privatdetektivin hatte sie diese Woche aus Kalifornien weggeführt.

Obwohl ein Streifenwagen vor unserem Haus parkte, war Frank nicht nur um meine Sicherheit besorgt. »Ich will nicht, dass du Angst hast«, sagte er. »Du brauchst Gesellschaft.«

Ich hatte keine Einwände, was in seinen Augen vermutlich das Bedenklichste war, was den ganzen Tag passiert war.

Am Sonntagmorgen wachte ich auf und sah ihn seinen Anzug anziehen. »Entschuldige – ich wollte dich noch ein bisschen schlafen lassen. Ich muss in die Arbeit. Aber Ben kommt mit Bingle rüber. Okay?«

Ich versicherte ihm, dass ich mich darauf freute, Ben und seinen Hund zu sehen.

Ich glaubte, ich hätte die Wahrheit gesagt, aber während Bingle gerne noch hätte bleiben können, war ich um die Mittagszeit drauf und dran, Ben hinauszuwerfen.

Es war gegen eins, als ich ihn zu fragen wagte, ob er derjenige sei, der sich um eine Identifizierung des Schädels bemühen würde.

»Ja, allerdings«, blaffte er mich an. »Und nein, ich weiß nicht, wessen Schädel es ist. Ich möchte lieber nicht spekulieren. Erst recht nicht gegenüber einer Reporterin.«

»Gehen Sie«, sagte ich.

»Was?«

»Gehen Sie nach Hause. Ich halte mich hier mit Mühe aufrecht, und Sie machen eine gehässige Bemerkung nach der anderen. Heute waren es schon mindestens zwei Dutzend, und es kommt mir nicht so vor, als ob der Vorrat, den Sie offenbar zur Verfügung haben, bald erschöpft wäre. Also hauen Sie schon ab.«

Er runzelte die Stirn und sagte: »Ich habe Sie beleidigt. Das tut mir Leid.«

»Ganz herzlichen Dank. Äußerst aufrichtig gesprochen. Auf Wiedersehen.«

»Ich gehe nicht.«

»Doch, Sie gehen.«

»Nein, tu ich nicht. Seien Sie nicht kindisch.«

»Verschwinden Sie, verflucht noch mal!«

»Wenn es nur Ihretwegen wäre, glauben Sie mir, ich würde gehen. Aber ich habe Frank versprochen, dass ich bleibe.«

»Wenn Sie jetzt nicht abhauen, brauchen Sie sich nicht mehr den Kopf darüber zu zerbrechen, dass Parrish mich umbringt. Nach diesem Tag bringe ich mich freiwillig selbst um!«

»Das ist eine schreckliche Äußerung!«

»Da haben Sie Recht. Und ich fasse das als höchstes Lob vom Meister der schrecklichen Äußerungen auf. Entschuldigen Sie mich bitte solange, bis ich es mir in meinem speziellen Schrecklicher-Ben-Sheridan-Tagebuch notiert habe! Das bewahre ich nämlich in unserem speziellen Ben-Sheridan-Huldigungsraum auf! Bin gleich wieder da – vielleicht!«

Ich trampelte ins Badezimmer und knallte laut die Tür zu. Dann sperrte ich sie ab und drehte mich um.

Eines Tages, wenn ich schwerreich bin, baue ich mir ein Haus mit einem Badezimmer, in dem man in aller Bequemlichkeit einen Tobsuchtsanfall bekommen kann. An diesem Tag war ich nicht reich.

Ja, wohin ich auch blickte, überall sah ich irgendeine Veränderung, die wir wegen Bens Behinderung vorgenommen hatten, als er bei uns wohnte. Mich juckte es in den Fingern, alles herauszureißen.

Ich suchte im Badezimmerschränkchen nach etwas, das ich guten Gewissens zerschlagen konnte. Nichts. Nicht einmal ein Computer-Monitor. Mit dem Kopf in den Händen setzte ich mich auf den Badewannenrand.

Ich hörte ihn eilig den Flur entlangkommen. Sein Gang klang seltsam, als begünstige er sein gesundes Bein. Doch das vergaß ich sofort, als ich hörte, wie er den Türknauf packte und ihn zu drehen versuchte.

»Wagen Sie es nicht, hier einzudringen!«, brüllte ich.

»Kommen Sie sofort da raus!«

Ich packte ein Handtuch, stopfte es mir in den Mund und schrie hinein.

»Schreien Sie in ein Handtuch?«

Fast kam es mir witzig vor. Fast.

»Machen Sie die Tür auf«, verlangte er.

Ich gab ihm keine Antwort.

»Alles in Ordnung?«, fragte er.

»Fragen Sie mich nicht, ob alles in Ordnung ist, Sie verlogener Mistkerl«, zischte ich. »Das ist Ihnen doch scheißegal. Ich habe die Schnauze voll davon, mir von Ihnen ans Bein pinkeln zu lassen. Ich habe von allem die Schnauze voll!«

Ich hörte ihn davongehen und wiederkommen. Er hinkte unüberhörbar.

Auf einmal ertönte ein lautes Krachen, und das mittlere Feld der dreiteiligen Badezimmertür zersplitterte, als Franks große Taschenlampe hindurchdonnerte. Draußen bellten alle drei Hunde.

Bens Hand fasste durch das Loch in der Tür und entriegelte den Türknauf.

Ich starrte ihn sprachlos an, als er die kaputte Tür öffnete.

»Warum in aller Welt haben Sie das getan?«, fragte ich.

»Ich wollte mich entschuldigen.«

Mich packte es zuerst. Ich fing an zu lachen. Er fing an zu lachen. Ich wäre fast vom Wannenrand gefallen.

Es klingelte an der Tür. Ich ging hin, um aufzumachen, während ich mir die Lachtränen vom Gesicht wischte. Es war einer der Streifenpolizisten.

»Mrs. Harriman?«, fragte er, blickte über meine Schulter und dann wieder zu mir. »Wir haben ein lautes Geräusch gehört – und die Hunde. Ist alles in Ordnung?«

»O ja«, erwiderte ich und versuchte, die Beherrschung zu wahren.

Der Polizist sah mich argwöhnisch an.

»Ich habe den Lärm gemacht«, erklärte Ben verlegen. »Ich habe eine Tür aufgebrochen.«

»Ich habe mich im Badezimmer eingeschlossen und kam nicht mehr raus«, fügte ich rasch hinzu. »Dr. Sheridan war so freundlich, mich zu retten.«

»Oh«, sagte der Polizist und verließ uns nach einem flüchtigen Blick auf Ben wieder.

Wir hatten gerade die Holzsplitter aufgekehrt und braunes Packpapier über das Loch in der Badezimmertür geklebt, als ich sah, wie er zusammenzuckte und sich den Schenkel rieb.

»Ben, ruhen Sie sich doch ein Weilchen aus.«

Ich rechnete schon halb mit einer Auseinandersetzung, doch er ging zum Sofa. Als ich das Wohnzimmer betrat, war sämtliche Farbe aus seinem Gesicht gewichen.

»Ich glaube, ich habe es gestern übertrieben«, sagte er. »In letzter Zeit habe ich gemerkt, dass das die einzige Gelegenheit ist, bei der mich der Phantomschmerz wirklich quält.«

»Sie haben versucht, mit Bingles Such- und Bergungstrupp mitzuhalten?«, fragte ich.

Er nickte. »Mir hätte nichts gefehlt, glaube ich, aber gerade als ich heimgekommen bin, haben sie mich angerufen, um mir von dem Schädel zu berichten, also bin ich auch noch ins Labor gefahren. Ich war zu lange auf den Beinen.«

»Und warum behalten Sie Ihre Prothese an? Nehmen Sie sie doch ab.«

»Dann bin ich ja ein toller Schutz für Sie.«

»Sie haben Recht – außerdem ist es viel unterhaltsamer zu sehen, wie Sie sich vor Schmerzen krümmen.«

Er schmunzelte ein wenig. »Neuer Stoff für Ihr Schrecklicher-Ben-Tagebuch.«

»Die Badezimmertür wäre wahrscheinlich noch ganz, wenn Sie einfach zugegeben hätten, dass die Schmerzen Sie missmutig machen. Geben Sie mir Ihre Autoschlüssel, dann hole ich Ihren Stuhl aus dem Kofferraum.«

»Haben Sie die beiden Ersatzkrücken noch hier?«

»Ja.«

»Dann nehme ich einfach die«, sagte er und fasste nach unten, um den Auslöseknopf an seiner Prothese zu drücken.

Bens Montur bestand aus zwei Hauptstücken: der Fassung, die über dem Ende seines Beins saß, und dem Flex-Foot selbst. Ein Einsatz zwischen seiner Haut und der Fassung hielt die Fassung durch Saugkraft fest. Ein langer Metallstab ging vom unteren Ende der Fassung aus und fügte sich in ein Schnappschloss, das wiederum am Flex-Foot angebracht war. Indem er den Knopf an dem Schloss drückte, entfernte er alles außer Fassung und Einsatz. Diese beiden Teile ließen sich nicht abschnallen, sondern mussten langsam abgezogen werden. Während er sich daran zu schaffen machte, holte ich die Krücken.

Nachdem ich ihm einen Eisbeutel gebracht hatte, ließ ich die Hunde herein und gab ihnen Futter.

Frank kam nach Hause, schaute drein, als würde ihn irgendetwas ungemein erheitern, und begrüßte mich mit der Bemerkung, dass das ganze Polizeirevier darüber tratschte, wie seine Frau die zu ihrer Bewachung abgestellten Polizisten aufgeschreckt hatte, weil sie im Badezimmer festsaß. Ben sah derart betreten drein, dass ich beschloss, Frank die ganze Geschichte erst zu erzählen, wenn wir allein waren.

Wir luden Jack und Ben ein, mit uns zu Abend zu essen. Hinterher überließen wir Ben wieder das Sofa, und er versuchte es noch einmal mit dem Eisbeutel.

Wir saßen in freundschaftlichem Schweigen da. Cody lag auf

meinem Schoß, Deke und Dunk trotteten zwischen Frank und Jack hin und her, und Bingle weigerte sich, einen von ihnen in Bens Nähe zu lassen. Ben hatte die Augen geschlossen und streichelte Bingles Ohren. »Erzählen Sie mir den Rest von Parzival«, bat er.

»Jack könnte es besser erzählen«, sagte ich.

»Nein, erzähl du«, forderte Jack mich auf. »Du hast es erst kürzlich gelesen.«

Und so erzählte ich, wie Parzival zur Gralsburg zog und merkte, dass den Burgherrn irgendein Leiden plagte; da er aber von seinem Mentor davor gewarnt worden war, sich allzu neugierig zu zeigen oder anderen zu viele Fragen zu stellen, erkundigte sich Parzival nicht nach der Gesundheit des Burgherrn.

Ich beschrieb das Große Fest in der Halle der Gralsburg, während dem der Heilige Gral selbst herbeigebracht wurde. Parzival fiel auf, dass ihn sämtliche Schlossbewohner erwartungsvoll ansahen, und er war voller Neugier gegenüber allem, was er gesehen hatte, doch eingedenk der Ermahnungen seines Mentors stellte er keine Fragen.

Nach einer Nacht voller beunruhigender Träume wachte er am nächsten Tag auf und stellte fest, dass er alleine war. Da er es unhöflich von seinen Gastgebern fand, ihn einfach so sitzen zu lassen, ohne auch nur einen Bediensteten, der ihm beim Ankleiden geholfen hätte, zog er sich an und trat in den Schlosshof, wo sein Pferd gesattelt stand. Schwert und Lanze lagen daneben. Erzürnt bestieg er es und ritt eilig zur Zugbrücke. Doch als er an deren Ende angelangt war, zog jemand an ihrem Seil, sodass Parzival fast in den Graben gefallen wäre. Er blickte sich um und sah einen Pagen, der ihn verfluchte und einen Narren nannte. »Warum hast du die Frage nicht gestellt?«, schimpfte der Junge und schwenkte seine Faust nach dem Ritter.

»Welche Frage?«, wollte Parzival wissen.

Doch der Junge schloss lediglich das eiserne Fallgitter und ließ Parzival keine andere Wahl, als sich vom Schloss zu entfernen.

»Wie lautete denn die Frage?«, wollte Ben wissen.

»Parzival muss noch einiges durchmachen, um zu ergründen, was er hätte fragen sollen«, erwiderte ich. »Aber im Grunde war schon lange vorherbestimmt, dass es nur einem einzigen Menschen gestattet sein sollte, je die verzauberte Gralsburg zu finden, und zwar einem Ritter, der das Leiden des Burgherrn beenden würde, indem er ihm lediglich eine Frage stellt: ›Was fehlt Euch?‹ Und so verpasste Parzival seine große Chance.«

»Bekommt er noch eine?«, fragte Frank.

»Ja, aber es ist nicht leicht. Parzival schämt sich entsetzlich, und er verliert jeglichen Glauben an sich selbst und an Gott. Schließlich findet er ihn wieder, und er trifft auch den Burgherrn noch einmal. Endlich fragt er: ›Was fehlt Euch?‹ Der König ist geheilt, und wenn sie nicht gestorben sind, dann leben sie noch heute.«

»Gott sei Dank ist Travis nicht da«, sagte Jack fast ärgerlich.

»Warum?«

»Es wäre mir überhaupt nicht recht, wenn das der Eindruck wäre, den er von dieser Geschichte bekommt! Du hast die wichtigsten Teile ausgelassen!«, knurrte er.

Ben gähnte. »Schimpfen Sie sie nicht. Mir hat's gefallen. Und sie hat durchaus meine Lust darauf geweckt, das Buch selbst einmal zu lesen. Danke, Irene.«

Jack sagte gute Nacht, und Ben und Bingle fuhren nach Hause. Frank und ich blieben noch ein bisschen auf, redeten und schwiegen und waren mit beidem mehr als zufrieden und verschwendeten kaum einen Gedanken an mittelalterliche Versdichtung.

Er schlief vor mir ein, und ich dachte daran, dass am nächsten Tag Montag wäre und er wieder frühmorgens weg müsste. Ich beschloss, erneut zu versuchen, Phil Newly und Jim Houghton zu erreichen.

Pläne hin oder her – es wäre trotzdem ein Montag. Leise begann ich den Song zu summen, den ich in Gillians Wohnung gehört hatte: »I Don't Like Mondays«.

Dieser Montag sollte für mich einer der schlimmsten überhaupt werden.

51

MONTAG NACHMITTAG, 25. SEPTEMBER
Las Piernas

Die Motte wusste über den Hund Bescheid. Aufgrund seiner Arbeit war der Hund darauf trainiert, freundlich zu sein. Und obwohl man ihn angewiesen hatte, das Haus zu bewachen, hatte die Motte sich sowohl mit dem Hund als auch mit Ben Sheridans Terminplan vertraut machen können.

Sheridan hatte seine Arbeit am College reduziert. Er gab zwar die gewohnte Anzahl an Kursen, doch er erlaubte seiner Doktorandin Ellen Raice, mehr von seinen Aufgaben zu übernehmen. Ms. Raice war in Bezug auf Ben Sheridans Stundenplan sehr zuvorkommend gewesen.

Wenn man wusste, wann der Professor auf dem Campus war, konnte man sich leicht ausrechnen, wann man vorbeikommen musste, um mit dem Hund zu sprechen. Der Hund fühlte sich einsam, wenn sein Herrchen weg war, und so freute er sich über die Besuche und wedelte mit dem Schwanz, sobald die Motte kam.

Und so war es weiß Gott nicht verwunderlich, dass der Hund nicht gebellt hatte, als die Motte noch einmal in die Garage einbrach. Dr. Sheridan hatte zwar ein anderes Schloss an der Hintertür angebracht, aber keines, das einen daran hinderte, die Tür aufzubrechen.

Die Motte ging ins Haus und durchsuchte es noch einmal sorgfältig.

Und scheiterte erneut.

Wütend und frustriert fegte die Motte mit einer behandschuhten Hand über ein Regalbrett voller Videobänder und warf sie zu Boden. Diesmal musste ein wenig Schaden angerichtet werden. Während die Motte die Brechstange schwang, sah sie voller Übermut zu, wie andere Sachen von den Regalen fielen: Bücher, gerahmte Fotografien. Der befriedigendste Moment allerdings kam, als die Eisenstange mit einem lauten Knall den Fernsehbildschirm traf. Beim Geräusch des zersplitternden Glases fing der Hund zu bellen an.

Das hatte einen etwas ernüchternden Effekt. Wenn der Hund es gehört hatte, hatte es dann die neugierige, alte Nachbarin auch gehört? Die Aufmerksamkeit, mit der die Alte alles verfolgte, was sich hier in der Gegend abspielte, hatte die Motte bereits gezwungen, in einer anderen Straße zu parken und über Zäune zu steigen, um hierher zu gelangen.

Der Hund bellte immer weiter.

Voller Angst versteckte sich die Motte im Badezimmer. Nach einiger Zeit verstummte der Hund. »Was würde Nicky sagen, wenn du erwischt würdest?«, fragte die Motte laut, doch der Gedanke war eher ärgerlich als beängstigend.

Nicky hatte seine Motte ignoriert.

Wieder voller Wut, aber doch beherrschter, öffnete die Motte das Medizinschränkchen, entdeckte Ben Sheridans Schmerzmittel und stahl es.

In der Küche durchsuchte die Motte die Schränke und fand rasch das Hundefutter. Die Motte öffnete eine Dose, schüttete eine kleine Menge davon in eine Schüssel und begann die Kapseln mit dem Schmerzmittel darüber zu leeren. Sie mischte etwa ein Dutzend davon gut hinein, schraubte das Fläschchen wieder zu und wollte es gerade einstecken. Doch dann hielt sie inne. Es wäre äußerst ungünstig, jetzt mit etwas erwischt zu werden, worauf Sheridans Name stand, oder? Die Motte schüttete die Kapseln heraus und steckte sie ein. Sie ließ das Fläschchen auf der Arbeitsfläche stehen und ging hinaus.

Der Hund witterte keinen Feind. Das hier war eine vertraute Person, die eine Schüssel Futter brachte. Der Hund war jetzt hellwach und musterte die Motte. Er interessierte sich bereits für das, was die Motte ihm gebracht hatte.

Die Motte öffnete das Tor zum Zwinger nur einen Spalt und schob die Schüssel hinein.

»Braver Hund.«

Der Hund sah zur Motte auf und neigte dann den Kopf zur Seite. Er starrte das Futter an und leckte sich das Maul, rührte es aber nicht an.

Gab es irgendeinen Befehl, auf den er wartete?

Die Motte machte erneut das Tor auf, fasste in die Schüssel, nahm eine Hand voll heraus und hielt sie dem Hund unter die Nase. Der Hund blickte zwischen der Motte und dem Futter hin und her und fraß dann sachte, fast widerwillig, das Futter aus der behandschuhten Hand.

So dauert das ja ewig!

Die Motte hörte den Nachbarhund bellen, dann fielen noch weitere Hunde mit ein. Der große Schäferhund legte die Ohren nach vorn. Kam jemand auf das Haus zu? Eilig verließ die Motte die Einfriedung. Sie kletterte über den hohen Gartenzaun und verschwand durch einen anderen Garten – einen Garten, dessen Besitzer keinen Hund hatten, dessen Besitzer tagsüber nie zu Hause waren.

Am Auto angekommen, schloss und versperrte die Motte die Tür, seufzte und fühlte sich jetzt sicherer. Beim Wegfahren sah sie in den Rückspiegel und stellte zufrieden fest, dass niemand sie beobachtete oder ihr gar folgte. Die Motte lächelte und sagte: *»Adiós, Bingle.«*

52

MONTAG NACHMITTAG, 25. SEPTEMBER
Las Piernas

Jack wartete geduldig im Wagen und nutzte sein Handy, um sich ausgiebig mit Stinger Dalton zu unterhalten. Diesmal hatte die Polizei den Van dagelassen, aber dafür mein Handy mitgenommen. Sie hatten versprochen, es mir im Lauf des Tages wiederzugeben, nachdem sie einige Aufzeichnungen von Parrishs Anruf gemacht hatten.

Ich klingelte ein Dutzend Mal an Phil Newlys Tür und klopfte, bis mir die Knöchel wehtaten. Newly machte nicht auf. Ich musste einfach akzeptieren, dass er mich entweder nicht sehen wollte oder nicht da war. Ich sagte mir, dass ich gehen sollte – doch irgendetwas hielt mich davon ab, zum Wagen zurückzukehren. Zuerst schien es nur einer dieser Feld-, Wald- und Wiesenanfälle von kaltem Grauen zu sein, doch dann versuchte ich es ein bisschen genauer zu definieren.

Das Haus war nicht nur ruhig, sondern es wirkte geradezu verlassen. Auf der Veranda lagen ein paar Werbezettel und der Notizblock eines Immobilienmaklers. Und während Rasen und Blumenbeete, die von automatischen Sprinklern bewässert wurden, grün waren, sahen die Topfpflanzen auf der Veranda verdorrt aus.

Ich ging zum Wohnzimmerfenster, doch die Jalousien waren heruntergelassen. Ich dachte an meinen letzten Besuch hier zurück. Keine Hunde. Ich öffnete das Tor zum Garten und rief Phils Namen. Nichts.

An der Rückseite des Hauses befanden sich weitere Fenster. Die Jalousien waren auch hier heruntergelassen, doch eine von ihnen hatte sich nicht richtig geschlossen. Ich erkannte, dass es der Raum war, in dem sich Phil meistens aufhielt. Ich trat näher ans Fenster und spähte hinein.

»Was zum Teufel treibst du da?«, fragte eine Stimme hinter mir.

Ich machte einen Satz rückwärts und fasste mir ans Herz. »Verdammt noch mal, Jack, lass das!«

»Mich an dich anzuschleichen, wenn du herumschnüffelst?«

»Genau.« Ich blickte zurück ins Haus und dann wieder zu Jack. »Irgendetwas ist hier faul.«

»Was denn?«

»Schau mal da rein. Was siehst du?«

Er schaute und sagte dann: »Nicht viel. Ein paar Sessel, Bücherregale und einen kleinen Tisch.«

»Vor ein paar Tagen lag auf diesem Tisch ein Stapel Bücher, und er hat sich Landkarten angesehen.«

»Wann?«

Ich überlegte. »Vor ungefähr zwei Wochen, schätze ich.«

»Irene …«

»Er lebt in diesem Raum. Es ist zu ordentlich. Ich sehe ja sogar die Spuren, die der Staubsauger auf dem Teppich hinterlassen hat.«

Jack schüttelte den Kopf. »Du warst einmal da drin und weißt hundertprozentig, dass er dieses Zimmer nie aufräumt? Hältst du es denn nicht für möglich, dass eine Putzfrau oder sonst jemand in den letzten zwei Wochen mit einem Staubsauger hier durchgefahren ist?«

»Ich weiß nicht, Jack. Wahrscheinlich hast du Recht. Aber kommt dir das Haus nicht ein bisschen leer vor?«

»Vielleicht ist er noch mal zu seiner Schwester gefahren.«

»Vielleicht«, sagte ich. »Vielleicht ist es eine Überreaktion von mir.«

Aber je mehr ich darüber nachdachte, desto naheliegender erschien es mir, mir Sorgen über Newlys Aufenthaltsort zu machen, solange Parrish auf freiem Fuß war. Als wir wieder zu Hause waren, stand für mich fest, dass jemand versuchen sollte, den Anwalt ausfindig zu machen.

»Was reimst du dir denn zusammen?«, fragte Jack. »Dass er ermordet worden ist? Wenn ja, wo ist dann seine Post? Wo ist der Stapel Zeitungen?«

»Zeitungen!« Ich ging ans Telefon und rief die Abonnentenabteilung an. Sie geben grundsätzlich keine Informationen über Abonnenten heraus, und so beschloss ich, ein wenig zu schauspielern.

»Hallo, hier ist Mrs. Phil Newly«, sagte ich und nannte seine Adresse. »Ich wollte mich mal erkundigen, was mit unserer Zeitung los ist.«

Die Service-Mitarbeiterin bat mich um meine Telefonnummer. Nach zwei Sekunden wilder Panik, in denen ich hektisch nach der Nummer suchte, konnte ich ihr die von Phil nennen. Sie suchte mithilfe seiner Telefonnummer nach den Unterlagen.

»Mrs. Newly, Ihr Mann hat das Abonnement gekündigt.«

»Na so was!«, rief ich mit gespielter Empörung. »Wann denn?«

Sie nannte das Datum. Es war der Tag, nachdem ich Phil Newly besucht hatte.

»Möchten Sie das Abonnement erneuern, Mrs. Newly?«, fragte die Frau.

»Ich würde ja gern«, sagte ich, »aber ich spreche lieber erst mit Phil und frage ihn, was er dazu meint.«

Ich rief Frank an. »Bei Phil Newly ist irgendetwas faul«, sagte ich und erzählte ihm, was ich herausgefunden hatte. »Hat er dir die Nummer von seiner Schwester gegeben?«

»Ich bin mir sicher, dass wir die hier irgendwo haben«, sagte er. »Machst du dir Sorgen um ihn oder verdächtigst du ihn?«

»Beides. Wahrscheinlich – wahrscheinlich ist es ein bisschen schwierig für die Polizei, sich einen Durchsuchungsbefehl für das Haus eines Strafverteidigers zu besorgen, stimmt's?«

»Ein bisschen.« Er lachte. »Aber ich werde mal sehen, was ich von seiner Schwester erfahren kann.«

Gegen drei Uhr erhielt ich einen Anruf.

»Irene Kelly?«, sagte eine Männerstimme. Irgendwie bekannt, aber niemand, den ich in jüngster Zeit gesprochen hatte. Dann kam es mir.

»Jim Houghton?«

»Hören Sie, ich bin jetzt Privatmann, und ich bin nicht verpflichtet, mit Reportern zu sprechen. Also bleiben Sie mir verdammt noch mal vom Leib, ja? Sie und Ihre Freundin, diese Privatdetektivin.«

»Hat Rachel Sie aufgesucht?«

»Ja. Und sie hat mir gesagt, wenn ich Sie anrufe, würden Sie mich vermutlich in Ruhe lassen. Also rufe ich Sie an.«

»Ich habe Sie nicht wegen der Zeitung angerufen.«

Nach langem Schweigen sagte er: »Ach nein? Warum dann?«

»Ich muss einfach mit anderen Menschen sprechen, die die Sache dort oben überlebt haben.«

»Hab ich nicht. Man kann es nicht Überleben nennen, wenn man im kritischen Moment gar nicht dort war, klar? Ich war nicht einmal in der Nähe. Ich bin mit Newly weggegangen, wissen Sie noch? Daher bin ich jetzt heil und unversehrt, und Sie sind heil und unversehrt. Genau wie Parrish. Adieu, Ms. Kelly. Und richten Sie Harriman von mir aus, dass er Sie zu Hause halten soll, wenn er will, dass Sie am Leben bleiben.«

Dann legte er auf.

Jack sah, wie ich den Kopf schüttelte. »Was ist denn?«

»Dieser Anruf. Ich weiß nicht, was ich davon halten soll.« Ich berichtete ihm, was gesprochen worden war.

Er rief Frank an und sagte ihm, dass ich von einem ehemaligen Mitglied der Polizei von Las Piernas bedroht worden sei. Ich nahm ihm den Telefonhörer weg.

»Nicht direkt, Frank.« Ich bildete mir ein, eine wortwörtliche Wiedergabe des Anrufs würde ihn beruhigen, aber Frank hatte ebenso massive Bedenken gegenüber Houghton wie Jack.

»Ich werde die Vergangenheit dieses Typen mit dem Mikroskop durchforsten«, erklärte er. »Und ich verlange von Rachel, dass sie mir sagt, wo sie ihn gefunden hat. Ich will, dass er überwacht wird.«

»Aber das Präsidium hat ihn doch sicher schon durchleuchtet, als er sich beworben hat, oder?«

»Sehr gründlich«, bestätigte er. »Aber vor fünf Jahren, als Houghton zu unserer Truppe kam, hat uns der Name Nick Parrish noch nichts gesagt, also könnte es einen Zusammenhang geben, den damals niemand erkannt hat.«

Ben kam auf dem Weg von der Arbeit bei mir vorbei.

»Erinnern Sie sich noch an diese Videoaufzeichnungen von Bingles Trainingsstunden mit dem Suchtrupp?«, fragte er.

»Ja, die, die ich Ihnen ins Krankenhaus mitgebracht habe. Sie haben sie hier gelassen, als Sie bei uns ausgezogen sind. Soll ich sie Ihnen holen?«

»Ja, bitte. Ich habe mir die, die ich zu Hause habe, schon so oft angesehen, dass ich sie einem Blinden bis ins Kleinste schildern könnte.«

Ich holte die Schachtel mit den Videos aus der Garage. »Wie läuft's?«, fragte ich, als ich zurückkam.

»Prima. Sie sollten das Haus jetzt mal sehen. Ich habe ein paar Veränderungen vorgenommen. Kommen Sie doch heute Nachmittag mit Jack vorbei.«

Jack willigte ein. Wir fuhren gleich hinter Ben her. Amüsiert stellte ich fest, dass Ben, anstatt ins Haus, zuerst nach hinten in den Garten ging, um nach Bingle zu sehen.

Wir folgten ihm durch das hintere Tor, wo er auf einmal abrupt stehen blieb. Fast hätte ich ihn gerammt.

»Bingle?«, sagte er.

Der Hund stellte sich wacklig auf alle viere und machte dann einen Satz vorwärts. Er fiel flach hin, erhob sich aber wieder. Dann stand er unsicher da und blickte wirr. Er winselte leise.

»Hey«, sagte Jack. »Sieht so aus, als wäre schon wieder jemand in Ihre Garage eingebrochen.«

Ben ignorierte ihn. Wir rannten zum Hundezwinger. Ben öffnete ihn und ging eilig hinein.

»O Gott, Bingle!«, sagte Ben und strich mit den Händen über den Hund, als Bingle unvermittelt zusammenbrach. »Alles in Ordnung? Alles in Ordnung, Bingle? Mist. Wie sagt man das auf Spanisch?«

Mittlerweile hatten Jack und ich uns zu ihm in die Einfriedung gedrängt. Ich nahm an, dass Bingle, der zahlreiche spanische Hundebefehle verstand, vermutlich nicht auch noch spanische Konversation beherrschte. Trotzdem begriff ich Bens Panik und sagte ihm: *»¿Estás bien, Bingle?«*

Er stellte die Frage, und als der Hund einfach nur liegen blieb, sah Ben mich angstvoll an.

Ich blickte mich um und sah Bingles Schüssel mit etwas Futter darin dastehen. Das Futter war noch feucht. Ich nahm die Schüssel zur Hand. »Nehmen Sie das nicht immer weg, nachdem er gefressen hat?«

»O Gott – ich habe das nicht hierher gestellt! Ich habe ihn heute Nachmittag überhaupt noch nicht gefüttert. Ich – ich glaube, jemand hat ihn vergiftet.«

»Bringen wir ihn zum Tierarzt«, sagte ich. »Und das Futter sollten wir auch mitnehmen.«

Ich fuhr, so schnell ich es wagte. Ben saß hinten mit Bingle, redete auf ihn ein und streichelte ihn. Als wir ankamen, wurde Bingle eilig in einen Untersuchungsraum gebracht.

Jack rief von seinem Handy aus Frank an und berichtete ihm, was geschehen war. Er erwähnte auch den Einbruch. »Nein, wir hatten überhaupt keine Zeit, uns im Haus umzusehen.« Er blickte zu mir herüber und sagte: »Das ist vermutlich eine gute Idee.«

Als er geendet hatte, sagte er: »Frank will sofort einen Streifenwagen hinschicken, nur um sicherzustellen, dass niemand sonst rein oder raus geht, aber sie wollen warten, bis Ben dort eintrifft. Frank fährt jetzt nach Hause, um sich zu vergewissern, dass Deke und Dunk nichts fehlt – nur für den Fall …«

»Nur für den Fall, dass das Parrishs Werk ist. Natürlich ist es das.« Ich stand auf und ging hin und her. »Trotzdem glaube ich, dass Parrish eine spezielle Abneigung gegen Bingle hat. Er hat schon oben in den Bergen damit gedroht, Bingle zu erschießen.«

Ben blieb eine lange Zeit verschwunden. Frank kam, während wir noch warteten.

»Deke und Dunk geht es gut«, erklärte er. »Ich habe sie mit Cody ins Haus geholt und die Wachposten darüber informiert, was in Bens Haus passiert ist.«

Ben kam heraus. Er ging wie ein Zombie. Er setzte sich neben mich, begrüßte Frank und erzählte uns, dass der Tierarzt Bingle den Magen ausgepumpt hatte. »Sie meinen, dass er offenbar nicht viel gefressen hat. Aber …« Er ließ den Kopf auf die Hände sinken. »Es hängt alles davon ab, was das war, was sie ihm gegeben haben.«

»Gibt es eine Möglichkeit, das herauszufinden?«, fragte ich.

»Wahrscheinlich nicht rechtzeitig. Er hat das Futter untersucht. Es sah aus, als wäre irgendein Pulver darin. Zum größten Teil war es unter das Futter gemischt worden, aber eher unsystematisch. Es war nichts Ätzendes, doch weiter wissen wir momentan nichts. Sie wollen ihn hier behalten, um ihn zu beobachten.«

»Haben Sie etwas dagegen, wenn ich mit dem Tierarzt rede?«, fragte Frank.

»Überhaupt nicht. Ich muss jetzt zum Haus zurück, um zu sehen, ob sie irgendeine Spur von dem Gift hinterlassen haben …«

»Ein Streifenwagen wartet dort auf Sie«, sagte Frank. »Zeigen Sie ihnen einfach irgendeinen Ausweis.«

»Ein Streifenwagen?«

Dass Jack einen Einbruch erwähnt hatte, hatte Ben offenbar

überhaupt nicht mitbekommen. Wir erzählten ihm von der aufgebrochenen Garagentür.

»Wenn es Ihnen nichts ausmacht, auf mich zu warten«, sagte Frank, »dann wäre ich gern dabei, wenn Sie durchs Haus gehen. Ich brauche nur noch einen Moment.«

Als er wieder herauskam, hielt er eine Tüte in der Hand, in der die Hundefutterschüssel steckte.

Ein Team der Spurensicherung stand bereit – sie begrüßten mich namentlich – und dazu wesentlich mehr Ermittlungsbeamte, als den meisten Bürgern bei einem Einbruchsalarm zugestanden werden würden. Doch dieser Einbruch hatte besondere Aufmerksamkeit verdient. Womöglich hatte Nick Parrish oder sein Komplize Ben diesen Besuch abgestattet. Die Polizei nahm das Haus gründlich unter die Lupe und suchte nach Beweismitteln. Sie hofften darauf, etwas zu finden, das ihnen dabei helfen könnte, den Komplizen zu finden oder sie zu Parrish zu führen. Ben, der ungerührt an den Verwüstungen in seinem Wohnzimmer vorbeiging, war auf einmal wie verwandelt, als er das leere Arzneifläschchen auf der Arbeitsfläche in der Küche entdeckte.

»Kodein!«, rief er und zuckte gerade noch davor zurück, es anzufassen, bevor Frank ihn warnen musste. »Kodein! Ich muss den Tierarzt anrufen!« Er wollte schon nach dem Telefon greifen, überlegte es sich dann aber anders und sah einen Moment lang ratlos drein.

Jack holte sein Handy heraus, drückte eine Taste, um die zuletzt gewählten Nummern erscheinen zu lassen, fand die, die er suchte, und reichte Ben das Telefon.

Ben berichtete dem Tierarzt, was er herausgefunden hatte, und betrachtete das Fläschchen, ohne es zu berühren. Er las die Dosierung ab und sagte dann: »Ich habe mir das Rezept gerade fürs Wochenende erneuern lassen. Es waren dreißig Kapseln. Ich hatte noch keine davon genommen. Sie sind alle weg.« Er blickte zu der Hundefutterdose auf der Arbeitsfläche. »Ich glaube, nur eine halbe Dose … fast dreizehn Unzen. Dreihunderteinundsechzig Gramm. Es sieht so aus, als hätte er nicht viel davon gegessen. Bei dieser Menge … ja, ist mir klar. Ja, ein großer Hund, aber er wiegt nicht so viel wie ein Erwachsener.« Er lauschte eine Weile und sagte dann: »Ja, da wäre ich Ihnen dankbar.« Dann notierte er eine Nummer.

Er legte auf und sagte: »Alle dreißig auf einmal ist eine massive Dosis – genug, um ihn umzubringen.« Seine Stimme stockte, doch er fuhr fort. »Sie wissen nicht, wie viel Bingle zu sich genommen hat, weil es nicht gleichmäßig im Futter verteilt war. Aber er glaubt, dass es wahrscheinlich nicht so viel war, weil es Bingle schon besser zu gehen scheint.«

Später fragte ihn Frank: »Was ist denn auf diesen Videobändern – den beiden, die richtig zerschmettert worden sind?«

»Das sind Trainingsfilme. Wenn sich der Such- und Bergungstrupp aus Las Piernas – mitsamt dem Leichenhunde-Team – trifft, dann zeichnen wir unsere Sitzungen auf.«

»Es sind also Aufnahmen von Bingle?«

»Von Bingle und den anderen Hunden und ihren Trainern. David kommt auf den meisten vor. Ich habe mir ihn und Bingle angesehen. Bis jetzt bin ich nur auf einem Treffen gewesen. Die anderen Hundeführer haben mir gesagt, dass es ein zweiseitiger Lernprozess ist und Bingle bereits versucht, mit mir zu arbeiten, versucht, mich zu durchschauen, ebenso, wie ich versuche, ihn zu durchschauen.«

»Sind das Originalaufnahmen?«

»Ja, aber David hat Kopien für die anderen Gruppenmitglieder gemacht.«

»Haben Sie eine Namensliste von dieser Gruppe?«

»Ja.«

»Gut. Ich glaube, wir möchten uns mal ansehen, wer auf diesen Bändern vorkommt.«

»Das kann ich Ihnen sagen«, erklärte er. »Ich habe sie mir oft genug angesehen.«

Frank sah sich in dem Chaos um. »Möchten Sie heute nicht bei uns übernachten? Das ist näher bei der Tierklinik.«

»Ich arbeite heute Nacht«, sagte ich, »aber ich habe morgen erst nachmittags wieder Termine. Ich kann Ihnen tagsüber beim Aufräumen helfen.«

»Wir lassen Ihre Hintertür mit Brettern vernageln«, versicherte Frank. »Und wir werden das Haus von jetzt an überwachen.«

»Okay, okay«, sagte er und lachte. »Schon überzeugt. Offen gestanden war mir die Vorstellung, heute ohne Bingle hier zu übernachten, nicht gerade angenehm.«

Ben suchte Kleidung zum Wechseln heraus und legte sie auf den Rücksitz seines Wagens. Er wollte uns nachfahren. Als er schon in seinen Jeep steigen wollte, kam er eilig noch einmal zum Van herüber. »Warten Sie mal«, sagte er. »Es gibt einige Bänder, die nicht kaputt gegangen sind, nämlich die, die bei Ihnen zu Hause waren. Die müssten noch hinten im Van liegen.«

»Irene, ich sehe schon, was wir tun werden, bevor du heute Abend in die Arbeit gehst«, verkündete Jack und musterte die ungefähr zwanzig Videos in der Schachtel. »Soll ich Popcorn machen?«

53

MONTAG NACHT, 25. SEPTEMBER

Las Piernas

Er war wütend. Er ließ es sich nicht anmerken.

»Arme Motte«, sagte er ins Telefon, »du hättest natürlich als Erstes zu mir kommen sollen.«

Er war froh um die lange Schnur des Telefons in der Garage. Sie erlaubte ihm, auf und ab zu gehen, während er sich eine lahme Ausrede nach der anderen anhörte. Also wirklich, das war die Höhe!

Vor der Gefriertruhe hielt er inne und fuhr mit dem Finger über den Deckel. Das beruhigte ihn.

»Ja, meine liebe Motte, aber ich wusste bereits von diesem ersten Besuch im Haus von David Niles – das war dir doch klar, oder?«

In Wirklichkeit hatte Nick keine Ahnung gehabt, aber es konnte der Motte nicht schaden, ein bisschen intensiver an seine Allwissenheit zu glauben. Er war verwundet gewesen und hatte in dieses Rattenloch in Oregon flüchten müssen, als der Einbruch passiert war. Er hätte sich fragen müssen, woher die Motte bestimmte Dinge über Sheridan wusste.

»Ich muss jetzt auflegen«, sagte er ins Telefon. »Wir beide müssen uns später treffen. Auf dich allein gestellt, wäre das ein einziges Chaos geworden. Zu deinem Glück kann ich mich jetzt um dich kümmern, meine Motte. Warte auf meinen Anruf – und das meine ich ernst, kleine Motte. Du musst einfach warten. Du willst mich doch nicht verstimmen, oder?«

Mit Genugtuung lauschte er dem flehentlichen Tonfall der Motte. »Das habe ich auch nicht angenommen.« Er brach das Gespräch ab.

Er legte den Telefonhörer wieder auf und kehrte an die Gefriertruhe zurück. Er schloss sie auf, hob den Deckel und genoss den Schwall kalter Luft, der ihm ins Gesicht wallte.

Er blickte auf die gefrorene, nackte Leiche hinab und sagte: »Ich weiß, dass es ziemlich schwierig ist, unter diesen Umständen Fragen zu beantworten, mein Herz, aber möchtest du vielleicht tanzen?«

Er lächelte.

»Ich *wusste*, ich hätte deinen Kopf dranlassen sollen, nur für den Fall, dass derartige Fragen aufkommen. Ich hätte noch andere, vor allem über Du-weißt-schon-wen. Aber weißt du, ich glaube, ich kenne die Antworten auf diese Fragen ohnehin. Irgendwie bist du ein kalter Fisch.«

Er knallte den Deckel zu und lachte schallend.

Er brauchte ein paar Minuten, bis er die Fassung wieder gefunden hatte.

Schließlich zog er seine Handschuhe an und öffnete die Gefriertruhe erneut. Einen Moment lang starrte er auf sie hinab. Dann zeichnete er mit einem behandschuhten Finger die Umrisse eines Muttermals innen an ihrem Schenkel nach.

»Du warst seine Hure, also hat er das hier natürlich gesehen. Hat er es geliebt oder gehasst? War es einer deiner Makel oder einer deiner Reize?«

Die Plastikfolie unter der Toten knisterte, als er sie anhob. Einen Moment lang drückte er sie an sich und sagte: »Ich finde es ja so schade, dass wir nicht mehr Zeit zusammen verbringen konnten, Liebling. Aber du kannst es einem Jungen wie mir nicht verdenken, dass er versucht hat, einen Kopf schneller zu sein!«

Er wies sich selbst zurecht, als er seinen Übermut wieder unter Kontrolle hatte. Wenn er nicht aufhörte, so geistreich zu sein, würde das arme, kleine Schätzchen tauen, bevor sie sie fanden.

Er tanzte im Walzertakt zum Auto, während er sie fest an sich drückte.

Dabei schweiften seine Gedanken ein bisschen ab. Er musste an Irene Kelly denken, und seine Wut kehrte zurück. »Wir werden's ihnen zeigen, was, Herzchen?«, sagte er zu seiner Tanzpartnerin und legte sie liebevoll in den Kofferraum.

54

MONTAG NACHT, 25. SEPTEMBER
Las Piernas

Schon bald wurde uns klar, dass es keine so geniale Idee war, sich Videos von Bingle und David anzusehen. Nach zwei Minuten des ersten Bandes stellte Ben es ab und rief in der Tierklinik an. Bingle schlief, und sein Herzschlag war normal.

Gute Neuigkeiten, aber Ben sah todunglücklich drein. Er machte sich Vorwürfe und fragte sich, ob er Bool hätte behalten sollen, damit Bingle nicht alleine gewesen wäre. »Warum geht Parrish nicht einfach auf mich los?«, fragte er. »Und lässt den Hund in Ruhe.«

Später sagte er: »Bingle ist es nicht gewöhnt, über Nacht in einem Käfig eingesperrt zu sein. Was, wenn er aufwacht und glaubt, ich gebe ihn weg?«

Frank rief an und berichtete uns, dass Houghton in der Nähe von Dallas lebte, in Irving, Texas. »Sieht nicht danach aus, als hätte er in den letzten Monaten die Umgebung von Dallas verlassen, aber wir ermitteln das noch genauer.«

In dieser Nacht kam Jack mit mir zur Arbeit, eine Abmachung, mit der John mehr oder weniger einverstanden war. »Wenn das dagegen hilft, dass wieder ein uniformierter Cop in der Redaktion steht, gut«, erklärte er. »Aber sagen Sie Wrigley nichts davon. Seit er mitbekommen hat, wie massiv die Polizei das Gebäude überwacht, ist er so nervös wie ein Truthahn vor Thanksgiving. Heute Nachmittag hat er den Polizeichef angerufen, um sich zu beschweren.«

»Er hätte wohl lieber Nick Parrish in seiner Redaktion.«

»Ich glaube nicht, dass er, äh, unbedingt daran glaubt, dass Parrish sich hier in der Nähe herumtreibt. Vielleicht will er es nicht glauben.«

In dieser Nacht nahm ich Jack mit nach oben ins Café Kelly. Als Stinger, Travis und Leonard hörten, was Bingle zugestoßen war, fürchtete ich schon, Stinger werde von Haus zu Haus gehen und nach Nick Parrish suchen, während Leonard und Travis als seine Spießgesellen agierten.

Ich fragte ihn nach Tante Mary, und seine Stimmung veränderte sich auf der Stelle. »Wenn ich zwanzig Jahre jünger wäre, würde ich sie fragen, ob sie mich heiraten will«, sagte er.

Als ich nach Hause kam, sah ich, dass es sich Cody auf Franks Brustkorb bequem gemacht hatte, doch die Hunde waren nirgends zu sehen. »Sie sind bei Ben drinnen«, erklärte Frank schläfrig.

Ich weiß nicht, ob ein Traum mich weckte oder ob ich Ben nach draußen gehen hörte. Was es auch war, auf jeden Fall wusste ich gegen vier Uhr morgens, dass ich außerstande war, wieder einzuschlafen. Ich zog mich an und ging auf die Terrasse hinaus, wo Ben bereits angezogen saß, Kaffee trank und Deke und Dunk streichelte.

»Ich habe in der Tierklinik angerufen«, erklärte er. »Sie sagen, Bingle ist auf den Beinen und bellt. Sie glauben, dass er wieder gesund wird.«

»Tolle Neuigkeiten«, sagte ich. »Wenn er bellt, muss es ihm schon besser gehen.«

»Ja. Ich habe ihnen erklärt, wie man ›sei still‹ auf Spanisch sagt. Sie meinten, ich könnte ihn um acht abholen.«

»Dann haben Sie ja nur noch vier Stunden zu warten.«

Er schmunzelte. »Genau. Erst war ich zu besorgt, um zu schlafen. Und jetzt bin ich zu erleichtert. Albern, was?«

»Nein. Sie wissen doch, dass ich einer der größten Fans von Bingle bin. Und wenn einem dieser Kerlchen oder Cody etwas zustieße, wäre ich fertig mit der Welt. Was haben Sie denn morgen für Verpflichtungen? Können Sie da den Schlaf nachholen?«

»Der Schlaf macht mir keine Probleme. Ich habe heute Nacht ein bisschen geschlafen – so viel, wie ich brauche. Ich soll ja schließlich Ihr …«

»Bodyguard sein?«

»Wie wär's mit – Begleiter? Und was haben Sie für Verpflichtungen?«

»Am Nachmittag habe ich einen Termin bei Jo Robinson. Dann arbeite ich von zehn Uhr abends bis zwei Uhr morgens, aber ich glaube, Frank beabsichtigt, Sie noch vorher abzulösen.«

Schweigend saßen wir eine Zeit lang da. Ich dachte über die Hausaufgaben nach, die mir Jo gestellt hatte. Ich hatte mich nicht allzu schlecht geschlagen, doch da war noch diese Parzival-Geschichte.

»Ben?«

»Hmm?«

»Bevor Parrish entkommen ist –«

»Bevor die anderen ermordet wurden«, korrigierte er, wie immer ungehalten über meinen Versuch, es nicht auszusprechen.

»Bevor die anderen ermordet wurden«, konzedierte ich. »Sogar noch bevor wir Julia Sayre gefunden hatten, hat Sie etwas belastet.«

»Was meinen Sie damit?«

»Ich meine, Ben – um den guten, alten Parzival zu zitieren: ›Was fehlt Ihnen?‹«

Er wandte den Blick von mir ab.

»Ich habe das Gefühl, es hat irgendetwas mit Reportern zu tun.«

Er antwortete mir nicht.

»Oder war es eine spontane, ganz persönliche Abneigung gegen mich?«

»Natürlich nicht.«

»Was war es dann, was Sie belastet hat? Was hat Sie so wütend gemacht? Warum konnten Sie nachts nicht schlafen?«

»Viele Gründe«, antwortete er leise.

Ich wartete. Er versuchte, mich mit einer Liste der Katastrophen mit zahlreichen Toten abzuspeisen, an denen er in jüngster Zeit gearbeitet hatte.

»David hat mir davon erzählt«, sagte ich. »Und obwohl ich nicht behaupten möchte, dass ich die Kraft hätte, an einem dieser Fälle zu arbeiten, geschweige denn an so vielen, wie Sie es getan haben, hat David angedeutet, dass bei Ihnen noch etwas anderes im Argen liegt.«

»Ja?«, sagte er. »Das wundert mich. David hat normalerweise Vertrauliches für sich behalten.«

»Versuchen Sie nicht, jetzt David zum Thema zu machen. Wenn Sie bei keinem dieser Katastrophenfälle ein ganz besonders schreckliches Erlebnis mit einer Reporterin hatten, dann glaube ich nicht, dass Sie mich deshalb angefaucht haben, seit ich zum Team gestoßen bin.«

Er zögerte und sagte dann: »Ich hätte gute Lust, etwas zu erfinden. Das wäre einfacher, als Ihnen die Wahrheit zu sagen.« Er seufzte. »Aber nach allem, was Sie für mich getan haben, sollte ich Ihnen wenigstens reinen Wein einschenken.«

»Sie schulden mir nichts. Erzählen Sie es mir, weil wir befreundet sind, oder erzählen Sie es mir überhaupt nicht.«

Er blickte in den Garten hinaus. Mit leiser Stimme sagte er: »Es fängt reichlich schmutzig an, fürchte ich. Das Ende einer Beziehung. Sie erinnern sich an Camille?«

»Ja – die blonde Sexbombe, die Sie im Krankenhaus besucht hat.«

Er nickte. »Camille ist intelligent und witzig, liebt die Natur und ja, wenn wir uns trafen, wusste ich, dass jeder Mann, der sie an meinem Arm sah, grün vor Neid war.«

»Und was war der Haken daran?«

»Ich vermutlich. Irgendwann wurde ihr klar, dass ich mich nicht in die Richtung ändern würde, wie sie es sich erhofft hatte.«

»Was wollte sie denn anders haben?«

»In erster Linie meine Arbeit. Sie hatte nichts dagegen, mit einem Anthropologen zu gehen, aber die Gerichtsmedizin war ihr komplett zuwider – die viele Zeit, die sie mir raubte, der Gedanke daran, was ich tat, und der Geruch meiner Kleidung, wenn ich nach Hause kam. Sie hoffte stets, dass ich es Leid werden und eine Position an einem Museum annehmen würde. Schließlich machte ich ihr klar, dass ich die Gerichtsmedizin nie aufgeben würde, da sie mir wichtig sei. Sie fragte, ob mir die

Arbeit wichtiger sei als sie, und ich fürchte, ich habe mit meiner gewohnten Taktlosigkeit geantwortet.«

»Und so sind Sie schließlich ausgezogen.«

»Ja. Anfangs hat sie mir sehr gefehlt, aber im Großen und Ganzen wusste ich, dass uns die Trennung besser entsprach. Das Leben mit David, Bingle und Bool gefiel mir. Und nicht lange danach brauchte ich Davids Unterstützung.«

Er schwieg so lange, dass ich schon glaubte, er wolle sich mir nun doch nicht anvertrauen. Doch schließlich fuhr er fort.

»Ein paar Wochen, nachdem ich ausgezogen war, bat mich Camille, mit ihr Mittag essen zu gehen. Sie meinte, sie hätte ein paar Dinge, die sie mir geben wolle, Dinge, die ich im Haus zurückgelassen hatte – ein paar CDs und einen alten Wecker. Also trafen wir uns, und sie gab mir die Sachen. Sie erzählte mir, dass sie jemand Neuen kennen gelernt hätte. Das verletzte mich – vor allem meinen Stolz –, aber ich log und erklärte, dass ich mich für sie freute.

Dann fragte sie mich, woran ich gerade arbeitete. Ich hatte keine Veranlassung, ihr irgendetwas zu verraten, doch ich saß damals an einem Fall, der viel Aufsehen erregt hatte. Vor fünf Jahren sind zwei Oberstufen-Schüler zum Wandern in die Wüste gegangen und verschwunden. Eine unvollständige Leiche wurde gefunden, und es sah danach aus, als könnte es einer der Jungen sein. Ich war aufgefordert worden, daran zu arbeiten. Ich tat es und stand kurz davor, eine Identifizierung vorzunehmen.

Ich schilderte ihr, was die Identifizierung erschwerte: die lange Zeit, die verstrichen war, die Einwirkung des Wetters, Tiere, die die Knochen beschädigt hatten, und so weiter. Ich erzählte ihr, dass ich den Fundort der Knochen aufsuchen und ein Team mitnehmen wolle, um zu versuchen, noch weitere Leichenteile zu finden.«

Er schüttelte den Kopf. »Dann fragte sie: ›Was glaubst du, welcher Junge es ist?‹ Und – und ich weiß zwar nicht warum, aber ich gab eine Vermutung ab. Ich erklärte ihr mehrmals, dass ich mir nicht sicher sei. Aber egal. Das war etwas, was ich nie, nie hätte tun sollen.«

»Sie hat es weitererzählt.«

»Ja, allerdings. In meiner ganzen Egozentrik hatte ich völlig vergessen, Camille zu fragen, wer ihr neuer Freund sei und was er von Beruf war. Ich glaube, der Satz, den er in der ersten Fernsehübertragung – die auf der Wiese vor dem Haus einer der Familien stattfand – sprach, lautete: ›Quellen, die den forensischen Anthropologen nahe stehen, die an dem Fall arbeiten …‹ Er stand der Quelle verflucht viel näher als ich seinerzeit.«

»Da hat sie Ihnen übel mitgespielt – aber nichts ist schlimmer als die Rache einer verlassenen Frau, das ist ja bekannt. Mehr als fahrlässig von ihm, die Information nicht noch durch jemand anderen bestätigen zu lassen als durch Ihre Ex. Aber ich kann Ihnen versichern, Ben, Sie sind nicht der erste Mann, der durch eine Freundin oder Ehefrau unwillentlich etwas an die Presse hat durchsickern lassen. Denken Sie nur an John Mitchell damals bei Watergate.«

Er sah mich an und seufzte. »Wenn das alles gewesen wäre, Irene, würde ich Gott danken und es als Lehre verbuchen.«

»Da kann ich Ihnen nicht folgen.«

»Es war der falsche Junge.«

»Sie meinen –«

»Ja. Ich meine, ein Mann und eine Frau und deren zwei jüngere Kinder, Leute, die fünf Jahre lang gewartet hatten, um zu erfahren, was ihrem Sohn und Bruder zugestoßen war – bei diesen Leuten stand ein Reporter vor dem Haus und fragte sie vor laufenden Kameras, ob sie schon von der Polizei gehört hätten, dass vor über einer Woche die Leiche ihres Jungen in der Wüste gefunden worden sei und demnächst deren sichere Identifikation bekannt gegeben werden würde.«

»O Gott.«

»Er machte auch Aussagen über den Zustand der Leichenteile, die fast Wort für Wort dem entsprachen, was ich Camille erzählt hatte.«

»Wodurch Sie sich noch übler fühlten.«

»Nicht übler, als sich die Familie gefühlt haben muss.«

»Wie haben Sie davon erfahren?«

»Der amtliche Leichenbeschauer hat mich angerufen und gesagt, sie seien aufgefordert worden zu bestätigen, dass eine Identifizierung unmittelbar bevorsteht. Carlos Hernandez, kennen Sie ihn?«

»Ja.«

»Er hatte es live in den Fünf-Uhr-Nachrichten gesehen und mir empfohlen, es mir um sechs anzusehen.« Ben schüttelte den Kopf. »Ihre Gesichter, als der Reporter es ihnen sagte! Guter Gott! Das werde ich nie vergessen, solange ich lebe. Um sechs hatten sie ihn dann schon in ihr Wohnzimmer gebeten und zeigten ihm Fotos von dem Jungen. Das Schlimmste war, dass ich auch wusste, dass sie sich zugleich erleichtert und erlöst fühlen würden, nachdem sie jahrelang in Sorge und Ungewissheit gelebt hatten, und ich ihnen mitteilen müsste, dass es alles ein Irrtum war und ihr Sohn überhaupt nicht gefunden worden war.«

»Und Sie haben sich eingebildet, Sie seien derjenige, der die Familie quält, nicht dieser Typ?«

»Es war meine Verantwortung! Der Leichenbeschauer hatte mir diese menschlichen Überreste anvertraut. Er hatte mir vertraut, dass ich den Mund halte. Wissen Sie, wo dieses Vertrauen herrührt? Von Familien wie der dieses Jungen. Sie schenken es Carlos, er reicht es an mich weiter, und ich habe es missbraucht – und wofür? Für das Bedürfnis, einer Ex-Freundin gegenüber zu prahlen? Erbärmlich!«

»Menschlich. Und Carlos ist ein fairer Mann, Ben. Er muss doch –«

»Oh, er war mehr als fair zu mir. Ich habe ihm erzählt, was sich abgespielt hat, und zwar in der festen Erwartung, dass es mein letzter Fall für seine Abteilung war. Er hat versucht, mir zu helfen – mir zu helfen! Er hat mir Ratschläge gegeben, wie ich mit dem Medienrummel umgehen sollte, der unweigerlich folgen würde. Und der kam wirklich. Ich muss ungefähr eine Million mal ›Kein Kommentar‹ gesagt haben. Die Campuspolizei musste die Reporter von dem Labor fern halten, in dem ich arbeite. Das Labor selbst hat keine Fenster, aber wir mussten jemanden abstellen, der die Tür bewachte, nachdem einer der Fotografen versucht hatte, eine Aufnahme von den Knochen zu schießen. Schließlich gaben die Medien auf.«

»Ben, manchmal –«

»Nein, das war noch nicht alles. Die Medien haben aufgegeben, doch das hat für die Familie nichts geändert. Sie waren natürlich sehr wütend. Sie haben um ein Treffen mit Carlos und mir gebeten. Die Presse hatte ihnen erklärt, dass ihr Junge gefunden worden sei, und wir bestätigten das weder, noch dementierten wir es. Sie fühlten sich von uns gequält. Aber wir konnten lediglich erklären, dass wir noch nicht bereit waren, zu diesem Zeitpunkt eine Identifizierung vorzunehmen, und ihnen versprechen, dass sie die Ersten sein würden, wenn wir etwas Neues erführen.«

»Was bei ihnen natürlich den Eindruck hervorrief, sie würden abgewimmelt.«

»Ich fühlte mich die ganze Zeit schrecklich, aber Carlos ließ mich versprechen, dass ich ihnen nicht mehr verriet. Sie haben Carlos erzählt, der Reporter hätte ihnen gesagt, dass ich derjenige gewesen sei, der die Story hatte durchsickern lassen. Er erklärte ihnen – völlig wahrheitsgemäß –, dass keiner von uns je mit diesem Reporter gesprochen hätte und niemand, der mit einem von uns zusammenarbeitete, den Fall ihm gegenüber je erwähnt hätte. Das stellte sie zwar nicht ganz zufrieden, und sie sprachen davon, einen Anwalt einzuschalten, aber zum Glück ist es nie so weit gekommen. Das ist Carlos' Verdienst.«

»Und was haben Sie sonst noch gemacht?«

»Wie?«

»Ich kenne Sie noch nicht besonders lange, Ben, aber ich kenne Sie gut genug, um zu wissen, dass Sie nicht einfach ›Kein Kommentar‹ sagen und abwarten würden, bis Gras über die Sache gewachsen ist.«

»Das hätte ich sogar getan, wenn David nicht gewesen wäre. Er hat Ellen und ein paar andere Doktoranden zusammengetrommelt, mich mitten in der Nacht aus dem Bett geholt und gesagt: »Bool und Bingle wollen in der Wüste Knochen suchen gehen.« Wir suchten sechs Wochenenden nacheinander und fanden weitere Leichenteile des ersten Jungen. Wir wollten gerade aufgeben, als Bingle schließlich die Schienbeine des zweiten Jungen aufspürte – in einiger Entfernung zur Leiche des ersten Jungen. Danach suchten wir intensiver weiter und fanden noch mehr.«

»Haben Sie sich dann nicht besser gefühlt?«

»Eigentlich nicht. Es war besser für die Familie, aber ich litt immer noch unter dem, was ich getan hatte. Das Endergebnis ist nicht der Punkt. Allein dadurch, dass wir den zweiten Jungen gefunden hatten, wurde mein Vertrauensbruch nicht ehrenwerter. Es hätte ebenso gut sein können, dass wir gesucht und gesucht und ihn nie gefunden hätten.«

Schweigend saßen wir eine Weile da, bis er sagte: »Obwohl die Schuld im Grunde bei mir liegt, weil ich mich in dieser Situation unethisch verhalten habe –«

»Ben, sind Sie nicht ein bisschen hart mit sich selbst?«

»Lassen Sie mich zu Ende erzählen. Ich wollte sagen – ich habe wirklich eine negative Einstellung zur Presse. Ich war unfair zu Ihnen. Dafür entschuldige ich mich.«

»Entschuldigung angenommen. Wir sind nicht alle so verkommen wie dieser Idiot.«

»Ich weiß, ich weiß. Aber ein solcher Typ reicht, um einen für den Rest des Lebens argwöhnisch zu machen. Ein bisschen Gerechtigkeit trat aber doch noch ein: Er kommt nicht mehr im Fernsehen.«

»Das wundert mich nicht. Und Camille hat mit ihm bekommen, was sie verdient hat, würde ich sagen.«

»Das hat auch nicht gehalten. Sie hat David erzählt, dass sich der Kerl von ihr getrennt hat, als ich mich geweigert habe, ihn über unsere Suchaktionen berichten zu lassen. Sie hat mir ehrlich Leid getan.«

»Haben Sie je mit ihr darüber gesprochen?«

»Nein. Das einzige Mal, dass ich sie seitdem gesehen habe, war in Ihrer Gegenwart, damals im Krankenhaus. Was sollte ich auch sagen? ›Du hast mich verraten?‹ Für sie hätte das so etwas Ähnliches geheißen wie ›Herzlichen Glückwunsch‹. Außerdem habe ich mich selbst verraten.«

»Dann bleibt nur noch eine Frage offen«, sagte ich. »Wann werden Sie sich selbst verzeihen?«

Die Antwort darauf blieb er mir schuldig.

55

Dienstag Morgen, 26. September

Las Piernas

Ich war wieder zu Bett gegangen und hatte gerade eine Stunde geschlafen, als das Telefon klingelte. Ich sah auf den Wecker. Kurz vor sechs.

Frank nahm den Hörer ab. »Hi, Pete«, sagte er zu seinem Partner und lauschte dann eine Weile. Er setzte sich auf und begann sich Notizen zu machen. »Okay, ich komme, so schnell ich kann. Ist der Leichenbeschauer schon verständigt? Gut … ja, bis gleich dann.«

Er legte auf, reckte sich und begann sich anzuziehen.

»Was ist los?«, fragte ich.

Er zögerte und antwortete dann: »Der Schädel im Kühlschrank, weißt du noch? Anscheinend hat er beschlossen, uns jetzt den Rest der Leiche zu servieren.«

Ich erschauderte. »Wo?«

»Offenbar hat er sie auf Eis gelagert. Eine Gruppe Kunsteisläufer hat eine böse Überraschung erlebt, als sie heute Morgen zum Training auf die Eislaufbahn kamen.«

»Er ist in die Eislaufbahn eingebrochen?«

»Mhm. Der erste Polizist, der am Fundort eintraf, meinte, es sähe aus, als sei die Leiche tiefgefroren. Und ohne Kopf.« Er hielt inne und legte sein Pistolenhalfter an. »Hoffentlich ist es die, die zu unserem Schädel gehört. Vermutlich findet er es tierisch witzig, mehr als eine Tote zu haben und sie zu mischen.«

»Du solltest es Ben sagen. Er hat versucht, den Schädel zu identifizieren. Vielleicht kann er dir weiterhelfen.«

Frank wollte mich nicht alleine lassen, daher zögerte er, Ben zu fragen, ob er ihn begleiten wolle. Also versprach ich, nicht für den *Express* – bei dessen Chefredakteur ich momentan nicht besonders beliebt war – über die Ereignisse auf der Eislaufbahn zu schreiben, und er beschloss, dass ich mitkommen und am äußeren Rand des Fundorts warten durfte, wo das massivste Polizeiaufgebot in ganz Las Piernas zur Verfügung stünde, um seine Frau vor Nick Parrish zu beschützen.

Hätte die Eisbahn nicht einigermaßen in der Nähe der Tierklinik gelegen, wäre Ben wohl Frank und mir an diesem Morgen nicht unbedingt gefolgt. Rückblickend wünschte ich manchmal, die beiden Gebäude hätten weiter voneinander entfernt gelegen.

Mehrere Streifenwagen standen vor der Eislaufbahn. Frank ging als Erster hinein, während ich mich auf dem Parkplatz mit Ben unterhielt. Ein paar Minuten später begleitete mich Frank zu einer Stelle, die er als sicheren Ort zum Warten – sicher für mich und sicher für die Ermittlungen – auserkoren hatte.

Dieser Ort entpuppte sich als ein überheizter, verglaster Warteraum mitsamt gasbetriebenem Kamin und Snackbar, ein Ort, wo sich die Eltern junger Eisläuferinnen sowie Eishockey-Witwen aufhalten konnten. An diesem wie an jedem anderen Tag wäre mir eine kalte, harte Tribüne, die näher am Geschehen war, lieber gewesen. Von meinem Warteplatz aus konnte ich nicht viel sehen. Der monströse Beamte, den Frank am Eingang postiert hatte, verbesserte die Sicht auch nicht gerade.

Ich konnte sehen, dass flache Teppichstreifen, die normalerweise bei Preisverleihungen verwendet wurden, damit nichteislaufende Würdenträger auf die Eisfläche hinausgehen konnten, zu einem dicht gedrängten Grüppchen von Männern führten, unter ihnen Frank, Pete, Carlos Hernandez und andere. Die Leiche selbst konnte ich nicht sehen.

Ben wurde von einem uniformierten Beamten hinausgeleitet. Als er sah, wo ich festgehalten wurde, lächelte er mir zu und winkte.

Er schaffte es, ohne irgendwelche Probleme zu der Gruppe zu gelangen. Die Gruppe teilte sich ein wenig, und er ließ sich auf ein Knie herabsinken, um die Leiche genauer in Augenschein nehmen zu können, bis er auf einmal zu schreien begann.

Er schrie Worte, aber ich weiß nicht, was für welche, da das Geräusch an sich eine Flut von Erinnerungen auslöste und mich daran zurückdenken ließ, wie er in den Bergen geschrien hatte, als er auf die Wiese lief, sodass ich den vergeblichen Versuch unternahm, gegen den Koloss an der Tür des Warteraums anzurennen.

Die Worte spielten keine Rolle. Ich wollte nur noch zu Ben. Schon bald ging mein Wunsch in Erfüllung – Frank brachte ihn in den Warteraum. Er hatte zu schreien aufgehört. Sein Gesicht hatte jegliche Farbe verloren. Frank fragte mich nach Jo Robinsons Nummer, als er Ben neben mich setzte.

Frank rief bei Jo an und hinterließ eine Nachricht bei ihrem Auftragsdienst. Ich umklammerte Ben, der einen Schock zu haben schien.

»Was ist denn?«, fragte ich ihn. »Was ist passiert?«

»Camille«, sagte er wie betäubt. »Es ist Camille. Da draußen auf dem Eis.«

»Wer ist Camille?«, fragte Pete, der Bens Äußerung mitgehört hatte, als er den Raum betrat.

Ben antwortete nicht, und so erklärte ich ihnen, dass sie Bens Exfreundin war. »Die Frau, mit der er bis vergangenen Februar zusammengelebt hat.«

»Ihr Schädel«, sagte Ben leise und sah auf seine Hände hinab, als wären es fremdartige Gegenstände. »Ich hatte ihren Schädel in der Hand!«

Frank und Pete wechselten einen Blick.

»Woher wissen Sie, dass es Camille ist?«, fragte ich.

Ich glaubte schon, er würde nicht antworten. Er sah drein, als fiele er womöglich gleich in Ohnmacht. Aber er flüsterte: »Ihr Muttermal. Sie hat ein ungewöhnliches Muttermal am Oberschenkel.«

Ich merkte, dass Frank und Pete Bens Identifizierung der Leiche nicht ganz trauten, doch sie sprachen tröstliche Worte, sagten ihm, er solle mit mir warten, und brachten ihm einen Becher Kaffee. Ich verstand ihre Zweifel. Ben hatte einen Verlust nach dem anderen erlitten, er hatte eine fast schlaflose Nacht hinter sich, und vielleicht war seine Reaktion auf die Leiche eine Folge der Anspannung, unter der er in letzter Zeit stand.

Frank blätterte sein Notizbuch durch, fand Camilles Adresse von seinem früheren Besuch bei ihr und schickte eine Streife los, die bei ihr zu Hause nachsehen sollte.

Kurz darauf steckte ein uniformierter Beamter den Kopf zur Tür herein und sagte: »Sie werden draußen verlangt, Detective Harriman.«

Frank warf Pete einen Blick zu, und sie gingen zusammen hinaus.

Wenige Minuten später kam Frank zurück. Er winkte mich weg von Ben. Mit leiser Stimme flüsterte er mir zu: »Ruf John an und sag ihm, dass du nicht kommst.«

»Was?«

»Sag ihm, dass du nicht zur Arbeit kommst.«

»Warum sollte ich? Weißt du eigentlich, wie schwer es war, auch nur die paar Stunden zu kriegen, die ich jetzt habe?«

»Sag's ihr«, verlangte Pete und kam zu uns herüber. »Sie ist zu stur, um auf sich selbst zu achten.«

Frank sah zu Ben hinüber und sagte dann: »Parrish hat eine Nachricht für dich hinterlassen.«

Ich merkte, wie sich mein Magen zusammenkrampfte und mein Herz gegen die Rippen zu hämmern begann, als wollte es, dass jemand es herausließ. Doch ich blickte in Petes selbstzufriedene Miene, und auf einmal wurde mein Herzschlag langsamer. »Wirklich?«, sagte ich. »Was stand darin?«

Frank zog die Augenbrauen zusammen. »Irene –«

»Was stand darin?«

Er hielt mir einen Plastikbeutel hin. Darin steckte ein zweiter Plastikbeutel. Auf diesen war mit schwarzem Filzstift ordentlich mein Name geschrieben. Darin steckte ein Blatt liniertes gelbes Papier von einem Notizblock mit einer kurzen Nachricht in äußerst akkuraten Druckbuchstaben:

Keine Geschenke mehr und keine Fluchten.
Du kannst dich nicht vor mir verstecken, Irene.
Du kommst mir nicht aus.
Nächstes Mal bist du diejenige, die kaltgemacht wird,
und zwar viel langsamer als die gute Camille.
Und Camilles sind dafür bekannt, dass sie langsam sterben – ha! ha! ha!
Bitte richte Ben Sheridan aus, dass ich sie ungemein genossen habe.

Seine Unterschrift hatte er mit einem Schnörkel verziert.

»Daran ist gar nichts mehr anonym, was?«, sagte ich, nicht mehr so gefasst wie zuvor.

»Er hat den Zettel unter die Leiche gelegt«, erklärte Pete. »Sei nicht blöd, Irene. Bleib zu Hause.«

Ich sah zu ihm auf.

Ein wenig zu spät erkannte Frank, was mich antrieb.

»Irene –«, begann er.

»Das ändert nichts. Ich gehe zur Arbeit, Frank.«

Er fing an, Einwände zu erheben, aber ich machte eine verstohlene Geste zu Ben hinüber und sagte mit leiser Stimme: »Herrgott noch mal, wir haben Zeit bis zehn Uhr heute Abend, um das zu klären. Lass es uns Ben nicht noch schwerer machen, indem wir uns hier drinnen zanken.«

»Okay«, sagte er. »Okay. Aber wir sprechen noch darüber!«

Wir wurden unterbrochen, als Frank und Pete wieder aus dem Raum gerufen wurden. Ich konnte sehen, wie Frank Pete zusammenstauchte, als sie hinübergingen, um sich zu den anderen Detectives zu gesellen.

Falls Parrishs Nachricht noch irgendwelche Zweifel offen gelassen hatte, so stellten schon bald nur noch wenige die Identität der Leiche in Frage. An Camilles Wohnung fanden sich Anzeichen für ein gewaltsames Eindringen durch ein Hinterfenster. Durch dieses Fenster sahen die Polizisten umgestürzte Möbel und andere Hinweise auf einen Kampf. In der Wohnung selbst entdeckten die Beamten ein Foto von Camille im Badeanzug; darauf erkannte man das Muttermal an ihrem Schenkel.

Während sich all das abspielte, versuchten mehrere von uns, Ben zu trösten, doch er nahm unsere Anwesenheit kaum wahr. Kurz nach acht klingelte die Weckfunktion an seiner Armbanduhr. »Bingle«, sagte er auf einmal. »Ich kann ihn nicht in diesem Käfig sitzen lassen! Ich muss los.«

»Lassen Sie mich mitkommen«, sagte ich. »Sie sind nicht in der Verfassung, selbst zu fahren.« Indem ich mich bemühte, jeglichen herausfordernden Unterton zu unterdrücken, wandte ich mich zu meinem Mann um und sagte: »Bist du damit einverstanden, Frank? Ich warte dann bei uns zu Hause mit ihm. Wenn Jo Robinson anruft, kann sie uns dort erreichen.«

Frank runzelte die Stirn, doch da er mir vielleicht beweisen wollte, dass er vernünftig sein konnte, gab er nach. »Okay, aber ich schicke einen Streifenwagen los, der euch folgen soll. Versprich mir, dass du ihn nicht abhängst. Parrish konzentriert sich offenbar momentan auf euch beide, und ich halte es nicht für klug, wenn ihr irgendwo allein seid.«

Ich erhob keine Einwände. Schließlich gab es gewisse Fakten.

Bingles überschäumende Begeisterung darüber, Ben wieder zu sehen, trug viel dazu bei, den schrecklichen Bann zu brechen, unter dem sein Besitzer gestanden hatte. Ben dankte dem Tierarzt, bezahlte die Rechnung, und schon waren wir wieder weg. Abgesehen von gelegentlichen Versuchen Bingles, sich auf Bens Schoß zu setzen, verlief die Heimfahrt ohne Zwischenfälle.

Jo Robinson hatte eine Nachricht hinterlassen, und als Ben sie zurückrief, sprach er lange mit ihr, während ich mit den Hunden und Cody hinausging. Cody lag auf meinem Schoß, während Deke und Dunk, offenbar fasziniert von irgendeinem Geruch, den Bingles Fell in der Tierklinik angenommen hatte, den großen Schäferhund gründlich von oben bis unten beschnüffelten.

Als Frank am Nachmittag nach Hause kam, war Ben imstande, seine Fragen einigermaßen gefasst zu beantworten. Ben hatte selbst ein paar.

»Hat schon jemand ihre Eltern verständigt?«, wollte er wissen.

»Wir haben jemanden damit beauftragt.«

»Warum war sie nicht vermisst gemeldet worden?«

»Sie scheint in letzter Zeit keine feste Stelle mehr gehabt zu haben«, antwortete Frank. »Und offen gestanden gibt es wohl auch niemanden, der regelmäßigen Kontakt zu ihr hatte.«

»Aber sie hat doch in dieser Steuerberaterkanzlei gearbeitet –«, wandte Ben ein.

»Sie hat ihren Job im Juni gekündigt. Auf ihrem Schreibtisch lag Post von verschiedenen Firmen, bei denen sie sich beworben hatte. Sie hatte Bewerbungen verfasst, und es lagen Kopien ihres Lebenslaufes herum.«

»Seit Juni?«, fragte Ben nach.

»Ja, wir haben damals mit ihr gesprochen.«

Stirnrunzelnd wandte sich Ben ab. »Das hatte ich ganz vergessen – Sie hatten ja den lächerlichen Verdacht, dass sie versucht hätte, mein Haus und mein Büro auszurauben.«

Frank schluckte den Köder nicht.

Nach einem Moment sagte Ben: »Tut mir Leid. Natürlich mussten Sie sie befragen. Und vielleicht kannte ich sie ja doch nicht so gut. Ich habe mir zwar nie eingebildet, dass sie von ihrer Arbeit begeistert war, aber es wundert mich, dass sie bei der Kanzlei aufgehört hat.«

Ich dachte an ihren Besuch in der Klinik zurück und an Bens letzte, zornige Empfehlung, dass sie diejenige sei, die sich überlegen sollte, den Beruf zu wechseln. Ich fragte mich, ob dieser Zusammenstoß sie tiefer getroffen hatte, als einer von uns vermutet hätte, aber da ich nicht das Bedürfnis hatte, Ben weiteren Kummer zu bereiten, behielt ich diesen Gedanken für mich.

»Die Kollegen aus ihrem alten Büro sagen, sie hätte überraschend aufgehört«, sagte Frank. »Aber vielleicht hatte sie ihre Kündigung ja schon länger geplant. Sie war anscheinend darauf vorbereitet, eine Zeit lang keine Arbeit zu haben. Sie hatte noch ziemlich viel Geld auf ihrem Sparbuch.«

»Sie konnte gut mit Geld umgehen«, erklärte Ben. »Nicht nur in puncto Sparsamkeit, sondern auch was die Auswahl von Investitionen anging.«

»Aber ihre Post und die Zeitungen –«, wandte ich ein.

»Das Haus hat einen Schlitz für die Post«, erwiderte Ben. »Die Post hat sich einfach hinter der Tür gestapelt. Das hat uns gefallen, wenn wir zelten gingen oder verreist waren. Man musste keinen Lagerungsantrag beim Postamt stellen.«

»Ehrlich gesagt glauben wir, dass Parrish einen gestellt hat«, sagte Frank. »Offenbar hat er ihre Unterschrift darauf gefälscht.«

»Aber damit bleibt immer noch die Zeitung«, sagte ich. »Oder hatte sie keine abonniert?«

»Doch, hatte sie«, antwortete Frank. »Aber sie hat die Lieferung abbestellt.«

»Moment mal – bist du sicher?«, fragte ich nach.

»Ja, wir haben uns beim *Express* erkundigt. Sie hat sie vor etwa einer Woche gekündigt.«

»Ich meine, bist du sicher, dass sie *selbst* es war, die das Abo gekündigt hat?«

»Was meinen Sie damit?«, wollte Ben wissen.

»Kennen Sie irgendjemanden, der einen neuen Job sucht und die Zeitung kündigt?«, fragte ich. »Da will man doch die Stellenanzeigen lesen.«

»Das stimmt allerdings«, sagte Ben zu Frank.

»Es gibt zwei Möglichkeiten«, sagte ich. »Die eine ist, dass sie erst kurz bevor sie ermordet wurde angerufen hat, um die Zeitung zu kündigen, was genau die Art von unwahrscheinlichem Zufall wäre, der einen mutmaßen lässt, ob sie zu dem Anruf gezwungen wurde.«

»Und die andere?«, fragte Frank.

»Parrish hat angerufen und das Zeitungsabo gekündigt, um sicherzugehen, dass niemand sich auf die Suche nach ihr machte, bevor er wollte, dass sie gefunden würde.«

»Ja, ich schätze, das ist möglich«, räumte er ein. »Aber das bringt uns dem Ziel, Parrish zu fassen, nicht näher.«

»Vielleicht doch. Ich weiß nämlich von einem zweiten Zeitungsabo, das kürzlich gekündigt wurde.«

»Das von Phil Newly«, sagte Frank.

»Ja. Nick Parrish hat offenbar die Vorgehensweise von Polizei und Gerichtsmedizin genau studiert. Er weiß, was den Anstoß für die Suche nach einer vermissten Person geben kann. Ein

Stapel Zeitungen in der Einfahrt könnte selbst von Nachbarn bemerkt werden, die nicht einmal wissen, wie das Opfer heißt.«

»Ich werde noch einmal einen Vorstoß unternehmen, damit wir uns in Newlys Haus umsehen können. Aber wie gesagt, im Allgemeinen mögen es Richter nicht, wenn Cops unaufgeforderte Streifzüge durch die Häuser von Strafverteidigern unternehmen.«

Wir fuhren ein bisschen früher zu Jo Robinsons Praxis. Sie hatte es eingerichtet, direkt vor meinem Termin mit Ben zu sprechen. »Wir sollten versuchen, mit ihr auszuhandeln, dass sie zwei zum Preis von einem behandelt«, witzelte ich, aber verständlicherweise war Ben nicht in Stimmung für Scherze.

Er überzog in meine Stunde hinein, doch das störte mich nicht. Ich glaubte, das hieße, dass ich vielleicht ein wenig abkürzen könnte, aber daraus wurde nichts.

»Wie geht es ihm?«, fragte ich, als sie die Tür geschlossen hatte und unsere Sitzung beginnen sollte.

Sie lächelte und sagte: »Sie erwarten ja wohl nicht, dass ich diese Frage beantworte, oder? Das ist Ihre Stunde. Wie geht es Ihnen?«

»Ich habe immer noch scheußliche Arbeitszeiten«, antwortete ich.

»Die sollten doch etwas verbessert werden.«

»Wurden sie ja«, gab ich zu.

Jetzt, wo meine große Beschwerde vom Tisch war, saß ich da und studierte meine Zehen.

»Und wie ist es Ihnen sonst ergangen?«, hakte sie nach.

Ich berichtete ihr, dass ich mit den Sayres gesprochen hatte.

»Gut. Und haben Sie weiter über Parzival nachgedacht?«

»Ein wenig.« Ich berichtete, wie das Erzählen der Geschichte von Parzivals Besuch auf der Gralsburg dazu geführt hatte, dass ich heute Morgen mit Ben geredet hatte, und schilderte ihr in groben Zügen unser Gespräch.

»Hmm.«

»Hmm?«, wiederholte ich. Es ist nicht leicht, einen solchen Laut mit Sarkasmus zu tränken. Ich ließ ihn geradezu davon triefen.

Sie lächelte erneut. »Ihr Freund Jack hatte Recht. Sie haben vergessen, den besten Teil der Geschichte zu erzählen.«

»Was meinen Sie damit?«

»Was ich damit meine?«, wiederholte sie. Sie verkniff sich den Sarkasmus – zumindest bis auf einen Hauch.

»Es ist nicht der beste Teil der Geschichte, sondern der traurigste. Parzival zieht in Ungnade davon und verliert seinen Glauben. Er erzählt anderen, dass er es ablehnt, einem Gott zu dienen, der die Macht hat, stets barmherzig zu sein, der stattdessen aber der – wie formuliert er es? – ›der Stammvater all meines Kummers‹ ist.«

»Warum lässt ein Gott so viel Schreckliches geschehen?«, fragte sie.

»Genau. Oder jemanden mit guten Absichten so viel Unheil auslösen.«

»Wie fühlt sich Parzival in der Geschichte, als er auf der Suche nach dem Heiligen Gral davonreitet?«

»Wütend.«

»Hmm.«

Ich verzichtete auf ein erneutes Echo.

»Helfen Sie mir auf die Sprünge«, verlangte sie. »Was muss er tun, bevor er die Gralsburg wieder finden kann?«

»Seinen Glauben zurückgewinnen.«

»Ist das alles?«

»Nein, es steckt noch mehr dahinter«, sagte ich und bemühte mich, nicht die Geduld zu verlieren. »Es ist eine Geschichte über Mitgefühl, aber nicht nur gegenüber anderen. Das wollte ich ja vorhin zu Ihnen sagen – als ich das Gespräch mit Ben heute Morgen erwähnt habe. Parzival muss auch Mitgefühl mit sich selbst haben. Er muss sich verzeihen.«

»Oh«, sagte sie.

Ich schwieg.

»Dann denken Sie mal weiter darüber nach. Und wie ging's, abgesehen von der grässlichen Schicht, mit der Rückkehr in die Arbeit?«

Ich berichtete ihr von der Unterstützung durch meine Freunde, den Besuchen von Travis und Stinger und von Leonard und dem Café Kelly.

»Und seit dem Problem mit dem Van –«

»Sie meinen die Finger und die Zehen und den Schädel?«, fragte ich gnadenlos.

»Gab es weitere Berührungspunkte? Andere Gelegenheiten, wo Sie ihn gesehen haben?«

Ich zögerte nur kurz, bevor ich ihr alles anvertraute. »Ach, und fast hätte ich die Geschichte mit der Unterhose vergessen.«

»Die Geschichte mit der Unterhose?«

Und so erzählte ich ihr, was an diesem Tag in der Arbeit geschehen war.

»Sie haben den Artikel geschrieben, aber nicht eingereicht?«, fragte sie.

»Genau.«

»Sie waren wütend, als Parrish dieses Päckchen geschickt hat?«

»Ja.«

»Aber Sie haben gegen den Impuls angekämpft, es ihm heimzuzahlen, obwohl er fast unbezwingbar gewesen sein muss.«

»Als ich mir die möglichen Folgen überlegte, schien es mir die Sache nicht wert zu sein.«

»Wissen Sie noch, was Sie zu mir gesagt haben, als Sie das erste Mal herkamen? Dass Sie das Gefühl haben, die Kontrolle verloren zu haben?«

»Ja. Das Gefühl habe ich mittlerweile nicht mehr besonders oft«, räumte ich ein und fügte dann hinzu: »Heißt das, dass ich fertig bin?«

Sie lachte. »Denken Sie weiter über Parzival nach, dann schauen wir mal, was wir mit Ihrem dringenden Wunsch, mich nie wieder zu sehen, anfangen können.«

Frank aß mit uns zu Abend und verkniff es sich, mit mir wegen der Arbeit zu streiten. Doch mitten beim Essen bekam er einen Anruf. Als er vom Telefon zurückkam, lächelte er mich an und berichtete, dass jemand um drei Uhr morgens ein Auto neben der Eishalle hatte parken sehen und es beschreiben konnte. Es passte zur Beschreibung eines Wagens, den ein Nachbar von Phil Newly zu unterschiedlichen Tageszeiten in Phil Newlys Garage und wieder heraus hatte fahren sehen.

»Ein dunkelgrüner Honda Accord«, sagte er und legte mir eine Hand auf die Schulter, sodass er meine Erleichterung gespürt haben muss.

»Wer hat den Wagen an der Eishalle gesehen?«, fragte ich.

»Der Fahrer eines Lieferwagens vom *Express*«, antwortete er. »Er hat Zeitungen zu einem Stand in einem Café neben der Eishalle gebracht.«

»Hat der Nachbar oder der Lastwagenfahrer den Fahrer des Wagens gesehen?«, wollte Ben wissen.

»Nein, und es hat sich auch keiner von ihnen die Nummer notiert. Aber wir werden hier und in Ihrem Viertel herumfragen, ob vielleicht jemand in letzter Zeit das Auto bemerkt hat. Irgendwo muss jemand den Fahrer gesehen haben. Und das Beste ist, Pete meint, wir könnten bald einen Durchsuchungsbefehl für Newlys Haus bekommen.«

Kurz darauf ging Frank, um sich mit Pete zu treffen – sie hatten einen weiteren Hinweis auf das Auto bekommen. Bevor er das Haus verließ, sagte er: »Ich bitte dich nicht, zu Hause zu bleiben. Vielleicht bist du dort sicherer als hier. Ich weiß es nicht. Ach, und hier – das habe ich dir mitgebracht.« Er reichte mir das Handy. »Die Batterie ist frisch aufgeladen. Lass es eingeschaltet, sowie du aus der Ausfahrt fährst, okay? Ein Streifenwagen folgt dir auf dem Weg in die Redaktion, aber Wrigley hat sich ziemlich dagegen gesperrt, uns aufs Gelände zu lassen. Trotzdem – arbeite nicht allein, ja? Sag Leonard, ich besorge ihm einen Platz an der Polizeischule, wenn er die gesamte Schicht nicht von deiner Seite weicht. Und ich habe Travis und Stinger angerufen. Sie kommen vorbei. Verbring die ganze Schicht mit ihnen auf dem Dach, wenn's sein muss. Und geh nicht vom –«

»Frank, wenn du mir noch mehr Anweisungen gibst, fragt sich Pete bald, wo du bleibst.«

»Ich will einfach nicht, dass du dort allein bist«, sagte er.

»Ich begleite sie«, erklärte Ben.

»Ben –«, protestierten wir beide.

»Ich kann nicht den ganzen Abend hier herumsitzen. Es würde mich wahnsinnig machen.«

Ich war mir nicht sicher, ob es eine so gute Idee war, wenn er den Abend in der Redaktion verbrachte, insbesondere da ein gewisses Maß an Aufmerksamkeit dort sicher um die Berichte über den Mord an Camille kreisen würde.

Doch er bat mich, nicht zu vergessen, dass er im Umgang mit den Medien ein alter Hase war – und dann schmunzelte er verhalten und ließ so erkennen, dass ein Teil seines Humors nach und nach zurückkehrte.

Jack kam herüber und erbot sich, an seiner Statt mitzukommen, doch mittlerweile war Ben durch nichts mehr von der Idee abzubringen, dass er – wie er es Frank am selben Tag versprochen hatte – ein Auge auf mich haben musste.

»Ihr zerrt alle beide an meinen Nerven«, sagte ich, was keinen von beiden irgendwie beeindruckte.

»Okay, dann bleibe ich hier und passe auf Cody und die Hunde auf«, erklärte Jack zu Bens großer Erleichterung. »Wenn Sie keine Lust mehr haben, bei der Zeitung zu sitzen, rufen Sie einfach hier an, dann können wir tauschen.«

Wir waren noch nicht weit vom Haus entfernt, als das Handy klingelte und mich zusammenzucken ließ. Ich fingerte ungeschickt daran herum und warf schließlich den Anrufer aus der Leitung.

»Mist.«

»Vielleicht war es Parrish«, sagte Ben in einem so ausdruckslosen Tonfall, dass ich mich um ihn zu sorgen begann.

Das Telefon klingelte erneut. Es war Jack.

»Warum hast du mich rausgeworfen?«, wollte er wissen.

»Reine Tollpatschigkeit.«

Er lachte. »Frank bat mich, dir auszurichten, dass er den Durchsuchungsbefehl für Newlys Haus bekommen hat. Tolle Überraschung, was?«

Es sollte eine Nacht voller Überraschungen werden.

56

DIENSTAG ABEND, 26. SEPTEMBER

Las Piernas

Oje, meine Motte, dachte er betrübt und sah zu, wie ein weiterer Streifenwagen zu seinem jüngsten Schlupfloch einbog. Der seltsame Trost, den du mir in besseren Zeiten geschenkt hast, wird mir fehlen.

Die Motte hatte pflichtgemäß berichtet, dass fremde Autos auf der Straße unterwegs waren, Limousinen, die verdächtig nach nicht gekennzeichneten Polizeiautos aussahen. Und tatsächlich hatte er mit seinen eigenen Augen gesehen, wie der Volvo dieses gehörnten Detectives, dieses Frank Harriman – welchem der Liebhaber seiner Frau hatte er sie denn in seiner Blödheit jetzt anvertraut? –, vor kurzem um dieselbe Ecke gebogen war. Ohne die Warnung der Motte hätte er das vielleicht übersehen. Tja, gut, er konnte zugeben, dass er womöglich gefasst worden wäre – doch selbst wenn sie ihn fassten, er würde erneut entkommen. Die Polizei konnte allerdings empfindlich werden, wenn man einen der ihren umgebracht hatte. Seltsam, wie sie sich alle so zusammenrotteten und wie gern sie einander hatten. Er grinste ein bisschen und gab sich der Vorstellung hin, worauf *das* wohl schließen lassen mochte.

Doch schon bald dachte er wieder an die Motte.

Die Motte war in vieler Hinsicht nützlich gewesen.

Es gab noch ein oder zwei Punkte, in denen die Motte hilfreich sein könnte, aber alles an diesem Ort neigte sich dem Ende zu, und wenn er hier fertig war, musste sich die Motte zu den anderen Todgeweihten gesellen. Es war das Mindeste, was er tun konnte.

Vielleicht würde er eines Tages zum Kojotenbaum zurückkehren und eine einzigartige Huldigung dort aufhängen, zu Ehren der Motte. Und eine ganz spezielle für die Eistänzerin, die, wie er sich selbst eingestehen musste, eine seiner spektakuläreren Leistungen war. Ben Sheridans Verzweiflung war von wahrhaftiger Schönheit. O ja, auch etwas Besonderes für die Eistänzerin.

Pläne. Es gab ständig Pläne zu schmieden. Er liebte Pläne. Sie hielten sein übermenschliches Gehirn auf Trab.

Er hatte nicht erwartet, dass sein Schlupfloch zu diesem Zeitpunkt entdeckt werden würde, doch er war auf alles vorbereitet – selbst auf das Unerwartete.

Er hatte zum Beispiel nicht erwartet, dass Irene Kelly ihn aus der Ferne diese Mischung aus Leidenschaft und Wut empfinden lassen könnte. Normalerweise musste er jemandem wesentlich näher sein, bevor sein Körper so reagierte, wie er es jetzt tat. Ihr Körper rief den seinen – rief, rief, rief unermüdlich. Er konnte es fühlen, so wie ein Tauber den Rhythmus einer Basstrommel fühlt, ein pulsierendes, tiefes, beharrliches Vibrieren.

Sie ließ ihn einfach nicht in Ruhe.

Natürlich konnte er die Polizei so lange er wollte an der Nase herumführen, doch er beschloss, dass es einfach nicht gesund wäre zu warten, da sie sich offenbar dermaßen danach sehnte, die Art von Erfüllung zu erlangen, die nur er gewähren konnte, dass er seine Großzügigkeit rasch unter Beweis stellen musste. Heute wäre die richtige Nacht.

Stichtag, dachte er und stieß ein gewagtes, kleines schnaubendes Lachen aus.

57

DIENSTAG ABEND, 26. SEPTEMBER
Las Piernas

Ich erschien ein bisschen früher, da ich mir noch die Zeit nehmen wollte, meine Post und meine E-Mail teilweise zu beantworten, aber ich kam zu nichts weiter, als einen Platz zu suchen, wo Ben sich hinsetzen konnte. Unterbesetzt und in bedrohlicher Nähe des ultimativen Redaktionsschlusses – der letzten Gelegenheit, maßgebliche Veränderungen an der morgigen Ausgabe vorzunehmen –, war die Redaktion bei meinem Eintreffen ein hektischer Bienenkorb. John Walters hoffte darauf, die letzten Neuigkeiten für eine Geschichte zu bekommen, über die Mark Baker berichtete: die polizeiliche Durchsuchung des Hauses von Phil Newly. Das Gebäude rumorte bereits von den Vibrationen der Druckmaschinen. Die Titelseite konnte nicht mehr viel länger zurückgehalten werden.

Einer von Phil Newlys Nachbarn hatte der Zeitung einen Tipp gegeben und verraten, dass die Polizei von Haus zu Haus ging und Fragen danach stellte, ob irgendjemand den Anwalt in letzter Zeit gesehen hatte oder ob ihnen irgendwelche anderen Autos neben dem von Newly aufgefallen seien, die vor dem Haus, in seiner Einfahrt oder der Garage geparkt hatten.

Weitere Anrufe trudelten ein, unter anderem einer von Mark. Nachdem er mit Mark telefoniert hatte, ging John auf und ab und bellte Anweisungen in den Raum. Der größte Teil der Titelseite würde neu gesetzt werden müssen.

In Phil Newlys Garage hatte die Polizei eine Reihe grauenhafter Entdeckungen gemacht, darunter eine blutbefleckte Werkbank und eine Kreissäge sowie Knochenteile und anderes Gewebe. In einem großen Gefrierschrank in der Garage fanden sie eine Plastikplane, die mit gefrorenem Blut überzogen war.

Nirgends fand sich eine Spur des Anwalts.

Franks Lieutenant war am Tatort, um den Kontakt zur Presse zu leiten, und erklärte, dass nach Mr. Newly gefahndet werde, damit man ihn befragen konnte. Auf die Frage, ob man den Anwalt verdächtigte, ein Komplize von Nick Parrish zu sein, antwortete der Lieutenant: »Derzeit nicht.« Auf die Frage, ob Mr. Newly unter den Opfern sein könnte, sagte er: »Unsere Untersuchung steht noch ganz am Anfang. Wir wissen weder, wer die Opfer sind, noch wie viele es sein mögen, aber wir schließen die Möglichkeit nicht aus, dass Mr. Newly eines davon ist.« Er gab eine Beschreibung des Anwalts und vom Auto des Anwalts, einem silbernen BMW. Das Auto war verschwunden.

Marks Polizeikontakte erbrachten weitere Informationen. Zwei Nachbarn hatten immer wieder einen dunklen Honda auf das Grundstück kommen und wieder wegfahren sehen, obwohl sie den Fahrer nie gut hatten erkennen können. Der Wagen war mithilfe eines automatischen Garagentüröffners hineingefahren.

Im Haus wurden weder Blut noch irgendwelche Anzeichen für einen Kampf gefunden.

Es gab Hinweise darauf, dass Mr. Newly sein Haus freiwillig verlassen hatte – Zahnbürste, Rasierer und weitere persönliche Gegenstände fehlten. Außerdem wies einiges darauf hin, dass jemand anders als Newly – jemand mit blonden Haaren, die eventuell gefärbt waren – in einem der Gästezimmer im Erdgeschoss übernachtet hatte.

Wir brachten so viele dieser Einzelheiten in der Zeitung unter, wie wir konnten, bevor die Druckmaschinen einfach nicht mehr länger aufgehalten werden konnten. Wie üblich, wenn der ultimative Redaktionsschluss vorüber ist, leerten sich nun die Redaktionsräume. John blieb gerade lang genug, damit ich ihn offiziell mit Ben bekannt machen konnte und um mir zu versichern, dass er sich immer noch darum bemühte, meine Arbeitszeiten zu verlegen.

»Ach, und Kelly, diese Geschichte mit dem Hubschrauber, die ich gerüchteweise gehört habe: nicht in der Tagschicht, falls Sie dorthin zurückkehren. Wrigley hat so schon genug Angst vor Ihnen, da muss er sich nicht auch noch ausmalen, dass Sie hier ankommen wie frisch aus *Apocalypse Now*.«

Er zog davon, um noch ein paar Stunden Schlaf zu bekommen.

Es liegt in der Natur der Sache: Ganz egal, wie gut wir an diesem Abend gearbeitet hatten – der Prozess, eine Zeitung zusammenzustellen, würde am nächsten Morgen von Neuem beginnen.

Trotzdem war es wesentlich aufregender gewesen, als ich es in meiner Spätschicht erwartet hätte.

Nicht lange, nachdem sich die Redaktion geleert hatte, stieg Ben mit mir die Treppe zum höchsten Punkt des Gebäudes hinauf. »Ich habe versucht, Leonard anzurufen, damit er uns in den Aufzug schmuggelt«, sagte ich. »Aber er streift wohl irgendwo im Haus herum.«

Ich erklärte das mit dem speziellen Schlüssel für den Aufzug. »Selbstverständlich bekommen Angestellte, die gezwungen sind, psychotherapeutische Hilfe in Anspruch zu nehmen, weil sie mit schweren Gegenständen nach dem Chef geworfen haben, diesen Schlüssel nicht.«

»Ich kann die Treppen gehen«, erklärte er. »Das ist ein gutes Training für mich.« Es wurde eine ganze Menge Training.

An der letzten Tür angekommen, sagte Ben: »So schlimm war es gar nicht.«

Es war wieder eine schöne Nacht. Ich zwang mich, zum

Schachtelhaus gegenüber zu blicken. Nichts. Keine Lichter, keine Bewegung, nicht einmal das Gefühl, beobachtet zu werden.

»Wie kann auf diesem ganzen Chaos ein Hubschrauber landen?«, fragte Ben und musterte die Dachaufbauten.

»Der Landeplatz ist auf der anderen Seite«, erklärte ich und sagte: »Kommen Sie, ich zeig's Ihnen.«

Ich führte ihn am Rand entlang zum Landeplatz hinüber.

Während wir auf Travis und Stinger warteten, machte ich eine komplette Führung mit Ben. Ich wies ihn auf mehrere markante Punkte in der Stadt hin, die man vom Dach aus sehen konnte, und fing an, ihm meine Lieblings-Wasserspeier zu zeigen. Allerdings widerstrebte es ihm, sich übers Geländer zu lehnen, um sie sehen zu können, und so versicherte ich ihm, nachdem ich ihm den geflügelten Drachen und die Meerjungfrau vorgeführt hatte, die angeblich ein Abbild der Großmutter des aktuellen Wrigley war, dass wir uns die anderen auch von unten anschauen konnten.

»Das ist ohnehin der vorgesehene Blickwinkel«, sagte ich, als wir es uns im Café Kelly gemütlich machten. »Obwohl ich zugeben muss, dass ich bei Ihnen keine Höhenangst vermutet hätte, nachdem ich Sie all diese steilen Pfade in den Bergen habe gehen sehen.«

»Höhen in den Bergen machen mir auch nichts aus«, erwiderte er. »Es sind diese glatten, senkrecht abfallenden Flächen in der Stadt, glaube ich. Aber dafür sind Sie nicht gern in den Bergen, stimmt's?«

Ich dachte kurz darüber nach und antwortete: »Die Berge liebe ich. Es sind die Leute, mit denen ich dort oben zu tun hatte, die mich einer Rückkehr dorthin ein wenig beklommen entgegensehen lassen.«

»Parrish?«

»Der gehört auch dazu.«

»Erzählen Sie mir, was an diesem Morgen passiert ist, bevor wir gerettet wurden.«

»Möchten Sie eine Flasche Wasser? Sie haben die Wahl zwischen dem und Wasser. Große Auswahl in unserem feinen Etablissement.«

»Serviert mit einem bunten Teller Schwachsinn, wie ich sehe. Sie weichen der Frage aus.«

»Für den Moment«, räumte ich ein. »Horchen Sie, da kommt der Hubschrauber. Können Sie ihn hören?«

»Ja«, sagte er mit einem Seufzer.

Ich stand auf, um die Landelichter anzuschalten. Diese Tür sperrte Leonard gar nicht mehr ab.

Der Besuch von Travis und Stinger, die Ben in letzter Zeit kaum gesehen hatten, verlief angenehm. Wie üblich blieben sie jedoch nicht lang. Unter Versprechungen, sich bald einmal zu treffen, hoben sie wieder ab. »Travis lernt schnell«, meinte Ben.

»Ja«, bestätigte ich und machte Anstalten, auf die Tür zum Dach zuzugehen.

»Warten Sie mal«, sagte Ben. »Ich habe dieses Versprechen nicht vergessen.«

»Ich auch nicht«, entgegnete ich. »Ich möchte nur gern Ausschau nach Leonard halten können und nach Jerry, dem jungen Mann, der immer zum Rauchen hier hoch kommt. Ich will nicht unbedingt vor sämtlichen Mitarbeitern mein Innerstes nach außen kehren. Ich muss die Tür im Auge behalten.«

Ich sah ihm an, dass er verärgert war, doch er gab nach. Schon bald folgte er mir. Ich muss gestehen, dass ich bummelte. Ich war nicht gerade erpicht auf dieses Gespräch.

»Herrgott, Irene«, sagte Ben und überholte mich. »Mir fehlt die letzte Hälfte meines linken Beins, und ich erreiche die Tür noch als Erster.«

»Kommen Sie mir nicht so«, erwiderte ich. »Sie haben trainiert. Und ich habe bei Ihnen dieses Zeug über die Paralympics gelesen – jemand mit einem dieser Flex-Foot-Füße war nur vier Sekunden langsamer als einer der Rekorde von Carl Lewis.«

»Mein Oberkörper ist wesentlich kräftiger als vor der Operation«, bestätigte er, »aber ich jogge nicht jeden Tag wie Sie. Außerdem – auch wenn Sie sich noch so sehr wünschen, dass ich mit einem einzigen kunstvollen Satz über hohe Gebäude springe, wir sind nicht alle Super Amp, wissen Sie.«

»Super Amp hin oder her, Sie schöpfen nicht einmal ansatzweise Ihr ganzes Potenzial aus, streiten Sie das bloß nicht ab«, sagte ich. »So lange ist es auch noch nicht her, wissen Sie.«

»Ich weiß«, räumte er ein und blieb stehen. Er machte eine kleine, höfliche Verbeugung, als ich bei ihm anlangte, und sagte: »Bitte nach Ihnen. Trödeln Sie, solange Sie wollen. Das nützt Ihnen auch nichts.«

Ich kam zu einer Ecke und blieb stehen. »Okay. Von hier aus kann ich die Tür sehen.«

»Sie wollen nicht vielleicht hingehen und sie aufmachen?«, fragte Ben. »Vielleicht steht auf der anderen Seite der Raucher mit einem Parabolmikrofon.«

»Hören Sie«, sagte ich. »Wollen Sie die ungeschminkte Wahrheit hören? Ich bin nicht besonders scharf darauf, diesen Morgen mit Parrish noch einmal zu durchleben. Manchmal glaube ich, wenn ich seine Visage noch einmal sehen muss …«

Ich beendete den Satz nicht, da die Tür zum Dach aufging.

»Mist«, sagte Ben. »Sie hatten wohl Recht mit dem Nikotinanfall.«

Doch selbst mit den blonden Haaren, selbst auf die Distanz und selbst in der Finsternis, wusste ich, wer aufs Dach gekommen war.

Es waren weder Jerry noch Leonard.

Ich zog Ben um die Ecke zurück und hätte ihn fast umgeworfen.

»Was soll –«

Ich legte ihm die Hand auf den Mund. »Parrish!«, flüsterte ich. »Laufen Sie!«

Voller Panik sah er mich an und fragte: »Wohin?«

Gute Frage.

58

Mittwoch, 27. September, 1 Uhr 35
Dach des Wrigley-Buildings

»Hier wieder zurück!«, flüsterte ich, und wir rannten schnell in den dunklen und engen Irrgarten aus Dachaufbauten, bogen um eine und noch eine Ecke und versteckten uns dann hinter der Klimaanlage.

Ich hoffte, dass sich Parrish zum offeneren Ende des Dachs herauswagen würde, damit wir zur Tür zurückkonnten.

Wir vernahmen Geräusche, doch es war schwer zu sagen, woher sie kamen.

»Wir sollten uns trennen«, sagte Ben. »Er ist allein. Er kann uns nicht beide jagen.«

»Es sei denn, er hat seinen Helfer mitgebracht.« Ich sah eine Leiter an einer Wand in der Nähe stehen, die für den Zugang zu den Fahnenmasten benutzt wurde. »Warten Sie hier«, sagte ich. Ich huschte zu der Leiter hinüber, kletterte so weit hinauf, wie ich es wagte, und spähte vorsichtig in die schmale Gasse hinab, durch die wir soeben gekommen waren. Hinter unserer Gasse, aber nicht weit von deren Anfang entfernt, sah ich etwas Merkwürdiges, das zu begreifen mich eine Weile kostete: ein einzelnes Licht, das sich langsam vorwärts bewegte und in einiger Höhe über dem Fußboden entlang schwankte. Dann erkannte ich, was es war: Parrish hatte eine Stirnlampe aufgesetzt, ein Leuchtmittel, das es ihm erlauben würde, die Hände frei zu haben – frei für Dinge, an die ich gar nicht denken mochte.

Ich sah nur lange genug zu, um eines festzustellen, dann eilte ich zu Ben zurück.

»Soweit ich es beurteilen kann, ist er allein. Er muss jede Minute diese Gasse entlangkommen. Aber ich finde nicht, dass wir uns trennen sollten, bevor wir unbedingt müssen.«

»Okay«, flüsterte er.

Da klingelte das Handy, schrill und laut. Es hätte mir ebenso gut einen elektrischen Schlag versetzen können.

Ich fluchte und fingerte daran herum, um den Anruf entgegenzunehmen. Es klingelte ein zweites Mal, und Ben lief eilig davon. Ich konnte seinen Wunsch nachfühlen, sich von einer Frau zu entfernen, die ein Peilgerät für Parrish am Leib trug.

»Egal, wer Sie sind«, sagte ich in das Telefon, während ich in die Gegenrichtung davonlief, »rufen Sie die Polizei!«

»Irene?«, sagte eine Männerstimme. Bekannt, aber wer war es?

Ich bog um eine Ecke und hörte Schritte. Gebückt hastete ich in eine weitere enge Gasse und rannte wie verrückt. »Verdammt noch mal, wer auch immer Sie sind, legen Sie auf und rufen Sie die Polizei. Sagen Sie ihnen, Nick Parrish ist auf dem Dach des *Express*.«

»Hier ist Phil Newly, und ich wollte –«

»Scheiße!«, fauchte ich und brach die Verbindung ab.

Traumhaft. Jetzt wusste der Satansjünger, wo er seinen Herrn finden konnte.

Parrishs Stirnlampe erschien am anderen Ende der Gasse.

Ich bog um eine weitere Ecke.

Sackgasse.

Okay, dachte ich, okay. Nimm das Handy. Ruf die Polizei, und selbst wenn du tot bist, kommen sie vielleicht noch rechtzeitig, um Ben zu retten.

Ich wählte 911 und fragte mich, welches Revier ich wohl erreichen würde. Doch der Anruf wurde direkt nach Las Piernas geleitet.

»Nick Parrish ist auf dem Dach des Wrigley-Buildings –«

»Hey, Nicky, du Muttersöhnchen!«, rief Ben. »Komm doch und hol mich!«

»O Gott«, stieß ich matt hervor. »Auf dem Dach des *Express*. Schicken Sie Hilfe!«

Ich beendete das Gespräch und ging weiter, unsicher, was ich vorfinden würde. Keine Spur von Parrish. Keine Spur von Ben.

Ich schaltete das Handy wieder ein und drückte die programmierte Taste für Stinger@FE.

Ich führte das Gespräch, während ich mich wieder aus der Sackgasse schlich. »Fremont Enterprises«, antwortete eine schläfrige Stimme.

»Pappy?«, flüsterte ich.

»Müssen lauter reden«, sagte er.

»Sagen Sie Travis und Stinger, sie sollen zurück aufs Dach kommen«, sagte ich und brach die Verbindung ab, da ich soeben Ben an der Öffnung der Gasse hatte vorbeilaufen sehen. Parrish war nicht weit hinter ihm.

Ich rannte, bis ich den Ausgang erreicht hatte, wandte mich in die Richtung, in die sie gelaufen waren, und brüllte aus Leibeskräften: »Nick Parrish, Sie kleines Frettchen, nicht zu fassen, dass Sie auf diesen blöden Trick reingefallen sind!«

Ich hörte ein leises Poltern, und hinter mir ging ein Licht an. Ich wirbelte herum und sah ihn keinen Meter von mir entfernt stehen und grinsen. Er stand neben einer zweiten Leiter und hatte eine Pistole in einem Schulterhalfter stecken. In der Rechten hielt er ein Messer mit einer langen, dünnen Klinge.

»Ich bin auf gar keinen Trick reingefallen«, sagte er und beschrieb mit dem Messer eine nachlässige Acht. »Aber du warst blöd genug, direkt an mir vorbeizulaufen, ohne aufzusehen.«

Ich ging ein paar Schritte zurück.

»Willst du davonrennen?«, fragte er und hielt das Messer in die Höhe. »Natürlich willst du das. Vor allem jetzt, wo ich deinen kleinen, verkrüppelten Freund umgebracht habe.«

»Sie haben ihn nicht umgebracht«, sagte ich in der Hoffnung, dass ich Recht hatte.

»Woher willst du das wissen?«

»Kein Schuss und kein Blut am Messer. Wie üblich reden Sie nur Mist.«

»Ich glaube nicht, dass du dir so sicher bist, dass er noch lebt. Ruf seinen Namen. Mal sehen, ob er antwortet.«

»Sie bringen mich nicht dazu, Ihnen dabei zu helfen, ihn zu finden.«

»Ich finde ihn auch so. Er kann sich nicht so schnell bewegen wie du.«

»Da sieht man mal, was Sie wissen. Ich glaube nicht, dass Sie ihn zu fassen kriegen.«

»O doch. Genau wie ich mir seine Freundin geschnappt habe, die meinetwegen komplett den Kopf verloren hat. Sie war reizend. Schade, dass ich nicht hier war, um seine Tränen mitzuerleben, als er heute Morgen die Eistänzerin gesehen hat.«

»Schon wieder Fehlanzeige, Nicky. Er war überhaupt nicht betroffen. Sie war seine Ex, vergessen Sie das nicht. Es ging ihm vollkommen am Arsch vorbei.«

»Vielleicht weil er hinter dem Rücken deines Mannes dich vögelt.«

Lass dich von ihm nicht provozieren, sagte ich mir. Lenk ihn ab. Lass Ben entkommen.

»Stammt das auch aus Ihren Fantasien, Nicky? Oder wollten Sie nur versuchen, mich zu ärgern? Da müssen Sie sich ein bisschen mehr anstrengen. Natürlich haben Sie keine Ahnung von Freundschaft oder echten Beziehungen, stimmt's? Sie können ja nicht mal Sex mit einer Frau haben, ohne ihr gleichzeitig ein Messer an die Kehle zu halten, oder? Welche Frau, die noch ganz bei Verstand ist, würde schon freiwillig mit Ihnen ins Bett gehen?«

Er lachte und hob das Messer. »Wenn ich deine Schreie nicht so genießen würde, würde ich jetzt damit beginnen, dass ich dir die Zunge herausschneide. Vielleicht fange ich ja trotzdem damit an.«

Er machte einen Satz auf mich zu, und ich sprang zurück, wobei ich instinktiv die Hände vor mir ausstreckte. Ich hielt immer noch das Handy fest.

»Was?«, lachte er. »Du willst die Polizei anrufen? Die schaffen es nie rechtzeitig hierher. Und du kannst dir sicher sein, dass in absehbarer Zeit niemand die Treppen aufs Dach hochkommen wird. Ich habe die Tür zum Treppenhaus blockiert, und selbst wenn sie es schaffen, sich den Weg freizumachen, habe ich auch noch die Tür zum Dach von dieser Seite aus gesichert. Mit einer ziemlich massiven Schließstange. Reist du?«

Die Frage kam so unerwartet, dass ich keine Antwort gab.

»In den Magazinen sämtlicher Fluggesellschaften werden diese kleinen Schmuckstücke angeboten«, erklärte er. »Etwas, das dazu dienen soll, dass man sich in seinem Hotelzimmer sicher fühlt. Die hier ist für den Industriegebrauch gedacht. Ich habe sie bei anderen Gelegenheiten schon sehr praktisch gefunden.«

Ich überlegte, ob es irgendeinen anderen Weg zum oder vom Dach gab. Das Haus schloss nur an einer Seite an andere Gebäude an: eine Ladenzeile, die drei Stockwerke hoch war.

»Ich besitze den einzigen Schlüssel«, fuhr Parrish fort. »Du und Dr. Sheridan, ihr seid meine Gefangenen, verstehst du. Die Stange hält zwar sicher nicht ewig, aber sie garantiert mir all die Zeit, die ich brauche.«

»Sie haben nicht so viel Zeit, wie Sie glauben«, sagte ich.

»Dann sollten wir sie so gut wie möglich nutzen. Erinnerst du dich an unser kleines Spiel in den Bergen? Lauf los, Irene.«

Ich machte zwei Schritte, wirbelte dann herum und schleuderte mit aller Kraft das Handy nach ihm. Das Telefon wog nicht viel, doch ich traf mein Ziel, das mich anfunkelte und kaum mehr als drei Meter von mir entfernt war: seine Stirnlampe. Er jaulte auf und wirkte verblüfft, was mir ganz recht war. Erneut lief ich los, ohne abzuwarten, bis ich sah, ob ich noch weiteren Schaden angerichtet hatte.

In den Bergen würde ich mich vielleicht nicht so gut schlagen, sagte ich mir, aber hier wäre es anders. Keine Höhe, keine Erschöpfung oder Entwässerung, die mich bremsten. Ich trug

Laufschuhe und keine Bergstiefel. Die Bodenfläche war eben und relativ frei von Hindernissen. Ungünstig war jedoch, dass ich in einem Käfig herumlief.

Ich erwog, mich in dem Raum zu verstecken, wo sich die Lichtschalter für die Landefläche befanden, kam aber dann zu dem Schluss, dass es günstiger für mich wäre, wenn ich wusste, wo er war, und mich frei bewegen konnte. Eine dunkle Zeile von Dachaufbauten führte zur nächsten, und jedes Mal, wenn ich um eine Ecke bog, fürchtete ich, ihm in die Arme zu laufen.

Wo war Ben?

Ich hörte, wie sich ein Hubschrauber näherte und Sirenen jaulten.

Auf einmal wurde mir klar, dass Travis und Stinger, wenn sie wieder landeten, Gefahr liefen, von Parrish angeschossen – oder erschossen – zu werden. Jetzt musste ich wirklich unbedingt wissen, wo er war, und sie warnen. Doch wo konnte ich sichergehen, dass sie mich sahen, ohne mich selbst zur Zielscheibe zu machen?

Ich steuerte auf die Fahnenmasten zu.

Ich bestieg die Leiter vorsichtig, aber schnell, da ich fürchtete, Parrish am oberen Ende zu begegnen oder dass er von unten auf mich losginge.

Zu meiner Erleichterung war kein Mensch auf diesem höchsten aller Aufbauten. Ich befand mich nun weitere acht oder zehn Meter über dem Dach. Unter mir vernahm ich ein Geräusch und sah Ben auf mich zukommen.

Ich wandte den Blick von Ben ab, als ich den Hubschrauber näher kommen hörte. Ohne die offiziellen Signale dafür zu kennen, einen Hubschrauber zum Abdrehen zu bewegen, machte ich die universelle Abwehrgebärde, indem ich die Arme über dem Kopf nach vorne warf, verneinend den Kopf schüttelte und mit beiden Daumen nach unten wies. Ich versuchte sogar pantomimisch darzustellen, wie mit einer Pistole auf sie geschossen wurde. Ein Teil dieser miserablen Vorstellung musste zu ihnen durchgedrungen sein, da sie abdrehten, höher schwebten und sich seitlich zum Gebäude hielten. Allerdings verschwanden sie nicht ganz, und ich hatte immer noch Angst, dass Parrish auf sie schießen könnte.

Ich sah Bens Kopf am oberen Ende der Leiter auftauchen und ging eilig zu ihm hinüber. »Gehen Sie weg!«, brüllte er auf einmal und schien den Halt mit den Füßen zu verlieren. Er umklammerte das Ende der Leiter, beugte sich aus der Taille heraus über das Sims und rang offenbar darum, sich hochzuziehen.

Ich ignorierte seine Warnung und lief näher heran. Als ich über die Kante spähte, sah ich, dass Parrish, der hinter ihm die Leiter hochkam, Bens rechtes Bein von der Sprosse gerissen hatte und versuchte, ihn hinabzuwerfen.

Parrish war nicht weit von mir entfernt, aber nun hielt er mit dem rechten Arm beide Beine von Ben umfasst. Mit der linken Hand umklammerte er das Gestell der Leiter. Er versuchte, Ben von der Leiter zu ziehen. Ich beugte mich über die Kante, hielt das Gestell fest und ließ den größten Teil meines Gewichts auf dem Sims. Ich packte Bens Gürtel und versuchte, Parrishs Drehbewegung entgegenzuwirken. Das Blut stieg mir in den Kopf, aber angesichts unseres vereinten Widerstands kam Parrish nicht weiter.

Er stieg eine weitere Sprosse hinauf, sodass sein Gesicht nur wenige Zentimeter von meinem entfernt war.

»Jetzt habe ich euch beide. Wenn ich einmal fest ziehe, fallt ihr runter. Nicht schlecht für einen Höschenschnüffler, was?« Er schnellte nach oben und leckte mir übers Gesicht.

Ich ließ Bens Gürtel los und schlug Nick Parrish fest auf die Nase. Sie begann wie verrückt zu bluten, und einen Moment lang lockerte er seinen Griff um Ben. Ben erwischte mit dem rechten Bein eine Leitersprosse, während Parrish mich wütend anschrie. Ich nutzte diesen Moment aus, da ich auf annähernde

Blindheit bei Parrish hoffte, und fasste nach der Pistole in seinem Schulterhalfter. Nun ließ er Ben mit der rechten Hand los, aber nicht schnell genug. Ich machte die Pistole aus dem Halfter los. Er umfasste brutal mein Handgelenk, und ich ließ die Pistole auf die Dachfläche unter mir fallen.

Er versuchte, mich über die Kante zu ziehen. Ben, der ein bisschen höher gekommen war, landete mit seinem Flex-Foot einen heftigen Tritt in Parrishs Leistengegend. Offenbar verfehlte er die Eier, aber nicht den Hahn, da Parrish grunzte und mein Handgelenk losließ, jedoch nicht herunterfiel. Hastig griff Parrish erneut nach Bens Beinen, schaffte es aber nur, die Prothese zu fassen zu bekommen, die ihn soeben erst verletzt hatte. Ich packte sie an ihrem Ansatz und versuchte Ben nach oben zu ziehen, während Ben sich verzweifelt an die oberste Sprosse klammerte und nach Parrishs linkem Arm trat.

Über uns erschien ein helles Licht, verbunden mit Lärm und Wind. Der Hubschrauber war direkt über uns. Ich konnte seine Insassen nicht sehen, wusste aber, dass sie uns nicht allzu nahe kommen konnten – auf diesem Teil des Dachs befanden sich zu viele Masten, Leitungen und andere Hindernisse. Die Fahnen knatterten laut im Wind, und die Drahtseile schlugen durchdringend Alarm.

»Nach links!«, schrie ich Ben zu, ohne zu wissen, ob er mich hören konnte. Doch unabhängig davon platzierte er seinen nächsten Tritt besser und landete einen harten Treffer auf Parrishs linkem Arm.

Parrish verlor den Halt und wäre beinahe gefallen, doch er hielt nach wie vor den Flex-Foot fest, während er versuchte, wieder Tritt zu fassen. Er schaffte es, die Füße auf eine Sprosse in der Mitte der Leiter zu stellen. Ben hatte sein rechtes Bein weiter nach oben und damit außer Reichweite gehoben und rang nun darum, sich hochzuziehen, während Parrish sein gesamtes Gewicht an Bens linkes Bein hängte. Den Flex-Foot nach wie vor in der linken Hand, grinste er und löste auf einmal seine Rechte von Ben, sodass sie frei war. Doch anstatt nach der Leiter zu fassen, griff er nach seinem Messer.

»Ich mache ihn zum zweifach Amputierten«, erklärte Parrish, wobei seine blutige Nase seine Stimme seltsam klingen ließ. »Aber vielleicht schneide ich erst dir die Finger ab.«

Während ich unwillkürlich die Finger krümmte, spürte ich einen Metallknopf unter ihnen. Die Entriegelung des Verschlusses. Ich drückte ihn.

Ich vernahm ein Klicken und sah, wie sich auf Parrishs blutverschmiertem Gesicht ein Blick des Entsetzens breit machte, als sich Fassung und Flex-Foot voneinander lösten.

Wild schlug er mit dem Messer in die Luft, als er mit einem lauten Krachen rückwärts aufs Dach fiel.

Danach bewegte er sich nicht mehr.

59

MITTWOCH, 27. SEPTEMBER, 1 UHR 55
Las Piernas

Ben zog sich auf das Sims. Ich setzte mich auf. Mir war ganz schwindlig vom Nach-unten-Hängen. Beide waren wir außer Atem.

»Alles in Ordnung?«, fragte ich.

Er nickte. »Und bei Ihnen?«

»Auch. Tut mir Leid um Ihren Fuß.«

»Dem fehlt wahrscheinlich gar nichts. Aber nach der ganzen Mühe, hier hochzukommen, werde ich den Teufel tun, jetzt wieder runterzuklettern und nachzusehen, ob er beschädigt ist.«

»Ich glaube, jemand wird ihn Ihnen bringen«, erklärte ich und zeigte auf die Stelle, wo der Hubschrauber landete.

Zur gleichen Zeit hörten wir ein lautes Krachen, das uns zusammenzucken ließ – das Sondereinsatzkommando hatte es geschafft, die Tür zum Dach aufzubrechen. In null Komma nichts war Parrish umstellt. Als er sich nicht regte, gingen sie auf ihn zu.

»Irene!«

Ich wandte mich vom Schauplatz unter mir dieser geliebtesten aller Stimmen zu. Frank stieg aus dem Hubschrauber und lief auf uns zu.

Ich winkte und schrie: »Alles in Ordnung.«

Sein Gesicht verzog sich zu einem breiten Lächeln, und er rannte schneller.

Drei Mitglieder des Sondereinsatzkommandos schafften es vor Frank die Leiter hinauf.

»Uns fehlt nichts«, erklärte ihnen Ben. »Ist Parrish tot?«

»Nein«, antwortete einer von ihnen, »aber verdammt nah dran. Anscheinend hat er sich das Genick gebrochen. Wir bringen ihn ins St. Anne's. Ist gleich die Straße runter.«

Frank kam die Leiter herauf, Bens Flex-Foot in der Hand.

»Ich dachte, den könnten Sie vielleicht brauchen«, sagte er und reichte ihn Ben.

»Danke«, erwiderte Ben. »Ich habe mich schon gefragt, wie ich ohne ihn da runterkommen soll.« Er untersuchte ihn und stellte fest, dass er zwar ein bisschen verschrammt, aber nicht massiv beschädigt war.

»Ich glaube, meinem Handy ist es nicht so gut ergangen«, sagte ich. Als ich Frank erzählte, wie ich es verwendet hatte, lachte er und nahm mich in die Arme. »Parrish wusste einfach nicht, worauf er sich eingelassen hatte, was?« Doch er hielt mich fest umklammert, als müsse er sich selbst versichern, dass mir nichts fehlte. Es war ein gutes Gefühl – so sicher hatte ich mich schon lange nicht mehr gefühlt.

»Oh!«, sagte ich und verließ diese Phase des Wohlbehagens. »Mir ist gerade etwas eingefallen! Phil Newly hat mich angerufen, und er wurde von meinem Platz aufs Handy weitergeleitet. Kannst du mithilfe der Handy-Daten die Nummer herausfinden?«

»Nicht nötig«, erwiderte Frank. »Newly hat uns ebenfalls angerufen.«

»Die Polizei?«

»Ja. Daher wusste ich ja, dass du hier bist. Newly meinte, er hätte versucht, dich anzurufen, und du hättest ihm gesagt, du seist mit Nick Parrish hier oben, hättest Angst und bräuchtest die Polizei.«

»Wo war er denn?«

»Er sagt, er hätte sich versteckt. Er hatte Angst vor Parrish. Er meinte, nachdem du die Knochen und die Rosen bekommen hattest, hätte er gewusst, dass Parrish wieder in der Gegend ist, und sich davongemacht. Er hat ein Strandhaus weiter unten an der Küste gemietet und nicht einmal seiner Schwester gesagt, wie sie ihn erreichen kann. Er hat die Nachrichten heute Abend gehört und beschlossen, nach Hause zu fahren.«

»Und warum hat er mich angerufen?«

»Er befürchtete eine feindselige Reaktion der Polizei und dachte, du könntest ihm zu einem Treffen mit mir verhelfen, bevor alles aus dem Ruder laufen würde. Ich habe ihm nicht verraten, dass du es warst, die darauf bestanden hat, dass wir ihn überprüfen. Er hat seinerseits einen Strafverteidiger engagiert, hat aber eingewilligt, sich morgen mit uns zu treffen.«

»Moment mal«, wandte ich ein. »Ihr habt eine blutige Kreissäge und dergleichen mehr in seinem Haus gefunden, stimmt's?«

»Stimmt.«

»Und die Beinknochen in den Rosen hätten mit einer Säge zertrennt worden sein können, oder, Ben?«

»Stimmt.«

»Ich habe Phil getroffen, und *am selben Abend* sind die Knochen auf unserer Schwelle aufgetaucht. Wenn er abgereist ist, *nachdem* er von den Knochen gehört hatte, ist er auch abgereist, nachdem sie in seiner Garage bearbeitet worden waren. Falls er unschuldig ist, muss er zugleich taub sein – denn dann hat er ein grässlich lautes Geräusch in seiner Garage überhört. Ganz zu schweigen davon, dass er den ungewöhnlichen Anblick einer blutigen Werkbank übersehen hat, als er seinen Wagen rausgefahren hat.«

»Nicht unbedingt«, meinte Ben. »Sie gehen von Nachrichtenmeldungen aus, die auf Quellen aus zweiter Hand basieren.«

»Ben Sheridan –«

»Nein, ich versuche nicht, einen Streit über die Medien vom Zaun zu brechen. Frank, Sie waren doch in Newlys Garage und haben alles mit eigenen Augen gesehen. War die Werkbank blutig?«

»Ja.«

»Wenn dort Blut war, so stammte es vermutlich von Camilles Leiche.« Er wandte einen Moment den Blick ab und sagte dann: »Oder vielleicht von der Unbekannten im Müllcontainer. Was auch immer, das Blut stammt jedenfalls nicht von den Oberschenkelknochen der Toten aus Oregon.«

»Moment mal –«, protestierte ich.

»Er hat Recht«, erklärte Frank. »Tote bluten normalerweise nicht, weil das Herz nicht mehr schlägt. Man kann zwar einer Leiche kurz nach dem Tod Blut abzapfen, aber die Frauen in Oregon wurden schon vor mehreren Wochen ermordet. Parrish hat die Beine der Empfangsdame des Arztes dort abgetrennt, wo er die Leichen abgelegt hat – weit weg von Phil Newlys Haus.«

»Ich habe diese Oberschenkelknochen untersucht«, fügte Ben hinzu. »Sie sind nicht zersägt worden, als die Leichen noch frisch waren.«

»Ihr glaubt also, er sei unschuldig?«, fragte ich.

»Ich behaupte weder, dass er schuldig noch dass er unschuldig ist«, entgegnete Frank. »Bis jetzt haben wir keinerlei Fragmente in Newlys Haus gefunden, die zu den Oberschenkelknochen gepasst hätten. Aber wir hatten ja noch nicht einmal zwölf Stunden Zeit, um uns umzuschauen. Newly ist noch nicht aus dem Schneider. Man kann nicht derartiges Beweismaterial finden, ohne Fragen nach dem Besitzer des Hauses zu stellen. Newly hat uns noch eine ganze Menge zu erklären.«

Als wir von der Leiter herabgestiegen waren, sah ich eine vertraute Gestalt mit niedergeschlagener Miene abseits des ganzen Aufruhrs stehen. Ich ging hinüber.

»Leonard? Was ist los?«

»Ich hab Sie hängen lassen«, sagte er und blickte nervös zu Frank und dann auf seine glänzenden schwarzen Schuhe hinab. »Er hat mich mit dem ältesten Trick aller Zeiten überlistet, und ich bin darauf reingefallen.«

»Was reden Sie denn da?«

Er seufzte von seinen Schuhen bis nach oben und antwortete: »Parrish. Er hat eine Mülltonne an der Laderampe in Brand gesteckt. Als ich nachsehen gegangen bin, muss er die Treppe raufgeschlichen sein.«

»Hat das Feuer irgendwelche Schäden verursacht?«

Er schüttelte den Kopf.

»Na, das ist doch gut, oder?«

»Ich habe Ihnen versichert, ich würde ihn nicht hier reinlassen, und dann habe ich es doch getan.«

»Er ist monatelang der gesamten Polizeitruppe entwischt«, sagte Frank, was Leonard veranlasste, zu ihm aufzublicken. »Kein Mensch hätte erwartet, dass ein einzelner Polizist imstande wäre, ihn aufzuhalten.«

Da machte ich sie offiziell miteinander bekannt, und Frank bedankte sich bei Leonard. »Zu wissen, dass Sie alles im Auge behalten, hat es mir wesentlich leichter gemacht, Irene nachts allein hier arbeiten zu lassen.«

»Ehrlich?«, fragte Leonard und fügte dann rasch hinzu: »Ich tue mein Bestes, Sir.«

»Mehr verlangt auch keiner«, erklärte Frank.

»Einzelner Polizist?«, fragte ich nachher, als Leonard außer Hörweite stolziert war.

»Ich hatte Angst, er würde sich über die Brüstung stürzen.«

Nachdem John Walters seinem Ärger darüber Luft gemacht hatte, dass unsere wilde Jagd auf dem Dach nach Redaktionsschluss stattgefunden hatte, bat er mich, für eine morgendliche Sonderausgabe einen Artikel zu schreiben. Gegen die Proteste meiner versammelten Beschützer willigte ich ein, da ich Wrigley beweisen wollte, dass ich mir keinen Platz auf der Titelseite entgehen ließe, nur weil er mir eine Schicht nach Redaktionsschluss aufgehalst hatte.

Frank, Ben, Travis und Stinger weigerten sich, mich allein in der Redaktion bleiben zu lassen. Jack kam mit einer Flasche Champagner vorbei, und trotz Leonards Warnungen, dass die Betriebsvorschriften Alkohol auf dem Gelände strikt verboten (»Ich bin nicht hier, ich sehe das nicht«, erklärte er), tranken wir auf gute Freunde, auf anwesende und auf solche, die nicht mehr da waren. John gesellte sich zu uns.

Wie wir anhand der Überwachungsvideos sahen, war Parrish von der Laderampe aus ins Haus gelangt. Er trug eine Baseballkappe, hatte einen Werkzeugkasten dabei und marschierte zielstrebig an Männern vorbei, die mit dem Problem beschäftigt waren, Zeitungen auszuliefern, die verspätet von den Druckmaschinen kamen. Er legte das Feuer neben einer zweiten Kamera, sodass es Leonard garantiert bemerken würde.

Ich sah, wie er dann einige Zeit darauf verwendete, es anderen verdammt schwer zu machen, uns aufs Dach zu folgen. Er hatte die letzte Innentür verbarrikadiert, die zu den Treppen aufs Dach führte, und an der Tür zum Dach selbst hatte er eine schwere Schließstange angebracht.

Ich rief im Krankenhaus an und erkundigte mich nach dem neuesten Stand. Nicholas Parrish befand sich in kritischem Zustand und hatte schwere Verletzungen, vor allem an Kopf und

Genick. Ich fragte mich, ob im Falle seines Todes abgesehen von seinem Helfer irgendjemand sein Ableben bedauern würde.

»Ben«, fragte Travis, »als das ganze Gewicht an Ihrer Prothese hing, warum hat sich da die Fassung nicht früher gelöst?«

»Sie wird durch Saugkraft gehalten«, erklärte er. »Wenn ich nicht den Mechanismus auslöse, geht sie nicht ab. Aus naheliegenden Gründen ist die Fassung so konstruiert, dass sie nur abgeht, wenn ich sie abnehmen will. Was ich offen gestanden so bald wie möglich tun möchte.«

Ich reichte den Artikel ein, und wir gingen. Stinger blieb bei Jack, und Travis schlief auf unserer Couch. Ben bekam mit Bingle das Gästezimmer.

Frank und ich schliefen zuerst nicht viel, aber nicht aufgrund schlechter Träume. Uns trieb beide ein Drang, für den Dr. Robinson vermutlich einen wohlklingenden Namen wüsste, ein Syndrom oder irgendetwas, aber wir brauchten es nicht zu benennen. Angesichts des vollen Hauses mussten wir ein bisschen leiser sein als sonst, aber das war kein großes Problem – wir hatten bereits bei früheren Gelegenheiten die Erfahrung gemacht, dass Bingle dazu neigte, Alarm zu schlagen, wenn er hinter einer Schlafzimmertür bestimmte Geräusche hörte.

»Ob ihm das wohl ursprünglich den Namen *Bocazo* eingebracht hat?«, fragte ich nun Frank.

»Wer weiß?«, sagte Frank und konzentrierte sich auf andere Dinge.

Danach schliefen wir wunderbar.

Aber am nächsten Morgen erwachte ich mit einem unangenehmen Gedanken im Kopf, einem Verdacht, der mir zuwider war und von dem ich mich doch nicht befreien konnte, so sehr ich mich auch bemühte.

»Frank«, sagte ich schließlich, »ich muss dich um einen schrecklichen Gefallen bitten.«

60

Mittwoch, 27. September, Spätnachmittag
Las Piernas

Das Personal vom St. Anne's war mir zunächst argwöhnisch gegenübergestanden. Schließlich war ich diejenige, die ihren Patienten dorthin gebracht hatte. Aber sie hatten inzwischen seit Monaten Berichte über diesen Patienten gelesen und wussten, wer er war, sodass ich, als ich nach zwei Stunden noch nicht versucht hatte, ihn zu ersticken, Bemerkungen über meine erstaunliche Bereitschaft zu verzeihen zu hören bekam.

Ein Fehlurteil, wie es im Buche steht.

Ich hielt eine Ausgabe des Parzival in der Hand, las aber nicht darin. Ich dachte über eine Suche nach, die heute Morgen stattgefunden hatte.

Es hatte nicht so lange gedauert, Frank von meinen Ideen zu überzeugen, wie es gedauert hatte, mich selbst zu überzeugen. Während Frank ein paar Anrufe tätigte und Travis Frühstück machte, sah ich Videobänder durch, auf denen zu sehen war, wie Bingle und David mit ihrem Such- und Bergungstrupp arbeiteten. Ich fand, was ich suchte, und zeigte es Frank, was weitere Anrufe zur Folge hatte. Ich selbst erledigte auch einen.

Ben wachte auf und frühstückte mit uns. Ich fragte ihn, um wie viel Uhr er seine erste Veranstaltung abhalten musste.

»Ich habe einen Laborkurs um zwei, aber den könnte Ellen übernehmen, wenn Sie meine Hilfe brauchen. Was ist denn los?«

»Frank hat eine Meldung über ein Haus erhalten, in dem eine Leiche liegen könnte. Können Sie Bingle mitnehmen?«

»Ja, natürlich. Aber wir bräuchten mehr als einen Hund, um es zu bestätigen.«

»Können Sie Bools neuen Besitzer dazu bringen, dass er mitkommt?«

»Ich kann's versuchen.«

»Wenn er dazu bereit ist, das ist die Adresse, wo Sie sich treffen.«

»Sie kommen nicht mit?«

»Nein, ich muss heute Morgen woandershin.«

Ich sah ihm an, dass er gern weitere Fragen gestellt hätte, aber er schien meine Stimmung zu spüren und hielt sich zurück. Er rief Ellen Raice und den Trainer des Bluthunds an. Der zweite Anruf dauerte eine Weile, und als er auflegte, schmunzelte er.

»Was?«, fragte ich.

»Er meinte, er hätte mich ohnehin anrufen wollen. Er glaubt, er hätte sich vorher womöglich getäuscht, und Bool würde ›diesen ungebärdigen Schäferhund‹ wohl doch vermissen. Er fragt sich, ob er ihn wirklich behalten soll.«

»Irgendetwas sagt mir, dass Sie Bool auch vermisst haben.«

»Allerdings«, bestätigte er. »In vieler Hinsicht ist er nur ein großer, dummer Hund, aber er ist sehr liebevoll. Und ein prima Spürhund. David hat immer gesagt: ›Wenn es etwas zu finden gibt, dann findet Bool es auch.‹ Der Trainer hat mir versprochen, mir beizubringen, wie man mit Bool arbeitet, wenn ich ihn wiederhaben will.«

Frank rief mich im Krankenhaus an, um mir zu berichten, dass die erste Suche mit den Hunden erfolgreich verlaufen war und sie vermutlich am Nachmittag eine gründlichere Suche vornehmen würden.

»Eines noch«, sagte er. »Sobald Ben die Hunde gemeinsam untergebracht hat, kommt er in der Klinik vorbei, um dich zu sprechen.«

»Ist er bestürzt?«

»Ja. Ich habe ihm gesagt, dass du ihm erzählen wirst, was los ist.«

»Glutheißen Dank.«

Er lachte. »Ich komme vorbei, sobald ich kann.«

»Was machen Sie hier?«, schrie Ben mich fast an, als er in den Raum auf der Intensivstation kam, wo ich neben Parrish saß.

»Senken Sie Ihre Stimme, Ben«, sagte ich. »Sonst glauben sie noch, Sie wollten dem armen, kleinen Nicky hier etwas antun.«

»Will ich auch. Ich schalte dem Schwein den Strom ab!«

Ich seufzte und schlug das Buch zu. »Ben, Sie sind weitaus barmherziger als ich.«

»Barmherziger?!«

»Überlegen Sie mal. Er sitzt im schlimmsten aller Gefängnisse fest.«

Bens wütender Blick veränderte sich auf der Stelle. Er sah zu Parrish hinüber und sagte: »Er überlebt?«

»Ja, es sieht ganz danach aus. Aber er wird sich weder bewegen noch sprechen können. Man nimmt an, dass er uns hören und verstehen kann, außerdem kann er die Augen aufmachen. Ab und zu stößt er gurgelnde Laute aus. Mir gefällt die Vorstellung, dass er etwas sagen möchte.«

»Ihnen gefällt ...«

»Ja. Grausam von mir, was? Ich wundere mich ein bisschen über mich selbst. Vielleicht bin ich eines Tages nicht mehr wütend auf ihn wegen allem, was er getan hat, und wünsche ihm wie Sie den Tod.«

Er setzte sich und musterte mich. »Sie können mir nicht einreden, dass Sie hier sind, um sich an seinem Zustand zu weiden.«

»Nein«, sagte ich. »Aber solange ich neben ihm sitzen muss, macht es mir Spaß, schrecklich fiese Dinge zu ihm zu sagen.«

Parrish stieß einen gurgelnden Laut aus. Ben, der es hörte, verzog das Gesicht.

»Grässlich«, stimmte ich zu.

»Warum sind Sie hier?«, fragte Ben erneut.

»Ich warte auf jemanden.«

»Auf wen?«

»Das verrate ich Ihnen später.«

»Irene –«

Er wurde durch einen etwas anderen Laut von Parrish abgelenkt, einer Art Summen.

»Was meinen Sie, was er sagen will?«, fragte Ben und sah ihn argwöhnisch an.

Ich legte das Buch beiseite, stand auf und blickte in Parrishs Augen. »Was hieß das, Nicky?«

»Mmmaah.«

»Vielleicht schreit er nach seiner Mama«, sagte ich und setzte mich wieder.

Ben starrte mich an und sagte dann: »Haben Sie schon daran gedacht, Jo Robinson anzurufen?«

Ich lachte. »Wahrscheinlich habe ich nachher eine lange Sitzung bei ihr nötig. Aber keine Sorge, ich bin nicht hier, um Nicky oder irgendjemandem etwas anzutun.«

»Haben Sie etwas dagegen, wenn ich hier mit Ihnen warte?«, erkundigte sich Ben.

»Nein, zumindest – ach nein, überhaupt nicht. Mr. Nicks Konversationskünste sind reichlich begrenzt.«

Ben warf einen Blick auf ihn und sagte: »Ich wollte eigentlich das Gespräch mit Ihnen führen, das wir schon die ganze Zeit aufschieben, aber ich will nicht vor ihm darüber reden.«

»Was kann er schon dagegen tun?«, erwiderte ich matt. »Fantasieren? Lassen Sie ihn. Endlich befindet er sich in einem Zustand, in dem er das gefahrlos tun kann.«

»Irene –«

»Tut mir Leid, Ben«, sagte ich. »Mir ist heute ein bisschen zynisch zumute. Lassen Sie mich etwas ganz anderes fragen – falls es Ihnen nichts ausmacht, hier vor Nick darüber zu sprechen.«

»Was denn?«

»Sie haben gesagt, dass David manchmal über –« Ich warf einen Blick auf Parrish und veränderte das, was ich sagen wollte. »Sie haben gesagt, dass er nur selten über bestimmte Aspekte seiner Kindheit gesprochen hat.«

»Das ist richtig«, bestätigte er ein wenig steif.

»Außer mit Leuten, die vielleicht das Gleiche erlebt haben.«

»Stimmt.« Er sah zu Parrish hinüber.

»Hat Ihnen David je die Namen der Personen genannt, mit denen er gesprochen hat?«

»Nein. Er hat sich mir gegenüber allgemein geäußert oder mir von jemandem berichtet, ohne einen Namen zu nennen. Er fand zwar, dass ... dass ein solcher Hintergrund kein Anlass sein sollte, sich zu schämen, doch er hat hart daran gearbeitet, ihr Vertrauen zu gewinnen, deshalb hätte er es auch nie missbraucht. Er besaß die Fähigkeit, Menschen zu erkennen, die Ähnliches durchgemacht hatten, doch er ging sachte und behutsam auf die Betreffenden zu. Er bedrängte sie nicht, sich ihm zu offenbaren. Zuerst hat er sich ihr Vertrauen verdient.«

Er hielt inne und fragte dann: »Warum wollen Sie etwas über die Leute wissen, mit denen er gesprochen hat?«

»Ich versuche jemanden zu verstehen, den ich kenne«, sagte ich. »Aber womöglich wird mir das nie gelingen.«

»Sie sind heute wirklich zynisch.«

»Tut mir Leid, ja, das bin ich. Es hat schon angefangen, als ich aufgewacht bin und an einen Song von den Boomtown Rats denken musste, der ›I Don't Like Mondays‹ heißt. Kennen Sie ihn?«

»Ja.« Er sang einen kleinen Teil des Refrains.

»Genau. Er hat mir etwas in Erinnerung gerufen. Die Inspiration für diesen Song war eine Schießerei in San Carlos – das liegt in der Nähe von San Diego. Ein sechzehnjähriges Mädchen namens Brenda Spencer beschloss, mit einem Gewehr auf einen Schulhof zu zielen und einen Heckenschützen-Marathon hinzulegen. Das war 1979, als es noch nicht so üblich war, dass auf Schulhöfen Gewehre abgefeuert werden.«

»Eindeutig zynisch. Aber ich kann mich an diese Geschichte erinnern. Sie hat mehrere Stunden lang aus ihrem Elternhaus auf die Schule gefeuert, stimmt's?«

»Ja. Und in dieser Zeit hat sie zwei Menschen umgebracht und neun weitere verwundet. Als man sie gefragt hat, warum, hat sie geantwortet: ›I don't like Mondays.‹«

»Guter Gott.«

»Sie hat gesagt: ›Ich mag keine Montage. Das hier bringt Schwung in den Tag.‹«

»Und dieser Song hat Sie an etwas anderes erinnert?«

»Ja«, bestätigte ich. »Ich mag den Song. Viele mögen ihn. Aber er wurde im selben Jahr verfasst, in dem auch die Schießerei stattfand – was mittlerweile zwei Jahrzehnte her ist. Also habe ich ihn schon lange nicht mehr gehört.«

Er wollte gerade etwas sagen, als der Polizist vor der Tür hereinkam und sagte: »Ms. Kelly? Sind Sie bereit?«

»Voll und ganz. Danke«, antwortete ich. »Ben, ich muss Sie bitten, mit Frank im Nebenraum zu warten.«

»Frank ist hier?«, fragte er und sah sich um.

»Ja. Keine Sorge. Sie können alles mithören, was wir sagen«, erklärte ich und fasste hinter mich.

»Sie sind verkabelt?«, fragte er ungläubig. »Ich weiß nicht, ob ich –«

»Bitte, Ben«, bat ich. »Frank kann Ihnen alles erklären.«

Er verschränkte die Arme.

Das Funkgerät des Polizisten knisterte.

»Jetzt oder nie, Mrs. Harriman«, sagte er.

Ben rührte sich nicht vom Fleck.

»Ben, wenn Sie nur ein bisschen Vertrauen zu mir haben, verschwinden Sie jetzt.«

Widerwillig zog er mit dem Polizisten ab.

Ich drückte eine Taste, nannte meinen Namen sowie Datum, Uhrzeit und Ort und erklärte, dass Nick Parrish anwesend war.

Parrish machte sein »Mmmaah«.

Ich blickte durch die Glaswand zur Schwesternstation. Eine Frau, die genau wie eine Krankenschwester gekleidet war, aber keinerlei Patienten pflegte, nickte mir zu. In einem anderen

Raum drehte sich das Tonband. In meinen Gedanken kreisten Rädchen weiter, die schon den ganzen Tag am Rotieren gewesen waren.

Die Aufzugtür öffnete sich.

61

MITTWOCH, 27. SEPTEMBER, SPÄTNACHMITTAG
Las Piernas

Ich wischte mir die Handflächen ab.

Sie näherte sich vorsichtig, zögerlich. Sie trug ein Business-Kostüm mit einem Rock von der konservativsten Länge, die ich je an ihr gesehen hatte. In der Hand hielt sie eine schicke Lederhandtasche. Ich konnte mich des Eindrucks nicht erwehren, dass sie wie ein Kind aussah, das auf erwachsen macht.

Auf ihrer Miene zeichnete sich gelindes Erstaunen ab, als sie mich sah, doch dann betrat sie den Raum. »Hallo, Irene.«

»Hallo, Gillian.«

»Es – es erleichtert mich, Sie hier zu sehen, Irene. Ich habe ein bisschen Angst davor, mit ihm allein zu sein.«

»Warum sind Sie dann überhaupt gekommen?«

»Ich musste.« Sie warf mir einen Blick zu. »Hat man Ihre Handtasche durchsucht, als Sie gekommen sind?«

»Ja«, bestätigte ich. »Sie durchsuchen jeden.«

»Warum?«

»Jemand könnte ihm etwas antun wollen. Im Moment lassen sie Gott allein Rache üben.«

»Nicht nur Gott – Sie auch. Ich habe gehört, was Sie getan haben.«

Ich versuchte, mich davon nicht aus der Ruhe bringen zu lassen.

»Vielleicht halten Sie mich für pervers, weil ich das sage«, fuhr sie fort, »aber ich musste ihn sehen. Ich musste den Mann sehen, der meiner Mutter das alles angetan hat. Vier Jahre habe ich gewartet.«

»Aber Sie haben ihn doch schon vorher gesehen«, wandte ich ein.

Ihre Augen weiteten sich ein wenig.

»Er war Ihr Nachbar, stimmt's?«

»Ja«, antwortete sie und schlich näher ans Bett heran. »Aber das ist schon lange her.« Sie beugte sich vor und sah ihm in die Augen.

»Mmmaah«, machte Parrish. Sie wurde bleich und zuckte vom Bett zurück.

»Kommen Sie«, sagte ich und legte ihr einen Arm um die Schultern, »setzen Sie sich. Er ist gar nicht so beängstigend, wenn man sich erst mal an ihn gewöhnt hat – obwohl ich annehme, dass er sich sehr verändert hat, seit Sie ihn das letzte Mal gesehen haben.«

»Ja.«

»Vor etwa vier Jahren?«, hakte ich nach.

»Nein – ja. Ich meine, nein, es ist länger her.«

»Seltsam. Jason meinte, Sie hätten ihn gesehen, als er aufgetaucht ist und Ihre Mutter belauert hat.«

»Was?«

»Sie wissen schon, an dem Abend, als Sie auf Jason aufgepasst haben und Parrishs Auto vor dem Haus stand.«

»Das hat Jason gesagt? Sie dürfen nicht alles glauben, was ein Kind sagt.« Sie schüttelte den Kopf. »Es ist traurig.«

Ich dachte, wie traurig es war, dass ich Jason nicht jedes Wort geglaubt hatte, das er über seine Schwester gesagt hatte, entgegnete jedoch: »Ach, warten Sie, jetzt fällt's mir wieder ein: Er hat gesagt, da sei ein Auto gewesen, aber Sie seien hinausgegangen und hätten es nicht mehr vorgefunden.«

Sie zuckte mit den Achseln. »Nicht dass ich wüsste.«

»Wissen Sie, ich wollte Sie sowieso noch mal sprechen«, sagte ich und ging zwischen ihr und der Tür hin und her. »Ich dachte, Sie könnten vielleicht Ben Sheridan mit seinem Hund helfen.«

»Dem Mann, der sein Bein verloren hat, meinen Sie?«

»Ach, kommen Sie, Gillian, Sie wissen mehr über ihn als nur das. Sie haben sich wegen Ihrer Mutter an ihn gewandt.«

»Ja? Ich habe mich an so viele Leute gewandt. Ich kann mich nicht erinnern. Sie haben gemeint, ich soll ihm mit seinem Hund helfen?«, fragte sie beklommen. »Was für ein Hund denn?«

»Oh, Sie kennen den Hund sehr gut. Bingle. Früher hat er David Niles gehört.«

Sie sagte nichts.

»Ich habe heute Morgen ein interessantes Video gesehen. Sie waren mit dem Such- und Bergungstrupp unterwegs, mit dem er gearbeitet hat, stimmt's? Ich habe Sie auf den Bändern gesehen, wie Sie mit David geredet und gelernt haben, mit Bingle zu arbeiten.«

»Ja«, bestätigte sie. »Ich dachte, wenn ich vielleicht lernen könnte, mit Leichenhunden zu arbeiten, könnte ich mich an der Suche nach meiner Mutter beteiligen.«

»Ihr brennender Wunsch, sie zu finden, war ja so beflügelnd«, sagte ich und probierte es mit einem kleinen Bluff. »Sie haben sich mit forensischer Anthropologie und Leichenhunden beschäftigt und sogar mit Andy Stewart darüber gesprochen, wie ein Botaniker unmarkierte Grabstellen finden kann.«

»Wie Sie schon gesagt haben – ich wollte sie finden.«

»Mmmaah«, machte Parrish erneut.

»Was glauben Sie, was er sagen will?«, fragte ich.

Stumm schüttelte sie den Kopf, aber ihre blauen Augen waren weit und voller Angst.

»Sie glauben, dass er in ein paar Tagen wieder sprechen kann«, log ich.

»Ehrlich?«

»Ja.« Noch ein größerer Bluff. »Erst vorhin war ein Neurologe hier, der gesagt hat, dass es ihm von Stunde zu Stunde besser geht. Deshalb warte ich ja hier. Ich muss ihm eine Frage stellen, wenn er wieder sprechen kann.«

»Eine Frage?«, sagte Gillian.

»Ja. Über etwas, das er zu mir gesagt hat, bevor er abgestürzt ist. Es geht mir schon den ganzen Morgen im Kopf herum, und ich kann es gar nicht erwarten, dass er sich erholt, damit ich ihn danach fragen kann.«

»Was denn?«

»Erinnern Sie sich an den Artikel, den Frank Ihnen gezeigt hat, als wir Sie in Ihrer Wohnung besucht haben?«

»Ja.«

»Das ist eine tolle Wohnung, da über der Garage. In der – in welcher Straße war es noch mal?«

»Loma, Nähe Achte«, antwortete sie und starrte wieder Parrish an.

»Ich glaube, Ben war heute Morgen dort in der Ecke – bei einer Suchübung mit Bingle. Jedenfalls, diese Geschichte mit der Unterhose –«

»Die war ja so witzig«, sagte sie und kicherte ein bisschen.

Parrish gab ein gurgelndes Geräusch von sich.

»Erinnern Sie sich so gut daran?«, fragte ich nach.

»Sicher. So lang war sie ja nicht.« Sie gab die Geschichte fast wortwörtlich wieder.

»Erstaunlich. Wissen Sie, sie ist nie im *Express* erschienen.«

»Nein?«

»Nein. Deshalb war ich ja so erstaunt, als mir der gute Nick letzte Nacht etwas daraus zitiert hat. Wie hatte er wissen können, was in dieser Glosse stand, wenn er sie nie gelesen hat?«

Endlich wandte Gillian den Blick von Parrish ab. »Es muss jemand anderer gewesen sein – dieser Anwalt, nach dem sie gesucht haben –«

Ich schüttelte den Kopf. »Sie, Gillian. Sie.«

»Das ist ja lächerlich«, erwiderte sie hastig. »Warum sollte ich irgendetwas mit Nick Parrish zu tun haben?«

»Die Antwort darauf weiß ich nicht. Oder vielleicht doch. Vielleicht hätte ich auch in diesem Punkt auf Jason hören sollen. Dass Sie kalt sind. Dass Sie Ihre Mutter regelrecht gehasst haben.«

Sie verschränkte die Arme und lehnte sich auf ihrem Stuhl zurück. Ihr Blick drückte nichts als Bosheit aus. »Nicholas Parrish hat dieses gesagt, Jason hat jenes gesagt. Sie behaupten, Sie hätten diesen Artikel nie jemand anderem gezeigt, aber das glaube ich Ihnen nicht.«

»Man hat die Garage unter Ihrer Wohnung durchsucht, Gillian. Frank hat sich einen Durchsuchungsbefehl besorgt. Die Hunde waren dort, als Sie heute Morgen in der Arbeit waren. Noch bevor sie das Haus betreten haben, haben Bingle, Bool und ein Bluthund namens Beau das Vorhandensein menschlicher Überreste angezeigt.«

Sie setzte wieder den angsterfüllten Blick auf.

»Natürlich hatten sie Recht«, fuhr ich fort. »Es waren Leichenteile da. Teile, die zu den Femora der Frau aus Oregon passen.«

»Femora?«

»Beinknochen.«

»Sie meinen, Nicholas Parrish hat es gewagt, meine Garage zu benutzen –«

»Sie werden es nicht schaffen, sich herauszureden«, sagte ich. »Man hat Ihren Werkzeugkasten gefunden.«

»Was für einen Werkzeugkasten?«

»Der, mit dem die Hunde sich nicht beschäftigen wollten, als man sie anwies, den Geruch von Nicholas Parrish aufzuspüren. Sie waren bei den Trainingsstunden des Suchtrupps, also wissen Sie ja, wie es abläuft. Zwei Bluthunde bekamen eine von Nickys schmutzigen Socken und wurden dann aufgefordert, ihn zu suchen. Sie schlugen überall in Ihrer Garage Alarm, ja sogar oben in Ihrer Wohnung. Aber für den Werkzeugkasten haben sie sich nicht interessiert. Den Kasten, in dem die Ablasspfropfen der

Hubschrauber lagen – die Pfropfen, die mit Ihren Fingerabdrücken übersät sind.«

Sie fing an zu weinen.

»Wenn ich glauben könnte, dass diese Tränen irgendjemand anderem gelten als Ihnen selbst, Gillian, wäre ich vielleicht gerührt. Ihre eigene Mutter, Gillian!«

»Das verstehen Sie nicht!«, sagte sie.

»Gott weiß, dass ich es gern verstehen würde!«, erwiderte ich. »Sie haben einen Grund? Dann verraten Sie ihn mir.«

»Sie werden mir nicht glauben.«

»Probieren Sie's.«

»Mein eigener Vater hat mir nicht geglaubt, also warum sollten Sie mir glauben?«

Ich stieß Atemluft aus, von der ich gar nicht gewusst hatte, dass ich sie angehalten hatte.

»Ihr Vater«, sagte ich und bemühte mich, meine Worte mit Bedacht zu wählen, »mag keine unangenehmen Themen, stimmt's?«

»Unangenehme Themen?«, spottete sie. »Nein, er will überhaupt nichts von irgendwelchen Dingen wissen, die *unangenehm* sind. Und meine Mutter hatte ihn unter Kontrolle. Sie wollte jeden kontrollieren. Jason, meinen Dad – aber mich nicht. Verstehen Sie? Mich nicht! Sie hat es versucht – und versucht – und versucht – aber ich habe gesiegt! Ja, das habe ich.«

»Wie hat sie es versucht?«

»Was glauben Sie?«, höhnte sie.

Ich gab ihr keine Antwort.

»Glauben Sie, das ist das erste Mal, dass ich hier bin?«, fragte sie. »Sie sollten mal meinen Dad fragen, wie sehr ich ›zu Unfällen neigte‹, bevor Jason zur Welt kam.«

»Aber ich dachte, Krankenhäuser –«

Sie warf mir einen mitleidigen Blick zu. »Vielleicht hatte es mit der vielen Zeit zu tun, die meine Mutter als Vorsitzende des Hilfsvereins fürs Las Piernas General Hospital geopfert hat.

Was meinen Sie? Ins St. Anne's sind wir nicht besonders oft gekommen, aber ich wusste schon, bevor ich fünf war, was eine Nonne ist, und wir waren todsicher keine Katholiken.«

»Sie wurden also nicht immer vom selben Arzt behandelt?«

Ihre Lippen verzogen sich zu einem kalten Lächeln. »Sie würden sich wundern, wie weit wir manchmal fahren mussten, um in ein Krankenhaus zu kommen.«

»Jason wusste nichts davon?«

»Ich stehe meinem kleinen Bruder nicht gerade nahe, wissen Sie? Ich meine, wir hatten nicht die gleiche Kindheit – kapiert? Er hat die Verbrühungen, den Sturz die Treppe hinunter und all das nicht mitbekommen. Ich erinnere mich selbst nicht an alles. Ich war ja noch klein. Nachdem Jason geboren worden war, hat sie gelernt, es so zu deichseln, dass ich nicht zum Arzt musste – sie hat keine Spuren mehr hinterlassen. Jason hat nur gehört, was sie gesagt hat: ›Gillian ist böse. Gillian gehorcht nicht. Gillian ist nicht mehr unter Kontrolle.‹ Unter ihrer Kontrolle weiß Gott nicht.«

»Wenn Sie –«

»Wenn. Sehen Sie? Warum sollten Sie mir schon glauben, stimmt's?«

»Ich wollte sagen, wenn Sie mit David befreundet waren –«

»War ich nicht, klar? Ich wollte nur über die Hunde Bescheid wissen. Was hat das mit irgendetwas anderem zu tun?«

»Leider nichts. Ihr Vater hat also nie gesehen, wie sie Sie misshandelt hat?«, fragte ich.

»O nein. Darauf hat sie genau geachtet.«

»Und er wollte Ihnen nicht glauben?«

»Nein.« Sie lächelte erneut. »Er hat gesagt, er glaubt mir nicht.«

»Mmmmaah«, ertönte ein Laut aus dem Bett.

»Nick Parrish hat Ihnen geglaubt, oder?«, fragte ich.

Sie nickte und sah erneut zu ihm hinüber. »Bei ihm zu Hause ist das Gleiche abgelaufen, als er noch klein war. Nur dass seine alte Dame auf ihn losgegangen ist und seine kleine Schwester in Ruhe gelassen hat.«

»Sie sind also zu Mr. Parrish nach Hause gegangen und haben ihm erzählt, was sich abspielt?«

Sie schüttelte den Kopf.

»Nein. Damals kannte ich ihn gar nicht richtig. Erst später, als ich merkte, wie er das Haus beobachtet. Er hat sich an meine Mutter erinnert, weil sie seiner Mutter ähnlich sah, nur dass sie zu jung war. Er kam zurück, um sie sich anzusehen, als sie ein bisschen älter war.«

»Mmmmaah!«, machte er.

»Er war so gut zu mir. Und er hatte so viel … so viel Macht! Er verstand mich. Ich wusste es vom ersten Moment an, als ich ihn das Haus beobachten sah – schon vor diesem Abend, von dem Ihnen Jason erzählt hat. Ich habe ihn gesehen. Ich war die Einzige, die je schlau genug war, ihn zu bemerken, bevor ihm aufgefallen ist, dass er beobachtet wird. Niemand hatte es je geschafft, ihm auf die Schliche zu kommen. Er war beeindruckt.«

»Mmmaah!«, machte er wieder.

»Er stand kurz davor, Ruhm zu erlangen. Ich habe ihm geholfen. Es war aufregend.«

Den ganzen Tag lang hatte ich in meinen Gedanken an sie versucht, sie so zu sehen, wie sie war, nicht so, wie ich sie gerne gehabt hätte. Sie nicht als das Opfer zu sehen, das sie in meinen Augen so viele Jahre lang gewesen war, sondern als die Helferin des Mörders. »Wie konnte sie ihm Hilfe leisten?«, hatte ich mich wieder und wieder gefragt, während ich an Parrishs Opfer, deren trauernde Familien und Freunde dachte – unter ihnen nicht nur ihre Mutter, sondern auch ihr jüngerer Bruder. Dass sie misshandelt worden war, mochte vielleicht ihre Wut auf Julia und einiges mehr erklären, aber mit diesem einen Satz – »Es war aufregend« – wurde sie mir wieder ganz fremd. Was ich auch immer an Mitleid für das Kind, das sie gewesen war, empfunden haben mochte – die junge Frau war ein Mensch, den ich nicht einmal ansatzweise verstehen konnte.

Ich wich vor ihr zurück.

»Wie haben Sie ihm geholfen?«, fragte ich.

»Ich habe ihm gesagt, wo sie an diesem Nachmittag hin wollte.«

»Und Sie waren dabei, als er sie umgebracht hat?«

Sie schüttelte den Kopf. »Dabei hat er mich nicht zusehen lassen. Aber er hat mir Fotos gezeigt, später, als er erkannt hatte, dass ich würdig war.«

»Würdig?« Mein Ekel schien sie nicht zu kümmern.

»Er hat noch nie einen anderen Jünger gehabt«, erklärte sie stolz. »Ich bin die Erste. Ich habe ihm versichert, ich würde dafür sorgen, dass die Welt von ihm hört.«

»Mit meiner unwissentlichen Hilfe«, sagte ich bitter.

»Natürlich hat er die Pläne gemacht, aber wer hätte ohne mich von ihm erfahren? Ich war es, die alle in Angst und Schrecken gehalten hat und bei ihnen den Wunsch ausgelöst hat, in die Berge zu ziehen.«

»Damit wir die Trophäen seiner Morde sehen konnten.«

»Sie hätten nie von ihm erfahren, wenn wir nicht geplant hätten, dass Sie über den Tod meiner Mutter schreiben sollen, oder?«

»Vielleicht nicht«, sagte ich, plötzlich müde geworden.

»Deshalb hat er sie an ihrem eigenen Platz begraben. Ich habe es gesehen.«

»Was in aller Welt hat Sie zu jemandem wie ihm hingezogen? Zu wissen, wozu er imstande war –«

»Genau! Ich wusste, wozu er imstande war. Ich erkannte seine Macht. Sogar jetzt – sehen Sie es nicht? Er wird wieder stärker. Er kommt zurück. Das versucht er mir zu sagen. Dass ich seine Motte bin, dass die Flamme noch brennt.«

»Sie sind eine Motte? Das stimmt wohl. Motten lassen sich von dem, was sie anzieht, blenden, stimmt's? Sie fliegen zu nah an die Flamme, nicht wahr? Sie brennen schon, aber Sie riechen den Rauch an Ihren Flügeln nicht einmal.«

»Eines Tages werden Sie bereuen, dass Sie das gesagt haben.«

»Er erholt sich nicht, Gillian. Das war gelogen. Er wird den Rest seines Lebens in diesem Zustand verbringen.«

»Nein! Sie lügen jetzt!«

»Ich glaube, Sie wissen, dass es die Wahrheit ist. Sehen Sie ihn an. Er ist hohl«, sagte ich. »Genau wie Sie.«

Sie starrte ihn voller Entsetzen an.

»Sie können mit niemandem mehr Mitgefühl empfinden, stimmt's? Von allem, was Ihre Mutter in Ihnen zerstört hat –«

»Wen juckt's?«, sagte sie. »Ich kümmere mich um mich selbst.«

»Die ganze Zeit habe ich gedacht, Sie seien stoisch – aber Sie sind nicht stoisch, Sie sind herzlos.«

»Egal.« Sie ließ ihren Kopf in die Hände sinken. »Von Ihrem Gerede kriege ich Kopfweh.«

»Sie können niemanden bedauern, was? Nicht einmal ihn.«

Sie beugte sich vor, und ich dachte schon, dass ihr vielleicht wirklich schlecht war. Doch dann fasste sie gelassen und auf höchst undamenhafte Weise unter ihren Rock und holte einen Revolver hervor. Sie stand auf und zielte damit direkt auf mich. Falls sie den Aufruhr vor dem Zimmer hörte, wo blitzartig eine Pistole nach der anderen auf sie gerichtet wurde, so ließ sie es sich nicht anmerken.

»Bin ich diejenige, die Sie getäuscht hat?«, fragte ich. »Oder war es der allmächtige Nicky?«

»Mmmaah!«

Sie wirbelte zu Parrish herum. Ich packte sie von hinten. Wir gingen zu Boden und krachten dabei gegen mehrere Stühle. Der Revolver ging los, ein ohrenbetäubender Knall, der es mir einen Moment unmöglich machte, etwas anderes zu hören.

Binnen Sekunden waren wir völlig ineinander verkeilt – und ein Uniformierter hatte ihr die Waffe aus der Hand gerungen.

In der Luft hing der Geruch von Schießpulver, und ich spürte, wie mir ein starkes Paar Arme auf die Beine half.

»Alles in Ordnung?«, fragte Frank.

»Ja.«

Ich hörte, wie ihr jemand ihre Rechte vorlas, und drehte mich um, um sie anzusehen. Als man sie zum Aufzug führte, warf sie mir einen Blick zu. Es war derselbe flehende Blick, der mich vier Jahre lang verfolgt hatte.

Und der mich vier Jahre lang genarrt hatte.

»Tun Sie sich das nicht an«, sagte Ben und kam zu uns herüber.

»Was?«

»Sich selbst Vorwürfe zu machen.«

Ich gab ihm keine Antwort, denn in diesem Moment kam eine Polizistin herein, um mir das Mikrofon abzunehmen. Sie lobte mich dafür, wie toll ich mich geschlagen hätte. Frank, der mein Gesicht sah, sagte ihr – auf seine höfliche Art –, dass sie sich beeilen, die Gerätschaften mitnehmen und mich in Ruhe lassen sollte.

»Bist du sicher, dass es dir gut geht?«, fragte er, als sie gegangen war.

Ich nickte.

»Und wie steht's mit Ihnen, Ben?«, fragte er.

»Momentan nicht so toll«, gab er zu.

»Einer von uns lügt«, sagte ich. »Ich schätze, ich.«

Parrish gurgelte.

Ich ging hinüber und sah in sein Gesicht hinab. In seinen Augen leuchtete so etwas wie Lachen.

»Freu dich nicht zu sehr darüber, Nicky. Ich komme über alles hinweg, was mich belastet.«

Sein Gesicht zuckte.

»In zehn Jahren, wenn du immer noch an die Decke starrst und dir den Tod herbeiwünschst – oder dir vielleicht auch nur wünschst, dass jemand hereinkommt und dir die Nase kratzt –, dann möchte ich, dass du daran denkst, was ich deinen Opfern zuliebe getan habe. Ich habe dir das Leben gerettet.«

»Mmmaah! Mmmaaaahh!«

»Leb wohl, Nicky. Ich hoffe, du wirst hundert Jahre alt.«

62

Mittwoch, 18. Oktober, Mitternacht
Dach des Wrigley-Buildings

Drei Wochen später stand ich um Mitternacht auf dem Dach des *Express* und blickte auf die Stadt hinab. Ich arbeitete immer noch Teilzeit in unregelmäßigen Schichten. Ich hatte einige meiner Termine bei Jo Robinson abgesagt und John erklärt, dass er Wrigley nicht wegen einer Änderung meiner Arbeitszeiten traktieren solle.

Ich mochte die gemächlichen Schichten, hatte ich ihm versichert. Sie waren nicht wirklich gemächlich – ich hatte eine Menge nachzuholen.

Das stimmte, aber irgendwie kam ich nie zum Nachholen.

In mir herrschte Unruhe. Ich merkte, wie ich den Reiseteil betrachtete, anstatt meine Post zu lesen. Ich begann auch Immobilienanzeigen zu studieren. Ich überlegte, ob ich Frank dazu überreden könnte, woandershin zu ziehen und den Beruf zu wechseln.

Frank hörte sich meine Vorschläge an und sagte: »Das ist eine Möglichkeit, aber vielleicht ist jetzt kein günstiger Zeitpunkt für eine solche Entscheidung.«

Ich möchte gar nicht daran denken, was mir in diesen Wochen hätte widerfahren können, wenn ich nicht mit Frank Harriman verheiratet gewesen wäre. Er bedrängte mich weder, noch nörgelte er. Er verwöhnte mich nach Strich und Faden. Ich glaube, ich brauchte es, ein bisschen verwöhnt zu werden. Bei ihm hatte ich das Gefühl, als gäbe es keine Geheimnisse, die nicht erzählt werden, und keine Ängste, die nicht ausgesprochen werden durften. Es gab Abende, an denen ich mich ihm anvertraute. Sie verhinderten, dass ich den letzten Rest an Gleichgewicht auch noch verlor.

Die Tage bestanden aus Vermeidungsstrategien. Ich wusste, dass ich nicht weiterhin auf der Oberfläche des Lebens treten konnte, wusste, dass ich wieder hineintauchen musste. Leicht gesagt.

Oben auf dem Dach wehte in dieser Nacht eine warme, herbstliche Brise. »Milde Santa-Ana-Winde« hatte es im Wetterbericht geheißen. Das bedeutete, dass der Smog von Wüstenwinden weggeblasen wurde, die Tage ein bisschen zu heiß waren, jedoch die meisten Leute nicht derart durchdrehen würden, wie es bei einem richtigen roten Wind der Fall wäre. Es bedeutete, dass die Sicht besser war als sonst. Ich konnte die Insel Catalina sehen, die entfernten Lichter von Avalon.

Eigentlich sollte ich jetzt wieder hinunter zu meinem Schreibtisch gehen und arbeiten, dachte ich und nahm noch einen tiefen Schluck aus meiner Wasserflasche. Doch das würde bedeuten, drinnen zu sein. Und ich wollte nicht drinnen sein – noch nicht.

Ich hörte die Tür zum Dach aufgehen und verspannte mich. Vermutlich nur Jerry oder Livy, vielleicht auch Leonard. Jerry und Leonard begrüßten mich stets mit dem gleichen Witz: Beide erklärten, sie wollten sich nur vergewissern, dass ich nicht gesprungen sei. Livy sagte das nie, aber ich glaube, sie war sich auch sicherer, dass ich nicht auf dem Pflaster vor dem Haus enden würde. Nicht mein Stil. Ich würde nie etwas tun, das andere dazu zwingt, meinen Abgang mit einem Schlauch wegzuspritzen.

Der heutige Besucher meines luftigen Ausgucks kam um die Ecke. Verblüfft sah ich Ben Sheridan vor mir auftauchen.

»So spät noch auf, Professor?«, sagte ich, als er näher kam.

»Und so hoch oben. Könnten wir vielleicht ein bisschen von der Kante weggehen?«

»Aber sicher. Kommen Sie und nehmen Sie im Café Kelly Platz. Wir veranstalten zwar keine Hubschrauber-Shows mehr, aber das Wasser schmeckt prima.«

»Klingt gut.«

Wir setzten uns und legten die Füße hoch, sowohl die angeborenen als auch die nachgebildeten.

»Sie sind mir noch was schuldig«, sagte er und trank einen Schluck Wasser.

»Das habe ich nicht vergessen. Wenn Sie es wirklich hören wollen, erzähle ich es Ihnen.«

»Ja, will ich«, bekräftigte er.

Und so schilderte ich ihm, was sich an jenem Morgen in den Bergen zugetragen hatte, als Parrish Bingle bedroht, mir das Gesicht in den Matsch gepresst und mich durch den Wald gejagt hatte.

»Mein Gott«, sagte er, als ich fertig war. »Herrje, wenn ich Ihnen doch nur hätte beistehen können. Mir ist entsetzlich unwohl dabei. Wenn Sie sich nicht darum bemüht hätten, ihn von mir fern zu halten, wären Sie nicht einmal in seine Nähe gekommen. Und ich weiß, dass Sie erschöpft waren, weil Sie –«

»Hören Sie auf! Wenn Sie die Wahrheit wissen wollen, dann ist genau *das* der Grund dafür, dass ich Ihnen nie erzählt habe, was Parrish an diesem Morgen gemacht hat. Ich wusste, dass Sie diese albernen Schuldgefühle entwickeln würden, als ob Sie etwas dagegen hätten tun können, als wäre es Ihre Schuld, dass es passiert ist, anstatt die von Parrish.«

»Ach?«, sagte er. »Sie meinen also, ich würde in dieser Hinsicht ebenso empfinden wie Sie gegenüber der Amputation, der ich mich unterziehen musste?«

Ich war sprachlos. »Ich empfinde nicht so«, erwiderte ich schließlich.

»Schwachsinn. Sie verbergen es mittlerweile besser als zu Anfang, aber Sie machen sich immer noch Vorwürfe.«

Ich wollte es schon abstreiten, überlegte es mir dann aber anders und stürzte mich kopfüber in eine hitzige Auseinandersetzung. »Ja, gut, ich mache mir Vorwürfe! Ein toller Schutz war ich! Sie wissen genau, dass es meine Schuld war.«

»Was? Ich weiß nichts dergleichen. Ich weiß nur, dass Parrish auf mich geschossen hat. Die Zielscheibe habe ich mir quasi selbst aufgemalt, soweit ich mich erinnere – ja, ich weiß noch genau, dass Sie mir nachgerufen und versucht haben, mich davon abzuhalten, auf die Wiese zu laufen.«

»Ja, ja«, gab ich ungeduldig zu. »Aber wer hat denn eine halbe Ewigkeit gebraucht, um Sie da draußen zu finden? Wer wusste nicht, wie man die Wunde korrekt versorgt? Wer hat Ihnen nicht genug Keflex gegeben?«

Er starrte mich ungläubig an und sagte: »Keflex?«

»Versuchen Sie nicht, mir etwas vorzulügen! Im Krankenhaus hat man mir gesagt, das sei das Medikament, das sie Ihnen gäben, um die Infektion zu stoppen. Nur dass es zu spät war. Und ich hatte die ganze Zeit Earls Pillen, und wenn ich Ihnen mehr davon gegeben hätte –«

»Moment! Soll das heißen – glauben Sie ernsthaft – sagen Sie bloß nicht, Sie hätten das monatelang geglaubt!«

»Es stimmt doch«, entgegnete ich.

»Irene, die Kugel hat die Arterie verletzt. Deshalb haben sie amputiert. Nicht wegen der Infektion.«

»Aber man hat Ihnen doch –«

»Ja, man hat mir etwas gegen die Infektion gegeben, aber tun Sie mir einen Gefallen und fragen Sie Dr. Riley, um was für eine intravenöse Megadosis von diesem Mittel es sich dabei gehandelt hat. Die Infektion war weit über das Stadium hinaus, in der man sie mit Dosen in Tablettenform hätte bekämpfen können. Earls gesamte Monatsration hätte sie nicht aufhalten können.«

»Warum haben Sie dann überhaupt welche davon genommen?«

Er sah demonstrativ auf sein linkes Bein und sagte: »Man tut, was man kann, mit dem, was man hat.«

Ich brachte kein Wort heraus.

»Was die Frage angeht, ob Sie rechtzeitig zu mir gelangt sind, so wissen wir beide, dass Sie klug und umsichtig gehandelt haben, indem Sie abgewartet haben, bis Parrish weg war.«

»Aber vielleicht hätte ich –«

»Irene! Sie verdammte Idiotin! Hören Sie sich mal selbst reden.«

Ich hielt die Klappe.

»Wissen Sie was?«, fuhr er fort. »Wenn Sie mir jetzt offenbaren, dass Sie Ihren Doktor in Medizin gemacht haben, in Ihrem Rucksack ein Operationsbesteck hatten und wir dort oben in den Bergen sogar ganz in der Nähe eines sterilen Operationssaals waren, dann fange ich an, Ihnen schwere Vorwürfe zu machen, weil Sie mein Bein nicht gerettet haben. Falls nicht, dann hören Sie auf, sich wegen Ihrer Rolle in der ganzen Geschichte zu quälen. Sie sind diejenige, die mir dazu verholfen hat, mein Leben zu behalten, nicht diejenige, die schuld daran ist, dass ich einen Teil meines Beins verloren habe.«

Ich merkte, wie mir Tränen über die Wangen liefen. »Verdammt noch mal«, sagte ich und wischte sie weg. »Früher hab ich das nie gemacht. Es ist mir wirklich verhasst.«

»Sagen Sie das, damit ich weiß, dass Sie noch mehr Macho sind als ich?«

»Was?«

»Sie haben mich weinen sehen.«

»Sie haben eine Menge durchgemacht.«

Er lachte. »Nur ich und ganz allein, was?«

»Nein, aber –«

Er bildete mit den Händen ein T – das Zeichen dafür, dass meine Redezeit abgelaufen war.

»Ja?«

»Wir, die Jury, befinden die Angeklagte Irene Kelly für nicht schuldig. Nicht schuldig, weil sie geglaubt hat, dass ihr Gillian Sayre die Wahrheit sagte. Nicht schuldig, was den Tod ihrer

Freunde und Begleiter angeht. Nicht schuldig in Bezug auf den Verlust von Ben Sheridans Bein. Nicht schuldig an irgendetwas anderem, was schief ging, weil sie nur ein Mensch ist oder nicht alles wusste, was man über das Universum und seine Bewohner wissen kann.«

Ich schnäuzte mich.

»Danke, Euer Ehren«, sagte er. »Die Verhandlung ist geschlossen. Sie haben nun die Freiheit, sich selbst zu verzeihen.«

Ich ging wieder zu Jo Robinson und erklärte ihr, dass ich wüsste, was mit mir nicht stimmte. Ich gab meinen Widerstand dagegen auf, meine Denkweise unter die Lupe zu nehmen, und schon bald war ich wieder in der Arbeit und ging nicht mehr zu ihr. Gerade als es angefangen hatte, mir Spaß zu machen.

Gillian Sayre wartet immer noch auf ihre Verhandlung. Phil Newly, der von jeglichem Verdacht freigesprochen wurde, spielte kurz mit dem Gedanken, sie zu verteidigen, beschloss dann aber doch, bei seinem Ruhestandsplan zu bleiben. In letzter Zeit schickt er mir einmal in der Woche eine E-Mail und erzählt mir von seinem neuen Leben. Er meint, er werde vielleicht hin und wieder unentgeltlich ein bisschen arbeiten, genießt aber sonst den gemächlicheren Gang.

Auch Jason Sayre schickt E-Mails. Er wohnt bei seiner Großmutter. Er schreibt mir gern, sagt er, weil Jack und ich die Einzigen sind, die mit ihm über die vergangenen Ereignisse reden. Jack, der schon fast gefragt hätte, ob er ihn adoptieren könne, besucht ihn ziemlich oft. Sie plaudern immer noch am Blechbüchsentelefon miteinander.

Giles Sayre hat seine Firma verkauft und ist mit seiner neuen Frau in eine Stadt gezogen, die nicht allzu weit von der entfernt liegt, in der Jason lebt, besucht seinen Sohn aber nur selten.

Jim Houghton ist nach Las Piernas zurückgekehrt. Er hatte

einige Zeit bei einem Flugzeugmechaniker im Ruhestand verbracht, der Nicholas Parrish das Fliegen und die Reparatur kleiner Flugzeuge beigebracht hatte. Mithilfe von Informationen, die ihm der Ältere über Nick Parrishs bevorzugte Flugrouten gab, fand Houghton heraus, wo Nicholas Parrish seine Schwester begraben hatte. Die Stelle lag nicht weit von einer Landebahn in der Wüste entfernt. Die Leiche war nicht allein. Bergung und Identifizierung der anderen Leiche verzögern sich wegen der Sicherheitsvorkehrungen für die Arbeiter. In Städten, wo Parrish einmal gewohnt hat, ist neues Interesse an ungelösten Vermisstenfällen aufgeflammt.

Nachdem er der Polizei den Standort der Gräber mitgeteilt hatte, kam Houghton vorbei, um sich bei mir zu entschuldigen. Ich erklärte ihm, das sei nicht nötig, da über mich im selben Gerichtssaal verhandelt worden sei, in dem er festsaß, und sämtliche Anklagepunkte gegen uns fallen gelassen worden seien. Wir unterhielten uns lange, und ich gab ihm Jo Robinsons Visitenkarte. Ich weiß nicht, ob er sie je angerufen hat.

Nicholas Parrish liegt immer noch im St. Anne's, obwohl der Bezirksstaatsanwalt, der sich die ursprüngliche Abmachung angesehen hatte und zu dem Schluss gekommen war, dass ein Schuldeingeständnis sowie eine lebenslängliche Haftstrafe angebracht seien, nun die Möglichkeit prüft, einen Richter über die Sache entscheiden zu lassen und Parrish in ein staatliches Gefängniskrankenhaus zu verlegen. Wenn nicht und wenn es zur Verhandlung kommt, kenne ich einige Leute, die gegen den Angeklagten aussagen werden.

Frank und ich haben Ben seinen Jeep abgekauft, als er zu dem Schluss kam, dass Davids Pickup seinen Bedürfnissen besser entspräche. Der Jeep ist groß genug für uns beide, die Hunde und die Campingausrüstung.

Manchmal gehen wir allein zelten, manchmal mit Pete und

Rachel oder Tom Cassidy und anderen alten Freunden. Ziemlich oft gesellen sich J. C., Andy, Jack, Stinger und Travis in den Bergen zu uns. Auch Ben kommt, mit Anna, seiner neuen Freundin, einer Frau, die er beim Such- und Bergungstrupp kennen gelernt hat. Wir alle mochten sie auf Anhieb. Es macht ihr keinerlei Schwierigkeiten, sich mit unserem chaotischen Campingstil anzufreunden. Sie hat selbst zwei Hunde. Zelten mit Stinger Dalton und sechs großen, ungebärdigen Hunden ist immer das reine Chaos.

Bingle ist nach wie vor der Rudelführer.

Er bellt immer noch.

Ich bestehe nach wie vor darauf, bei offener Zeltklappe zu schlafen.

Aber wir schlafen alle die Nacht durch.

Anmerkungen & Danksagung

Auch wenn das Bergland der südlichen Sierra Nevada viele Wiesen, Hügelkämme und andere Merkmale aufweist, die den im Buch erwähnten ähneln mögen, so ist die Landschaft in *Grabesstille* doch fiktiv, genau wie die Ranger-Station und andere Orte.

Einige forensische Anthropologen haben sich trotz ihres gedrängten Terminplans die Zeit genommen, meine Fragen zu beantworten und Kommentare zum Manuskript abzugeben. Besonders dankbar bin ich Paul Sledzik, Kurator der Anatomischen Sammlungen des National Museum of Health and Medicine, Armed Forces Institute of Pathology; Marilyn London, Abteilung für Anthropologie, National Museum of Natural History, Smithsonian Institution, und Beraterin für forensische Anthropologie am Rhode Island Office of Medical Examiners; Diane France, Direktorin des Human Identification Laboratory, Colorado State University; und William Haglund, ehemaliger Chief Medical Investigator, King County Medical Examiner's Office, Seattle, Washington, Senior Forensic Consultant bei den United Nations Criminal Tribunals und Direktor des Forensic Program for Physicians for Human Rights.

Bingle und Bool sind an mehrere reale Leichenhunde angelehnt, deren Trainer und Führer mit ihrer Zeit und ihrer Hilfe äußerst großzügig waren. Großer Dank gebührt auch Dr. Ed David, Chief Medical Examiner für den Bundesstaat Maine und Trainer und Führer von Wraith und Shadow, den beiden Leichen- und Spurensicherungshunden von Maine; Beth Barkley,

Such- und Bergungstrupp/Leichenhundtrainerin und Führerin von Sirius, Czar und Jadzia; den Hunden und Führern von Search Services America – Mike und Kelly, Eileen und Reilly, Ross und Maverick, George und Smoky, Blair und Thor; Hilfssheriff Al Nelson, Bluthundführer und -trainer, Jefferson County (Colorado) Sheriff's Department und Mitglied von NecroSearch. Weitere Informationen über Hunde erhielt ich von Linda McDermott, Leiterin des K-9-Verbands der Ortsgruppe Los Angeles des Sierra Clubs, und Orbin Pratt, Doktor der Tiermedizin.

Mein Dank geht auch an Vaughn Askue, der auf über dreißig Jahre Erfahrung als Pilot und Technischer Leiter bei Sikorsky Helicopters zurückblicken kann; Deputy David Kitchings, Pilot beim Los Angeles County Sheriff's Department Aero Bureau; Dave Nalle, Assistant Captain, Kernville Helitack; Ranger Judy Schutza, Kernville Station, U. S. Forest Service; Nick Agosta, TNG Helicopter Company, und Noelani Mars, Professional Helicopter Pilots Association. Dankbar bin ich außerdem Hal Higdon, Chefautor von *Runner's World*, und Benji Durden, olympischer Marathonläufer, für ihre nützlichen Anregungen bezüglich der Auswirkungen von Höhe, Gelände und anderen Faktoren während Irenes Lauf durch die Berge. Dank geht auch an die orthopädischen Chirurgen Dr. Ed Dohring und Dr. Michael Strauss; Dr. Marvin Zamost; Joan Dilley; Wayne Reynardson, Listenführer von AMP-L, und die Mitglieder dieser Liste; Todd Cignetti; Flex-Foot, Inc., insbesondere Jeff Gerber; David Barnhart, C. P. O.; Michael Pavelski, C. P. O.; Mary Kay Razo, Schulpsychologin; Dale Carter, Latin Blood Books, emeritierter Professor für Spanisch, California State University, Los Angeles; Steve Burr; Debbie Arrington; Sharon Weissman; Tonya Pearsley; Sandra Cvar sowie Dr. Christine Padesky und Dr. Kathleen Mooney vom Padesky Center für kognitive Therapie – Freundinnen, die rasch und begeistert reagiert haben, als ich ihnen erklärt habe, dass Irene therapiebedürftig ist.

Meine Familie und meine Freunde haben mich wie immer unterstützt, und ich danke erneut meiner Agentin und den fleißigen Handelsvertretern meines Verlags.

Für ihre scharfsinnigen Kommentare und die vielen Stunden Arbeit am Manuskript stehe ich tief in der Schuld meiner Lektorinnen Laurie Bernstein und Marysue Rucci.

Carolyn Reidy, vielen Dank für die freundlichen und ermutigenden Worte.

Und was meinen Mann Tim Burke angeht – ich lasse schon die Heiligenbildchen drucken.